光文社古典新訳文庫

オリバー・ツイスト

ディケンズ

唐戸信嘉訳

光文社

Title : Oliver Twist
1838
Author : Charles Dickens

目次

19世紀のロンドン
ドラーズ・
ェルズ劇場
ベスナル・グリーン
ショアディッチ
ベスナル・グリーン通り
クリプル
ゲート
ホージャー横丁
チズウェル通り
フィンズベリー・
スクエア
ロング・レイン
バービカン
クラウン通り
スピタルフィールズ
サン通り
スミス
フィールド
オールドベイリー
ニューゲート監獄
ホワイトチャペル
セント・ポール
大聖堂
シティ
ラック
ライアーズ・
リッジ
セント・マグヌス教会
ロンドン塔
ロンドン・
ブリッジ
ロンドンドック
テムズ河
セント・セイヴィア教会
サザーク
ジェイコブ島
ドックヘッド
ロザハイズ

カムデン・タウン
ハムステッド・ヒース
ハイゲート
ペントンヴィル
バトル・ブリッジ
ニュー・ロード
グレイズ・イン小路
トッテナム・コート・ロード
ラッセル・スクエア
ホックリー・イン・ザ・ホール
大英博物館
ホルボーン通り
ホルボーン・ヒル
オックスフォード・ストリート
ボウ・ストリート
コベント・ガーデン
グロヴナー・スクエア
ストランド
ウォータールー・ブリッジ
クレイヴン通り
ホワイトホール
ハイド・パーク・コーナー
ウェストミンスター・ブリッジ

オリバー・ツイスト

第1章　オリバー・ツイストの出生地ならびに出生のいきさつ

いろいろな事情から具体名は出さないほうがいいと思うが、仮の名を使うのも嫌なので、とある町としておこう。そのとある町に、昔から大きな町だろうと小さな町だろうとまずたいていは目にする公共施設のひとつ、救貧院[1]があった。見出しにその名が挙がっている人物はこの救貧院で生まれた。何年の何月何日ということも、今のところ読者には大して重要な事柄ではないと思われるので、とりあえず記さないでおく。

赤ん坊はこの救貧院で、教区の医者の手により、悲しみと苦難の世界へと連れ出されたわけだが、生まれた後もなおしばらくのあいだ、彼が名前を授かるまで生きつづけるかどうかは大いに疑問視された。もし生きつづけなければ、この回想録も書かれることはなかっただろうし、たとえ書かれたところで、二、三頁ですんだであろう。もっともその場合、洋の東西も時代も問わず、きわめて簡潔にして忠実な伝記の手本ができあがったはずである。

救貧院で生まれることが、この世で一番幸運な、羨むべき境遇だと主張するつもりはない。しかしこのときのオリバー・ツイストにとっては、やはり最善の生まれ方であった。実際、オリバーに自力で呼吸させるのはたいへんな難事だった。けれども呼吸という習慣を身につけなければ、人は安心して生きてゆくことはできない。彼はしばらく小さな綿のふとんの上であえぎつつ、この世とあの世のあいだをさまよっていた。いや、あの世のほうへ落ちかかりつつ、かろうじてこの世につなぎとめられていたといったほうがいいかもしれない。もしこのとき、おせっかいな祖母や心配性の伯母たち、経験豊富な看護師、深遠な知識を頭につめこんだ医者がオリバーを取り巻いていたとしたら、まず間違いなく彼は死んでいたはずである。しかし実際には、普段より多めのビールをひっかけたほろ酔いの老婆と、請負でこの仕事をこなしている教区の医者がいるばかりだった。そのため、オリバーと「自然」は誰にも邪魔されるこ

1　救貧院（workhouse）は自活できない貧者を収容した施設。この小説が発表される少し前、一八三四年に制定された悪名高い新救貧法は、それまでの救貧制度を税金の無駄遣いとして否定した結果生まれたもの。収容者は劣悪な待遇を余儀なくされた。詳細は解説を参照。

となく格闘することができた。何度かの取っ組みあいの末、とうとうオリバーは大きく息を吸いこんでくしゃみをすると、大声で泣きはじめた。そして教区にまた一人新しい厄介者が増えたことを救貧院の連中に告げ知らせた。通例の三分十五秒よりはるかに長いあいだ、あの便利な人間の道具たる声を奪われていた男の子ならば当然というべき大きな泣き声だった。

オリバーの肺が問題なく正常に機能することがわかると、鉄製のベッドにぞんざいにかけられた、つぎはぎだらけの布団から物音がした。そして若い女が枕から、青白い顔をやっとのことで持ち上げ、聞きとりにくいかすかな声でいった。「死ぬ前に子供の顔を見せてください」

暖炉のほうを向いて座り、手を火で温めたりすり合わせたりしていた医者は、女がそういうと立ち上がり、枕元へ近づいた。そして思いのほか親切な調子でいった。

「死ぬだなんて、そんなことをいうもんじゃない」

「そうですとも。とんでもない」部屋の隅で酒をすすり、惚けていた老婆も、大急ぎで緑色の小壜をポケットにしまいこんで口をはさんだ。「あたしは十三人も子供を産んで、十一人に死なれ、残った二人の子供とここに厄介になっていますがね。あたしくらいの年齢になれば、自分がいったことが大げさなのがわかりますよ。ねえ、あんたは母親になったんだよ。そのことをよく考えなくちゃね。そこにいるのはあんたのかわいい赤ん坊なんだから」

　老婆は母となる喜びを語り、元気づけようとしたのであるが、この慰めの言葉はしかるべき効果を生まなかったようである。女は首をふると子供のほうへ手をのばした。医者は女に赤ん坊を抱かせてやった。彼女は冷えきった、白い唇を激しく子供の額に押しつけ、それから両手で自分の顔をおおい、うつろな目で周囲を見渡し、身を震わせた。しかし、その後ぐったりとなり、死んでしまった。

　医者と老婆は女の胸や手やこめかみをさすった。が、血は永遠に流れをとめてしまっていた。二人は希望や慰めについて語った。二人はそれらとずいぶん長いこと無縁だった。

「どうにもならんな、シンガミーさん」とうとう医者はいった。

「本当に、かわいそうにねえ」老婆は子供を抱き上げようと身をかがめた際に落ちた、緑色の小壜のコルクを女の枕元から拾い上げた。「かわいそうな娘だよ」

「子供が泣きわめいても、私を呼ぶ必要はないよ」医者はそういってそろそろと手袋をはめた。「まあ、面倒ではあるだろう。そうなったら粥でも少しやるといい」彼は帽子をかぶり、扉のほうへ歩き出し、ベッドわきで足をとめた。「なかなか器量のいい娘さんだが、どこから来たんだい？」

「監督さんの命令で、つい昨日の晩、連れてこられたんですよ」老婆はいった。「通りで行き倒れていたそうです。ずいぶんと遠くから歩いてきたみたいで、靴はぼろぼろの穴だらけでした。でもどこから来たのか、どこへ行こうとしていたのか、誰にもわからないんです」

医者は遺体の上にかがみこんで女の左手をとり、首をふった。「思った通りだ。結婚指輪がないよ。それじゃあ、おやすみ」

医者は夕食をとりに引きあげた。老婆は、もう一度緑色の小壜に口をつけてから、暖炉の前の低い椅子に腰を下ろして赤ん坊に服を着せはじめた。

服というものは、着る人間の印象をがらりと変えてしまうものである。このときのオリバー・ツイストがよい例だった。毛布しか身につけていなければ、貴族の子供とも物乞いの子供とも見分けがつかなかった。彼を知らぬどれほどお高くとまった人物でも、彼がどの階級に属するかを当てるのは困難だったにちがいない。しかし今や、彼は黄ばんだキャラコの古着にくるまれ、どんな身分の人間かはっきり烙印を押されていた。もはや彼は、救貧院の孤児以外の何者でもなかった。卑しく、いつも腹を空かせた人間、どこへ行っても殴られ、蔑まれ、決して同情されない人間に様変わりしてしまっていた。

彼は大声で泣いた。もし自分が、教区委員や教区監督の情けにすがるしかない孤児だと知っていたら、さらに大きな声で泣いたであろう。

第2章　オリバーの成長、教育、食事について

その後八カ月ないし十カ月のあいだ、オリバーはひっきりなしに彼を襲う不誠実と欺瞞に痛めつけられた。彼は母乳なしで育てられた。もちろん救貧院は、この孤児が腹を空かせ、栄養も不十分であることを教区の責任者に報告した。すると教区の責任者は落ち着きはらって、窮状にあるオリバーの面倒を見て、乳をやれる女が院内にいないのかと下問した。救貧院側はうやうやしく、当院にはいない旨を伝えた。これを受け、教区責任者は寛大かつ慈悲深くも、オリバーを「院外請負」、つまり三キロほど離れた場所にある救貧院の付属施設へ送るよう指示した。ここは、救貧法にひっかかった二十人から三十人ほどの未成年者が、さほどの衣食の不自由もなく、日がな一日ごろごろして暮らす施設だった。監督者は一人の年増女だった。彼女は一人頭週七ペンス半の報酬で、こうした犯罪人連中の面倒を見ていた。週に七ペンス半というの

は一人の子供を食べさせるには十分な額である。それだけあればかなりの食料を買いこむことができ、気持ち悪くなるまで腹一杯食わせることができた。ただ、この女には知恵も経験もあり、子供たちを満足させ、かつ自分も得するにはどうしたらいいかをよく心得ていた。そのため、あてがわれた額のわずかな分を育ち盛りの子供たちにまわし、手当の大半を自分のふところに収めることになった。彼女は底辺の下にもさらに深い底があることを発見したのである。彼女は偉大な哲学者だった。

馬は食わずに生きるという偉大な理論を唱えた哲学者の話は[1]、読者もご存知だろう。この人物はまず、馬の餌を日に藁一本にして自説の正しいことを立証し、馬は何も食べずとも元気に跳ねまわる動物だと知らしめようとしたのだった。しかし、いよいよ餌が空気だけになる二十四時間前、馬は息絶えた。オリバー・ツイストの世話をすることになった年増女の場合も、不幸にして、同じ失敗が彼女を待ち受けていた。可能なかぎりひどい食事を、可能なかぎり切りつめた矢先、十人のうち八人ないし九人が、栄養失調や風邪で体調を崩したり、うっかり火の中に落ちたり、窒息しかかったりした。そうしてまもなく、哀れな子供たちはあの世へ召され、この世ではついに会えな

1 引用元不明。

かった父親のもとへ行くのが通例だった。

ときおり、ベッドを片づける際に見過ごされて死んだり、洗濯の際にうっかり熱湯を浴びて死んだりする子供がおり、興味深い死因査問が開かれることもあった――この施設で洗濯らしきことは滅多に行われなかったので、後者の例はまれだったが。そうした場合、陪審が出し抜けに厄介な質問をしたり、教区民が憤慨して抗議書に署名したりすることもあった。だが、そうしたふるまいは医者や教区吏[2]の証言により、すぐさま不適当としてしりぞけられた。検屍にあたった医者は胃が空っぽだったといい（食べ物をろくにもらっていなかったのだから、もっともな話だ）、職務に忠実な教区吏はいつでも教区に都合よく証言したからである。それに救貧院の委員会連中は定期的にこの施設を視察していた。その場合、かならず事前に教区吏をやり、近いうちに行くと知らせていた。だから当然、連中が視察するとき、子供たちは清潔できちんとした格好をしている。これ以上、何を望むことがあろうか。

こうした施設であってみれば、何か特別な、華々しい成果を期待するなど土台無理な話である。九歳になったオリバー・ツイストは、背丈がいくぶん低く、胴まわりはかなり細い、青白い痩せた子供だった。しかし生まれつきか遺伝か、その胸には容易にへこたれない気概が宿っていた。施設で出される質素な食事も、そうした精神を養うことを助けたのだった。曲がりなりにも彼が九歳の誕生日を迎えることができたのは、こうした事情によるところが大であろう。ともあれ、彼は選ばれし若い紳士二人とともに、石炭室で誕生日を祝うはめになった。身分もわきまえず腹を空かせたという理由で、三人一緒に鞭打たれ、石炭室に閉じこめられたのだ。教区吏バンブル氏が、予告なしにこの施設の女主人、マン夫人を訪ねてきたのはそんなおりである。懸命に庭のくぐり戸を開けて中に入ろうとしているバンブル氏を見て、彼女はぎょっとした。

「まあまあ、あなたでしたの、バンブルさん」マン夫人はそういって、嬉しくてたまらぬという風に窓から顔を突き出した。「(スーザン、オリバーとあの二人の悪がきをひっぱり出して、すぐに洗ってちょうだい)。本当に嬉しいわ、バンブルさん。ようこそお越しくださいました」

バンブル氏は太った癇癪持ちの男だった。夫人のうちとけた気のおけない挨拶に答える代わりに、彼は小さなくぐり戸を乱暴に揺さぶり、いかにも教区吏らしくその戸を蹴った。

2　教区吏(beadle)は、英国国教会所属の治安員。教区内の風紀を監視するのが主たる業務。ちなみに「教区」はイギリスにおける行政上の最小単位。

「まあたいへん」マン夫人はそういって外へ駆け出していった。三人の子供はすでに石炭室から連れ出されていた。「なんてことかしら。大事な子供たちが心配で、戸にかんぬきをかけたことをすっかり忘れていましたわ。どうぞ、お入りください、バンブルさん。とんだ失礼をいたしまして」

夫人は彼を招き入れ、教区委員であればたちまち効き目があるだろう、大仰なお辞儀をしてみせた。ところが教区吏には通じなかった。

「マン夫人、これが、礼儀にかなった、人のもてなし方かね？」バンブル氏は杖を握りしめながら訊いた。「教区吏を庭先で待たせる！　教区の役人が、教区で預かる孤児のことで、訪ねてきたのですぞ。マン夫人、いわせてもらうが、あんたは教区から仕事を任され、俸給を受けている人間じゃないのかね？」

「あなたのことが大好きな子供たちに、あなたが来たと知らせていたんですの、バンブルさん」マン夫人はとても謙虚に答えた。

バンブル氏はおのれの弁舌と地位にたいへんな誇りを持っていた。彼は弁舌をふるい、その地位を誇示した。それでひとまず落ち着いた。

「なるほど、マン夫人」彼はさっきより穏やかな声でいった。「あんたがそういうなら、そうなんだろう。ともかく中に入れてもらおう。私は用事があって、あんたに伝えることがあって来たんだ」

マン夫人はレンガ敷きの小さな居間へと教区吏を案内した。彼の座る場所を作り、かいがいしく彼の三角帽と杖を預かるとテーブルの上に置いた。歩いてここまでやってきたバンブル氏は額の汗をぬぐった。それから三角帽を満足げに眺め、微笑んだ。そう、微笑んだのである。教区吏とて人間であることに変わりはない。バンブル氏は確かに微笑んだ。

「差し出がましいこととは思いますけど」うっとりするほど甘い声でマン夫人はいった。「遠くから歩いていらしたわけですから、あえていわせていただきますが、なにか飲み物でもいかがでしょうか、バンブルさん」

「いやいや、結構」バンブル氏はそういって、おごそかに、しかし穏やかに右手をふった。

「どうぞご遠慮なく」相手の断りかたと手のふり方から察して、マン夫人はいった。「冷たいお水で割って、角砂糖を落とすんです。せめてひと口でもお飲みになりません？」

バンブル氏はせき払いした。

「どうぞ、せめてひと口」たたみかけるようにマン夫人はいう。

「どんな飲み物かね？」教区吏が訊いた。

「加減が悪いとき、子供に飲ませる強壮剤です。いつも少しばかり置いてあるんですの」マン夫人はそういうと、隅の食器棚を開けて壜とグラスを取り出した。「ジンです。嘘は申しません。ジンですのよ、バンブルさん」

「子供に強壮剤を飲ませてやるのかい？」バンブル氏は、彼女がジンを水で割って角砂糖を落とすのを興味深く見守った。

「もちろんジンは高価ですわ。でも、子供たちが苦しんでいて、ただ見ているわけにも参りませんでしょう？」

「それはそうだ」バンブル氏も同意した。「そうとも。あんたは実に愛情深い人だ、マン夫人」（ここで彼女は、ジンの入ったグラスを彼の前に置いた）「このことは、さっそく委員会の耳に入れておくよ」（彼はグラスを引き寄せた）「母親も同然だとね」（彼はジンの水割りをかきまぜた）「心からあんたの健康を祝して」そういって彼は半分ほど飲んだ。

「さて、肝心の用件だが」教区吏は革製の手帳を引っぱり出していった。「仮洗礼[3]を受けたオリバー・ツイストという子供が、今日でちょうど九歳になる」

「嬉しいこと！」マン夫人は思わずそういい、エプロンの端で左目が赤くなるほどごしごしこすった。

「救貧院は最初十ポンドの報酬で情報を求めた。その後、額を二十ポンドまで引き上げた。教区として、尋常ならぬ努力を払ったにもかかわらず、父親が誰かも、母親の教区も名前も身分も、何一つわからないときてる」

マン夫人は驚いて両手を上げた。そしてちょっと考え、こう訊ねた。「それじゃあ、あの子の名前は一体誰がつけたんでしょうね」

教区吏は得意げに、姿勢を正していった。「私がつけたんだ」

「あなたが！　バンブルさん」

「そうさ、マン夫人。アルファベット順に名前をつけているんだ。あの子の前はSで、スワブルと名づけた。その次だからTで、ツイストとつけたわけだ。したがって次の子はアンウィン、その次はヴィルキンスとなる。AからZまで決めてあって、最後まで来たら、またAに戻る」

「まあ、あなたは学者さんですのね」とマン夫人。

3　子供が正式な洗礼を受けるまで生きのびるかどうか不明な場合は、簡易的な洗礼を施す処置がとられた。

「うん、うん」このお世辞に大いに満足して教区吏はいった。「かもしれん。そうかもしれんよ、マン夫人」彼はジンの水割りを飲みほした。そしてつけ加えた。「オリバーはもう、ここで暮らす年齢ではない。委員会は彼を救貧院に戻すことに決めたのだ。私がわざわざ来たのは、彼を連れ帰るためさ。だから彼をここへ呼んでもらいたい」

「すぐに呼んで参ります」マン夫人はそういって彼を呼びに行った。顔や手の汚れを落とせるだけ落としてもらっていたオリバーは、慈悲深い保護者に連れられてやって来た。

「バンブルさんにお辞儀をなさい、オリバー」マン夫人はいった。

オリバーは椅子に座ったバンブル氏だけでなく、テーブルの上の三角帽にもお辞儀をした。

「私と一緒に来るかね、オリバー」威厳ある声でバンブル氏がいった。

どこへでも喜んで行きます、オリバーはとっさにそう答えるところだった。ところが視線を上げると、教区吏の椅子の背後に立ち、恐ろしい形相で拳をふりかざす夫人が目に入った。喜ぶなという意味だとすぐにわかった。あまりに頻繁に殴られていたので、わからないはずはなかった。

「おばさんも一緒に来るの？」哀れなオリバーは訊ねた。

「いいや」バンブル氏はいった。「だが、ときどきは会いに来てくれる」

この言葉は少年にとって大した慰めにはならなかった。しかし、彼は幼いといっても、別れるときには悲しそうな顔をせねばならぬことぐらい十分心得ていた。目に涙を浮かべるなど、大して難しいことではなかった。泣きたければひもじさと惨めな生活を思い出すだけでよかった。オリバーはいかにも自然に泣いた。マン夫人はくり返し彼を抱きしめた。そして、彼にとっては抱擁よりもはるかに有難いパンとバターをくれた。救貧院に着いたときあまり腹を空かせているように見えてはまずいからだった。オリバーは手にパンを一切れ持ち、頭には小さな茶色の教区帽をかぶり、バンブル氏に連れられて不幸の家を去った。そこで過ごした幼年時代は陰鬱で、親切な言葉をかけられたことも、優しいまなざしを向けられたこともなかった。にもかかわらず、家の門が閉められると、彼は子供らしい悲しみに襲われ、激しく泣き出した。後に残して来たのは、なるほど不幸で惨めな子供たちにちがいない。しかしオリバーには、彼ら以外に友人はなかった。彼が、広大な世界における孤独を理解したのは、まさにこのときである。

バンブル氏は大股で歩いた。小さなオリバーは、バンブル氏の金の刺繍がついた服の袖をしっかり握り、その横を小走りについていった。そして五百メートルほど進むたびに、まだ着かないのかと訊ねた。こうした質問にバンブル氏はきわめてそっけない、ぶっきらぼうな返事で応じた。さっきまでの彼の優しさはジンの水割りの恩恵によるものだったのだ。しかし、もはやその効力は切れ、彼はもとの教区吏に戻っていた。

救貧院へ着くと、バンブル氏はオリバーを一人の老婆に引き渡した。しかし、それからまだ十五分もたたず、オリバーがふた切れ目のパンを咀嚼し終わらないうちに、ふたたび彼はやってきた。そして、今夜は委員会（ボード）がある、そこへお前は顔を出さねばならぬといった。

板（ボード）に会えとはどういう意味か解しかねて、オリバーは当惑した。笑うべきか泣くべきかわからなかった。しかし考えている時間はなかった。夜になるとバンブル氏がやって来て、杖で頭をこつんとたたいてオリバーを起こした。そしてしゃんとしろと背中をまた杖でたたき、ついて来るように命じた。漆喰塗りの広い部屋へ通されると、そこには八人から十人の、恰幅のよい紳士たちがテーブルを囲んで座っていた。テーブルの上座の、一段と背の高い肘掛け椅子には、丸い赤ら顔の、たいへんに太った紳士が腰を下ろしていた。

「委員の方々にお辞儀をなさい」とバンブル氏はいった。オリバーは涙ぐんだ目をぬぐった。板は見当たらないが、テーブルがあったので、これ幸いとテーブルにお辞儀をした。

「名前は何というんだい、坊や」上座の紳士がいった。

大勢の紳士を前にしたオリバーは怖くてたまらず、思わず震えた。すると教区吏が背中をぶったので、オリバーは泣き出した。怖いのと痛いのとで、彼はおどおどした小さな声で答えた。その様子を見て、白いチョッキを着た紳士は「この子は馬鹿だ」といった。オリバーを元気づけて落ち着かせるためにそういったのだった。

「坊や」上座の紳士がいった。「よく聞きなさい。お前は自分が孤児だということを知っているね？」

「孤児って何です？」哀れなオリバーは訊ねた。

「やっぱりこの子は馬鹿だ。思った通りだ」白いチョッキの紳士がいった。

「いいかね」最初に口を開いた紳士がいった。「お前には父母がなく、教区によって育てられたことは、知っているね？」

「はい」オリバーは激しく泣きながら答えた。

「なぜ泣くのだ？」白いチョッキの紳士が訊ねた。実に不可解だ。泣く理由などどこにもないではないか。

「毎晩、感謝の祈りはしているだろうな？」別の紳士がしわがれた声でいった。「お前に食事をくれ、面倒をみてくれる人たちに。キリスト教徒らしく」

「……はい」少年は口ごもりながらいった。その紳士は我知らず正しいことを述べた。もしオリバーが、彼に食べ物をくれ、面倒をみてくれる人たちに感謝の祈りを捧げていたとしたら、彼は実に立派な、模範的なキリスト教徒というほかない。しかし実際のところ、オリバーはお祈りをしていなかった。お祈りというものを誰も教えてくれなかったからだ。

「よろしい。お前がここへ連れてこられたのは、教育を受けるためだ。役に立つ仕事を学ぶためだ」上座の赤ら顔の紳士がいった。

「お前は明日の朝六時から、まいはだ作り[4]をするのだぞ」白いチョッキの不機嫌そうな紳士が、そのようにつけ足した。

まいはだ作りという作業で、教育を受け、しかも仕事を学ぶことができる。一挙両得のありがたい待遇に感謝すべく、オリバーは教区吏の指示するまま深々とお辞儀をした。そしてせわしなくまた広い部屋へと戻された。彼は粗末で硬いベッドに横になり、泣きながら眠りについた。英国の法律の慈悲深さがよくわかる一例であろう。貧乏人だって眠ることが許されているのだ。かわいそうなオリバー。彼は周囲で起きていることなど気にかけず、今は安らかに眠っていた。その日委員会が、彼の将来に多大なる影響を及ぼすある重大な決定をしたことなど、彼には知る由もなかった。しかし、決定は下された。それは次のようなことだった。

委員たちは皆、思慮深い哲学的な人々だった。彼らがかつて救貧院に目を向けたとき、たちどころに発見したことがある。それは、庶民は気づかない事実、つまり貧乏人は救貧院が好きだという事実である。救貧院は貧しき階級にとって、手軽な公共の娯楽施設であった。金を払う必要のない居酒屋であり、そこへ行けば一年中、朝食や夕食だけでなく、お茶や夜食にまであずかることができた。レンガと漆喰でできたこの世の楽園というわけで、そこでは遊んでいればよく、働く必要もなかった。「おやおや」委員会は訳知り顔でいった。「われわれはこれを改善せねばならぬ。すぐにも、こうしたことをやめさせよう」そうして彼らは規律を定め、すべての貧乏人は救貧院でゆっくりと飢え死にするか、追い出されてすぐに飢え死にするか、どちらかを選ぶ

4 使い古した船のロープを再利用するために細かくほどく仕事。

ことになった（委員会は決してこうしろと強制することはなかった）。このような計画のもと、彼らは水道業者に無制限に水を供給させた。穀物商には定期的に少量のオート麦を持って来させた。日に三度、薄い粥が出され、週に二回はたまねぎがつき、日曜日にはさらにパンが半切れついた。また、女たちに関する賢明で人情味のあるさまざまな規律ももうけた。これについてはいちいち述べる必要はない。それから、彼らは貧乏人夫婦の離婚も世話してやった。ロンドンの裁判所に頼むとひどく費用がかさんだからである。そして、もはや男たちに家族の扶養を強制せず、代わりに家族から引き離し、独身者に戻したのだった。いうまでもないが、この処置が救貧院に限られていなければ、扶養を逃れたい、独身に戻りたいという連中が階級を問わず、山のように現れるのは目に見えている。しかし委員会は抜け目なく予防線をはった。この特例にあずかれるのは、救貧院で粥を食らう人間だけ、としたのである。この条件にはさすがに多くの人々が震え上がった。

オリバーが救貧院へ移されて最初の半年のあいだ、施設はこうした方針で運営された。最初はいくぶん出費がかさんだ。葬儀の費用が値上がりしていたし、一、二週間も粥の生活がつづくと、人々はやせ衰えて着ている服がだぶだぶになり、そっくり仕立て直す必要が出てきたからである。だが、彼らが痩せると同時に彼らの数も減ったので、これには委員会もご満悦だった。

少年たちが食事をとる部屋は、広い、石造りのホールで、隅に銅の大きな釜が据えてあった。食事どきになると、エプロンをつけた食事係の男が一人か二人の女の手を借りて、この釜からひしゃくで粥を配るのだった。なんとも壮観であるが、少年一人がもらえるのは浅いボウルに一杯きりである。ただし、祭日には二と四分の一オンスのパン[5]が添えられた。ボウルは洗う必要がなかった。少年たちはスプーンでボウルを隅々まできれいにしたからだ。そしてこの作業が済むと（ボウルの大きさはスプーンと大差なかったので、食べ終わるのに時間はかからない）、少年たちは席に着いたまま、レンガさえ食らいかねない熱い視線を釜にそそぎ、見落としている粥のはねを探してせっせと指をしゃぶっていた。少年はたいがい食欲旺盛である。オリバー・ツイストと彼の仲間たちは、もう三カ月ものあいだ緩慢な飢えに苦しんでいた。飢えるあまり、もはや何にでも噛みつきたいような状態になっていた。そんなおりである。年齢の割に背が高く、こうした扱いに慣れていない少年（父親はかつて小さな食堂を

5　オンスはヤード・ポンド法の質量単位。二と四分の一オンスは約六十四グラム。六枚切りの食パンだと一枚程度。

やっていた）が、仲間たちにぼそりと漏らしたのだった。毎日の食事を粥二杯にしてもらえなければ、夜分、隣りに寝ているやつを食ってしまうかもしれないと。実際、彼の隣りは年端もいかない弱々しい少年だった。飢えた動物のような目でそんなことをいうので、誰もが彼のいったことをそのまま信じた。少年たちのあいだで会議が開かれ、夕食後、誰が食事係のところへ行っておかわりを要求するか、それを決めるくじ引きが行われた。結果、その役はオリバーに決まった。

夜になった。少年たちは食堂の席についた。エプロンをつけた食事係の男が銅釜の前に立ち、収容者で助手を務める者がその後ろに並んだ。粥が配られ、短い食事時間にそぐわない長い祈りが唱えられた。たちまち粥は姿を消した。少年たちは囁き合い、オリバーに目配せした。隣りに座った連中は肘でオリバーをつついた。彼はまだ子供であったが、飢えと惨めさでもうどうにでもなれという気分だった。彼は立ち上がり、手にボウルとスプーンを持って食事係の男に近づいた。そして自分の無鉄砲さにいささか動揺しながらいった。

「お願いします。もっとください」

食事係は太った健康そうな男だった。彼はすぐに真っ青になった。仰天して凍りつき、数秒間、この小さな謀反者を凝視していた。それからよろよろと銅釜につかまっ

「お願いします。もっとください」

てその身を支えた。助手たちは驚愕のあまり言葉を失い、少年たちは恐怖から言葉を失っていた。

「なんだと」ようやく食事係の男が弱々しい声でいった。

「お願いします」オリバーはまたいった。「もっとください」

食事係の男はひしゃくでオリバーの頭を殴り、両手で彼を押さえつけ、大声で教区吏を呼んだ。

委員たちはおごそかな会議の最中だった。が、そこへバンブル氏が大慌てで飛びこんで来て、上座の紳士に報告した。

「お邪魔して申し訳ありません、リムキンズさん。しかし、オリバー・ツイストが、もっとくれ、そう申したもので」

一同が息をのんだ。どの委員の顔にも恐怖が浮かんだ。

「もっとだと！」リムキンズ氏がいった。「落ち着け、バンブル。そしてはっきり答えるんだ。定められた量の夕食を食べたあとで、もっとくれといった、そういうことか？」

「その通りです」バンブル氏は答えた。

「あの少年は縛り首になるぞ」白いチョッキの紳士がいった。「きっと縛り首になる」

この予言めいた意見に反論する者はなかった。盛んな議論が交わされ、オリバーはすぐさま禁固を命じられた。翌朝になると救貧院の門に一枚の貼り紙が出された。そこには、オリバー・ツイストを引き取る者に五ポンドの報酬を出すとあった。つまり職種を問わず、徒弟を探している者なら誰にでも、五ポンドとオリバー・ツイストを提供するというのだった。

「これほど確実なことはないね」翌朝、救貧院の門をたたき、貼り紙を読んだ白いチョッキの紳士がいった。「これほど確実なことはない。あの少年はきっと縛り首になるだろう」

白いチョッキの紳士は正しかったのであろうか？　果たしてオリバー・ツイストは悲惨な最期を迎えたのであろうか？　ここで結果をほのめかせば先を読み進める面白み（面白みがあるとして）が失われる。だからやめておくことにしよう。

第3章　オリバーは危うく安穏ならざる職に就かされそうになる

もっとくださいという神をも畏れぬ要求をした結果、オリバーは一週間、独房での蟄居を余儀なくされた。賢く慈悲深い委員会がそこにいろといったのである。彼が白いチョッキの紳士の予言にしかるべき敬意をはらっていたとすれば、思い切って壁の鉤にハンカチを結わえ、首をつり、その紳士が偉大なる予言者であることを証明したかもしれない。それはまんざら馬鹿げた想像ではないだろう。だが、この偉業をなし遂げるには障害がひとつあった。ハンカチは委員たちの会議において贅沢品と見なされ、委員たちの署名捺印のもとで使用を禁じられていたのである。彼らは未来永劫にわたり、貧乏人の鼻先からハンカチを没収したのであった。しかもオリバーはまだ幼い子供だったので、さらに大きな障害があった。彼は四六時中激しく泣いた。陰鬱で長い夜が来ると、暗闇を見まいと小さな手で両目をおおった。そして部屋の隅にしゃがみこんでなんとか寝ようと努めた。しかしときどきびくっとして目を覚まし、そのたびに壁のほうへにじり寄った。冷たく硬い壁でも、陰気さや寂しさから身を守るのぐらいには役立つとでもいうように。

けれども、この制度を憎む者には次のことを指摘しておかねばならない。オリバーは一人きりで監禁されているあいだ、体を動かすことや人との交わり、そして宗教的な慰めを奪われていたわけではない。たとえば体を動かすこと。晴れた寒い日ではあったが、バンブル氏の監視のもと、彼は毎朝、石畳の中庭の井戸の前で体を洗うことを許されていた。バンブル氏はオリバーが風邪をひかないようにと、絶えず杖でもって彼の体を打擲（ちょうちゃく）し、体が冷えることがないように気を配った。人と接する機会もあった。一日おきにほかの少年たちが食事をしているホールへ連れ出され、見せしめとして鞭打たれた。宗教的な慰めも、禁じられていたどころではない。朝の祈りの時間になれば、ほかの少年と同じ部屋へ蹴こまれ、彼らが唱える祈りの言葉に耳をすまして心を慰めることができた。しかも、この祈りには委員会のたっての希望で、特別な文句がつけ加えられていた。それは、「われらを善良で高潔、無欲で素直なる人間にしたまえ。オリバー・ツイストの罪と悪徳からこの身を守りたまえ云々」というものだった。その祈りは、オリバーが邪悪な力により、悪魔によってこの世に産み落とされたと断じていた。

さて、オリバーがたいへんめでたい結構な待遇を受けていたある朝のことである。煙突掃除夫のガムフィールドが、じっと考えこみながら、町の目抜き通りを歩いていた。家主による家賃の催促が激しくなり、どうやって払ったものかと思案していたのである。彼のふところにある資金は、どう見積もっても必要額に五ポンド足りなかった。この数学的難問を前にして、彼は自分の頭とロバを交互になぐりつけた。まもなく救貧院の前へ来て、彼は門の貼り紙に目をとめた。

「どうどう」ガムフィールドはロバにいった。

しかしロバは別のことに気をとられて放心していた。後ろの小さな荷台に載っている二袋の煤(すす)を捨てたらきっとキャベツの芯にありつける、そんなことを考えていたのだろう。主人の命令などどこ吹く風で、とぼとぼ歩きつづけた。

ガムフィールドは日頃よりロバにひどい悪態をついていた。特に気に入らないのはその目つきだった。彼はロバを追いかけ、その頭に一発お見舞いした。ロバでなければ頭蓋をたたき割られていただろう。手綱をつかんでロバのあごをぐいと摑み、どっちが主人かを穏やかに教え、ロバの向きを変えた。もう一度頭をひっぱたくとロバはびくっとし、ふたたび来た道を戻り出した。この一悶着(ひともんちゃく)の末、ようやく彼は門のところへ行って貼り紙を読んだ。

門口には白いチョッキの紳士が手を後ろに組んで立っていた。ちょうど委員会で深遠な意見を述べてきたところだった。彼はガムフィールドとロバの小競り合いを眺め、男が貼り紙を読みにやって来ると愉快そうに微笑んだ。こいつこそオリバー・ツイストにふさわしい主人だ。すぐにそう思ったのだった。貼り紙をじっくり読み、ガムフィールドも微笑んだ。五ポンドといえば足りない額にぴったりである。そのためには少年を引き取らねばならないが、救貧院の食事がどんなものか彼は知っていたので、その子が小柄であることもよく承知していた。つまり、暖炉の煙突掃除にうってつけの子供だと思ったのである。[1] 彼はもう一度、貼り紙の文句を最初から最後まで声に出して読んだ。そしてうやうやしく毛皮の帽子に手をやり、白いチョッキの紳士にこう話しかけた。

「教区のほうで徒弟に出したいっていう、この子供ですがね、旦那」

1 十九世紀前半には子供の煙突掃除夫がまだ大勢いた。一八四〇年に未成年者の煙突掃除を禁止する法律ができるが、本格的な取り締まりは十九世紀後半になってから。掃除中に火傷を負う子供や、皮膚癌にかかる子供が数多くいた。

「ああ」白いチョッキの紳士は尊大な笑みを浮かべていった。「その子がどうしたね？」

「もし教区のほうでその子に、まっとうな煙突掃除の、ちょっとした楽しい仕事を学ばせてもいいっていうんでしたらね、俺は弟子を一人ほしいと思っていたんで、もらい受けますよ」

「中に入りなさい」白いチョッキの紳士がいった。ガムフィールドはすぐには入らず、ロバのところへ行ってまた頭をなぐり、あごをねじり上げ、自分が戻るまでじっとしているように命じた。それから紳士の後について、オリバーが最初に連れて来られた委員たちの部屋へ入った。

「危険な仕事だな」ガムフィールドがもう一度希望を述べると、リムキンズ氏はいった。

「煙突で窒息する少年がいるっていうじゃないか」別の紳士がいった。

「そりゃあね、子供らを煙突から下ろすために、藁（わら）を湿らせて火をつけるからなんで」ガムフィールドはいった。「けれど、それじゃあ煙ばかりで火は出ねえ。煙だけじゃ子供は下りて来やしねえんで。子供はいうことを聞かねえし、怠け者ときてる。だから、子供の思うつぼなんでさ。子供はいうことを聞かねえし、怠け者ときてる。だから、さっさと下りて来させるには、やっぱり熱い火を焚くのが一番で。これは思いやりからそうしているんですぜ、旦那。子供が煙突の中でつっかえたって、足を火で炙ってやれば、なんとしたって下りて来ようとするのが道理でしょうが」

白いチョッキの紳士は楽しそうにこの解説を聞いていた。が、すぐにリムキンズ氏にじろりとにらまれ、慌てて笑みを引っこめた。その後、委員会は二、三分ほどの短い会議を開いた。ひそひそ声で話していたので、聞き取れたのは「予算の節約」や「会計書の見栄え」「報告書の印刷と公開」といった文句ばかりだった。こうした文句さえ、それが力をこめてくり返し発せられたので、かろうじて聞き取れたにすぎない。

やがて話し合いが終わった。委員たちは各自の席に戻り、まじめくさった顔に戻った。リムキンズ氏がいった。

「われわれは君の申し出を検討したが、承認しないことにした」

「そう、不承認だ」白いチョッキの紳士がいった。

「話にならんよ」別の委員たちもいった。

ガムフィールドはこれまでにも三、四人の少年たちを虐待して殺したといういささか不名誉な非難を受けたことがあった。彼は思った。非本質的ともいえるこの噂を、委員どもが気まぐれから問題にし、後々面倒なことになったらまずいと考えたのだろうか。もしそうなら、連中らしくない判断だといわざるをえない。けれども、彼はその噂をここで蒸し返したいとも思わなかったので、帽子をねじりながら、そろそろとテーブルから離れた。

「つまり、俺はその子を連れて行けねえってことですな」ドアのところで立ち止まり、ガムフィールドはいった。

「その通り」リムキンズ氏が答えた。「とにかくお前のは危険な商売だ。最初に示した金額では高すぎるというのがわれわれの考えだ」

ガムフィールドの表情がぱっと明るくなった。急いでテーブルのそばまで戻り、いった。

「じゃ、いくら下さるんで？　あんまり貧乏人をいじめねえでくださいな。いくら下さるんで？」

「三ポンド十シリングなら、十分だと思うが」リムキンズ氏はいった。

「十シリングはいらんでしょう」白いチョッキの紳士がいった。

「とんでもねえ」とガムフィールド。「四ポンドはいただかねえと。四ポンドで、その子を厄介払いできるんですぜ。どうです」

「三ポンド十シリング」断固としてリムキンズ氏はくり返した。

「とんでもねえ。じゃあ、まけにまけて、三ポンド十五シリング」ガムフィールドが迫った。

「交渉はせん」リムキンズ氏がきっぱりといった。

「厳しすぎやしませんかね」どうすべきか迷いながら、ガムフィールドはいった。

「馬鹿な！ 何をいうんだ」白いチョッキの紳士はいった。「賞金などなくたって儲けものだ。黙って引き取ればいいのだ、この愚か者が！ お前にぴったりではないか。ときどき杖でひっぱたけば、ちゃんということを聞くぞ。食事代だってたいしてかからん。生まれてこのかた、たらふく食ったことなどないのだからな、ははは」

ガムフィールドはいたずらっぽい目つきでテーブルの委員たちの顔を見た。そして委員たちが微笑しているのを見て、自分もだんだん顔をほころばせた。これで決まった。すぐにバンブル氏が呼ばれ、オリバー・ツイストの年季奉公の証文の作成が指示された。その日の午後のうちに、オリバーを連れて、判事の署名と承認を受けようというのだった。

この決定にともない、幼いオリバーは禁固を解かれ、清潔なシャツに着替えることを命じられた。彼がひどく驚いたことはいうまでもない。着替えという不慣れな身体的動作を済ませないうちに、バンブル氏がみずから、粥の入ったボウルを持ってやって来た。おまけに、祝日にだけ供される二と四分の一オンスのパンまでついていた。

驚愕すべきこの光景を前にしてオリバーは哀れにも泣き出した。おそらくはそのほうが好都合だというので、委員会が彼を殺すことに決めたに違いない、オリバーはそう思ったのだった。そうでなければ、こんな風に彼を肥やしてやろうとするはずがない。

「目を赤くするんじゃない、オリバー。ありがたく食事をおあがり」バンブル氏がもったいぶった調子でいった。「お前はこれから徒弟になるんだぞ、オリバー」

「徒弟！」子供はそういって身震いした。

「そうだ、オリバー」バンブル氏はいった。「親切な委員の方々が──みんなお前の親のようなものさ、お前には親がいないんだからな──お前を徒弟に出してやることにしたのだ。そうしてお前を世間に出して、一人前の人間にしてくださるというのだ。もっともそのためには教区が三ポンド十シリング負担せねばならん。三ポンド十シリングだぞ、オリバー。つまり、七十シリング、もっというと八百四十ペンスだ。誰からも愛されない、性悪の孤児に、これだけ負担してくださるというのだ」

バンブル氏が恐ろしい声でまくし立て、息継ぎのために言葉を切ったとき、哀れな子供の顔を涙が伝った。彼は激しく泣き出した。

「こらこら」バンブル氏は、自分の弁舌が子供に与えた影響を見て満足し、語気を緩めていった。「さあ、オリバー。上着の袖で涙を拭きなさい。粥に向かって泣くなんて、愚かしいことだぞ」確かにその通りだった。すでに涙がたっぷり粥にかかっていた。

判事のところへ行く途中、バンブル氏はオリバーに、とにかく嬉しそうな顔をしていろと命じた。そして、判事から徒弟になりたいのかと訊かれたら、ぜひともなりたいと答えるのだ、といった。オリバーは、どちらの指示にも従うと約束した。どちらか片方でも指示を違(たが)えば、きっとたいへんなことになるぞとバンブル氏がほのめかしたからであった。役所に着くと、オリバーは狭い部屋に一人で残された。自分が迎えに来るまで待っていろとバンブル氏はいった。

心臓をばくばくさせながら、彼は半時間ほどそこで待った。やがてバンブル氏が三角帽を脱いだ頭を出して、大声でいった。

「よしよし、いい子だ、オリバー。さあ、こっちの紳士のところへおいで」それから険しい、脅かすような顔をして小声でつけ足した。「さっきいったことを忘れるんじゃないぞ、この悪たれ！」

バンブル氏がこのようにせわしなく態度を変えるので、オリバーはきょとんとして、まじまじと相手の顔をのぞきこんだ。しかしバンブル氏は意見を許さず、すぐに隣室へと彼を連行した。ドアは開いていた。大きな窓のある広い部屋だった。デスクの後ろに、髪粉[2]をふった二人の老紳士がいた。一人は新聞を眺めていて、もう一人は鼈甲の眼鏡をかけ、小さな羊皮紙の文書を読んでいた。デスクの前の片側にはリムキンズ氏が立っており、もう一方の側には、顔を洗いはしたが、きれいになったとはいい難いガムフィールドが立っていた。そのほかにも乗馬靴をはいた、二、三人の無愛想な男たちが部屋のなかを行ったり来たりしていた。

小さな羊皮紙の文書を前に眼鏡の老紳士はまどろみはじめた。バンブル氏に導かれてオリバーはデスクの前に立たされたが、誰も何もいわない。

「こちらがその少年でございます、閣下」バンブル氏がいった。

新聞を読んでいた老紳士は顔を上げ、もう一人の老紳士の袖口を引っぱって起こした。

「これが話していた子かい？」老紳士がいった。

「そうでございます」バンブル氏が答えた。「判事様にお辞儀をなさい」

オリバーは自分を奮い立たせ、非常にうやうやしくお辞儀をした。彼は判事の髪粉をじっと眺めつつ、委員のような偉い人たちは、生まれながらにして髪に白いものがくっついているのだろうかと訝しんだ。そして、生まれたときに髪に白いものがついているからこそ、偉い人になれるのだろうかと考えた。

「なるほど」老紳士がいった。「この子は煙突掃除をやりたいと、そういうんだね?」

「ぜひに、と申しております、閣下」バンブル氏が答えた。そしてこっそりとオリバーをつねり、否定するなと伝えた。

「掃除夫になりたいと、そういうんだね?」老紳士は訊ねた。

「ほかの仕事に就かせますれば、たちまち逃げ出してしまうに相違ありません、閣下」バンブル氏は答えた。

「そして、この男が彼の親方になる。君はこの子に乱暴などせず、食事を与え、そのほか一切の面倒を見ると、そういうんだな?」老紳士はいった。

「俺はそのつもりなんだから、必ずそうしますよ」ガムフィールドは頑としてそういった。

「君の言葉は荒っぽいな。だが、正直そうだし表裏のなさそうな顔をしておる」老紳士はそういって賞金目当ての男のほうへ眼鏡を向けた。男はどう見ても残酷そうで悪人らしい顔つきをしていた。だが判事は目が悪い上に少しばかり耄碌(もうろく)していた。ほか

---

2 髪粉は小麦粉などを主成分とし、油で髪の毛を整えた後に髪にふりかける粉。色は白が一般的だった。ただ、この時期には流行遅れになりつつあり、主として年輩者が用いた。

の人間なら一目瞭然のことでも、同じことを彼に期待するのはとうてい無理な話だった。

「そうありたいと願ってますぜ」卑劣な目つきのガムフィールドがいった。

「そう信じとるよ」老紳士は答えた。そして鼻先の眼鏡を直してインク瓶を探した。

オリバーの運命が決まろうとしていた。もしインク瓶が予想通りの場所にあれば、判事はペンをインクに浸し、証文に署名していたはずである。そしてオリバーはそのまま連れ去られたに違いない。だが、このときインク瓶は偶然にも彼の鼻の真下にあった。彼はデスクの上をあちこち探しまわった。この探索の最中、彼の視線がたまたま前方へ向いた。そして青白い、怯えた表情のオリバー・ツイストをそこに見出した。バンブル氏はたしなめるような表情をオリバーに向け、その体をつねった。しかしオリバーは、自分の親方になる人物のいやらしい顔を、嫌悪と恐怖の入り混じった表情で眺めていた。その表情の意味するところは、目の弱い判事にとっても明白だった。

老紳士は探索の手をとめ、ペンを置いた。そして視線をオリバーからリムキンズ氏へ移した。リムキンズ氏は満足そうな、呑気な様子で嗅ぎタバコをつまんでいた。

「坊や！」デスクに身を乗り出して老紳士がいった。オリバーはそういわれてびくっとした。これは仕方がないことだ。判事は優しくいったのだったが、聞き慣れない声は人を怯えさせるものだから。オリバーはぶるぶると身を震わせ、わっと泣き出してしまった。

「坊や！」老紳士がいった。「顔色が悪いぞ。それに怯えておるじゃないか。どういうわけなんだね？」

「教区吏、子供からもう少し離れなさい」もう一人の判事はそういって文書をわきへのけ、身を乗り出して目の前の事態に関心を向けた。「さあさあ、坊や。どうしたというんだね。何も怖がることはない」

オリバーはひざまずいて両手を組み合わせ、この恐ろしい男に引き取られるくらいなら、あの陰気な部屋にどうか戻してください、飢えようと殴られようと、いや、殺されたって構わない、そのように懇願した。

「ほう！」バンブル氏はいかにも勿体ぶった様子で両手を上げ、両目を釣り上げていった。「ほう！　狡猾で腹黒い孤児たちをずいぶんと見てきたが、お前ほどの厚顔無恥な鉄面皮は珍しいぞ、オリバーよ」

バンブル氏が「厚顔無恥な鉄面皮」という決め台詞を吐いたとき、眼鏡の老紳士がいった。「黙っとれ、教区吏」

「は？　閣下、なんとおっしゃったので？」聞き間違いかと思い、バンブル氏はいった。「私におっしゃられたのですか?」

「そうだ。黙っとれ」

バンブル氏は驚愕のあまり固まってしまった。教区吏である自分が黙れと命令されるとは! まったく常識に反する!

鼈甲の眼鏡をかけた老紳士は、仲間の判事のほうを向き、意味深長にうなずいた。

「われわれはこの証文を却下する」老紳士はそういいながら羊皮紙の文書をわきへどけた。

「どうか」リムキンズ氏は口ごもりながらいった。「どうか、教区に過ちがあったとはお考えにならないでいただきたい。これは一介の子供の、証言とも呼べない妄言にすぎません」

「われわれはこの件に関して意見を述べるつもりはない」もう一人の老紳士がぴしゃりといった。「この子を救貧院に連れて帰りなさい。そして優しくしてやりなさい。どうもそうしていないようだからな」

その日の夜、白いチョッキの紳士がこの上ない確信をこめて断言した。オリバーは縛り首になる。そして臓腑を抜かれ、八つ裂きの刑に処せられるであろうと。バンブル氏はどうにも不可解そうに首をふり、オリバーが幸せになることを希望するといった。これを受けてガムフィールドは、自分が子供を引き取ることを希望するといった。彼はたいがいのことでは教区吏と意見が一致したのであるが、このときの二人はまるで正反対のことを希望していた。

翌朝、オリバー・ツイスト貸与の告知が再度なされた。そこには彼を引き取る者に五ポンドの賞金を払うとあった。

第4章　オリバーは別の職をあてがわれ、世間での生活をはじめる

立派な家庭では、成長した男子が財産相続のいかなる恩恵にもあずかれぬ場合、その子を海にやるのが通例である。委員会は賢明かつ健全なこの慣習にならい、オリバー・ツイストを不衛生な港へ向かう小さな商船に乗せてしまってはどうかと話し合った。その結果、あの子供を片づけるにはそれが最上の策だろうということになった。船長が夕食後ふざけて彼をたたき殺すか、鉄の棒で頭をかち割ってくれるかもしれない。よく知られていることだが、下層階級の人々のあいだではこうした気晴らしが好まれ、ありふれた娯楽となっていたのである。この件を話し合えば話し合うほど、この処置の利点は明らかとなった。そこで一刻の猶予もなくオリバーを海へやってしまおうという結論に達した。

まず、身よりのないキャビンボーイを探している船長がいないか、その調査にバン

ブル氏が派遣された。そして結果報告のために救貧院に帰り着いたとき、彼は門口のところで教区の葬儀屋サワベリー氏に出くわした。サワベリー氏は痩せて上背がある大柄な男で、すり切れた黒のスーツを着て、かがりだらけの黒の靴下とそれにふさわしい靴をはいていた。彼は生まれつき笑顔が似合うような風貌ではなかったが、商売柄、冗談をとばすこともしばしばだった。彼は足どり軽く、うきうきした表情でバンブル氏に近づき、心をこめて教区吏と握手を交わした。

「昨夜死んだ女二人の、寸法をとって来たところでしてね」葬儀屋はいった。

「あんたは金持ちになれるよ、サワベリーさん」教区吏はそういって、相手が差し出した嗅ぎタバコ入れに親指と人さし指をつっこんだ。そのタバコ入れは、サワベリー氏の店で扱う棺をそっくり小さくしたものだった。「あんたは間違いなく金持ちになるよ、サワベリーさん」バンブル氏はそのようにくり返し、手にした杖で親しげに葬儀屋の肩をたたいた。

「そうでしょうかね」相手の予想をなかば認め、なかば疑う調子で葬儀屋はいった。「教区からの支払いは、だいぶ少ないですがね、バンブルさん」

「そのぶん棺桶だって小さいだろ」偉い役人らしい笑みを浮かべて、教区吏は答えた。

サワベリー氏はこう返されて大笑いした。そうするのが当然の礼儀だった。彼はしばらくのあいだ笑いつづけた。「なるほど、バンブルさん」やがて彼はいった。「ごもっとも。救貧院の食事が変わってから、棺桶はだんだんと小さく浅いもので済むようになってますな。ですがね、それなりの儲けもないとままなりませんよ、バンブルさん。ちゃんと乾燥させた木材は値がはるし、鉄の把手なんか、運河でバーミンガム[1]からやって来るんですからね」

「ほう。どんな商売にだって厄介な点はあるものだ。もちろん、正当な費用ならば支払われるべきだがね」バンブル氏はいった。

「その通りですよ」葬儀屋はいった。「あれやこれやで足が出ても、最後は帳尻を合わせてみせますよ、ひひひ」

「だろうね」バンブル氏はいった。

「ですが」葬儀屋は、教区吏によって中断された話題を蒸し返していった。「ですがね、バンブルさん。これだけはいわせてもらいますが、とびきりの不都合がひとつある。この頃では体のでかい連中ほどすぐ逝っちまうってことです。救貧院に来てたちまち音を上げるのは、贅沢な暮らしをして、何年間もしっかり税金を払ってきた連中だ。だからね、バンブルさん、十センチも余計に大きい棺桶を作るのは大損なんですよ。とりわけ、私のように養う家族がある人間にはね」

サワベリー氏は、虐げられている者としての怒りがふつふつと沸くのを感じながら、このようにいった。バンブル氏は、彼の意見が教区の名誉を傷つけかねないと思い、話題を変えたほうがよさそうだと判断した。とっさに頭に浮かんだのはオリバー・ツイストのことだったので、そのことを話題にした。

「ところで」バンブル氏はいった。「小僧をほしがっている者がおらんかね。教区で面倒を見ている子供だが、手を焼いている。教区の首にかかった石臼といってもいい。[2]悪くない条件だぞ、サワベリーさん、悪くない条件だ」バンブル氏はそういって杖を持ち上げ、頭上の貼り紙にある「五ポンド」の文字をコンコンコンと三度たたいた。

「五ポンド」の文字はばかでかいローマン体で印刷されていた。

1　イングランド中部の工業都市。金属細工で有名だった。
2　新約聖書「マタイによる福音書」十八章六節、「わたしを信じるこれらの小さな者の一人をつまずかせる者は、大きな石臼を首に懸けられて、深い海に沈められる方がましである」(新共同訳) からの引用。しかしこれは純朴な子供をまどわす大人を非難する箇所なので、バンブルの引用は不適切である。

「悪くない条件だぞ、サワベリーさん、悪くない条件だ」

「こりゃまた！」葬儀屋はバンブル氏の、金刺繡の入った制服の襟をつかんでいった。「あなたにお話ししようと思っていたのは、まさにそのことなんですよ——このボタンはずいぶんと見事なボタンですな、バンブルさん。今まで気づきませんでしたが」

「うん、まあそうだろうな」上着についた大きな真鍮製のボタンを誇らしげに見下ろしながら、教区吏はいった。「刻印は教区の印章と同じ、傷つき倒れた男を看病する善きサマリア人だ。[3] 新年の朝、委員会から贈られたコートだよ、サワベリーさん。よく覚えているがね、これを初めて着たのは、あの落ちぶれた商人の死因査問のときだった。ほら、真夜中に戸口のところで死んだやつさ」

「覚えていますとも」葬儀屋がいった。「陪審は、『寒さ、および生きるのに必要なものの欠如のため死亡』といっていましたな」

バンブル氏はうなずいた。

「それでたしか異例なことに、こんな文句が追加されたんでした。『もしも担当の役人が——』」

「はっ！　馬鹿げとる」教区吏がさえぎった。「委員会が無知な陪審どもの妄言にい

3　新約聖書「ルカによる福音書」十章三十三節参照。

ちいちつき合っていたらきりがないぞ」

「その通りですな」葬儀屋がいった。「きりがない」

「陪審は」興奮したときの常で、杖をぎゅっと握りしめながらバンブル氏はいった。

「陪審は、教養のない卑しいクズどもだ」

「そうですな」葬儀屋はいった。

「連中は哲学も経済学もまるで知らん」侮蔑するように指を鳴らしながら教区吏はいった。

「まるで知らんですな」葬儀屋はお義理でうなずいた。

「煮ても焼いても食えぬ」顔を真っ赤にして教区吏はいった。

「同感ですな」葬儀屋は答えた。

「我が物顔の陪審なんか、一、二週間、救貧院に入れてしまえばいいのだ」教区吏はいった。「救貧院の規律でしめ上げれば、すぐにおとなしくなるだろうさ」

「あんな連中はかまうのもむだですよ」葬儀屋は答えた。そして、怒り狂った教区吏の激昂を鎮めようと、おっしゃる通りごもっともと微笑んだ。

バンブル氏は三角帽を脱ぐと中からハンカチを取り出し、怒りで吹き出た額の汗をぬぐった。そしてまた帽子をかぶりなおし、葬儀屋のほうを向くと、さっきより穏やかな声でいった。

「それで、その子供をどうかね？」

「おお」葬儀屋はいった。「バンブルさん、あなたもご承知の通り、私は貧乏人のための税金はたんまり払っていますよ」

「ほう！」とバンブル氏。「だからなんだね？」

「だからですな」葬儀屋はいった。「連中にそれだけ払っているのだから、その分の見返りを得る権利が私にはあると、こう思うのですよ、バンブルさん。そんなわけですからね、ええ、その少年は私が引き取りましょう」

バンブル氏は葬儀屋の腕をつかみ、建物の中へ連れて行った。サワベリー氏は委員たちと五分ばかり話し合い、オリバーは条件つきで彼のところへ行くことが決まった。条件つきというのは、教区から徒弟に出す場合、まず親方が試験的にその徒弟を使ってみて、具合を見ることを意味する。徒弟がちゃんと働き、大飯食らいでないことがわかれば、数年単位で契約を結び、好きに使うことができるという仕組みである。

その日の夜、オリバーは「紳士たち」の前に連れ出された。そして、お前は葬儀屋に住みこみで働くことになったから、すぐにここを出て行かねばならないと告げられた。彼らは、もしこの処置に不満を述べたり、あるいは救貧院に戻って来たりした場合、お前を船乗りにする。そうなれば海で溺れ死んだり、頭をたたき割られたりすることも、あるいはあるかもしれぬ。そのようにいうのだった。さしたる動揺も示さぬオリバーを見ると、委員たちは異口同音に鉄面皮の小悪党だといい、さっさと連れていけとバンブル氏に命じた。

広い世界のさまざまな人間の中でも、特に有徳で知られる委員たちである。ある人間に感情がわずかでも欠けていると知れば、彼らが驚愕し恐怖するのはきわめて当然というべきだろう。しかしこのとき、彼らはオリバーを誤解していたのである。実際、彼は感情にとぼしいのではなく、ありすぎるのだった。しかし、虐待を受けつづけた結果、だんだんと愚鈍で無愛想になってしまったのだ。行き先を告げられたとき、彼はまったくの無言だった。そして荷物——口が十五センチ四方で、深さが八センチほどの茶色の紙袋にすべて収まっていたので、持ち運びはさしてたいへんではなかった——を手渡されると、帽子を目深にかぶり、バンブル氏のコートの袖をつかんだ。そしてこの高官に導かれて次なる試練の地へと向かった。

しばらくのあいだ、バンブル氏はオリバーに目もくれず、話しかけもせず、ずんずん歩いて行った。教区吏は教区吏らしく、まっすぐ前を見て歩いていたからである。その日は風が強かった。そのため、風でバンブル氏のコートがまくれ、彼のチョッキと半ズボン――くすんだ茶色のベルベット製――が露わになると、小さなオリバーはそのコートの陰にすっぽりと隠れてしまうのだった。目的地が近づくとバンブル氏は、新しい雇い主の目にちゃんとした子供だと映るようにしておかねばと思った。そして、情愛深い保護者にふさわしい態度で、子供のほうへ目をやった。

「オリバー！」バンブル氏はいった。

「はい」びくびくした小さな声でオリバーは答えた。

「帽子はそんなに目深にかぶるな。下ばかり見ていてもいかん」

オリバーはすぐにいわれた通りにし、空いているほうの手の甲ですばやく目をこすった。だが、案内者を見上げたとき、その目にはまだ涙が残っていた。バンブル氏は厳しい表情で彼をじっと見た。涙がオリバーの頬を伝った。そして次から次へとしたたり落ちた。子供はこらえようと必死になったが、どうにもならなかった。バンブル氏がつかんでいるほうの手をふりほどき、両手で顔を覆って泣いた。骨と皮ばかりの指のあいだから涙がこぼれ落ちた。

「ほう！」足をとめてバンブル氏は叫び、子供を意地の悪い顔つきで見た。「ほう！これまでにもずいぶんと恩知らずで性悪な子供を見てきたがな、オリバーよ、お前はとりわけ――」

「違うんです」オリバーはすすり泣きながら、見慣れた杖をつかむ手にすがりついた。「そうじゃありません。僕、ちゃんとします。本当です。本当に。でも、僕はまだとても小さいので、とても、とても――」

「とても何だ？」びっくりしてバンブル氏は訊いた。

「とても寂しいんです。とても、とても寂しいんです！」子供は大声でいった。「みんな僕を憎んでいます。お願いです。どうか、そんなに怒らないで」子供は手で胸をたたき、苦悶の涙を浮かべてバンブル氏の顔を見た。

バンブル氏はいくぶん驚いてオリバーの悲しそうな、困惑した顔を見たが、すぐにしゃがれた声で三、四度咳ばらいし、「やっかいな咳」がどうとかつぶやいた。それから、涙をふいていい子にしてろとオリバーに命じ、ふたたびその手を取って黙々と歩き出した。

バンブル氏が到着したとき、葬儀屋は店の鎧戸を下ろし、いかにも陰気なロウソクの光で帳簿をつけているところだった。

「はいはい」葬儀屋は帳簿から目を上げたが、少し間があった。「バンブルさんですか？」

「そうに決まっとる」教区吏は答えた。「さあ、子供を連れて来ましたぞ」オリバーはお辞儀をした。

「ほう、その子ですか」葬儀屋はオリバーがもっとよく見えるようにロウソクを高く上げた。「サワベリー夫人、すまないがちょっとこっちへ来てもらえるかい?」

店の裏手の小部屋からサワベリー夫人が出てきた。口うるさそうな、痩せて小柄な干物みたいな女だった。

「お前」サワベリー氏は慇懃(いんぎん)にいった。「これが前に話した救貧院の子だよ」オリバーはまたお辞儀をした。

「おや」葬儀屋の妻がいった。「ずいぶんと小さいこと」

「まあ、小さいですな」バンブル氏はそう答えてオリバーのほうを向き、小さいことを責めるような目つきで彼を見た。「この子は小さい。それは確かですがね。でもまあ、そのうち大きくなりますぞ、サワベリー夫人。大きくなります」

「ええ、そりゃあ、大きくなるでしょうよ」不機嫌そうに夫人は答えた。「うちの食事でね。でもね、私は教区の子供なんか使っても何の得もない、そう思ってますよ。ろくに役に立たないのに、大食らいなんですからね。男たちはいつだって自分たちが正しいと思ってますけど。ほら、さっさと下へ行きなさい、このもやしっ子」

葬儀屋の妻はそういって扉を開け、急な下り階段へとオリバーを押しこんだ。階段を下りた先は、暗いじめじめした石造りの地下室だった。石炭置場に接した小部屋で、「台所」と呼ばれていた。かかとのすり減った靴をはき、これ以上は修繕のしようもない青い靴下をはいた、だらしのない少女が椅子に腰かけていた。

「シャーロット」オリバーを連れたサワベリー夫人がいった。「犬の餌にとっておいたくず肉、あれをこの子に出しておやり。朝から帰って来ないから、もう餌の必要はないだろうさ。お前、これが食べられないほどお上品じゃないだろう？」

オリバーは肉と聞いて目を輝かせた。早く食べたくて体が震えるほどだった。もちろん食べられると答えると、粗末な肉片の盛られた皿が目の前に置かれた。

肉も酒も、もう目にするのも嫌だという満腹の哲学者――その血は氷のごとく、心は鋼のごとくにちがいない――に、犬さえ食べぬお上品な食事にがっつくオリバーを見せてやりたいものだ、と筆者は思う。飢えるあまり、我を忘れてくず肉にむしゃぶりつくオリバーの姿を、ぜひ見せてやりたい。いや、できることなら、その哲学者がオリバーと同じ食事を、オリバーと同じようにがっついているところを見たいものだ。

「さあ」オリバーが食事を終えると葬儀屋の妻がいった。彼女はオリバーの食べる姿を無言で、恐怖を覚えつつ眺めていた。今後の食費を思うとぞっとしたのである。

「済んだかい？」

もう食べられるものはどこにも見当たらなかったので、オリバーは「はい」と答えた。

「それじゃついておいで」サワベリー夫人は薄汚れた暗いランプを持ち、階段を上った。「お前の寝床は帳簿台の下だよ。棺桶に囲まれちゃ眠れないなんていわないだろうね。まあ、お前がどう思おうと、そこ以外に寝るところはないんだ。早くおいで。一晩中待たせる気かい？」

オリバーはそれ以上ぐずぐずせず、おとなしく新しい女主人について行った。

第5章　オリバーは新しい仲間を得るが、はじめて葬儀に参加し、自分の親方の商売を好きになれないと思う

オリバーは葬儀屋に連れて来られて部屋で一人きりになると、ランプを作業台に置き、恐怖を覚えながらおそるおそる周囲を見まわした。オリバーよりずっと年上の人間でも、このときの彼の気持ちは難なく想像できよう。部屋の中央には黒塗りの作業台があった。その上に作りかけの棺桶が載っていた。その姿は何とも不気味でまがまがしく、この異様な物体に目がとまるたびにオリバーは寒気がして身震いした。棺桶から恐ろしいものが顔をのぞかせるのではないか。そう思うと恐怖のあまりどうにかなりそうだった。壁には同じかたちに切られたニレの木の板が等間隔に立てかけられており、薄暗い明かりのせいで、肩を上げてズボンのポケットに手をつっこんだ幽霊のように見えるのだった。床には、棺桶につける名札のプレート、木くず、頭が光っている釘、黒い布の切れ端が散乱していた。帳場の背後の壁には一枚の絵がかかって

いた。ある屋敷の大きな裏門のところで仕事をしている、糊のきいたネッカチーフを首に巻いた二人の供人(ともびと)[1]の絵だった。背景には四頭の黒馬に引かれて近づいて来る葬儀馬車が描いてあった。店じまいをした店内は暑苦しく、棺桶の臭いで空気がよどんでいるようだった。帳簿台の下の暗がり――そこにオリバーが寝るための安物のマットレスが敷いてあった――は、まるで墓場のようだった。

オリバーの気を滅入らせたのは、こうしたものだけではなかった。彼は見知らぬ場所に一人きりでいたのである。このような場合、どれほど陽気な連中でも、心細くわびしい気分に襲われることがあるのは、あらためていうまでもないだろう。彼には気にかける友人はなく、彼のことを気にかけてくれる友人もなかった。ついさっき別れてきた人々への哀惜の念もなければ、忘れがたい、愛する人々の不在に懊悩することもなかった。にもかかわらず、彼の心は重かった。狭い寝床にもぐりこんだとき、これが自分の棺桶で、これから教会墓地に葬られ、安らかにいつまでも眠れたらどんなにいいだろうと思った。頭上で丈のある草が優しく風にそよぎ、教会の古い大きな鐘

1　この時代、中流以上の家庭の葬儀の場合は、葬儀屋に頼んで供人をつけるのが普通であった。供人は職業的な会葬者で、葬儀の厳粛な雰囲気を演出する役割を担った。

の音を聞きながら眠るのは、どんなに心地よいだろうと思った。

朝が来た。店の扉を表から乱暴に蹴る音でオリバーは目を覚ました。彼が急いで服を着るまで、相手は怒った様子で激しく扉を蹴りつづけた。多分、二十五回は蹴ったであろう。オリバーが鎖を解きにかかると、相手は蹴るのをやめていった。

「さっさと開けろ」扉を蹴った足の持ち主が叫んだ。

「すぐ開けます」オリバーはそういって鎖をはずして鍵を開けた。

「おめえ新入りだな?」鍵穴ごしにその声がいった。

「そうです」オリバーは答えた。

「いくつだ?」その声が訊ねた。

「十歳です」オリバーは答えた。

「入ったらぶったたいてやる」その声がいった。「俺は本気だからな。救貧院のガキめ」親切にもこのように約束すると、声の主は口笛を吹きはじめた。

オリバーは「ぶったたく」というこの力強い言葉が意味する類いの行為には慣れ切っていた。だから、声の主がどんな人物であろうと、必ずやその約束を果たすであろうと思った。そして震える手でかんぬきをはずし、扉を開いた。

オリバーは表通りをきょろきょろと見渡し、鍵穴から彼に話しかけた人物は体を温めにどこかへ行ったに違いないと思った。なぜならそこにいたのは、店の前の杭に腰かけ、パンとバターにかじりついている慈善学校の少年[2]だけだったからである。彼は折りたたみナイフでパンをV字形に切り、食べやすい大きさにして驚くほど器用にパンを平らげた。

「すみませんが」しばらくしてもほかの人物が現れないので、オリバーはいった。「扉をたたいたのはあなたですか?」

「蹴ったんだよ」慈善学校の少年がいった。

「棺桶が入用ですか?」オリバーは無邪気にも訊ねた。

慈善学校の少年はものすごい形相になり、目上の者にそんな冗談をいうと、お前こそ棺桶がすぐ入用になるぞといった。

「俺のことを知らないらしいな、救貧院」慈善学校の少年はつづけてそういい、いかにも堂々とした、落ち着いた様子で杭から下りた。

「はい」オリバーは答えた。

「ノア・クレイポールさんだ」慈善学校の少年がいった。「俺はお前の上役だ。さっ

2　慈善学校は、無償で貧しい子供に読み書きを教えるための学校。

さと鎧戸を開けろ、ぐずののろまめ」

こういってノア・クレイポール氏はオリバーを一蹴りし、威厳を漂わせて店に入っていった。これは大したものといってよい。頭が大きくて目が小さく、見苦しい体軀で粗野な顔立ちの若者が威厳を漂わせるのは——いかなる状況であれ——容易なことではない。彼の鼻が赤く、おまけに黄ばんだ半ズボンをはいていたことをつけ加えれば、これがいかに驚くべきことかおわかりいただけよう。

オリバーは鎧戸をはずした。鎧戸は日中、店のわきの小さな中庭に置いておくことになっていた。だがオリバーは最初の戸を運ぶ際、あまりの重さによろめき、ガラスを割ってしまった。見かねたノアが手を貸してくれたが、彼は「どやされるぜ」と請け合ってオリバーを慰め、恩着せがましい態度で手伝ってくれた。まもなくサワベリー氏がやって来た。すぐ後にサワベリー夫人がつづいた。ノアの予言どおりオリバーは「どやされ」、それから朝食をとるためこの先輩紳士について階段を下りた。

「火のそばへいらっしゃいな、ノア」シャーロットがいった。「あんたのために、旦那の朝食から上等のベーコンをちょっとばかし頂戴しておいてあげたのよ。オリバー、ノアさんの後ろの戸を閉めなさい。あんたの分は、パン鍋のふたの上だからね。お茶はそこよ。そっちの箱のところで飲みなさい。急ぎなさいね。あんたが店に出ないと、旦那や奥さんが食事をとれないんだから。わかったわね？」

「わかったのか？　救貧院」ノア・クレイポールがいった。

「ちょっと、ノア！」シャーロットがいった。「意地悪ねえ、あんたは。放っておきなさいよ」

「放っておけ？」ノアがいった。「ずっと放っておかれてるじゃないか。父親も母親も知らん顔で、家族の誰一人、やつがどうなろうと気にしちゃいない。そうだろ、シャーロット？　ひひひ」

「まあ、あんたってどうかしてるわ」シャーロットはそういって笑い出し、つられてノアも笑った。それから二人は馬鹿にしたような目つきで哀れなオリバーを眺めた。オリバーは一番寒い部屋の隅に追いやられ、箱に座り、震えながら用意された残飯の食事をとっていた。

ノアは慈善学校の生徒で救貧院の孤児ではなかった。私生児でもなく、ちゃんと両親もいた。両親はすぐそばに住んでいた。母親は洗濯女で、父親はのんだくれの下級兵士だった。兵士といってもすでに退役しており、片足が義足で、日割りにすると二ペンス半と少しの恩給をもらって暮らしていた。もうずいぶんと長いこと、近所の店の小僧たちは往来でノアを見かけると、「半ズボン」[3]とか「慈善学校」とか不名誉なあだ名で彼を呼んだ。ノアはじっとこらえて彼らを無視した。だが幸運にも、とうとう名なしの孤児――どんなに卑しい者でも、後ろ指をさすことのできる人物――が彼の前に現れた。彼の鬱憤は利息つきでオリバーにぶつけられることになった。これは、よくよく考えてみるに値する事例である。なぜなら、ノアという人物を観察すると、人間の本性の瞠目すべき特徴が明らかになるからである。王侯貴族であろうと下劣な慈善学校の少年であろうと、愛すべきこうした性格は、身分に関係なく育まれるのだ。

オリバーが葬儀屋に来て三週間か一カ月ほどが経った。サワベリー夫妻は店じまいをして裏手の小さな居間で夕食をとっているところだった。妻を何度かうやうやしく眺めた後でサワベリー氏がいった。

「ねえお前――」彼は先をつづけようとしたが、夫人がひどく不機嫌そうな顔を向けたので、いいよどんだ。

「なんです」つっけんどんに夫人はいった。

「いや、なんでもない」サワベリー氏はいった。

「まあ、ひどい人ね」

「そうじゃないんだ」おそるおそる彼はいった。「お前が聞きたくないだろうと、そう思ったものだからね。私がいおうとしたのは、ただ――」

「おっしゃらなくて結構」サワベリー夫人がさえぎった。「お役に立てることなどありません。だからどうぞ、相談などしないでください。あなたの内緒事に立ち入る気はありません」夫人はそういってヒステリックに笑った。ひと波乱ありそうな気配だった。

「いや、お前」サワベリー氏はいった。「私はお前の助言がほしいのだよ」

「いえいえ、どうかやめて」サワベリー夫人は訴えるような調子で答えた。サワベリー氏は大いにひるんだ。「ほかの人に訊いてください」ここで彼女はまたヒステリックに笑った。サワベリー氏は大いにひるんだ。これは世間でよく見られる、効き目抜群の、夫婦間における戦術のひとつである。たちまちサワベリー氏は、お前もきっと興味をもつに違いないから、ぜひとも話を聞いてくれと、平身低頭して頼むはめになった。そのため、四十五分に満たぬささやかな悶着の末、話をしてよろしいという夫人のありがたい許可が下りたのだった。

「大したことじゃないんだ、ツイストの小僧のことさ」サワベリー氏はいった。「とても可愛らしい顔をしているじゃないか」

3　半ズボンは慈善学校の制服。

「でしょうね。十分に食べさせていますからね」夫人がいった。

「それに、どこか憂いがあるだろう」サワベリー氏はつづけた。「だからうってつけなんだ。あれはいい供人になると思う」

サワベリー夫人は顔を上げた。驚愕の表情だった。サワベリー氏はそれに気づき、夫人が何かいう前に急いで先をつづけた。

「いや、なにも大人の葬儀の供人をやらせようっていうんじゃない。子供の葬儀のときだけさ。子供の葬儀に子供の供人というのは、新しいだろう。大当たりすること間違いなしさ」

葬儀というものを知りつくしているサワベリー夫人は、この斬新なアイデアにいたく感心した。けれども、今の状況でそう認めることは自分の沽券にかかわる。だから、これほど明々白々なことになぜすぐ気がつかなかったのかと、きわめてぶっきらぼうに答えた。サワベリー氏は彼女の本意を察し、自分の提案に同意したものと受け取った。そこで、ただちにオリバーはこの職務の手ほどきを受け、出番があり次第、主人に同行することが決定した。

その機会はすぐに訪れた。翌朝、朝食が済んで三十分後、バンブル氏が来店した。杖を帳簿台に立てかけると大きな革手帳を取り出し、はさんであった小さな紙切れをサワベリー氏に渡した。

「なるほど」快活な表情で紙切れを眺めて葬儀屋はいった。「棺桶をひとつご注文で」

「まず棺桶をひとつ、それから教区の葬儀を頼む」革手帳の紐をゆわえながらバンブル氏がいった。手帳は持ち主同様にまるまると太っていた。

「ベイトン、ですか」紙切れからバンブル氏に視線を移して、葬儀屋がいった。「聞いたことがありませんな」

バンブル氏は頭をふり、いった。「頑固な連中でな、サワベリーさん。高慢ちきといってもいい」

「高慢ちき」サワベリー氏は嘲笑を浮かべていった。「そりゃあ、けしからんですな」

「そうだ、胸くそ悪い連中だ」教区吏がいった。「鼻が曲がるほどだ、サワベリーさん」

「ちがいないですな」葬儀屋は同調した。

「その家族を知ったのは、昨晩のことだ」教区吏はいった。「もっとも、知らないまま済めば、そのほうがよかったんだが。ともかく、その家に住んでいる女が教区委員のところへやって来て、とても具合の悪い病人がいるから、教区の医者を寄こしてくれと、こういってきた。だが医者は夕食に出ていて留守だった。そこで、助手の見習い――とても優秀な若者だ――が、すぐさま靴墨の容器に薬を入れて持たせてやったのだ」

「迅速なことで」葬儀屋がいった。

「そう、実に迅速！」教区吏が答えた。「だが、それでどうなった？　この悪党どもは恩を仇で返したのだよ。病人の夫が、この薬は妻の病気に合わない、飲ませるわけにはいかないと、苦情をいいにやって来たのだ。飲ませるわけにはいかないとな。だがな、その薬は、一週間前にも二人のアイルランド人労働者と石炭運搬夫に飲ませてやったもので、効果抜群と折紙つきの薬なのだ。こっちはただで、容れ物にまで入れて持たせてやったのに、飲ませられないとは何事か！」

怒り心頭に発したバンブル氏は、杖で帳簿台をひっぱたき、憤慨のあまり顔を真っ赤にした。

「なるほど」葬儀屋はいった。「私なら、そうはせんでしょうな」

「そりゃそうだ」教区吏は吐き捨てるようにいった。「ありえんことだ。ともかく、その女房は死んだ。だから埋葬せねばならん。それで、この注文というわけだ。ともかくさっさと済ませたい」

こういいながらバンブル氏は、教区吏としての怒りに駆られるあまり、三角帽を前後あべこべにかぶって店を飛び出した。

「えらい剣幕だな、オリバー。お前のことなどまるで訊ねないで行っちまったぞ」サワベリー氏はそういって、通りをずんずん歩いてゆく教区吏を見送った。

「そうですね」バンブル氏がいるあいだ、見つからないように身を隠していたオリバーが答えた。その声を思い出すだけで頭のてっぺんから足のつま先まで震えが走った。だが実際には、バンブル氏の眼差しにびくびくする必要などもはやなかったのだ。教区吏は白いチョッキの紳士の予言をそっくり信じていた。葬儀屋がオリバーを引き取り、教区は彼を厄介払いできたのだ。正式に七年の雇用契約が結ばれ、彼がふたたび教区の手に戻って来るようなことが法律上もなくなるまで、オリバーのことはそっとしておこう、そのようにバンブル氏は考えていたのだった。

「さてと」サワベリー氏は帽子を取っていった。「それじゃ、さっさと済ませるとしようか。ノア、店番を頼むぞ。オリバーは帽子をかぶって一緒に来なさい」オリバーはいわれた通りにし、仕事に出かける主人につき従った。

二人は住宅が軒をつらねた、町で一番ごみごみした地域を抜け、さらに汚いうらぶれた路地へ入った。そして目的の家を見つけようと足をとめた。左右の家々はどれも背が高く大きかったが、ひどく古びていて、最下層の人々が間借りして住んでいるようだった。腕を組み、かがみこむようにして、こそこそと往来を忍び歩く不潔な身なりの男女の姿がなかったとしても、家々の荒廃した様子からここが貧民窟であることは明らかだった。建物の多くは一階が店舗用に作られていたが、どれも戸を閉ざして朽ち果てるにまかせ、人々は階上に住んでいた。なかには老朽化でぐらつき、往来へ崩れ落ちそうな家もあった。それを防ぐために、道にしっかりと埋めこんだ巨大な梁をつっかえ棒にして、家壁を支えている光景も見られた。しかしこうした廃屋すら、住む家のない貧民のねぐらとなっているらしかった。戸や窓が収まるべき場所には板が打ちつけてあったが、その多くが剝ぎ取られ、人が通れるほどの隙間ができていたからである。側溝はよどんで不潔だった。餓死したネズミの死骸がそこここに横たわり、腐敗して悪臭を放っていた。

オリバーとその主人が足をとめた家は、戸口が開いていた。ノッカーも呼鈴もなかった。二人は薄暗い廊下を手探りで進んだ。葬儀屋はオリバーに、怖がらずについて来るようにいい、二階まで階段を上った。踊り場のところで扉にぶつかると、その扉をこつこつとノックした。

扉を開けたのは十三か十四の少女だった。葬儀屋は部屋の中をうかがい、一目でこれが目的の家であることを知った。彼は中に入り、オリバーがその後ろにつづいた。

部屋に火の気はなかった。一人の男が、火のない暖炉のほうを向いて気の抜けたようにうずくまっていた。その横で、老女が冷え切った暖炉を前に、背のない椅子に腰かけていた。部屋のもう片方の隅には、ぼろを着た子供が何人かいた。入口の正面奥には、古びた毛布をかけたものが横たわっていた。そちらへ視線を向けたとき、オリバーはびくっとして、思わず主人にすり寄った。毛布がかけられていても、死体であることがわかったからだった。

男の顔はやつれて青ざめていた。髪や髭は白髪まじりで、目は血走っていた。老女はしわだらけの顔で、残った二本の歯が下唇からつき出し、目は爛々として鋭かった。オリバーは怖くてたまらず、男にも老女にも目を向けることができなかった。さっき表で見たネズミにそっくりだった。

「誰も彼女には近寄らせんぞ」葬儀屋が死体のほうへ近づくと、男はがばと起き上がっていった。「寄るな！　寄るんじゃない！　死にたくなければな！」

「そんな馬鹿をいっちゃいかんよ、あんた」さまざまな不幸を目にしてきた葬儀屋がいった。

「いっておくがな」男は拳を握りしめ、激しく床を踏み鳴らしていった。「俺は、彼女を土のなかに埋めさせはしないぞ。そんな場所じゃ安らかに眠れん。虫どもがあいつをそっとしておかん。もっとも、食べはしないだろうが。あんなに、やつれ果てていればな」

葬儀屋はこのうわごとを聞き流し、黙ってポケットから巻尺を取り出すと、死体の大きさを測るためにひざまずいた。

「おお！」男は激しく泣き出し、死んだ女の足元にかがみこんだ。「みんなここへ来い。彼女の周りにひざまずくんだ。そして俺の話を聞け！　彼女はな、飢え死にしたんだ。俺はこいつが、どれほど悪いのか知らなかった。やがて彼女は熱を出した。みるみるうちに痩せ細ってきた。家には火もなければ明かりもない。彼女は暗闇のなかで死んだ。子供の顔さえ見られなかった。子供らの名前を苦しそうに呼ぶ声だけが聞こえた。俺は彼女のために、往来で物乞いをした。それで牢屋へ入れられた。家に戻ったとき、こいつはもう虫の息だった。それで、俺の心臓の血はすっかり干上がってしまったのだ。あいつらが彼女を飢え死にさせたんだ。俺は神かけて誓う。神はすべてを見ておられる。彼女を飢えさせたのは、あいつらなんだ！」男は手で自分の髪をつかみ、わめき立てながら床の上をのたうちまわった。目はすわり、口元には泡が浮かんでいた。

子供たちは恐ろしさに激しく泣いた。すると老婆が——このときまで何食わぬ顔で黙りこんでいたが——子供たちを叱りつけて黙らせ、床に転がっている男のクラバットをほどき、それからゆっくりと葬儀屋のほうへ歩み寄った。

「彼女はあたしの娘なのさ」老婆はそういって死体のほうへうなずいてみせた。魂の抜けたような彼女の目つきは、死体が転がるこの部屋の雰囲気よりずっと薄気味悪かった。「なんて不思議なんだろう。その娘を産んだ私が今もこうして生きてて、ぴんぴんしてるのに、娘はそこで冷たく硬くなっているなんて。ああ、これはどう考えても、お芝居のように愉快だ。お芝居のように愉快だよ」

哀れな老婆が不気味な笑みを浮かべ、このようにつぶやいている隙に、葬儀屋は帰ろうとした。

「お待ち、お待ち」老婆は小声だが、よく通る声でいった。「娘の埋葬は明日だろうかね？　それとも明後日かね、今夜かね？　あの娘の身繕いはしてあるが、私は歩かなきゃならない。大きな、暖かな外套が要るんだよ。外はひどく寒いからね。それに、出かける前にケーキとワインがあればね、いや、パンひと切れと水一杯でいいよ。パンはもらえるだろうね？」しつこく彼女はいい、彼がふたたび扉のほうへ歩き出すと、コートの袖口にしがみついた。

「大丈夫、大丈夫」葬儀屋はいった。「何も心配はいらないですよ」彼は老婆の手をふりほどき、オリバーの手を引いて足早に立ち去った。

翌日――バンブル氏がみずから運んできた、一キログラムのパンとひと切れのチーズにありつき、一家はひとまず飢えをしのいでいた――、オリバーとサワベリー氏はふたたび彼らの住まいを訪ねた。すでにバンブル氏がおり、棺桶をかつぐために救貧院から連れて来られた四人の男たちもいた。老婆と男に古ぼけた黒の外套が渡された。棺の蓋が閉じられた。棺桶はかつぎ上げられ、往来へと運び出された。

「さあさ、歩きましょう、おばあさん」サワベリー氏は老婆の耳元でつぶやいた。「少々遅れていますからね。牧師さんをあんまり待たせるわけにはいかない。さあ諸君、急ぎ足で行きますぞ」

こう指示を受け、かつぎ手たちは遺体が軽かったこともあり、足早に進んだ。遺族の二人は遅れずにそれについて行った。バンブル氏とサワベリー氏は先頭に立ってゆうゆうと先を急いだ。主人ほど足が長くないオリバーはそのわきを走ってついて行った。

だが、サワベリー氏が案じたほど急ぐ必要はなかったのである。なぜなら、教区民の墓が立ち並ぶ、刺草(いらくさ)の生い茂る教会墓地の薄暗い一角に着いたとき、牧師はまだ来ていなかったからだ。祭服室の暖炉のそばに腰かけていた教会書記は、牧師が来るまでたっぷり一時間はかかると考えている様子だった。かつぎ手は墓穴のわきに棺を置いた。冷たい雨のそぼ降るぬかるんだ墓地で、遺族の二人はじっと式の開始を待った。ぼろを着た少年たちが見物に集まって来た。彼らは墓石のあいだでやかましく隠れんぼをし、それに飽きると棺を前後に飛び越えて騒いだ。サワベリー氏とバンブル氏は、ここの教会書記と知り合いだったので、一緒に火のそばに腰を下ろして新聞を読んでいた。

一時間以上も過ぎたころ、ようやくバンブル氏、サワベリー氏、教会書記の三人が墓地へやって来た。まもなく、白の法衣（ほうえ）に袖を通しながら牧師が姿を現した。バンブル氏は騒ぐ子供をひっぱたいて静かにさせた。牧師は葬送の祈りを手早く四分で済ませ、書記に法衣を渡してすぐに引き上げた。

「よし、ビル」サワベリー氏は墓掘人にいった。「埋めてくれい」

大した手間ではなかった。墓穴はすでに棺でいっぱいで、棺の一番上など地面から一メートルにも満たぬところにあった。墓掘人は土をかけ、足でいい加減に踏み固めると、鋤（すき）をかついで立ち去った。少年たちも、式があっという間に済んだことを大声でぼやきながら、帰って行った。

「さあ、行こうじゃないか」バンブル氏は遺族の背中をたたいた。「墓地の門が閉まるぞ」

男は墓穴のそばに来てから固まったままだったが、はっとして顔を上げ、自分に話しかけた人物を見つめた。歩き出したが、まもなく気絶して倒れてしまった。しかし、ぼけた老婆は外套がなくなったと大騒ぎで（葬儀屋が脱がしたのだ）それどころではなかった。人々は男の顔に冷たい水を浴びせて正気づかせ、やっとのことで彼を墓地から連れ出し、門に鍵をかけておのおの帰路についた。

「さあ、オリバー」帰り道でサワベリー氏がいった。「やっていけそうかい？」

「はい、ありがとうございます」オリバーは大いに戸惑いながら答えた。「いえ、あまり自信がありません」

「うん、じきに慣れるよ、オリバー」サワベリー氏はいった。「慣れてしまえば、なんということはない」

サワベリー氏は慣れるのにずいぶんかかったのだろうか、とオリバーは訝しんだ。だがそんな質問はしないほうがいいと思った。そして今日の出来事を思い返しながら店へ戻った。

第6章　オリバーはノアから侮辱を受け、やり返し、彼を驚かせる

ひと月の試用期間が終わり、オリバーは正式に徒弟となった。ちょうど病気がはやる季節で、業界用語でいえば「棺桶が駆け上がる」時期にあたり、二、三週間でオリバーは実にいろいろな経験を積むことになった。サワベリー氏の独創的なアイデアは成功した。もともと楽天家のサワベリー氏であったが、彼の予想をはるかに上まわる大成功といってよかった。何しろ、これほどはしかが猛威をふるい、子供が死んだ年は、年寄りにも前代未聞だったからである。多くの葬列の先頭には、帽子に巻いた黒リボンが膝まで垂れたオリバーの姿があった。その姿を見た町の母親たちは、ひどく心打たれ、彼をほめそやすことしきりだった。主人は大人の葬儀にも頻繁にオリバーを連れて行った。一人前の葬儀屋にふさわしい、動じない、平静な物腰を身につけさせようという配慮からだった。オリバーは、気丈な人々が愛する人の死を毅然として

受け入れ、じっと耐え忍ぶ姿を何度となく目撃した。たとえば金持ちの老人の葬儀である。故人が息を引きとるまで、その病床を姪や甥が大勢取り囲んでいる。彼らは慰めようがないほど嘆き悲しみ、どんな公けの場でも、感情を抑えられず悲嘆に暮れた様子をしている。けれども自分たちだけになると、何とも愉快そうで満ち足りた、幸福そうな顔になり、まるで心悩ませることなどなかったかのように、快活にぺちゃくちゃおしゃべりをしている。夫も、すばらしく落ち着き払って妻の死に耐える。夫を亡くして喪服を着た妻も、悲しみに沈んでいるというより、自分の喪服姿の見栄えにもっぱら気をとられているように見える。埋葬のあいだ苦悶の表情を浮かべている紳士淑女も、帰宅すればたちまち元気になり、お茶が終わるまでにはすっかり落ち着きを取り戻している。こうした場面はどれも見ていて愉快で、実にためになった。オリバーは感心して彼らを眺めた。

オリバーがこうした善良なる人々に学び、諦念というものを身につけたのかどうか――筆者は彼の伝記作者ではあるが――確信をもって断言することはできない。筆者にいえることは、彼が何カ月ものあいだ、ノア・クレイポールのいじめと圧制に逆らうことなく耐えたということである。ノアのいじめは日ごとにひどくなった。これは、嫉妬のためである。新入りのほうが先に昇進し、黒い杖と喪章をつけた帽子をあてがわれ、一方、古株の自分は相変わらずマフィン・キャップに半ズボン姿だったからである。ノアがいじめればシャーロットもオリバーをいじめた。サワベリー夫人も、夫がやたらとオリバーの肩を持つのでオリバーを毛嫌いするようになっていた。こんな三人に加えて、山のように葬儀の仕事があったので、オリバーの暮らしは心安らかなものとはいいかねた。酒造所の穀物倉に誤って閉じこめられた飢えた豚でも、オリバーとくらべればずっとましな境遇といえた。

さて今や、オリバーの物語においてきわめて重要な局面にさしかかった。ここで書き留めておかねばならない一幕は、一見したところ些細な、つまらない出来事と映るかもしれない。しかし実際には、間接的とはいえ、彼の将来の運命に甚大な変化を引き起こすことになったのである。

ある日のことであった。夕食の時刻になり、オリバーとノアは台所へ下りて羊肉の切れ端——たいして大きくもない、首の部分の捨ててもいいような肉——にありつこうとしていた。だが、シャーロットが用事をいいつけられて席をはずし、食事が出されるまでしばしの間があった。腹が減っていらいらしていたノア・クレイポールは、この時間を有効に使おうと思い、幼いオリバー・ツイストをからかい、いじめることにした。

この無害な遊びを楽しむことに決めたノアは、テーブルクロスに足を載せると、オリバーの髪を引っぱり、耳をつねり、「腑抜け野郎」呼ばわりした。彼は、もし喜ばしくもオリバーが絞首刑になるようなことがあれば必ず見物に行くといい、それから、育ちが悪く意地も悪い慈善学校の生徒らしく、ありとあらゆる罵詈雑言をオリバーに浴びせはじめた。しかし、こうした嘲弄のどれひとつとして、オリバーを泣かせるという望み通りの成果を挙げなかった。ノアは戦術を変え、彼よりもっと名うての愚昧な連中がときどきふざけてやるように、相手の身内の誹謗中傷に転じた。

「おい救貧院」ノアはいった。「お前のお袋はどうしているんだ?」

「死にました」オリバーはいった。「母さんの話はしないでください」

そういいながら、オリバーは気色ばみ、息づかいが荒くなった。口と鼻の穴が普段にない動きをはじめた。これを見て、すぐにわんわん泣きはじめるだろうとクレイポール氏は思った。そこで追い打ちをかけることにした。

「なんで死んだんだよ、救貧院」ノアがいった。

「絶望して死んだと、看護師さんたちがいっていました」オリバーは、ノアに話しているというより、独り言でもいうように答えた。「絶望して死ぬってどういうことか、僕にはわかる気がします」

「かわいそうに、かわいそうになあ、救貧院」ノアがそういうと、オリバーの頰を涙が伝った。「おい、なんだって泣くんだよ」

「あなたのせいじゃないんです」慌てて涙をぬぐいながらオリバーは答えた。「気にしないで」

「俺のせいじゃないと！」ノアがあざけるようにいった。

「もちろん、そうです」オリバーはつっけんどんに答えた。「もういいでしょう。母さんの話はしないでください。もうたくさんです」

「もうたくさんだと！」ノアがわめいた。「もうたくさん！　おい、救貧院、生意気いうんじゃないぞ。たくさんなのは、てめえのお袋のほうだ」ノアは意味深長にうなずいてみせ、動かせる限りその小さな赤鼻を反りかえらせた。

「いいか、救貧院」オリバーが何もいわないので調子にのったノアは、哀れみつつあざけるという、一番たちの悪いやりかたでつづけた。「今さらどうなるものでもない。お前の力でどうなるものでもない。だから、俺はお前をかわいそうだと思う。俺だけじゃない。みんなお前を哀れんでいる。だがな、いわせてもらうが、お前のお袋は、正真正銘のろくでなしだったんだよ」

「なんですって？」さっと顔を上げながらオリバーは訊き返した。

「正真正銘のろくでなしだよ、救貧院」冷淡にノアはいった。「それにな、死んだのはもっけの幸いというやつさ。死んでなきゃ、刑務所でひどい労役刑についているか、流刑になっているはずだ。いや、絞首刑だな。間違いなく絞首刑だ」

憤怒で顔を真っ赤にしてオリバーは立ち上がり、椅子とテーブルをひっくり返した。ノアの首をしめ、彼の上下の歯が口のなかでカチカチ音を立てるほど、怒りのままに激しく相手を揺さぶった。そして渾身の力をこめて、彼を床に突き飛ばした。

一分前まで彼は無口な、おとなしい、悄然とした少年だった。これまでの苛酷な生活のせいでそんな性格になっていたのだった。だが、彼は奮い立った。死んだ母親が不当に侮辱されたことで、彼の血が沸き立ったのだった。激しい息づかいで胸を波立たせ、まっすぐに立ち、その目は生気に満ち満ちていた。まるで人が変わったように、彼は足元にうずくまった卑劣なならず者をにらみつけ、未知の力がこみ上げてくるのを感じつつ、ノアに挑みかかった。

「こいつ俺を殺す気だ！」ノアは泣き出していった。「シャーロット！　おかみさん！　新入りが俺を殺そうとしてます！　助けてくれ！　オリバーが狂った。シャーロット！」

ノアがこのように叫ぶと、シャーロットの金切り声と、さらにかん高いサワベリー夫人の声が響き渡った。シャーロットはわきの扉から台所へ飛びこんで来た。夫人は階段で足をとめ、これ以上進んでも生命の危険がないかどうか、はっきりするまでじっとしていた。

「この悪ガキ！」シャーロットは叫びながら、あらん限りの力で——体を鍛えている、ほどほどに強い男にひけを取らぬほどの力で——オリバーをつかんだ。「恩知らず！人殺し！　悪党！」彼女は罵倒の言葉に合わせてこれでもかとオリバーを殴った。そして世のためを思って悲鳴を上げた。

シャーロットの拳骨は生やさしくはなかったが、オリバーの興奮を鎮めるのには不足があると思ったサワベリー夫人は、台所へ飛びこみ、片手でオリバーを押さえつけ、もう一方の手で彼の顔を引っ掻いた。こうなればしめたもので、ノアは床から起き上がるとオリバーの背中をしたたかに殴った。

あまりに激しい運動のため、この騒ぎは長くつづかなかった。三人ともすぐに、これ以上殴ったり引っ掻いたりできないくらいへとへとになった。そこで、ひるむことなく相変わらずわめき、もがいているオリバーを、ゴミ置場へ引きずりこんで閉じこめた。その後、サワベリー夫人は椅子に崩れ落ち、号泣しはじめた。

「まあ、奥様が卒倒しそうだわ」シャーロットがいった。「ノア、水よ。急いで」

オリバーはノアを驚かせる。

「シャーロット」サワベリー夫人はびしょ濡れになって――ノアが夫人の顔や肩に大量の冷水をかけたのである――、息を弾ませながらやっとのことでいった。「シャーロット、寝ているうちに殺されなかったのは、幸運だったね」

「本当に、幸運でしたよ、奥様」彼女は返事した。「これに懲りて、旦那様がこんな恐ろしい連中を、もうお雇いにならないことを願っていますわ。生まれついての盗人で人殺しなんですから。まあノアったら、かわいそうに。私が駆けつけたとき、殺される寸前だったんですから、奥様」

「気の毒にねえ」サワベリー夫人は同情して慈善学校の生徒を見やった。

ノアと並んだとき、オリバーの背丈は相手のチョッキの、一番上のボタンにやっと届く程度でしかなかったのである。しかしノアは、このように憐れみの言葉をかけられると、手の平のつけ根で目をこすり、べそをかいて鼻をすすってみせた。

「どうしたらいいだろうね」サワベリー夫人はいった。「主人は留守で、男手はないときてる。あの子は十分もすれば、きっとあの扉を蹴破るよ」オリバーは、くり返し小さな木の扉に激しく体当たりしていたので、夫人のいう通りになりそうだった。

「本当にそうですわ」シャーロットがいった。「お巡りさんを呼びにやる以外、どうにもなりませんわ」

「もしくは軍人だね」クレイポールがいった。

「いえいえ」オリバーの古くからの知り合いを思い出して、サワベリー夫人はいった。

「バンブルさんを呼んでちょうだい、ノア。すぐ来てくれっていうのよ。一刻の猶予もないってね。帽子なんかいいから、急ぐんだよ。目のあざなんか道々ナイフの腹を押し当てておけば、腫れがひくだろうさ」

ノアは返事もせずに全速力で店を飛び出した。慈善学校の生徒が帽子もかぶらず、折りたたみナイフを目に押し当てて泣きながら疾走する姿は、通りを行き交う人々を大いに驚かせた。

第7章　オリバーは強情をはる

ノア・クレイポールは大急ぎで通りを走り抜けた。呼吸を整えるために休むこともなく、やがて救貧院の門のところまで来た。一分かそこら休み、目に涙をため、おびえた様子でむせび泣きはじめると、門のくぐり戸を激しくノックした。戸を開けに出てきたのは年老いた救貧院の収容者だった。ノアは思い切り悲しげな表情をしてみせた。老人は、景気のいいときでも悲しげな顔に囲まれて生きてきたが、その彼でさえノアを見ると仰天して後ずさりした。

「なんだい、一体どうしたんだい」老人はいった。

「バンブルさんだよ、バンブルさん！」わざとおろおろしてみせて、ノアは叫んだ。興奮したその声はたまたま近くにいたバンブル氏の耳に届いた。ただ事ではないと思った彼は三角帽もかぶらずに中庭へ飛び出してきた。これは実に珍しい、特筆すべき出来事といってよい。虚をつかれると、教区吏といえども瞬間的に冷静さを失い、自らの地位を忘れることがあるのだ。

「ああ、バンブルさん！」ノアがいった。「オリバーが、オリバーが――」

「なんだ、どうした」バンブル氏は嬉しさから金属のような目をぎらぎらさせて、口をはさんだ。「まさか、逃げ出したんじゃあるまいな。そうなのか、ノア？」

「いえ。逃げたんじゃなくて、暴れ出したんです」ノアはいった。「危うく殺されるところでした。あいつはシャーロットとおかみさんも殺そうとしました。なんと恐ろしい。とても、とても耐えられない」ここでノアは、鰻のようにくねくねと身をよじって苦しみを表現した。オリバーから半殺しの目に遭わされ、ひどい打撲や傷を負い、痛くて苦しくてたまらぬ状態にあることをバンブル氏に理解させようとした。

伝達された情報がバンブル氏をすっかり啞然とさせたのを見てとると、ノアはだめ押しに、今までの十倍は大きな声で、痛い、苦しいと悲鳴を上げた。白いチョッキの紳士が中庭を通りかかると、さらに悲劇的な調子で絶叫してみせた。これは、紳士の注意をひき、彼の怒りも引き出したほうがずっと好都合と考えたためである。

紳士はすぐにこの騒ぎに気づいた。三歩も歩かぬうちに険しい表情であたりを見まわし、その若造は何をわめいているのかと訊ねた。そして、なぜバンブル氏は彼をこのように好き勝手に泣かせておくのか、なぜひっぱたいて本気で泣かせてやらないのか、と訊ねた。

「これは、慈善学校の哀れな生徒でして」バンブル氏は答えた。「あのオリバーに殺されそうになった、あやうく殺されるところだったと、こう申しております」

「なんと！」白いチョッキの紳士は叫んだ。「そうだろうとも。私は最初から、あの不埒なチンピラが絞首刑になるような気がしておったのだ」

「あやつは、女中まで殺そうとしたそうで」真っ青な顔をしてバンブル氏はいった。

「それにおかみさんも」クレイポール氏がつけ足した。

「主人も襲われたと、お前はそういったか、ノア？」バンブル氏が訊いた。

「いえ、旦那はいなかったんです。でも、いれば殺されていたに違いないです」ノアは答えた。「殺してやると、そういってましたから」

「ほう！　殺してやると、あいつがそういったか？」白いチョッキの紳士は訊ねた。

「いってました」ノアは答えた。「それでですね、おかみさんは、バンブルさんにすぐにも御足労いただき、あいつをたたきのめしてほしいと、そういっているんですが。旦那は留守なもので」

「よしよし、了解したぞ、少年」白いチョッキの紳士はそういって、優しそうに微笑むと、自分の頭より拳一個分は高いところにある少年の頭をぽんぽんとたたいた。

「いい子だ、とてもいい子だ。ほら、お前に一ペニーやろう。バンブル、杖を持ってサワベリーの店へ行け。そしてどう処置すべきか様子を見てくるんだ。手加減はするな、バンブル」

「承知しました」教区吏は答えた。そして鞭打ち用に、杖の先に巻きついた蠟引きの紐を直した。

「手加減はするなとサワベリーにも伝えろ。ああしたガキは鞭打ってぶん殴らないと、どうにもならんからな」白いチョッキの紳士はいった。

「心得ております」教区吏はいった。三角帽をかぶって杖を手にしたバンブル氏は、ノア・クレイポールとともに葬儀屋に急行した。

状況はいささかも好転していなかった。サワベリー氏はまだ帰宅しておらず、ゴミ置場のオリバーは相変わらず精力的に扉を蹴りつづけていた。サワベリー夫人とシャーロットからいかにオリバーが手のつけられない状態であるかを聞かされると、バンブル氏は驚き、扉を開ける前に彼と話し合ったほうがよさそうだと判断した。そこで、挨拶代わりにゴミ置場の扉を蹴ると、鍵穴ごしに低い威圧的な声で話しかけた。

「オリバー！」

「出してくれ！」内側からオリバーが答えた。

「私が誰かわかるな？」バンブル氏はいった。

「はい」オリバーは答えた。

「びっくりしたか？　私の声を聞いて震えておるんじゃないか？」バンブル氏はいった。

「いいえ！」大胆不敵にオリバーは答えた。

聞き慣れぬ、予想に反する返答に、バンブル氏は少なからず動揺した。鍵穴から離れて身を起こすと、驚きのあまり無言のまま、事態を見守っている三人の顔をそれぞれ見た。

「おわかりでしょう、バンブルさん。あの子はどうかしちまったんですよ」サワベリー夫人がいった。「あなたにあんな口を利くなんて、正気の沙汰じゃありません」

「いや、問題は頭じゃない」しばし思案してからバンブル氏は答えた。「肉ですな」

「なんですって？」サワベリー夫人がいった。

「肉ですよ、奥さん。肉です」力強くバンブル氏は答えた。「食わせすぎたのです。本来あのような輩にふさわしからぬ、魂と活力を養ってしまったのです。老練な哲学者ぞろいの委員会は、あなたにそう説明するでしょう。貧乏人に魂や活力など不要ですぞ。肉体だけ養ってやればそれで十分。粥だけ与えていれば、こんな事態にはならなかったでしょうな、奥さん」

「まあまあ！」サワベリー夫人は敬虔にも台所の天井を見上げて叫んだ。「寛大さの報いだなんて！」

ほかの人間なら口にしないようなくず肉を、物惜しみせずオリバーに与えたこと、これがサワベリー夫人のいう寛大さであった。彼女はバンブル氏の厳しい叱責を甘んじて受け入れ、自らの非を認めたが――公平に評するならば――彼女に非はなかったのである。彼女は真に寛大と評するにふさわしいことを、考えたこともなければ口にしたこともなく、ましてや実行したこともなかったからだ。

「ああ」夫人が今一度うつむいたとき、バンブル氏はいった。「ともかく、まる一日かそこら、このまま放っておくしか手はありませんな。そうすれば腹が減っておとなしくなる。それから外に出し、今後は粥しか食わせないようにすることです。あやつは血筋がよくない。かっとなりやすいんでね。母親はずいぶんな目に遭いながらこの土地までやって来たようだが、まともな女ならとっくに死んでいたはずだと、看護師も医者もいってましたな」

バンブル氏がこのように話すと、オリバーはまた自分の母親が悪くいわれていることを聞きつけ、ほかの一切の物音を消し去るほど激しく扉を蹴りはじめた。と、そこへ、サワベリー氏が帰宅した。夫人たちは、彼の憤怒を誘うような尾ひれをつけてオリバーの不祥事を報告した。彼はただちにゴミ置場の扉を開け、生意気な弟子の首根っこをつかみ、オリバーを引きずり出した。

オリバーの服は夫人たちに殴られたせいで破れ、顔にはあざと引っかき傷ができ、髪の毛はくしゃくしゃになって額にたれていた。しかし、その顔は相変わらず怒りで紅潮していた。牢屋から出されるとノアをにらみつけ、いささかもひるんだ様子はなかった。

「お前はいい子だと思ったがな」サワベリー氏はそういい、オリバーを揺さぶるとその横っ面を平手打ちした。

「あいつが母さんの悪口をいったからです」オリバーは答えた。

「だからどうだというんだい、この恩知らず」サワベリー夫人がいった。「ノアがいった通りじゃないか。もっとひどかったかもしれないよ」

「違います」オリバーはいった。

「違わないよ」サワベリー夫人がいった。

「嘘だ！」オリバーはいった。

夫人はおいおい泣きはじめた。

このように泣かれるとサワベリー氏もお手上げだった。もはやオリバーを厳しく罰する以外にない。少しでも躊躇すれば――経験豊かな読者なら察しがつくと思うが――これまでの夫婦喧嘩が示している通り、ろくでなし、甲斐性なし、卑劣漢、人非人などなど、とてもここに書き切れない、さまざまな称号を授かることは間違いなかった。公平にいうなら、彼は微力ながら精一杯、少年に優しくしていたのである。彼自身がそうしたかったからでもあろうが、妻が少年を嫌っていたからでもあるだろう。ともかく、このようにわんわん泣かれては致し方ない。彼はすぐさま夫人が納得し、バンブル氏が杖をふるう必要がないほど、オリバーをやっつけざるをえなかった。その後、オリバーは夜になるまで台所裏に監禁された。与えられたのは水とパン一切れだけだった。夜になるとサワベリー夫人が扉の前に来て、オリバーの母親についておよそほめ言葉とはいいかねる文句を並べたてた後、扉を開けた。ノアとシャーロットが彼をなじり、夫人はいつもの粗末なベッドで寝ろと彼に命じた。

静まり返った葬儀屋の陰気な仕事場に一人取り残されたとき、ある感情がオリバーを襲った。それは、普通の子供が昼間のような仕打ちを受けた場合、当然襲われるであろう感情だった。オリバーは、愚弄されても軽蔑の表情で彼らに立ち向かい、鞭打たれても悲鳴も上げずに耐えた。それは並々ならぬプライドが彼を支えていたからである。たとえ火炙りにされていたとしても、彼はじっと耐え抜いたであろう。だが今や、敵は姿を消し、一人きりだった。オリバーは床にくずおれて、両手で顔を覆い、泣きに泣いた。神よ、われらが人間の名誉のために、願わくば幼き者の涙を顧みたまえ！

オリバーは長いあいだそのような姿勢でじっとしていた。ふたたび立ち上がったとき、ロウソクはだいぶ燃えつきていた。聞き耳を立てて用心深く周囲を見渡してから、彼はそっと戸口のかんぬきをはずして戸外を眺めた。

寒い、暗い夜だった。星たちはいつもよりずっと遠くにあるように見えた。風はなく、地面にのびた木々の微動だにしない憂鬱な影は、不気味で、死を連想させた。彼は戸をそっと閉めた。消えかかったロウソクの明かりで手持ちのわずかな衣類をハンカチに包んでから、長椅子に腰を下ろして夜明けを待った。

鎧戸のあいだから朝の光が差しこむと、オリバーは立ち上がり、ふたたび戸口のかんぬきをはずした。おずおずと周囲を見渡して――ちょっとためらった後に――戸を閉めて往来へ出た。

どっちに逃げたらいいか決めかねて、彼は左右を見た。それから、以前外出した際に、えっちらおっちら丘を登って行く荷馬車を見たことを思い出した。彼はその道を行くことにした。やがて野原のあいだをゆく小道に出た。小道を少し行けばやがて街道に至ることを彼は知っていた。彼は小道に入り、急ぎ足で進んだ。

以前、バンブル氏に連れられて例の施設から救貧院へ向かう途中、この小道を歩いたことを彼はよく覚えていた。この小道を行けば、例の施設の前を通ることになるのだ。そう思うと心臓がどきどきした。引き返そうかと思った。しかしもうずいぶん来てしまっており、小道を戻ればかなりの時間の損失になる。いや、まだ朝早い。誰かに姿を見られる心配はないだろう。彼は歩きつづけた。

施設の前に来た。こんな早朝なので、起き出している子供たちの姿はなかった。オリバーは足をとめ、庭先をのぞきこんだ。すると子供が一人、小さな花壇の草むしりをしていた。その少年は青白い顔をあげた。見覚えのある顔で、オリバーがここにいたときの仲間の一人だった。町を去る前に、彼に会えたことをオリバーは喜んだ。自分より年下だったが、友人であり、遊び仲間だった。幾度となく、ともに殴られ、食事を取り上げられ、閉じこめられた仲間だった。

「静かに、ディック」少年が門口へ駆け寄り、鉄柵から手を出して挨拶したとき、オリバーはいった。「ほかに起きている者があるかい？」

「僕だけさ」少年は答えた。

「僕に会ったと、いわないでおくれ」オリバーはいった。「逃げ出すとこなんだ。あまりひどく扱われたものだからね。どこか遠くへ行って、身を立ててやろうと思うんだ。どこへ行くかはまだわからないけど。君、ずいぶん顔色が悪いよ」

「医者がいっているのを立ち聞きしたんだけど、僕はもう長くないってさ」かすかな笑みを浮かべて、少年は答えた。「君に会えて本当によかった。さあ、ぐずぐずせず、早く行けよ」

「でも、別れの挨拶ぐらいさせておくれ」オリバーは答えた。「また会えるさ、ディック。また会おう。そのときは君も元気になって、幸せになっているさ」

「そうだといいね」少年はいった。「でもそうなるのは、死んだ後のことさ。生きているうちじゃない。オリバー、僕は医者の見立てが正しいと思う。よく夢で天国や天使を見るんだ。普段見ることのない、優しい人々に出会うんだ。さあ、キスしておくれ」少年はそういって、背の低い門をよじ登り、細い腕をオリバーの首に巻きつけた。「さよなら、オリバー。君に神の恵みがありますように」

この祝福の言葉は、幼い少年の唇から発せられたものではあったが、オリバーが人から受けた最初の祝福の言葉であった。その後のオリバーの人生において、苦しみもがいているときや、さまざまな運命の変転のさなかにおいても、彼がこの祝福の言葉を忘れたことは一度もなかった。

第8章　オリバーは歩いてロンドンへ向かい、その途上、風変わりな若い紳士に出会う

　オリバーは動物が通れぬように設けられた木戸のところまで来た。ここで小道は終わり、そこから先は街道となった。時刻は朝の八時だった。町から八キロほどの地点まで来ていた。彼は昼まで、走っては生け垣に身を隠し、また走るということをくり返した。追手につかまるのではないかと不安だったからだ。その後、一里塚のわきに座りこんで休み、逃げ出してはじめて、これからどこへ行って暮らしたものかと考えた。

　すぐわきの一里塚には大文字で「ロンドンまで百十キロ」と記されていた。その地名は彼の心に、かつてない、さまざまな連想を呼び起こした。ロンドン！　あの偉大なる大都市ロンドン！　そこへ行けば誰も――あのバンブル氏でも――もはや自分を見つけることなどできまい！　救貧院の老人たちがよくこんなことをいっていた。気

骨のある若者ならロンドンで食うに困ることはない。田舎者には思いもよらぬ生活の手立てがいくらでもあるものだと。助けてくれる者がなければ、行き倒れて死ぬほかない自分のような宿無しの少年にとって、ロンドンこそ目指すべき場所に違いない。このような考えが脳裏をよぎり、オリバーはすぐに立ち上がってまた歩き出した。

自分とロンドンの距離をきっかり六キロ縮めたとき、ようやく、目的地にたどり着くのがどれほどたいへんであるか彼は思い知った。この思いは彼に重くのしかかり、自然と彼の歩みを緩めた。彼はほかにどんな手段があるか思案した。持ち物といえば、硬くなったパンが一切れに、粗末なシャツが一枚、それに靴下が二足あるだけだった。ポケットには一ペニーの金――いつだったか葬儀の後で、立派に務めを果たしたというので、サワベリー氏からもらったもの――しかなかった。オリバーは思った。「きれいに洗われたシャツがあるのはとてもありがたい。二足の靴下と、一ペニーのお金だってそうだ。でも冬に百キロ歩くのには大した助けにはならない」多くの人々がそうであるように、オリバーはすぐに自分の抱えている問題に気がついたが、それを解決する手段となるとまったく途方に暮れてしまった。あれこれ考えたがどうにもよい案は浮かばなかった。それで、小さな包みをもう一方の肩にかけ直すと、ふたたび重い足どりで歩き出した。

オリバーはその日三十キロ歩いた。口にしたものは、干からびたパン一切れと、街道沿いの農家の軒先で飲ませてもらったわずかな水だけだった。夜になると牧草地を探し、干し草の下にもぐりこんで朝まで眠ることにした。最初はびくびくしていた。刈り入れ後の畑を、不気味なうなり声をあげて風が吹き抜けたからだ。おまけに寒くて空腹だった。これほど孤独を感じたことはなかった。だが歩き疲れていて、すぐに眠りに落ち、眠れば不幸も忘れた。

翌朝目覚めたとき、体は冷え切ってこわばっていた。ひどい空腹だった。最初に通過する村で、一ペニーをパン一切れと交換するしかなかった。二十キロも行かないうちに、また夜が近づいてきた。足の裏がひりひり痛んだ。足は棒のようで、立っているだけでがくがく震えた。この日の夜は、寒い、じめじめした場所で眠ったので体にこたえた。朝を迎えて出発するときは、這うようにして進む以外になかった。

急な上り坂の手前まで来たとき、彼は立ちどまって乗合馬車が来るのを待ち、屋上席の乗客に物乞いをした。しかし彼に注意を向ける者はほとんどおらず、いても、「馬車が丘の上に着くまでここで待ってろ」とか「半ペニーやるから走ってついて来い」とにべもなかった。哀れなオリバーは馬車について行こうとしたが、疲労と足の痛みですぐに降参した。馬車の乗客はこれを見ると半ペニーをまたポケットに戻し、

「根性のないガキだ、何もくれてやる必要はない」といった。馬車は砂埃を上げて走り去った。

いくつかの村では、大きな、ペンキ書きの立て札が出ていた。そこには、この村で物乞いをする者は監獄行きであると記されていた。オリバーは震え上がり、大急ぎでそれらの村を通過した。立て札が出ていない村でも、宿屋の庭先に立ち、出入りする客たちに物ほしげな視線を向けようものならたいへんだった。こそ泥だと思いこんだ宿のおかみが、通りがかりの郵便配達の少年を呼びつけ、オリバーを追っ払わせるのが常だったからだ。農家へ物乞いに行けば十中八九、犬をけしかけるぞと脅され、店先をのぞきこめば、教区吏を呼ぶぞとどやされた。これにはオリバーもすくみ上がり、何時間もびくびくして過ごすはめになった。

もしも、心優しい街道の料金所の男や、情け深い老婆がいなければ、彼は母親と同じ運命をたどっていたに違いない。そして苦しみの数々に終止符を打っていたであろう。つまり、確実に王の公道で野垂れ死にしていたであろう。しかし、料金所の男は彼にパンとチーズを恵んでくれた。老婆――彼女には、海で遭難し、どこか遠い場所を裸足でさまよっている孫がいるという話だった――は孤児のオリバーを憐れんで、わずかとはいえ、あるだけのものを恵んでくれた。そればかりでなく、思いやりのある親切な言葉をかけてくれ、同情の涙さえ流してくれた。これまでのどんな苦難にもまして、彼女の優しさはオリバーの魂の奥深くまで染み渡った。

生まれ故郷を去って七日目の早朝のことである。オリバーは足を引きずりながらバーネットという小さな町[1]にたどり着いた。家々の窓の鎧戸は閉じられ、往来に人影はなく、仕事に起き出している者はまだ一人もいなかった。赤々とした美しい朝日が顔を出すところだった。だがその光は、彼の寄る辺なさと惨めさを照らし出すばかりだった。オリバーはある軒先の、冷え冷えとした上り段に腰を下ろした。彼の足は血と泥で汚れていた。

次第に鎧戸と窓のブラインドが開き、通りを行き来する人の姿も見られるようになった。すると、立ちどまって束の間オリバーをじっと見つめる人や、急ぎ足にどこかへ向かいながらも、ふり返って彼を眺める人もあった。しかし、救いの手を差しのべたり、どうやってここまで来たのか訊ねる者は皆無だった。オリバーには物乞いをする元気さえなかった。それで、じっとそこに座っていた。

彼はしばらくうずくまった姿勢のまま、パブの多さに目をみはり（ここバーネット

1　当時のロンドンから北に約十七キロの位置にある町。現在はロンドン特別区のひとつ。

には、大きさはまちまちであったが、一軒おきに酒場[2]があった）、通りすぎる馬車を眺めていた。それらの馬車は、オリバーが少年らしからぬ勇気と粘り強さで一週間かけて踏破した距離を、わずか数時間で楽々と移動できるのだった。そのことを思うと実に奇異な感じがした。と、そのときである。数分前、オリバーの前を何ということもなく通りすぎた少年があったが、その彼が引き返してきて、道の向こう側からオリバーをじっと観察していることに気がついた。最初は大して気にもとめなかったが、少年はいつまでもこちらを注視している様子なので、とうとうオリバーも顔を上げ、相手の少年を見返した。すると少年は通りを横切り、オリバーのすぐそばまでやって来ていった。

「よう、兄ちゃん、どうかしたかい？」

幼い旅人にこう訊ねた少年は同い年ぐらいに見えたが、その姿格好は実に奇妙というほかなかった。鼻はずんぐりして短く、額は平たく、粗野な顔立ちで、これでもかというほど薄汚れた身なりをしていた。だが立ち居ふるまいは大人びていた。年齢の割に背は低く、がに股で、小さな醜い目をしていた。頭には帽子をかぶっていたが、かろうじてひっかかっているといった様子で、動くたびに落っこちかけた。もし彼が、ときどきうまい具合に頭をふらなければ、実際に落ちていたであろう。しかし、そう

「よう、兄ちゃん、どうかしたかい？」

なる前に彼は頭をふり、帽子はちゃんと元の位置に戻るのだった。丈がかかとまである大人用のコートを着て、手を出すために袖口を大きくまくり上げていた。そうすればコーデュロイのズボンのポケットに両手をつっこむことができた。実際、彼はずっとポケットに両手をつっこんだままだった。編み上げのブーツを履き、背丈は百四十センチ、あるいはそれより低いくらいだったが、偉そうで尊大な物腰は若い紳士といった感じだった。

「よう、兄ちゃん、どうかしたかい？」この奇妙な若い紳士はオリバーにいうのだった。

「腹ぺこで、疲れているんだ」オリバーは答えた。そう話すと目に涙が浮かんだ。

「ずっと歩き通しだったんだ。この七日間」

「七日ずっと歩いて来たって？」若い紳士はいった。「なるほどな。そりゃ、ビークの命令でか？」オリバーの不思議そうな表情を見ると、彼はいった。「ビークってのが何だかわからないらしいな」

オリバーは、ビークというのは鳥のくちばしのことじゃないのかと、控え目に問いただした。

「何も知らねえんだなあ」若い紳士は大声でいった。「いいか、ビークってのは治安判事のことだ。ビークの命令で歩かされるときは、前へ前へと歩くんじゃない。上へ登るだけさ。降りることは許されない。ミルに乗ったことないのか？」

「どんな風車(ミル)？」オリバーは訊いた。

「どんな風車だって！　俺のいうのは踏み車(ミル)[3]だ。もっと小さい、監獄の中にあるやつさ。人が踏んでまわす、世間に風が吹いて、景気の悪いときほどよくまわるあれだよ。景気がよけりゃ、囚人だって減るものな。だがそれより」若い紳士はいった。「お前、何か食いてえんだろ。食わしてやるよ。もっとも、俺もふところが寂しくて、一シリングと半ペニーしかねえが。でもまあ、こいつでなんとかしようや。さあ立った、立った。行くぜ」

オリバーが立ち上がるのに手を貸し、この若い紳士は近くの商店へ彼を連れて行った。そして調理済みのハムと、二ポンドばかりのパン――彼の言葉では「四ペニーのもみがら」――を買った。ハムは、パンをくりぬいてできた穴に詰めこんであった。

2　この時代の酒場は宿泊所を備えていることが多かった。

3　大きな円筒形の車輪に踏み板をつけた器具。これに囚人が乗り、逆向きに下りエスカレーターを登るように足を動かしつづける。これは囚人の運動用であるばかりでなく、刑罰の道具でもあり、緩慢かつ単調な運動という責め苦を囚人に味わせることが目的であった。

これはすばらしいアイデアで、こうすればハムは汚れずに済むわけである。このパンを小わきに抱えて若い紳士は小さな居酒屋へ入り、店の奥のカウンターへと進んだ。この不思議な若者が注文をすると、一杯のビールが運ばれてきた。オリバーは新しい友人が勧めるので、食事にかぶりつき、心ゆくまでたらふく食べた。オリバーが食べているあいだ、この奇妙な少年はしばしば熱心に相手を観察していた。

「ロンドンへ行くつもりかい？」ようやくオリバーが食べ終わると、少年はいった。

「そう」

「宿のあてはあるのか？」

「ない」

「金は？」

「ない」

奇妙な少年は口笛を吹いて、コートのばかでかい袖に邪魔されつつも、両手をポケットにつっこんだ。

「君はロンドンに住んでいるの？」オリバーは訊いた。

「そう。住んでいるのはロンドンさ」少年は答えた。「今夜、寝る場所がいるんだろ？」

「うん。そうだね」オリバーは答えた。「田舎を出てから一度も屋根のあるところで寝てないんだ」

「そのことで涙目になる必要はないぜ」若い紳士はいった。「俺は今夜ロンドンに帰る。まっとうな老紳士の知り合いがいるが、その人ならタダで泊めてくれる。金をよこせなどとは絶対にいわない。知り合いの紳士の紹介ならね。その老紳士は俺を知っているかな？　知らないな。まるきり知らないな。まったく知らないなら、話にならんな」

若い紳士は、最後の部分は冗談だというように笑って、ビールを飲みほした。

この思いもかけない宿の話は断るにはあまりに魅力的だった。しかもその老紳士は、仕事の口もすぐに見つけてくれるだろうと保証されるとなおさらだった。会話は進み、二人はだんだん打ち解けていった。その会話のなかで、オリバーはこの友人がジャック・ドーキンズという名で、前述の老紳士に可愛がられている弟子の一人であることがわかった。

といっても、ドーキンズの風采から判断する限り、老紳士が世話をしている弟子の実入りはさほどかんばしくなさそうであった。だが、ドーキンズの軽薄でだらしなさそうな話しぶりや、仲間内では「勝負師ドジャー」のあだ名をちょうだいしているという話から察するに、この少年が親方の説教に耳を貸さず、無計画に金を使ってしまう結果なのだろうとオリバーは結論した。そして、自分は早速親方に気に入られるよう、うまくやろうと心密かに決心した。そしてドジャーがいつまでも改心しないなら——きっと改心などしないだろうと思われたが——これ以上深く関わらないほうがよさそうだと思った。

ドーキンズが日没前にロンドンへ帰るのに反対したので、イズリントンの街道に入ったのは夜の十一時近かった。二人は街道沿いのエンジェルという宿を過ぎてセント・ジョンズ通りへ入り、サドラーズ・ウェルズ劇場へ続いている小道を下った。エクスマス通りとコピス通りを通過し、救貧院の横の路地を抜け、かつてホックリー・イン・ザ・ホールと呼ばれていた古い地区を横切った。そしてリトル・サフロン・ヒル、サフロン・ヒル・ザ・グレートへと進んだ。ドジャーは足早に走り抜け、ぴったりついて来るようオリバーに命じた。

オリバーは必死になって案内人について行ったが、きょろきょろとわき見をせずにはいられなかった。これほど汚らしく不快な場所を見たことがなかったのだ。通りはやたらと狭くてぬかるみ、不潔な臭気が漂っていた。小さな商店がいくつも軒をつらねていたが、売り物らしきものは——子供たちの群れ以外には——何も見当たらない。

夜も遅いというのに、子供たちは店の戸口を出たり入ったりして、店の奥でわめいたりしている。どこもかしこも荒んだこの場所にあって、唯一繁盛していそうなのは居酒屋で、中からは最下層のアイルランド人[4]が派手にいい争っている声が聞こえた。本通りから分岐してのびる薄暗い路地裏には家が寄り集まっていた。その家のなかでは、酔いつぶれた男女が、文字通り汚物の中に転がっているのだった。何軒かの戸口からは、体の大きい、凶悪そうな連中が人目を忍んで出てくるところだった。健全で無害な用向きで出かけるところとは、まかり間違っても見えなかった。

逃げ出したほうがよいのではないか、オリバーがそう思いはじめたころ、二人はとある坂の下に着いた。案内人は彼の腕をつかむと、フィールド小路[5]に近い一軒の家の扉を開け、オリバーを奥へ押しこみ、扉を閉めた。

4　ロンドンに住む外国人でもっとも多かったのがアイルランド人で、この頃のロンドンの全人口のうち六ないし七パーセントを占めた。貧しい労働者が多く、差別的な扱いを受けていた。

5　フィールド小路はニューゲート監獄に近い、ホルボーン・ヒルとサフロン・ヒルを結ぶ狭い通りである。一八六〇年代のホルボーン陸橋の架設工事にともなって姿を消すまで、盗品などを扱ういかがわしい店が軒を連ねていた。

ドジャーが口笛を吹くと、「調子はどうだ！」と階下からどなる声がした。

「上出来、大当たりだ！」とドジャーは返した。

これは「異状なし」を意味する合図であったらしい。ぼんやりとしたロウソクの光で廊下の突き当たりの壁が明るくなった。そして台所のある部屋の、古びた階段の手すりが壊れたところから男が顔を出した。

「連れがあるのか？」ロウソクを突き出し、片手を目の前にかざしながらその男はいった。「誰だい？」

「新しい友達さ」オリバーを前に引き出してジャック・ドーキンズはいった。

「どっから来たんだ？」

「グリーンランドさ。[6]フェイギンは上かい？」

「ああ。今、布切れをより分けてるところだ。上がれよ」ロウソクが引っこみ、男の顔が消えた。

連れが片方の手を握っていたので、もう片方の手で手探りしながら、オリバーは暗闇のなかの、崩れかけた階段を苦労して登った。ドジャーは迷いなくするすると登ってゆく。ここが勝手知ったる場所であることは明らかだった。彼は裏部屋の戸を開けると、自分がなかに入ってからオリバーを引き入れた。

その部屋は壁も天井も、古さと汚れのために真っ黒だった。暖炉の前に樅（もみ）の木ででてきたテーブルが据えてあり、その上にジンジャーエールの空壜にさしたロウソク、何個かの錫のマグ、パンやバターや皿などが置かれていた。紐で暖炉の上に固定され、火にかけられたフライパンの中では、ソーセージが焼けていた。そして手に大きなフォークを持った、年老いた皺だらけのユダヤ人が、そのフライパンの前に立っていた。卑しい、ぞっとする顔立ちは、もじゃもじゃの赤毛によって隠されていた。彼は油で汚れたフランネルのガウンを着て、喉元を大きくはだけ、フライパンと、大量の絹のハンカチがぶら下がっている物干し竿の両方に注意を向けているようだった。年代物の麻袋で作った粗末なベッドが所狭しと並び、四、五人の少年たちがテーブルを囲んで座っていた。彼らはドジャーと同い年ぐらいに見えたが、大人びた様子で、陶器製の長いパイプをくゆらし、酒を飲んでいた。ドジャーがユダヤ人に何事か耳打ちすると、少年たちは彼のそばへ寄り集まった。そしてふり返ってオリバーにニヤニヤと笑いかけた。ユダヤ人も同じように、フォークを手にしたままオリバーのほうを向いて笑った。

6　グリーンには「青二才」の意味がある。新入りのオリバーをからかった言葉あそび。

「こいつがそうだよ、フェイギン」ジャック・ドーキンズがいった。「友達のオリバー・ツイストだ」

ユダヤ人はニタリと笑い、オリバーに深々とお辞儀をして、その手をとった。そして、今後親しくお付き合いできればありがたい、といった。それから、パイプを持った紳士たちがオリバーを取り囲み、彼の両手――とりわけ、小さな包みを抱えているほうの手――をとって力いっぱい握手した。そのうちの一人は帽子をかけてやるといってオリバーの帽子をひったくり、また別の一人は、オリバーが疲れていて、ベッドに横になるとき手間が省けるようにと、わざわざオリバーのポケットに手をつっこんで中身を出してくれた。

ユダヤ人がこの親切な若者たちの頭や肩を、手にしたフォークで遠慮なくつついてくれなかったとしたら、この歓待はなおしばらく続いたであろう。

「われわれは君を歓迎するよ、オリバー、大歓迎さ」ユダヤ人はいった。「ドジャー、オリバーにソーセージを取ってあげなさい。樽も一つ持ってきてくれ。オリバーが火のそばに座れるように。おや、オリバー、ハンカチが気になるのかい？　ずいぶんとたくさんあるだろう。これはな、洗濯する前にちょっと調べているだけさ。それだけなんだよ、オリバー。それだけさ、ははは」

陽気な老紳士がそのようにいうと、有望な弟子たちは彼をやんややんやとうるさくはやし立て、そのまま夕食になった。

オリバーは自分の分をもらって食べた。ユダヤ人はジンのお湯割りを作って彼に渡し、ほかの紳士も飲むからすぐに飲みほしなさい、といった。オリバーはいわれた通りにした。まもなく、自分がそっと抱え上げられ、麻袋のベッドへ運ばれるのがわかった。そしてオリバーは深い眠りへと落ちた。

第9章　愉快な老紳士とその有望な弟子たち

オリバーが深い長い眠りから目を覚ましたのは、すでに翌朝遅くなってからだった。そのとき部屋にいたのはユダヤ人だけで、彼は鍋で朝食用のコーヒーを沸かし、鉄のスプーンでぐるぐるかきまぜながら、一人静かに口笛を吹いていた。ときおり階下でかすかな物音がすると、ぴたりと動作をとめて耳をすました。そして、なんでもないとわかると、また同じように口笛を吹きながらスプーンを動かすのだった。

オリバーは眠りから覚めかけていたが、すっかり覚醒していたわけでもなかった。まだうとうとしていて、眠りと覚醒の中間の状態にあった。そんなとき人は、半ば目を開け、周囲で起こっていることを意識しながら、五分ほどの時間に多くの夢――ちゃんと目を閉じ、五感が完全に眠りこんだ状態で見る夢を五日分合わせたものより多くの夢――を見るものである。こうしたときほど精神の働きがはっきりわかる瞬間はない。精神が並はずれた力をおぼろげにのぞかせ、肉体の束縛を逃れて地上から飛び立ち、時間と空間から解放されるのはこうした瞬間である。オリバーはその状態にあった。彼は半ば閉じた目でユダヤ人を眺め、彼の静かな口笛や鍋のへりにスプーンが当たる音を聞くともなく聞いていた。しかしまた同時に、オリバーの五感は彼がこれまでに知り合った人々を次から次へと呼び出しているのだった。

コーヒーができ上がると、ユダヤ人は鍋を暖炉内の棚に戻し、次に何をすべきか決めかねているといった風に、しばしのあいだたたずんでいた。そしてふり返ってオリバーを見つめ、彼の名前を呼んだ。オリバーは返事をしなかった。どう見ても眠っているように見えた。

そのことを満足げに確認すると、ユダヤ人は静かに戸口のところへ行って錠を下ろした。そして戻って来て、床下の落とし穴のような場所――とオリバーには見えた――から小箱を取り出し、そっとテーブルの上に置いた。小箱のふたを開けると彼は両目を輝かせ、なかをのぞきこんだ。そしてテーブルの近くに年代物の椅子を引き寄せ、腰を下ろし、ぴかぴかの金時計を箱から取り出した。宝石がきらきらと輝いた。

「ああ!」ユダヤ人は肩をすくめ、不気味な笑みを浮かべつつ顔をゆがめた。「利口な犬たち、実に利口な犬たちよ！　最後まで口を割らず、アジトも吐かず、老いぼれフェイギンのことも裏切らなんだ。裏切ったところでどうにもならんさ。首にかかった縄が緩むわけでもなし、刑の執行を延ばしてもらえるわけでもないからな。裏切ったところで何も変わりはせんのだ。見上げた連中よ、実に見上げた連中よ！」

ユダヤ人はこうした言葉につづけて、さらに似たようなことをぶつぶついってから時計を安全な場所へと戻した。箱からは次々に時計が取り出されたが、その数は半ダース以上もあったであろう。彼はそのひとつひとつを満足げに眺めた。それが済むと、指輪、ブローチ、ブレスレット、そのほかの宝飾品とつづいた。それらがどれほど貴重でどれほど手のこんだ細工品か、オリバーには見当もつかず、品物の名前もわからなかった。

ユダヤ人はこうした装身具を箱に戻し、また別のものを取り出した。それはとても小さく、彼の手の平に収まるほどだった。表面に小さな文字でも刻まれているらしく、彼はそれをテーブルに置いて手で光をさえぎり、しばらくのあいだ熱心に見つめていた。やがて、どうにもならんという風に箱に戻し、椅子に身を沈めてつぶやいた。

「死刑というのはありがたいもんだ！　死人は懺悔もしなけりゃ隠しごとを打ち明けもしない。だからこそ、この商売が成り立つってもんだ。五人仲良く絞首刑なら、誰かが裏切ったり、臆病風に吹かれたりする心配もないからなあ！」

ユダヤ人はそういい、ぼんやりと前方を見つめていた光り輝く黒い目を、何気なくオリバーの顔へと向けた。少年の視線は無言の好奇心で彼に注がれていた。目が合ったのは一瞬で、それ以上はないくらい短い時間であったが、老人にはそれで十分だった。見られた。彼は手荒く箱のふたを閉じると、テーブルの上のパン用ナイフをつかみ、猛烈な勢いで立ち上がった。彼はぶるぶると震えていた。オリバーは恐れ慄きながら、相手のナイフが小刻みに揺れるのを見た。

「どういうつもりだ？」ユダヤ人がいった。「どうしてわしを見ている？　なんで目を覚ましているんだ？　何を見た？　いえ！　さっさといわねば命はないぞ！」

「もうこれ以上は眠れなかったんです」オリバーは命じられるままに答えた。「ご迷惑をおかけしたのでしたら、お詫びします」

「一時間前から起きていたんじゃあるまいな？」ユダヤ人は物凄い形相で少年をにらみつけていった。

「いいえ、まさか」オリバーは答えた。

「嘘じゃあるまいな？」ユダヤ人はさらに恐ろしい顔で、威嚇するようにいった。

「本当です。誓えます」オリバーは真顔で答えた。「嘘じゃありません」

「ふんっ！　そうか、そうか」ユダヤ人は急に前のような調子に戻り、手にしたナイフをちょっと弄んでからテーブルに置いた。ちょっとふざけただけさ、とでもいうように。「もちろん、そうだと思ったさ。脅かして悪かったね。お前は度胸があるぞ。はは！　実に度胸があるよ、オリバー」ユダヤ人はそういってくすくす笑いながら、手をもみ合わせた。が、不安げに小箱にちらと目をやった。

「ところで中のきれいなやつをお前は見たのかな？」ちょっとした間を置いてから、箱に手をかけてユダヤ人はいった。

「はい、見ました」オリバーは答えた。

「ああ！」青い顔になってユダヤ人はいった。「いいかい、これはわしのものだぞ、オリバー。わしのちょっとした財産だ。老後の蓄えというやつさ。みんなわしのことをけち呼ばわりするがな。まあ、けちなのだろうさ。それだけのことさ」

あれほどたくさんの時計を持ちながら、こんな汚い場所に住んでいるぐらいだから、老人は相当なけちん坊に違いない、とオリバーは思った。だが、ドジャーやそのほかの小僧を可愛がっているからには、それなりに出費もかさむはずである。そんなことを考え、オリバーは敬意のこもった表情をユダヤ人に向けた。そして、起き上がってもよいか訊ねた。

「いいとも、いいとも」老人はいった。「戸口のそばに水差しがあるから、それをこっちへ持ってきなさい。たらいを出してやるから、それで顔を洗ったらいい」

オリバーは起き上がり、部屋を横切って水差しのところへ行った。そして水差しを持ち上げようと身を屈めた。それは一瞬のことだったが、ふり返ったとき小箱はすでに姿を消していた。

いわれるがまま、オリバーは顔を洗い、身支度を整えると、たらいの水を窓から捨てた。と、そこへドジャーが帰ってきた。昨晩パイプをふかしていた、たいへん威勢のいい仲間の一人も一緒だった。チャーリー・ベイツだと改めて紹介された。四人は一緒にテーブルにつき、コーヒーと、ドジャーが帽子に入れて持ち帰った焼きたてのロールパンとハムの朝食にありついた。

「さてと」ユダヤ人はオリバーの顔を盗み見ながらドジャーにいった。「お前たちは朝から仕事に励んだのかな？」

「そりゃもう」ドジャーが答えた。

「身を粉にしてね」チャーリー・ベイツがいった。

「いい子だ、いい子だ」ユダヤ人がいった。「それでドジャー、何を手に入れたのかな？」

「札入れをふたつ」若い紳士は答えた。

「札入りだろうな？」すかさずユダヤ人は訊いた。

「たんまりと」ドジャーはそういって札入れをふたつ取り出した。ひとつは緑色で、もう片方は赤色だった。

「それほどでもないな」注意深く中身を確かめてからユダヤ人がいった。「だが札入れはよくできているし、ものがいい。どうだい、すばらしい腕前だろう？　オリバー」

「はい、本当に」オリバーは答えた。それを聞いてチャーリー・ベイツがげらげらと笑った。オリバーは驚いた。いまのやりとりに笑うところがあったとは思えなかった。

「お前のほうはどうだ？」フェイギンはチャーリー・ベイツに訊いた。

「布切れだね」チャーリーはそういって四枚のハンカチを取り出した。

「ほう」ハンカチを丁寧に調べながらユダヤ人はいった。「かなりいいものだ。だがイニシャルの刺繍がうまくないな、チャーリー。刺繍部分は針を使って取ってしまうことにしよう。オリバーにやり方を教えるとするか。どうだね、オリバー？　ははは」

「はい、よろこんで」オリバーはいった。

「チャーリー・ベイツのようにハンカチ作りが上手くなりたいかな、オリバー？」ユダヤ人がいった。

「ええ、もちろん。教えてもらえるなら」オリバーは答えた。

チャーリーはオリバーの返事の仕方がつぼにはまったらしい。またげらげらと笑い出した。ちょうどコーヒーを飲んでいたので、コーヒーが気管に入り、あやうく呼吸困難で死ぬところであった。

「実に愉快な小僧だ」ふたたび口が利けるようになると、大騒ぎしてすまないとでもいうようにチャーリーがいった。

ドジャーは何もいわず、オリバーの垂れた前髪をなでながら、まあじきに慣れるさといった。老紳士は、オリバーが顔を赤らめるのを見て話題を変えた。彼は今朝の処刑場のにぎわいぶりを訊ねた。[1] 返事の内容からしてドジャーたちは処刑場に行って来たらしく、オリバーはいよいよ訝しく思った。それほど精力的に動きまわる時間がどこにあるのだろうと不思議に思ったのである。

1　ニューゲート監獄前で行われる罪人の処刑は見世物として人気があった。イギリスにおける公開処刑が廃止されるのは一八六〇年代後半になってから。

朝食が片づくと、陽気な老紳士と二人の少年はとても興味深い、珍妙なゲームをはじめた。どんなゲームかというと、まず老紳士がズボンの両ポケットに嗅ぎタバコ入れと財布を、チョッキのポケットには懐中時計を入れ――ちなみにその時計についた鎖は首にかけてある――、シャツに模造ダイヤのピンをさし、外套を着こんでボタンをしっかりと留める。外套のポケットには眼鏡入れとハンカチを入れる。この格好でステッキを手にして、昼下りの往来を歩くように、部屋の中を足早に歩くのである。彼は暖炉や戸口の前で足をとめ、店のショーウィンドウを熱心にのぞきこんでいるような演技をした。そんなとき、彼は物盗りを警戒するようにきょろきょろとあたりを見まわし、何も盗られていないことを確認するためにポケットをひとつひとつたたくのだった。それが実に堂に入った、滑稽な動作だったので、オリバーは涙が出るほど笑い転げた。少年二人はユダヤ人にぴったり張りついて離れず、彼がふり返ると実にすばやく姿を隠した。二人の動きをとらえるのは不可能だった。やがてドジャーがユダヤ人のつま先を踏む、というか、うっかりブーツに足を引っかけると、チャーリー・ベイツが背後から老人にぶつかり、その刹那、彼らは目にもとまらぬ早業で嗅ぎタバコ入れ、財布、時計とその鎖、シャツのピン、ハンカチ、そして眼鏡入れまでも奪い取ってしまうのだった。ポケットに手を入れられたことに老紳士のほうで気づいた場合は、彼は大声でそれを指摘し、ゲームは最初からやり直しとなった。

このゲームが何回もくり返されたころ、若い女二人が少年たちを訪ねてやって来た。一人はベットといい、もう一人はナンシーといった。二人とも豊かな髪をしていたが、結い方はいい加減で、靴も靴下も薄汚れていた。美人とはいいかねたが、厚化粧をしたその顔はたくましく、威勢のいい感じがした。二人は少しも飾らず人当たりがよかったので、オリバーは実に感じのよいお姉さんだと思った。実際二人はその通りの人物だった。

彼女たちはずいぶんと長居をした。一人がどうも寒気がすると文句をいったので酒が出され、それがために会話が弾んだ。やがてチャーリー・ベイツが「ひづめに鉄を打つ頃合いだ」といった。これはフランス語で外出を意味する表現だろうとオリバーは思った。すぐにドジャーとチャーリー、そして二人の若い女たちが連れ立って出かけるのを目にしたからである。老ユダヤ人は気前よく、彼らに小遣いをやっていた。

「どうだい」フェイギンはオリバーにいった。「愉快な生活だろう？　連中は遊びにお出かけさ」

「もう仕事はおしまいですか？」オリバーは訊ねた。

「そうだよ」ユダヤ人はいった。「もちろん、出先でうまい仕事に出くわせば、その限りじゃないさ。そうなればきっと、あいつらはすぐ仕事にかかるね。あいつらをお手本にして頑張りなさい、オリバー」ユダヤ人は自分の言葉に合わせ、石炭用シャベルで炉をたたきながらいった。「あいつらに何か命じられたり、アドバイスを受けたら、ちゃんとその通りにしなくちゃいかんぞ。特に、ドジャーのいうことはしっかり聞かねばならん。あいつはきっと大物になる。だからお前もやつを手本にして、大物になれるようにな。ところで、わしのハンカチはポケットからはみ出ているかな、オリバー？」話を急に変えて、ユダヤ人はいった。

「はい」オリバーは答えた。

「わしに気づかれずにハンカチを取れるかな、どうだ？　今朝あいつらがやるのを見ていただろう？」

オリバーは、ドジャーがやっていたように片手で彼のポケットの底を持ち上げ、もう一方の手でそっとハンカチを抜き取った。

「取れたか？」ユダヤ人が訊いた。

「はい、この通り」手にしたハンカチを見せながらオリバーはいった。

「賢い子だ、お前は」冗談好きの老紳士はそういって、よしよしとオリバーの頭をなでた。「お前のように利口な子供は見たことがないぞ。そら、一シリングやろう。この調子で上達すれば偉くなれるぞ。それじゃあ今度はハンカチから刺繍を取り除く方法を伝授してやろう」

オリバーは、人のポケットをまさぐってどうして偉くなれるのかわからず、首をかしげた。だがユダヤ人はずっと年配者であり、世の道理を心得ているはずである。オリバーは黙ってユダヤ人と一緒にテーブルのところへ行き、すぐに新たな勉強に没頭した。

第10章　オリバーはだんだんと仲間たちの人柄を知り、高い代償を払って大きな教訓を得る——短いがとても重要な章

来る日も来る日もオリバーはユダヤ人の家に閉じこもったまま、ハンカチの刺繍取りをやったり（ハンカチは次から次へと大量に持ちこまれた）、前述したゲームに参加したりしてすごした。二人の少年とユダヤ人は毎朝このゲームに興じていたのである。やがてオリバーは新鮮な外の空気を吸いたくなり、事あるごとにユダヤ人に、自分も仕事をするので、仲間たちと一緒に外出させてくれと頼むようになった。

オリバーは、ぜひとも自分も一生懸命に働きたい、そう思うようになっていたのである。老紳士には生活態度に厳格なところがあることを、すでによく知っていたからだ。夜になり、ドジャーやチャーリー・ベイツが手ぶらで帰宅しようものならたいへんで、そんなとき彼は、怠惰な生活がもたらす不幸を激しい調子で懇々と説いて聞かせ、夕食も出さずに二人に寝るよういいつけ、仕事に励む必要性をわからせようとす

るのだった。あるときなど、あまりの怒りに二人を階段から突き落としたことさえあった。それは行きすぎた戒めではあったが、愛の鞭であることに変わりはなかった。

ある朝のことである。ようやくオリバーは熱望していた外出の許可を得た。ここ二、三日、取り除くべき刺繍のあるハンカチは底をつき、夕食も貧相なものがつづいていた。外出の許可が下りたのは、こうした事情も手伝っていたのかもしれない。だが理由はともかく、ユダヤ人はオリバーに出かけてよしといい、チャーリー・ベイツとドジャーが彼の面倒を見ることになった。

三人は勇んで出かけた。ドジャーはいつものように外套の袖をまくり上げ、帽子をあみだにかぶっていた。チャーリーはポケットに両手を突っこみ、のらりくらりと歩いていた。オリバーは二人にはさまれる形で、どこへ行き、どんな品物作りを学ぶことになるのだろうかと考えていた。

二人はやる気のない、ぐうたらな調子でとぼとぼ歩いているので、オリバーはまもなく、彼らが老人を出し抜き、仕事をさぼるつもりじゃないかと怪しんだ。手癖の悪いドジャーは道行く少年たちの頭から帽子を奪い、住宅の玄関わきの地下室[1]にその帽子を投げこんでいた。チャーリー・ベイツは所有権というものをだいぶおおらかに理解しているらしく、道路わきに出ている露店からリンゴや玉ねぎをくすねてはポケット——驚くほど収容力のあるポケットで、彼の服のあらゆる部分まで通じているらしく思われた——に投げ入れていた。二人の、目に余る行動を見て、自分だけ先に帰らせてもらいたいとオリバーがいおうとしたときである。ドジャーの態度に神妙な変化が見られたので、思わず気をとられ、何をいおうとしたか忘れてしまった。

三人はちょうどクラークンウェル地区——もはや昔日の面影はないが、未だ「緑地」と呼ばれていた[2]——の広場に近い裏路地を抜け出したところだった。ドジャーは急に足をとめ、指を唇にあてると、慎重を期して仲間二人を押しとどめた。

「どうしたの?」オリバーが訊いた。

「しっ!」ドジャーが応じた。「本屋の前のじじいが見えるか?」

「向かいのあの老紳士のこと? うん、見えるよ」

「あのじじいはいけるぜ」ドジャーがいった。

「いいカモだな」チャーリーもうなずいた。

オリバーはすっかり呆気にとられて二人の顔をそれぞれ凝視した。だが二人はオリバーの質問など受けつけず、そろそろと往来を横切り、目当ての老紳士の真後ろまで行った。オリバーは数歩遅れて二人を追いかけた。しかし、実際のところ前進すべきか後退すべきかよくわからなかった。驚いて立ちつくしたまま、無言で二人のすることを見ていた。

老紳士は髪粉をふり、金眼鏡をかけた、かなり立派な風采の人物だった。黒のビロードの襟がついた暗緑色の外套を着て、白いズボンをはき、竹でできた細身のステッキを腕に提げていた。そして立ったまま、まるで自分の書斎の肘掛け椅子に収まっているように、軒先の棚から取り出した本に夢中で読みふけっていた。自分が今どこにいるのかさえ忘れているのは間違いなかった。その放心した様子からは、手にした書物以外、書棚も往来も少年たちも何も目に入っていないことは明らかで、彼は本の世界に没入し、一文字も飛ばすことなくじっくり読みつつ頁を繰っていた。すっかり書物に心奪われていた。

そのとき、少し離れたところに立っていたオリバーの目に映ったのは、ドジャーが老紳士のポケットにすばやく手を入れ、ハンカチを引っぱり出す姿だった。オリバーは恐怖と戦慄で、これ以上ないくらい目を丸くした。ドジャーはそのハンカチを

1　家と街路のあいだに掘られた空間で、通常、玄関わきから直接地下へと下りられるように階段が設けてある。

2　かつては緑が多く住みやすい地区として有名であった。

チャーリー・ベイツに手渡し、二人は全速力で通りを駆け出すと角を曲がって姿を消した。

そのとき、あの不思議なハンカチの山、時計や宝石、そして例のユダヤ人の姿がオリバーの心に次々に浮かんできた。彼はその場に棒立ちになった。恐ろしさから全身の血が脈打ち、火に投げこまれたような火照りを感じた。どうしていいかわからず、怖くなり、我を忘れて一目散に駆け出した。

すべては一分足らずのあいだに起こったことである。オリバーが駆け出したまさにそのとき、老紳士はポケットに手をやってハンカチがなくなっていることに気がつき、きょろきょろと周囲を見渡した。一人の少年が大慌てで逃げていくところだった。当然のこと、紳士はそれが犯人だと思いこんだ。ありったけの声で「泥棒だ！　捕まえてくれ」と叫ぶと、読みかけの本を手にしたまま少年の後を追った。

犯人追跡の呼び声（ヒュー・アンド・クライ）[3]を発したのは老紳士ただ一人ではなかった。ドジャーとチャーリーは、往来を走り抜けて人目につくことを嫌い、角を曲がってすぐの軒先に身を隠していた。二人は「泥棒！」という声が上がり、オリバーが逃げ出すのを目にすると、事態をすぐに呑みこんで矢のように走り出し、「泥棒だ！　捕まえろ！」と叫んで善良な市民よろしく追跡に加わった。

オリバーは哲学者たちに育てられたものの、自己保存こそ自然界の第一法則というこの美しい公理には不案内だった。もしその公理を心得ていたなら、こうした事態に対する心構えもできていたであろう。だがその心得がなかったので、風のように走りつつも、老紳士に加えて二人の少年がわめきながら追って来たのを知ると仰天せざるを得なかった。

「泥棒だ、捕まえろ！　泥棒だ、捕まえろ！」この言葉には魔術的な響きがある。物売りは持ち場を離れて駆け出し、馭者は荷車を、肉屋はトレイを、パン屋はパンのカゴを投げ出す。牛乳売りは桶を、小僧は包みを、学童はおはじきを、工事人夫はつるはしを、子供はラケットを放り出す。そしてわけもわからず走り出し、わめき罵り、角を曲がるたびに通行人を突き飛ばした。寝ている犬を起こし、家禽を驚かし、通りにも広場にも裏路地にもやかましい物音が反響した。

「泥棒だ、捕まえろ！　泥棒だ、捕まえろ！」百人近い人間が合唱して大声を上げ、群衆は角を曲がるたびに膨れ上がった。ぬかるみの泥をはね上げ、鋪道をどたばたと

3　当時は、「泥棒だ、捕まえろ！」という声を聞いたら周囲の人々もこれをくり返し、市民一丸となって泥棒を追跡する慣習があった。

「泥棒だ、捕まえろ！」

走り抜けた。家々の窓は開き、人が往来へ流れ出し、やじ馬はどんどん数を増した。パンチとジュディの人形劇を見ていた連中も[4]、ちょうど話が佳境に差しかかったところだというのに、観劇を放棄して群衆に合流すると「泥棒だ、捕まえろ！」の怒号に加勢した。

「泥棒だ、捕まえろ！　泥棒だ、捕まえろ！」人間の胸の奥には、追うことへの情熱がひそんでいる。息を切らした哀れな子供がくたくたになってあえいでいる。顔には恐怖を、目には苦悶を浮かべている。大粒の汗をしたたらせて死に物狂いで逃げまわっている。追跡者たちはどこまでも彼を追いかけ、じわりじわりとその背後に迫った。少年のペースが落ちると、彼らは一段と大きな声ではやし立て、歓喜の声を上げた。「泥棒だ、捕まえろ！」まったくその通り。慈悲あらばもう彼に走るのをやめさせ給え！

とうとう鮮やかな一撃を受けてオリバーは捕まった。彼は舗道に転がり、群衆が彼を取り巻いた。後からやって来た連中は、盗人をひと目見ようと押し合いへし合いし

4　「パンチとジュディ」はイギリスにおける人形劇の伝統的な演目のひとつ。パンチとジュディの夫婦喧嘩に端を発するドタバタ劇。

ている。「どけどけ!」「少し風に当ててやれ」「何を馬鹿な。そんな必要はない」「被害者の旦那はどこだ?」「そら、ちょうどご到着だ」「旦那に道を空けろ」「この小僧が犯人ですか?」「そうだ」

オリバーは泥と埃にまみれ、口から血を流したまま道に横たわり、自分を取り囲む顔という顔を乱暴に眺め渡した。被害者の紳士は、お節介な先頭グループの追跡者たちに引っぱられて、少年を取り囲んだ輪の中へとやって来た。

「そうだ」その紳士はいった。「その子だと思う」

「思うだって!」群衆がうめいた。「冗談じゃない」

「かわいそうに!」その紳士がいった。「この子は怪我をしているぞ」

「やったのは俺ですぜ」うどの大木のような男が前に進み出ていった。「拳がやつの口に当たったんで、こっちも大怪我ですがね。旦那、ガキをしとめたのは俺ですぜ」

男はニヤッと笑って帽子のつばに手をかけた。骨折りに対する報いを期待しているらしかった。老紳士は不愉快そうに相手を見やり、この場から逃げ出したい様子で不安げに周囲を見渡した。そのとき警官が群衆をかき分けてやって来て、オリバーの襟をつかんだ。警官が来なかったら、老紳士が逃げ出して、新たな追跡劇が始まっていたかもしれない。

「さあ、立て」警官は荒っぽくいった。

「僕じゃありません。本当に僕じゃないんです。別の二人の少年がやったんです」オリバーは必死に両手を握りしめて、きょろきょろと辺りを見まわしながらいった。「その二人はまだ近くにいるはずです」

「そんなやつらはおらん」警官はそういってオリバーの言葉を一笑に付した。だが彼の指摘は当たってもいた。なぜならドジャーとチャーリー・ベイツは身を隠すのに格好の路地へと駆けこんで、とっくに姿を消していたからである。「さあ、立つんだ！」

「あまり手荒くしないでくれ」少年を哀れんで老紳士はいった。

「もちろんですよ」警官はそう答え、言葉通り、少年の上着が破れるほどの力で彼を起こした。「さあ、じたばたしたってどうにもならんぞ。ちゃんと立つんだ、この悪党め」

苦労の末になんとか立ち上がると、オリバーは上着の襟をつかまれて往来を慌ただしく引きずられていった。老紳士は警官と並んで歩いた。この逮捕劇に参加した多くの群衆が彼らを先導し、ときどきオリバーのほうをふり返った。子供たちは勝利の歓声を上げてついて来た。

第11章　治安判事ファング氏による正義の裁きの一例

ロンドン中心街にある悪名高い警察署[1]の管轄内で、この事件は起きた。群衆は通りを二つ三つ曲がり、マトン・ヒルと呼ばれる場所までオリバーを見送った。それからオリバーは低いアーチ道をくぐり、薄汚い路地を上がると、裏口から略式裁判所へと連れこまれた。入ると砂利を敷いた小さな中庭があり、そこで立派な頬ひげを生やした恰幅のいい男に出くわした。彼は鍵の束を手にしていた。

「どうしたんだ？」興味もなさそうに男はいった。

「すりの小僧です」オリバーを連行してきた警官が答えた。

「それで、あなたが被害者ですか？」鍵を手にした男が訊ねた。

「そうです」老紳士は答えた。「しかし、ハンカチを盗ったのが本当にこの少年か、よくわからんのです。だから私としては、事を荒立てたくないのですが」

「治安判事にお話しください」男はいった。「閣下はまもなくお会いくださるはずです。さあこい、ごろつきめ」

彼はそういって扉の鍵を開け、オリバーに中に入れとうながした。扉をくぐるとそこは石造りの監房だった。オリバーはここで身体検査をされ、これといって何も証拠は見つからなかったにもかかわらず、そのまま監禁された。

監房は暗いという点を別にすればかたちといい大きさといい、イギリスの住宅の玄関わきにある地下室によく似ていた。ただ、月曜の朝だったので、耐えがたいほどに汚れていた。土曜の夜から酔っ払いが六人――もう別の場所へ移されていたが――収監されていたのである。だが、こんなことは大した問題ではない。イギリスの警察署では毎晩のように、大勢の男女がくだらぬ罪名で地下牢へとぶちこまれているが、この地下牢と比べたら、裁判で有罪となり、死刑判決を受けた極悪人たちが収監されるニューゲート監獄など宮殿といってよい。疑う者にはぜひとも両者を比べてもらいたいものである。

1　ハットンガーデン署を指し、ファング氏はここの悪名高い治安判事であったアラン・スチュワート・レインがモデルとされる。

牢屋の扉が開いたとき、老紳士はオリバーに劣らず悲しげな顔をしていた。彼はため息をついて、この騒動の発端となった罪なき書物へと目をやった。「あの子の顔が妙に気になる」ゆっくり歩きながら老紳士は思った。そして考え深げに本の表紙で自分のあごをつついた。「どうも引っかかる。あの子は無実だろうか？あの顔は、なんというか」そこで老紳士は急に足をとめ、空を見上げながら叫んだ。「まさか！以前にどこかで会ったことがあるのかな？」

しばらく頭を悩ませた後、また考え深い表情で歩き出し、中庭に面した待合室へ入った。そして部屋の隅にたたずみ、何年も思い出すことのなかった無数の顔を次々に呼び出した。「まさかな」頭をふって老紳士はいった。「考えすぎだろうな」

だが彼は考えつづけ、いろいろな顔を呼び出した。遠い昔のことなので、彼らの顔にかかった覆いを取り除くのは容易ではなかった。古い友人や敵だけでなく、ほとんど赤の他人といってよい人間の顔まで浮かんできた。若くて初々しい少女たちの顔も思い出されたが、今ではみんな老婆といってよい年齢のはずだ。すでに墓に眠っている人々の顔もあった。しかし死してなお精神は往年のみずみずしく美しい様を保っていた。目は輝き、朗らかな微笑を浮かべ、土の下に眠るとも魂は輝いていた。墓からその美が溢れ出ていた。生前とは異なっているが、より高貴な感じがした。彼らは、俗世を去ることで光に近い存在となり、天国へ旅立ちながら柔和な輝きを放っていた。

だが、オリバーの面影を宿すような顔には、ひとつとして出会わなかった。老紳士は呼び出した思い出を前にしてため息をついた。けれども幸いにして、彼はすぐに放心したようになり、手にしたカビ臭い書物の頁に思い出を葬ってしまった。

肩をたたかれ、思わずはっとなった。鍵を手にした男が法廷に案内するからついて来るようにといった。老紳士は急いで書物を閉じた。彼はすぐさま、著名な判事である威圧的な風貌のファング氏の前へと連れ出された。

法廷は通りに面した広間にあり、壁はパネル張りになっていた。ファング氏はひと際高い場所にある判事席に座っていた。入口の横には木製の檻があり、哀れなオリバーはすでにそこへ連れて来られ、この場の恐ろしい空気にぶるぶる震えていた。

ファング氏は痩せた胴長の頑固そうな男で、背は高くも低くもなく、頭髪は後頭部と側頭部を隠す程度に生えているばかりだった。顔はいかめしく、赤らんでいた。これは適量以上の酒を飲んでいるせいなのだが、もしそうでなかったとしたら、不当に名誉を傷つけられたことに対し、自分の顔を相手に訴訟を起こしてたんまり損害賠償を要求することもできたはずである。

老紳士はうやうやしくお辞儀をすると、治安判事のデスクの前に進み出た。そして

「こちらが私の名前と住所でございます」と名刺を出した。そして一、二歩下がり、もう一度丁寧にお辞儀をして、相手が何かいうのを待った。

そのときファング氏はたまたま朝刊の社説に目を通しているところだった。その社説は、ファング氏の最近の仕事ぶりに触れ、内務大臣はどうしてこんな輩を野放しにしているのかと、これで三百五十回目になる苦言を呈していた。ファング氏は不愉快だった。

「お前は誰だ?」ファング氏はいった。

老紳士はちょっと驚いて、自分の名刺を指さした。

「廷吏!」ファング氏は侮蔑も露わに新聞と一緒に名刺を放り投げていった。「こいつは誰なんだ?」

「私の名前は」老紳士は努めて紳士らしくいった。「ブラウンローです。あなたの名前を伺いたい。判事という立場を利用して、善良なる市民に不当な侮辱を加えるあなた様の名前をどうぞお聞かせください」こういいながらブラウンロー氏は、本人に代わって名前を知らせてくれる者がいないかと法廷を見まわした。

「廷吏!」新聞をわきへのけながらファング氏はいった。「こいつはなんの罪でここにいる?」

「なんの罪でもありません、閣下」廷吏が答えた。「その少年の被害者です、閣下」

閣下はそんなことは先刻承知であった。これは愉快で安全な辱めだった。

「少年の被害者だと？」ファング氏はそういって、馬鹿にした態度でブラウンロー氏を頭のてっぺんから足のつま先までじろじろ眺めた。「こいつに宣誓させろ！」

「宣誓の前に、一言申し述べさせていただきますぞ」ブラウンロー氏がいった。「実際にこの目で見たのでなければ、とても信じられぬこのような──」

「だまれっ！」威圧的にファング氏がいった。

「だまりませんぞ！」老紳士がいい返した。

「だまれといっとるのだ！　さもなくば法廷から放り出すからな」ファング氏はいった。「なんと礼儀知らずなやつだ。治安判事に楯つくなど言語道断！」

「なに！」老紳士は真っ赤になって叫んだ。

「こいつに宣誓させろ！」ファング氏は廷吏にいった。「おしゃべりはやめだ。宣誓！」

ブラウンロー氏は大いに激昂した。が、これ以上判事を刺激しても少年に余計な被害が及ぶだけだと思い、ぐっとこらえて、おとなしく宣誓した。

「それで」ファング氏はいった。「この少年の容疑はなんだ？　どんな申し立てだ？」

「私が本屋の軒先に立っていたときに――」ブラウンロー氏は話し出した。

「ちょっと待て！」ファング氏はいった。「巡査！　巡査はどこだ？　よし、宣誓して状況を報告しろ」

巡査はうやうやしくオリバーを捕まえた経緯を説明し、オリバーの持ち物を調べたが、なにも発見できなかったこと、自分にわかっているのはそれだけであることを述べた。

「目撃者はあるのか？」ファング氏が訊ねた。

「おりません、閣下」巡査は答えた。

ファング氏はしばらく沈黙し、それから告発者のほうを向いて、有無をいわせぬ調子でいった。

「それであんたは、この少年に対してどんな訴えがあるのだ？　宣誓したのだぞ。証言台に立って、証拠の提出を拒めば、法廷侮辱罪で罰せられる。これは脅しじゃないぞ。なんとしても――」

「なんとしても」の先は、誰にも聞こえなかった。廷吏と看守の二人が激しく咳きこんだからである。廷吏は咳きこんだだけでなく、重い本を床に落とした。こうした音に邪魔されて台詞の末尾は聞こえなかった。もちろんこれは、わざとではなかった。

ここまでブラウンロー氏はいくども発言をさえぎられ、耐えがたい侮辱を受けてきたが、ようやく説明を許された。彼は少年が逃げ出すのを見て、思わず後を追ったのだと、事の次第を述べた。そして、たとえ実際に少年が窃盗犯かその一味であるとわかった場合でも、法律の許す範囲で寛大な処分を望むとつけ加えた。

「その子はすでに怪我もしている」老紳士は締めくくりにいった。「それに、ひどく具合が悪そうだ」彼は判事席を見据えながら、語気強くいった。

「なるほど！　そう見えるな！」ファング氏は鼻で笑った。「だがな、チンピラ小僧、法廷で演技は通用せんぞ。そんなことをしてもどうにもならんからな。お前の名前は？」

オリバーは答えようとした。が、舌がいうことを聞かなかった。顔は真っ青で、世界はぐるぐるまわっていた。

「名前をいわんか、この強情者め」ファング氏があおった。「おい、こいつの名前は？」

こう訊かれたのは縞柄（しまがら）のチョッキを着た無愛想な老人の警官だった。彼は判事席の近くに立っていた。彼はオリバーに身を屈めて、質問をくり返した。たちまちオリバーが質問に答えられる状態ではないことがわかった。しかし、答えなければ判事はますます怒り、それだけ刑も重くなることを知っていた。そこで当てずっぽうにいった。

「トム・ホワイトと申しております、閣下」心優しい警官はいった。

「そいつは声が出せんのか?」ファング氏はいった。「まあいい、それで住所は?」

「住所不定だそうです、閣下」オリバーの返事を聞くようなふりをして、警官は答えた。

「親はあるのか?」ファング氏が訊ねた。

「父母とも幼いころに死別と申しております、閣下」多分そうだろうと思い、そのようにいった。

尋問がここまで進んだとき、オリバーは顔を上げて、懇願するような眼差しで周囲を見渡した。そして、水を一口飲ませてください、と蚊の鳴くような声でいった。

「ふざけるなっ!」ファング氏はいった。「わしを馬鹿にしとるのか」

「本当に具合が悪そうです、閣下」警官が割って入った。

「芝居だ」ファング氏がいった。

「少年を休ませてやってください」老紳士は思わず両手を上げていった。「今にも倒れそうだ」

「放っておけ」ファング氏はいった。「倒れたいなら、好きにさせろ」

寛大にもこうして許可を得たので、オリバーは気を失い、床にくずおれた。法廷にいた人々は顔を見合わせたが、誰もその場から動かなかった。

「それ見ろ、芝居だといったろう」この気絶ぶりこそ、動かしがたい証拠だというようにファング氏はいった。「放っておけ。じきに飽きる」

「この案件をどう処理なさるおつもりで?」廷吏が小声で訊いた。

「すぐに判決を下す」ファング氏がいった。「少年を三カ月の刑に処する。むろん重労働だ。それでは閉廷」

法廷のドアが開き、昏倒した少年を監房へ戻すために役人たちが動き出した。そのときである。きちんとしているが貧しそうな身なりの老人が法廷に駆けこんで来た。くたびれた黒のスーツを着たその老人は、判事席に突進した。

「お待ちください! その子を連れていってはなりません! どうか、お待ちください!」息を切らして老人は叫んだ。

当時は、法廷に跋扈(ばっこ)するファング氏のような魔物が、英国民の、とりわけ貧しき人々の自由や名誉や評判に対して気まぐれで横暴な力をふるっていた。壁を隔てた密室で、驚くほど異様な判決が日々申し渡され、天使たちの目を涙でくもらせていたのである。しかしそうした現実は、新聞記事を通じてしか、一般には知られていなかった。ファング氏は当然、どたばたと闖入してきたこの招かれざる客を見て大いに憤慨した。

「なんだ？　お前は誰だ？　この男をつまみ出せ。閉廷とする！」ファング氏は叫んだ。

「お聞きください」老人は大声をはり上げた。「つまみ出されませんぞ。私は目撃者です。本屋の店主です。宣誓させてください。どうか一言、どうかお聞きください。証言を拒絶はできませんぞ」

老人のいう通りだった。彼の口ぶりは毅然として、意を決した様子だった。ただ事ではないという空気が法廷に漂い、無視するわけにもいかなくなった。

「その人物に宣誓させろ」ファング氏が気乗りしない様子でどなった。「それで、何を証言しようというのだ？」

「こういうことです」老人はいった。「私は三人の少年を見ました。ここにいるその少年と、ほかの二人の少年です。こちらの紳士が本を読んでいるとき、通りの向こうを三人が歩いていました。盗みを働いたのは別の少年です。私は盗むところを見たのです。そしてこの少年は、それを見て呆気にとられ、固まってしまったのです」ようやく息切れが治ってきた立派な本屋の店主は、理路整然とした口調で、窃盗の一部始終を語りつづけた。

「なぜ、すぐに出頭しなかった？」間をおいてファング氏が訊ねた。

「店番がいなかったのです」老人はいった。「手を貸してくれそうな連中は、みんな少年を追いかけていなくなってしまったので。五分前にようやく代わりを見つけて、大急ぎで走って来たというわけです」

「被害者は店先で本を読んでいたのだな？」ちょっと考えてファング氏は訊ねた。

「そうです」老人は答えた。「いま紳士が手にしている本がそれです」

「なに、その本？」ファング氏はいった。「代金は支払ったのだろうな？」

「いいえ」苦笑して本屋は答えた。

「そうだ！　すっかり忘れていたぞ！」うっかり者の老紳士は無邪気に叫んだ。

「哀れな少年に罪を着せるとは恐れ入るな」人情味のあるところを見せようと滑稽な努力をして、ファング氏はいった。「あんた、どさくさにまぎれてその本をちょろまかした、そんな風に見られても仕方ないぞ。本の所有者があんたを訴えるつもりがないのを、幸運に思わねばならん。このことを教訓にするんだな。さもないと法によって処罰せねばならん。少年は釈放とする。それでは閉廷」

「なっ、なんという！」老紳士は抑えつけていた怒りを爆発させていった。「私は必ず——」

「閉廷！」治安判事はいった。「おい廷吏！　聞こえんのか？　閉廷だ！」

命令は実行された。激昂したブラウンロー氏は本と竹のステッキを手にしたまま、半狂乱の体で外へと連れ出された。庭へ出ると彼の興奮はすぐにやんだ。小さなオリバーが仰向けに歩道に寝かされていた。シャツのボタンをはずされ、こめかみを水で濡らされていた。顔面蒼白で、悪寒から全身がぶるぶる震えていた。

「かわいそうに」オリバーの上に屈みこんでブラウンロー氏はいった。「誰か馬車を呼んでください。大急ぎで！」

馬車が用意された。オリバーを慎重に運びこむと、老紳士も反対側の席に乗りこんだ。

「ご一緒してよろしいですかな？」本屋の店主が顔を出していった。

「そうでした。どうぞどうぞ」すぐにブラウンロー氏はいった。「あなたを忘れていた。厄介なこの本は、まだ私が持っていましたな。飛び乗ってください。かわいそうに！　ぐずぐずしていられません」

本屋の店主が乗りこむと馬車は走り去った。

第12章 オリバーがかつてないほど手厚く看病された場面を描き、その後、陽気な老紳士フェイギンとその若い友人たちの場面に戻る

馬車はマウント・プレザント通りを下り、それからエクスムア通りを上がった。これは以前オリバーがドジャーに連れられて、はじめてロンドンに来た際にたどった道であった。だがイズリントンにあるエンジェルという名の宿の前で馬車は別の道へ入り、やがてペントンヴィルにほど近い、木々の陰になった閑静な小路にある立派な屋敷の前で停まった。すぐさまベッドが用意され、幼い患者は安静に寝かしつけられ、この上なく手厚い看護を受けることとなった。

だが、家の人々の親切にもかかわらず、オリバーの意識はいつまで経っても戻らなかった。日が昇っては沈み、沈んではまた昇った。それが幾度となくくり返されたが、少年は相変わらず病床に臥したままで、熱が少しも下がらないためにだんだんと痩せ衰えていった。ゆっくりと執拗に燃えつづける炎は、死骸にたかる蛆よりも確実にオ

リバーの体を蝕んでいった。

衰弱し、痩せ衰え、生気を失ったオリバーであったが、ようやく長い悪夢のような眠りから目を覚ました。震える手で頭を支えながら、力なくベッドの上に身を起こし、不安そうに周囲を見まわした。

「この部屋は？　どこに連れて来られたのだろう？」オリバーはいった。「僕が寝ていた部屋とは違うようだけど」

ふらふらで弱りきったオリバーは、消え入りそうな声でこうつぶやいたのだったが、家の人間はその声をすぐに聞きつけた。枕元のカーテンがさっと開き、きちんとした立派な身なりの、母のように優しそうな老婦人が、針仕事をやめて肘掛け椅子から身を起こした。

「まだ話してはだめよ」老婦人が静かにいった。「おとなしくしていないと病気がぶり返しますからね。あなたの具合は、びっくりするくらい悪かったのですよ。さあ、もう一度横になりましょうね」そういって、老婦人はそっとオリバーの頭を枕の上に戻し、彼の額の髪をなで上げ、なんとも愛おしそうに彼の顔をのぞきこんだ。そのため、オリバーは思わず小さな痩せた手で老婦人の手を取り、自分の首元に引き寄せた。

「あらあら！」目を潤ませて老婦人はいった。「なんて可愛い坊やなのかしら。あなたのお母さんがここにいて、あなたの姿を見たとしたら、どう思ったでしょうね」

「母さんは僕を見ていると思います」両手を握り合わせてオリバーはつぶやいた。

「僕のそばに座っていると思います。僕にはそれがよくわかります」

「それは熱のせいですよ」穏やかに老婦人がいった。

「多分そうでしょう」オリバーは答えた。「天国はずいぶんと遠くにあって、そこでみんな幸せに暮らしているから、哀れな子供の枕元までわざわざやって来るはずはありません。でも、僕が病気だと母さんが知ったら、きっと天国にいても心配してくれると思います。母さんだって死ぬ前、とても重い病気だったんです。でも、天国にいると、僕のことなど少しも知りようがないかもしれません」オリバーはちょっと黙ってから、そうつけ加えた。「僕が苦しんでいるのを知ったら、母さんも悲しい気分になると思います。夢の中に出てくる母さんは、いつも優しくて幸せそうですけど」

老婦人は返事をせず、目の涙をぬぐった。そしてベッドカバーの上に置いた眼鏡も、まるで目の一部であるかのようにごしごしと拭いた。それから冷たい飲み物を持って来てオリバーに飲ませ、その頰をなでながら、安静にしていないとまた悪くなりますよ、といった。

オリバーはいわれた通りにした。親切な老婦人を困らせるようなことはしたくなかったし、実をいえば、少しおしゃべりをしただけですっかり疲れてしまったのだ。彼はすぐに穏やかな眠りに落ちた。燭台の明かりを感じてふたたび目を覚ましたとき、カチカチうるさい大きな金時計を手にした紳士がいた。彼は脈をとって、だいぶ良くなったといった。

「気分が良くなったろう?」その紳士が訊いた。

「はい。ありがとうございます」オリバーは答えた。

「そうだろう。それに、腹も空いたのじゃないかな?」

「いいえ」オリバーは答えた。

「ふむ!」紳士はいった。「まあ、まだ腹は空かないだろうな。腹は空いておりませんぞ、ベドウィン夫人」何もかも承知だという風にその紳士はいった。医者もまんざらではない表情でそれに応じた。

老婦人は、医者を賢人と仰ぐようにうやうやしく頭を下げた。

「眠いだろう? どうだね?」医者はいった。

「眠くはありません」オリバーは答えた。

「眠くはないな」わかっているさという風に、満足げな顔で医者はいった。「眠くはないだろう。喉もそう渇いてはおらんな?」

「喉は、少し渇いています」オリバーは答えた。

「そうだろうと思った。ベドウィン夫人、この子は喉が渇いておりますぞ。お茶を少し飲ませてやりなさい。バターなしのトーストも与えて結構。この子を温め過ぎてはいけません。寒すぎるのも禁物です。よろしいですかな?」

老婦人は膝を曲げてお辞儀をした。医者は冷えた飲み物を味わい、まあまあだなという顔をして、足早に立ち去った。ブーツを履いた医者が階段を下りると、威厳のある、金持ちらしい音がきしり、と響いた。

その後、オリバーはすぐにまたうとうとした。目覚めると夜の十二時近くになっていた。まもなく老婦人が優しくおやすみをいい、太った老婆と交替した。入れ替わりにやって来た老婆は、小さな祈禱書と大きなナイトキャップを手にしていた。彼女はナイトキャップを頭にのせ、祈禱書をテーブルに置くと、自分は寝ずに起きているからといって椅子を暖炉のそばへ引き寄せた。そしてこっくりこっくりやり出した。ときどきがくっと前へつんのめり、うめいたり咳きこんだりしたが、ごしごしと鼻をこするとまたすぐに眠ってしまった。

こうしてゆっくりと夜が更けていった。オリバーはしばらく眠れずにいた。シェード越しに燭台の灯が天井に描く小さな光の輪を数えたり、壁紙の複雑な模様を力なく眺めたりして過ごした。部屋の暗闇と静寂が、なんとも物々しかった。これまでくり返し死神がこの場所を訪れ、今夜もまた、その陰気で身の毛もよだつ不気味な姿を現すのではないか、そう思われてならなかった。オリバーは枕に顔を埋め、熱心に神に祈った。

次第に彼は最近の労苦もすっかり忘れ、安らかな深い眠りへと落ちた。目覚めるのが苦痛になるくらい穏やかで平和な休息だった。これが死というものであるとすれば、あの苦しみと混乱の生の世界――現在を思いわずらい、未来を案じ、過去は思い出すのも辛い世界――へ、ふたたび戻りたいと思う者が果たしているであろうか。

オリバーが目を覚ましたのは明るくなって数時間も経ってからだった。目を覚ましたとき、彼は快活で幸福な気分だった。病の危機は去り、彼はふたたびこの世の存在となったのである。

三日もすると枕を支えにして安楽椅子に座れるようになった。だが歩けるほどには回復していなかったので、ベドウィン夫人は彼を抱いて階段を下り、自室である家政婦部屋へ行った。そして暖炉のそばに彼を座らせ、自分も腰を下ろした。少年がだいぶ回復したのを見ると、彼女は嬉しさのあまり激しく泣き出した。

「心配しなくていいのですよ」老婦人はいった。「私がわんわん泣くのはいつものことですからね。さあ、これでおしまい。すっきりしたわ」

「親切にして下さって、本当にありがとうございます」オリバーはいった。

「そんなこと気にしなくていいのよ」老婦人はいった。「もう食事の時間ですから、心配しないでスープを飲みましょう。お医者様の話だと、ブラウンローさんが昼前、あなたに会いにいらっしゃるということですからね。元気な姿を見せてあげてね。それだけでブラウンローさんも喜ばれるでしょうから」こういって老婦人は小さな鍋でたっぷりのスープを温めはじめた。救貧院のスープの濃度まで薄めたとしたら、少なく見積もっても三百五十人分の立派な食事になることは間違いなかった。

「絵が好きなの？」オリバーが目の前の壁にかかった絵をひどく熱心に見ているのに気づいて、老婦人はいった。

「好きなのかわかりません」絵に視線を注いだまま、オリバーはいった。「そんなにたくさん見たことがないので、どうだかよくわかりません。でも、この女の人の顔は、とてもきれいで穏やかですね」

「そうねえ」老婦人はいった。「絵描きは女の人を本物よりきれいに描くんですよ。そうでないと商売にならないもの。肖像をそっくりに描く機械を発明した人は、そっくりじゃだめだって、知らなかったのね。嘘がないのも考えものですよ」老婦人は我ながらうまいことをいったと大笑いした。

「これは誰かを描いたものですか？」オリバーはいった。

「ええそう」スープから顔を上げて老婦人はいった。「肖像画よ」

「誰ですか？」熱心にオリバーは訊ねた。

「誰なんでしょうねえ」陽気に老婦人は答えた。「多分、私やあなたが知っている人ではないでしょう。ずいぶんと気に入ったようね」

「きれいな人なので」オリバーは答えた。

「まああ、この人が怖いのかしら？」少年の表情に戦慄に似たものを認めると、老婦人はびっくり仰天していった。

「そうじゃありません」急いでオリバーは答えた。「でも、この人の眼はとても悲しそうで、ここにいるとじっと見られているようで、胸がどきどきします」そして小声でつけ加えた。「なんだか生きていて、僕に話しかけたいのにそれができない、そんな風に見えるんです」

「あらあら！」老婦人は驚いて大声を出した。「そんな話はいけません。病み上がりだから、感じやすくなっているんだわ。それじゃあ、椅子を反対に向けましょう。そうすれば見えませんからね」その通りに椅子を動かして、老婦人はいった。「さあ、これで見えないわ」

絵は脳裏に焼きついていたので、オリバーはふり返る必要がなかった。けれども親切な老婦人を心配させないように、目が合うとにっこり微笑んだ。ベドウィン夫人は少年のくつろいだ様子を見て満足し、盛大な料理にふさわしい慌ただしさで、スープに塩をふり、焼いたパンをちぎって入れた。オリバーはその料理をあっという間に平らげてしまった。最後の一口を飲みこんだとき、扉が静かにノックされた。老婦人が「どうぞ」と答えると、ブラウンロー氏が現れた。

老紳士は実に元気そうな様子で部屋に入って来たが、少年がよく見えるようにと眼鏡を額に押し上げ、オリバーのガウンの裾に手をのばした途端に、何ともいえない様子で表情をくもらせた。オリバーが病気のせいで非常にやつれ、幽霊のような顔をしていたからである。恩人に気をつかって立ち上がろうとしたが果たせず、椅子にくずおれるオリバーを見ると、なおさら彼の表情はくもった。実際のところ、ブラウンロー氏の心は、巷の情け深い紳士の六倍は情け深くできていたので、自然と彼の目に涙が浮かんだ。その涙は一種の水圧作用で押し出されたに相違ないが、その仕組みは人智を超えたものというほかない。

「かわいそうに！」咳払いをしながらブラウンロー氏はいった。「どうも今朝は喉がおかしいぞ、ベドウィン夫人。風邪でもひいたのかな」

「そんなことはないと思いますが」ベドウィン夫人はいった。「お召し物はよく乾いておりますし」

「そうかな。わからんぞ」ブラウンロー氏はいった。「昨晩、夕食のときに使ったナプキンは、湿っておらんかったかな。まあそれはいいとして、坊や、気分はどうだい？」

「とてもいいです」オリバーは答えた。「こんなによくして下さって、本当にありがとうございます」

「いい子だ」力をこめてブラウンロー氏はいった。「ベドウィン夫人、彼に何か食べさせたかね？　粥（スロップ）かなにか」

「ちょうど栄養たっぷりの肉汁スープ（ブロス）を食べたところです」背筋をのばし、ブロスという言葉を強調してベドウィン夫人は答えた。スロップとブロスは——音はともかく——似て非なるものだというように。

「ほうほう！」軽く身震いしながらブラウンロー氏はいった。「ポートワインを二杯も飲めば、もっと具合がよくなったかもしれんな。どうだね？　トム・ホワイト」

「オリバーです」びっくりした様子で子供の病人は答えた。

「オリバー」ブラウンロー氏はいった。「名がオリバーで、姓は？　オリバー・ホワイトか？」

「いいえ。ツイストです。オリバー・ツイスト」

「変わった名だ！」老紳士はいった。「じゃあ、なんだって判事の前でホワイトと名乗ったのかね？」

「そんなこといいませんでしたけど」驚いてオリバーは答えた。

少年が嘘をついているのではないかと思い、老紳士は探るような視線をオリバーに向けた。だが、少年を疑うことはできなかった。彼の痩せた、骨ばった顔には、嘘はついていないと書いてあった。

「何かの勘違いだ」ブラウンロー氏はいった。かくしてオリバーの顔を凝視する理由はなくなったわけだが、少年の顔がよく知った誰かに似ているという先日の印象がよみがえり、彼はなおも少年を眺めつづけた。

「お怒りでないといいのですが」嘆願するように目を上げてオリバーはいった。

「いや、ちっとも」老紳士は答えた。「やや！　これはどういうことだ？　ベドウィン夫人、これをごらん」

彼はそういって、慌ててオリバーの頭上の絵を指さし、それからオリバーの顔を指さした。絵の顔はオリバーの顔に生き写しだった。目も、頭も、口も、すべてがそっくりだった。女性の表情は一瞬、オリバーのそれと細部までぴったり重なり合い、区別がつかぬほどであった。

オリバーはどうして不意にブラウンロー氏が驚きの声をあげたのかわからなかった。まだ十分に回復していなかったので、彼はブラウンロー氏の驚いた声を聞いただけで気絶してしまった。彼が気絶したのは筆者には幸いといっていい。そこで今度は、読者も気になっているであろう陽気な老紳士の弟子、二人の少年のその後について報告するとしよう。

ドジャーと有能な相棒のチャーリー・ベイツが、ブラウンロー氏の持ち物を非合法的な手段でかすめとり、オリバーを追う人々に混じって泥棒だなんだとはやし立てたことはすでに述べた。彼らがそうしたのは、身の安全こそ最優先という原則に基づく。一方、我が国において「国民の自由」や「個人の自由」が保障されていることは、生粋のイギリス人にとって最大の自慢であり誇りである。従って、ドジャーとチャーリーの行動が、あらゆる国民、あらゆる愛国者たちによって賞賛されるであろうことは論をまたない。彼らが保身に努め、身の安全を第一に行動したことは、高邁なる哲学者たちが森羅万象の原理とみなした法則と正確に一致してもいる。こうした哲学者たちは、母なる自然の営みを公理や理論へと変換し、その知恵や分別を褒めそやす。しかし同時に、愛情とか思いやりとかいったものの存在を無視する。なぜかというと、愛情や思いやりといった感情は人間の女性特有の弱さや欠点のようなもので、母なる自然はそうした弱さや欠点など超越している、そう彼らは考えているからである。

危機に陥った若き紳士の行動が、いかにこうした哲学者の見解に添うものであるか、その証拠はいくらでも挙げることができよう。たとえば――先に述べたように――人々の注意がオリバーに向くと、すぐさま追跡を中断して最短コースでアジトへと逃げ帰ったことである。こういったからといって、論の道筋を無視し、偉大な結論へと最短コースで向かうのが、高名なる学者先生の常套手段だといいたいわけではない。むしろ、さまざまな妄念にとり憑かれた酔っ払いのごとく、とめどなく闊歩し、行き先定まらずあっちへこっちへ千鳥足に歩くのが彼らの特徴といってよいだろう。私がぜひともいいたいのは、偉大な哲学者先生は、理論を実行に移す段になると、自分に害をもたらしかねないあらゆる不測の事態に対して用意周到な備えを欠かさない、実に抜け目がない方々だということだ。彼らにとって、「大義のためには多少の犠牲はやむをえない」[1]、そして、偉大なる結果はあらゆる手段を正当化する。大義や犠牲の価値、そしてまた両者がどう違うかの判断は、すべてこうした学者先生に委ねられる。

判断し見解を下すのは、個々の事案を総合的に見極める公正無私なる学者先生なのだ。

さて、二人の少年は果てしない迷宮のような狭い路地を全速力で走り抜け、天井の低い、薄暗いアーチ道まで来るとようやく足をとめた。しばらく二人とも黙ったまま呼吸を整えた。そしてようやく話ができるようになると、チャーリーがげらげらとけたたましく笑った。つぼに入ったらしく、戸口の踏み段に座りこんで、おかしくてたまらぬという風に笑い転げた。

「どうしたんだよ？」ドジャーが訊ねた。

「ひっひっ！」チャーリー・ベイツはうめいた。

「静かにしろよ」ドジャーは心配そうにきょろきょろしながら彼をたしなめた。「お巡りに捕まるだろ、間抜け」

「とまらないんだよ」チャーリーがいった。「どうにもならん。あいつが必死こいて路地から路地へ逃げまわり、柱にぶつかるの見たろ？　それで、鉄でできてるみたいに、また走り出すその格好ったらないぜ。しかも俺は、肝心のハンカチをポケットに入れたまま、後ろから、捕まえろってどなっているんだからな。傑作だぜ」チャーリーはまざまざとその場面を脳裏に思い起こしていたので、ここまで来るとふたたび戸口の踏み段で身をよじらせ、さっき以上の大声で笑い転げた。

「フェイギンがなんていうと思う？」相手が息を切らし、静かになったのを幸いに、ドジャーは訊ねた。

「なんていう？」チャーリー・ベイツが訊き返した。

「そうだよ、なんていうだろうな？」ドジャーはいった。

「なんだよ、なにをいうってんだよ？」ドジャーの口調が深刻なので、チャーリーは不意に笑うのをやめて訊き返した。「なにをいうってんだ？」

ドジャーはしばらく口笛を吹き、それから帽子を脱いだ。そして髪の毛をかきむしって、三度うなずいた。

「なんだよ、なんだよ？」

「トアラルロルルー、こいつはやばいぞ、お巡りまずい、跳んで逃げろよ、いち抜けろ[2]」馬鹿にするような笑みを浮かべて、訳知り顔でドジャーはいった。

これで説明したつもりだったが、十分ではなかった。チャーリーはよくわからず、

1 ウィリアム・シェイクスピア『ヴェニスの商人』四幕一場より。
2 イギリスの伝統的な童謡「カエルが求婚に出かけた」の替え歌。最初の「トアラルロルルー」は単なる音遊びで意味はない。

また訊ねた。「どういうことだよ？」

ドジャーは返事をする代わりに帽子をかぶり直し、コートの長い丈を小わきに抱えた。そして舌で頰をふくらませると、いつもと同じ、しかし何かいいたげな様子で鼻柱を六回たたいた。そして踵を返し、忍び足で路地を歩き出した。チャーリーも神妙な面持ちで後につづいた。

こうしたやりとりの数分後のことである。陽気な老紳士は左手にソーセージとパン、右手にナイフを持った格好で、ちょうど火にあたっているところだった。鉄台の上には金属製のマグが載っていた。そこへ階段をぎしぎしいわせる足音が聞こえたので、思わずはっとした。白い顔にずるそうな笑みを浮かべてふり向くと、濃く赤い眉毛の下の目が鋭く光った。彼は耳をドアのほうへ向けて聞き耳を立てた。

「おや、これはどうしたことだ？」ユダヤ人は顔をくもらせてつぶやいた。「二人だけ？　もう一人は？　何かあったのか？　まさかな」

足音はどんどん近づいて踊り場まで来た。ドアがゆっくりと開き、ドジャーとチャーリー・ベイツが顔を出し、ドアが閉まった。

第13章　ここで新しい登場人物数名を聡明なる読者に紹介し、この物語に深く関係した、彼らにまつわる愉快なできごとを語る

「オリバーはどうした？」脅すような表情でユダヤ人はいった。「小僧はどこだ？」

若い泥棒たちは恩師を見つめ、その怒った様子に怯えた。そして決まり悪そうに互いの顔を見合わせたが、何もいわなかった。

「小僧に何があったんだ？」ドジャーの首根っこをつかんでユダヤ人はいい、恐ろしい顔で威嚇した。「いわんと絞め殺すぞ！」

フェイギンはすごい剣幕だったので、万事において事なかれ主義のチャーリー・ベイツは、ドジャーの次に絞め殺されるのは自分かもしれないと考え、がっくり膝をつき、長い大きなうめき声を上げた。狂った牛の鳴き声と、メガホン越しの声のちょうど中間の音だった。

「話すんだ」ユダヤ人はどなるとドジャーの体を激しく揺さぶった。ぶかぶかのコー

「小僧に何があったんだ？」

トが脱げなかったのは奇跡といってよい。

「お巡りに捕まったんだよ。それだけの話さ」不機嫌そうにドジャーは答えた。「いいかげんに放せよ！」ドジャーがコートからすっぽり体を引き抜いたので、コートだけがユダヤ人の手に残った。ドジャーはすかさずパン焼き用のフォークをつかみ、陽気な老紳士のチョッキを突き刺そうとした。みごと突き刺さっていたら、完治するのに一、二カ月では済まぬほどの愉快な惨事となったであろう。

しかしユダヤ人は、老人とは思えない身のこなしで後ろに下がると、マグをつかみ、相手の頭めがけて投げようとした。だがチャーリー・ベイツがありったけの声でわめいたので、ユダヤ人はとっさに標的を変え、その若い紳士にマグを投げつけた。

「おい！　一体なんの騒ぎだ？」太い声がうなった。「こいつを投げたのはどいつだ？　ビールだけで済んだのは幸いだぞ。マグが当たってたら、一発お見舞いするところだ。こんなことをするのは、いまいましく口うるせえ、コソ泥の成金おいぼれユダヤ人しかいねえわな。世間じゃな、三カ月おきに水道屋を騙さない限り、水だって粗末にゃしねえもんだ。何を騒ぐことがある？　ええ、フェイギンよ。くそっ、ネッカチーフがビールまみれだ。こっちへ来い、この臆病者のワン公め。なんでそこに突っ立ってやがるんだ。まさかお前の主人を恥じてるわけじゃないだろう。来いってんだ！」

こうどなったのは、がっしりした体軀の三十五歳くらいの男だった。薄汚れた鳶色の乗馬ズボンに黒ビロードの外套をはおり、足元はグレーの綿の靴下に編み上げのハーフブーツをはいていた。ふくらはぎがやたらと太く、足枷でもつけないとどうにも様にならない、馬鹿でかい足をしていた。頭には茶色の帽子をかぶり、首には汚れた、青地に白の水玉のネッカチーフを巻いていた。彼は話しながら、そのすり切れたネッカチーフの端で、顔にかかったビールをぬぐった。三日髭を剃っていない大きな顔には凄みがあった。目つきは険しく、片方の目は最近誰かに殴られた様子で、まだらに腫れ上がっていた。

「聞こえたろ？　こっちへ来いよ」愛想のよい暴君がうなった。

顔に二十ほどの切り傷がある、毛深い白い犬がおずおずと部屋に入って来た。

「なぜ呼ばれたらすぐに来ねえんだ？」男はいった。「主人のいいつけに逆らいやがって。調子に乗るなよ。そこへ座れ！」

どなって犬を蹴りつけると、犬は部屋の隅へと逃げ去った。だが犬はこうした扱いに慣れっこらしく、隅へ行くと静かにまるくなり、部屋の様子をうかがうように獰猛そうな目をやたらとぱちぱちさせた。

「どうしたってんだ？ ガキをいじめてよ。業突く張りの因業じじいが」落ち着いた様子で腰を下ろしながら男はいった。「よくガキどもに殺されねえな？ 俺がガキの立場なら殺るぜ。俺がおめえの子分ならな、とっくの昔にぶっ殺してるだろうよ。だが、お前を殺ったって金にはならん。壜詰めにして、見世物小屋の化け物にするのが関の山だろうな。もっとも、おめえが入るほどでかいガラス壜など、どこへ行っても見つからんだろうが」

「大きな声を出さんでくれ、ミスター・サイクス」震えながらユダヤ人はいった。

「ミスターなんかつけるな」悪党が答えた。「おめえがミスター・サイクスなんていうときは、きっとろくなことじゃねえ。名前で呼べ。ここぞというときには名に恥じるようなまねはしねえぞ、俺は」

「了解、了解だよ、ビル・サイクス」ぺこぺこしながらユダヤ人はいった。「どうやら機嫌が悪いらしいね、ビル」

「かもな」サイクスはいった。「お前も同じだろ。マグをぶん投げといて、なんでもないわけはねえわな。うっかり秘密がばれればおめえは——」

「おい、よせ」相手の袖をつかみ、少年たちを指さしながらユダヤ人はいった。

サイクスは左耳の下で目に見えない縄に首を通し、右肩の方へがっくりと首を曲げてみせた。このパントマイムの意味をユダヤ人はあやまたず理解した様子だった。それからサイクスは符丁――概して、彼の会話は読者にはちんぷんかんぷんであろう俗語だらけだった――で酒を一杯くれといった。

「毒は入れんでくれよな」サイクスは帽子をテーブルに置きながらいった。

これはもちろん冗談だったが、ユダヤ人が食器棚のほうを向き、青白い唇を噛んだときの怪しい目の光をサイクスが見ていたとしたら、自分の軽口がまんざら冗談でもなかったと感じたはずである。そして、陽気な老紳士が手持ちの酒の出来に満足しておらず、改良の余地があると考えていることに気がついたかもしれない。

サイクスは蒸留酒を二、三杯飲みほすと、寛大にも、若者たちに注意を向けた。そこで、どうしてオリバーが捕まったのか、どのように捕まったのか、詳細な報告がなされた。ただし、事実と多少の異同はあった。ドジャーが、その場の説明にふさわしく修正をほどこしたからである。

「まずいな」ユダヤ人はいった。「あの子は、こっちにも火の粉が降りかかるようなことをしゃべるかもしれん」

「だろうな」にやにや笑いながらサイクスはいった。「足がつくぜ、フェイギン」

「それだけじゃない」サイクスの横槍を無視して、相手をじっと見ながらユダヤ人はつけ加えた。「わしらがパクられれば、ほかの連中も無事じゃ済まん。むしろ、あんたのほうがもっと面倒なことになりはしないかな?」

相手の男はぎくりとして、がばとユダヤ人のほうをふり返った。ユダヤ人は耳の高さまで肩をすくめてみせた。うつろなその目は正面の壁を凝視していた。

長い沈黙があった。一同、おのおのの思いに沈んでいる様子だった。犬も例外ではなかった。悪そうな顔で舌舐めずりしているその様子は、表へ出たら最初に出会(でくわ)す紳士か婦人の足を、ガブリとやってやろうと画策している風に見えた。

「サツの様子を探る必要があるな」さっきより小声でサイクスはいった。

ユダヤ人は同意してうなずいた。

「もしそのガキが捕まっても、何もしゃべらないでいりゃ、出てくるまでは心配いらねえ」サイクスはいった。「で、出てきたら始末をつけりゃいい。ともかく小僧を取り戻すんだ」

ユダヤ人はふたたびうなずいた。

サイクスの提案が賢明なことは明らかだったが、残念ながら、実行には大きな障害がひとつあった。それは、ドジャーもチャーリー・ベイツも、フェイギンもウィリアム・サイクスも、いかなる理由であろうと、警察署に近づくことに激しい生理的嫌悪を感じる、ということだった。

愉快とはいい難い、どっちつかずの状態のまま、彼らは互いの顔を見つめながら座っていた。どれくらいの時間が経ったかは不明である。だがそのことで頭を悩ませる必要はない。なぜならそこへ突然、以前オリバーが顔を合わせたことのある二人の若い婦人が登場し、ひとつの解決策が提示されたからである。

「そうだっ！」ユダヤ人がいった。「ベットに行かせよう。行ってくれるな？」

「どこへよ？」若い婦人は訊き返した。

「ちょいと警察までお願いしたいのだがね」下手に出ながらユダヤ人はいった。

婦人の名誉のためにいっておくが、彼女は行かないとはっきり断りはしなかった。ただ、警察に行くのは「どうしても気がすすまない」と確固たる意志を示し、丁寧にやんわりと拒絶したにすぎない。こうした礼儀正しさは、にべもなく断って仲間を傷つけたくないという、生来の育ちの良さに由来するものであった。

ユダヤ人の顔色が沈んだ。彼は、赤いガウンに緑のブーツ、黄色の毛巻き紙[1]という——立派とはいえないが——派手な格好のこの婦人から、もう一人の婦人に視線を移した。

「それじゃあナンシー」猫なで声でユダヤ人はいった。「君はどうだい？」

「嫌よ。何度頼んでも答えは同じよ、フェイギン」ナンシーは答えた。

「そりゃあどういう意味だ？」きっと顔を上げながらサイクスがいった。

「その通りの意味よ、ビル」落ち着いた様子で婦人は答えた。

「いや、この仕事にうってつけなのはお前だ」サイクスは断じた。「この辺りじゃ、誰もお前のことを知らん」

「私だって知られたくないわ」冷静な態度を崩さずにナンシーは答えた。「私は嫌だっていってるのよ、ビル」

「彼女に行ってもらおう、フェイギン」サイクスがいった。

「彼女は行かないといってるのよ、フェイギン」ナンシーがいった。

「いや、行かせるよ、フェイギン」サイクスはいった。

サイクスの言葉通りになった。婦人は脅かされ、おだてられ、賄賂をつかまされた結果、とうとうその仕事を引き受けるはめになった。確かに彼女は、感じのよい友人と比べてこの仕事に有利だった。ナンシーは郊外の辺鄙な、落ち着いたラトクリフ地区からフィールド小路に移って間がなかった。彼女の顔を知っている人間はまだそれ

1　髪をカールさせるために巻きつけておく紙。

ほど多くはなかったのだ。

ガウンの上に清潔な白いエプロンをつけ、麦わら帽子の中に毛巻き紙を押しこみ――エプロンも麦わら帽子も、ユダヤ人が提供したものである――、ナンシーは仕事に出かける準備をした。

「そうだ、待て待て」ユダヤ人はそういって、小さなふたのついたバスケットを持って来た。「こいつを腕に提げると、ずっと見栄えがいいぞ」

「もう一方には玄関の鍵だ、フェイギン」サイクスがいった。「そうすりゃますます本物だぜ」

「そうだ、違いない」ユダヤ人はそういってナンシーの右手の人さし指に大きな玄関の鍵を引っかけた。「さあ、これでよし！　上出来じゃないか」手をもみ合わせながらユダヤ人がいった。

「おお、私の弟はどこ！　愛くるしい、無邪気な私の可愛い弟は！」ナンシーは泣き崩れながら、苦悶の表情でバスケットと玄関の鍵をぎゅっと握りしめていった。「あの子になにがあったのかしら。あの子はどこへ連れて行かれたの？　おお誰か、あの子になにがあったのか、どうぞお教えください。後生ですから、みなさん！」

この上なく悲痛な、哀れな様子でこのように叫んで観衆を心から満足させると、ナンシーは仲間たちにウインクし、笑顔でうなずいてみせてから出ていった。

「実に利口な娘だ」ユダヤ人は少年たちの方を向いて、彼女を模範と仰げと指南するように、激しく頭をふった。

「あれほどの女はなかなかいねえ」サイクスは酒をグラスに注ぐと、大きな拳でテーブルをドンとたたいた。「彼女の健康を祝して。お前たちもあいつを見習うんだ、いいな?」

やり手のナンシーにあれこれ賛辞が寄せられているあいだ、彼女自身は警察署への近道を急いでいた。一人きりで、無防備だったので、当然のことながら多少は気後れを感じたが、まもなく無事に目的地へとたどり着いた。

裏口から入りこむと、手にした鍵で監房の扉をそっとたたき、聞き耳を立てた。何の物音もしなかった。そこで咳払いをし、もう一度耳をすました。やはり返事はなかった。彼女はいった。

「ノリー?」静かな声でナンシーはいった。「ノリー?」

そこには裸足の哀れな罪人が一人いるきりだった。彼はフルートを吹いたことで捕まり、風紀紊乱（びんらん）の罪が適用され、一カ月の監獄送りをファング氏より申し渡されていた。その際にファング氏は、それほど息があり余っているなら、楽器を吹くより、踏み車を踏んだほうがよっぽど有益だろうと、もっともらしい気の利いた所見を述べた。フルートを没収されたことですっかりしょげ返っていたので、罪人は返事をしなかった。ナンシーは隣りの監房へ行き、扉をノックした。

「はいよ」弱々しい声がいった。

「小さな男の子を見ませんでしたか？」すすり泣きながらナンシーは訊ねた。

「いいや」相手は答えた。「どうして、まさか」

六十五歳くらいの浮浪者だったが、この人物は逆にフルートを吹かないことで監獄に送られようとしていた。つまり、往来で物乞いをするばかりで、生計を立てるどんな努力もしなかった罪で捕まったのである。その隣りの監房にはまた別の囚人がいた。彼は、許可なく鍋を売り歩いたかどで監獄送りになった。つまり、生計を立てる努力はしていたが、印紙局への申請を怠ったために捕まったのである。

だがこれらの罪人たちは皆、オリバーの名に聞き覚えはなく、何も知らなかった。そこでナンシーは、縞柄のチョッキを着た無愛想な役人のところへ行き——玄関の鍵やバスケットをさっそく有効に活用して哀れさを強調しつつ——おいおいと哀れに泣き崩れながら、どうか可愛い弟をお返しくださいといった。

「ここにはおらんよ」その老人はいった。

「ではどこに?」取り乱した様子でナンシーは叫んだ。

「紳士が連れて行った」役人は答えた。

「どんな紳士です? どうかお願いします。どんな紳士か教えてください」ナンシーは大声を出した。

支離滅裂なこの質問に答えて、老人はひどく狼狽している姉に、オリバーは法廷でひどく具合悪そうにしていたが、盗んだのは——まだ捕まっていない——別の少年たちだと目撃者が証言してくれたので、無罪放免となったこと、そして被害者は気絶したオリバーを自宅へ連れ帰ったことを伝えた。老人は、被害者が馭者に行き先を指示したとき、ペントンヴィルという言葉が聞こえたので、どうやら自宅はペントンヴィルらしいが、それ以外のことはわからない、といった。

いい知れぬ不安に恐慌を来して、若い婦人はよろよろと表門へ歩いて行った。だがしばらくすると背筋をのばし、矢のように走り出し、わざと複雑なルートを通ってユダヤ人のアジトへ帰り着いた。

ビル・サイクスは彼女の報告を聞くと、すぐさま白い犬を呼びつけて帽子をかぶり、仲間に別れの挨拶をする間も惜しいように、大急ぎで出て行った。

「あの子の居場所をつきとめねばならんぞ、なんとしてもな」すっかり興奮してユダヤ人はいった。「チャーリー、お前は周辺を嗅ぎまわって情報を集めるんだ。ナンシー、わしはなんとしてもあの子を見つけねばならん。いいかな、お前とドジャーが頼みだ。いや、ちょっと待て」ユダヤ人はそういって、震える手で引き出しを開けた。「そら、軍資金だ。今夜この家は閉め切りにするからな。わしの居場所はあとで知らせる。さあ、二人とも行け。一刻の猶予もないぞ！」

こういってユダヤ人は彼らを部屋から追い出すと、入念に戸締りをして扉にかんぬきを掛けた。そして、いつかオリバーに見られた例の小箱を隠し場所から取り出し、時計や宝石をせっせと服の下に隠しはじめた。

そこへ、コンコンと扉をたたく音がした。仕事中のユダヤ人は飛び上がり、鋭い声で「誰だ？」と叫んだ。

「俺だよ」鍵穴からドジャーの声が答えた。

「一体なんだ？」いらいらしてユダヤ人はいった。

「オリバーを捕まえたら、別のアジトに連れて行けばいいのかって、ナンシーが訊いてる」ドジャーがいった。

「そうだ」ユダヤ人は答えた。「どこで捕まえてもだ。ともかくやつを見つけろ。見つければいいのだ。後のことはこっちでやるから心配はいらん」

少年はぼやくように「わかった」と答え、仲間の後を追って階段を駆け下りた。

「まだあの子は密告していない」ユダヤ人は手を動かしつづけながらいった。「だが新しい友人に秘密を漏らしかねないとすれば、口封じをするしかないな」

第14章　前々章につづけて、ブラウンロー氏の家における オリバーについて語り、オリバーが使いに出かけた際、グリムウィグ氏が発した印象深い予言について記す

ブラウンロー氏が突然あっと声を上げると失神してしまったオリバーは、まもなく意識を取り戻した。が、老紳士もベドウィン夫人も、その後の会話のなかでは努めて肖像画の話題を避けた。オリバーの身の上や将来についての話はせず、彼がくつろいだ気分になり、興奮しないような話題が選ばれた。起き上がって朝食をとれるほどの体力はまだオリバーにはなかった。翌日ベドウィン夫人の部屋に連れてこられると、彼はまず、例の美しい婦人の肖像画を探して壁を熱心に見やった。だが期待は裏切られた。絵ははずされていた。

「あら！」ベドウィン夫人は、オリバーの視線を追っていった。「見てのとおり、絵ははずしたんですよ」

「そのようですね」オリバーはそう答えてため息をついた。「どうしてはずしたので

すか？」

「あの絵はあなたを不安な気持ちにさせるようだし、そのせいで回復が遅れるといけないとブラウンローさんがおっしゃったからですよ」老婦人は答えた。

「いいえ、まさか。不安な気持ちになどなりません」オリバーはいった。「僕はあの絵を見たいのです。とても気に入っているのです」

「そうなの！」上機嫌で老婦人はいった。「それじゃあ、早く元気にならなくちゃ。元気になれば、また絵を掛けてあげますからね。これは約束よ。それじゃあ、何かほかの話をしましょうね」

そんなわけで、オリバーはそれ以上、絵について何の情報も得ることはできなかった。老婦人は病床の彼にとても親切にしてくれたので、もう絵については考えないようにしようと思った。彼女はいろいろな話をオリバーにしてくれ、彼は熱心に耳を傾けた。老婦人には気立てのいい美しい娘が一人いて、彼女は同じく気立てのいい美男子と結婚して田舎に住んでいるという話だった。それに年若い息子も一人いて、彼は西インドのとある商人のもとで仕事をしており、親孝行で、一年に四回は丁寧な手紙をくれると彼女はいい、目に涙を浮かべた。老婦人が時間を忘れて、すばらしい子供たちや二十六年前に亡くなったという優しい夫の思い出話に花を咲かせているうちに、お茶の時間になった。お茶の後で、彼女はオリバーにクリベッジ[1]を教えてくれた。オリバーはすぐにそのルールを覚え、二人はそのトランプゲームをして大いに盛り上がった。そうこうしているうちに、お湯で割ったワインとトーストの夕食の時刻になり、やがて暖かくして寝る時刻になった。

　オリバーはこうして体力を取り戻したが、それはそれは幸福な日々であった。何もかもが平穏で、清潔であり、平和だった。誰もが彼に優しくて親切だった。これまでの生活があまりに不穏で喧騒に満ちていたので、ここでの生活は天国といってよかった。一人で着替えができるくらいに体力が回復すると、ブラウンロー氏は彼のために服と帽子と靴を新調してプレゼントしてくれた。それまで着ていた服は、好きに処分したらいいといわれたので、オリバーは自分に親切にしてくれた召使の一人にその服を渡し、どうかそれをユダヤ人の商人に売り払い、その代金をお礼に受け取ってほしい、といった。彼女はいわれた通りにした。オリバーは居間の窓からその様子を眺めていたが、ユダヤ人が古着をまるめて自分の袋に入れて立ち去るのを見ると、嬉しさがこみ上げてきた。「これで一安心だ、もうあの服を着なくてもよいのだ」と彼は思った。その古着は、ひどいボロというほかなかった。オリバーは新品の服など着たことがなかった。

肖像画の件があってから一週間ほど後の、とある夜のことである。オリバーが座ってベドウィン夫人とおしゃべりしているところへ、ブラウンロー氏から呼び出しがあった。もしオリバーの具合がよければ、書斎まで来てほしい。ちょっと話がしたい、というのだった。

「あらまあ！　さあ、手を洗いましょう。髪もきれいにわけたほうがいいわ」ベドウィン夫人はいった。「お呼びになるとわかってれば、新しい襟につけ直して、もっとぴかぴかにしてあげられたんだけどねえ」

オリバーは老婦人の命じる通りにした。彼女は、オリバーのシャツの襟の小さなフリルにアイロンをあてる時間がないと残念がった。とはいえ、そうした重要な作業を省略したにもかかわらず、とても上品な美少年に仕上がった。彼女は少年を頭のてっぺんから足のつま先まで得意げに眺めると、どれだけ時間があろうと、なかなかこれほど変身させられるものじゃないわ、と悦に入った。

この言葉に気をよくして、オリバーは書斎のドアをたたいた。お入りというブラウンロー氏の声を聞くと部屋に入った。そこは書物で溢れ返った小さな部屋で、窓の外

1　二人で遊ぶトランプゲーム。

には小さいけれども美しい庭が広がっていた。窓辺のテーブルに向かってブラウンロー氏は腰を下ろし、本を読んでいた。そしてオリバーを見ると、読んでいた本をわきへ置いて、テーブルのそばまで来て座るようにいった。オリバーはその通りにした。この世を賢くするために書かれたとおぼしき山のような書物。こんなにたくさんの本を読む人がいるということにオリバーは驚きを禁じ得なかった。しかしオリバーより経験を積んだ大人にとっても、同様の驚きは毎日のように共有されている。

「本がいっぱいあるだろう？　坊や」天井まである書架をオリバーが熱心に眺めているのを見て、ブラウンロー氏はいった。

「本当にたくさん」オリバーは答えた。「こんなにたくさんの本を見たことがありません」

「丁寧に扱うなら、手にとって読んだっていいんだよ」親切にも老紳士はいった。「本棚に並べて眺めているより、そのほうがずっと楽しい。もっとも、なかには表紙や背表紙の作りが本の中身よりずっと上等なものもあるがな」

「それは、こういうずっしりとした本のことですね」オリバーはそういって、表紙にごてごてと金箔がついている大きな四折判[2]の書物を指さした。

「そうとも限らん」老紳士はそういって、オリバーの頭をなでると笑った。「もっとずっと小さいが、ずっしり重いものだってある。賢くなって本を書いてみようと思うかね?」

「書くより読むほうが好きだと思います」オリバーは答えた。

「ほう! 物書きになろうとは思わんか」老紳士はいった。

オリバーはちょっと考えてから、本を書くより本屋さんになるほうがずっといいと思う、といった。これを聞いて老紳士は大笑いし、こいつは一本とられた、といった。どうして自分が一本とったのか、オリバーにはまるで見当がつかなかったが、そういわれたことは嬉しかった。

「そうか、そうか」老紳士は真面目な顔に戻っていった。「心配はいらんよ。君を物書きにしようなんて思っちゃいない。もっと真面目な商売を学んだっていいし、レンガ作りのような仕事だってある」

「ありがとうございます」オリバーはいった。ずいぶん真剣な調子でそういったので、老紳士はまた笑った。そして、気質というのは実に妙なものだとつぶやいた。オリ

2 紙を二回折り、四つの紙(つまり八頁分)を作る判型を四折判(クォート)と呼ぶ。サイズは約二十四×三十センチ。

バーにはよくわからぬことだったので、大してその言葉に注意を払わなかった。

「さて」ブラウンロー氏は一段と親切な、しかし、これまで見たことがないくらい真面目な調子でこういった。「坊や、今からする話をよく聞いてもらいたい。大人同様、私の話をちゃんと理解できると思うから、率直に話をしようと思うのだがね」

「どうかお願いです！　僕を追い出すとはいわないでください」老紳士がやたらと深刻な声を出すので、びっくりしてオリバーは叫んだ。「出て行って、また路上生活に戻れと、どうかいわないで。この家に置いてください。召使にしてください。あのひどい場所に戻れとはいわないでください。どうか、僕を哀れんでください」

「ああ、坊や」オリバーの突然の訴えに心動かされて、老紳士はいった。「私が君を追い出すとか、そんな心配はしなくてよろしい。君が何か悪さをしでかさない限りはな」

「絶対に、そんなことはしません」オリバーはすかさずいった。

「そう願う」老紳士は答えていった。「私も、君がそんなことをするとは思っていない。以前、助けてやりたいと思った連中に、裏切られたことが何度かあるが、君は信用できると思っとる。君という人間に関心を持っているのだ。どうしてか自分でもよくわからないがね。私が深く愛した人たちは、もう墓のなかだ。私の人生の幸福や喜びも、墓に埋まっている。そうはいっても、この心までが棺となり、愛情のすべてが封印されたわけじゃない。深い悲しみはかえって私の愛情を鍛え、磨きをかけてくれたわけさ」

老紳士は低い声でこのように語った。オリバーに話しているというより、自分に語りかけているといったほうがよかった。老紳士はしばし沈黙した。オリバーも静かに座っていた。

「さあさあ」やがて老紳士は陽気な声を出していった。「こんな話をしたのもな、君が若い心の持ち主だからさ。私がひどく苦しんだと知れば、そんなことにならないよう、注意してくれるだろうと思ったからだ。君は、まったく身寄りのない孤児だという。あちこちで調べてみたが、その通りだとわかった。今度は、君の口から話してもらいたい。どこで生まれ、誰に育てられたか。どういう経緯であのような少年たちの仲間に加わったのか。包み隠さず話してほしい。そうすれば、私はずっと君の味方でいられる」

オリバーは泣き出してしばらく口が利けなかった。それから、託児所で育てられ、その後バンブル氏によって救貧院に移された経緯を語り出した。その矢先に、屋敷の玄関をせっかちにノックする音が聞こえた。やがて召使が二階へやって来てグリムウィグ氏の来訪を告げた。

「上がるというのか？」ブラウンロー氏が訊いた。

「そうです」召使は答えた。「マフィンがあるかとお訊ねでしたので、ありますと答えると、じゃあお茶にしてくれと」

ブラウンロー氏は微笑んで、オリバーに向き直ると、グリムウィグ氏というのは自分の古い友人で、粗野なところがあるがどうか気にしないでもらいたい、根は立派な人物なのだから、といった。

「僕は下へいきましょうか？」オリバーは訊ねた。

「いや」ブラウンロー氏は答えた。「ここにいてほしい」

そこへ、当のグリムウィグ氏が入って来た。太い杖をついた大柄な老紳士で、片足を少し引きずるようにして歩いた。青のコート、ストライプのチョッキ、南京木綿のズボンにゲートルという格好で、頭にはつば広の白い帽子——反ったつばの裏地は緑——をかぶり、細かく編まれたシャツのフリルがチョッキから飛び出していた。チョッキの下には時計の長いチェーンがだらしなくたれ下がり、その先には鍵が一本ついている。白いネッカチーフの端はねじられて、オレンジくらいの大きさの玉になっている。グリムウィグ氏の表情もまた、ねじったように歪んでは、次々にかたちを変えて定まらなかった。彼は話をするとき、首を大きく曲げ、横目で相手をにらむ癖があった。これを見た人は誰もがオウムを連想した。ともかく、彼はこうした出立ちで現れると、オレンジの皮を突き出して、うなるような、立腹したような口調でいった。

「こいつを見ろ！　いつ来ても、医者の友人ともいうべきオレンジの皮が階段に転がっとる。こいつは一体どういうわけだ？　わしが足を悪くしたのも、オレンジの皮が原因だった。きっと最後には、オレンジの皮に殺されるんだろうよ。ああ、きっとそうだ。オレンジの皮に殺されるんだ、わしは。はずれたら、わしは自分の頭を食ってもいい！」

グリムウィグ氏は何かを力説するとき、決まってこの名文句で演説をしめくくる習性があった。彼がこういうと実に異様な感じがするのは――仮に科学文明が発達して人が自分の頭を食える日が来たとしても――グリムウィグ氏の頭は人並み外れて巨大で、胃袋自慢のどんな人間であろうと――厚くつもった髪粉はいうまでもなく――一度の食事で彼の頭を平らげるなどどだい無理な話だったからである。

「わしはこの頭を食うぞ」杖で床をたたいて、グリムウィグ氏はくり返した。「おや！　この子は誰だ？」オリバーに気づいて、一、二歩彼は後ずさりした。

「この子がオリバー・ツイストだ。前に話したろう」ブラウンロー氏はいった。

オリバーはお辞儀をした。

「熱を出したとかいう例の少年か？」さらに後ずさりしながらグリムウィグ氏はいった。「待て待て！　何もいうなよ！」何かひらめいたことがあったらしく、グリムウィグ氏は病気をうつされる恐怖も忘れていった。「オレンジを食ったのはこの子だ！　そうだ、この子がオレンジを食って皮を階段に捨てたんだ。はずれたら、わしはわしの頭を食うぞ。その少年の頭もだ」

「いやいや、この子はオレンジなど食べておらん」笑ってブラウンロー氏はいった。「とにかく帽子を脱いで、私の友人と話をしたらどうかね」

「まだわしの話は終わっとらんぞ」手袋を脱ぎながら、老紳士はいらいらしていった。「大通りの歩道にはいつだってオレンジの皮が落ちとる。そして、その皮は角の医者の小僧が置いたものに違いない。昨晩も若い婦人が皮を踏んで転び、わしのところの庭の生垣に頭を突っこんだが、その婦人は起き上がると医院のいまいましい赤いランプ[3]へ目をやった。『そこの医者へかかってはならん』わしは窓から叫んだのさ。『そいつは人殺しだ！　人捕り罠ですぞ！』それは間違いのないところだ。もしそうでなかったら――」短気な老紳士は手にした杖で床をしたたか打った。彼の友人たちは、決め台詞が発せられない場合、この杖の一撃で代用されることを知っていた。彼は杖を手に握りしめたまま腰を下ろすと、太い黒いリボンのついた鼻眼鏡をかけ、オリバーを観察した。オリバーは、自分が観察されていると知り、顔を赤らめ、またお辞儀をした。

「これがあの少年か？」グリムウィグ氏がしばらくしていった。

「そう、あの少年だ」ブラウンロー氏が答えた。

「具合はどうかね、坊や？」グリムウィグ氏はいった。

「だいぶ良くなりました。ありがとうございます」オリバーは答えた。

変人の友人がまた不愉快なことをいいかねない予感がしたので、ブラウンロー氏はオリバーに、下へ行ってベドウィン夫人にお茶の仕度を頼むようにいいつけた。オリバーは、このお客の態度にとまどっていたので、喜んでいわれた通りにした。

「なかなか美しい顔の子だろう？」ブラウンロー氏は訊いた。

「どうかね」不機嫌そうにグリムウィグ氏は答えた。

「どうかね？」

3 この時代の医院は目印として赤いランプを用いた。

「ああ、どうだろうかね。少年なんかどいつもこいつも似たり寄ったりだ。連中には二種類しかない。粗挽き粉型と牛型の二種類だ」

「オリバーはどっちだ？」

「粗挽き粉だ。わしの友人の子供に、牛型のやつがいる。世間では立派な子だとか何とかいっとるが、丸い頭に赤い頰、ぎらぎらした目玉の恐ろしいガキだ。体も手足もまるまると太っていて、服の縫い目なんかはち切れんばかりさ。水先案内人みたいな声と、狼のような食欲の持ち主でな。手に負えん輩だよ」

「おいおい」ブラウンロー氏はいった。「オリバー・ツイストはそんな手合いじゃないぞ。何もお前さんが目の敵にするには及ばない」

「いいや」グリムウィグ氏は答えた。「もっとひどいかもしれんぞ」

ここで、ブラウンロー氏は腹立たしげに咳きこんだ。それを見てグリムウィグ氏は得意満面の様子だった。

「もっとひどいかもしれんて」グリムウィグ氏はまたいった。「あの子はどこの生まれだ？　素性は？　仕事は？　なるほど熱を出した。どんな熱だ？　熱を出したからって善良な人間とは限らん。悪人だって熱くらい出すからな。主人殺しの罪で、ジャマイカで縛り首になった男がいたが、そいつだって六回も熱病になって寝こんだ。

だからといって恩赦は受けなかったぞ。まったく！　馬鹿げとる」

そうはいいながらも、心の底では、オリバーは見た目も態度も申し分ないとグリムウィグ氏は認める気になっていた。だがタイミング悪く、オレンジの皮を見つけてイライラしていたところだったので、どうしても相手の意見に素直に賛成できなかった。少年が美しいかどうかなど知るものか。相手が何といおうとうんとはいうまい。そう最初から決めていたのである。ブラウンロー氏が少年に関して何も知らず、回復するまでその素性の調査を先延ばしにしていたことを認めると、グリムウィグ氏はそらわんことかとほくそ笑んだ。そして冷ややかに笑いながら、「家政婦は毎晩、銀器の数を数えているかね？」と訊いた。「夜が明けたとき、きっとスプーンが一、二本消えているはずだ。そうでなかったら、わしは――」

ブラウンロー氏はどちらかといえば短気な性分だったが、友人の変人ぶりはよく承知していたので寛大な態度でこれをやりすごした。お茶の席になり、グリムウィグ氏は丁重に、手放しでマフィンの出来栄えをほめた。そんなわけで、その後のやりとりは円滑に進行した。お茶の席に加わったオリバーも、この気性の激しい老紳士を前にして、ようやくくつろいだ気分になることができた。

「それで、オリバー・ツイストの人生と冒険の物語をいつ拝聴するつもりかね？」お茶が終わるころになると、グリムウィグ氏はオリバーを横目で見ながらブラウンロー氏に訊ねた。

「明日の朝かな」ブラウンロー氏は答えた。「二人きりで話がしたいのだ。オリバー、明日の朝十時に私の部屋に来てくれるかな?」

「わかりました」オリバーは――グリムウィグ氏が自分を穴のあくほど凝視していたので困惑して――ためらいがちに答えた。

「いっておくがな」グリムウィグ氏は小声でいった。「あの子はきっと明日の朝、姿を見せんぞ。何だかもじもじしていたじゃないか。君を騙すつもりさ」

「そんなはずはない」断固としてブラウンロー氏は答えた。

「もしはずれたら」グリムウィグ氏はいった。「この頭をわしは――」そこで彼はステッキをふり下ろした。

「あの子は正直な人間だと、私は命にかけて断言するぞ!」テーブルをどんとたたいてブラウンロー氏はいった。

「それならわしは、やつが嘘つきだとこの頭をかけて断言する!」グリムウィグ氏もテーブルをどんとたたいて応じた。

「すぐわかることだ」ふつふつとした怒りを抑えながら、ブラウンロー氏はいった。

「そうとも」不敵な笑みを浮かべてグリムウィグ氏は答えた。「すぐにわかる」

運悪くここで、ベドウィン夫人が本の小さな包みを手にして入ってきた。それは、その日の朝、すでにこの物語に登場した例の本屋からブラウンロー氏が購入した書籍だった。彼女は包みをテーブルに置き、すぐに出て行こうとした。

「すまないがベドウィン夫人、本屋の小僧を呼びとめてくれ」ブラウンロー氏はいった。「まだ用事が済んでおらん」

「もう帰りましたが」ベドウィン夫人は答えた。

「呼び戻してくれ」ブラウンロー氏はいった。「大事なことだ。儲かっているわけでもない本屋なのに、私はまだ本の代金を払っておらん。それに、返却せねばならん本もあるのだ」

玄関の戸が開き、オリバーと女中がめいめいの方角へと駆け出した。ベドウィン夫人は玄関口に立ったまま大声で小僧の名を呼んだ。しかし目の届くところに小僧はいなかった。オリバーと女中が息せき切って戻って来たが、近くにはいないようだ、と二人は報告した。

「困ったな、とんだへまをやったぞ」ブラウンロー氏はいった。「今夜のうちにぜひとも返そうと思っていた本があるのだが」

「オリバーをやればいいじゃないか」意地悪な笑みを浮かべてグリムウィグ氏はいった。「間違いなく先方に届けてくれるさ」

「ええ。どうか僕に行かせてください」オリバーはいった。「大急ぎで行って来ます」

何があってもオリバーは外に出てはならん。老紳士がそういおうとした矢先、グリムウィグ氏が悪意ある咳払いをした。それで、じゃあそうするか、ということになった。オリバーが滞りなく任務を遂行すれば、馬鹿げた嫌疑はすぐに晴れる、少なくともグリムウィグ氏がかけている嫌疑は、と思ったからだった。

「じゃあ、オリバーに行ってもらうとしよう」老紳士はいった。「本は、書斎のテーブル横の椅子の上だ。そいつをまず取ってきておくれ」

老紳士の役に立つことが嬉しくて、オリバーは大慌てで品物を小わきに抱えて戻って来た。そして帽子を手にしたまま、先方への伝言を聞こうと待ち受けた。

「こういっておくれ」グリムウィグ氏をじっと見ながらブラウンロー氏はいった。「この本を返却しに来ました。主人が未払いの四ポンドの代金もお支払いいたします、とな。さあ、ここに五ポンド紙幣がある。だから持ち帰るおつりは十シリングだ」

「十分もかかりませんよ」自信をもってオリバーは答えた。上着のポケットにお札を入れてボタンをかけ、小わきに書籍をしっかりとはさみ、オリバーはうやうやしくお辞儀をすると部屋を出た。ベドウィン夫人は玄関まで彼を見送り、近道の行き方や本屋の名前、本屋のある通りの名前などを指示した。オリバーは全部覚えましたといったが、老婦人はそれでもなお、風邪をひかないようにくれぐれも注意しなくちゃいけませんと注意事項を並べ、それからようやく出発の許可が下りた。

「あの子が無事で戻りますように！」その背中を見送りながら老婦人はいった。「目の届かないところへあの子をやるのは、どうにも気が進まないわ」

このときオリバーは無邪気にふり返り、うなずいてみせ、角を曲がって姿を消した。老婦人は笑顔で応じてから、玄関の戸を閉めて自室へ戻った。

「さあさあ。どれほど手間取ろうと、あの子は二十分で戻るはずだ」ブラウンロー氏はそういって時計を引っぱり出し、テーブルの上に置いた。「それまでに暗くなるな」

「ほう！　君は本当に、あの子が戻って来ると思っているのか？」グリムウィグ氏が訊ねた。

「思わんかね？」ブラウンロー氏は訊き返して、微笑した。

グリムウィグ氏のなかで、つむじ曲がりな性分がまたぞろ息を吹き返した。友人の自信に満ちた微笑を見るとなおさらだった。

「思わん」拳でテーブルをどんとたたいて、彼はいった。「思わんな。あの子は新調した服に身を包み、高価な書物を小わきに抱え、ポケットには五ポンド紙幣を入れている。盗人仲間たちのところへ戻って、君を笑うさ。もし少年がここの屋敷に戻って来たら、わしはこの頭を食ってみせるよ」

こういって彼はテーブルに椅子を引き寄せた。二人はあいだに時計を置いて座り、静かに時の経つのを待った。

自分の判断こそ正しいと信じ、ひどく性急で強引な結論にもかかわらず、それを固守しようとする好例がこのときのグリムウィグ氏である。彼は決して性悪な人間ではない。尊敬する友人が騙されたと知れば、間違いなく心を痛めたはずである。だが、このときばかりは、彼はオリバー・ツイストが戻らなければいいと心から強く願ったのだった。

もうだいぶ暗くなった。時計の文字盤も読み取れないほど暗くなった。しかし、二人の老紳士は時計をあいだにおき、黙って座りつづけた。

第15章　陽気なユダヤ人とナンシー嬢の、オリバー・ツイストへの深い愛情を記す

　ここは、リトル・サフロン・ヒルでも一番汚らしい地域にある安居酒屋の薄暗い店内である。陰気な隠れ家で、冬場はガスのランプが一日中灯っていた。夏場でさえ太陽の光は差しこまなかった。アルコールの強烈な臭いがしみついた小さな錫の升とグラスに覆いかぶさるようにして、一人の男が座っている。ビロードの上着、茶色のズボンに靴下、そしてハーフブーツという出で立ちであった。部屋はひどく暗かったが、ベテランの警官ならばたちまち彼がウィリアム・サイクスその人だと気づいたはずである。彼の足元には白い毛並みの、赤い目をした犬が座っていた。犬は、主人に目配せしたり、口の端の大きな、生々しい傷口——最近の喧嘩でできたものと思われる——をなめたりしていた。

「静かにしてろ、この畜生め！　静かにしねえか！」サイクスは不意に沈黙を破って

いった。その理由はよくわからない。何かを考えつめていたので、犬が目配せするのさえ煩わしかったのかもしれない。心配事でイライラしていたので、無害な動物を蹴とばして憂さを晴らそうとしたのかもしれない。理由はともあれ、彼は犬を蹴りとばして罵声を浴びせたのだった。

犬はふつう、たとえ飼い主から打擲(ちょうちゃく)されようともやり返そうとはしないものだ。だがサイクスの犬は主人同様に短気で、やり返さないと気が済まぬと思ったのか、躊躇なく主人のハーフブーツにがぶりと嚙みついた。したたか嚙んでから今度は唸りながら逃げて長椅子の下に身を隠した。サイクスは犬の頭めがけて錫の升を投げつけたが、犬はすんでのところでその攻撃をかわした。

「野郎、やる気か？」サイクスはそういって片手に火かき棒を構え、大ぶりの折りたたみナイフをポケットから取り出し、もう片方の手に構えた。「来やがれ、悪党！ 聞こえたろうが？ 来い！」

サイクスは耳障りな声でこれでもかとどなったので、犬に聞こえないはずはなかった。しかし喉をナイフで切られるのはどうしても不本意のようで、犬は長椅子の下に身を潜ませたままさっき以上に激しくうなりはじめた。そして火かき棒の先に食らいつくと野獣のように激しく嚙んだ。

犬の抵抗はサイクスをますます激昂させた。彼は膝をついてかがみこみ、いよいよ激しく犬を攻撃しはじめた。犬は右へ左へと飛びはね、うなり、吠えつつ主人に噛みつこうとした。主人のほうは犬を突いてはどなり、打っては罵った。まもなく戦いの決着がつくだろうというとき、隠れ家のドアが不意に開いた。犬はすばやくその開いたドアから外へ逃げ出した。火かき棒とナイフを手にした格好で、ビル・サイクスはその場に残された。

相手がいなければ喧嘩はできぬ、と古いことわざにある。犬がいなくなったサイクスは、当然、新しくやって来た人物に怒りの矛先を向けた。

「くそっ、何だって肝心なところで邪魔をしやがるんだ?」サイクスは激した様子でいった。

「知らなかったのだ。知らなかったのだよ」おずおずとフェイギンは答えた。現れたのは例のユダヤ人であった。

「知らなかった! この腰抜けの盗人が!」サイクスはどなった。「物音がしたろうが?」

「いいや、ちっとも。何も聞こえなかったな」ユダヤ人は答えた。

「何もだと! そうかい、何もね」侮蔑した様子でサイクスはいった。「こそこそ出入りしやがって。いつの間にか現れて、いつの間にか消えやがる。お前が犬だったら幸いなんだがな」

「どうしてだい?」作り笑いをしてユダヤ人は訊いた。

「なぜってな、警察はお前みたいな、あの駄犬の半分の度胸もねえお前のような輩だって、殺されればだまっちゃいないだろうが。だが犬なら、どう殺されようと少しも気にしねえ」サイクスはそういい、意味深な表情でナイフをたたんだ。「そういうわけさ」

ユダヤ人はもみ手をしてテーブルにつくと、友人の冗談を笑ってみせた。が、ひどく居心地が悪そうだった。

「笑ってりゃいいさ」サイクスは火かき棒を置き、とびきりの軽蔑の表情でユダヤ人を眺めた。「笑ってりゃいい。だがな、俺のことを笑うわけにはいかねえぞ。笑っていいのは、絞首刑で頭巾をかぶるときだけだ。いいかフェイギン、俺はお前の上役なんだ。これからもずっとそうだ。俺が死ぬときは、お前も道連れさ。だから俺を裏切るようなことはするな」

「もちろんだよ」ユダヤ人はいった。「そんなことはよく承知しているさ。わしらは、ええと、一蓮托生だ、ビル。一蓮托生だよ」

「ふん」この共犯関係で得をするのはお前のほうだというように、サイクスはいった。

「それで、俺にどんな用件だ？」

「ブツがすっかり現金になったのでね」フェイギンは答えた。「こいつがお前さんの取り分だ。次回もいい仕事をしてくれるだろうからね、報酬に色をつけさせてもらったよ。それに――」

「ごちゃごちゃぬかすな」いらいらして盗人が口をはさんだ。「金はどこにある。さっさと寄こせ！」

「わかったよ、ビル。そんなに急かさないでおくれ」ユダヤ人はなだめるようにいった。「心配無用。さあ、こいつがそうだ」彼はふところから古びた綿のハンカチの包みを取り出し、隅の大きな結び目をほどいた。小さな茶色の包みがもうひとつ現れた。サイクスはそれをひったくり、急いで包みを開け、中身の金貨を数えた。

「これで全部か？」サイクスは訊いた。

「そうだよ」ユダヤ人は答えた。

「ここへ来る途中、包みを開けて、一、二枚ちょろまかしちゃいないだろうな？」疑るようにサイクスは訊ねた。「そんなしかめ面をする権利はお前にはないぜ。前科があるんだからな。鈴を引きな」

これはつまり、ベルを鳴らせという意味だった。ベルが鳴ると、フェイギンより若いが、彼に劣らず卑しい不快な顔立ちのユダヤ人が現れた。

ビル・サイクスは無言で空の杯をさした。若いユダヤ人はその意味を十分承知していたので、酒を取りに下がった。そして下がる一瞬前に、フェイギンに意味ありげな視線を送った。フェイギンは相手がそうするのを知っていたかのように、視線を上げ、首をふってみせた。だがそれは、実に何気ない動作だったので第三者に気づかれる心配はまずなかった。サイクスも二人のやりとりに気がつかなかった。彼は犬が引きちぎったブーツの紐を結びなおそうと屈みこんでいるところだった。もし万一、二人のやりとりに気がついたとしたら、きっと悪い予感を覚えたであろう。

「ほかに誰かいるのかい、バーニー?」フェイギンが訊いた。サイクスがこっちを見ているので、視線を上げずにいった。

「ほがには誰も」バーニーは答えた。彼は、嘘をついていようといまいと、いつも鼻声で話した。

「誰も?」驚いたようにフェイギンは訊き返した。その言葉は、本当のことをいっても構わないと、ほのめかしているようでもあった。

「ダンシーさん以外は、誰もね」バーニーは答えた。

「ナンシーだって！」サイクスが大きな声を出した。「どこにいる？　誓ってもいいが、あれは実に頭の切れる女だ」

「酒場のほうで、牛肉の煮込み料理を食べてます」バーニーは答えた。

「ここへ呼んでくれ」酒を杯に注ぎながらサイクスはいった。「呼ぶんだ」

バーニーは困った様子でフェイギンを見た。許可を求めているようだった。だがフェイギンは下を向いたまま黙っていた。バーニーは席をはずし、ナンシーを連れて来た。彼女はボンネットをかぶり、エプロンをつけ、手にバスケットと玄関の鍵という完璧な変装姿だった。

「嗅ぎつけたんだな、ナンシー？」酒の入ったグラスを渡してサイクスはいった。

「ええ。そうよ、ビル」酒を飲みほして若い女は答えた。「でもね、困ったことに、その子は病気で寝たきりなのよ。それに――」

「ナンシーや」顔を上げてフェイギンはいった。

彼は赤毛の眉をひそめたり、眼窩の奥の目を半分つぶってみせたりした。それは、おしゃべりがすぎるぞというナンシーへの警告であったのかもしれないが、そのことは目下のところ大して重要なことではない。われわれにとって重要なのは次の事実、つまりナンシーが不意に言葉を切り、サイクスに愛想よく笑いかけ、話題を変えたこ

「嗅ぎつけたんだな、ナンシー？」

とである。そのおよそ十分後、フェイギンはごほごほと咳きこみはじめた。それを見たナンシーは肩にショールをかけ、そろそろ帰らなければといった。サイクスは、途中まで同じ道だから、ナンシーと一緒に帰るといった。それで二人は連れだって店を出た。少し離れて犬もついてきた。主人の姿が見えなくなったので、裏庭から忍び足に駆け出してきたのだった。

サイクスが去ると、ユダヤ人は戸口から頭を突き出し、暗い夜道へ消えてゆく相手の姿を確認してから、握りしめた拳をふりまわして悪態をついた。それから不気味な笑みを浮かべ、ふたたびテーブルにつき、警察広報の面白そうな頁を熱心に読みはじめた。

さて、オリバー・ツイストであるが、彼は今、自分が愉快な老紳士のすぐそばにいるとは夢にも思わず、本屋へと急いでいるところだった。だがクラークンウェルに差しかかるころ、彼は道を誤り、裏通りに入りこんだ。しかし道を誤ったことにすぐには気づかず、しばらく進んでからそのことに気づいたが、結局は同じ道に出ることを知っていたので引き返す必要はないと思った。彼は小わきに本を抱えて足早に道を急いだ。

歩きながら彼は、今の自分は何と幸せで、何と満たされた生活を送っているのだろうと考えていた。そしてまた、あのかわいそうなディックに、何としてももう一度会いたいと思った。彼は今この瞬間も、腹を空かせ、殴られ、むせび泣いているかもしれない。そんなことを考えていたときである。突然、「まあ、私の弟だわ！」と叫ぶ若い女の声がして、思わず我に返った。何事かと思って顔を上げようとすると、たちまち首に腕が巻きつき、彼は捕まった。

「やめて」もがきながらオリバーは叫んだ。「放してください。あなたは誰です？　なんで僕をとめるんです？」

自分を抱擁している若い女にそう訊くと、小さなバスケットと玄関の鍵を手にしたその女は嘆きの言葉を並べ立てた。

「本当によかった！」若い女はいった。「この子が見つかって！　ああ、オリバー、オリバー。本当に悪い子よ。どれほど心配したと思っているの？　さあさあ、お家へ帰りましょう。神様ありがとうございます。おかげでこの子は無事に戻りました」支離滅裂なことをわめきながら、若い女は激しく泣き出した。ひどいヒステリー状態といってよかった。ちょうど通りかかった二人の婦人が、獣脂でつやつやした頭の肉屋の小僧に、医者を呼びにやったほうがよいのではないかと訊ねたくらいだった。これに対し、怠惰とはいえないが、のんびりした性格の肉屋の小僧は、それには及ばないでしょうと返事をしていた。

「おお、どうぞご心配なく」オリバーの手を握りしめて若い女はいった。「もう大丈夫です。すぐ家に帰るんですよ。本当に悪い子ね。さあ、いらっしゃい！」

「一体何事ですの？」婦人の一人が訊いた。

「ああ、奥様」若い女は答えた。「家出ですわ。もう一カ月にもなります。勤勉な、立派な親のもとに生まれましたが、家出をして盗人のような悪童連中の仲間に入ったのです。母親は胸のつぶれる思いで日々すごしております」

「まあ、ひどい話」一人の婦人がいった。

「家に戻りなさい」もう一人の婦人もいった。

「人違いです」ひどく狼狽してオリバーは答えた。「僕はこの人を知りません。僕には姉も、父親も母親もいません。僕は孤児で、ペントンヴィルに住んでいます」

「何をいうのです？　よくもそんな嘘をぬけぬけと！」若い女は叫んだ。

「あれっ？　ナンシー！」このときはじめて相手の顔を見たオリバーは、仰天してそのように叫び、後ずさりした。

「そら、私が誰だかちゃんとわかるじゃないの」見物人にアピールしながらナンシーはいった。「この子はまだ一人では生きていけません。どうか善良なる皆さま、この子に家に帰るよういってやってくださいまし。さもないとこの子の母親も父親も、悲しみで死んでしまいます。私だってそうです」

「何の騒ぎだ、これは」居酒屋から飛び出してきた男がいった。その背後からは白い犬がついてきた。「ありゃあ、オリバーじゃねえか。この不良小僧め、とっととおっかさんのところへ帰れ！　すぐ帰るんだ！」

「僕はこの人たちと関係ありません。知り合いでもありません。助けて！　どうか助けてください！」男にむんずとつかまれたので暴れながら叫んだ。

「助けてくれだと！」男がくり返した。「ああ助けてやるさ、この悪ガキめ。この本は何だ？　盗んだものだろう、ええ？　こいつは没収だ」そういって男はオリバーから本の束をひったくり、その頭に拳骨をくらわせた。

「それでいい！」屋根裏部屋の窓から、この様子を見ていた男が叫んだ。「ガキのしつけは拳骨にかぎるぜ」

「そうとも！」眠そうな顔の大工も、屋根裏部屋の男を見上げて、賛意を示した。

「この子のためですわ」二人の婦人もいった。

「そら、もう一発」男はそういってもう一度オリバーを殴り、その首根っこをつかんだ。「この小悪党が、さあ来い！　ブルズアイ、このガキが逃げないよう、ようく見張ってるんだ！」

病み上がりで弱っていたオリバーは不意に殴られて頭がくらくらした。そして、犬が猛烈な勢いで吠え、横にいる男は凶暴そうなので恐怖に震え上がった。見物人が、自分を手のつけられない悪童だと信じ切っているので、反論する気にもなれなかった。子供一人に何ができよう！　日暮れも迫り、上品な場所柄でもなかった。万事休すだった。どうにも打つ手がなかった。すぐにオリバーは暗い狭い路地の迷宮へと引きずりこまれ、断末魔の叫びも人々の耳に届かぬほど、あっという間に連れ去られた。もっとも、人々の耳に届いたところでどうにもならなかった。なぜなら、どれほどはっきり聞こえたところで、誰も彼の身の上になど関心がなかったからである。

＊　＊　＊

ガス灯に火がともった。ベドウィン夫人は不安そうに玄関口にたたずんでいた。召使はオリバーの姿が見えやしないかと、もう二十回も通りを急ぎ足に往復していた。二人の老紳士は真っ暗になった居間で、時計をはさんで根気強く座っていた。

第16章　ナンシーに発見された後のオリバーについて

ようやく狭い路地を抜け、だだっ広い空き地に出た。動物用の檻が点在しており、そのほかの様子からも、ここは家畜市場であるらしい。この場所まで来るとサイクスは歩く速度を緩めた。ここまで三人は相当な速度で歩いて来たが、ナンシーの疲労はもう限界だった。サイクスはオリバーに向かってナンシーの手を引けと乱暴に命じた。

「聞こえただろうが？」オリバーが逡巡してきょろきょろしていると、サイクスはどなった。

暗い曲がり角まで来た。人影などどこにもなかった。どんな抵抗も虚しいと、オリバーにはわかりすぎるくらいわかった。彼が手を出すとナンシーがその手をしっかり握った。

「そっちの手も出せ」サイクスはそういって、オリバーのもう片方の手をつかんだ。

「おいっ、ブルズアイ！」

犬が顔を上げてうなった。

「いいか、ここだぞ！」サイクスはもう一方の手でオリバーの喉を押さえていった。「もしこのガキが何かいったら、ここに嚙みつけ！　わかったな？」

犬はもう一度うなり、口のまわりをなめながら、今すぐその喉笛を嚙み切らんばかりの様子でオリバーをにらんだ。

「こいつは熱心な信者並みに従順なんだ。嘘だと思うなら試してみるがいい」サイクスはいった。そして残酷非道な表情で犬を眺め、その性格をたたえた。「これ以上説明する必要はないな。大声を出したきゃ出すがいいさ。すぐにこの犬が跳びかかるぜ。さあ、足をとめるな、小僧！」

主人がめずらしく自分をほめてくれたことがわかり、ブルズアイは元気よく尻尾をふった。そしてオリバーを牽制するようにもう一度うなり、先頭に立って歩き出した。

一行のいる場所はスミスフィールドだったが、仮にここがグロヴナー・スクエア[1]

1　スミスフィールドはロンドン北部の地域で、当時は家畜市場や処刑場がある下町地区。対して、グロヴナー・スクエアはロンドンのメイフェアにある上流階級が多く住む地区。

だったとしても、オリバーにとっては大差なかった。すでに真っ暗闇で霧も出ていた。店の明かりさえ分厚い霧のせいでほとんど見えなかった。霧は刻一刻と濃くなり、往来と家々は闇に呑みこまれた。もともと見知らぬ土地がなお一層、異世界のように見えた。オリバーは心もとないだけでなく、すっかり気が滅入った。

三人が急ぎ足でもうしばらく進むと、教会の荘重な鐘が時を告げた。鳴り出すとサイクスとナンシーの二人は足をとめ、音のする方角をふり向いた。

「八時だわ、ビル」鐘が鳴りやむとナンシーはいった。

「いちいち確認する必要なんかないぜ。俺にだって聞こえたさ」サイクスは答えた。

「あの子たちの耳にも聞こえたかしら」ナンシーはいった。

「そりゃあ聞こえたさ」サイクスが答えた。「俺が牢にぶちこまれたのは聖バルトロメオの祭日だった。縁日で子供が吹くおもちゃのラッパが、いつまでも聞こえていた。夜になっても町はたいへんなどんちゃん騒ぎでな、いつも騒々しいニューゲート監獄が、嘘みたいに静かに思えたもんだ。あまり静かだから、俺は鉄格子に頭をガーンとぶつけたくなったくらいさ」

「あの子たちが気の毒だわ」ナンシーはなおも鐘の聞こえてきた方角を見ながらいった。「おお、ビル。あんな気のいい若者たちが！」

「そうだな。お前ら女たちのいいそうなこった」サイクスはいった。「気のいい若者たちか！　あいつらの命もこれまでさ。だからそんなことといったってどうにもならん」

このように自分を慰めることで、サイクスは連中に対する嫉妬心を鎮めようとするかのようであった。そしてオリバーの手首を強く握り、「さあ歩け」とうながした。

「ちょっと待って！」娘はいった。「今度八時の鐘が鳴るとき、もし縛り首になるのがあんただったとしたら、私はそんな急ぎ足に立ち去りはしないわ、ビル。雪が積もっていて、寒さをしのぐショールがなくても、倒れるまで刑場の周りを歩きつづけるでしょうよ」

「そんなことをして何になる？」感傷を嫌うサイクスがいった。「やすりと二十メートルの丈夫なロープを牢に投げ入れてくれなけりゃ、八十キロ歩いたって、全然歩かないのと一緒さ。何にもならねえよ。さあ、行こうぜ。お涙頂戴はたくさんだ」

娘は急に笑い出し、ショールをしっかりと巻き直した。二人は歩き出した。オリバーはナンシーの手が震えていることに気がついた。ガス灯の下で見上げると、ナンシーの顔は死人のように真っ青だった。

三人は人気のない汚い道をたっぷり三十分は歩きつづけた。すれ違った人々はごくわずかで、彼らは容貌からして、サイクスと同じような境遇にある人々だった。その後、古着屋が軒を連ねる不潔な細道へと入った。先頭を行く犬は、もう見張りの役目は終わりであることを知っているように駆け出し、とある店の戸口で足をとめた。その店はもはや営業しておらず、誰かが住んでいる気配もなかった。すっかり朽ち果てて、戸口には貸家であることを示す看板が釘で打ちつけてあった。もう何年もそのまま放置されている様子だった。

「大丈夫だ」きょろきょろと周囲を見渡しながらサイクスがいった。

ナンシーは鎧戸の下に屈みこんだ。オリバーは鈴の音を聞いた。三人は通りを横切り、ガス灯の下でしばし待った。窓が静かに開く音がして、まもなく戸口がそっと開いた。サイクスがおびえた少年の襟首を手荒くつかみ、三人は店のなかへと身を滑りこませた。

廊下は真っ暗だった。三人は、戸口を開けてくれた人物がふたたび扉に鎖とかんぬきをかけるのを待った。

「誰かいるのか?」サイクスが訊いた。

「いないよ」相手が答えた。オリバーには聞き覚えのある声だった。

「老いぼれがいるだろう?」

「ああ、いる」相手が答えた。「ずいぶんと気落ちしてる。あんたに会えて喜ぶかな? まさかね!」

この話し方も声の調子も、オリバーには聞き覚えがあった。だが暗闇のせいで相手の姿かたちはまったく見えなかった。

「明かりをくれ」サイクスがいった。「さもなきゃ首を折るか、犬を踏んづけちまう。犬を踏めば足をがぶりとやられるぜ」

「ちょいと待っててくれ。明かりを持ってくるからさ」相手はそう答え、足音がどこかへ遠ざかった。しばらくしてジャック・ドーキンズ、通称勝負師ドジャーが姿を現した。彼は右手に獣脂ロウソクをさした棒切れを持っていた。

この若い紳士はオリバーに気づいても、特別な反応は示さず、ただユーモラスな笑みを浮かべただけであった。そして踵を返し、自分について階段を下りるよう三人に手招きした。がらんとした台所を過ぎ、裏庭とおぼしき一隅にある土臭い部屋の扉を開くと、やかましい笑い声に迎えられた。

「こりゃあたまげた!」チャーリー・ベイツが大声でいい、腹の底から笑い出した。「あいつだよ。あいつが帰ってきた! おい、フェイギン。あいつを見ろよ。フェイギン、見ろってば。笑いがとまらん。傑作だ、こいつは。はっ、腹がよじれる。誰か俺を押さえててくれ」

堪えられぬようにげらげらと笑いながら、チャーリーは床を転げまわり、およそ五分間、笑いのつぼに入ったまま、痙攣したように足をばたつかせた。ようやく立ち上がるとドジャーから燭台を奪い、オリバーに近づき、舐めまわすように彼を観察した。一方、ユダヤ人はナイトキャップを脱いで、おどおどしているオリバーにいつまでも深々とお辞儀をしていた。どちらかといえば陰気な性分で、遊びよりも仕事第一のドジャーは、せっせとオリバーのポケットを漁っていた。

「この上着を見ろよ、フェイギン！」オリバーの新品のジャケットを燃やさんばかりに燭台を近づけ、チャーリーはいった。「こんな上等な生地は見たことねえや。デザインもえらく洒落てやがる。ひえー、大したもんだ。それにこの本もすげえや。立派な紳士さまだぜ、フェイギン」

「すっかり立派になられましたようで。またお会いできてたいへん嬉しゅうございます」ユダヤ人は慎ましやかにぺこぺこしてみせた。「晴れ着を汚すといけませんから、ドジャーがすぐに着替えをお持ちします。あらかじめご訪問をお知らせ下されば、温かい夕餉(ゆうげ)を用意してお待ちしたのですが」

これを聞いてチャーリーはまたもや笑い出した。あまりげらげら笑うので、フェイギンも顔をほころばせ、ドジャーさえ微笑した。ただ、ドジャーはちょうど五ポンド紙幣を探り当てたところだったので、彼がフェイギンたちの冗談に笑ったのか、それともこの発見に喜んだのか、どうもはっきりしない。

「おや、そいつは何だ！」ユダヤ人がその紙幣をつかみ取ると、サイクスが進み出ていった。「それは俺のだぞ、フェイギン」

「馬鹿いっちゃいかん」ユダヤ人がいった。「ビル、これはわしのだ。お前さんには本をやるよ」

「そいつは俺のだ！」帽子をかぶりながら、毅然としてビル・サイクスはいった。「つまり、俺とナンシーのだ。渡さなければガキを送り返すからな」

ユダヤ人は飛び上がった。オリバーもまた全然別の理由で飛び上がった。彼は、うまいこと自分が送り返されることにならないかしら、と思ったのである。

「さあ、こっちへ寄こせ」サイクスはいった。

「フェアじゃないぞ、ビル。フェアじゃないよな、ナンシー？」ユダヤ人は訊ねた。

「フェアだろうとそうじゃなかろうと」サイクスがいい返した。「さっさと寄こすんだ。お前のとこのガキがパクられるたびに、探し出してかっさらって来るほど、俺やナンシーは暇じゃないんだぞ。業突く張りの死に損ないめ、金を寄こしやがれ！」

穏やかに抗議して、サイクスはユダヤ人の指のあいだから紙幣を奪い取った。そして老人の顔を冷ややかに眺めつつ、札を小さく折り、自分のネッカチーフに結びつけた。

「これは俺たちの手間賃だ」サイクスはいった。「もっとも、あと倍以上は貰わにゃ割には合わんが。読書が趣味なら本はくれてやるぜ。読まないなら、売っぱらったらいい」

「えらく立派な本だな」チャーリー・ベイツはそういって、顔をしかめながら書物の一冊を読んでいるふりをした。「印刷も実に立派だよな、オリバー？」オリバーのびくびくした顔を見ると、笑い上戸のチャーリーはふたたび——さっき以上の激しさで——げらげらと笑い出した。

「その本は老紳士のものです」両手を固く握りしめて、オリバーがいった。「その人は善良で、親切で、熱を出して死にそうな僕を家に連れて帰り、看病してくれたんです。どうかお願いです。その本とお金は持ち主に返してください。僕は一生ここで暮らすことになっても構いません。でも、どうか、どうか、本とお金は返してあげてください。さもないと、僕が盗んだと思われます。あのおばさんも、僕に親切にしてくれた人たちも、僕を泥棒だと思うでしょう。どうかお願いですから、本とお金は返してあげてください！」

胸がつぶれる思いで必死にこう訴えると、オリバーはユダヤ人の足元にひざまずき、絶望に打ちひしがれて両手をついた。

「この子のいう通りだ」フェイギンはそういって、ちらと周囲を見渡し、毛むくじゃらの眉をひそめた。「お前のいう通りだ、オリバー。違いない。彼らはお前が、本と金を盗んで逃げたと考えるだろう。ははは」手をすり合わせながら、ユダヤ人はくっくと笑った。「どれほど周到に機会を狙ったとしても、これほどうまく事が運ぶことはなかったろうさ」

「そりゃあそうだ」サイクスがいった。「小わきに本を抱えたこいつにクラークンウェルで出くわしたとき、俺はしめたと思ったね。これほどのチャンスはねえ。情け深い、信心深い連中だ。さもなきゃ、こんなガキを自分の家に連れて帰りはしねえよ。だから当然、こいつが消えても探しまわったりしねえ。このガキを起訴して、牢屋に送る気もないだろうからな。こいつはもう安全さ」

こうした会話が交わされているあいだ、オリバーは途方に暮れ、事態をほとんど理解できない様子で、人々の顔を見まわしていた。が、ビル・サイクスの話が終わると、がばと身を起こし、「助けて！」と叫びながら死に物狂いで部屋から飛び出した。オリバーの声はがらんとした廃屋の屋根までこだました。

「ビル、犬を行かせないで！」ユダヤ人と彼の二人の弟子がオリバーを追って部屋を飛び出すと、ナンシーは急いで扉を閉めていった。「犬を行かせないで。あの子が食い殺されてしまうわ」

「当然の報いだろうが」サイクスはそういって、行かせまいとするナンシーの手をふりほどこうとした。「手を放せ！　でないと壁でお前の頭をかち割ることになるぞ」

「そうすればいいわ、ビル。私は構わない」必死に男にしがみつきながら、娘は叫んだ。「犬をあの子にけしかけるなら、まず私を殺すがいいわ」

「なんだと！」歯ぎしりしながらサイクスはいった。「手を放さねえなら、容赦しねえぞ」

強盗はナンシーを部屋の隅へ突き飛ばした。そこへ、ユダヤ人と二人の少年がオリバーを引きずりながら戻って来た。

「何かあったのかね？」二人を見て、フェイギンがいった。

「こいつは頭がどうかしたらしい」激昂したサイクスがいった。

「いいえ、どうもなってないわ」必死の攻防で息を切らし、青ざめた顔でナンシーはいった。「正気よ、フェイギン。信じてちょうだい」

「それなら、静かに見ておくれ」脅すような顔でユダヤ人はいった。

「いいえ、静かに見てもいないわ」大声でナンシーは答えた。「私は私のしたいようにするのよ」

フェイギンはナンシーが属している女という種族の生態を熟知していた。そして、今これ以上彼女と話をするのは得策ではないと確信した。彼は相手の注意をそらすため、オリバーのほうに向き直った。

「つまりお前は、ここから逃げたかったのだな?」暖炉の横に置いてあった、節くれだった棍棒を手にして、ユダヤ人はいった。「違うか?」

オリバーは返事をせず、じっとユダヤ人の動きを見つめ、荒い息をしていた。

「助けを呼ぼうとした。警察を呼ぼうとした。そうだな?」少年の腕をつかんで、ユダヤ人は嘲笑した。「その根性をたたき直してやろう」

ユダヤ人は棍棒でオリバーの肩をしたたか打ちすえた。そして棍棒をもう一度ふり上げた刹那、ナンシーが駆け寄り、彼の手から武器をひったくった。そして勢いよく暖炉に投げこんだので、燃えた石炭の火の粉が部屋に舞い上がった。

「そんな折檻を黙って見ていられないわ、フェイギン」娘はいった。「その子は戻って来た。それで十分じゃない? この子に手を上げないで。手を上げるなら、私はあんたのことをサツにたれこんでやるわ。それで私も絞首台送りになるとしても、構わない」

こう脅しつけると娘は激しく床板を蹴った。そして唇をきっと結び、両手を握りしめ、ユダヤ人ともうひとりの強盗男をかわるがわるにらんだ。怒れば怒るほど彼女の顔からはますます血の気が引いていった。

「一体どうしたんだい、ナンシー？」ユダヤ人とサイクスは面食らった様子で互いの顔を見交わしていたが、その後、なだめるようにユダヤ人がいった。「今夜はずいぶんと冴えてるねえ、ナンシー。見事な演技だ」

「そうね」娘はいった。「私がやりすぎないように注意するがいいわ。それで一番困るのはあんたよ、フェイギン。今のうちに忠告しておくけど、あまり私を怒らせないほうが身のためよ」

怒った女は危険な存在である。いろいろな激情に自暴自棄が加わったときはとりわけそうで、たいていの男はそうした女を前にしたとき、おとなしくする以外にない。ナンシーは本気で怒っており、これ以上何でもないふりをするのは不可能と悟ったユダヤ人は、思わず数歩後ずさりして、おずおずと、嘆願するようにサイクスを見た。その目つきは、お前さんのほうがこういう役は適任だろうとでもいいたげだった。

無言の圧力を受けたサイクスは、プライドと威厳にかけて、即刻ナンシーを正気に戻さねばならぬと感じたらしい。とめどなく悪態をつき、彼女を脅しつけた。これほど間髪を容れずにくり出される罵詈雑言は、彼の非凡な創造力を証していた。しかしこのようにどなりつけても、相手はいささかも動じる気配を見せない。そこで彼は、もっと実際的なやり方で話し合うことにした。

「一体お前はどうしたいんだ？」サイクスはいった。そして最後は、巷でよく用いられる――人間の一番美しい器官、目玉にまつわる悪態[2]――で締めくくった。もしこの悪態が発せられるたびに、五万回のうちの一回でも言葉の通りになるとすれば、きっと盲目ははしかのようにありふれた病になることであろう。「一体お前はどうしたいんだ？　畜生め！　身の程をわきまえやがれ。何様のつもりだ？」

「何様かよくわかっているつもりよ」ヒステリックに笑いながらナンシーは答えた。そして平静を装って首を左右にふった。

「わかってるなら、おとなしくしてろ」サイクスはそういって、犬に対するときのよ

2　ここでほのめかされている悪態は"Damn your eyes!"（盲になれ）である。相当に差別的な表現であるが、当時は悪態をつくときの常套句のひとつであった。

うになり声を上げた。「さもないと、俺がこの手で永久に黙らせることになるぜ」

娘はまた笑ったが、さっきよりも動揺が見えた。きっとサイクスをにらんだが、すぐに顔を背け、血が出るほど唇を噛んだ。

「おめえは立派な娘だ」馬鹿にした態度でサイクスは女を眺めた。「慈悲深く、お上品な連中の肩を持つとはよ。あのガキがお友達になろうとするのも無理はねえぜ」

「本当にその通りね」娘は激した様子でいった。「私なんか往来で殴り殺されればよかったのよ。もしくは、今夜死んだあの子たちの代わりに、縛り首になればよかった。そうすれば、この子の誘拐に手を貸さずに済んだ。この子は今晩から盗人とか嘘つきとか悪党と呼ばれるのよ。もうそれで十分でしょ？　これ以上殴ったりしなくたって」

「サイクス」ユダヤ人は諌めるようにサイクスに話しかけた。そして成り行きを熱心に見守っていた少年たちに手で合図をした。「節度を忘れちゃいかん。節度だよ、ビル」

「節度を忘れてはいけない？」見るも恐ろしいほど激昂して娘がいった。「この悪党！　それじゃあ、私も節度を忘れずに話してあげる。私は、この子の年齢の半分にもならないころ、あんたの命令で盗みを働いたわ」そういって彼女はオリバーを指さした。「それから十二年、ずっとあんたの下で泥棒として働いてきた。それがどういうことかわかる？　答えなさい！　どういうことかわかっているの？」

「まあまあ」落ち着けという風にユダヤ人は答えた。「そうだとしても、それで食っていけたんじゃないか」

「ええ、そうね！」娘は答えた。その後は、しゃべっているというより、息の長い絶叫に近かった。「確かにそれで食ってきたわ。寒い、じめじめした、不潔な路地が私の帰る家だったわ。昔、そんな場所へ私を追いこんだ悪党はあなたよ。これからも毎日、死ぬ日まで、私はそんな場所で暮らすんだわ！」

「いい加減にしろ！」誹謗中傷にいらいらして、ユダヤ人が口をはさんだ。「これ以上口を開けばただじゃ済まんぞ！」

娘はもう何もいわなかった。が、錯乱したように髪をかきむしり、服を引きちぎると、今度はユダヤ人めがけて突進した。寸前にサイクスが彼女の手首をつかんでいなければ、彼は手酷い傷を負っていたはずである。ナンシーは虚しく抵抗し、それから気を失った。

「これでもう大丈夫だ」彼女を部屋の隅に寝かせてサイクスがいった。「かっとなると、こいつはえらく腕の力が強いぜ」

嵐が過ぎ去ってほっとしたらしく、ユダヤ人は額の汗をぬぐい、微笑んだ。フェイギン、サイクス、犬、そして少年たちは皆、こうした騒ぎを彼らの商売につきものの、日常的な一コマ以上には思っていない様子だった。

「これが女の一番面倒なところだ」棍棒を元の場所へ戻しながらユダヤ人はいった。「だが女は賢い。女抜きにわしらの商売は成り立たん。チャーリー、オリバーをベッドへ連れていけ」

「明日こいつに、この服は着せないほうがいいよな? フェイギン」チャーリー・ベイツが訊いた。

「もちろんだ」チャーリーと同じく、にやりと笑ってユダヤ人は答えた。

チャーリーは自分の任務に嬉々とした様子で、燭台をつかむとオリバーを隣りの台所へ連れて行った。そこにはベッドが二つ三つあり、自分もそこで寝ていた。彼はこらえ切れぬようにげらげら笑いながら、以前オリバーが着ていたぼろぼろの服を取り出した。それは、オリバーがブラウンロー宅で嬉々として処分した例の服であった。その古着を買ったユダヤ人が、偶然にもそれをフェイギンに見せ、オリバーの居場所を知る最初の手がかりになったのである。

「その立派な上着を脱ぎな」チャーリーがいった。「フェイギンに預かってもらう。

こりゃあ実に愉快だぜ」

哀れなオリバーは従うしかなかった。チャーリーは新品の上着をまるめ、わきに抱えて部屋を出ていった。オリバーは真っ暗な部屋に残され、扉は施錠された。

チャーリーの笑い声と、今しがたやってきたベットの声が聞こえた。彼女はナンシーに水をかけ、女性らしいかいがいしさでこの友人を介抱しているらしかった。彼らの声はやかましく、今のオリバーより恵まれた状況にある人々ならばとても眠ることなどできなかったであろう。だがオリバーは気分が悪く、疲れ果てており、たちまち深い眠りに落ちた。

第17章　オリバーの不運は続く――例の立派な紳士がロンドンまでやって来て、オリバーを酷評する

よくできた血なまぐさいメロドラマは、上等な燻製ベーコンにおける赤身と脂肪の絶妙なバランスに似て、悲劇と喜劇がうまい具合に配合されているものである。不幸な目に遭い、足枷をされた主人公が藁（わら）の寝床にばったり倒れこめば、次の場面で、何も知らぬ忠臣がおかしな歌で観客を笑わせる。そうかと思うと、尊大で冷酷な男爵に捕まったヒロインが、操を汚されるくらいなら死んでやると短剣を抜く。観客はハラハラドキドキしながらそれを見守る。そして観客の興奮が最高潮に達するとき、笛の音が鳴り響き、城の大広間が現れ、白髪の執事が滑稽な歌を、滑稽な格好をした家来たちと合唱する。彼らは、教会の地下納骨堂から宮殿まで、所構わず祝歌を歌い、踊りまわる。

こうした突然の場面転換は馬鹿げたものに思われる。だがよくよく考えれば、さほ

ど不自然ではないのだ。現実においても豪奢な晩餐の食卓が死の床になることがある。喪服から祝日の晴れ着に着替えることがある。それはさほど驚くべき変化ではない。ただ、現実という劇に、われわれは単なる見物客としてではなく、せわしなく動きまわる役者として参加している。それはたいへんな違いである。演劇の役者は激しい情熱、めくるめく気分の変化などは知らない。そのような演技をしたところで、観客から常軌を逸しているとか大げさだとか非難されるのが落ちである。

不意に場面を変えたり、時間や空間をすっとばしたりすることは、書物の世界ではずいぶん昔からおなじみの手法であるが、今では偉大な手法として多くの批評家に認められている。彼らによれば、作家の技量は小説の各章の終わりで、いかに主人公を窮地に追いこむかにかかっている。だとすれば、このような前口上は無用といわれるかもしれぬ。しかし、ここでオリバーの生まれ故郷の町に戻るのは、この伝記にとっては必要な伏線なのだ。遠まわりにはもちろんちゃんとした確固たる理由があるので、そこのところをご理解の上、先をお読み頂きたい。

とある早朝、救貧院の門から姿を現したバンブル氏は、実に堂々とした態度、威厳ある足取りで大通りを歩いて行った。彼は教区の高官としての優越感にひたっていた。三角帽とコートは朝日を受けてまぶしく輝き、杖を握る手の力強さには活力と権威が宿っていた。バンブル氏は普段からしゃんと頭を高く上げて歩いたが、今朝は普段にも増して頭を高くして歩いていた。目はらんらんと輝き、高揚した様子だった。慧眼な通行人ならば、教区吏が端倪すべからざる高邁な思索にふけっていると感じたに違いない。

店主やそのほかの人たちにうやうやしく話しかけられても、バンブル氏は会話のために立ちどまることなく、片手をちょっと上げて彼らの挨拶に答えただけだった。そしてマン夫人が教区の委託で、貧しい子供の世話をしている施設に着くまで、威厳に満ちた態度で歩きつづけた。

「ふん！　またあの教区吏だわ」聞き覚えのある、庭の木戸のがたがたいう音を耳にして、マン夫人はいった。「こんな朝っぱらから来るのはあいつに決まってるのよ。まあまあ、バンブルさん、あなたでしたの。ようこそお越しくださいましたわ！　さあさあ、客間のほうへどうぞ」

マン夫人の台詞の前半はスーザンに向けられたもので、後半のうきうきした調子のものはバンブル氏に向けられたものである。善良なる夫人は木戸を開けると慇懃に彼を家に招じ入れた。

「マン夫人」バンブル氏は、巷の無遠慮な連中のごとく乱暴に腰かけるような真似はしなかった。彼は悠々とした態度で椅子に座った。「おはよう」

「おはようございます、バンブルさん」満面の笑みを浮かべてマン夫人は答えた。

「お疲れじゃありません？」

「ほどほどにね、マン夫人」教区吏は答えた。「教区の生活はバラの花園じゃないからな」

「まったくその通りですわね、バンブルさん」夫人は答えた。もし貧しい子供たちが聞いていたら、一人残らず声を揃えて同意したであろう。

「教区の生活というのは――」杖でテーブルをこつこつやりながらバンブル氏はつづけた。「心配ごとと頭痛のタネばかり多くて、苦労の連続ですからな。まあ、お上に仕える者は、それが仕事というわけなんだが」

教区吏が何をいわんとしているのかいまいち不明だったが、夫人は同情するように両手を上げ、ため息をついた。

「ため息をつきたくなるのも当然さ、マン夫人！」教区吏はいった。

正しい反応であったことを確認すると、「お上に仕える者」を喜ばせようと、夫人はもう一度ため息をついた。バンブル氏は満足げな笑みを浮かべたが、すぐにそれをこらえ、三角帽をいかめしくにらみながらいった。

「マン夫人、私はね、これからロンドンへ行く」

「まさか、バンブルさん！」のけぞりながらマン夫人はいった。

「そうだ、ロンドンだ」容易なことでは動じない教区吏はつづけた。「馬車でな。救貧院の収監者を二人連れていくのだ。どっちの教区が連中の面倒をみるかで法律上の問題が持ち上がり、委員会のお偉方が私を指名した、というわけさ。私はクラークンウェルの裁判所で証言することになった」それからバンブル氏は背筋をのばしてつけ加えた。「ただ裁判所のほうが、私の証言より先に、自分らの誤りに気がつかないとも限らん」

「裁判所をあまり悪くいってはいけませんわ」なだめるように夫人はいった。

「最初にけちをつけてきたのは向こうですからな」バンブル氏は答えた。「もし連中の期待通りに事が運ばなくても、自業自得というほかはない」

こう話すバンブル氏の口調は威圧的だった。そこには確固たる、揺るがぬ決意が漂っていた。マン夫人はそれに気づいて畏れおののいた。そしていった。

「馬車でお出かけになるんですの？　収監者の移送はたいてい荷馬車だと思いますが」

「荷馬車を使うのは連中が病気のときでしてな、マン夫人」教区吏は答えた。「雨降りなら病人は、風邪をひかんように、屋根なしの荷馬車に乗せる」

「あらまあ！」マン夫人はいった。

「だが今回は、ある馬車屋が格安で引き受けてくれたのだ」バンブル氏はいった。「連れていく収監者は、二人ともひどく体調が悪い。そして、埋葬するより移送するほうが二ポンド安くつく。つまり、あっちの教区で下ろせば手間が省けるというわけさ。連中がその前に死んで、われわれの手を焼かせない限り、うまくいくだろうと踏んでいるのだがね、わはは！」

バンブル氏はしばし笑った。それから自分の三角帽に目をとめ、厳粛な顔に戻った。

「肝心な用件を忘れていましたぞ」教区吏はいった。「今月のあなたの給金です」

バンブル氏は紙入れから紙に包んだ銀貨を取り出した。そして受け取りを書くようマン夫人にいい、彼女はその通りにした。

「ずいぶんとインクの染みがついてしまいましたが」保育士はいった。「これで書式はあっているはずですわ。バンブルさん、いつも本当にありがとうございます」

マン夫人が慇懃にお辞儀をすると、バンブル氏は穏やかにうなずいてみせ、子供たちの様子を訊ねた。

「本当に可愛い子供たち！」感情をこめてマン夫人はいった。「相変わらず元気に暮らしておりますわ。先週亡くなった二人はもちろん別ですけど。それにおちびさんのディックが――」

「あやつは、相変わらずですかな？」バンブル氏が訊いた。

マン夫人は首をふった。

「まったくたちの悪い、こましゃくれた悪ガキだ」バンブル氏は憤慨していった。

「どこにおりますかな？」

「すぐに連れて参りますわ」マン夫人はいった。「さあディック、こっちへいらっしゃい」

しばらくしてディックは発見された。井戸のところで顔を洗い、マン夫人が自分のガウンでその顔を拭いてやった。そして教区吏バンブル氏の前へと連れ出された。

子供は青ざめて痩せていた。頬はこけて大きな目が輝いていた。悲惨さのシンボルともいうべき薄っぺらの支給服は――彼が痩せているので――ぶかぶかだった。手も足も、まるで老人のように痩せ細っていた。

この子供は、バンブル氏ににらまれてぶるぶると震え、床から目を上げようともしなかった。教区吏の声を聞くだけでも恐ろしかったのだ。

「ちゃんとバンブルさんのほうを向きなさい。強情がすぎますよ」マン夫人がいった。

いわれた通りに目を上げると、バンブル氏と目が合った。

「具合でも悪いのか、え？　偏屈者のディックよ」冗談めいた口調でバンブル氏がいった。

「いいえ」蚊のなくような声で子供は答えた。

「そりゃあ具合なんか悪くありませんよ」バンブル氏のユーモアに大いに笑ってから、マン夫人はいった。「なんの不自由もありませんからね」

「あの、できれば――」子供は口ごもった。

「なんとまあ！」マン夫人が口を挟んだ。「まさか、できればなにかほしいというんじゃないでしょうね？　な、なんて恥知らずな――」

「まあ、まあ、マン夫人」威厳たっぷりに手を上げて、教区吏はいった。「できれば、なんだね？」

「できれば」子供は口ごもりながらいった。「誰か字の書ける人に、僕の代わりにちょっとした手紙を書いて、たたんで封をして、僕の死んだときのために、保管しておいてほしいのです」

「この子は何をいっておるのだ？」バンブル氏は驚いていった。見慣れているとはいえ、少年の真剣な口調と青白い顔がどうも気になった。「つまりどういうことだね？」

「できれば」子供はいった。「オリバー・ツイストに、別れの手紙を残したいのです。オリバーが、頼る人もなく、一人で真っ暗闇のなかを歩いていることを思って、僕がどれほど泣いたか、彼に伝えたいのです。それから――」子供は小さな両手を握り合わせ、熱心につづけた。「幼くして死ぬのを僕が喜んでいることも、彼に伝えたいのです。もし僕が死なずに大人になれば、天国の妹は、僕を忘れてしまうか、会っても誰だかわからなくなってしまうでしょう。それなら、二人とも子供のまま天国へ行くほうが、ずっと幸せに決まっています」

バンブル氏はあっけにとられて、子供を頭のてっぺんから足のつま先まで眺めると、夫人のほうを向いていった。「オリバーにそっくりだ。不埒なオリバーがこいつらを堕落させたのだ！」

「まさか、そんな！」マン夫人は両手を上げ、憎々しげにディックをにらんだ。「こんな性悪な子供は見たことがありませんわ」

「この子を連れて行きなさい、マン夫人」傲慢な調子でバンブル氏はいった。「このことは、委員会に報告せねばならぬ」

「まさか、私の責任にはなりませんわよね？」泣きそうな声になってマン夫人はいった。

「そんな心配は無用ですよ。委員会にはちゃんと事の真相を報告しますからな」バンブル氏はいった。「さあ、この子を向こうへやりなさい。見ているだけでいまいましい」

ディックはすぐに連れ出され、石炭部屋に閉じこめられた。まもなくバンブル氏は旅支度のために帰っていった。

そして翌朝の六時、バンブル氏は三角帽の代わりに丸い帽子をかぶり、肩マントのついたゆったりとした青の外套に身をつつんで馬車の外側の席に腰を下ろした。どっちの教区で面倒をみるかで揉めている、二人の収監者も一緒だった。やがて滞りなく一行はロンドンに着いた。トラブルは、連れの二人が生意気にも寒いといって震え、不満を訴えたぐらいだった。外套を着てはいたが、おかげで自分まで歯をカチカチ鳴らすはめになり、気分も悪くなった、とはバンブル氏の言である。

厄介者の二人を部屋で休ませてから、バンブル氏は馬車をつけた宿の食堂に腰を下ろし、ステーキとオイスター・ソース、そして黒ビールという質素な夕食をとっていた。ジンのお湯割りが入ったグラスをマントルピースの上に置くと、彼は自分の椅子を暖炉のそばへ引き寄せた。そして、どいつもこいつも口を開けば不平不満ばかりで困ったものだと思いながら、新聞を読もうとした。

新聞を開くと、彼の目に次のような広告が飛びこんできた。

報酬五ギニー　先週の木曜夜、ペントンヴィルの屋敷から失踪あるいは誘拐により行方不明となりしオリバー・ツイストなる少年の情報求む。五ギニーの報酬は、オリバー・ツイストの居所、あるいは――故あって広告主が関心を寄せたる――彼の生い立ちに関する情報提供者に支払われるものなり。

広告につづいて、オリバーの服装、人相、出会いから失踪までの経緯が詳細につづられ、広告主であるブラウンロー氏の名と住所が記されていた。

バンブル氏は目を見開き、ゆっくりじっくり広告を三度読んだ。そしてその五分後にはペントンヴィルへ向かっていた。興奮していたので、ジンのお湯割りに口をつけることさえ忘れていた。

「ブラウンロー氏はご在宅ですかな？」玄関の戸を開けた娘にバンブル氏はいった。

こう訊ねられた娘は普段通りわざと曖昧な返事をした。「どうでしょうか。どちらからいらっしゃったのですか？」

バンブル氏が用向きを伝え、オリバーの名前を口にすると、居間のところで聞き耳を立てていたベドウィン夫人が息せき切って廊下へ飛び出してきた。

「さあ、どうぞお入りください」老婦人はいった。「きっと何かわかると思ってましたよ。本当にかわいそうな子！　でも必ず何か知らせがあると信じてましたわ。あの子に神のお恵みを！　ずっとそう祈ってたんですよ」

そういってこの善良な老婦人は居間へ駆け戻り、ソファに座るとわんわん泣きはじめた。彼女ほど泣き上戸でない召使の娘は、階段を上り、また戻って来て、バンブル氏を「どうぞこちらへ」と案内した。

バンブル氏は小さな書斎へと通された。ブラウンロー氏とその友人グリムウィグ氏がデカンタとグラスを前に座っていた。すぐにグリムウィグ氏がわめいた。

「教区吏だ、教区吏！　違っていたら、この頭を食うぞ」

「静かにしててくれ」ブラウンロー氏がいった。「どうぞお座りください」

バンブル氏はグリムウィグ氏の奇態に面食らいながら腰を下ろした。ブラウンロー氏は教区吏の顔がよく見えるようにランプを移動させると、前のめりになっていった。

「あなたは広告をご覧になっていらっしゃったのですね？」

「そうです」バンブル氏がいった。

「あんたは教区吏だね？」グリムウィグ氏が訊いた。

「そうです、教区吏をしております」誇らしげにバンブル氏は答えた。

「教区吏だ、教区吏！　違っていたら、この頭を食うぞ」

「そうらみろ」グリムウィグ氏は友人にこっそりいった。「だろうと思った。どっから見ても教区吏だ」

ブラウンロー氏は静かに首をふって友人を黙らせ、話をつづけた。

「あの子がどこにいるかご存知ですか?」

「居場所は知りません」バンブル氏は答えた。

「では、何をご存知ですか?」老紳士は訊ねた。「あの子のことでご存知のことがあれば、どうぞお話しいただきたい」

「あまりいい知らせではないようだぞ」バンブル氏の顔色をよく観察した後に、辛辣にもグリムウィグ氏はいった。

こういわれたバンブル氏は、その通りといわんばかりに厳粛な顔になって、首をふった。

「それ見ろ」勝ち誇ったようにブラウンロー氏に顔を向けてグリムウィグ氏はいった。

ブラウンロー氏は不安そうにバンブル氏のしかめ面を眺め、オリバーについてご存知のことを手短にお話しください、といった。

バンブル氏は帽子と外套を脱ぎ、腕を組んだ。そして記憶をたぐり寄せるように頭を傾け、少し考えてから話し出した。

二十分にもわたる教区吏の話をそのまま書き連ねても、読者には退屈であろう。要約すればその内容はこうだ。オリバーは卑しく邪悪な両親の捨て子である。生を享けて以来ずっと人を裏切り、恩を仇で返しつづけている。卑劣にも罪のない子を血が出るまで殴り、奉公先から夜逃げして、生まれ故郷から姿を消した。オリバーがそのような人間である証拠として、バンブル氏は持参した書類をテーブルの上に広げた。それから腕を組み、ブラウンロー氏の発言を待った。

「残念だが、すべて真実のようだ」書類に目を通して、悲しげに老紳士はいった。「少ないですが、この謝礼をお納めください。少年に関するいい話だったら、この三倍の謝礼をお渡しできたのですが」

会見の最初にこの事実を知らされていたら、あるいはバンブル氏も少年の身の上話をまったく違った風に語ったかもしれない。しかしもう手遅れだった。彼は重々しく頭をふると、五ギニーをポケットにしまい、出て行った。

しばらくのあいだブラウンロー氏は部屋をうろうろと歩きまわった。教区吏の話を聞き、非常に動揺しているのは明らかだった。さすがのグリムウィグ氏でさえ傷口に塩をすりこむような真似は控えたほどであった。

ようやくブラウンロー氏は立ち止まり、乱暴にベルを鳴らした。

「ベドウィン夫人」家政婦がやって来るとブラウンロー氏はいった。「あのオリバーという子供は、食わせ者だよ」

「そんなはずがありません。そんなはずはありませんよ」老婦人は強い口調でいった。

「いや、そうなんだよ」老紳士はぴしゃりといった。「はずがない、とはどういう意味だね？　たった今、あの子の身の上話をすっかり聞いたところだ。あの子は、今まですっと札つきの小悪党だったんだよ」

「そんなこと絶対に信じません」老婦人は断固としていった。「絶対に」

「あんたたち年寄り婦人が信じるのは、にせ医者の話と三文小説ぐらいだからな」グリムウィグ氏がいらいらしていった。「わしには最初からわかっていたさ。なぜ最初からわしのいうことを信じなかった？　やつが熱で寝こまなければ、信じたかもしれないな、えっ？　どうにも気になる子供だって？　気になる！　ふん！」グリムウィグ氏は大仰に暖炉の火をかきまわした。

「あの子は人の心がわかる優しい子でした」ベドウィン夫人が怒って反論した。「私は子供がどういうものか知っています。四十年もずっと子供を見ていますからね。そうでない人間につべこべいう資格はありません。これが私の意見です！」

グリムウィグ氏にはこたえる一撃であった。彼は独身だったからである。グリムウィグ氏がただ笑うばかりなので、老婦人は頭をつんとそらし、エプロンの皺をのばして、次なる攻撃に移ろうとした。だがブラウンロー氏が口をはさんだ。

「もういい！」老紳士は怒ったふりをしていった。「もうあの子の名前を口にしてはならん。呼んだのは、そのことを伝えるためだ。いいかね、いかなる理由があろうとも、二度と口にしてはならん。では、さがってよろしい、ベドウィン夫人。私は本気だからね、忘れんでくれよ！」

その晩、ブラウンロー家では誰もが悲しい気分でいた。

オリバーもまた善良なる彼らのことを思い、悲しみに沈んでいた。老紳士たちが彼のどんな身の上話を聞いたのか、オリバーが知らなかったのは幸いである。知れば、彼の心はとうていその悲しみに耐え切れなかったであろう。

第18章　オリバーは立派な仲間たちから教えを受けつつ日々を過ごす

翌日の昼ごろ、ドジャーとチャーリーが日課に出かけて行くと、フェイギンは忘恩の罪深さについてオリバーにひとくさりお説教をした。「お前は忽然と姿を消して友人たちを心配させた。こっちが相当な骨折りと出費の末に見つけ出したら、また逃げ出そうとした。これは並たいていの罪ではないぞ」フェイギンはきっぱりいった。「飢えで死にかけていたお前を部屋に上げ、食事やら寝床の世話をしてやったことを、よもや忘れたわけではあるまいな」それから、彼はとある少年の陰惨で痛ましい話を紹介した。この少年はオリバーと同じような境遇だったのを、フェイギンが親切心から手を差しのべたのであったが、恩を仇で返し、警察に密告しようとしたため、不幸にもある朝オールド・ベイリー[1]で縛り首になった、という。自分にもそうした悲劇を招いた非はある、とフェイギンは認め、目に涙を浮かべた。その少年は恩知らずで頑迷だったため、検察側の証言の犠牲になることを免れなかった。それは真実に反するものであったが、自分と数人の仲間たちを守るためには黙認する以外になかった、とフェイギンはいった。そしておしまいに、絞首刑がどれほど苦しいかを不気味に語り、お前をそうした不愉快な目に遭わせなくて済むよう願っている、と愛想よく丁重な口調でいった。

ユダヤ人からこのような話を聞いて、オリバーの血は凍りついた。脅しをかけられていることもおぼろげに理解した。裁判所でさえ、犯人と、たまたまそばにいた無実の者を取り違えることがあるのだ。そうした事実をオリバーはすでに知っていた。ユダヤ人とサイクスのやりとりから推して――そうした策謀らしき話題が二人の会話にはよく登場していたので――秘密を知ってしまった人間、密告しそうな人間の口を封じるため、老人が策を弄して彼らを罠にかけたことも一度や二度ではないのだ、と思った。オリバーがおずおずと目を上げると、ユダヤ人の探るような目がそこにあった。相手が、青ざめて手足を震わせている自分を認め、心密かに満足していることを、オリバーは感じ取った。

ユダヤ人はぞっとする笑みを浮かべ、オリバーの頭をぽんぽんと叩き、もしおとなしく元の稼業に戻るなら、みんなまた仲良くしてくれるさ、といった。そして帽子をかぶり、つぎはぎだらけの大きな外套を着こむと、戸締りをして出て行った。

その日もそれ以降もオリバーは早朝から深夜まで一人きりで、長い時間を物思いにふけって過ごした。親切にしてくれた人々のことが思い出されたが、彼らが自分のことをどう思っているかを想像すると、ひどく悲しくなった。

一週間ほど経つと、ユダヤ人は部屋に鍵をかけなくなり、オリバーは家のなかを自由に歩きまわることができた。

とても汚い家だった。ただ、階上の部屋はどこも――今では掃除する人もなく埃がたまってはいたが――さまざまな装飾を施した、立派な木製のマントルピースと大きなドア、パネル貼りの壁、天井蛇腹を備えていた。今は陰気で幽霊でも出そうな雰囲気だが、はるか昔、あのユダヤ人の老人も生まれていない昔には、裕福な人々の華やかで優雅な屋敷だったに違いない、とオリバーは結論した。

壁と天井が交わる隅にはクモが巣をはっていた。部屋にそっと足を踏み入れると、ネズミたちが床を逃げまわり、大急ぎで穴へ逃げ帰った。だがクモやネズミを別にすれば、ほかに生き物のいる気配はなかった。日も落ち、部屋の探検にも飽きてしまう

1　中央刑事裁判所の俗称。処刑はすぐわきのニューゲート監獄で行われた。

と、オリバーは玄関口に近い廊下の隅に座りこんだ。そこが家のなかで一番生きた人間に距離的に近い場所だったのである。そしてユダヤ人や少年たちの帰宅を、耳をすまし、時を数えて過ごすのだった。

どの部屋も例外なく、錆びついた鎧戸がしっかり閉じ、鎧戸を押さえる横木はがっしり木枠に食いこんでいた。鎧戸の上の丸い穴から差しこむ光が唯一の明かりだった。おかげで部屋はより陰気に見え、不気味な影で溢れた。屋根裏部屋の窓にだけは——錆びたかんぬきが外側に渡してあったが——鎧戸がなかったので、オリバーは暗い顔で、しばしばこの窓から外の景色を何時間も眺めたものである。しかし見えるのは、ごちゃごちゃと並んだ家々の屋根、黒ずんだ煙突、そして切妻くらいのものだった。ときには遠くの家の屋上にぼさぼさの白髪頭が見えることもあったが、それはすぐに姿を消してしまった。オリバーの観測所の窓は釘づけされて開かず、長年の雨や煤煙で汚れていた。そのため外から姿を見られたり、声を聞かれたりする危険を冒さぬ限りは、遠くに見えるものの輪郭を見分けるぐらいが関の山であった。もっとも、オリバーはセント・ポール大聖堂のてっぺんに住んでいるのと大差なかったので、誰かが彼の存在に気づくなど万に一つの可能性しかなかった。

そんなある日の午後である。ドジャーとチャーリーは夜に外出する予定だった。ドジャーは洒落っ気を起こし、外出準備の手伝いをさせようと尊大な態度でオリバーに「手伝え」と命じた（ただし、公平を期していえば、ドジャーがこうした洒落っ気を起こすのは珍しいことである）。

オリバーはといえば、人の役に立つことは嬉しく、たとえ悪人であっても人と接することができるのは喜びだった。良心に反することでない限りは、彼らとも平和に仲良くやりたいと思っていたオリバーなので、このように命令されても嫌な顔はせず、すぐに作業の準備をして床に膝をついた。ドジャーがテーブルに座り、オリバーの膝に足を載せた。さっそくオリバーは相手のいう「つっかけに漆を塗る」作業に精を出した。これは普通のいい方では、ブーツを磨くという意味である。

リラックスして腰かけ、パイプをくゆらせ、片足をぶらぶらさせながら、ドジャーはオリバーに靴を磨かせた。靴をわざわざ脱ぎもせず、したがって履き直す面倒もなく、何事にも煩わされることなく物思いにふけっていた。そんなとき、理性的動物たる人間は、自由にして自在なる感覚を持つものである。そのためであろうか？　それともタバコで気分が和らいだためか、あるいは美味いビールに酔って気が緩んだためであろうか？　ともかく普段とは打って変わって、どことなく浮かれた、華やいだ調子が彼にはあった。ドジャーは思案するような顔でちらとオリバーを見下ろし、それから顔を上げ、小さなため息をついていった。しかし、誰に話しかけているのか、チャーリーなのか、それとも独り言なのか、はっきりしなかった。

「やつがチボじゃねえのは残念だな！」

「まったくだ」チャーリーがいった。「何がためになるか、わかってないのさ」

ドジャーはため息をついてまたパイプをくゆらせた。チャーリーもそうした。二人はしばらく黙ってタバコを吸っていた。

「チボがどんな意味かもわからないんだろ？」悲しそうにドジャーはいった。

「わかると思うよ」顔を上げてオリバーはいった。「チボは、泥――。君はそれなんでしょ？」いいよどみながらオリバーは訊ねた。

「そうだ」ドジャーが答えた。「俺は誇りをもってこの商売をやってる」ドーキンズ氏はそういって、乱暴に帽子を上げると、よもや反対意見でもあるのかという風にチャーリーをにらんだ。

「俺だけじゃない」ドジャーはいった。「チャーリーも、フェイギンも、サイクスもそうだ。ナンシーとベットもそうだ。俺たちみんな、犬までそうなんだ。犬は一番の腕利きさ」

「サツに口を割る心配もないぜ」チャーリー・ベイツがつけ加えた。

「巻きこまれちゃたいへんとばかりに、証人席では吠えもしない。たとえ縄で縛って、食べ物も与えずに二週間うっちゃっておいても、きっと吠えやしないぜ」ドジャーはいった。

「そう、吠えない」チャーリーがいった。

「変わった犬だぜ。人が見てるところじゃ、どんな見知らぬやつが笑ったり歌ったりしようとおとなしくしてやがる」ドジャーはつづけた。「ヴァイオリンの音がしようと吠えもしない。ほかの犬に出くわしても、喧嘩もしない。絶対に」

「立派なキリスト教徒なのさ」チャーリーがいった。

これはもちろん犬を褒めた言葉にすぎない。しかし、チャーリーは気づいていなかったが、彼の言葉はある人々の習性をよくいい当ててもいた。世間には立派なキリスト教徒と自称している紳士淑女が数多くいるが、彼らとサイクスの犬とのあいだには、驚くべき相似点がいくつも存在している。

「まあいいさ」ドジャーは泥棒らしい抜け目なさ――彼は何事につけ抜け目なかった――を発揮して、本題に戻った。「この青二才君とは何の関係もない話なんだから」

「そうさね」チャーリーがいった。「どうしてフェイギンの手下にならないんだ、オリバー?」

「そうすりゃすぐに大金が稼げるんだぜ」ドジャーがにやりと笑った。

「がっぽり稼いで引退して、優雅な暮らしができる。俺はそうするつもりさ。そう、次の閏年のころか――たった四年後だぜ――四十二回目の聖霊降臨祭の火曜日にはな」チャーリー・ベイツがいった。

「そんな気になれないんだ」おずおずとオリバーはいった。「僕は仲間になれない。できれば僕はここを出たい」

「フェイギンが反対するな！」チャーリーがいった。

それはオリバーにもわかっていた。しかし、あけすけに意見を述べるのは危険だと思い、ため息をつくと靴磨きをつづけた。

「おい！」ドジャーが大声を出した。「なにを腑抜けてやがるんだ？　お前には自尊心ってものがないのか？　それほどここを出て、お友達の世話になりたいのかい？」

「くだらねえ！」チャーリーはそういって、ポケットから二、三枚のシルクのハンカチを取り出し、食器棚のほうへ投げた。「それは下劣なことだぞ」

「俺だったら、とてもできねえ」ごめんこうむるという風にドジャーはいった。

「でも、友達を見殺しにはできるんだね」軽く微笑しつつオリバーはいった。「自分の罪を友達に押しつけて」

「それはな」ドジャーはパイプをふった。「そうしたのは、フェイギンに迷惑をかけないようにさ。サツの連中は俺たちがグルなのを知ってる。俺たちが捕まりゃフェイギンも面倒なことになる。だからああするしかなかった。なあチャーリー？」チャーリーは同意を示してうなずくと、何かしゃべりかけたが、そのときオリバーが大慌てで逃げ出す姿を不意に思い出した。タバコを吸っていたので笑いながらむせ返り、煙は頭に上り、それから喉へ下りてきて、彼は五分間も激しく咳きこみ、足をバタつかせた。

「こいつを見ろよ」ドジャーはそういってシリング銀貨と半ペニー銅貨を引っぱり出した。「世の中は金さ。どこからきた金だろうと金は金さ。さあ、つかんでみろよ。なくなりゃ、また取ってくればいいのさ。どうしたオリバー？　まったく腰抜け野郎だよ、お前は」

「いけないことだよなあ、オリバー？」チャーリー・ベイツがいった。「ドジャーはきっとかかしになるぜ」

「かかしって何です？」オリバーは訊いた。

「こういうやつだ」チャーリーはそういって自分のネッカチーフの端を垂直に引っぱり上げ、首をだらんとさせて、歯のあいだから奇妙な音を出してみせた。この真に迫ったパントマイムは、かかしが絞首刑の意であると伝えていた。

「これがかかしさ」チャーリーはいった。「おい、ジャック。オリバーのやつ目を丸くしてやがる。こんな青臭い野郎には会ったことがない。こいつは俺を笑い死にさせるぜ、きっと」チャーリーはまたくっくと笑い、目に涙をためてパイプをふたたびくゆらしはじめた。

「これまでどんな教育を受けてきたんだ？」ドジャーはオリバーが靴磨きを終えると、とても満足した様子でブーツを眺めていった。「だが、フェイギンがなんとかしてくれる。もしなんともならなけりゃ、役立たずの弟子第一号というわけだ。さっさとはじめたほうがいい。すぐにも仕事に出されるから、考える暇なんかないのさ。時間を無駄にしちゃいけないぜ、オリバー」

次にチャーリーはたたみかけるように、自身の経験に基づく教訓をさまざまに述べた。その説教が種切れになると、彼とドジャーは自分たちの生活がいかに楽しい、充実したものであるかをとうとうと語りはじめ、オリバーにとって最善なのは――自分たちが昔そうしたように――すぐさまフェイギンの弟子になることだと、それとなくいって聞かせるのだった。

「ようく考えてみろよ」ドジャーはいった。ユダヤ人が階上で扉の鍵を開ける音がした。「たとえお前がキンやチックを盗らなくったってなあ――」「そんな風にいってもだめだぜ」チャーリーが口をはさんだ。「こいつには通じないよ」

「たとえお前がハンカチや時計を盗らなくったってなあ」オリバーにもわかるように会話のレベルを下げてドジャーはいった。「別の誰かが盗む。すると、盗られたやつは損をするし、お前も損をする。盗んだやつ以外誰も、少しも得しちゃいない。だがお前だって、そいつを盗む権利はあるんだぜ」

「その通り、その通りさ！」ユダヤ人がいった。オリバーは彼が部屋に入って来たことに気づかなかった。「実に単純な真理だろう。ドジャーのいう通りだ。ははは。ドジャーはこの商売の肝をよく心得ているよ」

老人はドジャーの理屈に賛意を示しつつ、上機嫌で両手をもみ合わせながら、愛弟子の成長を喜んでほくそ笑んだ。

この話題はそれで打ち切りとなった。というのも、ユダヤ人はベットと、オリバーには面識のない――ドジャーがトム・チトリングと呼んだ――紳士を連れていたからである。紳士は階段のところで婦人といちゃついた後、ようやく姿を現した。

チトリングは十八歳ぐらいで、ドジャーより年上だったが、ドジャーに対する態度には一種の敬意が感じられた。それは、彼が職業上の才能や技術に関してドジャーにひけ目を感じていた、ということかもしれない。チトリングはきらきらした小さな目の、あばた面の男で、毛皮の帽子、黒っぽいコーデュロイのジャケット、脂で汚れたビロードのズボン、そしてエプロンという出で立ちだった。彼の服はひどいぼろであったが、それにには深い理由があった。つまり、つい一時間前に服役を終えたばかりだったのである。六週間ものあいだ囚人服を着ていたので、私服に気を配る余裕などなかった、と彼は弁解した。それから、牢獄における衣類の新奇な消毒法は憲法違反である、なぜなら服に焦げ穴を作るし、お上に損害賠償を請求することもできないからだ、勝手に髪の毛を切られるのも同様に憲法違反だ、とチトリングはつづけた。そして、四十二日間の服役中は一滴の酒も飲めなかった、言葉の通り受け取ってほしいが、「俺は石灰を入れるカゴのように干からびている」と彼は話をしめくくった。

「この紳士はどこから来たと思うね、オリバー？」にやりと笑ってユダヤ人は訊ねた。

少年たちが酒壜をテーブルに並べた。

「ええと、よくわかりません」オリバーは答えた。

「そいつは誰だい？」トム・チトリングは小馬鹿にしたような目でオリバーを見て、訊ねた。

「わしの若い友人さ」ユダヤ人が答えた。

「なら運がいい」意味深長にフェイギンを見て、若者はいった。「俺がどこからきたか気にする必要はないよ。すぐお前もそこへ行くだろうからな。五シリング賭けてもいい」

この返事に少年たちは笑い、同じような気の利いた軽口をたたき合い、それからちょっとした内緒話をして出ていった。

チトリングとフェイギンは二人で何か話し合い、それから暖炉のそばへ椅子を引き寄せて座った。ユダヤ人は、オリバーにもそばへ来て座るようにいい、聞き手が面白がるような話題を選んだ。たとえば、この商売の旨味、ドジャーの腕前、チャーリー・ベイツの愛嬌、そして自分自身の気前のよさなどを語った。こうした話題がつきるころにはチトリング氏もすっかりくたびれた様子であった。監獄で一、二週間以上もすごせば、疲労がたまるのも道理である。そんなわけで、ベットは暇乞いをし、残った人々も寝床についた。

この日から、オリバーは一人ですごす機会がほとんどなくなった。話し相手として二人の少年がつき、彼らは毎日のようにユダヤ人と例のゲームに興じた。そうした日課が彼らのためなのか、それともオリバーのためなのか、それを知っているのはユダヤ人ばかりだった。老人は別の機会に、自分が若かったころにやった強盗の話を面白おかしく語った。それを聞いて、オリバーも思わず吹き出さずにはいられなかった。こうして、悪を憎みつつも、それを面白がる姿を相手に見せてしまった。

万事が、老猾なユダヤ人がオリバーに仕かけた罠であった。ユダヤ人はまず、オリバーを孤独で憂鬱な状態に置き、陰気な場所で一人で悶々としているよりは、誰であろうと仲間がいるほうがましだと思わせ、ゆっくりとオリバーの魂に毒を流しこんだ。フェイギンは、その毒がオリバーの魂を黒く染め上げ、その色合いを永遠に変えてしまうことを願ったのである。

第19章　巧妙な強盗計画が練られ、取り決められる

肌寒くじめじめした、風の強い夜であった。フェイギンは痩せた体に大きな外套をはおってボタンをかけると、顔の下半分がすっかり隠れるように、外套の襟を耳まで立てて隠れ家から外へ出た。背後で少年たちが扉に施錠し、鎖を巻き、入念に戸締りをしているあいだ、彼は玄関口のところで耳をすましていた。やがて少年たちが作業を終えて奥へ下がるとこそこそと、しかし大急ぎで往来へ身を滑らせた。

オリバーが連れて来られた家はホワイトチャペルの近くだった。ユダヤ人は通りの角でちょっと立ち止まり、きょろきょろと周囲を見まわしてから通りを横切った。そしてスピタルフィールズ[1]の方角へ足を向けた。

泥土が石畳を厚く塗り固め、真っ黒な霧が街路にたれこめていた。雨がしとしと降り、手に触れるものすべてが冷たく湿っていた。フェイギンのような人間が徘徊する

にふさわしい晩といえた。壁や家々の戸口に身を寄せながら、彼はこそこそと這うように動いた。醜怪な老人は気味の悪い爬虫類——泥と闇のなかに生まれ、夜な夜な残飯を求めてうごめく爬虫類——にそっくりだった。

　彼は角をいくつも曲がり、細道を抜けて先を急いだ。やがてベスナル・グリーン[2]に出るとおもむろに左へ曲がり、うらぶれた汚い路地が複雑に入り組んだ、人口の稠密な地区へと入って行った。

　ユダヤ人がこの土地を熟知していることは明らかで、漆黒の闇にも道の複雑さにもたじろぐことなく、いくつもの路地と街路を小走りにすぎ、やがて遠くに街灯がひとつぽつんとあるばかりの通りへ足を踏み入れた。彼はこの通りにある一軒の家の戸口をノックした。そして、戸口を開けた人物と小声でささやき交わしてから中へ入った。

　フェイギンが部屋の扉のノブに手をかけると、犬のうなり声がした。それから「そこにいるのは誰だ」という男の声がした。

「一人だ、ビル。わしだけさ」ユダヤ人がそういって顔をのぞかせた。

「まあ入れ」サイクスはいった。「馬鹿なワン公め、座ってろ！　そんな外套を着ているから誰だかわからんらしい」

　その通りで、犬はフェイギンが外套を着ていたので、誰だかわからなかったのである。その証拠に、ユダヤ人が外套を脱いで椅子の背に投げると、犬は満足した様子でしっぽをふりながら部屋の隅に戻った。

「それで」サイクスがいった。

「それでね」ユダヤ人が答えた。「ああ！　ナンシーか」

この「ああ！　ナンシーか」には相当な困惑がこめられていた。彼女にどう接していいかわからぬ、とでもいいたげだった。なぜなら、彼とナンシーはオリバーの件でやり合って以来、顔を合わせるのはこれが初めてだったからである。だがフェイギンの不安は――そんな不安があったとすればであるが――この若い婦人の様子を見ると、すぐに取り除かれた。ナンシーは暖炉の格子から足を下ろし、自分の椅子をどけ、言葉少なにフェイギンに暖炉のそばへ座るようにいった。その晩は確かにひどく寒かったのである。

「本当に寒いねえ、ナンシー」ユダヤ人はそういって、骨と皮ばかりの手を暖炉にか

1　ホワイトチャペルはロンドン東部、テムズ河北岸の地区。スピタルフィールズもロンドン東部の一地区で、当時は貧民街。

2　ロンドン東部の貧困地区。

ざした。「体の奥まで染みるような寒さだよ」体をさすりながら老人はいった。「お前の心臓まで届くなら、その寒さはよっぽど鋭利に違いないぜ」サイクスはいった。「何か飲み物をやれよ、ナンシー。痩せた老いぼれがあんな風にがたがた震えてるのを見ると、こっちまで病気になりそうだぜ。そら、まるで墓から出て来たばかりの、薄気味悪い幽霊みたいじゃねえか」

ナンシーは酒壜がたくさん並んだ戸棚から、そのうちの一本を取り出した。いろいろなかたちの壜があり、酒の種類も豊富だった。サイクスはグラスにブランデーを注ぎ、ユダヤ人に飲むようにいった。

「そんなに入れなくていいよ。いや、ありがとう、ビル」ユダヤ人はそういい、ちょっとグラスに口をつけただけでグラスを置いた。

「おいおい！　まさか俺たちに襲われるのを心配してるんじゃなかろうな？」サイクスはユダヤ人をじっと見ながら訊ねた。「けっ！」

しゃがれ声でこう侮蔑を表明すると、サイクスはグラスをつかみ、自分の分を注ぐために残った中身を灰の中へ捨てた。そしてすぐにもう一杯注いだ。

サイクスは酒をぐいとあおり、ユダヤ人は部屋をきょろきょろ見渡した。フェイギンは何度もこの家に来たことがあったので、好奇心からそうしたのではなく、身に染みついた猜疑心と不安からであった。彼らがいる部屋は大して家具もない粗末な部屋で、押入れの中さえのぞかなければ、住人は労働者で通ったはずである。怪しげな道具といえば、部屋の隅に立てかけてある二、三本の重そうな棍棒と、マントルピースにぶら下がった仕込み杖くらいのものであった。

「さあ」舌打ちしてサイクスはいった。「はじめていいぜ」

「仕事の話かい?」ユダヤ人が訊ねた。

「そう、仕事の話だ」サイクスは答えた。「さっさと用件に入れ」

「チャーチー[3]の屋敷のことだな?」椅子を前に出し、ひそひそ声でユダヤ人はいった。

「そうだ。どんな具合だ?」サイクスは訊いた。

「どんな具合だって――わかってるじゃないか」ユダヤ人はいった。「ビルはわかっているよな? ナンシー」

「いや、わからんよ」サイクスは鼻で笑った。「わかりたくもねえ。同じことだ。話すならちゃんと話せ。ちゃんと名前を出して説明するんだ。目配せしたり、遠まわしに話すんじゃねえ。そもそも、この件の主謀者はお前だろう。さあ、話せよ」

3 サリー州に位置する町で、ロンドンから南西の方角に約三十キロの地点。

「大きな声を出しちゃいかん、ビル」ユダヤ人は相手の怒りを鎮めようとしたが、無駄であった。「人が聞いたら面倒なことになるじゃないか」

「聞こえたからってなんだ！」サイクスはいった。「俺は気にしねえぜ」気にしないというのは嘘であった。彼は考え直し、怒りを鎮め、小声でいった。

「そうそう」なだめるようにユダヤ人はいった。「単なる用心さ。それだけさ。それで、チャーチーの屋敷のことだがな、決行はいつにするかね、ビル？　相当な銀器だぞ！」ユダヤ人は期待に胸をふくらませて、手をすり合わせ、眉を上げた。

「やらんよ」そっけなくサイクスはいった。

「やらんだって！」ユダヤ人は椅子の背にもたれて、おうむ返しにいった。

「やらん」サイクスはいった。「少なくとも、家の人間をこっちの味方につけるのは無理だ」

「やりかたが悪いんだ」ユダヤ人は怒りで顔を青くしていった。「そういう話は聞きたくないね」

「いや聞いてもらうぜ」サイクスはやり返した。「聞きたくないだと？　何様のつもりだ？　いいか、トビー・クラキットは二週間もねばったんだ。だが結局、使用人の一人も抱きこめなかったのさ」

「つまりこういうことかい？」相手が興奮してきたので、ユダヤ人は穏やかな声でいった。「あの家の男の使用人たちはどちらも味方にできないと」

「そうだ。そういうことだ」サイクスは答えた。「あの家の婆さんとあの男二人は、もう二十年のつきあいだ。たとえ五百ポンド積んだって無理だろうよ」

「しかしそれにしたって」ユダヤ人はなおもいった。「女の召使たちも、無理なのかい？」

「女たちもだめだ」サイクスは答えた。

「伊達男のトビー・クラキットが誘ってもか？」信じられぬという様子で、ユダヤ人はいった。「相手は女だぞ、ビル」

「伊達男のトビー・クラキットでもだめなんだ」サイクスが答えた。「頰ひげも、派手なチョッキも試したそうだ。朝から晩まで近所にはりついたが、なんの収穫もないらしい」

「口ひげや兵隊ズボンも試すべきだったんじゃないかね」ユダヤ人はいった。

「そいつも試したさ」サイクスは答えた。「しかし、それでもだめだった」

この報告を受けてユダヤ人は呆然とした。首をがっくり落とし、数分間考えこんだ。それから首を上げ、深いため息をつきながら、もし伊達男のトビー・クラキットの報告通りなら、この計画はもう白紙に戻すしかない、といった。「あれだけ頑張ってみて、何にもならないというのは酷なことだな」

「しかしねえ」老人は膝に両手をついていった。「あれだけ頑張ってみて、何にもならないというのは酷なことだな」

「まったくだ」サイクスはいった。「運がなかったんだな」

長い沈黙がつづいた。ユダヤ人は何事か考えこんでいた。皺が深く寄った顔は幽鬼さながらだった。サイクスはときどきフェイギンの顔を盗み見た。ナンシーは――サイクスを怒らせるのを恐れてか――、二人の会話など耳に入らないように、暖炉の火を見つめたままじっと座っていた。

「フェイギン」不意に沈黙を破ってサイクスはいった。「押込み強盗でやりおおせたら、さらに金貨五十枚出すか？」

「ああ」ぱっと体を起こしてユダヤ人はいった。

「交渉成立か？」サイクスは訊いた。

「ああ、もちろんだよ」ユダヤ人は目を輝かせ、相手の提案に興奮するあまり、顔の筋肉をぴくぴく動かしていった。

「それじゃあ」横柄にユダヤ人の手を払いのけてサイクスはいった。「すぐにも取りかかるとしようや。一昨日の夜、トビーと俺は壁を越えて庭に入り、ドアや鎧戸の板を調べたんだ。夜になると監獄みてえにしっかり戸締りをする屋敷だが、こっそり安全に侵入できそうな場所がひとつある」

「それはどこだ、ビル？」ユダヤ人は興味津々に訊いた。

「そいつはな」サイクスが小声でいった。「芝生を越えたところに――」

「ふんふん」前のめりになり、眼球が飛び出そうなほど目を見開いて、ユダヤ人はいった。

「おっと！」ナンシーが突然、頭を動かさずに周囲を見渡し、ユダヤ人の顔をちらと見やった。サイクスは話をやめて叫んだ。「どこでもいいだろう――俺の代わりにお前がやるわけじゃなし。お前と手を組むときは、用心するに越したことはないぜ」

「それならそれでいいさ」ユダヤ人が応じた。「もっと人手がいるかい？」

「いらん」サイクスはいった。「必要なのは、まわし錐と小僧一人だ。まわし錐は俺たちが持っているから、お前に用意してもらうのは小僧だ」

「小僧！」ユダヤ人はいった。「ということは、はめ板をはずして侵入する気かい？」

「どうだっていいじゃねえか」サイクスはいった。「ともかく小僧だ。大きいやつはだめだぞ」それから思い出していった。「煙突掃除夫のネッドのところの小僧がいたらよかったんだが――。ネッドはそのガキをチビに育てて、こういう仕事用に貸し出してた。が、ネッドはお縄になって、非行少年保護協会の連中が連れて行っちまった。小僧はそれまでの稼業をやめさせられ、読み書きを仕こまれ、どっかへ奉公に出された。それがやつらのやり方さ」そういいながらサイクスは、いまいましい気持ちが再燃するのを感じた。「それがやつらのやり方なんだ。連中にたんまり資金があれば――そうでなくて幸いだが――、一、二年のうちに泥棒稼業に使える小僧は半ダースもいなくなるだろうよ」

「確かにそうだ」相手の演説の最中、別のことを考えていたユダヤ人は、相手の最後の台詞だけ聞いて同調した。「おい、ビル」

「なんだ?」サイクスが訊いた。

ユダヤ人は相変わらず暖炉の火を見つめているナンシーに頭を向け、彼女に席をはずさせろ、とサイクスに向かって合図した。サイクスはイライラした様子で、何の心配をしてやがるんだという風に、肩をすくめてみせた。だが結局フェイギンの要求を容れ、ナンシーにビールを一杯持ってくるようにいった。

「ビールなんかいらないでしょ」腕を組み、椅子に腰を据えたままナンシーはいった。

「俺が持って来いといってるんだ!」サイクスが返した。

「馬鹿馬鹿しい」冷ややかに娘はいった。「話をつづけなさいよ、フェイギン。何の話をするつもりか予想はつくわ。私を気にしないで結構よ」

ユダヤ人はためらっていた。サイクスはちょっと驚いて二人を眺めた。

「ナンシーに聞かれるのがそんなにまずいのか、フェイギン？」しばらくしてサイクスはいった。「信頼できないほど短いつき合いじゃあるまい？　こいつはおしゃべりな女じゃない。そうだろ、ナンシー？」

「もちろんよ！」若い婦人はそう答え、椅子を引き寄せるとテーブルに肘をついた。

「わしだってもちろんそう思っているさ」ユダヤ人はいった。「しかしねえ――」そういって老人は言葉を切った。

「しかしなんだ？」サイクスが訊いた。

「いつかの晩みたいにさ、彼女が癇癪を起こしやしないかと心配してるんだよ」そうユダヤ人は答えた。

フェイギンがこう告白すると、ナンシーは大声で笑い出した。そしてグラスに入ったブランデーをぐいとあおり、不遜な態度で頭をふり、「先をつづけなさい」とか「意気地のないことをいわないで」とかいろいろやじを飛ばした。こうしたナンシーの反応は、男二人を安心させたらしい。ユダヤ人は満足げにうなずいて椅子に座り直した。サイクスも同様に腰を下ろした。

よ」「さあ、フェイギン」笑いながらナンシーはいった。「オリバーのことを話しなさい

「ああ、お前さんは実に利口だ。これほど利発な娘にわしは会ったことがないよ」ユダヤ人はそういって女の頭をなでた。「なるほど、わしが話そうとしたのは、確かにオリバーのことだよ、ははは！」

「それで、オリバーがなんだ？」サイクスが訊ねた。

「オリバーならその仕事にうってつけじゃないか」しゃがれた低い声で、鼻のわきに指を立てながら、不気味な笑みを浮かべてユダヤ人は答えた。

「あいつを！」サイクスが大声を出した。

「そうなさいよ、ビル」ナンシーがいった。「私ならそうするわ。ほかの連中ほど一人前じゃないけど、戸口を開けるだけなら、それほど心配する必要はないでしょう。きっとあの子なら大丈夫よ、ビル」

「わしも大丈夫だと思うね」フェイギンがいった。「ここ数週間みっちり訓練したんだ。そろそろ仕事に出て自分でパン代を稼ぐ頃合いだろう。それにほかの連中じゃ、体が大きすぎる」

「確かに、あいつならどんぴしゃのサイズだ」思案しながらサイクスはいった。

「それにあの子はなんでもいうことを聞くぞ、ビル」ユダヤ人が口をはさんだ。「聞かないわけはないだろう。お前さんが遠慮なしに脅せばな」

「脅すだと！」サイクスはおうむ返しにいった。「いいか、俺のはこけ脅しじゃないからな。仕事の最中にやつが変なまねでもしてみろ。俺は中途半端は嫌いだ。生きては帰さんぞ。フェイギン、俺に小僧を貸す前に、そのことはよく考えておけ。いいか」強盗はベッドの下からバールを取り出し、武器のように構えていった。

「そのことは十分考えたさ」力強くユダヤ人はいった。「わしはあの子をそばでよく観察した。もしあの子が、わしらの一員で、自分も泥棒なんだと自覚するようになればもう大丈夫。そうなれば一生わしらの仲間だ。そうなれば万々歳さ」老人は胸の前で腕を組み、頭を肩につけ、歓喜のあまり文字通り自分で自分を抱きしめた。

「わしらの仲間か！」サイクスはいった。「お前の仲間だろ」

「なんだっていいじゃないか」くっくと笑ってユダヤ人はいった。「好きなように呼んだらいい」

「それにしてもな」へらへらしている友人を、きっとにらみつけながらサイクスはいった。「なんでまた、あんな血の気のねえガキにそれほどこだわる？　夜のコモン・ガーデン[4]あたりへ行けば、ガキが五十匹も道端に寝てるぜ。そいつらから見つくろって、かっさらって来りゃいいじゃねえか」

「あんな連中は役に立たんさ」困った顔をしてユダヤ人は答えた。「さらってもどうにもならん。捕まれば、ああいう顔では、まず有罪だ。そうなれば、わしはなにもかも失う。だがあの少年を手なずければ、その辺のガキども二十人以上の働きになる。それにな」ふたたび冷静になってユダヤ人はいった。「やつがまた逃げ出せば、わしらは面倒なことになる。だから何がなんでもこっちの仲間に引き入れねばならん。その方法はわしがよく心得ている。あの子に泥棒をやらせればいいのだ。そうすればあの子を操るのは訳ない。あの子をバラすより、そのほうがはるかに有益だろう。バラすのは危険だし、失うものも大きいからな」

「それでいつやるの？」ナンシーはそう訊ね、フェイギンにやり返そうとするサイクスを制した。サイクスは人情家ぶるフェイギンの態度に我慢がならなかったのである。

「そうだな」ユダヤ人はいった。「いつにするかね、ビル？」

「トビーとも相談したが、明後日の晩だろうな」不機嫌な声でサイクスは答えた。

「俺のほうで不都合が出てこなければ、明後日で決まりだ」

「結構だ」ユダヤ人がいった。「月もない」

「ああ」サイクスはいった。

「盗んだ品をどう運び出すかも、すっかり決めてあるのかな?」ユダヤ人が訊いた。

サイクスはうなずいた。

「それに——」

「準備万全さ、心配いらん」相手をさえぎってサイクスはいった。「いちいち確かめる必要はないぜ。それより明晩、小僧をここへ連れて来るのを忘れるな。日が沈んで一時間もしたら仕事にかかるからな。その後は、お前が黙ってブツを現金に換えればいい。お前の出番はそこだけだ」

それから三人はしばらく打ち合わせをした。その結果、明晩ユダヤ人のアジトに行ってオリバーを連れて来る役目はナンシーに決まった。もしオリバーがこの仕事を嫌がったとしても、先日彼をかばって味方してくれたナンシーのいうことなら聞くに違いない。それが、ずる賢いフェイギンの見解であった。また、この強盗計画への参加に当たり、オリバーはウィリアム・サイクスの全面的な指導下に置かれ、サイクスはオリバーを自由に取り扱うことができ、少年に万が一の不幸があっても、また少年

4 ロンドン中央部にあった青果・草花市場のコベント・ガーデンをさす。当時は夜になるとホームレスの溜まり場となった。

が何らかの罰を受ける必要が生じても、サイクスはその責を負わないことが粛々と取り決められた。さらに、この契約に拘束力を持たせるため、仕事後にサイクスが報告を行う際には、伊達男のトビー・クラキットが要所要所においてその真正さを併せて証言することで話がまとまった。

労働規約が定められると、サイクスは派手にブランデーをあおり、危なっかしい手つきでバールをふりまわしはじめた。そして罵詈雑言をおり混ぜた、歌ともつかぬ歌を大声でわめくように歌い出した。やがて、自分のプロ意識を披露しようと、押込み強盗に使う道具箱を持って来るといって聞かず、まもなくその商売道具を千鳥足で運んで来て、箱を開け、ひとつひとつの道具の用途、さらにはかたちの美しさの講釈をはじめた。やがて彼は床に倒れ、そのまま眠りこんでしまった。

「おやすみ、ナンシー」ユダヤ人はそういってふたたび外套を着こんだ。

「おやすみ」

二人の目が合った。ユダヤ人は探るような目つきで相手を見た。ナンシーにたじろいだ様子はなかった。彼女はトビー・クラキットに劣らず、今回の仕事に真摯に取り組んでいた。

ユダヤ人はもう一度おやすみをいい、ナンシーが自分に背を向けると、床に寝ているサイクスにこっそり一蹴りお見舞いした。そして手探りで階段を下りた。「ああいう女たちの一番厄介なところは、つまらぬことがきっかけで忘れていた感情がよみがえることだが、そういう感情が長続きしないのは、最大の美点だな。はは！　子供と大人で金の袋を取り合うようなものだ」

こうした愉快な考えに気を紛らせながら、フェイギンは陰気な隠れ家へ帰るため、ぬかるみを歩いて行った。隠れ家では、ドジャーが彼の帰りを今か今かと待ち構えていた。

「オリバーは寝ているのか？　ちょっと話があるんだがな」二人して階段を下りながら、フェイギンが最初に口にした言葉がそれだった。

「もう何時間も前に寝たよ」部屋のドアを開けながらドジャーは答えた。「ご覧の通りさ！」

オリバーは粗末なベッドに横たわってぐっすり眠っていた。不安と憂い、そして長らくの監禁生活のために顔は青白かった。死んでいるように見えた。死装束を着て棺に入ってこそいなかったが、ついさっき息を引き取り、幼い美しい魂が天国へ召されたばかりの——この世の不浄な空気による腐敗がはじまる前の——清らかな亡骸に見えた。

「今でなくともよい」ユダヤ人は静かにふり返っていった。「明日だ。明日でいい」

オリバーは粗末なベッドに横たわってぐっすり眠っていた。

第20章　オリバーがウィリアム・サイクスに預けられる

朝になって目を覚ましたオリバーは、自分のぼろぼろの靴が姿を消し、ベッドわきに新品の厚底の靴が置かれているのを見て驚いた。最初、彼はこの発見に嬉しくなった。まもなく監禁を解かれるのだと思ったからである。だがすぐに、それは甘い考えであったことが判明した。フェイギンと二人で朝食の席についたときである。フェイギンは、今夜お前はビル・サイクスの家に行かねばならぬ、とオリバーに告げた。その口調と話しぶりはオリバーをぞっとさせた。

「そこに——そこに住むということですか？」不安な気持ちでオリバーは訊ねた。

「いやいや、そうじゃない。住むなんてことじゃ」ユダヤ人は答えた。「わしらだってお前を手放す気はないさ。そんな心配はいらんよ、オリバー。すぐに帰れる。ははは。お前を追い出すほど、わしらは薄情じゃないぞ。心配せんでいい」

火の上にかがみこんでパンを焼いていた老人は、ふり返ると、そのようにオリバーをからかい、お前がここから逃げたいと思っているのは先刻承知だといわんばかりにほくそ笑んだ。

「お前は多分」ユダヤ人はオリバーにじっと視線を注いでいった。「何のためにビルのところへ行くのか、それを知りたいのだろう?」

オリバーは老盗賊に心を読まれ、思わず顔を赤らめたが、思い切って「ええ、知りたいです」と答えた。

「どんな用事だと思う?」はぐらかすようにフェイギンは訊ねた。

「全然わかりません」オリバーは答えた。

「ふん!」オリバーの顔を凝視していた彼は、がっかりした表情を浮かべてそっぽを向いた。「それなら、ビルが話すまで待てばいいさ」

なぜサイクスのところへ行くのか、この問題にオリバーがさほど興味を示さないので、ユダヤ人はかなり面食らった様子だった。もっとも、オリバーは知りたくて仕方がなかったのだが、フェイギンがやたらと険しい顔をするし、頭には悪い想像ばかり浮かぶのですっかり動揺してしまい、それ以上は口が利けなかったのである。もう一度質問するチャンスはとうとう巡って来なかった。ユダヤ人は夜まで不機嫌に黙りこんだままだった。やがて彼は外出の準備をはじめた。

「ロウソクに火をつけたらいい」テーブルの上に燭台を置いて、ユダヤ人はいった。「ここに本がある。読んでいるうちに、連中が迎えに来るだろうよ。それじゃおやすみ」

「おやすみなさい」静かにオリバーは答えた。

ユダヤ人はドアのほうへ歩きながらオリバーをふり返り、不意に足をとめて彼の名を呼んだ。

オリバーは顔を上げた。ユダヤ人はロウソクを指さしながら火をつけろと身ぶりで指示した。オリバーはいわれた通りにした。それから燭台をテーブルに置いた。ユダヤ人が部屋の隅の暗がりで、不機嫌そうに眉をひそめ、自分をじっと眺めているのがオリバーにはわかった。

「気をつけるんだぞ、オリバー。くれぐれもな」警告するように右手をふりながら老人はいった。「あれは凶暴な男だ。頭に血がのぼると、血を見ることしか考えん。どんな場合でも、無駄口を利かず、やつの命令に従わねばならん。わかるな?」彼はこの「わかるな?」を語気荒くいった。やがて険しい表情は不気味な笑みへと変わり、うなずいてみせるとフェイギンは部屋を出て行った。

老人が姿を消すと、オリバーは頬杖をついてフェイギンにいわれたことを反芻した。心臓が高鳴っていた。彼の忠告を考えてみたが、どういうつもりであのような忠告をしたのか少しも合点がいかなかった。つまり、サイクスのところへ送られ、それからどんな悪事に加担させられるのか、まるで見当がつかなかった。もっとも、フェイギンのもとに留め置かれたとしても、やはり事情は同じであったが。オリバーはしばらく考えた後、もっと適当な小僧が見つかるまで、一時的にサイクスの召使のようなことをさせられるのだろうと結論した。彼は苦難に慣れっこだったし、現在の生活も苦難に次ぐ苦難といってよかった。だから今更、生活環境が変わることにそれほど悲しんだりもしなかった。オリバーは数分間物思いにふけり、それから重いため息をついて、ロウソクの芯を切った。そしてユダヤ人が置いていった本を手に取り、読みはじめた。

彼は頁をめくった。最初は何の気なしに読んでいたのだった。だが、やがて内容に興味を惹かれ、真剣に読み出した。それは有名な犯罪者たちの伝記であり、彼らの裁判記録であった。本の頁はしみや手垢ですっかり汚れていた。その本には、血も凍るような陰惨な犯罪や、人気のない道端での秘密の殺人、深い穴や井戸に投げこまれた死体が何年も後に浮かび上がり、それを見た殺人者が仰天して恐怖のあまり罪を認め、こんな苦悶を味わうくらいなら縛り首にしてくれと嘆願した話などが載っていた。それからまた、真夜中ベッドに横たわって邪(よこしま)なことを考えていると、想像するだけでも鳥肌が立ち、手足が震えるような猟奇的な殺人を――本人いわく――どうしても実行せずにはいられなくなった男たちの話も載っていた。それを綴る文章はまったく真に迫っていた。黄ばんだ本の頁に血しぶきが飛ぶような気がオリバーにはしたし、頭に響く文章の言葉も、殺された人々の霊がうつろな声で、耳元で囁いているような気がした。

恐怖に耐え切れず、オリバーは本を閉じるとわきへ押しやった。それからひざまずいて、自分がそのような罪を犯さぬようにと神に祈り、もし自分がおぞましい犯罪に手を染める運命ならば、今すぐこの命を終わらせてくださいと願った。やがてオリバーは落ち着きを取り戻し、低いきれぎれの声で、この窮地からお救いください、家族にも友人にも愛されたことのない孤児を憐れんでくださるならば、どうか今こそ、邪悪な犯罪を前にして孤立無援でいる自分をお助けください、と嘆願した。

祈りを終えた後も、オリバーはしばらく頭の上に手を組んだままでいた。そこへ衣ずれの音がしたので、オリバーははっとなった。

「わあっ！」ぎょっとして彼は大声を出した。ドアのところに人が立っていた。「そこにいるのは誰？」

「私よ、私一人よ」相手が震える声で答えた。

オリバーはロウソクを頭の上にかざしてドアのほうを見やった。立っていたのはナンシーだった。

「明かりを下ろしてちょうだい」彼女はそういって顔をそむけた。「まぶしいわ」

ナンシーの顔は真っ青だった。オリバーは心配して、具合が悪いのではないかと訊ねた。彼女は、オリバーに背を向けて椅子に腰を下ろすと、両手をきつく組み合わせた。しかし返事はなかった。

「神様、どうかお許しください」しばらくして彼女はいった。「思ってもみなかったのです」

「何かあったの？」オリバーは訊ねた。「もし僕にできることがあれば、なんでもいってください」

彼女は前後に体を揺らすと、自分の首をつかみ、喉を鳴らして苦しそうにあえいだ。

「ナンシー！」オリバーは叫んだ。「どうしたのさ？」

彼女は手で膝をたたき、足で床を踏み鳴らしたが、不意にそれをやめるとショールを体に巻いて寒そうに震えた。

オリバーは暖炉の火をかきおこした。ナンシーは暖炉の近くへ椅子を引き寄せ、しばらく無言で座っていたが、やがて頭を上げて部屋を見まわした。

「ときおり私を襲うものの正体は、何なのかしら」乱れた服装をせっせと直すふりをしながら、彼女はいった。「多分、この湿った汚い部屋のせいね。さあ、ノリー、支度はできた？」

「一緒にどこかへ行くの？」オリバーは訊ねた。

「そうよ。私はビルの使いなの」娘は答えた。「私と一緒に来るのよ」

「それから何をするの？」びくびくしながらオリバーは訊いた。

「何をする？」娘は相手の言葉をくり返した。そして目を上げ、オリバーの顔を見て、すぐにまた視線をそらした。「心配するようなことじゃないわ」

「嘘です」相手をじっと見てから、オリバーはいった。

「好きなように想像なさい」笑うふりをしてナンシーはいった。「でも、ためにならないわよ」

自分のなかに、ナンシーの良心に訴える力があることをオリバーは知っていた。そこで彼は、自分がいかに無力であるかを伝え、彼女の同情を引き出そうと思った。が、すぐに別の考えがひらめいた。時刻はまだ十一時になるかならないかである。往来の人通りも多い。なかには彼の話を信じてくれる人もいるに違いない。オリバーはそのように考え、ナンシーに近づくといくぶん早口に、準備はできているといった。

オリバーが何を考え、何をもくろんでいるのか、ナンシーには見当がついた。オリバーが話すあいだ彼女は彼をじろじろ眺めた。彼女の鋭い眼差しは、あなたの考えていることくらいお見通しよ、と告げていた。

「しっ！」少年のほうにかがみこみ、ドアを指さしながら、警戒するように部屋を見渡してナンシーはいった。「何をしようと無駄よ。私も、どうにかあなたを助けようと思ったけど、無駄だったわ。あなたの周りには、目に見えぬ柵が二重、三重にはられているの。逃げ出すにしても、その機会は今じゃないわ」

オリバーはその真剣な口調にびっくりして相手の顔を見上げた。彼女は真実を語っているらしく思われた。真っ青な顔をして興奮しており、そのために体は震えていた。

「以前あなたがひどい目に遭いそうになったとき、私は助けてあげたわね。また助けてあげる。今も助けているつもりよ」彼女は大きな声でつづけた。「迎えに来たのが私でなかったら、もっと手酷く扱われていたでしょうからね。私はやつらに、あなたを大人しくさせると約束したの。あなたが大人しくしていないと、あなただけじゃなく、私もひどい目に遭うのよ。私は殺されるかもしれないわ。これを見て。この傷は全部、あなたを助けようとして、殴られてできた傷よ。そのことは神様がご存知よ」

そういって彼女は首や腕にできた青あざを指さした。そしてたいへんな早口でまくし立てた。

「わかったわね？　だから今は、お願いだから私を困らせないで。助けられるのなら助けてあげたいけど、私にはその力がないの。でも、連中もあなたに危害を加えるつもりはないし、無理やりやらされたことは、あなたの罪にはならない。何もいわないで！　あなたがなんといおうと、責められているような気がするわ。さあ、手を貸して。急いで！」

いわれるがままにオリバーが手をさし出すと、ナンシーはその手をつかみ、ロウソクを吹き消した。そしてオリバーを連れて階段を上った。暗闇に潜んでいた誰かがすばやく玄関の戸を開け――二人が表に出ると――すぐにその戸を閉めた。貸し馬車屋の、一頭立て二輪馬車が待っていた。ナンシーは相変わらず興奮した様子で、オリバーを荒々しく馬車へ引きこむと窓のカーテンを下ろした。馭者は行き先も聞かずにただちに馬に鞭を入れた。馬車が全速力で走り出した。

娘はオリバーの手をしっかり握ったまま、先ほどの警告と、心配はいらないという慰めの言葉を耳元でくり返した。万事が電光石火の勢いで運ばれたので、馬車が昨晩ユダヤ人が帰宅した家の前で停まったとき、オリバーはここがどこで、どの道を通って来たのか、思い出す余裕すらなかった。

オリバーは人気のない街路をちらと見やり、ありったけの声で「助けて」と叫びそうになった。だがナンシーの忠告が耳に残っていた。彼女は苦しそうに、私のいったことを忘れないでね、と懇願したのだった。オリバーの声は声にならなかった。ぐずぐずしているうちにチャンスは失われた。家のなかに引き入れられ、戸が閉められた。

「こっちよ」ようやくオリバーの手を放して娘はいった。「ビル！」

「よう」燭台を手にしたサイクスが、階段口から顔を出していった。「うまくいったようだな。さあ、入れ」

サイクスの気性を考えればこれはたいへんな褒め言葉だった。稀に見る歓迎ぶりといってよかった。そのためナンシーはすっかりご満悦の様子で、嬉しそうに挨拶を返した。

「ブルズアイのやつは、トムと一緒に帰らせた」燭台を手に二人を案内しながらサイクスはいった。「いても邪魔だからな」

「でしょうね」ナンシーが答えた。

「小僧もいるな?」部屋にたどり着いたとき、サイクスはそういってドアを閉めた。

「ええ、ここにいるわよ」ナンシーが答えた。

「素直について来たか?」サイクスは訊ねた。

「羊のようにね」ナンシーがいった。

「それを聞いて安心したぜ」サイクスはそういって怖い顔でオリバーをにらんだ。「このガキをぶっとばさなくて済むのは幸いだ。さあ小僧、こっちへ来な。お前にちょいと講義しなきゃならん。すぐに済むからよ」

新入り弟子にこう話しかけて、サイクスはオリバーの帽子をつかみ取り、部屋の隅へと投げた。それからオリバーの肩をつかみ、自分はテーブルのそばに腰かけて、少年を自分の正面に立たせた。

「まず、これが何だかわかるな?」卓上の小型の拳銃を手に取るとサイクスは訊ねた。

わかるとオリバーは答えた。

「よし、じゃあこれを見ろ」サイクスはつづけた。「これが火薬。これが弾だ。それでこっちが装塡用のつめ物だ」

オリバーはそれらの用途を理解している旨を小声で伝えた。サイクスは丁寧な、慎重な手つきで拳銃に弾をこめた。

「これで、いつでも発射できる」装弾が済むとサイクスはいった。

「そうですね」オリバーは答えた。

「そうだ」強盗はオリバーの手首をしっかりつかみ、銃口を彼のこめかみのすぐそばまで持っていった。少年はぎょっとして飛び上がった。「俺と仕事に出かけたときにな、俺が何も話しかけないのに、一言でも口を利いてみろ。問答無用でずどんだ。それでも声を出すというのなら、祈ってからにしな」

少年をこれでもかと威嚇するようににらみつけてから、サイクスはつづけた。

「俺の知る限り、お前がいなくなって騒ぐようなやつは一人もいねえ。わざわざこんなしち面倒くせえ説明をしてやるのも、お前のことを思ってだ。わかるな？」

「つまりこういうことね」ナンシーは強い口調で、オリバーにちょっと渋面を向けていった。まるで、私の話をちゃんと聞いてなさいと、少年に念を押すように。「あんたの仕事をこの子が邪魔したら、この子の頭を撃ち抜いて、それ以上口が利けないようにする。捕まれば絞首刑だが、自分は海千山千の強盗だ。そんなことは日常茶飯事で、少しも躊躇しないから気をつけろと、そういうのね？」

「そうだ！」膝を打ってサイクスは答えた。「簡潔明瞭な説明にかけては女にはかなわんな。もっとも、かっとしたときだけは別だ。そんな場合は、要領を得ないことをいつまでもしゃべりやがる。さてと、小僧も十分理解しただろう。飯でも食って、出かける前にひと眠りするとしようや」

ナンシーは彼の注文に応じ、素早くテーブルクロスを広げた。そしてちょっとのあいだ姿を消したかと思うと、まもなく黒ビールが入ったジョッキと焼いた羊の頭を手に戻って来た。それを見てサイクスはひとしきり洒落をいった。羊の頭の料理を「ジェミー」と呼ぶが、泥棒の商売道具である特殊なバールもまた、仲間内の隠語では「ジェミー」と呼ばれていたからである。この立派な紳士は――まもなく仕事にかかるので興奮状態にあったのだろう――かなり陽気で上機嫌だった。その証拠に、ふざけて黒ビールを一気飲みし、食事の最中に――ざっと数えただけでも――八十回以上も罵声を飛ばしていた。

こうして夕食が済んだ。オリバーの食欲がなかったことは読者にも容易に想像がつくだろう。サイクスは蒸留酒の水割りを二杯飲み、五時きっかりに起こすようナンシーに命じ、忘れたらただじゃ済まないぞとさんざん脅しつけてからベッドに横たわった。オリバーは主人の命令を受けて、床に敷いたマットレスに服を着たまま寝た。ナンシーは暖炉に薪をくべると火の前に座った。そして二人を起こす時間が来るのを待った。

オリバーはいつまでも起きていた。ひょっとしたらナンシーが機をとらえ、何かいってくるかもしれないと思ったからである。だが彼女は火を前にして物思いにふけり、ときどきロウソクの芯を切るだけで、後はじっとしていた。いつまでも何も起こらず、不安からの疲れもあり、オリバーはとうとう眠りに落ちた。

目を覚ましたとき食卓にはお茶の道具が並んでいた。サイクスは道具の数々を椅子の背にかけた大きな外套のポケットに放りこんでいるところで、ナンシーは朝食の準備で忙しく立ち働いているところだった。まだ夜明け前で、ロウソクの火も燃えていた。表は真っ暗だった。雨が激しく窓ガラスに打ちつけていた。空は黒く、曇っているように見えた。

「そら！」オリバーが目覚めるとサイクスがどなった。「五時半だ！　ぐずぐずしてると朝食抜きだぞ。もう遅いんだからな」

オリバーはさっさと身支度をして朝飯を済ませた。そしてサイクスの不機嫌な問いに答え、「準備できました」といった。

ナンシーは少年のほうをろくに見もせず、首に巻くスカーフを投げて寄こした。サイクスはオリバーに、肩にかけてボタンでとめるタイプの、粗末な大きなコートを渡した。こうして外出の準備が整い、オリバーはサイクスに手をさし出した。強盗は立ちどまり、外套のポケットに拳銃が入っていることを身ぶりで示した。そうしてオリバーに脅しをかけてから、その手をしっかり握った。彼はナンシーと別れの挨拶を交わし、少年を連れて部屋を出た。

玄関口でオリバーはちらとふり返った。ナンシーが自分を見ていると期待したからである。だが彼女は暖炉の前に戻り、固まったように座っていた。

第21章　遠出

二人は通りへ出た。陰気な朝で、風も雨も強かった。どんよりと垂れこめた雲は嵐を予感させた。昨晩のひどい雨のせいで、道のそこここに大きな水たまりができ、側溝は水で溢れていた。夜明けが近く空はかすかに白んでいたが、陰気な雰囲気を和らげてはおらず、むしろ逆効果といってよかった。というのも、ぼんやりとした光は街灯の光をより青白く見せるばかりで、雨に濡れた屋根や物寂しい街路を、暖かく、明るく照らし出すことはなかったからである。この地区ではまだ誰も起き出していないようだった。家々の窓はどれも固く閉ざされ、通りは人気なく静まり返っていた。ベスナル・グリーン通りへ差しかかるころには太陽が昇りはじめ、ほとんどの街灯が火を消していた。やがて田舎からロンドンへ向けてのろのろと進む荷馬車も見かけるようになった。ときおり泥土で汚れた乗合馬車が、がらがらと元気よく通りすぎることもあった。乗合の馭者が荷馬車の主を、ぴしゃりと鞭打つ場面も見られた。これは、荷馬車が道路をはみでて通行を妨害したからで、乗合馬車はあやうく目的地への到着が予定より十五秒も遅れるところだったのである。居酒屋はガス灯をつけて、すでに店を開けていた。ほかの店々も開きはじめ、すれ違う人々も出てきた。仕事場へ向かう労働者たちもちらほらと見かけるようになり、それから、魚の入ったカゴを頭に載せた人々、野菜をつんだロバの荷車、生きた――あるいは潰した――家畜を運ぶ二輪馬車、手桶を提げた乳しぼり女、さまざまな人間がさまざまな荷物を持って数珠つなぎの列をつくり、東の郊外をめざしてとぼとぼ歩いていた。シティ地区に近づくと次第にやかましくなり、交通量も増した。ショアディッチ[1]とスミスフィールドのあいだの通りを縫うように進むころにはたいへんな賑わいになった。もうすっかり明るくなった。市民の半分が忙しく立ち働く、ロンドンの朝がはじまったのだ。

サン通りとクラウン通りを抜け、フィンズベリー・スクエアを横切った。その後、チズウェル通りに入り、バービカン地区へ出て、ロング・レイン、スミスフィールドと進んだ。ここまで来ると、耳をつんざくような騒音にオリバーは仰天し、肝をつぶした。

市の立つ朝だった。足元はぬかるみ、汚物が散乱し、くるぶしを覆うほどだった。

悪臭を放つ家畜の体からは湯気が立ち、霧と混じり合い、煙突の煙さながらにもうもうと立ちこめている。広場の中央には檻が並び、そのほかの場所にも所狭しと間に合わせの檻が置かれ、羊が収められていた。馬や牛は側溝わきの柱につながれていた。その列は三、四列はあった。農夫に肉屋に馭者、行商人に小僧、そして泥棒、遊び人、下層階級のあらゆる浮浪者が、一堂に会していた。家畜商人が笛を吹き、犬が吠え、牛がモーモー鳴いて暴れていた。羊はメエメエ、豚はブーブー鳴き、行商人が叫んでいた。がなり声や罵声、喧嘩の声が四方八方から聞こえ、居酒屋の店内からはベルの音と怒号が聞こえた。人も動物も群れ集い、押し合いへし合いしていた。喧嘩をする者もあれば大声でわめく者もいた。耳障りな不協和音が市場のそこかしこから聞こえ、不潔な無精髭のむさ苦しい男たちがひっきりなしに走りまわり、人の群れを出たり入ったりしていた。それは、見る人を唖然とさせ、面喰らわせる光景であった。

サイクスはオリバーを仰天させた光景や喧騒など意に介さぬ様子で、人の群れを肘で押し分けて進んだ。二、三度、知り合いの人間を見かけるとうなずいて挨拶を交わした。だが、朝酒でもどうだという誘いはことごとく断り、先へ先へと歩きつづけた。

1　ショアディッチはロンドン東部の旧自治区。

まもなく二人は喧騒を脱し、ホージャー横丁を抜けてホルボーン地区へ出た。

「さあ、小僧」セント・アンドルー教会の時計を見上げてサイクスはいった。「じきに七時だ。急げ。ぐずぐずするんじゃないぞ、こののろまめ！」

サイクスはそういって連れの子供の手首をぐいと引っぱった。オリバーはペースを上げ、小走り――早歩きと駆け足の中間ぐらい――になり、大股で歩く強盗に懸命についていった。

このような急ぎ足で歩きつづけ、やがて二人はハイド・パーク・コーナーを過ぎ、ケンジントン地区へ入った。そこまで来るとサイクスは歩速を緩めた。まもなく少し後ろを走っていた空荷の馬車が二人に追いついた。荷馬車にハウンズロー[2]とあるのを見ると、サイクスは馭者に、できるだけ丁重な口調で、アイルワースまで乗せてくれないかと頼んだ。

「飛び乗りな」馭者はいった。「あんたの子供かね？」

「そう、俺の子さ」サイクスはいった。彼はオリバーをじっと眺め、何気なく拳銃の入ったポケットに手を入れた。

「親父さんは足が速いから疲れたろうな？」オリバーが息を切らしていたので、馭者は訊ねた。

「そんなことないさ」サイクスが口をはさんだ。「もう慣れっこなんだ。さあネッド、手を貸せ。引っぱり上げるぞ」

こういいながら彼はオリバーを荷馬車へ引き上げた。馭者は袋の山を指さして、オリバーにそこに座って休むようにいった。荷馬車は進み、一里塚をいくつも越えた。進めば進むほど、一体どこへ行くつもりなのかとオリバーは怪しんだ。荷馬車はケンジントンを過ぎ、ハマースミス、チズウィック、キュー橋、ブレントフォードを通過した。だが、まだ旅ははじまったばかりというように車は先へ先へと進んで行く。やがて「コーチ・アンド・ホーシーズ」という名の居酒屋の前に差しかかった。その少し先のところで道は二手に分かれていた。ここで荷馬車は停車した。

サイクスは――オリバーの手をしっかり握ったまま――すばやく荷馬車を下りた。そしてオリバーを手早く抱え下ろし、きっと彼をにらみつけて意味深長にジャケットのポケットを拳でたたいた。

「小僧、元気でな」馭者はいった。

「こいつは愛想がなくてね」オリバーを揺すって、サイクスはいった。「まだ青二才

2　ロンドン南西部の地区の名で、テムズ河の左岸に位置する。

だからな、勘弁してくれや」

「いいんだよ」馭者は荷馬車に戻っていった。「実にいい天気だ」そして荷馬車は走り去った。

その姿がすっかり消えるまでサイクスは待った。それから、もうどこを探しても味方はいねえぞとオリバーに告げ、ふたたび彼を連れて歩き出した。

二人は居酒屋の少し先で左の道へ折れた。次いで右へ曲がり、しばらく歩きつづけた。道の両側には大きな庭園や紳士が住む屋敷がいくつも並んでいた。一度だけビールを軽く飲むために休憩したが、あとはひたすら歩きつづけた。ようやくある町へとたどり着いた。一軒の家の壁に大きく「ハンプトン」と書かれているのをオリバーは見た。数時間ほど野原をぶらついて時間をつぶしてから町へ戻った。看板の文字が消えかかった古びた居酒屋に入り、食堂の暖炉のそばに腰を下ろすと彼は夕食を注文した。

食堂は古めかしく天井が低かった。天井の中央を大きな梁が横切り、背の高い木のベンチが暖炉わきに置かれていた。そこに仕事着姿の無骨な男たちが腰かけ、酒を飲み、タバコを吸っていた。彼らはオリバーを気にかけることもなく、サイクスにも大して注意を払わなかった。サイクスのほうでも同様であった。サイクスと少年は、先客に煩わされることなく、隅の席に座った。

二人はコールド・ミートで夕食をとり、食事が済んだ後も、しばらくそこに座っていた。サイクスはパイプを吸い、吸い終わるとまたタバコをつめて吸いつづけた。それを見てオリバーは、今日はもうこれ以上進まないのだろうと考えはじめた。朝早く起きて、ずっと歩き通しだったので、オリバーはくたくただった。最初はこっくりこっくりやっていたが、やがて疲労とタバコの煙のためにぐっすり眠りこんだ。

サイクスに揺り起こされたとき外はすでに真っ暗だった。すっかり目を覚まし、起き上がってみると、サイクスと一人の労働者がエールのマグを前に親しげに談笑していた。

「それであんたは、ローワー・ハリフォード[3]へ行くわけだ」サイクスが訊いた。

「そうだ」相手の男は酒のせいで、やや具合が悪く――ひょっとしたら良いのかもしれないが――見えた。「急ぎ足でな。今朝みてえに荷を積んじゃいねえから、あっという間さ。あの馬っ子に乾杯！　ありゃあ大した馬だぜ」

「そこまで俺と倅を乗せてってくれると、大助かりなんだがなあ」新しい友人にエー

3　サリー州に属する村。後述のシェパートンは、ローワー・ハリフォードの近隣の町。

ルのマグを差し出して、サイクスがいった。

「寄り道してくれっていうんじゃなければ、構わんよ」マグから顔を上げて、男は答えた。「ハリフォードへ行くのかい？」

「シェパートンだ」サイクスはいった。

「ハリフォードまでなら乗って行きな」男はいった。「おい、ベッキー、勘定は？」

「そちらの紳士がお支払いです」娘が答えた。

「なんだって！」ほろ酔いながら真面目な顔をして、男はいった。「いやいや、それはいかんよ」

「どうしてだい？」サイクスはいった。「お前さんが乗せてってくれるなら、俺のほうでもお返しにビールをおごるくらい当然だ」

男は真顔で、サイクスの主張を検討した。そしてサイクスの手を握ると、あんたは実にいい人だといった。サイクスは、冗談はやめてくれと答えたが、もし男がしらふだったとしたら、確かにそれは悪い冗談だった。

二人はさらに二言三言、世辞を交わしてから、食堂の人々におやすみをいい、店を出た。給仕係の娘はマグやグラスを片づけ、それらを両手に持ったまま店の入口まで出て来て、サイクスたちを見送った。

店の前では、本人の知らぬところで乾杯された馬が荷車につけられるのを待ち構えていた。オリバーとサイクスは黙って荷馬車に乗りこんだ。男はしばし馬を元気づけ、店の馬丁や近くにいた人々に、これほどの馬はないぜと大いに自慢してから荷馬車に乗りこんだ。馬丁は手綱を緩めるように命じられ、その通りにした。すると馬は何を思ったのか、ひどく尊大な態度で頭を高く上げ、道を横切り、店の窓へ突っこみそうになった。そして、このような妙技の後でしばし竿立ちを披露し、それから全速力で走り出した。かくして荷馬車は景気よく町を出発した。

実に暗い夜だった。近くの川辺や沼地からじめじめした霧が立ち上り、物寂しい野原へと流れこんでいた。空気は肌を刺すように冷たかった。何もかも闇に包まれ、陰鬱だった。誰も口を利かなかった。駅者は眠そうな様子だったし、サイクスも誰かと話したい気分ではなかった。オリバーは荷馬車の隅にうずくまり、恐怖と不安でどうしていいかわからずにいた。不気味な木々のあいだに、この世ならぬものの姿が見えるような気がした。木々の枝は薄気味悪く、荒涼とした風景を喜ぶように、波のように前後に揺れていた。

サンベリー教会を過ぎるころ時計が七時を打った。対岸のフェリー発着所の窓に明かりが見えた。その明かりは、道路のこちら側まで届き、闇に沈んだイチイの木とその足元の墓石を、一層と陰鬱な影で包んでいた。近くで水がぽたぽたしたたる音が聞こえ、老木の葉が夜風にそよぐ音も聞こえた。死者を弔うひそやかな音楽のようであった。

サンベリーを後にするとふたたび物寂しい道になった。四、五キロ進むと荷馬車が停まった。サイクスは荷馬車を下り、オリバーの手をとって歩き出した。

オリバーの予想とは異なり、シェパートンのどこかの家に入る様子はなかった。二人はぬかるんだ真っ暗な道を歩きつづけた。陰気な小道を抜け、さえぎるもののない荒地をこえ、やがて町の灯が近くに見える場所へとやって来た。前方に目をこらすと、すぐ足元に川が流れているのがわかった。二人はある橋のたもとを目指して歩いていた。

サイクスは歩きつづけ、ほどなくして橋の前まで来た。そこから彼は不意に橋の左手の土手を下りはじめた。

「川だ！」オリバーは恐怖に青ざめた。「人気ない場所で僕を殺す気なんだ！」

オリバーは殺されてたまるかと思い、必死に駆け出して逃げのびることを考えた。そのとき、一軒のわびしいたたずまいの家が目に入った。ぼろぼろの、朽ち果てた家だった。崩れかけた玄関の左右に窓がある二階建ての家で、明かりはついていなかった。真っ暗の廃屋であり、住人がいる気配はなかった。

サイクスはオリバーの手を握ったまま、地下の入口へ近づき、扉のかんぬきをはずした。押すとドアが開き、二人は揃ってなかへ入った。

サイクスはオリバーの手を握ったまま、地下の入口へ近づいた。

第22章　夜盗

「ようよう！」廊下に足を踏み入れると奥からしゃがれた大きな声が響いた。

「でかい声を出すな」戸口に施錠をしながらサイクスはいった。「トビー、ロウソクをくれ」

「了解だ」同じ声が答えた。「おい、バーニー、ロウソクだ！　紳士がご到着だぞ、バーニー。いい加減、起きたらどうなんだ」

声の主は相棒を起こすために、ブーツ・ジャック[1]か何かを投げつけたらしい。木でできた何かが勢いよく転がる音が聞こえ、ねぼけた人物がむにゃむにゃつぶやく声が聞こえた。

1　ブーツを脱ぐための、V字形の器具。

「聞こえないのか？」トビーと呼ばれた男がいった。「ビル・サイクスがご到着だというのに、お前は出迎えもしないで高いびきだ。飯のときに阿片チンキ[2]でも飲んだみてえによ。目が覚めたか？　まだなら、鉄の燭台でばっちり覚ましてやるが、どうだ？」

こう訊ねられると、絨毯の敷かれていないむき出しの床を、慌ててもぞもぞ動き出す足音が聞こえた。右手のドアからぼんやりと輝くロウソクが顔を出し、ついで、男が姿を現した。この男は以前にも紹介したが、サフロン・ヒルの居酒屋でウェイターを務めていた、鼻声で話すのが短所の例の男である。

「サヒクスさん！」本気か演技かよくわからないが、嬉しそうな様子でバーニーは挨拶した。「ほうぞ、なかへ。さあ、さあ」

「そら、お前から入れ」サイクスはそういってオリバーを先へ行かせた。「さっさと行け！　踏んづけちまうぞ」

ぐずぐずしているオリバーに悪態をつきながら、サイクスはその背中を押した。二人は天井の低い部屋へ入った。暖炉では火がくすぶり、二、三脚の壊れた椅子、テーブル、そして年代物のソファが置かれている。このソファに一人の男が大の字に寝そべっていた。彼は頭より上に足を突き出して、長い陶製のパイプをくゆらしていた。

大きな真鍮のボタンがついた、洒落た仕立ての黄褐色の上着に、オレンジ色のネッカチーフ、何とも派手で下品なショール模様のチョッキ、そしてくすんだ茶色の乗馬ズボンという格好だった。これこそトビー・クラキットで、頭にも顔にも毛は少なく、わずかなその毛は赤毛で、しかもその長くのばした赤毛にはくねくねとカールがかかっていた。そしてときおり、大きな安物の指輪をいくつもはめた汚い手で赤毛の頭をかいた。背格好はどちらかといえば大きいほうで、足はむしろほっそりしていた。ほっそりしていると見栄えは悪そうだが、そうでもないらしい。彼は天井を向いた足の先の乗馬靴をうっとりと眺めた。

「やあ、ビル！」彼は入口をふり返っていった。「来てくれてほっとしたよ。諦めたんじゃないかと心配してたのさ。あんたが諦めたら、俺が一人で飛びこむしかないからな。おや！」

オリバーに目をとめ、びっくりした様子でそう叫ぶと、トビー・クラキットは上体を起こしてソファに座り、そいつは誰だいと訊ねた。

「小僧だよ。ただの小僧だ」サイクスはそういって暖炉のそばへ椅子を引き寄せた。

2　麻薬の阿片をアルコールに溶かしたもの。鎮痛剤として広く用いられた。

「フェヒギンさんの手下ですね」にやりと笑ってバーニーがいった。

「フェイギンの小僧！」トビーは叫び、オリバーを見た。「なるほど、教会の婆さんがたのポケットを狙うなら、こいつはうってつけだ。この顔ならまず怪しまれんだろうよ」

「待て待て、そりゃお前の勘違いだ」もどかしそうにサイクスは口をはさみ、ソファに寝ている友人にかがみこんで、耳元で何か囁いた。クラキットはどっと笑いだし、驚いた様子でしげしげとオリバーを眺めた。

「さあて」サイクスは椅子に座り直していった。「出かける前に、食い物と飲み物をもらえねえかな。そうすりゃ俺たちも――俺だけでもいいが――人心地がつくってもんだ。おい小僧、火のそばに座って楽にしろ。今晩また出かけるからな。そんなに遠くまで行くわけじゃねえが」

オリバーは訳がわからず、無言のまま、おずおずとサイクスを見た。それから、椅子を暖炉に引き寄せて座り、ずきずき痛む頭を両手で押さえた。ここがどこで、何が起ころうとしているのか、オリバーにはほとんど見当がつかなかった。

ユダヤ人の若者があり合わせの食べ物と酒壜をテーブルまで運んで来ると、トビーがいった。「そんじゃあ、強盗の成功を祈って乾杯だ！」彼は乾杯するために立ち上がり、パイプを注意深くわきへどけ、テーブルに近づき、グラスに酒をついで一気に飲みほした。サイクスも同じようにした。

「小僧にもやろう」ワインのグラスを半分満たしてトビーはいった。「そら、小僧、ぐっとやれ」

「あの」相手の顔を悲しげに見上げてオリバーはいった。「あの、僕は――」

「ぐっとやれ！」トビーがくり返した。「何が薬になるか、俺にわからんと思うか？こいつに飲むようにいってくれ、ビル」

「いわれた通りにしろ！」ポケットを手でたたきながらサイクスはいった。「ドジャーのガキども全員より、手が焼けるぜ。この偏屈野郎め、さっさと飲みやがれ！」

二人の大人に脅かされてオリバーは震え上がり、慌ててグラスの酒を飲みほした。が、途端に激しくむせ返った。その光景はトビー・クラキットとバーニーを喜ばせた。むっつりしていたサイクスでさえ笑った。

それから、サイクスは食事をとって空腹を満たした（オリバーの食事は、サイクスたちが無理やり飲みこませたパン切れだけだった）。その後、二人の男は仮眠をとろうと椅子に身を横たえた。オリバーも暖炉に近い椅子にふたたび腰を下ろした。バーニーは毛布をかぶると、暖炉のすぐ前の床で大の字になって眠ってしまった。

しばらく全員が眠っていた。少なくとも、眠っているように見えた。バーニーが一、二度起き上がり、火に石炭をくべた以外、誰一人動かなかった。オリバーもまたぐっすり眠りこんだ。夢の中で、彼は陰気な小道を一人でさまよい、暗い墓地を歩いていた。過去に見た情景のいくつかが立ち現れたりもした。しかし、トビー・クラキットが不意に飛び起きたので、オリバーも目を覚ました。トビーは一時半を告げた。

すぐにほかの二人も起き上がり、一同はせっせと身支度をはじめた。サイクスとその相棒は、あごが隠れるほど大きな黒のショールを首に巻き、大きな外套を着こんだ。バーニーは戸棚を開けて道具をいくつか取り出し、急いでそれらをポケットにつめた。

「銃をくれ、バーニー」トビー・クラキットがいった。

「はいよ」バーニーは拳銃を二丁とり出した。「弾はあんたがすでにこめた」

「よし！」トビーはそういって拳銃をしまった。「銃以外の武器は持ったかい？」

「俺が持った」サイクスが答えた。

「覆面に、鍵に、まわし錐に、手提げランプと――。忘れ物はないな？」トビーはそう訊きながら、コートの裾裏のリングに小さなバールを結びつけた。

「大丈夫だ」相棒が応じた。「バーニー、あの角材をとってくれ。そう、それだ」

サイクスはバーニーから太い木の棒を受け取った。バーニーはトビーにも一本手渡し、それからオリバーにコートを着せた。

「さあ、行くか！」サイクスはそういってオリバーに手をさし出した。

オリバーはいつにない疲労とよどんだ空気、そして無理に飲まされた酒のせいで意識が朦朧としていた。そのため、サイクスが手を出すと、何も考えずにその手をつかんだ。

「トビーはそっちの手を握れ」サイクスはいった。「バーニー、表の様子を見てこい」

バーニーは玄関口へ行き、戻って来ると「異状なし」と報告した。二人の強盗はオリバーをあいだにはさんで外へ出た。バーニーは戸締りを済ませると、ふたたび毛布にくるまり寝てしまった。

もう漆黒の闇だった。宵の口より霧はますます濃くなった。すごい湿気だった。雨でもないのに、オリバーの髪やまつ毛は数分もすると、大気中に漂う――凍りそうなほど冷たい――水分でびっしょりと濡れた。三人は橋を渡り、来るときに見た明かりのある方角へ歩きつづけた。明かりのある場所はそれほど遠くはなかった。急ぎ足でどんどん進むと、ほどなくしてチャーチーの町に着いた。

「町を横切るぜ」サイクスが小声でいった。「今夜は誰も出歩いちゃいねえよ。見られる心配はない」

トビーは黙ってうなずいた。三人は足早に小さな町の大通りを進んだ。夜も更けているので人気はなく、家々の寝室の窓にときどき弱い光が瞬くのが見えるだけである。ときおり、犬の遠吠えが夜の静寂を破ったが、往来に人影はなかった。教会の鐘が二時を告げたとき、三人はすでに町を後にしていた。

一行は足を速め、左手にある坂道を上った。四百メートルほど進み、壁に囲まれた一軒家の前で足をとめた。トビー・クラキットはひと息つくこともなく、すぐさまその壁をよじ登った。

「次は小僧だ」トビーがいった。「持ち上げてくれ。俺が引っぱり上げる」

オリバーが逡巡する暇もなく、サイクスは彼のわきに手を入れて持ち上げた。三、四秒後、オリバーとトビーは屋敷の庭の草地の上にいた。すぐにサイクスも壁を越えて来た。三人は屋敷へと忍び寄った。

このときはじめて、オリバーは深い悲しみと恐怖に襲われた。殺人まで至らずとも、押込み強盗がこの遠出の目的であることがようやくのみこめたからである。彼は両手を握り合わせ、思わず、押し殺したような声で恐怖の叫びを上げた。目の前には霧が立ちこめ、冷えた汗が彼の青い顔を流れた。手足がいうことを聞かなかった。彼はがっくりと膝をついた。

「立つんだ！」怒りで体を震わせながらサイクスは小声でどなり、ポケットから拳銃を取り出した。「立て！　脳みそを吹き飛ばされてえか」

「ああ、どうかお願いです。見逃してください」オリバーはいった。「僕を一人で行かせてください。野たれ死んでもいい。ロンドンへは決して、決して近づきません。僕を憐れんでください。僕に盗みをさせないでください。後生ですから、どうぞ僕を行かせてください」

こう訴えられたサイクスは、ひどい悪態をつき、銃の撃鉄を起こした。それを見たトビーはサイクスの手から拳銃をもぎ取り、少年の口を塞いで彼を家のそばまで引きずって行った。

「まずいぜ」トビーがいった。「拳銃はいけねえ。これ以上小僧が何かいえば、俺が黙らせる。頭をぶったたいてな。それなら音はしねえし、上品で確実だ。さあ、ビル、鎧戸をこじ開けてくれ。小僧はもう大丈夫。俺が請け合う。以前にも一度、ずっとベテランのガキが駄々をこねるのを見たことがあるよ。寒い晩でな、こいつと同い年のガキだった。すぐもとに戻ったよ」

助手にオリバーを寄こしたフェイギンを口汚く罵りながら、サイクスはほとんど物音をたてることなく、バールをせっせと動かした。トビーが手を貸し、しばらくすると、問題の鎧戸は蝶番を軸にしてぎいと開いた。

それは屋敷の裏手にある小さな格子窓――地面からの高さは一メートル七十センチほど――で、屋敷の廊下のはずれにある食器洗い場――あるいは醸造室――の窓だった。小さな窓なので、屋敷の人間も大して用心する必要はないと思ったのであろう。だが、オリバーの背丈なら通り抜けることができた。サイクスにかかれば、窓の留め金をはずすくらいは何でもなかった。すぐに留め金がはずれ、窓は開いた。

「さあ、よく聞けよ、小僧」サイクスはポケットから手提げランプを取り出し、オリバーの顔を照らしながら小声でいった。「この窓からなかへ入るんだ。このランプを持って、正面の階段をゆっくり上がれ。それから小さな客間を抜けて、表玄関まで行くんだ。そして鍵を開けて、俺たちをなかへ入れろ」

「かんぬきは、玄関扉の上のほうにある。だが多分、お前の背丈では届かない」トビーが口をはさんだ。「客間の椅子を使え。椅子は三つあってな、でかい青いユニコーンと、三つ叉の金色の銛がついてる。それがここの女主人の紋章なのさ」

「静かにできねえのか?」サイクスがきっとにらんでいった。「この部屋の扉は開いているんだろうな?」

「開いているよ」確認のためにのぞきこんでからトビーは答えた。「扉は開けたまま固定してあるんだ。どうしてかというとな、それが実に傑作なんだ。犬は家のなかで寝るんだが、夜中に目を覚ましたとき、自由に廊下を歩きまわれるようになんだとさ。はははは。だが今夜犬はいねえ。バーニーが連れ出したからな。ぬかりはないぜ！」

クラキットは聞き取れないほどの小声でしゃべり、静かに笑った。だがサイクスは彼を問答無用で黙らせて、仕事にかかるよう命じた。そこでトビーはまず自分のランプを取り出し、それを地面に置いた。それから窓下の壁に頭をぴったりつけ、両手を膝の上に乗せて、自分の背中を踏み台にした。すぐにサイクスがその背中に上がり、窓からオリバーを静かになかへ——足を先にして——押しこんだ。少年が無事に部屋の床を踏むまで、サイクスは少年の襟首をしっかり握っていた。

「このランプを持って行け」部屋をのぞきこんでサイクスはいった。「正面に階段が見えるだろう？」

オリバーは、死んだようになって、絞り出すように「はい」といった。サイクスは銃身で表玄関のほうをさし、「いいか、撃ち殺そうと思えばいつでも撃ち殺せる。もたもたすれば、ずどんであの世行きだ」と短く警告した。

「すぐに済む」小声のままでサイクスはいった。「手を放すからな。すぐ仕事にかかるんだ。いいな」

「何の音だ？」相棒がささやいた。

二人は聞き耳を立てた。

「気のせいだ」サイクスはそういって、オリバーをつかんだ手を放した。「行け！」

オリバーは急いで冷静さを取り戻した。そして、たとえ死ぬことになっても、どうにか二階まで駆け上がり、家の人たちを起こそうと固く決心した。そしてこのような決意を胸に、すぐに、そろそろと歩き出した。

「いや、行くな！」不意にサイクスが大声を出した。「戻れ、戻れ！」

静寂が突然に破られ、大きな叫び声が響いた。オリバーはおびえてランプを落とした。進むべきか退却すべきかわからなかった。

もう一度、叫び声が聞こえた。明かりがちらついた。階段の上には、慌てて服を着こんだ、おびえた様子の男二人が現れた。閃光。銃声。硝煙。どこかで大きな物音がした。オリバーはよろめきながら窓のところへ戻った。

サイクスはちょっとのあいだ姿を消していたが、すぐにやって来てオリバーの襟首をつかんだ。硝煙がまだもうもうとしていた。サイクスは、背を向けて逃げ出した男たちに発砲しながら、少年を引きずり上げた。

「しっかりつかまれ」サイクスはそういってオリバーを窓の外へ連れ出した。「布切

「手を放すからな。すぐ仕事にかかるんだ。いいな」

れを寄こせ。小僧が撃たれた。ぐずぐずするな。くそっ、出血がひどいぞ」

ベルがやかましく鳴り響いた。銃声と男たちのどなり声も聞こえた。抱き上げられ、道ならぬ道をすごいスピードで運ばれるのがわかった。喧騒は次第に遠のき、冷たい、死の感覚がオリバーの心を襲った。もはや何も見えず、何も聞こえなかった。

第23章　バンブル氏と婦人の愉快な会話を紹介し、教区吏といえどもときには人間らしい感情を抱く例を示す

ひどく冷えこんだ晩である。地面に厚く降りつもった雪がかちかちに凍りつき、うなり声を上げて吹き抜ける風にあおられるのは、路地裏や曲がり角に吹きだまった雪ばかりだった。やるせない憤怒をぶちまけるように風は獲物を襲った。風は、雪を容赦なく空高く巻き上げ、粉々に打ち砕いた。無数の塵芥と化した雪は中空を漂って消えた。肌を刺すような寒さの、わびしく暗い夜だった。立派な家に住み、食うに困らぬ人々が、明るい暖炉を囲んで我が家のあることを神に感謝する夜であり、腹をすかせたホームレスが行き倒れて死ぬ夜であった。こんな夜には、多くの飢えた浮浪者が人気ない往来で目を閉じた。彼らの犯した罪が何であろうと、ふたたび目を開くとき、そこは今よりましな世界に違いなかった。

戸外の様子がそんな風であったとき、救貧院——オリバーの生誕地としてすでに冒

頭で紹介した——の寮母であるコーニー夫人は、こぢんまりとした自室の暖炉の前に腰を下ろし、うっとりとした様子で小さな丸テーブルを眺めていた。テーブルには手頃な大きさのトレイがあり、その上には食べ物や何やら立派なお茶の準備が整っていた。お茶でも淹れてひと息つこうと夫人は思った。テーブルから暖炉に視線を移し、驚くほど小さなやかんがささやくように歌っているのを見ると、彼女はますます満足した様子で、思わず微笑んだ。

「まったくね」テーブルに肘をつき、物思いにふけるように暖炉の火を見つめて、寮母はいった。「私たちはいろんなことに感謝しなくちゃいけないわ。普段は忘れているけど、感謝することだらけだわ。ほんとうに」

貧乏人たちの忘恩を嘆くように、コーニー夫人は悲しそうに頭をふった。そして自前の銀のスプーンを、二オンス入りのブリキの茶筒の奥深くに突っこみ、お茶の準備をはじめた。

実に些細なことで人の心は落ち着きを失うものである。コーニー夫人が貧乏人の不徳ぶりを嘆いていると、小さいのですぐいっぱいになるティーポットから熱湯があふれ、コーニー夫人の手に軽いやけどを負わせた。

「いまいましいポットめ！」徳高き寮母は、慌ててポットを暖炉の台の上へ載せた。

「小さいにもほどがあるよ。カップ二杯分しか入らないなんてさ。何の役にも立たないこんなポットを使うのは——」コーニー夫人は言葉を切り、それからいった。「私みたいに哀れで寂しい人間だけでしょうね。ああ！」

そういって寮母は椅子にくずおれた。ふたたび肘をテーブルについて、自分の孤独な運命に思いをはせた。小さなティーポットと、一脚だけのティーカップの光景が、彼女の心に——死んでまだ二十五年の——コーニー氏の思い出を呼び覚ました。彼女はがっくり肩を落とした。

「二度と手にすることはないわ！」怒ったようにコーニー夫人はいった。「二度と手にすることはないわ、あんなのは」

彼女が夫の話をしているのか、ティーポットの話をしているのか、どうにも判然としない。後者かもしれない。コーニー夫人はティーポットをじっと見ながら話していたし、それを手に取ったからである。夫人がお茶に口をつけた途端、部屋の扉が静かにノックされた。

「お入りなさい！」荒々しくコーニー夫人はいった。「また婆さんが死にそうだっていうんだわ。決まって人の食事中に死ぬんだから。そこにつっ立ってられると、冷たい風が入るじゃないの。どうしたっていうの？」

「何でもありません。大したことではありません」

「あら！」寮母はおもむろに穏やかな声になっていった。「バンブルさんなの？」

「左様で」バンブル氏はいった。彼がもたもたしていたのは、靴を磨き、外套の雪をはらうためであった。彼は三角帽と包みを両手に持って部屋に入って来た。「ドアを閉めてもよろしいですな？」

慎み深い夫人はどう返事したものかと考えた。密室でバンブル氏と二人きりで話をするのはいかがなものか、と思ったからである。だがバンブル氏は、返事のないのをいいことに——それに彼自身とても寒かったので——、それ以上は何も訊かずに扉を閉めた。

「ひどい天気ね、バンブルさん」寮母はいった。

「ええ、まったくひどい天気で」教区吏は答えた。「教区にとっちゃ大損ですな。コーニー夫人、われわれは今日の午後、連中に目方が二キロ近くあるパンを二十人分、それとチーズを一個半くれてやりました。それでもあの貧民どもは満足しないんですからな」

「そうでしょうとも。バンブルさん、彼らが満足したことってありまして？」お茶をすすりながら寮母はいった。

「まったくですな！」バンブル氏は応じた。「妻もいれば子供も大勢いる一人の男に、気前よく二キロ近くあるパンと五百グラムのチーズをくれてやったとしましょう。そいつはわれわれに感謝するでしょうか？　まるで感謝などしません。代わりに、少しでいいから石炭をくれ、ハンカチ一杯分でいいからくれと、そんなことをいうんです。石炭！　石炭で何をどうしようってんでしょう？　そいつでチーズをあぶって、もっとくれといいに来るんです。連中はいつだってそんな具合です。エプロン一杯くれてやったって、二日後にはもっとくれといいに来る。石膏のように厚顔な連中ですな」

寮母はこのわかりやすい直喩に対し、まったくその通りと同意した。教区吏はつづけた。

「最近の惨状はまったくもって目に余る」バンブル氏はいった。「おとといのことですがね。ある男が、あなたは既婚者だから率直にいいますがね、裸に近い格好の男が――こう聞いて、夫人は目を伏せた――晩餐に客を招いている民生委員の家を訪ねてきたのです。そして、どうか助けてくれと、そういうのですよ、コーニー夫人。その男がいつまでも帰らず、晩餐の客がすっかり困惑しているので、民生委員殿はジャガイモ数個と小皿一杯分のオートミールをくれてやりました。すると、その恩知らずの悪党がいうのです。『ふざけるな！　こんなもの何の役にも立たん。鉄縁の眼鏡をもらうようなもんだ！』われらが民生委員殿は、ジャガイモとオートミールを取り返していいます。『よろしい。だがほかにお前にやれるものはない』するとその物乞いがいいました。『なら俺は往来で死ぬしかないな！』民生委員殿の返事は『そんな、馬鹿をいっちゃいかん』」

「うふふふ。お見事でしたわね。グラネットさんらしいこと」寮母は口をはさんだ。

「それからどうなりまして？　バンブルさん」

「それから」教区吏は応じた。「立ち去りました。そして本当に、往来で死にました。強情者のいい例ですな」

「呆れてものがいえません」力をこめて寮母はいった。「でもね、バンブルさん、救貧院に入っていない浮浪者たちに施しをしても、ろくなことにはなりませんわ。あなたは経験豊富ですから、もちろんご存知でしょうけど」

「コーニー夫人」教区吏は訳知り顔で笑っていった。「院外の浮浪者に施しをすれば――もちろん正しいやり方ですれば、ですが――結局は救貧院のためになるのです。院外の施しの大原則は、浮浪者が欲しないものを与える、これです。そうすれば連中はやがて救貧院にも寄りつかなくなる」

「なるほどねえ！」コーニー夫人は大きな声を出した。「ほほ、それもうまい手ですわね」

「まったくね。まあ、内密に願いたいですが」バンブル氏はいった。「それが大原則なのです。浅はかなブン屋連中が記事にしている通り、病人への施しにわれわれはチーズを与える。それは、そうした理由からです。もう国中でそうする決まりになっとるのです。だがもちろん——」教区吏はかがみこみ、手荷物をほどきながらいった。「これは極秘事項ですぞ。口外は無用。われわれ教区役人だけの機密というやつで。さあ、こいつは委員会が医務室用に注文したポートワインです。できたての、正真正銘のポートワインです。今朝、樽から壜につめたばかりのね。鐘の音のようにすみ切ったこの色。澱（おり）だって全然なし！」

彼はそのうちの一本を持ち上げ、一級品であることを示そうと、光に透かしてよくふってみせた。それから、引き出しがたくさんついた棚の上にワインの壜二本を置き、ワインを包んでいたハンカチをたたんで丁寧にポケットにしまい、帰ろうとするかのように帽子を手に取った。

「外はずいぶんと冷えこんでいますでしょうね、バンブルさん」寮母はいった。

「風がすごいですからなあ」外套の襟を立てながらバンブル氏はいった。「耳がちぎれそうですよ」

小さなやかんを見つめていた寮母は、ドアのほうへ歩み寄る教区吏に視線を移した。教区吏が咳払いして、おやすみなさいといいかけたとき、夫人は恥ずかしそうに「お茶を一杯いかが？」と訊ねた。

教区吏はすばやく外套の襟を元に戻した。そして椅子に帽子とステッキを置くと、別の椅子をテーブルのそばへと引き寄せ、夫人を見つめながらゆっくりと腰を下ろした。夫人の視線は小さなティーポットに注がれていた。バンブル氏はもう一度咳払いして、かすかな笑みを浮かべた。

コーニー夫人は立ち上がり、戸棚からカップとソーサーを取り出した。椅子に座り直したとき、ふたたび雄々しいバンブル氏と目が合った。彼女は顔を赤らめ、お茶を淹れる作業に集中した。バンブル氏がもう一度――さっきよりもやかましく――咳払いをした。

「甘くします？　バンブルさん」砂糖の容器を手にして、寮母はいった。

「ええ、うんと甘くね」バンブル氏は答えた。そして、そういいながら、コーニー夫人をじっと見つめた。温和な教区吏というものが存在するとすれば、このときのバンブル氏こそまさしくそれであった。

お茶が入り、夫人が黙って手渡すと、バンブル氏は自分の膝の上にハンカチを広げた。ご自慢の半ズボンをパン屑で汚さないためである。そして、さっそく飲食にとりかかったが、ときおり深いため息をついて、食事の風景に彩りを添えた。ただ、ため息が彼の食欲を抑えることはなかった。むしろ、ため息をつくたびに彼の飲み食いの勢いは増した。

「猫をお飼いですか」暖炉の前で——子供たちに囲まれて——丸くなっている猫をちらと見て、バンブル氏はいった。「子猫も大勢おるようで」

「私は猫が大好きでしてね。あなたには不思議でしょうけど」寮母は答えた。「猫はいつも幸福そうに、陽気に跳ねまわる動物ですからね。私の大事な相棒ですのよ」

「実に魅力的な動物ですな」バンブル氏はそういってうなずいた。「とても家庭的ですしね」

「ええ、本当にそう！」興奮して寮母は応じた。「猫は家が大好きですからね。それで幸せなんだと思いますわ」

「コーニー夫人」ティースプーンをリズミカルに鳴らしながら、ゆっくりとした口調でバンブル氏はいった。「いわせてもらえば、あなたと一緒に暮らして、あなたの家を好きにならないようなら——猫であれ何であれ——馬鹿というものですよ」

「まあ、バンブルさん！」たしなめるようにコーニー夫人はいった。

「遠まわしないい方はよしましょう」バンブル氏はゆっくりとティースプーンをふりまわした。その仕草は雄々しいと同時になまめかしく、二重に印象的だった。「できることなら、猫は水に沈めてやりたいくらいなんですよ」

「あなたは、恐ろしい、冷酷な人ですわね」教区吏のカップに手をのばしながら、朗らかに寮母はいった。

「冷酷ですか」バンブル氏はいった。「冷酷ねえ！」そこで言葉を切り、カップを彼女に手渡すと、カップを摑んだ夫人の細い指を強く握った。それから、レース飾りのついたチョッキを平手で二度たたき、大きなため息をつくと、暖炉とは逆の方向へほんの少し椅子をずらした。

部屋のテーブルは丸テーブルで、コーニー夫人とバンブル氏は向かい合って腰かけていた。二人とも、互いを近くに感じながら、暖炉のほうを向いて座っていた。今、バンブル氏はテーブルから離れることなく暖炉から遠ざかったわけである。したがって、彼と夫人の距離も遠のいたことになる。お堅い読者はその行為を英雄的ととらえ、手放しで彼を賞賛したくなるかもしれない。愛をささやくのに――時といい場所といいタイミングといい――これ以上の好条件はなかった。だが、分別のない遊び人が浮ついた言葉を口にするならまだしも、裁判官、国会議員、大臣、市長のような公職につくお偉方がそんなことをすれば、当然、品位を下げることになる。いうまでもないが、公僕のなかでもとりわけ毅然とした態度を要求されるのが教区吏である。愛のささやきなど沽券にかかわる問題であった。

バンブル氏の意図は不明であるが、非難の余地のないものであったことに疑いはない。だが不運にも――すでに二度も述べた通り――テーブルは丸かった。つまり、バンブル氏が椅子を後ろにずらせばずらすほどに、彼と夫人の距離はふたたび縮まった。円卓の外周に沿ってバンブル氏の椅子は横滑りし、やがて寮母が座る椅子のすぐそばまで来た。かくして二つの椅子は触れ合った。触れ合ったところで、バンブル氏は椅子の移動をとめた。

さて、夫人が右へ椅子を移動させれば、暖炉の火で火傷を負うことになる。左ならばバンブル氏の腕に飛びこんでいくことになる。だから彼女は（分別のある夫人はすぐに状況を察知して）その場にとどまり、バンブル氏にお茶のおかわりを渡した。

「冷酷、ですかね、コーニー夫人」お茶をかきまぜ、寮母の顔を見上げながら、バンブル氏はいった。「あなたは冷酷ですか？　コーニー夫人」

「あらあら」寮母は大きな声を出した。「独身の殿方がなさる質問にしてはずいぶんと奇妙ですこと。どうしてそんなことをお訊きになりたいのかしら、バンブルさん？」

教区吏はお茶を飲みほし、トーストも平らげてしまうと、膝上のパン屑を払い、口元をぬぐった。そして落ち着き払って寮母にキスした。

「バンブルさん！」分別ある夫人は小声で叫んだ。あまりの恐怖に大きな声が出なかったのである。「バンブルさん、大声を出しますわよ」バンブル氏は返事をせず、悠々とした威厳ある態度で、寮母の腰に手をのばした。

夫人はすでに大声を出すと宣言していた。だから、この更なる大胆なふるまいに対し、大声を出すのが当然であった。だがその必要はなかった。誰かが慌てた様子でドアをノックしたからである。ノックを耳にすると、バンブル氏は驚くほどの身の軽さでワインの壜のところへ飛びのき、大仰にその埃を払いはじめた。寮母は怒ったように「誰？」と訊いた。このとき彼女の声は、普段の職業的なとげとげしい調子を取り戻していた。これは、驚愕するようなことが起こると、極度の恐怖もたちまち吹き飛んでしまう興味深い実例として注目に値する。

「寮母様、申し訳ないのですが」よぼよぼの、ひどく醜い老婆の収監者が、ドアから顔をのぞかせていった。「サリー婆さんが息をひきとりそうで」

「そう。だから何なの？」いらいらして寮母はいった。「いくら私でも、人が死ぬのをとめることはできないわ」

「もちろんです」老婆はいった。「もちろんできません。もう手遅れです。私は、赤ん坊から頑丈な男まで、いろんな人間が死ぬのを見てきました。だから、お迎えが来たかどうか、ちゃんとわかります。そうではなく、何か思い悩んでいる様子なんです。死の発作が止むと——いまにも死にそうなので、発作が治まることは稀ですが——あなたにどうしても打ち明けたいことがあると、そういうのです。寮母様に来ていただかなくては、サリー婆さんも安らかに眠れないと思うんです」

こういわれたコーニー夫人は、死ぬ段になっても目上の者を煩わせる老婆たちにさんざん悪態をついてから、厚いショールを取ってそれに身をくるみ、何か妙なことが起こるといけない、戻るまで待っていてくれと手短にバンブル氏に頼んだ。そして、「のろのろ歩かないでね」とか「階段を上るだけで一晩かかるんじゃ、たまらないわよ」などといいながら、しぶしぶ老婆について部屋を出ていった。彼女はいつまでもぶつくさ文句をいっていた。

一方、バンブル氏は一人きりになると何とも妙な行動に出た。彼は戸棚を開けてティースプーンを数えたかと思うと、角砂糖ばさみの重さを計ったり、銀製のミルクポットをじっと眺めて本物の銀か確かめたりした。そして調査に満足すると、三角帽を斜めにかぶってテーブルの周囲をどたばたと四回、跳ねまわった。この異常な行動の後、彼は三角帽をふたたび脱ぎ、暖炉に背を向けてのびのびと椅子に腰を下ろした。その様子は、心のなかでせっせと家具の目録でも作成している風に見えた。

第24章　卑小な出来事の手短な報告であるが、この物語にとって重要な一幕であることが後に判明する

寮母の部屋の静けさを破ったのは、いかにも死神の使いといった風采の老婆だった。老いのために体は曲がり、中風のために手足は震えていた。口に歯はなく、顔は歪み、自然の創造物にはとても見えなかった。画家が鉛筆でなぐり描きしたグロテスクな絵画を思わせた。

悲しいことであるが、自然の手になる人の顔がいつまでも美しく、いつまでもわれわれを喜ばせることは滅多にない。この世の気苦労や悲嘆、飢えが、人の心を変えると同時にその面貌まで変えてしまうからだ。このような受難が止み、人がそこから解放されるのは、不穏な雲が晴れて天国が姿を現すのを待つ以外にない。死者の顔が——死後の硬直がはじまっていても——まるで子供の寝顔のようになり、若返って見えるという話をしばしば耳にする。そんなとき、亡き人の幸福な幼年時代を知る人

は、死者があまりに穏やかで安らかな表情をしているので、畏怖のあまり棺の横にひざまずく。天使の姿をそこに見るような気がするのだ。

老婆は寮母の小言に対し、よく聞き取れぬ返事をぶつぶつと返しながら、おぼつかない足取りで廊下を進み、階段を上った。しかし、やがて息が上がって立ちどまった。彼女は燭台を渡し、後から行くといって寮母を先に行かせた。敏捷な寮母はさっさと病人のいる部屋に向かった。

そこはがらんとした屋根裏部屋で、奥ではロウソクが弱々しく燃えていた。ベッドわきには付き添いの老婆がいた。暖炉の近くには教区の薬屋の助手がたたずみ、鳥の羽根でつま楊枝をこしらえていた。

「寒い晩ですね、コーニーさん」寮母が来ると若い紳士がいった。

「本当にそうですわね」ひどく慇懃（いんぎん）に女主人は答え、膝を曲げてお辞儀をした。「出入りの商人に、もっと上等な石炭を持って来るよういうべきですよ」代理の薬屋はそういって、錆びた火かき棒で燃えた石炭の山を崩した。「寒い晩には、こんな石炭じゃ役に立ちゃしません」

「委員会が選んだのですよ」寮母がいった。「せめて、部屋くらい暖かくしてほしいものだわ。そうでなくともいろいろと不便なんだから」

このとき病人がうめいたので、会話は中断された。

「おっと」病人の存在などすっかり忘れていたように、若い男は病床をふり返った。「まもなくですよ、コーニーさん」

「そうなんですか？」寮母が訊いた。

「まあ、あと二時間はもちますまい」つま楊枝をせっせと尖らせながら、薬屋の助手はいった。「体は、どこもかしこもだめになってますのでね。眠っているかい？」

付き添いの老婆はベッドにかがみこみ、眠っていることを確かめ、うなずいた。

「そっとしておけば、このまま往生するでしょう」若い男はいった。「ロウソクは床に下ろそうか。そうすれば患者の目に光が入らないから」

付き添いの老婆はいわれた通りにしたが、病人はまだ死なないだろうという風に頭をふった。それから——さきほどようやく部屋にたどり着いた——もう一人の老婆の横にふたたび腰を下ろした。寮母はいらいらした様子でショールを体に巻き、寝台の足元に座った。

代理の薬屋はつま楊枝を完成させ、暖炉の前に来て、十分ほど火に当たっていたが、まもなく退屈した様子で「あとはよろしくどうぞ」といい残し、こそこそと立ち去った。

残された人々はしばらく無言で座っていた。二人の老婆が立ち上がり、暖まろうと、暖炉にかがみこんで皺だらけの手をかざした。皺だらけの老婆の顔を、炎は不気味に照らし出した。醜い姿はいっそう化け物じみて見えた。化け物たちはひそひそと話をはじめた。

「アニー、私がいないあいだ、病人は何かいったかい？」寮母を迎えに来た老婆が訊ねた。

「何にも」もう一人の老婆が答えた。「ちょっとのあいだ腕をかきむしっていたけどね、私が押さえつけると、すぐに寝てしまったよ。彼女、もう力が出ないから、静かにさせるのもそんなに骨が折れないね。私も年だし、教区の世話にもなっているけどさ、まだまだ元気だよ、この通りね」

「お医者さまが、ホットワインを飲ませるようにいってたけど、飲んだのかい？」一人目の老婆が訊ねた。

「飲ませようとはしたよ」もう一人が答えた。「だけど、歯を食いしばって、マグをきつく握って放さないんで、取り戻すのもやっとだったね。しょうがないから私が飲んだよ。おかげでいい気持ちさ！」

話を聞かれていないか、そっとふり返って確認すると、二人の魔女はさらに火のそばへ近寄り、さも愉快そうにくすくす笑った。

「たしか以前も」一人目の老婆がいった。「あの人が同じようなことをして、後で大笑いしたことがあったね」

「そうそう、そうだった」もう一人が答えた。「愉快な人だった。蠟人形みたいにきれいに死化粧させてね、あの人くらい大勢の死者を見送った人はいなかったわ。ずっと昔に、私もこの目で見て、この手で仕事をしたわ。何十ぺんもあの人の助手を務めたんですもの」

老婆はそういって震える手を突き出し、誇らしげに顔の前でふってみせた。それから ポケットをごそごそやって色褪せた年代物のブリキ缶を取り出すと、友人と自分の手のひらに嗅ぎタバコをひとつまみ落とした。老婆たちが世間話をしているあいだ、寮母はじれったい思いで病人が昏睡から覚めるのを待っていたが、やがて暖炉のそばの老婆たちのところへ行き、あとどれくらい待てばいいのだと詰問した。

「もうじきですよ」二人目の老婆は寮母の顔を見上げていった。「急がずとも死神はじきに来ます。辛抱が肝心ですよ。私らみんな、お迎えはそう遠い先のことじゃありません」

「ぼけ老人はお黙り！」ぴしゃりと寮母はいった。「マーサ、病人はずっとこうなの？」

「まあそうですね」一人目の老婆が答えた。

「二度はないですよ」二人目の老婆が口をはさんだ。「つまりね、目を覚ますのはあと一度だけ。でも気をつけないといけません。どうせすぐに死んじまいますからね」

「すぐでも何でも」寮母は憤然としていった。「病人が目を覚ましたとき、私はもういないわ。お前たち二人にいっておくけどね、くだらないことで私を煩わさないでちょうだい。施設のばあさんが死ぬのを看取るのは、私の仕事じゃないの。厚かましいにもほどがあるわ。今度ふざけたことをしたら、ただじゃおかないからね。よく覚えておきなさい」

寮母が足早に出ていこうとしたとき、ベッドのほうを向いた老婆二人が大声を上げた。寮母は思わずふり返った。病人が体を起こし、こちらに手をのばしていた。

「誰なの？」うつろな声で病人は叫んだ。

「声を出さないで」老婆がかがみこんでいった。「横になってなくちゃだめよ」

「今度横になったらもう命はないよ！」抵抗して病人はいった。「話させておくれ！どうかもっとそばへ！　内密の話があるんですから」

病人は寮母の腕をつかみ、彼女を無理やりにベッドわきの椅子に座らせた。だが、話をはじめようとすると、二人の老婆が聞き耳を立てて身を乗り出すようにしているのに気づいた。

「あの二人を追い出して」眠そうに病人はいった。「早く！　急いで！」

二人の老婆は声を揃えて、かわいそうにこの人は友人のこともわからなくなってしまったと嘆き悲しんだ。そして、さまざまな理由をつけて、部屋を出て行くわけにはいかないと頑張った。が、寮母は二人を部屋から追い出し、ドアを閉め、ベッドのところへ戻った。追い出された老婆たちは態度を豹変させ、サリー婆さんは酔っ払っているのだ、と鍵穴からどなった。確かにそれはありそうなことだった。というのも、薬屋が処方した少量の阿片に加え、ジンの水割り――親切な老婆たちが寛大にも、こっそりと彼女に飲ませたのだった――を少しばかり飲んでいたからである。その効き目は現れていた。

「私の話というのはこうです」瀕死の女は大きな声を出した。まるで、残った最後の力を必死に絞り出そうとするかのように。「この部屋の、このベッドでした。昔、きれいな若い女の人がこの施設に運びこまれたのです。歩き通しだったのでしょう。足は切り傷やあざだらけで、全身が土や血で汚れていました。私はその人の看護をしました。その人は男の子を産み、それから死にました。ええと、あれは何年前のことだったかしら――」

「いつだっていいわ」気の短い聞き手はいった。「彼女がどうしたの？」

「ええ」病人はふたたび眠気に襲われ、小声でいった。「彼女が何でしたっけ？　ええっと、そうそう！」老婆は激しく飛び上がった。顔は上気し、目玉は飛び出さんばかりだった。「私は、あの人のものを、盗んだの！　その人はまだ冷たくはなかったわ。そう、私が盗んだとき、まだ体は温かかった！」

「それで一体、何を盗んだっていうの？」助けてくれといわんばかりの身ぶりで寮母は訊いた。

「あれよ！」寮母の口を手でふさいで老婆は答えた。「持ち物といえばあれだけだった。寒さをしのぐ服も、飢えを満たす食べ物もないのに、あれだけは大事そうに胸のところに隠してた。金です。立派な金でした。売れば死なずにすんだでしょうに」

「金！」寝台に倒れた老婆の上に思わず身を乗り出して、寮母はくり返した。「それで、それで、それからどうしたの？　その若い母親はどこの誰なの？　それはいつのことだったのかしら？」

「その人は、大事にしまっておいてくれと、その金を私に託しました」苦しそうにうめいて、老婆は答えた。「私のほか、部屋には誰もいなかったのです。私を信じるしかなかった。でも、彼女が首に下げたその金を見せたときから、私は盗むつもりでした。子供が死んだのも、多分、私のせいなんです。真相がすっかり知れていたら、子供もずっとよい扱いを受けたでしょうからね」

「真相って何なの？」寮母が訊ねた。「さあ、話してちょうだい！」

「男の子は成長すると、母親に生き写しでしたよ」老婆は質問に答えず、だらだらと話しつづけた。「あの子の顔を見るたびに、私は母親のことを思い出した。本当に気の毒な娘さん。あんなに若かったのに！　とっても優しい人だった！　ええと、それから何だっけ？　まだ話は済んじゃいないわね？」

「まだよ、まだ」寮母は相手の言葉を聞き取るために、顔を近づけた。瀕死の老婆の声はどんどん小さくなったからである。「さあ、急いで。手遅れにならないうちに」

「その母親は――」さっき以上に必死な様子で、老婆はいった。「その母親は、死の苦痛が彼女を襲ったとき、私の耳元でささやいたんです。もし子供が無事に生まれ、大きくなったら、いつの日か、哀れな母の名を聞いても、きっと恥ずかしい思いをせずに、済むだろうって。そして、彼女は細い手を組んで、いいました。『ああ、神様！　男の子でも女の子でも、どうかこの子が、苦難に満ちたこの世界で、友に恵まれますように。神よ、この寄る辺ない子供を憐れみ、慈しみください！』」

「男の子の名前は？」寮母が訊いた。

「オリバーと呼ばれていました」力なく老婆は答えた。「私が盗んだ金は——」

「ええ、どうしたの？」相手が訊ねた。

寮母は返事を聞こうと老婆の上にかがみこんだ。だが、すぐにぎょっとして身をひいた。老婆がふたたび、ぎこちない、緩慢な動作で起き上がったからである。老婆は両手で掛けぶとんを握りしめ、喉の奥で何事かつぶやき、突っ伏した。そして死んでしまった。

＊　＊　＊

「死んでる！」部屋のドアが開くと駆けこんで来た老婆の一人がいった。

「結局、何もいわずじまいよ」平然と部屋を出て行きながら、寮母はいった。

老婆二人は、死者を見送るための準備に大わらわで、返事をする余裕もない様子だった。寮母が出ていった後も、彼女たちは遺体のまわりを右往左往していた。

第25章　フェイギンとその仲間たちに話は戻る

　さて、地方の救貧院でこうした一幕が進行しているあいだ、フェイギンはおんぼろの隠れ家――ナンシーがオリバーを迎えに来た家――で、弱々しい火がくすぶっている暖炉を前に、じっと考えこんでいた。膝にはふいごが載っていた。そのふいごで火を勢いよく燃え立たせるかと思いきや、そうはしなかった。彼は腕を組み、親指であごを支え、錆びた暖炉の格子をぼんやりと見つめながら一心に考えごとをしていた。

　フェイギンの背後のテーブルでは、勝負師ドジャー、チャーリー・ベイツ、チトリングらが席につき、ホイスト[1]に精を出していた。ドジャーは透明人間の相棒とともに、チャーリーとチトリングのペアと対戦していた。ドジャーの表情は――いつだって抜

1　四人で行うトランプのゲーム。ブリッジの前身である。

け目ない感じであったが、今日は一段と――迫力があった。勝負の行方を追う眼差しは真剣そのもので、チトリングの手に神経を集中し、ときどき鋭い視線を送っている。相手のカードを盗み見て、巧みに自分の手札を調整しているのだ。その晩は冷えこんでいたのでドジャーは帽子をかぶっていた。もっとも彼の場合、屋内でも帽子を脱がないのが通例であったが。そして口には陶器のパイプをくわえていた。一座のために用意されたジンの水割りが入った一クォート壜に手をのばすとき以外は、決してそのパイプを口から離すことはなかった。

チャーリーもゲームに真剣だった。とはいえ、しっかり者の友人より落ち着きがなく、頻繁にジンの水割りに手を出しては、冗談やどうでもいい話に花を咲かせていた。頭脳戦である三回勝負にはどう考えてもふさわしからぬ態度だった。事実、ドジャーは――親しい間柄でもあることだし――一度ならず二度三度と、チャーリーの不真面目さに苦言を呈した。しかしチャーリーは、このように注意されても少しも悪びれず、「くたばれ」とか「袋に頭をつっこみやがれ」とか、気の利いた言葉で友人に応酬していた。チトリングはそんな友人の軽妙な返答に舌を巻いていた。ただし勝負では、チトリングとその相棒は毎回負けた。負けたが、チャーリーは機嫌を損ねるどころか、ばかに愉快そうだった。勝負がつくたびに大笑いして、「生まれてこのかた、こんな面白え勝負はしたことがねえぜ」などといった。

「ダブルを二回も取られた。完敗だ」チョッキのポケットから半クラウン[2]を取り出し、浮かぬ顔でチトリングはいった。「ジャック、お前は本当に凄腕だ。全勝しちまうんだからな。チャーリーと俺は、せっかく強いカードが手に入っても、そのカードがうまく使えやしない」

彼は無念な様子でこういった。すると──その事実が愉快なのか、それともチトリングの口調が愉快なのか不明であったが──チャーリー・ベイツはひどく面白がり、げらげら笑い出した。この笑い声に、考え事をしていたユダヤ人は我に返り、どうしたんだと訊ねた。

「どうしたって、フェイギン」チャーリーがでかい声でいった。「勝負を見ててほしかったぜ。トミー・チトリングの野郎が一勝もできねえのよ。俺がトミーとペアで、ドジャーと透明人間を相手に勝負したんだけどさ」

「ほうほう!」さもありなんといわんばかりに、ユダヤ人はにやりと笑った。「ようし、トム。もう一勝負どうだい?」

2 二シリング六ペンスに相当する銀貨。

「いやいや、俺はごめんだ、フェイギン」チトリングは答えた。「もう十分だ。ドジャーのやつ、ばかについてる。とてもかなわない」

「はは！」ユダヤ人はいった。「ドジャーに勝とうと思ったらな、毎朝早起きすることだ」

「そうだぜ！」チャーリー・ベイツがいった。「寝るときもブーツは履いてなくちゃ。それから、目ん玉に望遠鏡をくっつけて、肩にオペラグラスをぶら下げるんだ。そうでなきゃドジャーにゃかなわんよ」

ドーキンズ氏は超然としてこの大仰な賛辞を受け流し、一シリングを賭けて絵札当てをやろうといい出した。だが挑戦する者はなかった。パイプのタバコはすっかり灰になっていたので、ドジャーは独特の甲高い口笛を吹きながらテーブルに――さっきまで点棒代わりに使っていた――チョークのかけらで、ニューゲート監獄の平面図を描き出した。

「まったく、トホホな野郎だよお前は。トミー」しばしの沈黙の後、不意に手をとめたドジャーがチトリングにいった。「フェイギン、こいつが何を考えているか、わかるかい？」

「わしにわかるわけないよ」ふいごでせっせと風を送りながら、ユダヤ人はふり返っていった。「さしずめ、負けて失くした金のことか、このあいだまでいた片田舎のことでも考えてるんじゃないかな？　はは！　違うかい？」

「ところが、そんなことじゃ全然ないのさ」チトリングが何かいいかけたのをさえぎって、ドジャーはいった。「よし、チャーリー、お前はどう思う？」

「それじゃあ、いおう」チャーリーはにやにやして答えた。「こいつはベットに首ったけなのさ。そうら、赤くなった。まったく笑わせてくれるぜ。恋に落ちたトミー・チトリングだとよ！　フェイギン、こいつは一興だぜ！」

チトリングが恋の虜になっていると考えただけでも愉快でたまらないチャーリーは、椅子に激しく倒れこみ、バランスを崩して床に投げ出された。彼は——椅子から転げ落ちても——しばらく床で大の字で笑いつづけ、ようやく笑いが収まり椅子に座り直したのも束の間、ふたたび笑い出した。

「やつは放っておけばいいさ」ユダヤ人はいった。そしてドジャーに目配せをし、ふいごの口の部分でいい加減にしろという風にチャーリーをぽかりとやった。「ベットはいい娘だ。彼女を逃すなよ、トム。逃しちゃいかん」

「聞いてくれ、フェイギン」チトリングは顔を真っ赤にしていった。「これは俺だけの問題だ」

「もちろんそうさ」ユダヤ人が応じた。「チャーリーは、なんだかんだいうさ。だが気にすることはない。気にしないことだ。ベットはいい娘だ。彼女のいうことをちゃんと聞くんだぞ、トム。そうすれば、きっとお前はひと財産こしらえる」

「俺はいつも、彼女のいう通りにしているよ」チトリングはいった。「彼女がそうしろというから、俺は刑務所へ行ったんだ。だが、それであんたは助かったわけだ。そうだろ、フェイギン！　たった六週間だよ。どうせいつかはブチこまれるんだ。しかも、誰も外に出たがらない冬の六週間だ。なあ、フェイギン？」

「そうとも」ユダヤ人は答えた。

「もう一度ぶちこまれても平気かい？」チャーリーとフェイギンに目配せしながら、ドジャーが訊いた。「もしベットが構わないというなら」

「ああ、平気だ」憤然としてトムは答えた。「さあさあ、こんな度胸のあるやつがほかにいるかね？　いたらぜひともその名を聞きてえもんだよ。なあ、フェイギン？」

「ほかにいるわけないさ」ユダヤ人は応じた。「一人もね。お前のほかに、そんなことできるやつはいやしない。誓っていえるよ」

「ベットを裏切れば、俺は捕まらずにすんだ。そうだろ、フェイギン？」愚鈍なお人よしのチトリングは、腹立たしげにつづけた。「俺がちょっと口を割れば、俺は助かった。そうだろ、フェイギン？」

「まったくその通り」ユダヤ人はいった。

「だが、俺はそうしなかった。そうだろ、フェイギン？」トム・チトリングは早口でまくしたてた。

「そう。立派なもんだ」ユダヤ人はいった。「お前は本当に根性があるよ。実に肝がすわっている」

「かもな」トムはそういって、周囲を見まわした。「しかし、もしそうなら、何を笑うことがある？　えっ？　フェイギン」

チトリングがえらく憤っているのを察知したユダヤ人は、慌てて「誰も笑ってなどおらんよ」と相手をなだめすかした。彼は、一座の空気が厳粛そのものであることを証するため、こうした事態を招いた元凶のチャーリー・ベイツは「俺は真剣そのものだ」といおうとした矢先に、激しい発作に襲われた。彼は笑い出し、侮辱されたチトリングはいきなり駆け出すと、不届き者に殴りかかった。が、逃げ足の速いチャーリーはひらりと身をかわしたので——彼の計算通りに——チトリングのパンチは陽気な老紳士の胸に決まった。フェイギンは壁のほうへとよろけ、ぜーぜーとあえいだ。チトリングはその光景をうろたえた様子で見ていた。

「しっ！」そのときドジャーが叫んだ。「ベルが鳴った」彼は燭台をつかみ、忍び足で階段を上っていった。

急かすようにふたたびベルが鳴った。ほかの者たちは暗闇の中で待った。ドジャーはまもなく戻って来て、ひそひそとフェイギンに耳打ちした。

「何だって！」ユダヤ人がいった。「やつだけか？」

ドジャーはそうだとうなずいた。それからロウソクの光を手でさえぎり、チャーリーにこっそりと、もう馬鹿笑いするなよと無言で注意した。友人への忠言を済ませると、彼はユダヤ人の顔をまじまじと見て、指令を待った。

老人は黄色い指を口にくわえ、しばし考えこんでいた。動揺がその顔に表れていた。何かを恐れ、できれば最悪の事態など想像したくもない、そんな表情をしていた。やがて彼は顔を上げていった。

「やつはどこにいる？」

ドジャーは上の階を指さし、部屋を出て行こうとした。

「よし」無言の問いかけに答えてユダヤ人はいった。「やつを連れて来い。静かにしてろよ、チャーリー。トムもな。さあ、向こうへ行ってろ！」

フェイギンは、チャーリー・ベイツとその喧嘩相手に言葉少なに命じた。二人はすぐにおとなしく従った。何の物音も聞こえなかった。ドジャーが燭台を手に階段を下りて来た。彼の背後から姿を現したのは、粗末な仕事着姿の男だった。彼はさっと部屋を見まわして顔の下半分の覆いを取った。無精髭を生やして汗まみれの、憔悴しきった、伊達男のトビー・クラキットの顔が現れた。

「やあ、フェイギン」ユダヤ人にうなずいてみせて、この大泥棒はいった。「おい、ドジャー、この布切れを俺の帽子に放りこんでくれ。そうすりゃ帰るとき探す手間がはぶける。よしっ、うまいぞ！　おめえは老いぼれ師匠より、ずっと腕のいい強盗になれるぜ」

こういいながら、彼は仕事着を脱いで腰に巻くと、暖炉のそばへ椅子を引き寄せ、暖炉の鍋おきに足を載せた。

「見てくれ、フェイギン」悄然とした様子でブーツを指さし、彼はいった。「仕事に出て以来、靴墨を塗る暇すらなかった。頼むからそんな目で見ないでくれ。焦らず、まず食べ物と飲み物をくれ。仕事の話は食事が済んでからさ。食べ物らしい食べ物を頼むぜ。こちとら三日もろくに食えてねえんだからな」

食べ物をテーブルまで運ぶよう、ユダヤ人はドジャーに合図した。それから、強盗の向かいに腰かけ、相手の話し出すのを待った。トビーに急いで話をしようという気配はなかった。フェイギンも最初はトビーの顔をじっと眺めるだけで満足していた。まるで、じっと眺めていれば、トビーがこれから話す話も見当がつくであろうという風に。しかし、そんなはずもなかった。トビーは疲れてくたくたに見えたが、普段と変わらぬ、余裕のある落ち着きも感じられた。泥や口ひげ、頬ひげで隠されてはいるが、彼の顔には、伊達男トビーらしい自惚れた、へらへらとした笑みも浮かんでいる。フェイギンは動揺するあまり部屋を行ったり来たりしながら、トビーが食べ物を口に運ぶ様をもどかしそうに見ていた。だが、トビーは少しも頓着することなく、平然とした様子で食べつづけた。やがて食べるものがなくなると、ドジャーに席をはずすよう命じ、ドアを閉め、ジンの水割りを作り、落ち着いて話し出した。

「フェイギン、まず最初に訊きたい──」トビーがいった。

「うん、うん」ユダヤ人は椅子を引き寄せていった。

クラキットはそこで言葉を切ると、水割りを一口飲んで、「このジンは上物だな」といった。それから、ブーツが目の高さに来るように低いほうのマントルピースに足を載せてから、つづけた。

「まず最初に訊きたいのは――」強盗はいった。「ビルのやつはどうしてるってことだ」

「なに！」椅子から飛び上がってユダヤ人は叫んだ。

「おいおい、まさか――」青くなってトビーはいった。

「まさか、じゃない！」激しく床を蹴ってユダヤ人はどなった。「あいつらはどこだ？　サイクスと子供は！　どこにいる？　どこに逃げた？　どこに身を隠した？　なぜここに戻って来ない？」

「しくじったんだ」トビーはおずおずといった。

「そんなことは知ってる」ユダヤ人はポケットから新聞を取り出して指でつついた。

「何があった？」

「家の連中が銃を撃ち、小僧に当たったた。俺たちは小僧をあいだに抱えて、家の裏手の原っぱを突っ切った。カラスが飛ぶようにまっすぐにな。そして、生垣と溝を越えた。だが連中が追いかけて来た。くそっ、どの家も騒ぎに気づいてな、犬にまで追いかけられた」

「小僧は！」ユダヤ人があえぎながらいった。

「ビルがおぶって風のように走った。その後、いったんとまって小僧をあいだに抱えた。頭ががっくり垂れて、体も冷たくなっていた。追手はすぐそばまで迫っていた。こうなりゃ自分の世話だけで精一杯だ。誰だって絞首台にゃ上がりたくねえ。俺たちはガキを溝に放り出し、二手に分かれた。小僧が生きているかどうかは知らん。これで、知ってることは全部話したぜ」

ユダヤ人はもう何もいわず、何も訊かなかった。大きな声でうめいて髪の毛をかきむしり、部屋から、家から、飛び出して行った。

第26章　謎の人物が登場し、この物語と深い関係のあるいろいろな出来事が起こる

老人は往来の角まで来ると、ようやくトビー・クラキットの知らせの衝撃から立ち直りはじめた。けれども――彼は普段より足早に歩いていたが――スピードを緩めることなく、猛々しい、動転した様子で歩きつづけた。とそこへ、猛烈な勢いで馬車が一台突っこんで来た。「危ない！」と通行人たちがありったけの声で叫んだ。フェイギンは慌てて歩道へよけ、難を逃れた。彼は大通りを避け、人目につかぬように横道や路地を進むことにした。そうしてとうとうスノー・ヒルまで来た。彼はここからかなり足早に進み、ふたたび別の路地へ入るまでスピードを緩めなかった。そして路地を曲がると、まるで自分の陣地に舞い戻ったように、いつものすり足になり、呼吸も楽になるように見えた。

スノー・ヒルとホルボーン・ヒルが接するあたり――シティを出て右方向――にサ

フロン・ヒルに通じる狭く陰気な路地があった。この路地の汚らしい商店には、さまざまなサイズや絵柄の、中古のシルクのハンカチが山のように売られていた。すりの盗品を買い取る商人たちが住む地域だった。何百というハンカチが窓の外の釘からぶら下がり、ドアの木枠のところでひるがえり、店内の棚には、それこそ山のように積まれていた。フィールド小路は狭い地域だが、床屋や喫茶店、居酒屋や魚のフライを売る店が居並び、独立した商業区とも呼ぶべきコソ泥たちの一大市場を形成していた。早朝や日暮れどき、人目を忍ぶように商人たちが訪れては、暗い店の奥で闇取引をして、ふたたびこそこそと帰っていくのだった。コソ泥の盗品を買い取ろうと、古着屋や靴の修繕屋、ぼろ布を売る連中が軒を並べる一方、汚れた地下の部屋では、くず鉄や動物の骨、かび臭いウールやリネンの布切れが山積みになり、朽ち果てるに任されていた。

ユダヤ人が足を向けたのはこのような場所である。血色の悪いここの住人と彼は顔なじみだった。彼がそばを通ると、店番をしている連中は親しげにうなずいてみせた。フェイギンも同じようにうなずき返したが、わざわざ足をとめることはなかった。やがて路地の突き当たりまで来た。そこでフェイギンは足をとめ、ある店舗の入口のところで、子供用の椅子に無理に体を押しこみ、パイプをふかしている小柄な売り子の男に話しかけた。

フェイギンの「元気でやっているかい？」という挨拶に、この立派な商人は「おや、あんたですかい、フェイギンの旦那。こりゃあ目の薬だ」といった。

「やあライブリー、この辺りは、ちょっとやばかったらしいな」フェイギンは眉を上げて、小男の肩に両手をおいた。

「そう、そんな話を一、二度聞きました」商人は答えた。「けどまあ、すぐに落ち着きますすよ。そうでしょう？」

フェイギンは相手の意見にうなずいた。そしてサフロン・ヒルの方角を指さし、「今夜、誰か来たやつがあるかね？」と訊いた。

「クリプルズの宿にですかい？」男が訊き返した。

ユダヤ人はうなずいた。

「ええと――」商人は頭をひねった。「五、六人ほど来てるようですがね。でも、あんたのお知り合いは、いなかったと思いますね」

「サイクスもかね？」当てがはずれた様子でユダヤ人は訊ねた。

「法律家のいう『所在不明』ってやつだね」小男は頭をふり、とびきりずるそうな顔をしていった。「今夜は、売っていただけるものは、ありませんかね？」

「今夜はないよ」ユダヤ人はそういうと離れていった。

「クリプルズへ行くんですかい、フェイギンの旦那？」小男はユダヤ人の背中に声をかけた。「ちょっと！　あすこでビールでも一杯どうかね？」

ユダヤ人はふり返り、一人にさせてくれという風に手をふった。小男は椅子から身を引き離すのに苦労していた。かくして、クリプルズはライブラリー氏来店の機会を逸した。ライブラリーが椅子から立ち上がったとき、すでにユダヤ人の姿はなかった。彼は背のびしてフェイギンの姿を探したが、もう遅かった。彼は向かいの店舗の女と、「どうも怪しい、きな臭い感じがするぜ」という風にうなずき交わしてから、浮かぬ顔でふたたびパイプをふかしはじめた。

スリー・クリプルズ亭――常連たちには単に「クリプルズ」の名で親しまれている――は以前、サイクスが自分の犬相手に喧嘩をした場面で登場した居酒屋である。フェイギンはバーカウンターにいる男に合図してすぐ階段を上った。そして二階の一室の扉を開けてそっと中に入ると、誰かを探している風に片手を目の上にかざして、きょろきょろと部屋を見まわした。

部屋はふたつのガス灯で照らされていた。とはいえ、窓にはしっかりと鎧戸が下ろされ、くすんだ赤色のカーテンも引かれていたので、部屋の光が外に漏れる心配はなかった。ランプの炎による変色を防ぐために天井は黒く塗られ、部屋には紫煙が立ちこめていた。そのため、部屋のなかに何があるのか、最初はよく見えなかった。しかし、開いたドアから紫煙が逃げ出し、次第に視界が晴れると――耳をつんざく騒音同様に混沌とした――人の頭の群れが現れた。そして目が慣れてくるにしたがい、長テーブルを取り囲むように、部屋を埋めつくしている無数の男女の存在が明らかになった。テーブルの上座には司会者が、商売道具の木槌を手に座っている。部屋の隅では、青みがかった鼻の、歯痛のせいで包帯を巻いたピアニストの男が、ピアノをかき鳴らしていた。

フェイギンが静かに部屋に入っていったとき、ピアニストは前奏曲を弾いていたが、聴衆が歌を大声でリクエストした。その声がやんで静かになると、一人の若い女性がリクエストに応えてバラッドを四番まで歌い、ピアニストは歌の合間に大音量で間奏曲を弾いた。歌が終わると司会者が感想を述べた。それから、司会者の左右にいた音楽家たちが二重唱をかって出た。歌い終わるとわれんばかりの拍手が起こった。

奇妙なことにこの一座には、一際目を引く顔ぶれが何人かいた。たとえば粗野で下品な感じがする図体のでかい司会者（この店の主人である）。この男は、歌のあいだ目をぎょろつかせ――ほかの観客たちと一緒に浮かれ騒いでいるように見えながらも――何一つ見逃さず、何一つ聞き逃すまいと、油断なく構えていた。それから、彼の周りの歌手たち。プロらしく客たちの世辞を涼しい顔で受け流し、騒々しいファンから差し出される水割りのグラスを次から次へと飲みほしていたが、その面容にはあらゆる種類の悪徳が刻まれ、不快な風貌ながらも人目を引かずにはいなかった。ありとあらゆる狡猾さ、野蛮さ、酔狂ぶりが、実に鮮やかにその顔に浮かんでいた。そして女たち。寄る年波には勝てずとも、かろうじて往年のみずみずしさをとどめている者もあれば、女らしさを完全に失い、自堕落な生活と犯罪の忌まわしい香りだけを漂わせている者もいた。なかには、まだ年端もいかぬ少女、人生の盛りはまだこれからという若い婦人の姿もあった。このわびしい光景をとりわけ陰鬱に見せているのは彼女たちの存在であった。

この余興が進行しているあいだ、フェイギンは大した動揺も見せず、人々の顔という顔をじろじろ見まわしていた。が、目当ての顔は見つからなかったらしい。椅子に座った司会者の男の視線をとらえると、フェイギンはそれとなく手招きして、ふたたびそっと部屋の外へ出た。

「どんなご用でしょう、フェイギンさん」フェイギンと一緒に階段の踊り場まで来て、男はいった。「加わりませんか? みんな歓迎だと思いますよ」

ユダヤ人はもどかしそうに頭をふり、小声でいった。「やつは来てるかい?」

「来ていません」男が答えた。

「バーニーの消息は?」フェイギンは訊ねた。

「音沙汰なしです」店主はいった。「すっかり安全になるまで動かんでしょうな。サツがあの辺を嗅ぎまわっているはずですから、今動けば、たちまち事が露見する。バーニーのやつは大丈夫ですよ。何かあれば、必ず私の耳に入る。バーニーがうまくやっていることは私が保証します。やつに任せるしかないですよ」

「それで、やつは今夜、来ると思うかい?」さっきと同様やつという言葉を強調してユダヤ人は訊ねた。

「モンクスのことですね?」店主はためらいがちに訊き返した。

「しっ!」ユダヤ人はいった。「そうだ」

「来ますよ」チョッキから金時計を取り出して、男はいった。「もう来ててもおかしくないんですがね。もう十分もすればきっと――」

「いや、いいんだ」急いでユダヤ人はいった。まるで、その人物に会いたいのは山々だが、いなくてほっとしている、という風に。「わしが会いに来たと伝えてくれ。そして、今夜わしのところへ来るように伝言を頼む。いや、今夜でなく明日にしよう。

まだここに来ていないなら、明日のほうがいいだろうから」

「承知しました」男はいった。「ほかにもなにか？」

「いや、今はない」階段を下りながらユダヤ人はいった。

「ちなみに」店主は階段の手摺りごしに、しゃがれた小声でいった。「サツにたれこむいい機会だと思うんですがね。今ここに、フィル・バーガーが来てる。へべれけに酔っ払ってるんで、小僧一人でも捕まえるのはわけない」

「ほう！　だが、まだその時機じゃない」ユダヤ人が見上げていった。「フィルにはまだやってもらうことがある。やつとお別れするのは、それからでいい。さあ、部屋に戻ってくれ。せいぜい今のうちに楽しんでおけ、と皆に伝えてくれ。ははは！」

店主は老人と声を合わせて笑い、客たちのもとへ引き上げた。一人きりになると、ユダヤ人はすぐにまた不安そうな険しい表情に戻った。ちょっと考えこんでから二輪馬車を呼びとめると、馭者にベスナル・グリーンまで行くよう命じた。そしてサイクスの住居まであと数百メートルという場所で馬車を下り、残りの距離を歩いた。

「さあ」家のドアをノックしながらユダヤ人はつぶやいた。「もしわしに隠し事でもあるなら、お前がどれほど知恵者だろうと、かならず暴き出してくれる」

取り次ぎの女が彼女は部屋にいるというので、フェイギンはそっと階段を上り、ノックもせずに部屋に入った。部屋にいるのは娘だけだった。彼女はテーブルに突っ伏していた。髪の毛がだらしなくテーブルに垂れていた。

「酔っているな」ユダヤ人は冷淡に思った。「あるいは、ただ打ち沈んでいるだけか」

こんなことを考えながら老人はドアを閉めた。その音で娘は顔を上げた。彼女は相手のずる賢そうな顔をじっと眺め、それから、何か新しい知らせがあるかと訊ねた。彼女は、老人がトビー・クラキットの報告をくり返すのをじっと聞いていた。聞き終わると、何もいわずにふたたびテーブルに突っ伏し、燭台を乱暴にわきへどけた。一、二度、興奮した様子で姿勢を変え、床にのばした足をもぞもぞさせたが、それだけだった。

沈黙がつづくあいだ、ユダヤ人はそわそわと部屋を見まわした。サイクスがこっそり戻っていないかどうか確認しているように見えた。その後、検分の結果に満足した様子で二、三度咳払いすると、何とか彼女と話をしようと努めた。しかし娘は、相手を石か何かと思っている風に無視しつづけた。フェイギンは別の手を使うことにした。彼は両手をもみ合わせ、猫なで声でこういった。

「お前はビルのやつがどこにいると思うね？」

娘はかろうじて聞き取れる声で、「知らない」とうめくようにいった。彼女からもれ出る苦しそうな息遣いから推して、泣いているらしかった。

「それにあの小僧」相手の顔が見えないかと、目をこらしながらユダヤ人はいった。

「本当にかわいそうになあ！　溝に置き去りにされたなんて。なあ、ナンシー」

「あの子は」いきなり顔を上げて娘はいった。「私たちと暮らすより、そのほうがよかったのよ。ビルが面倒なことにならないなら、あの子は溝の中で死んで、そこで朽ち果てたほうがましよ」

「なんだって！」びっくりしてユダヤ人はいった。

「本当にそう思うわ」相手の目を見て、娘はいった。「私の目の前から消えて、もう死んじゃったと聞けば、私はむしろ嬉しいの。そばにいられるほうが辛いわ。あの子を見ていると自分が、あんたたち全員が、憎らしくなるから」

「ふんっ！」小馬鹿にするようにユダヤ人はいった。「酔ってるな」

「私が？」憎しみをこめて彼女はいった。「私が酔っていなくたって、あんたのせいじゃないわ。普段はあんたの都合で酔っ払わされているけど、今は酔ってない。こんな皮肉はお気に召さないかしらね？」

「召さないね」憤然としてユダヤ人は答えた。「気に入らんな」

「気に入るよう努力なさいな」娘はそういって笑った。

「努力しろだと！」その晩のいらいらした気分も手伝い、ユダヤ人は相手の強情さに業を煮やして叫んだ。「いいかよく聞け。この淫売め！　わしがちょいと口をきけば、サイクスのような野郎など、すぐに絞首台行きなんだ。わしがこの手でやつの首を絞めるのと同じだ。それで確実にあの世行きだ。もしやつが小僧を見捨てて帰ってみろ。死んでようと生きてようと、小僧をわしに返さなかったら、ただじゃ済まん。もしお前がやつを絞首台に上げたくないというなら、お前が殺すしかないぞ。それも、やつがこの部屋に足を踏み入れたらすぐにな。ぐずぐずしてると手遅れになる」

「一体どうしたっていうのよ？」思わずナンシーは訊ねた。

「どうした、だと？」フェイギンは激昂していった。「わしにとってな、あのガキは何百ポンドもの値打ちがあるのだ。もう少しでその大金がふところに入るってときに、酔いどれのチンピラの気まぐれで、それがふいになりそうなんだぞ。その気になれば、いつでも殺せるごみ野郎のせいでな！　こいつはな、生まれながらの悪魔との契約なんだ。やる気になれば、何だってやれる、悪魔との――」

息を切らして老人は口ごもった。激昂のあまり口をすべらせたことを反省し、態度をがらりと変えた。一瞬前まで、握りしめた拳をふり上げ、目をかっと見開き、興奮のあまり青い顔をしていた彼だったが、ふたたび背中をまるめて椅子に腰を下ろした。

そして、口にしてはならぬ秘密をうっかり漏らしたのではないかと考え、ぶるぶると震えた。しばしの沈黙の後に、彼は思い切ってナンシーをふり返った。さきほどと変わらず、物憂げなナンシーがそこにいたので、彼はいくぶんほっとした様子だった。

「ナンシーや」いつものしゃがれ声に戻って彼はいった。「気に障ったかい?」

「心配しないでいいわ、フェイギン」力なく顔を上げて娘はいった。「今回しくじったにしても、ビルはまた懲りずにやる。あなたのために、これまでもいい仕事をしてきたんだし、これからもそうだと思う。でも失敗もある。それをあれこれいっても、はじまらないわ」

「あの小僧のことだがね」そわそわした様子で、両の手のひらをこすり合わせながらユダヤ人はいった。

「あの子がどうなるかは運次第。ほかの連中と同じよ」ナンシーが素早く口をはさんだ。「もう一度いうわ。私はね、あの子は死んだほうが幸せだと思う。そうして、悪事やあんたたち悪人の手の届かないところへ行くほうが、ずっと幸せだと思う。もし、ビルに面倒が起きないなら。トビーがうまく逃げたなら、ビルもきっと無事よ。ビルはいつだってトビーの倍はしっかりしてるもの」

「わしの話したこと、どう思うね?」ぎらぎらした目で彼女をじっと見つめながら、ユダヤ人は訊いた。

「何か頼みごとがあるなら、もう一度最初から話してほしいわ」ナンシーは答えた。「でも、今すぐじゃなくて明日にしてちょうだい。一瞬目が覚めたけど、今はまた頭がぼんやりしてるから」

フェイギンはさらにいくつか質問した。自分が口をすべらせたことの中身を、彼女が理解しているか確認するためである。だが、彼女はためらいなく質問に答え、探るような彼の目つきに少しも動じなかった。かくして、ナンシーがしたたか酔っているという最初の印象は確信に変わった。ユダヤ人の女弟子の大勢が酒浸りだった。ナンシーも例外ではなかった。年端もいかぬうちから、禁止されるどころか、どんどん飲めと推奨されてきたからだ。朦朧とした様子、部屋に充満したジンの臭いは、ユダヤ人の推測が正しいことを十二分に証していた。先述のごとく、一時的に激した後に、ナンシーはふたたび沈みこんだ。しばらくするとさまざまな感情に襲われた模様で、一分ほどもしくしく泣いていたと思うと、今度は「諦めるな！」とどなったり、「幸せなら多少の不平等がなんだ」とわめいた。こうした事態に関して、当代きっての専門家であるフェイギンは、彼女が相当に酔っていることを確認して大いに満足した。

この発見に胸をなでおろし、ナンシーにクラキットの情報を伝え、サイクスが戻っていないことを自分の目で確認するという目的を達したフェイギンは、テーブルに突っ伏して寝ている彼女をそのままにして自宅へ足を向けた。

午前零時まで一時間を切っていた。真っ暗な、刺すように寒い晩で、うろつきまわるにはありがたくない天気だった。往来を吹き抜ける身を切るような風は、砂や泥同様に、通行人も吹き飛ばしたのではないかと思われた。それほど人の姿はまばらだった。わずかな通行人も、家路を急いでいるのは明らかだった。風はユダヤ人の真後ろから吹いており、突風は荒々しく彼を急き立てた。彼は震えながら前進した。

家の近所の曲がり角まで来て、ポケットに手を入れて玄関の鍵を探っていたときである。闇に沈んだ一軒の家の玄関口から黒い人影がぬっと現れると、通りを横切り、音もなくユダヤ人に忍び寄った。

「フェイギン！」その影は耳元でささやいた。

「あっ！」はっとしてふり向いて、ユダヤ人はいった。「お前は――」

「そう、俺さ」相手はぶっきらぼうな調子でいった。「二時間も待ったぜ。一体、どこへ行ってた？」

「あんたに頼まれた件で」落ち着かぬ様子で相手を眺め、歩く速度を落としてユダヤ人はいった。「一晩中、あんたに頼まれた件で、動いてたのさ」

「フェイギン！」その影は耳元でささやいた。

「そうか。まあ、そうだろう」相手はそういって鼻で笑った。「うん。それで、どんな具合だ？」

「あまりうまくないな」ユダヤ人はいった。

「でも、まずくもないんだろう？」相手はそういって言葉を切り、驚いた顔でフェイギンをふり返った。

ユダヤ人は首をふり、何かいいかけたが、相手の男はそれをさえぎり、まずなかに入ろうという身ぶりをした。二人はもうフェイギンの隠れ家の前まで来ていた。話のつづきは家に入ってやろうというのだった。長時間、風に吹かれながら待っていたので、血がすっかり冷え切っていたのである。

フェイギンはこんな時間に客を家にあげるのは不本意な様子だった。彼は暖炉に火が入ってないとか何とかぶつくさいっていたが、相手が入れろと横柄にくり返すので仕方なくドアを開けた。そして、自分はロウソクを取ってくるから、ドアをそっと閉めるようにと相手の男に頼んだ。

「墓穴みたいに真っ暗だな」男は手探りしつつ、そろそろと足を踏み出した。「早く明かりをくれ」

「ドアを閉めてくれ」廊下の奥からフェイギンが小声でいった。その瞬間、ドアは大きな音をたてて閉まった。

「俺が閉めたんじゃないぜ」そろそろと足を運びながら男はいった。「風で閉まったか、ひとりでに閉まったんだ。早く明かりを寄こせ。こんなぼろ家、どこに頭をぶつけるかわかったもんじゃない」

フェイギンは静かに地下の台所への階段を下り、まもなく火のついた燭台を手に戻ってきた。トビー・クラキットと少年たちは地階のそれぞれの部屋で寝ていた。フェイギンは男についてくるよう手招きして、階段を上がった。

「さあ、ここなら気がねなく話ができる」ユダヤ人はそういって二階の部屋のドアを開けた。「だが、鎧戸にいくつか穴が空いている。隣人が明かりに気づくとまずい。ロウソクは階段のところへ置いておくとしよう」

こういってユダヤ人は、部屋のドアの正面の、階下から二階への階段のところに行くと、しゃがみこんでロウソクを置いた。そして部屋に入った。部屋には、壊れた肘掛け椅子と、入口付近に置かれたカバーなしの年代物のソファをのぞけば、家具らしいものは何もなかった。客人はソファに疲れた様子で腰を下ろし、ユダヤ人は相手の向かいに肘掛け椅子を移動させて腰を下ろした。部屋は真っ暗ではなかった。ドアは半分開いており、階段のところのロウソクの明かりが弱々しく壁を照らしていた。

二人はしばらく小声でしゃべっていた。とぎれとぎれに、わずかな言葉が聞き取れるばかりで、話の内容までは判然としなかった。それでも、もし聞き耳を立てる人がいたとすれば、相手の男が何かいい、フェイギンがいいわけをしていること、相手の男がかなり怒った様子であることは、容易に理解できたであろう。彼らはこんな調子で十五分ばかり話し合っていたが、やがてモンクス――ユダヤ人は会話の中で、何度かこの謎の人物をそう呼んだ――は、少し声のボリュームを上げていった。

「しつこいようだが、そいつはまずい計画だったな。どうしてあの小僧をほかの連中と同じようにスリとして育てなかった？」

「理由は本人に訊いてほしいね！」肩をすくめてユダヤ人はいった。

「つまり、そうしようとしたが、できなかったってことか？」手厳しくモンクスがいった。「これまで何十回も、ほかのガキどもにはそうしてきたのにかい？ せいぜい十二カ月の辛抱じゃないか？ それから、サツに捕まえさせて、有罪にして、流刑にしちまえばよかった。それなら二度とイギリスの地を踏むこともなかろうよ」

「それで誰が得をしますかね？」控えめにユダヤ人が訊いた。

「俺はするよ」モンクスは答えた。

「けれど、わしには何にもならない」おだやかにユダヤ人はいった。「うまくやれば、あの小僧はわしにとっていろいろ利用できた。人と人が取引する場合、双方の利益を計るのが道理ってもんだろう。違うかね？」

「何がいいたいんだ？」モンクスは不機嫌に訊いた。

「あの小僧をスリに仕立てるのは、難しそうだったんでね」ユダヤ人がいった。「あの子は、同じような境遇のほかの小僧とは、どうも違ってた」

「くそっ！」男はいった。「さもなきゃ、とっくに盗人になってるってわけか」

「堕落させようとしたが、どうにもならなかった」不安そうに相手の顔色をうかがいながら、ユダヤ人はつづけた。「あの子は訓練をやりたがらないし、脅しつけても効果がない。脅しってのは最初にやらなきゃ意味がないんだ。わしに何ができたっていうのかね？　ドジャーやチャーリーと一緒に仕事に出せばよかったのか？　一度でこりごりだったよ。わしら全員捕まるんじゃないかと、震え上がったね」

「それは俺のせいじゃないだろう」モンクスがいった。

「もちろん、あんたのせいじゃないよ」ユダヤ人はくり返した。「今、そのことをどうこういうつもりもない。あの一件がなければ、あんたがあの子に目をとめて、あんたが探しているのがあの子だと、気づくこともなかっただろうからね。わしは手下の娘にあの小僧を奪還させた。すると今度は、その娘が小僧の肩を持ちはじめた」

「そんな娘は絞め殺せ！」いらいらしてモンクスがいった。

「いやいや、今はそんなことはできないよ」ユダヤ人はそう答えて微笑した。「それに、そういうのはわしらのやり方じゃない。でなきゃ、とっくにそうしちまってるよ。いいかね、モンクス、わしはああいう娘のことはよく心得てる。あの小僧がもっとたくましくなれば、その娘だって何とも思わなくなるさ。あんたの希望は、あの小僧を泥棒にすることだ。もし小僧が生きていれば、今からでも、やつを泥棒にするよう手をつくそう。だが、もしも――」相手に体を近づけてユダヤ人はいった。「まあ、そんな心配はないだろうが、万が一ってこともある。もしあの子が死んでいたら――」

「死んでても俺のせいじゃないからな」相手の男はぞっとした様子で、震える手でフェイギンの腕をつかんでいった。「いいか、フェイギン。俺はその一件と無関係だ。死んでほしいわけじゃないと、最初からいっておいたはずだぜ。流血はごめんだとな。そんなことをすれば必ず足がつくし、後味が悪い。もし撃たれて死んでも、俺のせいじゃないぞ。そうだろ？　こんなくそぼろ家なんぞ燃やしちまえ。うわっ、ありゃ何だ！」

「どうした」ユダヤ人は飛び上がり、両手で小心者の体を押さえつけていった。「どこだ？」

「あそこだ！」向かいの壁をにらみながら男はいった。「影が見えた。女の影だ。外套を着て、ボンネットをかぶってた。そこの羽目板のところを、風のように横切った！」

ユダヤ人は手を放した。二人は騒々しく部屋を飛び出した。ロウソクは――すきま風でだいぶ燃え、短くなっていたが――さっきフェイギンが置いた場所にあった。誰もいない階段と、青白い自分たちの顔以外、何も見えなかった。耳をすましたが何も聞こえなかった。家中が静まり返っていた。

「気のせいさ」ロウソクを手に取り、相手をふり返ってユダヤ人はいった。

「いや、間違いなく見たんだ！」震えながらモンクスはいった。「最初見たとき、前かがみでそこにいた。俺が声を出すと、飛んで逃げた」

ユダヤ人は相手の青ざめた顔を軽蔑するように眺めた。そして、自分についてくるようにいって階段を下りた。二人はすべての部屋をのぞきこんだ。どの部屋も寒々しく、がらんとして、人気がなかった。廊下に下りて、地下室ものぞいた。壁には緑色の苔が生え、カタツムリやナメクジのはった跡がロウソクの明かりできらきら光った。どの部屋も死んだように静かだった。

「さあ、どうだね？」廊下に戻るとユダヤ人はいった。「わしら二人のほかは、トビーと小僧たちがいるばかりだ。しかしやつらの仕業じゃない。これをご覧よ」——その証拠にユダヤ人はポケットから鍵を二つ取り出すと、自分が最初階段を下りたとき、会議に邪魔が入るといけないと思い、鍵をかけておいたのだ、と説明した。

こうした反証の数々を示され、モンクスは大いに動揺した。捜索はなおもつづけられたが、何の成果もなかった。モンクスはいつまでも声高に当初の主張をくり返すことはできなくなった。やがて不気味にくっくと笑い、「俺の妄想の産物だったのかもな」と認めた。彼は午前一時をまわったことを不意に思い出し、今夜の話し合いはもう十分だといった。かくして気心の知れた二人は別れた。

第27章　前章と前々章のエピソードによってコーニー夫人の話を中断したことを慎んでお詫びし、夫人の話に戻る

教区吏のような重要人物を——暖炉に背を向け、コートの裾をまくり上げた格好のまま——身分卑しき筆者の都合でいつまでも待たせるのは、どう考えても礼を失したふるまいに違いない。また、ご婦人を放っておくのも、筆者の立場と女性に対する礼儀を鑑みれば、まったくもって褒められたことではない。とりわけこのご婦人は、教区吏殿が優しい、愛情深い眼差しを送り、その耳元で愛の言葉をささやいたご婦人なのである。教区吏のような人から愛の言葉をささやかれたら、いかなる身分、いかなる年齢の女性であれ、胸ときめかさずにはおれないであろう。この物語の語り手である筆者は、おのれの立場をわきまえ、身分の高い人々や重要な地位につく人々への敬意を忘れることなく、大急ぎで彼らに——その身分にふさわしい——恭順の意を示したいと思う。そしてまた、身分が高く（ということは必然的に）徳も高い人々を遇す

るにふさわしい、うやうやしい態度で彼らに接したいと思う。そのために筆者はまず、教区吏の職権は神から与えられたものであり、教区吏が決して誤らない事実を論じた小文——良識ある読者諸氏にとり、有意義にして有益なる小文——をここに挿入しようと考えた。だが残念ながら、時間とスペースの都合で諦めざるをえない。よって、後により適切な機会があれば、そのとき紹介することにしたい。その際には必ずや、正当な手続きのもとに任命された教区吏——つまり、教区の救貧院を担当し、教区の教会に所属する教区吏——は、その職権と職能において、あらゆる人間のうちでももっとも優れた資質を有する存在であること、教区吏と比べれば、一介の雑役夫、裁判所の廷吏、分会堂の吏員[1]などはずいぶん劣る存在であることを明らかにしたいと思う(もっとも、分会堂の吏員は、最低限の資質は備えているといえるかもしれないが)。

さて、バンブル氏は今、再度ティースプーンを数えているところだった。それからもう一度、角砂糖ばさみの目方を量り、ミルクを入れる容器を点検し、家具の状態を——馬の毛をつめた椅子に至るまで——慎重に確認した。この一連の作業をコーニー夫人がそろそろ戻るだろうと思われる時刻まで、たっぷり六度も彼はくり返した。だが想像は想像を生む。コーニー夫人が戻る気配がないので、夫人の戸棚をちらとのぞいてみようという気を彼は起こした。罪のない、健全な暇つぶしに思われたのである。

鍵穴に聞き耳を立て、部屋へ近づく者のないことを確認すると、バンブル氏は戸棚の引き出しを下から順々に開き、三つの引き出しすべての収容物を調べた。引き出しには、良い生地を使い、上等に仕立てられたさまざまな衣類――ひとつひとつが乾燥ラベンダーとともに古新聞で丁寧に包まれている――が収められていた。それを見て、バンブル氏は大いに満足した様子だった。それから右手の隅の引き出しへと手をのばした（中には鍵が入っていた）。そこで南京錠のかかった小さな小箱を見つけた。小箱をふると硬貨のようなチリンという美しい音がした。バンブル氏は悠々と暖炉の前へ行って普段の態度に戻ると、まじめな、決然とした態度で「やってやる！」といった。この印象深い宣誓の後、彼は十分ほどもふざけた様子で頭をふりつづけた。まるで「まったく、とんだ後家殺し（ごけごろし）だぞ、お前は。しょうがないやつだ」という風に。それから、嬉しそうな、愉快そうな表情を浮かべて、自分の二本の足を横から眺めた。

1　分会堂は、教区教会から遠いところに住んでいる人のために作られた簡易チャペル。

悦に入った様子で足を眺めているところへ、コーニー夫人が息を切らして駆けこんできた。彼女は暖炉のそばの椅子に倒れこみ、片手で目を覆い、もう片方の手を胸に当てて荒い息をした。

「コーニー夫人」寮母の上にかがみこんでバンブル氏はいった。「一体どうしました？　何があったのですか？　どうかお話しください。私はすっかり——」バンブル氏は「色を失っております」といおうとしたが、すぐには思い出せず、代わりに「気を失っております」といった。

「バンブルさん！」夫人は大声でいった。「私、これほどひどい目に遭ったことございませんわ！」

「ひどい目に！」バンブル氏はいった。「一体誰がそんなことを？　そうかっ！」持ち前の威厳で怒りを抑えつつ、彼はいった。「性悪な収監者どもの仕業ですな！」

「思い出すだけで恐ろしいですわ」夫人は身震いしながらいった。

「思い出さんほうがいい」バンブル氏はいった。

「どうしようもないんですの」夫人は泣きそうな声でいった。

「何かお飲みになりますか」相手をなだめてバンブル氏はいった。「ワインでも少々」

「いいえ結構ですわ！」コーニー夫人が答えた。「ワインなんて——ああ！　戸棚の右上の棚に――ああ！」こう叫びながら、善良なる夫人は半狂乱の体で戸棚を指さし、平静を失って体をぶるぶると震わせた。バンブル氏は戸棚のところへ駆け寄り、おそらくここだろうという棚から緑色のガラスの一パイント壜を取り出した。そしてティーカップに中身を注ぐと夫人の唇へ持っていった。

「落ち着きましたわ」カップの中身を半分飲み、椅子にもたれてコーニー夫人はいった。

バンブル氏は神への感謝の気持ちから天井を仰ぎ、ふたたび視線をカップの縁へ戻して鼻を近づけた。

「ペパーミント酒ですわ」弱々しい声でコーニー夫人はいい、教区吏に優しく微笑んだ。「飲んでみます？ ほんの少し、ほかのものも入ってますけど」

バンブル氏は不審そうな顔でその薬に口をつけると、唇をなめ、もう一度すすった。そしてカップを飲みほし、下に置いた。

「気分が落ち着きますでしょう」コーニー夫人がいった。

「まったくですな」教区吏はいった。そういいながら、彼は寮母のそばへ椅子を寄せ、この煩悶の原因を優しい口調で訊ねた。

「何でもないんですの」コーニー夫人はいった。「ただ私が、愚かで興奮しやすい、弱い生きものというだけですわ」

「弱いもんですか」バンブル氏は椅子をさらに近づけ、反論した。「あなたが弱い生きものですと?」

「私たちは皆、弱い生きものですわ」夫人は一般原則を述べた。

「確かにそうです」教区吏がいった。

一、二分のあいだ両者とも何もいわなかった。その後、バンブル氏は一般原則を証明するように、夫人の椅子の背に置いた自分の左手を、夫人のエプロンの紐へと移動させた。彼は紐に手を絡めた。

「われわれは皆、弱い生きものですな」バンブル氏はいった。

コーニー夫人はため息をついた。

「ため息はいけません、コーニー夫人」バンブル氏はいった。

「とまらないんです」コーニー夫人はそういって、ふたたびため息をついた。

「ここは実に居心地のいい部屋ですな」周囲を見まわして、バンブル氏はいった。「もう一部屋あれば、まったく申し分ない」

「独り身には広すぎますわ」夫人は小声でいった。

「二人暮らしにはちょうどいいでしょう」バンブル氏が穏やかな口調でいった。「違いますか、コーニー夫人?」

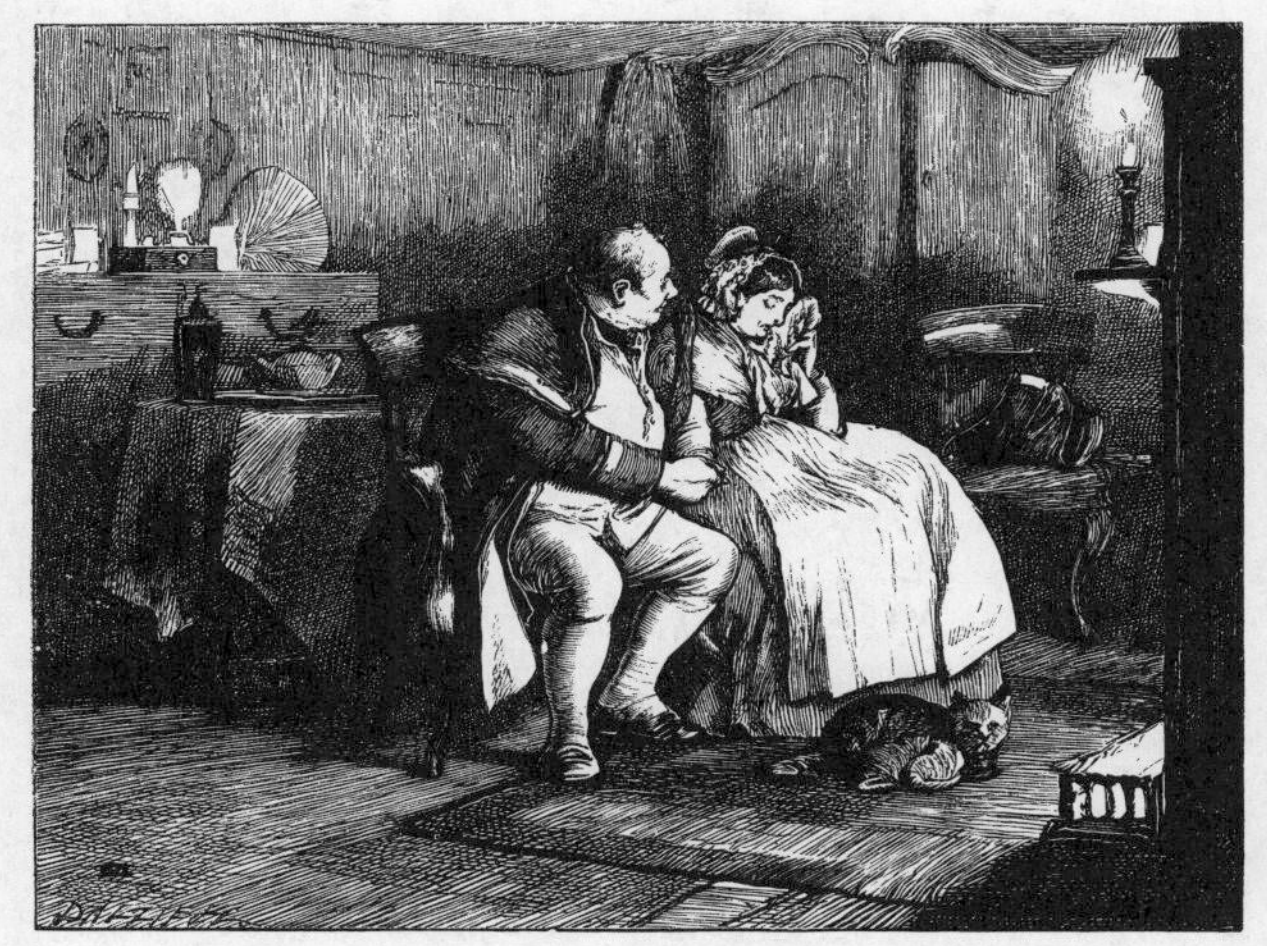

「ため息はいけません、コーニー夫人」バンブル氏はいった。

教区吏がそういうと夫人はうつむいた。教区吏は夫人の顔をのぞきこもうとかがみこんだ。夫人は慎み深くもそっぽを向き、手をふり払ってハンカチを取ろうとした。が、いつの間にか、ふたたびその手はバンブル氏に握られていた。

「委員会は石炭を支給してくれるんですよね、コーニー夫人？」夫人の手を愛情たっぷりに握りしめ、教区吏は訊ねた。

「それにロウソクも」彼女のほうでも軽くその手を握り返した。

「石炭、ロウソク、そして家賃も無料」バンブル氏はいった。「コーニー夫人、あなたはまったくもって天使です！」

有頂天の教区吏に対して夫人はなすすべがなかった。彼女はバンブル氏の腕に身を預けた。興奮した紳士は、夫人の汚れなき鼻に熱烈なキスをした。

「あなたの魅力には教区のどんな女性もかなわない！」うっとりとしてバンブル氏は叫んだ。「スラウト氏はだいぶ具合が悪いらしいですな」

「ええ」恥ずかしそうに夫人は返事をした。

「医者の見立てじゃ、一週間ともたないらしいですよ」バンブル氏はつづけた。「この院長はあの人だ。スラウト氏が亡くなれば、院長の席が空く。新しい院長が要る。そうなればコーニー夫人、あなたは順風満帆だ。今こそ新しい伴侶を得て、新しい所帯を持つ、絶好のタイミングではありませんか！」

コーニー夫人はすすり泣いた。

「もう一言よろしいですか？」内気な美人のほうへかがみこんで、バンブル氏はいった。「愛するコーニー夫人、ほんの一言、一言だけです」

「ええ、ど、どうぞ」息荒く寮母はいった。

「どうか気持ちを鎮めてください」教区吏はつづけた。「では、お訊きします。あれはいつにします？」

コーニー夫人は二度、何かいいかけたが、二度ともうまくいえなかった。それから、勇気をふりしぼり、バンブル氏の首に腕を巻きつけ、「あなたにお任せします」、そして「私の心はあなたのもの」といった。

こうして話は和やかに、思い通りにまとまったので、二人はペパーミント酒をもう一杯酌み交わし――夫人はそわそわと落ち着かなかったので、なおさら酒の力が必要であった――おごそかに契約をとり結んだ。契約が無事に交わされると夫人はバンブル氏に老婆の死を報告した。

「そうでしたか」ペパーミント酒をすすりながら、紳士はいった。「帰りに葬儀屋のサワベリーのところへ寄るとしましょう。明朝、棺を持って来させます。さっき動揺していたのは、そのためですか？」

「いえ、特に何がというわけではないんですの」はぐらかすように夫人はいった。「あなたの恋人にお話しいただけませんか？」

「これという理由があるはずです」バンブル氏はいった。

「今はだめです」夫人は答えた。「いつか話しますわ。そう、結婚した後で」

「結婚した後で！」バンブル氏は大声を出した。「まさか、収監者の男たちに、無礼なふるまいをされたとか――」

「いいえ、そうじゃありません」急いで夫人は否定した。

「もしそんなことがあれば」バンブル氏はつづけた。「もしやつらがあなたの美しい顔を見て、いやらしい目つきをしたのであれば――」

「そんなことじゃないの」夫人は答えた。

「そんなことじゃなくて幸いだ」バンブル氏は拳を固めていった。「教区のやつだろうと何だろうと、そんなことをするやつがいたら、ただじゃ済まないと思い知らせてやる！」

この荒々しい所作がなければ、夫人の魅力を絶賛したことにはならなかったかもしれない。だが、バンブル氏は脅し文句に相手を痛めつける動作を加えたので、自分は本当に深く愛されているのだと考え、夫人はすっかり感激した。彼女はうっとりして彼を「愛しい人」と呼んだ。

さて、「愛しい人」は外套の襟を立てて三角帽をかぶった。未来の伴侶と愛情たっぷりの抱擁を長々と交わしてから、ふたたび寒風吹きすさぶ夜空の下へと躍り出た。バンブル氏は、男の収監者たちがいる棟にちょっとだけ立ち寄り、彼らをどやしつけた。仮借ない態度が要求されるのが救貧院長というものである。これなら無事に役目が務められそうだと彼は一人悦に入り、未来の出世を夢見つつ施設を後にした。浮き立つ気分は葬儀屋に着くまでつづいた。

着いてみると、サワベリー夫妻は夕食のために外出中で、ノア・クレイポールは——飲む、食べるという人間の二大機能の遂行のため以外——どんな肉体の酷使もまっぴらごめんという人物だったので、普段なら閉店の時間にもかかわらず、店は開いていた。バンブル氏は手にした杖で店のカウンターをくり返したたいた。が、誰も出てこない。見れば、店の裏手の小さな居間のガラス窓から煌々と明かりがもれている。バンブル氏は大胆にものぞきこみ、なかの様子をうかがった。そこで目にした光景に彼は少なからず驚いた。

夕食用にテーブルクロスが敷かれ、食卓にはパンやバター、皿やグラス、ビールやワインを入れた壜が並んでいた。テーブルの上席に据えられた安楽椅子にノア・クレイポールがだらしなく腰かけている。椅子の肘かけに足を載せ、開いた折りたたみナイフとバターつきのパンをそれぞれの手に持っている。彼のすぐ横で、シャーロットが立ったまま牡蠣の殻をむいていた。[2]クレイポールはテーブルに覆いかぶさるようにして、驚くほどの食欲でがつがつと牡蠣を平らげていた。普段にまして鼻を赤らめ、右目をやたらとぱちぱちさせている様子からも、彼がほろ酔い状態にあることは明らかだった。その食べっぷりも、彼が酔っていることを証していた。酔いで体が火照っているからこそ、牡蠣をこれほど欲するのだ。牡蠣には体を冷やす効能があるからである。

「太ったやつが美味しいわよ、ノア」シャーロットがいった。「さあさあ、これを食べてみて」

「牡蠣ってのは実にうめえなあ！」受け取った牡蠣を呑みこんで、クレイポールはいった。「牡蠣を食いすぎると気持ち悪くなるなんて、お前が気の毒だよ、シャーロット」

「ええ、本当にそうだわ」シャーロットがいった。

「まったくな」クレイポールが気の毒そうにうなずいた。「でも、牡蠣が好きじゃないんだろう？」

「それほどはね」シャーロットが答えた。「あんたが食べているのを見るほうが好きよ」

「そうかい」考えこんだ様子で、ノアはいった。「お前は変わってるぜ」

「もうひとつどう？」シャーロットがいった。「ほら、この牡蠣、えらがとてもきれいでしょ」

「もう結構だ。もう入らないよ」ノアはいった。「すまないがな。さあ、シャーロット、こっちへ来いよ。キスしてやるから」

「なに！」部屋に突入してバンブル氏はいった。「もういっぺんいってみろ」

シャーロットは悲鳴を上げ、エプロンで顔を隠した。クレイポールはそのままの姿勢で足だけ床に下ろし、酔いと恐怖の混合状態のうちに教区吏をじっと見つめた。

「もういっぺんいってみろ、この不埒な礼儀知らずめ！」バンブル氏はいった。「よくもそんな口が利けたもんだ。お前もだ、こんなガキに色目など使いおって、尻軽女が！　キスしてやるから？」憤懣やる方ない様子でバンブル氏はどなった。「けっ！」

2　当時、牡蠣は高価な食べ物ではなかった。

「そんなつもりじゃなかったんです！」泣きながらノアはいった。「キスしてくるのはいつも彼女のほうです。俺が嫌だっていっても」

「まあ、ノア」冗談じゃないというようにシャーロットがいった。

「本当じゃないか。わかっているはずだぞ！」ノアがやり返した。「いつもそんな感じなんです、バンブルさん。あごの下を触ってくるし、あの手この手で俺を誘ってくるんだ」

「黙れ！」ぴしゃりとバンブル氏はいった。「おい娘、お前は下へ行ってろ。ノアはさっさと店の戸締りだ。お前の主人が帰るまで、一言でも口を利いてみろ。ただじゃおかんぞ。主人が帰ったらな、私が来たと伝えて、老婆の葬式を出すから、棺桶を明朝、朝食後に届けるようにいえ。わかったな？　キスだって！」両手を上げてバンブル氏は叫んだ。「いやはや、この教区の下層民の堕落ぶりには目をみはるものがあるわい。あいつらの言語道断ぶりを矯正するためには議会が動くべきだ。さもなきゃ、この国も終わりだ。往年の純朴な民衆気質も地上から永遠に消え失せてしまう」こうつぶやきながら高慢かつ憂いに満ちた様子で教区吏は葬儀屋を後にした。

教区吏は帰路についた。死んだ老婆の葬儀の準備もすっかり整った。では、この辺りでオリバー・ツイストに話を戻し、トビー・クラキットが溝の中に置き去りにした後、彼がどうなったかを物語ることにしよう。

第28章　オリバーのその後の冒険について

「狼に喉を食いちぎられて死にやがれ！」歯ぎしりしながらサイクスはこぼした。「もし俺が向かっていけば、びびって泣きわめくにちがいないぜ」

命知らずなサイクスはとびきり荒々しく呪詛の言葉を吐き、自身の曲げた膝の上に撃たれた少年の体を載せると、追手がどこまで迫っているかを見ようと一瞬ふり返った。

霧の出た闇夜でほとんど何も見えない。だが、男たちの叫び声が大気を震わせた。警笛に目を覚ました近所の犬たちが吠え、辺り一面にこだました。

「この腑抜けが、とまれ！」足が長く、ずっと先を走っていたトビー・クラキットの背中にサイクスは叫んだ。「とまれというんだ！」

二度もとまれと命じられて、トビーはぴたりと足をとめた。サイクスが拳銃を撃てば当たるかもしれない距離だったからだ。サイクスはそんなこともしかねない雰囲気だった。

「このガキに手を貸せ」サイクスは猛烈な勢いで相棒に戻るよう手招きした。「戻ってこいといってんだ!」

トビーは引き返すそぶりを見せた。だが、のろのろと引き返しながらも――息切れのために――かすれた声で、そっちへ行きたくない旨を相手に伝えた。

「さっさと戻れ!」少年を足元の干上がった溝に横たえ、ポケットから拳銃をひっぱり出してサイクスはどなった。「俺を裏切るんじゃねえぞ」

このとき騒ぎが大きくなった。サイクスはふり返った。追手の男たちが、サイクスのいる野原の木戸をすでに乗り越えたことがわかった。二匹の犬は男たちより数歩先を走っていた。

「もうだめだ、ビル!」トビーがどなった。「ガキを捨ててさっさと逃げろ」こう助言するとトビーは、このまま追手に捕まるより友人に銃で撃たれるほうがましと考え、くるりと向きを変えると一目散に駆け出した。サイクスは歯をぎりぎりと噛み鳴らし、ふり返った。それから、溝で寝ているオリバーに外套をかけてやると、少年のいる場所から追手の注意をそらすように、生垣にそって走った。その生垣と直角に交わる別の生垣が現れると一瞬立ち止まり、空に向かって拳銃を撃った。そして生垣を飛び越え、姿を消した。

「おーい、あっちだ!」後方で気の弱そうな声が叫んだ。「ピンチャー、ネプチューン、こっちだ。そら!」

飼い主同様、犬たちもこの追跡劇にあまり乗り気でない様子だったが、すぐに命令に従った。野原まで来ていた男三人は立ち止まり、話し合いをはじめた。

「わしの助言はな、いや、命令といってもいいが」一番太った男がいった。「われわれはすぐに戻らなくちゃならんということだ」

「ジャイルズさんがそういうなら、そうしましょう」背の低い、しかし痩せてはいない男がいった。この男は青ざめた顔をして――恐怖を感じている場合はたいていそうであるが――礼儀正しかった。

「わしだけ協調性がないと思われたらたまらない」三番目の男はそういって、戻るよう犬に合図した。「ジャイルズさんの判断に間違いはない」

「まったくです」背の低い男がいった。「そもそも俺たちは、ジャイルズさんの意見に異議を唱えられる立場じゃない。俺は、自分の立場をよく理解してますよ。ええ、幸いに、よく理解してますからね」実際、この背の低い男は立場をよくわきまえている様子だった。わきまえているからこそ、こんな目に遭っているのだとよく承知していた。彼は話しながら歯をかちかちいわせていた。

「怖いのか、ブリトルズ？」ジャイルズがいった。

「まさか」ブリトルズは答えた。

「怖いのだろう」ジャイルズはいった。

「勝手に決めつけないでくれ、ジャイルズさん」ブリトルズはいった。

「お前こそ嘘をつくな、ブリトルズ」ジャイルズはいった。

このやりとりはジャイルズの挑発が原因だったが、そもそもなぜジャイルズは挑発的な言葉を発したのか？　それは、二人にうまく持ち上げられ、自分が追跡を中止して戻るという意見のいい出しっぺにされたこと、その責任者にされたことへの怒りゆえだった。そこへ、三番目の男がとても冷静な意見を述べ、この喧嘩に決着をつけた。

「でも実際のところは――」彼はいった。「わしたちみんな怖いのさ」

「わしたちみんなってのは余計だ」ジャイルズがいった。彼が一番青い顔をしていた。

「とにかくわしは怖い」第三の男がいった。「こんな状況で怖いってのは、自然で普通なことだと思うがね」

「うん、俺も怖い」ブリトルズがいった。「威張りくさって、男気を見せる必要なんかないさ」

二人がこのように率直に認めたので、ジャイルズも胸襟を開き、自分も怖いとすぐに認めた。そこで三人はまわれ右をし、満場一致で屋敷の方向へ駆け戻った。やがて——三人のうちで一番呼吸が荒く、干し草用の熊手を抱えているので走るのも大変そうであった——ジャイルズが足をとめ、男らしく、さっきはいい過ぎたと謝罪の言葉を述べた。

「しかし」ジャイルズは弁解しながらいった。「血が頭に上ると人間は何をしでかすかわからんものだ。悪党を捕まえていたら、ひょっとして殺めていたかもしれん」

すると、残る二人も同じような気分を経験していたので——すでに頭に上った血もすっかり元に戻っていたので——なぜ突然に冷静さが戻ったのか、そのことでちょっとした議論になった。

「原因はわかっとる」ジャイルズはいった。「あの木戸だ」

「ありそうなことで」ブリトルズは賛意を示していった。

「多分、木戸だと思う」ジャイルズはいった。「あの木戸が興奮をせきとめたんだ。木戸を越えようとした途端、ふっと冷静になるのがわかった」

驚くべきことに、残る二人も同じ瞬間、何ともいえぬ嫌な気分に襲われたのだった。

こうなると原因は木戸で決まりだった。とりわけ、三人の気分が変化した時刻は完全に一致しているといってよかった。三人が三人とも、その変化は、木戸を越えて強盗の姿を見た瞬間に起こった、と証言したからである。

この会話は、強盗たちを最初に発見した男二人と、離れで寝ていた旅まわりの職人のあいだで交わされたものである。旅まわりの職人は、二匹の雑種犬とともに寝ていたところを起こされ、追跡劇に加えられたのだった。ジャイルズは屋敷の老婦人に仕える執事であり、屋敷の管理人だった。ブリトルズは雑用係で、ほんの子供のころから屋敷で働いているので――もう三十を過ぎていたが――有望な若者として遇されていた。

三人はこんな会話でお互いを励まし合った。三人ともぴたりと身を寄せ合い、一陣の風が梢を揺らすたびに、おびえた様子できょろきょろと辺りを見まわした。三人の男たちは一本の木のところまで駆け戻った。さきほど、強盗たちに撃たれたらかなわないと思い、その木の背後にランタンを隠したのである。明かりをつかむと彼らは大急ぎで屋敷へと引き返した。彼らの人影が闇にまぎれて見えなくなった後もしばらく、ランタンの光が遠くにまたたき、揺れているのが見えた。湿った暗い大気のなかを漂う燐光のようだった。

夜明けが近づくにつれて空気は冷え冷えとしてきた。霧はもうもうとした煙のごとく地面の上を滑ってゆく。草には露がおり、小径や土地の低い場所はどこもかしこもぬかるみ、水たまりができていた。うつろなうめき声を上げ、健康に悪そうな湿った風がものうげに吹き抜けた。しかし、オリバーは依然としてサイクスに置き去りにされた場所で微動だにせず気を失って倒れていた。

刻一刻と夜明けが近づいた。空気は凛として肌を刺すようだった。一日のはじまりというより、夜の終わりといった感じに空がしらじらと明けはじめた。さっきまで闇に沈み、黒々と不気味に見えたものが、今や輪郭を取り戻し、見慣れた姿を現しはじめた。大粒の雨がばらばらと降り出し、やかましく葉のない灌木を打ち鳴らした。雨に打たれてもオリバーは無反応だった。彼は土塊のベッドの上に、手足をのばしたまま力なく横たわっていた。

しばらくして苦痛の低いうめき声が静寂を破った。少年は目を覚ました。包帯代わりにぞんざいにショールを巻かれた左腕がだらんとわきに垂れ下がり、ショールは血で赤く染まっていた。すっかり衰弱していて、体を起こして座るのもたいへんな苦労だった。何とか半身を起こすと、助けを求めて力なく周囲を見まわした。痛みで思わずうめき声がもれた。冷えと疲労で全身をぶるぶると震わせながら、立ち上がろうとした。が、頭から足元まで震えがとまらず、地面に突っ伏した。

オリバーはさっきまでずっと人事不省に陥っていたわけだが、ふたたび――わずかな時間であるが――気を失った。それから目覚め、心臓がどんどん弱っていることに気づいた。このまま寝ていれば確実に死ぬと思った。彼は必死に立ち上がり、歩こうとした。頭がぐらぐらした。酔っているように足元がふらついた。それでも懸命に踏んばって――頭は力なくだらんと垂れたまま――よろめきながら、どこへ向かうともなく、ひたすら前へ前へと進んだ。

とりとめのないさまざまな想念が次から次へと彼の心に去来した。まだサイクスとクラキットにはさまれて歩いている途中で、両わきの二人が怒って口論している気がした。朦朧とした状態から覚醒すると、思わず二人に話しかけている自分に気がついた。二人のどなり声が耳のなかでこだましている。倒れまいと必死に足を踏んばった次の瞬間、彼は前日のようにサイクスと二人きりでとぼとぼ歩いていた。影のような人々が通り過ぎ、サイクスに手首をつかまれるのを感じた。そこへ銃声がとどろき、オリバーは思わず後ずさりした。悲鳴や叫び声が響き渡り、眼前に明かりが揺らめく。狂騒と混乱。それから、誰かの手で抱えられ、猛烈な勢いで運び去られた。こうした幻のような光景が次から次に現れ、名状しがたい、不快な苦しみが絶え間なく彼を襲い、疲労させ、苦しめた。

オリバーはよろめきながら進んだ。ほとんど無意識に木戸の横木のあいだを、生垣の隙間をくぐり抜けた。やがて一本の道に出た。そこまで来ると激しい雨が降り出し、彼の目を覚ました。

きょろきょろと見まわすと、さほど遠くない場所に一軒の屋敷があった。そこまでなら歩いて行けそうだった。住人が、ひどく具合の悪い自分を憐れみ、同情してくれるかもしれない。たとえ同情が得られずとも、野原で一人きりで死ぬより、人間のそばで死ぬほうがずっとましな気がした。オリバーは最後の力をふり絞って屋敷のほうへとよろめきながら進んだ。

そばまで来たとき、屋敷に見覚えがある気がした。細部はともかく、屋敷のかたちやたたずまいに既視感を覚えた。

庭の前のあの壁！　昨夜この家の庭で自分はひざまずき、どうか勘弁してくれと強盗二人に懇願したのだった。この屋敷こそ彼らが押し入ろうとした家に間違いなかった。

そうとわかると、オリバーは思わず恐怖を覚えた。一瞬、傷の痛みも忘れ、すぐに逃げ出さねばと思った。逃げ出す！　けれども彼は立っているのもやっとだった。よしんば痩せた若い体なりの十全な力が発揮できたところで、どこへ逃げたらよいのか？　オリバーは庭木戸を押した。鍵はかかっておらず、すんなりと開いた。庭の芝生をおぼつかぬ足取りで横切り、玄関へとつづく階段を上った。そして力なくドアをノックした。だが、そこで体力がつきた。彼は玄関先の柱にもたれかかり、そのまま尻もちをついた。

このとき屋敷のキッチンでは、前夜の捕物で肝を冷やし、疲労困憊したジャイルズ、ブリトルズ、職人の三人がお茶にありつき、ひと息ついているところだった。部下である召使連中とあまり馴れ馴れしくするのはジャイルズの流儀ではない。威厳を崩さず愛想よくふるまうのが彼のやりかたで、こうすれば相手を喜ばせるだけでなく、自分のほうが立場が上なのだと確実に知らしめることができる。しかしまた、死や拳銃や強盗に対する恐怖は万人を平等にする。ジャイルズは炉の格子の前に座り、足をのばし、左手をテーブルにのせていた。そして右手を動かしながら、強盗が侵入したときの一部始終を物語っていた。聴衆（特にその場にいた料理女と女中の二人）は固唾を呑んで彼の話に聞き入っていた。

「たしか二時半ごろだったな」ジャイルズはいった。「ひょっとすると三時になっていたかもしれん。ともかくわしは目を覚まし、こんな具合にベッドのなかで寝返りを打った（ここで、彼は椅子の上で寝返りを打つまねをして、掛け布団がわりにテーブルクロスの端を引き寄せた）。そのとき、物音を聞いたような気がしたのだ」

話がここまで進むと料理女は青ざめ、女中にドアを閉めるよう頼んだ。すると、女中はブリトルズにドアを閉めるよう頼み、ブリトルズは職人に頼んだ。職人は聞こえなかったふりをした。

「物音を聞いたような気がしたのだ」ジャイルズはつづけた。「最初、気のせいだろうと思った。心配せず寝ようとしたら、今度ははっきりと聞こえた」

「どんな物音だったんです？」料理女が訊ねた。

「何かをこじ開けるような音だ」聴衆を見まわしてジャイルズは答えた。

「鉄の棒をおろし金にかけたような音じゃありませんでしたかね」ブリトルズがいった。

「お前の耳にはそう聞こえたんだろうさ」ジャイルズはいった。「だが、わしが聞いたのは何かをこじ開けるような音だった。わしは掛け布団をはねのけた」テーブルクロスを元の位置へ戻しながら、ジャイルズはつづけた。「ベッドに座り、聞き耳を立てた」

料理女と女中が同時に「ああ！」と叫び、互いの椅子を近づけた。

「確かに聞こえた。もう間違いはない」ジャイルズがつづける。「わしは考えた。『誰かがドアか窓から侵入しようとしている。さて、どうしたらよかろう？　ベッドで寝ているところを殺されちゃ気の毒だから、まずブリトルズを起こそう。寝たまま右耳から左耳まで、喉をぱっくり切られて死ぬんじゃ、実に憐れだ』」

ここで一斉に全員の目がブリトルズに向けられた。ブリトルズは口をあんぐり開け、この上ない恐怖を顔に浮かべて、ジャイルズを凝視していた。

「わしは布団をはねのけた」ジャイルズはテーブルクロスをわきへのけるとじっと料理女と女中を見つめた。「静かにベッドから這い出て、足に――」

「婦人の前だがね、ジャイルズさん」職人が小声でいった。

「履いたのは靴だ」靴という言葉を強調しながら、相手に向き直ってジャイルズはいった。「それから弾をこめた拳銃を手にとった。この拳銃は、食器を入れたカゴと一緒に、寝るときはいつも二階へ持って行くのだ。そして忍び足でブリトルズの寝室へ向かった。そしてこいつを起こしてこういったんだ。『おい、ブリトルズ。怖がらずに聞けよ』」

「そう、確かにそういった」小声でブリトルズがいった。

「それから『死ぬかもしれんがな。ブリトルズよ、恐れてはならん』といったんだ」

「この人怖がってたの？」料理女が訊いた。

「いいやちっとも」ジャイルズは答えた。「わしと同じくらいしゃんとしていたよ」

「あたしならきっと心臓がとまっていたわ」女中がいった。

「お前は女じゃないか」少し元気を取り戻してブリトルズはいった。

「ブリトルズのいう通りだ」ジャイルズが賛同してうなずきながらいった。「女じゃ何もできずとも仕方ない。だが、われわれは男だ。ブリトルズの暖炉の棚にあったランタンをつかむと、わしらは真っ暗な階段を手探りしながら下りた。こんな感じだ」

ジャイルズは椅子から立ち上がり、そのときの動作を再現しようと目を閉じて二歩足を踏み出した。そのとき彼は思わずぎょっとなった。ほかの人々も同様にぎょっとなった。ジャイルズは慌てて椅子に戻った。料理女と女中は悲鳴を上げた。

「誰かが玄関をノックしたな」すこぶる平静を装いながらジャイルズはいった。「誰か、行って扉を開けろ」

誰も動かなかった。

「朝のこんな時間に来るなんて、ちょいと妙だな」左右の人々の青い顔を見まわしながら、ジャイルズはいった。彼自身も顔面蒼白だった。「しかし、開けないわけにもいかん。誰か、行ってくれる者はおらんのか？」

ジャイルズはそういいながらブリトルズを見た。しかし、この若者は元来遠慮深いたちで、自分の存在など空気に等しいと考えたのだろう。自分が指名されているとは夢にも思わず黙っていた。ジャイルズは職人に訴えるような視線を送った。だが、職人は突然に寝たふりをはじめた。女たち二人は論外だった。

「おいブリトルズ、玄関を開けるのに立会人が要るというなら」ジャイルズはちょっと黙った後でいった。「わしがその立会人を務めよう」

「それじゃわしも」寝入ったとき同様、突然に目を覚まして、職人がいった。

ブリトルズはこの条件で折れた。男たちは鎧戸を開け、もう昼間なのだと気がつき、この発見に幾分勇気づけられて階段を上った。先頭には犬たちを立たせた。二人の女は、部屋に残るのも怖いといって、後からついてきた。ジャイルズのアドバイスに従い、全員大声でしゃべった。これは、玄関口にいるタチの悪い人間に、数では負けないぞと脅しをかけるためであった。もうひとつ、ジャイルズの天才的なひらめきで実行した妙策があった。それは、玄関口で犬のしっぽを思い切りつねり、犬たちを盛大に吠えさせる、というものであった。

このように用心に用心を重ねて、ジャイルズは職人の腕をしっかりつかんだ(これは――ジャイルズは冗談のようにいったが――彼が逃げ出さないためだった)。そして、ドアを開けるように命じた。ブリトルズはいわれた通りにドアを開けた。一同、びくびくしながら互いの肩越しにドアの外をのぞきこんだ。そこにいたのは何のことはない、傷ついた少年、オリバー・ツイストだった。彼は無言のままぐったりしていた。重いまぶたを上げると、彼は蚊のなくような声で、どうか助けてくださいといった。

「子供だ！」職人を押しのけ、勇ましく前へ出て、ジャイルズはいった。「どういうことだ、これは――おや――なんと、ブリトルズ、ここを見ろ――わからんか？」

玄関口の手前に立っていたブリトルズは、オリバーの姿を見るとあっと叫んだ。ジャイルズは少年の片手と片足――幸いにも怪我をしていないほうだった――をつかみ、彼を玄関ホールへと引きずり入れ、大の字に床に転がした。

「捕まえたぞ！」ジャイルズは興奮しながら二階へ叫んだ。「盗賊の一人を捕まえましたぞ、奥様！　盗人です、お嬢様！　怪我をしてます、お嬢様！　私が撃ったんです、お嬢様！　明かりを持っていたのはブリトルズです」

「ランタンをね、お嬢様」声が遠くまで届くようにと、片手を口のわきにかざしてブリトルズは叫んだ。

二人の召使は階段を駆け上がり、ジャイルズさんが泥棒を捕まえたと知らせてまわった。職人はオリバーの意識が戻るよう手をつくしていた。絞首刑になる前に死なれたら困るからである。とそこへ、このお祭り騒ぎのただ中に、可憐な女の声が響き渡った。とたんに一同は黙った。

「ジャイルズ」階段口のところからささやくような声がした。

「はい、お嬢様」ジャイルズが答えた。「心配はご無用。私はなんともありません、お嬢様。賊は、向こう見ずな抵抗はせずに捕らえられました。私が相手をしたので、すぐにのびてしまいました」

「静かになさい！」若い婦人がいった。「お前が騒ぐので、叔母は昨晩のようにおびえてますよ。その人の怪我はひどいのですか？」

「重傷ですな」なんともいえぬ満足げな表情でジャイルズは答えた。

「もうすぐ死んじまいそうですよ、お嬢様」さっきと同じ調子でブリトルズが声高にいった。「死んじまうとあれなんで、今のうちに見ときますか？」

「お願いだから静かにしてちょうだい」若い婦人はいった。「叔母と相談するからおとなしく待ってて」

声同様、優しく優雅な足取りで彼女は去った。ほどなくして戻ってくると、怪我人を二階のジャイルズの部屋にそっと運ぶよう指示し、ブリトルズにはポニーに鞍をつけてチャーチーに行き、巡査と医者に大至急来てくれと伝えるよう命じた。

「お嬢様、とりあえずちょっとご覧になりませんか?」自分が見事にしとめた毛並みの珍しい鳥でも自慢するように、ジャイルズは訊ねた。「ちらとだけでも」

「いいえ、今は結構」若い婦人は答えた。「本当にかわいそうに。ジャイルズ、お願いだから優しくしてあげてね」

年寄りの執事は立ち去る彼女を——まるで我が子のように——何とも誇らしげな、崇拝を含んだ表情で見送った。それからオリバーの上にかがみこみ、女性のような気の遣い方で、彼を二階へ運ぶ手伝いをした。

第29章　オリバーが助けを求めた屋敷の住人を紹介する

　現代風の美しく飾り立てた家具ではなく、古風で心が和む家具が置かれた立派な一室で、朝食が並んだ食卓を前に二人の婦人が座っていた。ジャイルズは黒の礼服をびしっと着こみ、給仕を務めていた。今、彼は定位置である食器棚と食卓の中間地点に立っていた。背筋をぴんとのばし、頭をそらせて、その頭をほんの少し横に傾けていた。左足を前に出し、右手はチョッキにつっこんでいた。左手はそのままわきに垂れ、トレイをさげていた。その姿は、自身の能力と地位を誇り、悦に入った人のそれであった。

　二人の婦人のうち一人はかなり年配だった。彼女は背もたれの高いオークの椅子に——椅子に負けないほど背筋をのばして——座っていた。一分の隙もない装いであったが、その衣装はよく見れば、時代遅れの服を手直しして当代の流行を加えた風変わりなものとわかったはずである。とはいえ、その見栄えは悪くはなく、かえって昔のデザインの良さを引き立てていた。彼女は組んだ手をテーブルに置き、堂々とした様子で椅子にかけ、視線（高齢にもかかわらず、その目の輝きはほとんど失われていない）をもう一人の若い婦人に注いでいる。

若いほうの婦人はちょうど女盛りにさしかかる年齢だった。もし天使が神の命により地上に姿を現すとしたら、彼女のような姿こそふさわしい。そういっても神の冒瀆にはなるまい。

彼女は十七になる手前だった。ほっそりとして美しく、柔和で礼儀正しく、純粋で優雅なこの婦人は、とてもこの世の存在には見えなかった。この世の粗野な連中と交わるなど言語道断とも思われた。深い青色の目に輝く知性、その高貴な頭のかたちにうかがわれる知性は、彼女の年齢にふさわしいものではなかった。この世に属するものとも見えなかった。優しさと気立てのよさを物語る表情、顔を包みこむ少しの陰りもない明るさ、そして笑顔――陽気で幸せそうな笑顔――は家庭、つまりは炉辺の平和と幸福のために存在していた。

今、彼女は食事の準備に忙しかった。老婦人がこっちを見ているのに気づくと彼女も思わず目を上げた。そしておどけた様子で額の編んだ髪をかき上げ、にこやかに笑った。愛情にあふれ、あどけない美しさをたたえたその笑顔は、天使でさえ微笑まずにはおれなかったであろう。

「ブリトルズが出かけて、もう一時間にもなるんじゃないかしら？」しばらくしてから老婦人がいった。

「一時間と二十分になります」黒い紐のついた銀時計をひっぱり出してジャイルズがいった。

「あの子はいつものろまだね」老婦人が意見を述べた。

「ブリトルズはいつものろまですな、奥様」給仕が答えた。けれども、ブリトルズがこの三十年ずっとのろまであったことに鑑みれば、彼がのろまでなくなる望みはかなり薄いといわざるをえない。

「のろまの程度が、良くなるどころか悪くなっているわね」老婦人はいった。

「途中で男の子たちと遊んで遅くなっているのなら、許しがたいことですわね」若い婦人は笑いながらいった。

ジャイルズが、自分も丁重に微笑みを返すべきか考えていたとき、一頭立て二輪馬車が庭の門をくぐった。馬車から出てきたのは太った紳士で、彼はまっすぐに玄関口へ走り寄り、どうやったのか、あっという間に屋敷に入りこみ、婦人たちのいる部屋へと駆けこんで来た。ジャイルズを押し倒し、朝食のテーブルをひっくり返さん勢いだった。

「こんな話は前代未聞だ」太った紳士が大声でいった。「メイリー夫人、本当にお気の毒に。静かな夜半に――まったくこんな話は聞いたことがない！」

このように慨嘆を述べながら太った紳士は二人の婦人と握手を交わした。そして椅子を引き寄せ、二人の加減を訊ねた。

「生きた心地がしなかったでしょう。死ぬほど怖かったでしょうな」太った紳士はいった。「私を呼べばよかった。誰かがすぐに駆けつけたでしょう。私だって駆けつけましたよ。助手たちも、ほかの誰でも、こんな事情では喜んでお力になったことでしょう。不意打ちもいいところだ。静かな夜半に来るなんて！」

医者が一番気の毒に思っているのは、強盗が予告なしにやって来たこと、そして夜に忍びこもうとしたことであるらしい。まるで、泥棒も紳士ならば仕事は昼間に行うべきであり、仕事をするならするで、一日二日前に手紙でその旨を知らせるべきだというのが、彼の考えであるかのように。

「それにローズさん」若い婦人に向き直って医者はいった。「私は――」

「ええ、本当にとんだことでしたわ」彼にしゃべらせずローズはいった。「ところで、怪我をした人が二階におりますの。叔母は、あなたにその人の容態を診てもらいたいと」

「ええ、もちろん」医者はいった。「そういう話でしたな。そして、そんな目に遭わせたのはジャイルズという話でしたか」

せっせとティーカップを片づけていたジャイルズは顔を赤くして、光栄にも自分がその任にあたった、といった。

「光栄にも？」医者はいった。「そいつはどうかね。まあ、台所で強盗に発砲するのは、十二歩離れて相手を撃つのと同じ程度には、栄えあることなんだろうさ。相手が空に向けて撃ったとしても、お前は決闘だったというんだろうからな、ジャイルズ」

ジャイルズは、この問題をこれほど軽々しく扱うのは、自分の栄誉を不当におとしめる行為だと思った。だが「自分のような者に、その是非を論ずる資格はありません」とうやうやしく答え、「ただ、相手にとっても、単なる悪ふざけではなかったでしょう」といった。

「まったくその通り！」医者はいった。「それで怪我人はどこだ？ 案内してくれ。帰りにまた寄りますよ、メイリー夫人。なるほど、あの小さな窓から賊が入りこんだんですな？ まったく信じられませんな」

医者はジャイルズに導かれて階段を上がったが、そのあいだもしゃべりつづけた。ここで読者にこの人物を簡単に紹介しておこう。彼は名前をロスバーンといい、近所に住む、外科が専門の医者である。十五キロ四方では「医者」といえばこの人をさした。贅沢な暮らしのためというより、陽気さゆえに太っていた。当代の冒険家が、十五キロ四方の五倍の地域を探し歩いたとしても、これほど親切で心優しく風変わりな独身男は、二人と見つけられなかったであろう。

医者は、ジャイルズや婦人たちが予想したよりずっと長く寝室に閉じこもっていた。医者は平たい大きな箱を馬車から下ろすよう命じた。それ以外にも、いろいろな用事でひっきりなしにベルを鳴らしたので、召使たちは休む暇もなく階段を上り下りしていた。こんな感じなので、二階の寝室でのっぴきならぬ事態が進行中なのは間違いなかった。やがて医者が戻ってきた。患者の具合はどうかという質問に対し、医者は訳あり顔で、用心深くドアを閉めた。

「たいへん異常な事態です、メイリー夫人」誰も通さぬぞとばかりに、背中をドアにつけた格好で医者はいった。

「命に別状はないのでしょう?」老婦人がいった。

「異常事態というのは、そういう意味ではありません」医者が答えた。「命に別状はありません。賊をご覧になりましたか？」

「いいえ」老婦人が答えた。

「どんな人物か聞きましたか？」

「いいえ」

「失礼ですが、奥様」ジャイルズが口をはさんだ。「ロスバーン先生がいらっしゃいましたとき、やつのことをお耳に入れようと思ったのですが――」

どういうことかというと、最初ジャイルズは、自分が撃ったのがまだいとけない少年にすぎない事実を告白する気になれずにいたのである。彼の勇敢さを人々が褒めちぎったので、ついつい本当のことを話すのが先送りになってしまった。そして気持ちのいい数分間を味わい、彼は不屈の勇気を褒めたたえられ、鼻高々でいたのだった。

「ローズはその男を見たいといっておりましたが」メイリー夫人がいった。「私が許可しませんでした」

「ほうほう」医者が答えた。「見た目に恐ろしいところはありませんよ。私がそばについておりますので、お会いになりますか？」

「どうしてもというなら」老婦人は答えた。「会いましょう」

「そのほうがいいと思います」医者はいった。「いずれにせよ、会うのを先延ばしにすれば、後で後悔することになると思いますよ。もうすっかり落ち着いて、苦しんではおりません。さあ、ローズさんも、一緒にいかがです? 誓っていいますが、少しも怖がる必要はないのです」

第30章　ご婦人がたがオリバーに対して抱いた感想

医者は多弁を弄して、下手人(げしゅにん)の顔を見たらよい意味で驚かれますよ、などといいながら、若い婦人と腕を組み、もう片方の手をメイリー夫人に差し出して、仰々しく二人をエスコートし、階段を上った。

「どうぞ」寝室のドアノブをそっとまわして、小声で医者はいった。「彼を見てどんな印象を持つか、お聞かせください。髭をあたったわけではありませんが、少しも凶暴な風貌はしておりませんぞ。ああ、ちょっとお待ちください。人に会える状態かどうか、まず私が確認しましょう」

医者は部屋をのぞきこんだ。それから二人に手招きし、二人が部屋に入るとドアを閉め、ベッドのカーテンをそっと開けた。ベッドに寝ていたのは二人が予期していたような、強情そうで黒い顔をしたごろつきではなかった。それは、苦痛と疲労で憔悴し、深い眠りに落ちている子供だった。包帯を巻かれ、添え木がしてある怪我をしたほうの腕は、彼の胸の上にあった。頭はもう一方の腕のほうに傾き、長い髪の毛が枕に垂れ、腕の半分を隠していた。

誠実な紳士はカーテンに手をかけたまま、無言で、一分ほども少年を眺めていた。医者が患者をこのように観察しているあいだ、若い婦人はそっとわきをすり抜け、ベッドわきの椅子に腰かけると、オリバーの髪をかき上げた。かがみこむと、彼女の涙が少年の額に落ちた。

すると少年は体を動かし、眠ったまま笑った。まるで、憐れみと同情の証である涙が、これまで知ることのなかった愛と優しさに満ちた悦ばしき夢へと彼をいざなったように見えた。穏やかな音楽の旋律や、静かな池のさざ波、花の香り、耳慣れた言葉さえもが、この世ならぬ光景のかすかな記憶を突然に喚起することがある。とはいえ、それは風のようにたちまち姿を消してしまう。それは、過ぎ去って久しい、幸福な日々の記憶の断片によって喚起されるらしく、われわれが意識的に呼び出そうとしてもかなわない何かである。

「これは、どういうことなの？」老婦人がいった。「こんな少年が盗賊の一味のはずがないわ」

医者はカーテンを戻しながらため息をついた。「悪はどんな人間にも宿る。美しい風貌の奥に、悪徳が宿ることだってある」

「でも、こんなに幼い年頃なのに」ローズが抗弁した。

「お嬢さん」医者は悲しげに頭をふっていった。「死と同じで、犯罪は老人だけのものではありません。若かろうと、美しかろうと、人はしばしば悪に蝕まれる」

「でも、こんな品のある子供が、ならず者たちの仲間に加わるなんて、そんなこと信じられます？」ローズがいった。

医者は、残念ながら十分にあり得ることだというふうに首をふり、患者を起こしてしまうとまずいといって、隣りの部屋に移動した。

「でも仮に、あの子が悪に染まっているとしても」ローズがつづけた。「あんな幼い年齢ですよ。母の愛や家庭の憩いを知らずに、虐待を受け、パンも与えられずに育ったのかもしれない。そのため、悪いやつの仲間に加わり、悪いことをするしかなかったのかもしれない。叔母様、お願いです。あの病気の子供を牢獄へ送る前に、どうかそのことをお考えになって。牢獄に入れれば、更生のあらゆる機会は失われてしまいます。叔母様は私を愛してくれました。あなたの優しさと愛情に包まれて育ち、おかげで私は、親のないことなど苦にしたこともありません。でも、そうでなかったら、あの哀れな少年と同じように、無力で根なし草の生活を送っていたかもしれません。手遅れになる前に、どうかあの子を助けてやってください！」

「まあ、この子ったら！」老婦人は泣きじゃくる娘を胸に抱き寄せた。「私があの子の、髪の毛一本でも傷つけると思っているの？」

「いいえ、まさか！」ローズは強く否定した。

「もちろん、そんなことしないわ」唇を震わせて老婦人はいった。「私が天に召される日も遠くありません。私が人を憐れむように、どうか神よ、私をお憐れみください。先生、あの子を救うために、私に何ができますでしょうか？」

「考えてみますので、時間をください」医者はいった。

ロスバーン氏はポケットに手をつっこみ、部屋を何度か往復した。くり返し立ちどまり、つま先立ちになり、ひどく難しい顔をした。「そうだ」とか「いや、だめだ」などと一人でつぶやきながら、歩いたり、顔をしかめたりする動作をくり返した。それからようやくぴたりと足をとめ、次のようにいった。

「ジャイルズとブリトルズを、存分に脅しつけることをお認め下さるならば、何とかなるかもしれません。ジャイルズが長年お屋敷に仕えている、忠実な執事であることは承知しています。とはいえ、あなたがその気になれば、後でいろいろな手段で彼に埋め合わせをし、盗人を捕まえた褒美をやることだってできる。私の好きなようにさせていただけますな？」

「あの子を救うために、ほかに方法がないのであれば——」メイリー夫人はいった。

「ほかに手段はありません」医者はいった。「どうか私を信じてください」

「そういうことなら、叔母はあなたにすべてをお任せしますわ」ローズは涙ぐみながら笑っていった。「でも、どうか必要以上に彼らをいじめないとお約束ください」

「どうやらあなたは」医者がいった。「あなたをのぞけば、人間は誰もが薄情だとお思いのようですな。私は世間の若い男性たちのために、こう願わざるをえない。あなたに愛されたいと願う有望なる若者が現れたとき、あなたが情け深く、弱気であるようにと。私は、自分が若かったらと思いますな。若ければ、今のような絶好のチャンスを逃さず、あなたにアタックしますよ」

「先生は、大人の顔をした子供ですわね。ブリトルズのように」ローズは顔を紅潮させていった。

「さよう」医者は心から笑っていった。「子供に戻るのは難しいことではありません。だが、話を少年に戻しましょう。作戦の一番肝心な部分をまだ話しておりませんのでな。少年はあと一時間もすれば目を覚まします。一階にいる冴えないお巡りには、命にかかわるので連行も事情聴取もまかりならんと、そういってありますが、本当のところ、話をしても問題はありません。私の提案はこうです。まず私が、皆さんの前で、あの子を取り調べる。彼の返答次第で、彼が正真正銘の悪人である（その可能性は大ですが）と疑いの余地なく証明できた場合は、彼の人生を天運に任せることにする。つまり私は、彼がどうなろうと一切助け船は出さないことにする」

「それはひどいわ、ねえ叔母様」ローズが訴えた。

「それで構いませんとも、ねえ叔母様」医者がいった。「この条件でよろしいですな？」

「あの子がそんな根っからの悪人のはずがないわ」ローズはいった。「ありえないことです」

「たいへん結構」医者がいい返した。「ならばなおさら、私の提案に賛成いただけますね」

かくして条約は締結された。一同はオリバーが目覚めるまで多少じれったい思いで待たされた。

二人の婦人は、ロスバーン氏が予想したよりも長く待たされた。一時間が経過し、さらに一時間が過ぎたが、オリバーは深く眠ったままだった。夜になってようやく、親切な医者が二人のところへ来て、そろそろ話をしても大丈夫そうだと告げた。彼がいうには、少年は出血がひどく、弱っていて、相当具合が悪いが、何事か打ち明けたくて悩んでいる様子なので、翌朝まで安静にしておくより――医者としては本来そうすべきなのだが――今話してもらったほうがいいと思う、といった。

会見は長時間におよんだ。オリバーはこれまでの人生を、しばしば痛みや体力の消耗による中断をはさみながら、婦人たちに語った。暗くなった部屋で、病んだ子供のかぼそい声で、悪人たちによってどんな犯罪に加担させられ、どんなひどい目に遭わされたかを延々と聞かされるのは、実に気の滅入る体験である。同胞を苦しめたり虐げたりするとき、もしも私たちが人間の罪過のどす黒い部分――それは厚く垂れこめた雲のようにゆっくりと、しかし確実に天まで上って行き、やがて神はわれわれの頭上に天罰を下すであろう――を少しでも省みるならば、そしてまた、もしも私たちが一瞬でも死者の声――いかなる権力や傲慢もこれを抑えこみ、封じこめることなどできない――に心の耳を傾けるならば、私たちの人生についてまわる害悪や不正義、つまり苦しみ、貧困、虐待、犯罪はこの世から姿を消すであろう。

その夜、優しい手がオリバーの枕を直した。彼が眠っているあいだ、愛らしく善良な婦人がその姿を見守った。彼は心から安心し、幸福だった。このまま死んでも何の文句もなかった。

この重要な会談が終わり、ふたたびオリバーの休息の準備が整うと、医者は目をごしごしやりながら「どうも目玉のやつが急に衰えたぞ」とこぼした。そしてジャイルズと対決するために階下へ行った。客間には誰もいなかった。キッチンのほうが好都合だな、と彼は思った。そこでキッチンへ行った。

この屋敷の議会の下院席には、女中たち、ブリトルズ、ジャイルズ、旅まわりの職人（活躍ぶりを評価され、特別に晩餐に招かれていたのである）、そして巡査が集っていた。この最後の紳士は、大きな警棒をもち、大きな頭と顔をして、大きなハーフブーツをはいていた。大柄なので飲むビールの量も相当だと思われた。そして実際その通りだった。

人々の話題は依然として昨夜の騒動だった。医者がやって来たとき、ちょうどジャイルズは自分の冷静沈着さについて弁舌をふるっているところだった。ブリトルズはエールのマグを手に、上司が何もいわないうちに、おっしゃる通りごもっともと合いの手を入れていた。

「そのまま、そのまま」手をふりながら医者がいった。

「恐縮です、先生」ジャイルズはいった。「奥様がエールをふるまってくだすったので、小さな自室でいただくのも何ですし、仲間がいたほうが楽しいので、ここでみんなとやっているところです」

ブリトルズが低い声で何かいった。つづけて、部下に対する自分の思いやりに対し、その場に集う紳士淑女たちが自分に賞賛の言葉を浴びせるだろうとジャイルズは思った。彼は恩着せがましい表情で一同を見まわした。まるで「行儀よくしていれば、悪いようにはせんぞ」といわんばかりに。

「患者の具合はどうです?」ジャイルズが訊いた。

「まあまあだ」医者が答えた。「だが、どうやらお前はへまをやったらしいぞ、ジャイルズ」

「いや、まさか――」ジャイルズは震えながらいった。「死にそうだというんじゃないでしょうな。そうだとすると、悔やんでも悔やみきれませんよ。子供を殺めるつもりなどなかったのです。ここにいるブリトルズも同じです。国中の銀器がもらえるとしても、殺めるなど滅相もない」

「私のいっているのは、そんなことではないよ」思わせぶりに医者はいった。「ジャイルズ、お前はプロテスタントかね?」

「はい、そう願っております」顔を真っ青にしてジャイルズは口ごもった。

「じゃあ、君はどうだね？」ブリトルズをきっとにらんで、医者はいった。

「えっ、自分ですか？」びっくり仰天してブリトルズがいった。「俺は、ジャイルズさんと同じです」

「よし、ならば教えてくれ」医者はいった。「いいか、二人に訊くぞ。今、二階で寝ている少年と、昨晩あの小さな窓から侵入したという少年は、同一人物だと誓っていえるのだな？　さあ、答えを聞かせてもらおう！」

ロスバーン医師は誰よりも柔和な人物だというのが衆目の一致した意見であった。その彼が、ひどく怒った様子でこう訊いてきたので、アルコールと興奮でしたたかに酔っていたジャイルズとブリトルズの二人は、唖然として互いに顔を見合わせた。

「お巡りさん、二人の返答をよく聞いててくれ」医者は、巡査に細心の注意を払わせるため、もったいぶった手つきで人さし指をふり、それから鼻柱をたたいた。「まもなく重大な事実が明らかになるやもしれん」

巡査はできるだけ利口そうな顔をして、暖炉わきにぞんざいに立てかけてあった警棒をとり上げた。

「これは、二人が同じ人間かという単純な質問にすぎない。そうでしょう？」医者がいった。

に入ったのである。

「実にその通り」巡査は激しく咳きこんだ。急いでエールを飲みほしたので、気管支に入ったのである。

「泥棒に入られた家がある」医者がいった。「パニック状態の二人の男が、真っ暗闇のなか、硝煙ごしに、一人の少年をちらと見たといっている。その家に、夜が明けてから、一人の少年が訪ねてくる。たまたまこの少年は腕に包帯をしている。二人の男はそれを見て、少年を手荒く取り押さえる。おかげで少年は死にそうな目に遭い、二人の男は彼が泥棒だと主張してやまない。問題は、彼らの主張は事実なのかということだ。もし事実でないなら、この二人はかなり面倒な立場におかれることになる。そうですな?」

巡査は重々しくうなずいた。それが法律の定めるところでなければ、法とは何なのかぜひとも知りたいと彼はいった。

「もう一度訊くぞ」医者は大きな声を出した。「お前たち二人は、あの少年が間違いなく賊だと、誓ってそういうんだな?」

ブリトルズが自信なさそうにジャイルズを見た。ジャイルズも自信なさそうにブリトルズを見た。巡査は返答を聞き漏らすまいと耳に手をそえた。女たちと職人は、二人が何というかと思わず身を乗り出した。医者は眼光鋭く人々の顔を一瞥した。そのとき屋敷の門のほうから、ベルと、馬車の車輪の音が聞こえてきた。

「刑事だ！」明らかにほっとした様子でブリトルズが叫んだ。

「どういうことだね？」今度は医者が肝をつぶしていった。

「ロンドンの刑事さんたちですよ」ロウソクをつかんで、ブリトルズが答えた。「俺とジャイルズさんが今朝、ご足労いただきたいと頼んだのです」

「なんだって！」医者が叫んだ。

「そうなんです」ブリトルズが答えた。「駅者に手紙を持たせて、使いに出したんですよ。もっと早く来てくれると思ったんですがね」

「お前が呼んだ？ まったくとんだ――のろまな馬車だな。ふん、そうかい」医者はそういって部屋を出ていった。

第31章　危険な立場

「どちら様でしょう？」ロウソクの光を手で覆い、鎖をはずさずにドアを少し開け、のぞきこむようにしてブリトルズは訊ねた。

「戸を開けてくれ」表の男がいった。「われわれはボウ・ストリート中央警察[1]の者だ。知らせを受けてやって来た」

この返答に安心して、ブリトルズはドアをいっぱいに開いた。大きなコートを着た恰幅のいい男が現れた。彼はそれ以上何もいわずに家に入り、ドアマットの上で靴の泥を落とした。ここの住民のように落ち着きはらっていた。

「誰か、私の相棒に手を貸せる者がおらんか。頼めるかね、君？」刑事はいった。

1　ロンドン警視庁（スコットランド・ヤード）の前身。

「誰か、私の相棒に手を貸せる者がおらんか。頼めるかね、君？」

「相棒は、馬車のところで馬の世話をしている。この屋敷には車庫がないかね？　そこへ馬車を五分か十分入れておきたいのだが」

ブリトルズはあると答え、離れの小屋を指さした。恰幅のいい刑事は門のところへ引き返し、相棒が馬車を車庫に入れるのを手伝った。ブリトルズは敬服した様子で、明かりを手にして彼らの足元を照らした。この作業が済むと、刑事二人は家に上がり、客間に通された。そこで彼らはコートと帽子を脱ぎ、はじめてその風貌が明らかになった。

玄関をノックした男は中背の太った人物で、年齢は五十ぐらい。てかてかした黒髪をかなり短く刈りこみ、短い頬ひげを生やし、丸顔で、鋭い目をしていた。もう一人は乗馬靴をはいた赤毛の骨ばった男で、どちらかといえば醜男に属し、鼻が上を向いていて、怖そうな印象を与えた。

「ご主人に、ブラザーズとダフの二人が来たとお伝えください」大きなほうの刑事は、そういって髪をなでつけ、手錠をテーブルにおいた。「あなたがご主人ですか。夜分に失礼。よろしければ、ちょっと内密にお話をうかがいたいのですが」

こう話しかけられたのは、ちょうど客間にやって来たロスバーン氏で、彼はブリトルズにあっちへ行けと手をふり、二人の婦人を連れてきて客間のドアを閉めた。

「こちらがこの家の女主人です」メイリー夫人を指して、ロスバーン氏はいった。

ブラザーズは会釈した。「おかけください」といわれた彼は、帽子を脱いで床におき、椅子に腰かけた。ダフにも同じようにするよう手で合図した。上流社会にあまり縁がなさそうな——あるいは、どうにも馴染めない様子の——ダフは、手足の筋肉をぶるぶると震わせ、決まり悪そうに杖の先を口に押しこんだ。

「さて、このたびの強盗事件ですが」ブラザーズがいった。「状況をご説明いただけますか?」

時間稼ぎをしたいロスバーン氏は、余計なおしゃべりを盛りこみながら、たっぷり時間をかけて状況を説明した。ブラザーズとダフはわけ知り顔をして、ときどきうなずき合っていた。

「もちろん、現場を見るまで確かなことはいえませんが」ブラザーズはいった。「私が思うに——この程度は明言してかまわんでしょう——これは田吾作連中のしわざじゃないですな。なあ、ダフ?」

「絶対に違いますね」ダフが答えた。

「ええと、ご婦人たちにもわかる表現でいうと、つまり犯人は田舎の人間ではないということですな?」ロスバーン氏が微笑んでいった。

「そういうことです」ブラザーズが応じた。「強盗に関する話は以上ですな？」

「それで全部です」医者がいった。

「ところで、召使たちがいう、屋敷にいる少年というのは何者ですか？」ブラザーズがいった。

「何でもないのです」医者がいった。「おびえた召使の一人が、どういうわけか、この強盗事件に少年が関係していると思いこんでいるのです。荒唐無稽もいいところで、馬鹿げた妄想にすぎません」

「一概にそう断言できますかね？」ダフが指摘した。

「彼のいう通りです」手錠をカスタネットのように弄んでいたブラザーズが、相棒の言葉にうなずいた。「その少年はどこの誰です？　本人は何といっています？　どこから来たのです？　まさか雲から落ちてきたわけではないでしょう」

「もちろん違います」そわそわと二人の婦人を見やって、医者が答えた。「少年の身の上はすっかり把握しています。その話はいずれお話しします。しかしまず、賊が侵入した現場をご覧になりたいのでは？」

「そうですね」ブラザーズがいった。「捜査の定石にしたがい、まず敷地内を検分し、それから召使たちを取り調べます」

複数の明かりが用意された。ブラザーズとダフは、地元の巡査、ブリトルズ、ジャイルズ――つまりそのほかの主要な人間すべて――を引き連れ、廊下の突き当たりにある小部屋へ赴いた。窓から外を眺め、それからまわり道をして芝生を越え、表から問題の窓を眺めた。ついで、ロウソクを受け取り、鎧戸を調べ、ランタンの光で足跡を探し、干し草用の熊手を使って庭の茂みを捜索した。こうした作業が済むと、見物人が息を殺して見守るなか、二人の刑事は屋敷へと引き上げた。そこで、ジャイルズとブリトルズは昨夜の騒動における役割を芝居風に演じることを要求された。二人は同じことを六回ほどくり返した。最初の上演では二人の説明の食い違いはせいぜい一箇所だったにもかかわらず、六度目の上演ではそれが十二箇所近くまで増えた。この芝居が済むと、ブラザーズとダフは部屋から出て行き、二人だけで長時間におよぶ会議を開いた。これと比べるなら――秘密めいた、厳粛な雰囲気という点で――医学上の難問に関する権威ある医者たちの協議など子供だましにすぎなかった。

そのあいだロスバーン氏は隣室で、どうにも落ち着かぬ様子で部屋を歩きまわっていた。メイリー夫人とローズは心配そうな面持ちで医者を眺めていた。

「まずいぞ」部屋のなかをせわしなく何度も往復した後、ようやく立ちどまって彼はいった。「どうしたらいいだろう」

「きっと」ローズがいった。「あの子の話をそのまま刑事さんたちに伝えれば、あの子に罪はないとわかってもらえますわ」

「どうですかね、お嬢さん」首をふって医者はいった。「あの子が許されるとは私には思えない。あの二人も、その上司も、納得はせんでしょう。子供が何者かと、しつこく問うでしょう。あの子は施設から逃げ出した人間だ。世間の一般的な判断からすれば、彼の話はまず信じてはもらえまい」

「でも、先生は信じているんですよね？」ローズが口をはさんだ。

「そう、私は信じている。妙なことだが。老いぼれて、焼きがまわったのかもしれませんな」医者は答えた。「しかしやはり、ベテラン刑事があの子の話を信じるとは思えない」

「どうしてです？」ローズが訊ねた。

「かわいい反対尋問者さんよ、どうしてかというとですな、連中の目から見れば、感心しない点が多くあるからです。あの子が証明できるのは、あの子に不利なことばかりで、有利な点は何も証明できない。刑事というのはいまいましい連中でしてな、『なぜ』『なにゆえ』としつこく訊いてくる。物事を素直に受け取ったりはしない。そら、あの子が以前盗賊の仲間だったことは、あの子自身が認めている。紳士のポケットを狙った罪で、警察署へ連行もされている。身を寄せた紳士の家から誘拐されたというが、それがどんな家で、どこにあるのか、彼は少しも説明することができない。その後、どういうわけか少年をえらく気に入ったらしい連中に、無理やりチャーチーまで連行され、泥棒の一味として窓から侵入させられた。少年は、住人に危険を知らせようとした。それは、彼が悪人の手を逃れる絶好の機会でもあった。だがそのとき、育ちの悪い執事、あのとんまが飛び出してきて、少年を撃った。少年がよいことをしようとするのをわざと邪魔するようにね。おわかりでしょう?」

「もちろん、わかりますわ」医者の激烈さに思わず微笑して、ローズはいった。「でも、そのお話のどこにも、少年を有罪にする部分はないようですけど」

「ありませんな」医者は答えた。「もちろんありませんとも。女性の目は明晰だ。よいことでも悪いことでも、対象をあえて斜めから見ようとはしない。あなたがたはいつも、見えている通りに見る」

経験に基づく印象をこのように語ると、医者はポケットに手を入れ、さっき以上にせかせかと部屋を行ったり来たりした。

「考えれば考えるほど」医者はいった。「少年の話をそのまま刑事たちに伝えれば、相当面倒なことになる気がしますよ。まず、信じてはもらえないでしょうね。少年をどうすることができなかったとしても、しつこくあれこれ調べられる。話の疑わしい点をすっかり白日の下にさらすのは、少年を不幸から救い出したいというあなたの慈悲深い計画の、大いなる妨げとなるでしょう」

「ああ！　では、どうすれば？」ローズがいった。「本当に、どうしてあの人たちは刑事さんなんか呼んだのでしょう？」

「まったくそうですよ！」メイリー夫人が大声でいった。「刑事さえ来なければ」

「ともかく」やがてロスバーン氏は、もうどうにでもなれという気持ちで開き直り、椅子に腰かけていった。「涼しい顔をして切り抜ける以外に手はありませんな。われわれは正しいと信じることをするのですから、少しも後ろめたいことはないのです。いずれにせよ、少年は高熱を出していて、これ以上話ができる状態ではない。それが救いです。われわれはこの状況を大いに利用すべきです。ベストをつくして、それでもだめなら、あとはわれわれの責任ではない。はい、どうぞ！」

「どうも、先生」ブラザーズが同僚を伴って姿を現し、ドアをぴったり閉めていった。「この事件は手引きじゃありませんね」

「手引きってのは、一体なんです？」いらいらして医者は訊ねた。

「召使が盗人の仲間であるような場合を」ご婦人がたの無知を憐れみ、医者の無知をさげすむように、彼らのほうを向いてブラザーズはいった。「手引き強盗と呼ぶのです」

「今度のことでは、誰も召使を疑ってはおりませんよ」メイリー夫人がいった。

「もちろんです」ブラザーズがいった。「でも、万が一ということもある」

「まさかという場合が一番危ないのです」ダフがいった。

「ホシは都会の人間だとわれわれは見ています。実に手際がいい」ブラザーズは報告をつづけた。

「まったくその通り」ダフが低い声でいった。

「ホシは二人組です」ブラザーズがつづけた。「それに少年が一人。窓の大きさから推して、それははっきりしている。今いえることは、それだけです。よろしければ、今度は二階にいる少年に話を聞きたいのですが」

「その前に、刑事さんたちに飲み物を、メイリー夫人」妙案でも浮かんだように、顔を明るませて医者はいった。

「まあ、本当にそうですわ！」力強くローズはいった。「すぐにお持ちしますね」

「いやあ、どうもありがとう、お嬢さん」コートの袖口を口元へ持っていって、ブラザーズはいった。「この手の仕事は、のどが渇くもんでしてな。すぐに用意できるもので結構。われわれのことで手間を取らんでください」

「どんなものがよろしいですか？」ローズと一緒に食器棚のところへ行き、医者は訊ねた。

「それじゃあお言葉に甘えて、酒を少しいただけますか」ブラザーズが答えた。「ロンドンから馬で来たので、体が冷えてましてな。酒は身も心も温めてくれますんで」

この愉快な台詞はメイリー夫人に向けられたもので、夫人は愛想よく聞いていた。夫人がそのように話しかけられているあいだ、医者はそっと部屋から抜け出した。

「まったく！」ブラザーズはワイングラスを受け取ったが、持ち手の部分ではなく、グラスの底の部分を左手の親指と人さし指ではさむようにしてつかみ、胸の前に持っていった。「この仕事をしていると、似通った多くの事件に出くわすものでしてな」

「エドモントン[2]の横丁の強盗事件だな、ブラザーズ」ダフが同僚の記憶を補うようにいった。

「あれの手口は今回のと似ていないかね？」ブラザーズがいった。「あれは、コンキー・チックウィードの仕業だ」

---

2 ロンドン北部のエンフィールド区の一部。

「お前さんはいつもそういうが」ダフがいった。「あれはペット一家の仕業だよ。コンキーはあの事件とは無関係さ」

「馬鹿をいえ！」ブラザーズが反論した。「わかってないのはお前のほうだ。ところで、コンキーが自分の金を盗まれたときのことを覚えているか？　あれにはたまげたな。事実は小説より奇なりだ」

「それはどんな事件ですの？」招かれざる客を、少しでも上機嫌にしておいたほうが得策だと思い、ローズが訊ねた。

「こいつぁ実に愉快な盗難事件でしてね、お嬢さん」ブラザーズはいった。「このコンキー・チックウィードって男は――」

「コンキーというのは鼻が大きいという意味です、奥様」ダフがつけ加えた。

「そんなこと奥様はとっくにご存知さ」ブラザーズはいった。「お前はいつも俺の話に横槍を入れるな、相棒。さて、このコンキー・チックウィードという人物はですな、バトル・ブリッジ周辺で居酒屋をやってた男です。その居酒屋には地下室があって、闘鶏やアナグマいじめといった見世物で大勢の若者を集めていました。なかなか趣向を凝らした見世物でしてな、私もよく見物に行きましたよ。当時、コンキーはまだ盗賊の一味じゃなかったんですが、ある晩、帆布のカバンに入れた三百二十七ギニーの金をそっくり盗まれた。人の寝静まった深夜に、寝室でその金を奪われたのです。犯人は片目に黒い眼帯をした上背のある男で、こいつはベッドの下に身を隠していたんですな。金をつかむと一目散に窓から表へ躍り出た。部屋は一階だったのでね。実にすばやい身のこなしだったが、コンキーも負けてはいなかった。物音で目を覚ますと、ベッドから飛び起き、ラッパ銃[4]でホシを撃った。この音で近所の連中も目を覚まし、すぐに大騒ぎになった。周囲を調べるとコンキーの撃った弾が相手に当たったことがわかった。なぜなら血痕が点々と、ずいぶん離れた柵のある場所までついていたからです。血痕はそこで消えていました。ホシは現金を奪い去った。その結果、公認酒屋の店主であるチックウィードの名前は、ほかの債権者とともに官報にその名が載ることになってしまった。[5]彼を助けようといろいろな扶助金や義援金が寄せられたが、かわいそうな男は財産を失い、すっかりふさぎこんでしまい、三日か四日は頭の毛をかきむしりながら通りを行ったり来たりしていましたよ。あまりの絶望ぶりに、彼が自

3 アナグマと犬を戦わせる見世物。一八三五年から違法。
4 短銃身かつ大口径の銃。十七世紀から十九世紀初め頃まで使用された。
5 当時、週二回発行の官報『ロンドン・ガゼット』において破産者の氏名が公表されていた。

殺するだろうと大勢の人間が心配したくらいです。そんなある日、コンキーのやつが大慌てで警察署を訪れ、治安判事にこそこそと何事か相談している。治安判事はしばらく話した後で、呼び鈴を鳴らしてジェム・スパイアーズを呼び——このジェムってのは辣腕の刑事でしてな——チックウィードに協力し、泥棒に入った男を逮捕するよう命じたんです。チックウィードが『昨日の朝、家の前を犯人が歩いているのを見ました』というので、スパイアーズは『なんで飛び出してとっ捕まえなかった?』と訊きました。すると哀れな男が答えました。『爪楊枝で頭をずぶりとやられたみたいに、あんまり呆気にとられたんでね。でも、捕まえられますよ。夜の十時と十一時のあいだに、二度もそこを通るのを見たんですから』こう聞くと、一日か二日は帰れないだろうと思い、スパイアーズは早速、洗濯済みのシャツや櫛をポケットに放りこみました。そして署を出て、張りこみのため居酒屋に入り、窓辺の赤いカーテンの背後に身を隠しました。ホシを見つけたらいつでも飛び出せるように、帽子はかぶったままでね。夜も更けて、パイプをくゆらせているときでした。突然チックウィードが『あいつだ! 泥棒だ! 人殺し!』と叫んだ。ジェム・スパイアーズが大急ぎで飛び出す。チックウィードがわめきながら往来を走ってゆく。スパイアーズが走り、チックウィードも負けてはいない。野次馬が角を曲がってついてくる。群衆が『泥棒だ!』

と叫ぶ。チックウィードもひっきりなしに、狂ったようにわめきつづける。とある角を曲がったところで、スパイアーズは彼の姿を一瞬見失った。やがて小さな人の群れが見えてくる。彼はそこへ割りこんで、『ホシはどいつだ？』と訊いた。するとチックウィードが『くそっ！　また取り逃がした！』と答えました。奇妙というほかないが、犯人の姿はどこにも見えない。二人は仕方なく居酒屋に戻りました。さて翌朝になり、スパイアーズはまた同じ席に座り、目が痛くなるまでカーテンの裏から表をにらんでいた。黒い眼帯をした背の高い男がいないだろうかってね。やがて目が痛くなり、目をつむり、ほんのちょっと休んでいたそのとき、またチックウィードが『あいつだ！』と叫びました。スパイアーズが飛び出す。チックウィードが前を走り、往来を駆け抜けていく。前の晩の倍の距離を追跡した後、ホシはまたもや姿を消してしまう！　これがさらに一、二度くり返されると、近所の連中の半分が、『チックウィードさんとこへ入った犯人は悪魔だ。いつまでもからかって楽しんでるんだ』といい、残りの人々は『チックウィードさんは不幸のあまり、どうかしてしまったんだ』といいました」

「ジェム・スパイアーズ氏の意見は？」この話がはじまってまもなく、部屋に戻ってきた医者が訊ねた。

「ジェム・スパイアーズは」刑事がつづけた。「しばらく何もいわず、こっそりとあらゆる言葉に耳を傾けていました。彼がやり手だった証拠です。ある朝、酒場にやって来ると、嗅ぎタバコ入れを取り出していいました。『チックウィード、事件のホシが誰かわかったよ』『本当ですか？』チックウィードがいいました。『スパイアーズさん、どうかやつに復讐させてください。そうすれば、心おきなく死ねます。おお、スパイアーズさん、その悪党はどこにいますか？』『ふんっ！』スパイアーズは相手に嗅ぎタバコを渡していいました。『馬鹿も休み休みいえ！　犯人はお前じゃないか』そう、犯人はチックウィードだったんです。この芝居で相当な金をせしめていました。けれども偽装工作を派手にやり過ぎた。さもなくば誰も疑いはしなかったでしょうよ」ブラザーズはそういって、ワイングラスをおき、手錠をがちゃがちゃいわせた。

「実に興味深いお話で」医者はいった。「では、よろしければ二階へどうぞ」

「お先にどうぞ」ブラザーズが返した。そういうわけで、ロスバーン氏の背中にくっついて二人の刑事は階段を上がり、オリバーの寝室へと向かった。先導役はロウソクを手にしたジャイルズだった。

オリバーはまどろんでいたが、さっきより具合は悪そうで、熱も出ていた。医者の手を借り、やっとのことで寝台の上に体を起こした。だが、どんな事態かまるで想像もつかぬ様子で見知らぬ人たちを眺めていた。ここがどこで、何が起きているのかも思い出せぬ風であった。

「こちらが」ロスバーン氏が穏やかな声で――にもかかわらず力をこめて――いった。「こちらが、気まぐれからここの裏手にある某氏の地所に入りこみ、うっかり侵入者防止用の仕掛け銃で撃たれ、今朝この家に助けを求めにやって来た少年です。そこでロウソクを手にしている機転の利く紳士が、その場で少年を取り押さえ、やっつけたのです。これは医者としてはっきりいえることですが、彼のせいで少年の容態は重篤です」

ブラザーズとダフの両氏は、医者から紹介されたジャイルズ本人を見やった。ジャイルズは当惑して、刑事二人からオリバーへ視線を移し、その後、オリバーからロスバーン氏に視線を移した。彼は、恐れと困惑がおかしい位に入り混じった表情をしていた。

「否定はせんだろうな?」オリバーを寝る姿勢に戻してやりながら、医者はいった。

「よ、良かれと思ってしたことなんで!」ジャイルズは答えた。「あのときは、この少年がそうだと思ったんです。そうとでも思わなきゃ、あんな手荒なまねはいたしませんでした。私は別に残酷な性分じゃございませんので」

「この少年を何と勘違いしたのだね？」年上の刑事がいった。

「押込み強盗の仲間だと」ジャイルズは答えた。「連中は、子供を一人連れていたはずですから」

「そうかい。それで、今もそう思っているのか？」ブラザーズが訊ねた。

「そう思ってるって、どういうことですか？」質問者をぽかんと見つめながらジャイルズはいった。

「今でもこの子が泥棒の仲間だと思うのかって訊いているんだ、まぬけ」いらいらしてブラザーズがいった。

「わかりません。本当にわかりません」泣きそうな顔でジャイルズはいった。「宣誓はできません」

「どういうつもりなんだ」ブラザーズが訊いた。

「どういうつもりか、自分でもわかりません」哀れなジャイルズは答えた。「この少年じゃないと思います。そう、絶対に違います。そんなはずはありません」

「こいつは酔っ払っているんですかね？」医者のほうを向いてブラザーズは訊ねた。

「馬鹿につける薬はないねえ」ありったけの軽蔑をこめてダフはジャイルズにいった。

この短いやりとりのあいだ、ロスバーン氏は患者の脈をとっていたが、寝台わきの椅子から立ち上がるといった。「もしこの件で疑問があるなら、ブリトルズを呼びますから、隣室で話を聞いたらいかがでしょうか」

この提案を受け、一同は隣室へ移動し、ブリトルズが呼ばれた。ブリトルズの話は矛盾だらけの荒唐無稽なものだった。おかげで、彼と彼の上役であるジャイルズの立場はますます危うくなった。ブリトルズの話はさっぱり要領を得ず、彼自身がつかみどころのない人間であることを証明したにすぎなかった。ブリトルズの証言ではっきりしたのは、彼は泥棒に入った少年の顔を見ておらず、犯人を見ても確認はできかねるということ、オリバーが犯人だと思ったのは、ジャイルズがそういったからにすぎないこと、そして、五分ほど前に――キッチンで――自分の判断は性急にすぎたかもしれないとジャイルズが認めたこと、この三点だった。

そのほかにいろいろと秀逸な意見が交わされ、「果たしてジャイルズは本当に相手に発砲したのか」という疑いが生じた。そこで、彼が撃った銃と対の銃を調べてみることになった。すると、火薬とハトロン紙以外、何も物騒なものは装塡されていないことが判明した。この発見には医者をのぞく誰もがあっと驚いた。医者が驚かなかったのは、彼自身が十分前に弾を抜いた張本人だったからだ。誰よりも喜んだのはジャイルズである。彼は、死に至るような傷を人に負わせてしまったと、気が気でない思いで数時間をすごしていた。そのため、彼はこの発見にすがりつき、自分は撃たなかったといい張り、刑事たちはオリバーをこれ以上調べる必要はなかろうと判断した。そして彼らはチャーチーの巡査だけを屋敷に残し、翌朝また来るといって町の宿屋へと引き上げていった。

翌朝、不審な二人の男と一人の少年が逮捕されてキングストンに拘留されているという一報が入った。ブラザーズとダフの両氏はキングストンへ赴いた。が、キングストンでよくよく聞いてみると、「不審な」というのは「干し草の下で寝ているところを発見された」にすぎないことが判明した。なるほど、それはとんでもない犯罪ではある。けれども、その罰は拘留で十分であるし、慈悲深いイギリスの法――すべての国民に対する愛に満ちた法の精神――のもとでは、当該人物が強盗および強奪に加担した十分な証拠がない以上、彼らを死刑にすることはできないのだった。かくして、ブラザーズとダフの二人は行きと同じように何の成果もなく戻って来た。

その後さらに調査がなされ、いろいろと討議が重ねられた。その結果、オリバーの出頭が要請される場合に備え、メイリー夫人とロスバーン氏の二人がオリバーの保証人になる、ということで地元の治安判事は納得し、ブラザーズとダフは二ギニーの礼金を受け取ってロンドンへと帰っていった。二人の刑事が予想する犯人像はそれぞれ異なっていた。ダフは、あらゆる状況をじっくり検討した結果、これはペット一家の仕業ではないかと考えている様子だったが、ブラザーズは、この手口はあの大泥棒コンキー・チックウィードのものに違いないと思っていた。

さて、オリバーは、メイリー夫人、ローズ、そして心優しきロスバーン医師の手厚い看病を受け、日増しに回復していった。感謝の気持ちでいっぱいの人物が唱える熱心な祈りは天まで届くに違いない——それが届かぬなら、一体どんな祈りが届くのであろうか！　かくして、孤児のオリバーが三人の幸福を祈念した言葉は、人々の魂に沁みわたり、平和と幸福をもたらしたのだった。

第32章　親切な友人に恵まれ、オリバーの幸福な日々がはじまる

オリバーの負った傷は浅くもなければ、ほんの数箇所というわけでもなかった。片腕にひどい傷を負い、その傷が痛むだけではなかった。手当も受けずに湿った冷たい夜気にさらされたため、何週間も高熱と悪寒に悩まされた。おかげですっかり痩せ衰えてしまった。しかしようやく、ゆっくりと快方に向かいはじめた。オリバーはときに——言葉少なにではあったが——自分が婦人たちの親切にたいへん感謝しており、具合がよくなったらぜひともこのお礼がしたい、と涙ながらに語った。彼は、自分が二人の愛で包まれ、何とかこの恩を返したいと思っており、二人の親切さを痛いほど身にしみて感じている。彼女らの慈悲によって自分は不幸や死から救い出されたわけで、二人の恩に報いることができるなら、どんな些細なことでも全身全霊で取り組みたい、と訴えた。

「かわいそうに！」ある日、オリバーが青い唇を震わせ、必死に感謝を述べようとしているのを見るとローズはいった。「あとでいくらでもお返ししてもらうわ。私たちはこれから田舎に行くの。叔母は、あなたも一緒に連れて行くつもりよ。静かで空気もきれいだし、春らしい楽しみと美しさに囲まれてすごせば、あなたも数日でよくなると思うわ。そうして、負担に耐えられるだけの体力が回復したら、うんとお手伝いしてもらいますからね」

「負担だなんてとんでもない！」オリバーが叫んだ。「花の水やりでも、小鳥の世話でも、あなたのお手伝いができるなら光栄です。あなたが喜ぶなら、一日中、身を粉にして働きます。ぜひともそうさせてください！」

「そんなに頑張らなくてもいいの」メイリー嬢は微笑みながらいった。「さっきもいった通り、そのうちうんと手伝ってもらうつもりよ。その心意気の半分でいいの。そうしてもらえるととても嬉しいわ」

「嬉しい！」オリバーがいった。「そういってもらえると僕も幸せです」

「言葉でうまくいえないほど、私は嬉しいの」若い婦人はいった。「私の叔母が、話に聞いたようなひどい不幸からあなたを救い出したのだと考えると、胸がいっぱいになるわ。その上、叔母が同情を寄せた相手も、心からそれに感謝していると聞くと――あなたが想像する以上に――本当に胸が熱くなるの。私のいうことがわかるかしら？」聡明そうなオリバーの顔をじっと眺めて、彼女は訊ねた。

「はい、よくわかります！」力強くオリバーは答えた。「でも、僕は恩知らずだなと、そう考えていたんです」

「恩知らずって、誰に対して？」若い婦人が訊いた。

「あの親切な老紳士と、看病してくれた老婦人に。以前、とても親切にしてくださったんです」オリバーが答えた。「僕が今も幸福でいると知れば、きっと喜んでくださると思うのですが」

「ええ、そうでしょうね」オリバーの庇護者はいった。「親切なロスバーン先生は、あなたが旅行できるくらい元気になったら、その人たちのところへ連れていってくださるそうよ」

「本当ですか？」喜びのあまり顔を輝かせてオリバーはいった。「もう一度あの人たちに会えたら、嬉しくて、どうしていいかわからないくらいです！」

まもなくオリバーは旅に耐えられるほどに体力が回復した。とある朝、彼はロスバーン医師とともにメイリー夫人の小さな馬車に乗りこみ、ロンドンへと出発した。チャーチー橋にさしかかると、オリバーは真っ青になって大声を上げた。

「一体どうしたんだ?」医者はいつものように大げさに驚いて、訊ねた。「何か妙なものでも見たのか? それとも、妙な音を聞いたか、感じたか?」

「あれです、先生」馬車の窓の外を指さしてオリバーが叫んだ。「あの家です!」

「うん、あの家が何だ? おい、馭者、ちょっと馬をとめてくれ」医者が大声でいった。「あの家がどうしたんだね?」

「泥棒が僕を連れこんだのは、あの家です」オリバーはささやいた。

「何だって!」医者がいった。「おおい、ちょっと下ろしてくれ!」

馭者が運転席から下りるより先に、医者は転げるように馬車から躍り出た。そして荒れ果てたその家に駆け寄ると、狂ったように玄関のドアを蹴りはじめた。

「なんだ!」醜い猫背の小男がおもむろにドアを開けていった。医者は、ドアを蹴る勢いで、思わず家の中へ転げこみそうになった。「なんの騒ぎだ、これは?」

「なんの騒ぎだ?」後先考えずに相手の襟首をつかんで医者はいった。「何を抜かす。強盗の件だよ」

「それに殺人だろう」猫背の男が冷ややかにいった。「その手を放せ。わかったか?」

「よし、わかった」相手の男を思い切り揺すりながら、医者はいった。「やつはどこだ、ええと、いかにも悪党風の、やつの名前は何だっけ? サイクスか? そうだサイクスだ。その賊はどこにいる？」

おそらく驚きと怒りから、猫背の男は医者をにらんだ。そしてするりと医者の手から逃れると、罵詈雑言を次々に浴びせ、家にひっこんだ。だが玄関のドアが閉まる前に、医者は許しも得ずになかへと入りこんだ。きょろきょろと家のなかを見渡したが、オリバーの話に合致するような家具はなく、人でも物でも、ここを例のアジトと結びつけるものは何もなかった。食器棚の位置さえ、話とは違っていた。

「おい」猫背の男は医者をきっとにらみつけていった。「勝手に人の家に押し入って、どういうつもりだ？ 何か盗ろうってのか？ それとも俺を殺そうというのか？ どっちだ？」

「そんなならず者が二頭立ての馬車でやって来るはずもなかろう。このとんまの吸血じじいが」短気な医者がいった。

「じゃあ何しに来た？」猫背の男が訊ねた。「とっととお引き取り願おう。さもないとぶっとばすぜ。このくそ野郎が」

「納得したらすぐに出ていってやるよ」ロスバーン氏はそういって、別の客間をのぞきこんだ。さっきと同様に、オリバーの説明に合致するようなものは何もなかった。

「きっとしっぽをつかんでやるからな」

「そうかい」醜い猫背の男は鼻で笑った。「俺は逃げも隠れもしねえぜ。二十五年もここに住んでいるがな、頭がどうかしてるわけでもねえし、一人で暮らしてるわけでもねえ。お前なんぞに脅されてたまるか。この礼は必ず返すぞ。必ず返すからな」不格好な小悪魔は悪態をつき、怒り狂った様子で床の上を飛びまわった。

「しくじったな」医者は一人つぶやいた。「あの子の勘違いだろう。そらっ！　こいつを取っとけ。もう向こうへ行っていいぞ」猫背の男に金を投げると、医者は馬車へと戻った。

猫背の男は馬車までついてきて、医者を口汚く罵りつづけ、ロスバーン氏が駁者に話しかけている隙に馬車の中をのぞきこみ、オリバーに鋭く険しい、怒りと悪意に満ちた一瞥を与えた。そのあまりに強烈な印象は、以後数カ月のあいだ、寝ても覚めてもオリバーの心を去らなかった。猫背の男は毒々しく悪態をつきつづけた。やがて駁者が席に戻り、馬車が動き出した。ふり返るとその男が地面を踏みつけ、腹の虫が治まらぬ様子で髪をかきむしっている姿が見えた。

「へまをやったもんだ！」黙りこくっていた医者がしばらくしていった。「あの男に会ったことがあるかい？」

「いいえ」

「それじゃあ、よく覚えておきなさい」

「へまをやったなあ」数分間黙っていたが、医者はまたそのようにいった。

「本当に泥棒のアジトで、泥棒たちがいたら、私一人で何ができたろう？　たとえ仲間がいたところで、面倒なことにしかならなかったろう。こっちの素性がばれて、私がこの件をもみ消した事実も露見してしまっただろうな。自業自得というほかないが。私はいつも衝動的に行動して、面倒な事態を招く。だがいっそ、そのほうがいい教訓になったかもしれん」

実際、この名医は生涯を通じて衝動的にしか行動したことがなかった。しかし、そのように行動して——不幸や災いを招くどころか——彼を知るすべての人から尊敬され、慕われていた事実は、彼を動かす衝動の正体がなかなかに立派なものであったことを証している。正直なところ、彼は待ちに待ったオリバーの話の裏をとる機会がようやく到来したのに、それがかなわず、ちょっとのあいだしょげていた。けれどもすぐに機嫌を直し、質問に対するオリバーの返答が率直な、筋の通ったものであり、その口調も相変わらず嘘偽りのない誠実なものであったので、今後この子を全面的に信用しようと彼は心に決めたのだった。

ブラウンロー氏の家がある通りの名をオリバーが覚えていたので、馬車はまっすぐにそこへ向かった。その通りにさしかかると、苦しいほどにオリバーの心臓は高鳴った。息ができないほどだった。

「さあ、どの家だね?」ロスバーン氏が訊ねた。

「あれです!　あの家です!」窓の外を懸命に指さしながら、オリバーが答えた。「あの白い家です。ああ、急いでください。どうか急いで。死んでしまいそうです。震えがとまりません」

「よしよし」少年の肩をたたきながら善良な医者はいった。「すぐに会える。君が無事で元気だと知って、大喜びしてくれるだろうさ」

「そうだといいのですが」オリバーがいった。「本当に僕によくしてくれました。とてもとても親切な人たちでした」

馬車は走り、やがてとまった。いや、家を間違えた。隣りの家だ。少し動いて、またとまった。オリバーは馬車の窓からその家を見上げた。嬉しい期待に涙が頬を伝った。

だが、どうしたことか。白い家は空家だった。「貸家」という貼り紙が窓のところに出ていた。

「隣りの家で訊いてみよう」オリバーと腕を組んで、ロスバーン氏はいった。「お隣りに住んでいたブラウンローさんがどこへ行かれたか、ご存知ですか?」

召使は知らなかった。訊いてくるといって引っこみ、すぐに戻って来ていった。「ブラウンローさんは六週間前に家をたたみ、西インドへ発たれたそうです」オリバーは両手を握り合わせ、力なく椅子にくずおれた。

「家政婦のかたも一緒ですかね?」ちょっと間をおいて、ロスバーン氏が訊ねた。

「ええ」その召使はいった。「老紳士と家政婦のかたと、ご友人の紳士、三人で行かれたそうです」

「よし、馬をまわして、家に戻るぞ」ロスバーン氏は馭者にいった。「ひとまず、腹立たしいこのロンドンを出よう。それまで馬の餌はやらずに突っ走れよ!」

「本屋さんはどうします?」オリバーがいった。「道はわかります。どうか本屋さんに会ってください。お願いします!」

「これ以上がっかりしたくない。今日はもう十分だ」医者はいった。「私にとっても、君にとってもな。本屋に行けば、店主は死んでいるか、家に火をつけるか、逃げ出すかするだろうよ。今日はもういい。さあ、家へまっすぐ帰ろう」医者の衝動に逆らうことはせず、一行は家路についた。

オリバーは幸福の最中にあってなお、この辛い経験にはひどく打ちのめされた。彼は、病床にあるとき幾度となく、自分の話を聞いたらブラウンロー氏とベドウィン夫人が何というだろうかと考え、慰めとしていた。つまり、二人から無理やり引き離されたことを嘆きつつも、二人にしてもらったことを思い出しながら来る日も来る日もすごしたことを伝えたら、彼らは何というだろうと想像し、慰めとしていたのだ。自分が潔白であることを証明し、有無をいわさず拉致された事情を説明できる日が、いつか来るだろうとオリバーは期待していた。その期待こそが、試練の連続ともいえるここ最近の、オリバーの心の支えであったといっていい。ところが今や、彼らは遠いところへ行ってしまった。しかも、自分がペテン師で泥棒だと信じたまま。場合によっては、彼らが真相を知る日は永遠に来ないかもしれない。そう考えるとやりきれない思いがした。

こうした事情にもかかわらず、彼の保護者たちが態度を変えることはなかった。二週間たった。暖かくすごしやすい季節がはじまり、木々が若葉を茂らせ、花々が咲きはじめると、屋敷の人々はチャーチーの家を数カ月の予定で留守にする準備をはじめた。お皿——以前、貪欲なユダヤ人が目をつけた——を銀行に預け、ジャイルズともう一人の召使に屋敷の世話を任せ、彼らは少し離れたところにある田舎の別荘へとオリバーをつれて出かけた。

病身の少年が人里離れた村を訪れ、緑の丘と青々とした森に囲まれ、かぐわしい空気を吸いこむとき、どれほどの歓喜、どれほどの心の平和と平穏を感じるか、とても言葉にはつくせない。狭苦しく騒がしい場所に住む、疲れ切った人々の心に、平和で静謐な風景がいかに滲み渡るものか！　彼らの倦んだ心の底まで、どれほどの生気を吹きこむことか！　毎日くたくたになるまで働き、ごみごみした雑踏の中で暮らす人々は、決して変化を求めないものである。彼らにとっては、同じことのくり返しこそが当たり前で、彼らの日常を狭く囲いこんでいる赤レンガや石壁をほとんど愛するまでになっている。しかしその彼らでさえ、ひとたび死が近づくと、自然の相貌を一目見たいと願い、それまでの苦労や快楽と縁を切り、生まれ変わったようになるという。彼らは毎日緑したたる日だまりへ出かけていく。そして空や丘や平原、きらきら光る水面を眺め、天国を想い、はかなき己れの人生を慰めてくれる想像にふける。そしてまた、数時間前、一人で寝室の窓から眺めていたあの落日――だんだんと輝きを失い、消え入るように姿を消す太陽――のごとく、安らかに墓に入ることを考える。のどかな田舎風景が人の心に呼び覚ます記憶は、この世のものではない。それは妄想でも希望でもない。それは静かに私たちに語りかけ、愛する人の墓に供える花輪の作り方を教え、われわれの心を清めて過去の敵意や憎しみを洗い流す。物事をあまり深く考えない人々でさえ、あらゆる意識の表面下に、以前、はるか昔に、似たような感情——来世について真面目に考えるよう私たちをうながし、高慢や俗気から私たちを解放する感情——を経験した漠たる記憶をとどめているはずである。

たどり着いたところは美しい田舎だった。これまで、やかましくむさ苦しい群衆のなかで暮らしてきたオリバーにとって、ここでの生活はまったくの別天地といってよかった。コテージの壁をバラとスイカズラの枝が這い、庭の木々の幹には蔦が絡み、花々がかぐわしい香りを漂わせていた。コテージのすぐわきには小さな教会墓地があった。見苦しい、大きな墓石が乱立する墓地ではなく、芽吹いたばかりの芝と苔が表面を覆う、つつましい塚が並ぶ墓地であり、土の下には往年の村人たちが安らかに眠っていた。オリバーはしばしばこの墓地を散歩した。母が眠る粗末な墓のことを思い出しては、その場に座りこみ、人目をしのんで泣くこともあった。だが頭上に広がる深い空を見上げると、母はもはや土の下にいるのではないのだと思い直した。彼は母を想って泣いた。悲しくはあったが、もはや苦しくはなかった。

幸福な時間だった。毎日がのどかで平和だった。夜になっても、怖いことも不安なこともなかった。不潔な牢獄に入れられることもなければ、悪い人間とつきあう必要もなかった。楽しく喜ばしいことだけ考えていればよかった。毎朝オリバーは小さな教会の近くに住む白髪の老人を訪ね、読み書きを教わった。老人はとても親切で、いくら感謝しても十分でないと感じるほど、いろいろなことに骨を折ってくれた。それからまた、メイリー夫人やローズと散歩に出ることもあった。そんなときは、夫人たちが本の話をするのを聞いたり、木陰に一緒に腰を下ろし、ローズの本の朗読に耳を傾けたりしてすごした。文字が読めないほど暗くなるまで聞いていても、オリバーが飽きることはなかっただろう。その後、庭に面した小部屋で翌日のレッスンのための予習をした。夢中で勉強していると宵闇が近づいてきて、ご婦人たちが二回目の散歩に出る場合は彼もついて行った。話題が何であれ、彼女たちの話を聞くのは楽しかった。二人に、あの花を摘んで、とか、忘れものを取ってきて、とか頼まれると、オリバーは大喜びして飛ぶように駆けていった。夜の帳が下りると三人は家に戻り、ローズはピアノに向かって美しい旋律を弾いたり、叔母が喜ぶ古い歌を、ささやくような優しい声で歌ったりした。そのようなときにはロウソクを灯さないのが決まりで、オリバーは窓辺に腰かけ、恍惚として甘美な音楽に耳を傾けるのだった。

日曜日になった。これまで経験したどの日曜日とも違っていたが、幸福さという点ではこれまでの日々と何ら変わりはなかった。朝、教会へ行くと、窓辺に青葉がそよぎ、表からは小鳥のさえずりが聞こえた。ポーチのところから甘い香りが流れこみ、

夜の帳が下りると三人は家に戻り、ローズはピアノに向かって美しい旋律を弾いた。

質素な建物はその芳香で満たされた。こざっぱりとした貧しき人々がひざまずき、祈りを捧げた。彼らが集うのは、退屈な義務ではなく、ひとつの楽しみのようであった。その歌声は粗野ではあったが、訴えかけるものがあり、これまでオリバーが聞いたどんな賛美歌より（少なくともオリバーの耳には）音楽的に響いた。それから、いつものように散歩をした後、労働者の清潔な家々を訪問した。夜になれば、その週のあいだに勉強した聖書の話を一、二章読んだ。そんなとき、彼は自分が牧師になる以上の誇らしさと満足を覚えるのだった。

朝は六時までに起きて野を歩いた。花束を作るため、遠くの生垣まで花を探してまわった。たくさんの花を抱えて家に戻ると、朝の食卓に彩りをそえるため、知恵を絞り、細心の注意で花々を飾った。メイリー嬢の小鳥の餌となる新鮮なノボロギクも摘んだ。オリバーは村の教会書記を務めている人の丁寧な指導を受けていたので、かなり上手に鳥カゴをこの花で飾りつけることができた。小鳥たちの一日の身支度をすませた後には、たいてい村の慈善事業の仕事がある。その仕事がない場合は、芝地でクリケットの試合が――たまにであるが――行われることもあり、それもない場合は、何らかの庭仕事、植物の手入れなどの仕事に精を出した。この仕事についてもオリバーは前述の親方――この人の本業は庭師である――から指導を受けていた。一生懸命に仕事をしていると、やがてローズがやって来て、オリバーの働きぶりをあれこれ褒めてくれるのだった。

かくして三カ月が飛ぶようにすぎていった。この三カ月は、この世でもっとも幸運な星の下に生まれついた人にとってさえ、相当に幸福な時間として感じられたに違いない。オリバーにとっては真の僥倖にほかならなかった。メイリー家の人々はこの上なく純粋な、愛にあふれた寛大さでオリバーを受け入れ、オリバーは心からの、精一杯の感謝でもって彼らに報いた。そのため、三カ月という短い期間にオリバーが老婦人ならびにその姪とすっかり打ち解けたこと、若く感じやすい心のオリバーが彼女らを熱烈に愛し、夫人たちのほうでも彼を誇りに思い、愛情を寄せるようになったことは不思議でも何でもなかった。

第33章　オリバーと友人たちの幸福な日々に、突然陰りが生じる

春は足早に過ぎ去り、夏になった。春も美しかったが、今は自然の美しさが極まり、最盛期に達していた。数カ月前には小さく裸だった木々も大きくなり、生命力をみなぎらせ、緑の腕を乾いた大地の上にのばしている。こうして、何もない開けた土地が気持ちのいい木陰の特等席へと変わり、そこからは彼方に広がるさんさんと陽を浴びた風景をのぞむことができた。大地は明るい緑のマントを身につけ、豊かな芳香を周囲に漂わせている。夏は一年の盛りであり、すべてが喜びに満ち、隆盛を極めていた。

とはいえ、小さなコテージの生活は相変わらず物静かで、幸福な静穏さが住民を包みこんでいた。オリバーはすっかり元気になり、健康な体に戻っていたが、自分を助けてくれた人々への厚い感謝の念は――たいていの人間の場合はそうでないものだが――具合の良し悪しに左右されることはなかった。痛みと苦しみで体力を奪われ、

些細なことでさえ、看病人の心遣いや親切にすがらねばならなかったときでも、オリバーは礼儀正しく、思いやりの心を持った少年だったのである。

ある美しい晩、散歩に出た三人はいつもより長く歩いた。いつになく暖かい日で、明るい月も出ていた。とりわけ快いそよ風が吹いていた。そのためローズも陽気で、楽しく会話をしながら、ついつい普段以上に歩きつづけてしまった。やがてメイリー夫人が疲れたといい、そこからのんびりと帰途についた。帰宅するといつものように、ローズはボンネットを脱いですぐピアノに向かった。ちょっとのあいだ何の気なしにローズは鍵盤に指を走らせていたが、やがて沈んだ陰気な曲を弾きはじめ、泣いているような、しくしくという声が聞こえてきた。

「どうしたの！　ローズ」老婦人がいった。

ローズは返事をせず、曲のテンポを上げた。悲しいことを考えていたが、夫人に声をかけられて、思わず我に返った感じだった。

「どうしたの、ローズ」老婦人は慌てて立ち上がり、姪の顔をのぞきこんだ。「どういうわけ？　泣いているじゃないの！　まあまあ、何を悲しんでいるの？」

「何でもないのよ、叔母様。何でもないの」若い婦人が答えた。「どうしてか自分でもわからないの。うまくいえないけど、何だか心が――」

「具合でも悪いの？」メイリー夫人が訊ねた。

「いいえ、具合は悪くないわ」ローズがいった。そしてひどい悪寒を覚えたようにぶるぶる震えながらいった。「すぐに治るわ。窓を閉めてくださいな」

オリバーが窓を閉めに立ち上がった。若い婦人は努めて元気にふるまおうとして、もっと元気のよい曲を弾きはじめた。が、すぐに力が抜けて指が鍵盤の上に落ちた。両手で顔を覆い、ソファに倒れこむと、こらえ切れずに涙がぽろぽろとこぼれ落ちた。

「ローズ！」老婦人は彼女を抱きしめた。「突然どうしたっていうの？」

「できることなら叔母様を心配させたくなかった」ローズが答えた。「隠そうと頑張ってきましたが、無理なようです。私は病気みたいです」

確かに彼女は病気だった。ロウソクの光のもとで見ると、帰宅してから大して間もないのに、ローズの顔色はすっかり蒼白であることがわかった。その顔は依然として美しかったが、それまでとは別の美しさだった。優しい顔にこれまで見たことのない不安と憔悴が現れ、まもなくその顔は真っ赤になり、空色の瞳にひどい苦しみの色が浮かんだ。流れる雲が作り出す影のように、まもなくそれは消え去り、彼女はふたたび顔面蒼白となった。

オリバーは心配そうに老婦人を見た。老婦人は明らかにローズの様子に困惑していた。オリバーも同様であった。しかし老婦人は努めて、何でもない風を装っていた。オリバーもそれに倣うことにし、これが功を奏した。ローズは叔母から部屋に戻って眠るようにいわれると、少し元気を取り戻し、多少とも加減がよくなったように見えた。そして、明日の朝にはきっとすっかりよくなっているでしょうといい、二人を安心させた。

「大したことでないといいんですが」メイリー夫人が部屋に戻ってくると、オリバーはいった。「今晩はあまり調子がよくないみたいですけど――」

老婦人はオリバーに、何もいうなという風に手をふった。そして薄暗い部屋の隅の椅子に腰かけ、しばらく黙っていた。やがて震える声でいった。

「そう、大したことでないといいわね、オリバー。もう何年もあの娘と幸せに暮らしてきました。多分、幸せすぎるくらいにね。ひょっとして、そろそろ不幸にも見舞われる時期なのかもしれないわ。私が想像しているようなことでないといいのだけれど」

「どんなことです?」オリバーが訊ねた。

「この上ない不幸」老婦人がいった。「長年の私の慰めであり、幸福の源であったあの愛しい娘を失うという」

「まさか！ そんなことになるはずありません！」急いでオリバーが叫んだ。

「私もそう祈ります」両手を固く握りしめて、老婦人はいった。

「そんな恐ろしいことが起こるとは思えません」オリバーがいった。「二時間前はあんなに元気だったのだから」

「でも今はあんなに具合が悪そう」メイリー夫人が答えた。「やがてもっと悪くなるでしょう。かわいそうなローズ！ あなたなしに、どうやって生きていけるでしょう！」

老婦人がすっかり悲嘆に暮れているので、オリバーは自分の感情を抑えて慰め役にまわる以外になかった。彼は、愛しいローズのためにもぜひともここは冷静にならなくてはいけませんと忠言した。

「それに奥様」オリバーはいった。泣くまいとするのだが、どうしても涙があふれてくる。「ローズさんはお若く、親切なかたです。周りにいる人たちみんなを幸福にしてくれます。あなたのためにも、自分のためにも、そして彼女が幸せにしたすべての人々のためにも、彼女が死ぬなんてことがあるはずはありません。あんなに若いのですから、神がこんなに早く天に召すはずがありません」

「どうか静かにして」オリバーの頭に手をおいて、メイリー夫人がいった。「子供らしい考えだこと。でも、あなたのおかげで私のすべきことを思い出しました。うっかり忘れていたけど、どうか許してちょうだいね、オリバー。私はもう年寄りで、病気の人や死んだ人を何人も見てきたわ。だから、愛する人との別離の苦しみは嫌というほど知っています。愛してくれる人がいる、若くて善良な人間が、いつも助かるわけではないことも知っているわ。だけど、この事実には救いもあるの。神は恵み深く、若い人の死は、この世界よりももっとすばらしい世界があり、そこへ至る道のりは容易であることを教えてくれます。どうか神の御心のままに！　私はローズを愛しています。どれほど深く愛しているか、神はそれをご存知です！」

オリバーは驚いた。なぜなら、メイリー夫人はこう述べると、大した苦労もなく悲しみを押し殺し、ぴんと背筋をのばして落ち着きを取り戻したからである。だがそれ以上に驚いたのは、メイリー夫人の毅然とした態度が持続し、その後の看病においてもいささかも動じる気配を見せることなく、果たさねばならぬ仕事を着実にこなし――しかも傍目には――陽気そうにふるまっていたことである。オリバーはまだ若く、気丈な心が逆境を前にしたとき、どれほど果敢に戦うものか知らなかった。だが、本人すら知らないことが多いのだから、オリバーが知らずとも驚くには当たらない。

不安なまま夜が更けていった。朝になり、メイリー夫人の予言通りになった。ローズは危険な高熱の初期段階にあった。

「さあオリバー、私たちは無用な悲しみに打ちひしがれることなく、元気を出さねばなりませんよ」メイリー夫人は唇に指を当て、オリバーの顔をしっかり見つめていった。「この手紙をロスバーン先生に大至急届けてちょうだい。畑を横切ってここから五キロほどの市場町に行って、そこで特別に馬を出してもらい、まっすぐチャーチーにこの手紙を届けてもらうの。宿屋の人に頼めば手配してくれますからね。あなたを信用して任せるわ」

オリバーは返事をしなかったが、すぐにも出発したい様子だった。

「もう一通手紙があるの」メイリー夫人はそういって言葉を切り、考えこんだ。「でも、すぐに出すべきか、ローズの経過を見て判断すべきか、迷っています。最悪の事態が起きない限りは送りたくないのですけど」

「それもチャーチーの人宛てですか？」すぐにも出かけたい様子でオリバーは訊ね、震える手をのばして手紙を受け取った。

「いいえ」老婦人は手紙を機械的に手渡しながら答えた。オリバーは手紙をちらと見た。宛先は、田舎の立派な貴族の屋敷に住んでいるらしい「ハリー・メイリー殿」となっている。しかしオリバーにはその住所がどこだかよくわからなかった。

「この手紙も出しますか?」しびれを切らした様子で、老婦人を見上げてオリバーは訊ねた。

「やはりやめておきます」メイリー夫人はそう答え、手紙を取り戻した。「明日になってから考えましょう」

彼女はそういってオリバーに財布を預けた。オリバーはそれ以上ぐずぐずすることなく全速力で家を飛び出した。

彼はまず畑を駆け抜け、畑を横切る小道を下った。左右に麦畑が広がっているあいだは——麦の背が高いので——すっかり体が隠れていたが、それが終わるとオリバーの姿もふたたび現れた。農夫たちが忙しそうに草を刈り、干し草を作っていた。ときおり呼吸を整えるために数秒立ちどまる以外、オリバーは少しも休まずに走りつづけた。目的の町の小さな市場へとたどりついたときには、すっかり大汗をかいて埃にまみれていた。

オリバーはようやく足をとめ、宿屋を探した。白い建物の銀行、赤レンガの醸造所、黄色い市役所があった。町の一隅には、緑色のペンキを塗った木造の大きな建物があった。表に「ジョージ亭」と書かれた看板が出ている。この看板に気がつくとオリバーはすぐに駆け出した。

入口のところでは郵便馬車の駅者が居眠りをしていた。オリバーはこの人物に話しかけた。駅者は用件を聞くと、馬丁に話すようにといった。オリバーは馬丁に同じことをくり返した。馬丁は話を聞き終わると、宿屋の主人に話すようにいった。宿屋の主人は、青のスカーフ、白い帽子、茶色の乗馬ズボン、そしてズボンに合わせたブーツ、という格好をした上背のある紳士で、馬小屋の入口のそばにあるポンプに寄りかかりながら銀の爪楊枝で歯の掃除をしていた。

この紳士は用件を聞くと、のんびりと宿屋のカウンターまで歩いて行き、勘定書をこしらえた。それだけでもえらく時間がかかった。勘定書が出来上がり、支払いが済むと、馬に鞍がつけられ、駅者が仕度にかかった。これにも十分以上の時間がかかった。オリバーはじりじりと絶望的な気分で待った。できることなら自分で馬に飛び乗り、次の宿場まで全速力で駆けて行きたかった。ようやく出発の準備が整った。小さな荷物が駅者に手渡された。オリバーは、くれぐれも大急ぎで先方に届けてほしいとしつこく念を押した。駅者は馬に拍車を入れた。馬は市場町のでこぼこ道を走り出して町を出発し、二分後には有料道路に入った。

これで医者が来てくれる、時間を無駄にせずできるだけのことはした、そう思うとオリバーはほっと胸をなで下ろした。いくぶん軽やかな心持ちで彼は宿屋の前庭を急ぎ足に歩き出した。そして、門口を出ようとしたとき、外套に身を包んだ背の高い男とぶつかった。この男は宿屋の戸口からちょうど表へ出てきたところだった。「こいつはどういうわけだ？」

「おっ！」男はそう叫んでオリバーを凝視し、思わず後ずさった。「こいつはどういうわけだ？」

「すみません」オリバーはいった。「大急ぎで家に戻ろうとして、あなたに気づきませんでした」

「くそっ！」大きな黒い瞳で少年をにらみつけながら男はつぶやいた。「こいつはぶったまげたぜ。こんなガキは臼ですりつぶして、灰にしちまわないとだめだ。石の棺だって抜け出して、俺の邪魔をしに来やがるに違いないからな！」

「ごめんなさい」見知らぬ男ににらまれて困惑したオリバーは、口ごもりながらいった。「お怪我はありませんでしたか」

「くたばりやがれ！」男は歯を食いしばり、激情に駆られてつぶやいた。「あのとき勇気を出して、いいたいことがいえてりゃ、お前なんかとは一晩のうちにおさらばできたんだ。呪っても呪いきれねえぜ。くたばれっ、この悪魔め！　こんなところで何をしてやがるんだ？」

男は支離滅裂なことをわめきながら、拳をふりまわし、歯ぎしりした。そしてオリバーに一発お見舞いしようという風に、にじり寄ってきた。が、発作を起こし、地面に激しく倒れた。彼は悶え苦しんで泡をはいた。

オリバーはほんのわずかのあいだ、その狂った男（だとオリバーは思った）の苦しむ様子をじっと見つめていたが、すぐに助けを求めて駆け出した。男が無事に宿屋に運びこまれるのを見届けてからようやく家路についた。無駄にした時間を取り戻そうと懸命に走った。道すがら、さっき遭遇した人物の異常なふるまいを、驚きと恐怖とともに思い出した。

だが、男の記憶に長く悩まされることはなかった。家に戻ると、次々に新たな心配事が立ち現れたからである。そのため、自分の悩みなど思い出す余裕すらなかった。ローズ・メイリーの容態は悪化した。深夜になる前にうわごとを口走るようになった。近所の医者が彼女につき添っていたが、この医者はローズを一目見るなりメイリー夫人をそばへ呼んで、患者はとても危険な状態にあると告げた。「正直申して」彼はいった。「もし彼女が回復するようなことがあれば、それは奇跡に近いといえましょう」

オリバーは夜のあいだ、ひっきりなしにベッドを抜け出し、忍び足で二階へ上がり、病人の寝室からもれ出るかすかな声に耳をすました。足音が聞こえると、想像するだに恐ろしい事態が起きたのではないかと思い、体が震え、額に冷や汗がにじんだ。オリバーは、墓穴に転げ落ちそうになっている心優しきローズをどうかお救いくださいと、苦悶のうちに神に祈った。これまでにも幾度となく熱心に祈ったことはあったが、これほど激しく、心をこめて祈ったことはなかった。

心から愛する人が死にかけているのに、傍らで見ていることしかできないとは、何ともどかしいことであろうか。恐ろしい想像が次から次へと脳裏に浮かび、心臓が激しく脈打ち、息苦しさが募る。苦痛を和らげ、少しでもよくなるように――もちろん、われわれの力でどうにかなるものではないのだが――何かできることはないかと無駄なあがきをせずにはいられない。しかしまもなく、おのれの無力さを悲しく思い出し、意気消沈することになる。このときの苦痛に匹敵する苦しみはない。この生き地獄の最中にあっては、いかなる思想や試みもその苦悶を鎮めることはできない。

朝になった。家はしんと静まり返っていた。人々が小声でささやき合っている。ときおり、気遣わしげな表情の人々が門をくぐり、女たちや子供たちが目に涙をたたえて帰って行く。一日中――日が暮れた後もしばらくのあいだは――オリバーは力なく庭を歩きまわり、病人のいる部屋を見上げては、その真っ暗な窓を見て身震いした。部屋の中で死神が寝ているような気がするのだった。夜も更けてからようやくロスバーン医師が到着した。「厳しいな」善良な医者はそういいながら顔を背けた。「こんなに若く、こんなに人々から愛されている人がな。残念だが、まず助からんだろう」

朝になった。この世にどんな不幸もないかのように太陽が明るく輝いた。葉は青々と茂り、花々が咲き誇った。生命と健康に彩られ、喜びの音と光景が周囲を包んだ。そして美しい婦人はベッドに横たわったまま、やつれ果てていった。オリバーはそっと古びた教会墓地へ出かけた。草の茂る塚に腰を下ろすと、声を殺して泣き、彼女のために祈った。

平和で美しい風景が広がっていた。太陽がさんさんと照り、楽しげで陽気な雰囲気に満ちていた。夏の鳥たちは快活に歌い、ミヤマガラスが自由を謳歌するように頭上を飛んだ。どこを見ても生命と喜びが充溢していた。泣きはらした眼を上げ、周囲を見渡した。思わず、今は死が訪れるときではない、世の中がこれほど幸せで楽しげなときにローズが死ぬはずはない、と思った。寒くて陰気な冬こそ死にふさわしく、陽光と芳香に溢れた夏などふさわしくないと思った。それに、経帷子が似合うのはよぼよぼの老人である。若くて壮麗な婦人の体を包むには、あのぞっとする布は似つかわしくない。

教会の鐘の音が、オリバーの子供っぽい考えをあざ笑うように、ひとつ、またひとつと鳴り出した。葬式を告げる鐘の音だった。貧しき人々の一団が教会の門をくぐってやってきた。白いリボンをつけていた。死者が子供だったからである。彼らは墓のわきに立ち、帽子を取った。すすり泣く人々のなかに、子供の母親――かつて母親だった女――がいた。太陽は明るく輝き、鳥たちが歌っていた。

オリバーは家に戻ろうと踵を返した。ローズから受けた親切の数々を思い出し、自分がどれほど彼女に感謝し、どれほど彼女を愛しているか、その想いを彼女に今一度伝える機会の訪れることを願った。義理を欠いたとか、思いやりが足りなかったとかいう自責の念に苦しむことはなかった。心から彼女に尽くしてきたつもりであったから。ただ、もっと熱心に奉仕することもできたのではないか、という場面も無数に思い出された。ここからいえることは、普段から周囲の人々とのつき合い方には十分注意する必要がある、ということだ。なぜなら、人が死ぬたびに、生き残った人々は、ああしてあげればよかった、大したことはしてやれなかったと悔やむことしきりで、いろいろと忘れていることも多く、償いが十分でなかったと負い目を感じるのが常だからである。やり場のない自責の念ほど苦しいものはない。もしそのような責め苦を逃れたいと思うならば、この事実をよくよく噛みしめねばならない。

オリバーが帰宅したとき、メイリー夫人は小さな居間の椅子に腰かけていた。その姿を見て彼はぎょっとした。夫人が枕元を離れたことはなかったので、彼女がここにいるということは、何か重大事が起きたに違いなかったからである。オリバーは思わず身震いした。夫人の説明では、ローズは今深い眠りに落ちている。その眠りから目覚めるとき、命を取りとめて回復に向かうか、別れの挨拶をしてあの世へ行くかがはっきりする、という話だった。

二人は聞き耳を立てながら、恐ろしさから話もできず、数時間もじっと座っていた。食事が出されたが、手つかずのまま下げられた。二人とも、心ここにあらずという表情で、地平線に沈んでゆく太陽を眺めていた。やがて太陽は沈み、空と大地が絢爛たる色彩に染め上げられた。そのとき、部屋へと近づいてくる足音が聞こえ、二人は思わず扉のところへ駆け寄った。現れたのはロスバーン氏だった。

「ローズの具合はどうです？」老婦人が訊ねた。「どうかおっしゃって！　耐えてみせます。お気遣いは無用です。すぐに教えてください！」

「どうか冷静に」夫人に手を貸しながら医者はいった。「お願いです、どうか落ち着いて」

「そこを通してください。かわいいローズ！　あの娘が死んだ！　死にかけている！」

「死んでいません！」力強く医者が叫んだ。「善良で慈悲深い神の恵みにより、あの娘は助かりました。彼女はこれからも私たちを幸せにしてくれるでしょう」

夫人はひざまずいて両手を組み合わせようとした。が、今まで彼女を支えていた力は、感謝の祈りとともに天へと消え去った。彼女はばったり倒れそうになり、すかさずロスバーン氏が手をのばして抱きとめた。

第34章　新しく登場する若い紳士をいくつかのエピソードとともに紹介し、その後、オリバーの新たな冒険について記す

喜びのあまり正気でいられないほどだった。オリバーは思いがけぬ知らせに呆然として、泣くことも言葉を発することもできなかった。ほっと胸をなで下ろすこともできなかった。何が起こったのかよく理解できず、夜の静かな屋外をしばらくさまよい歩いた。その後、どっと肩の力が抜けてとめどなく涙がこぼれた。そして不意に我に返ると、喜びが全身を駆け抜け、鉛のような重荷が心から消え去るのを感じた。

刻一刻と夜が迫ってきた。病室に彩りをそえようと思い、丁寧に摘んだ花々を手にオリバーは家に戻りはじめた。道を足早に歩いていると、背後から馬車の音が聞こえ、それはすごい勢いで近づいて来た。オリバーはふり返った。それは先を急ぐ駅馬車だった。馬はギャロップで駆けていた。しかも狭い道だった。そのため、馬車が通り過ぎるまでオリバーは門にひっついて道を譲った。

オリバーはふり返った。それは先を急ぐ駅馬車だった。

馬車が眼前を駆け抜けるとき、白のナイトキャップをかぶった見覚えのある男の姿がちらりと目に入った。だがそれは一瞬のことで、正確に誰と思い出す余裕はなかった。その一、二秒後、男はナイトキャップを載せた頭を窓から突き出し、大声で駁者に「とまれ」とどなった。駁者は手綱を引き、たちまち馬車はとまった。ナイトキャップの男がふたたび窓から顔を出し、オリバーの名前を呼んだ。

「おおい！」男が叫んだ。「オリバー君。どんな具合だい？　ローズお嬢さんの具合は」

「ジャイルズさん？」駅馬車へ駆け寄って、オリバーは訊いた。

ジャイルズは返事をしようと、ナイトキャップをかぶった頭をふたたび突き出した。だが、馬車の向かいの隅の席に座っていた若い紳士がジャイルズを引き戻し、「容態はどうなんだ」と興奮して訊ねた。

「これだけ教えてくれ」その紳士がどなった。「よいのか悪いのか」

「よいのです。だいぶ回復しました」オリバーは急いで伝えた。

「そうか、やった！」その紳士は叫んだ。「間違いないね？」

「間違いありません」オリバーは答えた。「数時間前に、持ち直したんです。もう危険は脱したと、ロスバーン先生もおっしゃってました」

若い紳士はそれ以上は何もいわず、馬車の扉を開けて下りてくると、慌ただしくオリバーの腕を取り、傍らに立たせた。

「間違いないんだね？　君の勘違いとか、そんなことは絶対にないね？」声を震わせてその紳士は訊ねた。「希望だけ持たせて、後でがっかりなんてのはごめんだよ」

「誓ってそんなことはありません」オリバーは答えた。「どうか僕を信じてください。彼女はこれからも生きて、僕たちを幸せにしてくれるだろうと、ロスバーン先生がいうのをこの耳で聞きました」

あの喜ばしい知らせを聞いたときのことを思い出し、オリバーの目頭は熱くなった。紳士は顔を背けてしばらく何もいわなかった。オリバーは一度ならず紳士がすすり泣く声を聞いたように思ったが、相手にばつの悪い思いをさせまいと何もいわずにいた。相手の気持ちが痛いほど想像できた。それで、自分の作った花束をいじっているふりをして、離れて立っていた。

この間、ジャイルズは白のナイトキャップをかぶったまま馬車のステップに腰かけていた。両膝に肘をつき、青地に白の水玉の綿のハンカチで涙をぬぐっていた。彼は正直な男で演技などできるはずはなかった。本当に泣いている証拠に、若い紳士がふり返ってジャイルズに話しかけたとき、若い紳士を見つめる彼の眼は真っ赤だった。

「ジャイルズ、お前はこのまま駅馬車で母上のところへ向かってくれ」紳士はいった。「僕はここからのんびり歩いていくつもりだ。母に会う前にちょっと時間がほしい。僕はまもなく着くと、そう伝えてくれ」

「失礼ですが、ハリー様」泣きはらした顔をハンカチで拭い、ジャイルズはいった。「その伝言は、代わりに駆者の小僧に頼んでいただけるとありがたいのですが。こんな姿を女中どもに見られてはしめしがつきません。それこそ沽券にかかわります」

「それなら」ハリー・メイリーは微笑んでいった。「好きなようにしていいよ。お前がそうしたいなら、ひとまず駆者に荷物だけ運ばせて、僕たちと一緒に歩けばいい。ただ、そのナイトキャップは脱いで、もっと適当な帽子をかぶるんだな。さもないと僕ら全員奇人扱いされてしまう」

服装の問題点を指摘されたジャイルズは、すぐさまナイトキャップを脱いでポケットにしまい、荷物からくすんだ色の地味な帽子を取り出してかぶった。駆者は馬車を出し、ジャイルズ、メイリー氏、そしてオリバーの三人はのんびりと歩き出した。

歩きながら、オリバーは好奇心を抑えられず、この新顔の紳士をちらちら盗み見た。年齢は二十五といったところ。中背で、寛大そうなハンサムな顔立ちをしている。立ち居ふるまいには少しも気取ったところがなく、好感が持てた。年齢は相当離れていたが、彼は老婦人にそっくりだった。彼がメイリー夫人を「母上」と呼ばなかったとしても、二人が親子であることはオリバーにも容易に想像がついた。

メイリー氏が到着したとき、メイリー夫人はひどく待ちかねた様子で息子を迎えた。この再会は二人とも感極まるものがあった。

「お母さん！」青年がいった。「なぜもっと早く手紙をくれなかったのです？」

「手紙は出したじゃありませんか」メイリー夫人はいった。「念のため、ロスバーン先生の意見を訊くまで待っただけです」

「しかしですね」青年はいった。「危うく手遅れになるところだったんですよ？　もしローズが仮に――とても口にはできません――もし仮に病が悪化していたら、取り返しのつかないことになっていたのです。僕は永遠に幸福を奪われるところでした」

「もしそうなっていたら」メイリー夫人はいった。「お前は不幸のどん底に落ちて、ここへ着くのが一日早かろうが遅かろうが、大した違いはなかったんじゃないかしら」

「お母さん、僕は確実に不幸のどん底だったでしょうよ」青年は答えた。「それは間違いのないところです。当然じゃありませんか、お母さん。火を見るよりも明らかなことです」

「あの娘が、この上ない純粋な愛を捧げるにふさわしい女性だということは、よく承知しています」メイリー夫人はいった。「彼女の情愛と献身に応えるには、ありきたりの愛では足りません。深い、とこしえの愛でなければなりません。もし私がそんな風に思わなかったら、話は別でした。もし彼女が愛する人の心変わりに耐えられるようなら、これほど慎重に行動する必要もありませんでした。一人であれこれ思い悩む必要もなかったでしょう。やるべきことを淡々とすればよいだけのことですからね」

「ずいぶんないい様ですね、お母さん」ハリーはいった。「僕が、自分の気持ちもよくわからぬ、愛と恋の区別もつかぬ子供だと思っているのですか?」

「いいかしら、ハリー。私の考えはこうなのよ」メイリー夫人は息子の肩に手をおいていった。「若いうちはいろいろな情熱に突き動かされるものです。そして、一度満たされると急激に冷めてしまう情熱も、なかにはあります。それにね」老婦人はじっと息子の顔を見つめた。「情熱と活力と野望がある紳士が妻を娶って、その妻の名に汚点が――しかも彼女の過ちゆえではない汚点が――ある場合、冷酷であさましい連中から、本人ばかりか子供まで、誹謗中傷を受けることもあるのですよ。世間で夫が成功すればするほど――どれほど寛大で立派な人物であろうと――夫だって責められ、嘲笑の対象になることがあるのです。そして、そのような妻を娶ったことを後悔しないとも限らない。夫がそんな気持ちになれば、妻だってどれほど苦しむことでしょう」

「お母さん」我慢できなくなって青年がいった。「そんな夫は男の名に値せぬ、お母さんがいう女性にもふさわしからぬ、自分勝手な阿呆ですよ」

「今はそう思うでしょうけどね、ハリー」母親がいった。

「この先もずっとそうです！」青年がいった。「この二日というもの僕は苦しみました。そこから誓っていえることは、僕の愛情は昨日今日のものではなく、軽はずみなものでもないということです。僕はあのかわいい優しいローズを愛しています。どんな男の愛情にも負けないくらい深く愛しています。この世で彼女以外の女を愛することはありませんし、その希望もありません。もし僕を信じないならば、お母さんは僕の平和と幸福をその手でむしり取り、風に散らすも同様とお考えください。お母さん、どうかこの件について、僕という人間について、考え直してください。お母さんにとっては瑣末なことかもしれません。でも、どうか僕のこの愛情を過小評価しないでいただきたい」

「ハリー」メイリー夫人がいった。「私がこんなことをいうのも、愛情や心の機微を重んじるからこそですよ。無益な傷心は避けたいのです。でも、この件については、今日はもうここでやめます。十分すぎるほど話し合いましたからね」

「あとはローズの気持ち次第です」ハリーが口をはさんだ。「お母さんは、僕の邪魔をして、その極端な意見をローズにまで押しつけはしないでしょうね？」

「もちろんしません」メイリー夫人は答えた。「でもお前に考えてほしいのは――」

「僕は十分に考えました！」いらいらして相手は答えた。「いいですかお母さん、僕はもう何年もこの問題を考えているのです。ちゃんと物事が考えられるようになって以来、ずっと考えているといっていい。僕の心は変わっていませんし、これからも変わりません。なぜローズにこの気持ちを伝えるのを、いつまでも先延ばしにして、苦しまなければならないのです？　どちらにも何の得もありません。僕はここを発つ前に、ローズに話すつもりです」

「そうなさい」メイリー夫人がいった。

「どうもお母さんの口ぶりだと、まるでローズにその気がないという風に聞こえますが」青年がいった。

「その気がないなんて、とんでもない」老婦人は応じた。

「それなら、どうしてです？」青年がうながした。「彼女にほかに好きな人がいるとでも？」

「いいえ、とんでもない」母親は答えた。「私の勘違いでなければ、お前はそうとう彼女に愛されていますよ。私のいいたいのは別のこと」老婦人は息子が何かいいかけたのをさえぎり、つづけた。「お前が彼女にすべてを捧げ、期待に胸をふくらませる前に、ローズの生い立ちについて少し考えてみてごらん。自分の出生に問題があると彼女は知っています。だから、お前と一緒になると素直にいうかどうか、わからないじゃありませんか。気高い心の持ち主で、重大事でも些細なことでも、自分を犠牲にすることを厭わないのがあのローズという娘です」

「つまりどういうことですか?」

「自分でお考えなさい」メイリー夫人は応じた。「私は彼女のところに戻ります。それじゃあ」

「今晩また会えますよね?」頼みこむように青年はいった。

「ええ」老婦人は答えた。「ローズが眠った後でね」

「僕が来ていると、伝えてもらえますか?」ハリーはいった。

「もちろん」メイリー夫人が答えた。

「僕がとても心配し、ひどく苦しみ、とても会いたがっていると、伝えてください。嫌とはいいませんよね?」

「伝えますよ」老婦人はいった。「そっくり彼女に伝えます」そして優しく息子の手を握ってから、急ぎ足に部屋を出て行った。

この慌ただしい会話の間、ロスバーン氏とオリバーは部屋の隅のほうに控えていた。そして今、ロスバーン氏はハリー・メイリーに手を差し出し、心のこもった挨拶が交わされた。青年がいろいろと質問し、医者は患者の容態について正確な情報を与えた。それを聞いて青年は安堵し、大いに希望を持った。さっきオリバーが請け合った通りだった。ジャイルズは荷解きで忙しいふりをしていたが、聞き耳を立て、二人のやりとりをすっかり聞いていた。

「ジャイルズ、最近何か撃ったかい？」青年との話がすむと、医者は訊ねた。

「いいえ、先生。これといって何も」耳まで赤くなって、ジャイルズは答えた。

「泥棒を捕まえたり、強盗の素性を暴いたりしてないのかい？」医者がいった。

「いいえ、まさか」真面目くさった顔でジャイルズは答えた。

「そうかね」医者はいった。「それは残念だな。君はそういったことに長けているからな。それで、ブリトルズはどうしているね？」

「元気にしております」ジャイルズは堂々たるいつもの調子を取り戻していった。

「先生によろしくと申しておりました」

「結構」医者はいった。「そうそう、ジャイルズ君、君に用事があったのだ。いつぞやは慌てて帰らねばならなかったが、その前日にな、君の女主人から君のためにちょっとした仕事を委託された。ちょっと向こうまで、よろしいか?」

ジャイルズはたいそうもったいぶった態度で、しかし幾分か不安そうな様子で部屋の隅へ行き、ちょっとのあいだ医者とひそひそ声で話し合っていた。話し合いがすむと、ジャイルズは医者にくり返しぺこぺこ頭を下げ、常ならぬ意気揚々とした足取りで部屋を後にした。この密談の内容はその場では明らかにされなかったが、キッチンではさっそくお披露目された。ジャイルズはまっすぐにキッチンへ向かい、エールをジョッキで頼み、何とも誇らしげな様子で、強盗未遂事件における勇敢なる働きをたたえられ、奥様は自分が自由に使えるようにと地元の貯蓄銀行に二十五ポンドをお預けくださったと報告した。二人の女中は驚いて両手を上げ、目を吊り上げ、ジャイルズ氏の自慢大会がはじまるだろうと想像した。ところが彼はシャツのフリルをつまみながらかぶりをふって、部下たちに横柄な態度を取ることがあれば、ぜひ注意してもらえるとありがたいといった。そして、自分の謙虚さを示そうとあれこれ言葉を連ねた。彼の演説は拍手と称賛で迎えられた。偉人たちの演説のように、独創的だが道理にかなったものだったからである。

二階では和やかに夜が更けていった。医者はいつになく上機嫌だった。ハリー・メイリーは最初、疲れているような、物思いに沈んでいるような様子だったが、気のいいロスバーン医師の陽気さには抗しがたく、次第に引きこまれていった。ロスバーン氏は、ユーモアをまじえて医者としての見聞録を披露し、冗談やらささやかなジョークやらを無数に飛ばして場を盛り上げた。オリバーはこれほど滑稽な話は聞いたことがないと感じ、腹を抱えて笑った。それを見て医者も満足そうな様子で高笑いし、ハリーもつられて心から笑った。かくして不謹慎にはならない程度に男たちは愉快にくつろいだ。気分も明るく満足して寝室に引き上げたのは、夜もだいぶ遅くなってからである。最近は不安と緊張の日々だった。彼らにもっとも必要なもの、それは休息だった。

翌朝、オリバーは気分も軽く目を覚ました。これまで以上の期待と喜びを胸に、日課となっている朝の仕事に彼は出かけていった。鳥カゴはふたたび元の場所に掛けられた。野辺の花々もふたたび摘まれ、その美しさと芳香がローズを喜ばせた。ここ数日、不安な思いとともに過ごしたオリバーは、どんな美しいものにも憂鬱の覆いがかかっているように思われたが、その覆いは今や魔法のように消え去った。緑葉の上のしずくは一段と美しく輝き、葉のあいだを吹き抜ける風は、普段に増して快い音楽をかなでた。空はより青く鮮やかに見えた。外界の事物の見え方は、私たちの心境の影響を強く受けるものだ。自然や友人を見て、すべてが暗黒で陰気だとこぼす人々は、決して誇張しているのではない。彼らの目に映る陰鬱な色は、彼らの病んだ目や心を的確に反映している。真なる色彩とは妙なるものである。それを見るためにはすみきった心眼を必要とする。

朝の散歩がもはや一人きりでなくなったことは、注目すべき変化だった。オリバー自身もそう感じていた。ハリー・メイリーは――花束を抱えて帰宅するオリバーと出会ったとき以来――すっかり花に夢中になり、花の生け方にもなみなみならぬセンスを発揮し、年若い友人をすっかり引き離していた。けれども、こうした点で遅れをとったにせよ、一番いい花がどこに咲いているかを心得ているのはオリバーだった。二人は毎朝一緒に野辺を駆けまわり、とびきり美しく咲いた花々を持ち帰った。今では若い婦人の寝室の窓は開け放たれていた。ローズは豊かな夏の香りを部屋に入れることを好み、その爽やかな香りは彼女の回復を助けた。格子窓のすぐ裏には、丁寧に作られた小さな花束がいつも花瓶に生けてあった。その花瓶に生けられた花束は――水は頻繁に取り替えられていたが――枯れても決して捨てられることがない事実に、オリバーは気づいた。ロスバーン医師が朝の散歩に出かけようと庭を横切るとき、決まってその部屋の窓辺を見上げ、意味ありげにうんうんとうなずくことにもオリバーは気づいていた。そうこうしているあいだに日々は飛ぶように過ぎ、ローズはぐんぐん回復していった。

ローズの床上げはまだで、夕方の散歩も未だ復活してはいなかったけれども——ときおり夫人とわずかな距離を歩くにとどめていた——、オリバーが時間を持て余すことはなかった。彼は彼で、白髪の老紳士の指導を受け、以前の倍の熱心さで勉強に精を出していたからである。その躍進ぶりには自分自身でも驚きを禁じえないほどだった。さて、オリバーがこのように勉学に勤しんでいるとき、彼を大いに困惑させて苦しめるまったく予期せぬ事件が起きた。

オリバーが本を読むときに利用していた小部屋は屋敷の一階の裏手にあった。いかにもコテージ風の部屋で、格子窓がついていた。その格子窓のところまでジャスミンやスイカズラがのび、花を咲かせ、芳香をあたりに漂わせていた。庭に面し、庭の小門を出た先にはちょっとした牧場の囲い地があり、さらにその先には青々とした牧草地と森が広がっていた。その方角には住宅がなく、見晴らしはすこぶる良好であった。ある美しい夕刻、黄昏の光が大地を染めはじめるころだった。オリバーはこの部屋の窓辺でしばらく前から本に読みふけっていた。いつになく蒸し暑い日で、根を詰めて勉強していたこともあり、オリバーがいつしか眠りに誘われたところで彼の読んでいた本の著者――それが誰であろうと――を侮辱したことにはなるまい。

肉体は眠りこんでいるが、精神は外界の事物を普段通りに認識できる、そんな眠りに襲われることがときどきある。抗しがたいだるさ、脱力感、完全なる思考停止状態を眠りと呼ぶなら、これはまぎれもなく眠りである。けれども普段の眠りとは異なり、周囲で生じることはすっかり意識されていた。そのため、こうした睡眠状態で夢を見れば、現実に口にされた言葉や発せられた音はたちまち夢の映像に取りこまれる。現実と幻は交錯し、両者は分かちがたく渾然一体となる。だがこれは、この種の眠りのもっとも驚嘆すべき部分ではない。驚嘆すべき、疑うべからざる事実は、触覚や視覚が麻痺しているのに、眠っているあいだの思考や夢想が、外界の物質の存在により――ただそこにあるというだけで――実質的な影響をこうむるということである。この外界の物質は、われわれが寝ているとき、われわれの近くにある何かとは限らない。むしろそれが近くにあるなどとはっきり意識していないことのほうが普通である。

自分がその小部屋におり、机には本が並び、甘い香りが窓辺の蔦から匂い立っていることは、オリバーも十分にわかっていた。しかし今、彼は眠っていた。不意に場面が変わり、重苦しく、息が詰まるように感じた。そして恐怖とともに、今、自分はユダヤ人の家にいるのだと思った。見れば、見覚えのある部屋の隅に、醜怪なあのユダヤの老人が座っていた。彼は隣りに座った、そっぽを向いた男に小声で何か話しかけていた。

「しっ！」ユダヤ人がそういうのを聞いた気がした。「間違いない、やつだ。さあ行こう」

「確かにやつだ！」もう一人の男がそういっているように聞こえた。「見誤るはずがない。こいつが、こいつに化けた悪魔どものあいだにまぎれたとしても、俺にはどいつが本物かすぐに見分けがつくぜ。十五メートルもの穴に埋めたとしても、やつが埋まっている場所の上に来れば——目印など何もなくたって——俺にはそうとわかるほどだ。それは確かだね！」

男があまりに憎々しげにそういうので、オリバーはぞっとして目を覚まし、椅子から飛び上がった。

だが何ということだろう！　心臓がどくどくと高鳴り、声を出そうにも声は出ず、体はぴくりとも動かないではないか！　すぐそこ、窓辺のところ、手を伸ばせば届くほど近くで、部屋をのぞきこみ、オリバーをじっと見ていたのはあのユダヤ人だった！　隣りには、怒りか恐れ——あるいはその両方——で青白い顔をした男が恐ろしい形相で立っていた。それは、宿屋の店先でオリバーと言葉を交わした男だった。

しかしそれはほんの一瞬の出来事であり、次の瞬間には二人は姿を消していた。とはいえ、二人はオリバーを認め、オリバーも二人を認めた。彼らの表情は、生まれたとき以来毎日目にしてきた石版画のごとく、オリバーの記憶に焼きつけられた。オリバーはちょっとのあいだ立ちすくんでいた。が、すぐに窓から庭へ躍り出ると、大声で助けを呼んだ。

第35章　不首尾に終わったオリバーの冒険ならびにハリー・メイリーとローズのあいだで交わされた重要な会話

叫び声を聞いた家人たちが現場に駆けつけると、気の動転した、真っ青な顔のオリバーが家の裏手の牧草地を指さし、「ユダヤ人！　ユダヤ人！」と声にならぬ声でつぶやいていた。

ジャイルズは彼が何に怯えているのかわからず困り果てていたが、頭の回転が速いハリー・メイリーは、母親からオリバーの身の上話を聞いていたので、すぐに事情を察した。

「どっちへ逃げた？」隅に立て掛けてあった重い棒切れをつかんでハリーが訊ねた。

「あっちです」連中が逃げた方角を指さしてオリバーはいった。「でも、すぐに見えなくなってしまいました」

「溝の中に身を隠したのさ」ハリーはいった。「僕が先頭を行くから、ぴったり後ろについておいで」彼はそういって生垣を跳び越え、ほかの人々がついて行けないほどのスピードで駆け出した。

ジャイルズもオリバーも必死について行こうと頑張った。その直後、ロスバーン医師が散歩から戻った。彼もオリバーたちを追って生垣を跳び越えようとしたが、派手に転んだ。だが見た目からは想像もつかぬほど俊敏に身を起こすと、なかなかのスピードでふたたび駆け出し、ありったけの声で「一体何があった?」と叫んだ。

一同は走りつづけた。呼吸を整えるために立ちどまって休むこともなかった。まもなく先頭を行くハリーが、オリバーの指さした野原の一角を曲がり、すぐわきにある溝や生垣を丹念に調べはじめた。おかげでオリバーは、この追跡劇の発端をロスバーン医師に話す余裕ができた。

だが探索は徒労に終わった。ついたばかりの足跡すら見つからなかった。今、彼らは小高い丘の上に立っていた。そこに立つと周囲五、六キロ先まで野畑を見渡すことができる。左手の盆地には村があったが、そこへ行くにはオリバーが指さした方角へ向かい、開けた野原をぐるりと迂回しなければならない。この短時間にそれをやってのけるのは不可能だった。別の方角には深い森へとつづく牧草地があるが、あの短時間に森まで逃げこんだとも考えられない。

「夢だったんじゃないかね、オリバー」ハリー・メイリーがいった。

「いいえ、まさか」悪党の老人の顔をまざまざと思い出し、震えながらオリバーは答えた。「今、あなたがたを見ているみたいに、はっきりと見たんです。二人連れでした」

「もう一人は誰だい？」ハリーとロスバーン医師が口をそろえて訊ねた。

「以前お話しした、宿屋の前でぶつかった男です」オリバーがいった。「その男とちゃんと目が合いました。だから誓って間違いありません」

「連中はこっちへ逃げたんだね？」ハリーが訊いた。「それは間違いないね？」

「窓辺に立っていて、それからこっちへ逃げたんです。間違いありません」オリバーは家の庭と牧草地を隔てている生垣をさして答えた。「背の高い男のほうがそこのところで生垣を跳び越えました。ユダヤ人のほうはやや右側を走り、あの切れ目のところから抜け出て行きました」

そのように説明するオリバーの真剣な表情を見た紳士二人は、互いに顔を見合わせると、オリバーの証言が正しいことに納得した様子だった。けれども、どの方角を探しても、慌てて逃げ出したとおぼしき人間の足跡すら見つからない。オリバーたちのものをのぞけば、草には踏み跡すらなかった。溝の左右や縁のところは、じめじめした粘土質の土だったが、そこにも靴の跡はおろか、人間の足が数時間前に踏んだとおぼしきどんなかすかな痕跡すら見つけられなかった。

「実に不思議だ！」ハリーはいった。

「不思議だよ！」医師がくり返した。「ブラザーズとダフだって、何も見つけられんだろうさ」

徒労に終わるのは目に見えていたが、夜になるまで捜査はつづけられた。だが何も見えなくなり、これ以上は不可能となると、やむなく捜査は打ち切られた。その後、ジャイルズが近くの村へ派遣された。オリバーから侵入者の人相や服装を詳しく聞き、その情報をもとに村の酒場をまわった。とりわけユダヤ人のほうは特徴的な人物だ。酒を飲んだりうろついているところを目撃されれば、人々の記憶に残るだろうと期待された。しかし、謎を解く――あるいは謎に光を当てる――ような情報は何も得られず、ジャイルズは何の成果もなく戻って来た。

翌日も捜査は続行され、ふたたび聞きこみが行われたが、昨日同様に手がかりは得られなかった。翌々日、オリバーとハリーの二人は、連中の情報が得られやしまいかと市場町へと出かけた。だがまたしても、何の手がかりも得られなかった。さらに数日が経つと――たいていの事がそうであるが――今回の事件のことも次第に忘れられてきた。驚異というものは、それ自身を養う新しい食べ物が得られなくなると、おのずと立ち消えてしまうものだ。

そうこうしているうちにローズは相当に回復した。部屋から出て外出することもできた。彼女はふたたび家族と交わり、皆を楽しませた。

この嬉しい変化は家族に顕著な影響を及ぼし、朗らかな声、陽気な笑い声がふたたび家中に響き渡った。けれどもその一方で、家族の人々に——ときにはローズにも——普段にない気兼ねや遠慮のようなものが見受けられるようになった。オリバーもそのことに気づかざるを得なかった。メイリー夫人と息子はしばしば閉じこもって長い時間話しこんでいた。涙をぬぐった顔のローズを見かけることも一度ならずあった。ロスバーン氏がチャーチーに帰る日取りが決まると、こうした傾向はより強まった。ローズと誰かの平穏を妨げる事態が進行中なのは明らかだった。

ある朝、ローズが朝食をとる部屋で一人きりでいると、そこへハリー・メイリーがやって来た。彼はしばし躊躇していたが、やがて「話があるんだが、ちょっといいかい」と切り出した。

「本当にすぐ済む話だよ、ローズ」彼はそういって自分の椅子を彼女のそばへ引き寄せた。「僕が何を話そうとしているか、君は先刻承知だろう。僕はまだ君に向かって

「本当にすぐ済む話だよ、ローズ」彼はそういって自分の椅子を彼女のそばへ引き寄せた。

はっきり話していないが、僕が心の底で何を一番願っているか、君がそれを知らぬはずはない」

ハリーが姿を現した瞬間からローズは青ざめていた。もっともそれは最近の病のためかもしれなかった。彼女はちょっと頷いてみせて、それからそばの植物をのぞきこみ、ハリーが話しはじめるのを待った。

「僕は――僕はもっと早くここを去るべきだった」ハリーがいった。

「本当に」ローズが答えた。「こんなこといってごめんなさい。でも、本当にもっと早く出発していたらと思います」

「不安がもたらす恐怖と苦悩から、僕はここへ来ないわけにはいかなかった」若者はいった。「君は僕の希望のすべてで、その君を失うのが怖かった。君は死にかけていて、この世と天国のあいだをさまよっていた。若く、美しく、善良な人々でも病に倒れ、永遠の憩いの場所である天国へその無垢なる魂が召されることを、僕たちは知っている。誰よりも清らかで美しい人がしばしば、花盛りに不意に萎れてしまうことを僕たちは知っている」

ハリーがこう告げると、優しきローズの目に涙が浮かんだ。ローズがのぞきこんでいた花の上にその涙がこぼれ落ち、花びらの上できらきらと美しく光り輝いた。その涙は、彼女の若くみずみずしい精神が流れ出たもののごとくに思われ、自然界でもっとも美しい花を彩るにふさわしかった。

「君は」熱情的に青年はつづけた。「神の天使と見紛うほどに美しく、汚れを知らない。そんな君が生と死のあいだを行きつ戻りつしていた。君が故郷である天国を仰ぎ見ているときに、悲しみと災いだらけのこの世に呼び戻そうとするのは何と忍びないことだろう！ ああ、ローズ。天からの光で地上にできる淡い影のように、君があの世へと姿を消そうとしていると知ったとき、そして、君が助かる見込みがないと知ったとき、僕は思った。君がこの世にとどまる理由もないと。なぜなら君にとって、美しく善良な若者の多くが飛んでゆく、あのまばゆい土地こそが故郷なのだから。しかし、そんなことを考えて自分を慰めながらも、君を愛する人々のもとへ君が戻って来ることも、もちろん願わずにはいられない。このようにああだこうだと考えているとき、僕の苦しみは耐えがたく、寝ても覚めてもその苦しみはつづいた。加えて、僕がこれほど愛しているのに、そのことも知らずに君が死んでしまうと考えただけで、恐ろしくてたまらなかった。自分勝手とは知りながらも、深い後悔に襲われた。その懊悩ゆえ、僕は正気を失うほどだった。ともあれ、君は回復した。日に日に、というか毎時間ごとに精気を取り戻した。それは、干上がり、停滞した君の生命の川を潤し、とうとうとした流れとなって勢いよく流れはじめた。君が死の世界から生の世界に戻って来るのを、興奮と深い感動で目をくもらせて僕は見ていた。どうか、僕が君を愛さないほうがよかった、などとはいわないでほしい。この愛情を知ったおかげで、僕は全人類への優しさに目覚めたのだから」

「そんなことはいいません」泣きながらローズはいった。「私はただ、あなたがもっと早くここを発って、もっと重要な――あなたという人に価する――気高い任務に戻っていただいたほうがよかったと、そう申し上げただけです」

「君のような女性の心を勝ち取ること以上に、やって価値のある仕事があるだろうか。僕だけでなく、どんな高貴な人物とて、そう考えるだろう」青年はローズの手を取っていった。「ローズ、愛しいローズ、僕はもう何年も君を愛しつづけてきた。僕の願いは、名声を得て、その名声を誇らしく家に持ち帰り、君とそれを分かち合うこと、そのためにこそ努力してきたと君に告げることだ。僕はしばしば夢想した。そうした幸福な瞬間に、子供のころの僕がこっそりと披露した愛の証の数々を君に思い出させ、君とこっそり交わした約束の通りに、今こそ君の手を求めようと。そのような瞬間はまだ訪れていない。名声を勝ち得てもいなければ、子供のころの夢をかなえてもいない。それでも、ずっと君のものだった僕の心を君に捧げたい。そして僕のすべてを賭けて、君の返事を聞きたい」

「あなたの態度はいつも親切で立派でした」昂ぶる気持ちを抑えながらローズはいった。「私が無神経でも恩知らずでもないと、どうか信じてください。その上で、私の返事を聞いてください」

「つまりローズ、君にふさわしい夫になれるよう、努力していいということだね？」

「いいえ」ローズはいった。「私を忘れるよう努力していただきたいのです。といっても、幼馴染の仲のよい友人としてではありません――それは私にとっても悲しいことです。そうではなく、あなたの愛の対象としての私を、忘れていただきたいのです。この広い世には、あなたが妻として娶るにふさわしい人がそれこそ大勢おります。だからどうか、私を友人として愛してください。誰よりも誠実で忠実なあなたの友人になれると思いますわ」

そこで彼女は言葉を切った。最初、片手で顔をおさえていたが、今は涙が流れるに任せていた。もう片方の手は相変わらずハリーが握っていた。

「なぜなんだ、ローズ」やがて彼は低い声でいった。「そう決断したのは、一体どうして？」

「あなたにはそれを知る権利があります」ローズが答えた。「でも、あなたが何といおうと私の決心は変わりません。私にはそうする義務があるのですから。それは、あなたの家族に対する義務でもありますし、私自身に対する義務でもあります」

「自分自身に対する？」

「そう、ハリー。私自身に対する義務だというのは、つまりこういうこと。私には友人もなく、持参金もありません。名前には傷がついています。あなたの若気の過ちにあさましくもつけこみ、足枷となり、あなたの将来を台無しにしたと、あなたのご友人に思われては立つ瀬がありません。そして、あなたのご家族に対する義務だというのは、寛大なあなたは大して気にかけていない様子ですが、私はきっとあなたの出世や成功の大きな障害となります。だから、そうした障害を作らないことこそ、あなたの家族に負う私の義務なのです」

「もし君の本心がその義務に添うものであるならば――」ハリーはいった。

「添うものではありません」真っ赤になってローズは答えた。

「それじゃあ、君も僕を愛している？」ハリーはいった。「それだけ、どうかそれだけは教えてくれ、ローズ。そうしてこのひどい絶望の苦痛を和らげてくれ」

「あなたにご迷惑をかけることなく、そうできるのであれば」ローズは応じた。「そうであれば、私――」

「今の言葉を君の本心と受け取らなくてもよい？」ハリーはいった。「お願いだ、ローズ、その点をどうかはっきりさせてくれ」

「あなたのいう通りです」ローズはいった。「でももう十分」握られた手をふりほどいて、彼女はつづけた。「この悲しい話をこれ以上つづけても無益ですわ。私には苦しくて耐えられません。もちろん、色褪せぬ幸福を私に与えてもくれます。かつてあなたにそれほど愛されたことは、幸福な思い出に違いありませんから。今後のあなたのご活躍の知らせを耳にするたびに、私は励まされ、生きる元気をもらうはずです。さようなら、ハリー！　このようなお話はこれっきりにしましょう。そうすれば今後もずっと仲のよい関係でいられると思いますわ。あなたに真実にして誠実なる神のご加護がありますように！　私は心からあなたの健康と成功を祈っております」

「もう一言だけ、ローズ」ハリーはいった。「どうしてだめなのか、君の説明がほしい。君の口からその理由を聞かせてくれ」

「あなたの将来は」しっかりとした口調でローズはいった。「希望に満ちています。才能と交友関係に恵まれた人が社会で得られるあらゆる名誉を、あなたは手にすることができるのです。けれど、あなたを取り囲む人々は誇り高き人々です。そして私は、私を産んだ母を見下すような人々とのお付き合いはできません。それにあなたは、私を母親代わりに育ててくれた人の息子です。あなたの名を汚すようなことはできませんし、あなたの人生を台無しにもしたくないのです。要するに――」先ほどまでの勇ましさはもはやなかった。ローズは顔をそむけていった。「私の名前は汚れています。私が何かしでかしたわけでないとしても、世間の非難を覚悟せねばなりません。だから、私はこの血を受け継ぐ人間を増やしたくないのです。陰口をたたかれるのは、私だけで十分だからです」

「これだけいわせてくれ、ローズ、あと一言だけ！」ハリーは彼女の前に身を投げ出していった。「もし僕が今より――世間でいうように――恵まれておらず、身分が低く、のんびりした人生を送る人間で、貧しく、病気持ちで、無力な人間だったら、君は僕を拒絶しただろうか？ それとも、僕に受け継ぐべき財産と名誉があるから、君は気が咎めているのか？」

「どうか私を追い詰めないで」ローズは答えた。「今もこれからも、そんな事態になるはずがありません。無理に答えを引き出そうとするのは、フェアではありませんし不親切ですわ」

「もし君の返事が僕の期待するものであったとしたら――」ハリーがいった。「その言葉は一条の幸福の光となり、僕のわびしい人生を照らしてくれるのだ。誰よりも深

くあなたを愛する男のために、二言三言でいいから、どうか言葉をかけてほしい。お
お、ローズ! 僕は熱烈に、変わることなく君を愛しているのだ。君のために大いに
苦しみもした。だからどうか、君の本心だけは教えてくれ」
「もしあなたの境遇が今とは違ったもので」ローズは応じた。「あなたがこんなに高
い身分でなく、ちょっと上ぐらいの身分のかただったとしたら、そして、人目に立つ
ことなく、慎ましい環境であなたを助け、支えることができるならば——野心的な偉
い人たちに後ろ指をさされ、辱めを受けたりする心配がなければ——、私はこれほど
の試練に遭わずに済んだと思います。もちろん、今のままでも私は十分に幸せです。
でも、もし仮にそうだったとしたらね、ハリー、もっと幸せになれただろうと、そう
認めないわけにもいきません」
この告白の最中、ずっと昔、少女だったころに抱いていた夢の数々がローズの心に
よみがえった。しかし——潰えた夢がよみがえるときはいつもそうだが——涙も溢れ
た。おかげで彼女は落ち着きを取り戻した。
「この心の弱さはどうにもなりません。でも、おかげで前より私の決意は固くなりま
した」ローズは手を差し出しながらいった。「今日はこれで失礼します」
「ひとつ約束してくれないか」ハリーがいった。「一度、一度だけでいいのだ。一年

以内に——もっと早まるかもしれないが——もう一度だけこの話を君としたい。必ずそれきりにするから」

「私の正しい決心をひるがえそうとするのでなければ、構いません」憂いを含んだ微笑を浮かべて、ローズは答えた。「でもそんなことをしても無駄ですわ」

「ええ」ハリーはいった。「君の考えが変わらないなら、今と同じ返事で構わない。ともかくそのとき、どんな地位や財産を僕が得ているかわからないが、僕は君の足元に今一度ひれ伏して、同じことを乞い願うつもりだ。もし君がそれでも決心を変えないというなら仕方ない。説得したり、無茶な行動に出たりはしないと約束する」

「では、そういうことにしましょう」ローズは答えた。「もう一度苦しみを味わわねばなりませんが、二度目はもっと悠然と耐えることもできるかもしれません」

彼女は今一度、手を差し出した。しかし若者は彼女を抱きしめ、その美しい額にキスし、急ぎ足に部屋を立ち去った。

第36章　とても短い章であり、大して重要とも見えないかもしれないが、前章の後日談として欠かせない一幕であり、この後の展開に深くかかわることがやがて判明する

「それで君は、私と一緒に今朝出発することに決めたそうだね？」ハリー・メイリーが朝食の席につくとロスバーン氏がいった。「まったく、一時間とたたないうちに意見をころころ変えるな、君は」

「そのうち別の感想を述べることになりますよ」どういう訳だか赤面してハリーがいった。

「そうだといいがね」ロスバーン氏が答えた。「だがまあ、正直いって、そんなことにはなりそうもないね。昨日の朝のことだ。君は思いついて、ここに残り、孝行息子らしく母上と海岸へ出かける決心をした。しかし昼になる前に、今度は私と一緒に出発し、ロンドンへ戻ると宣言した。そして夜になると――どうしてだか理由はわからんが――ご婦人たちが起き出す前に出発しようと私を急き立てる。おかげでここにい

るオリバーは、いつもなら新奇な草花を求めて野原を散策する時刻なのに、朝食の席についてなきゃならない。残念だったな、オリバーよ」

「先生とメイリーさんをお見送りできないほうがずっと残念ですよ」オリバーは答えた。

「いい子だ」医者はいった。「あっちへ戻ったら、私のところへも会いに来ておくれ。さて、ハリー、これは真面目な話だが、貴族のお偉方から何か連絡でもあって、慌てて帰ることになったのかい？」

「あなたのいう貴族のお偉方のなかに」ハリーは答えた。「きっと僕の伯父も含まれるのでしょうが、伯父さんは僕がここに来て以来、手紙の一通も寄こしません。それに毎年この時期は平穏無事で、僕が行かねばならぬ用事はまずありません」

「それじゃあ」医者はいった。「ますますわけがわからん。いずれにせよ、連中はクリスマス前の選挙で君を議会の一員に加えるつもりだろう。だがそれなら、この節操のなさは政治家になるためのいい下準備だな。大事なことさ。地位、賞牌、競馬の賞金、何を勝ち取るのであれ、肝心なのは下準備だ」

ハリーは医者の皮肉に対して一言二言やり返し、反撃したい様子だったが、「まあ、見ていてください」というだけにとどめ、それ以上の話題の展開は避けた。それからほどなくして駅馬車が家の前に到着した。ジャイルズが荷物を取りにやって来た。医者は慌ただしく表へ出て、荷物の積みこみを監督した。

「オリバー」小声でハリー・メイリーはいった。「ちょっと話がある」

ハリーが手招きしている窓際へオリバーは歩み寄った。ハリーの様子は悲しげで、ひどく動揺している風だったので、オリバーは大いに驚いた。

「君はもう手紙が書けるだろう?」オリバーの腕に手をおいてハリーはいった。

「書けると思います」オリバーは答えた。

「僕はしばらくここへは戻らないと思う。だから君に手紙を書いてほしいのだ。そう、二週間にいっぺんくらい。月曜日に、ロンドンの中央郵便局宛てにね、どうだい?」

「ええ、書きます。喜んでやらせていただきます」この任務を託されたことで嬉しくなって、オリバーは答えた。

「僕が知りたいのは母とメイリー嬢のことだ」青年はいった。「君たちの散歩のことや、交わした会話などを手紙に書いて、彼女が――いや、家族のみんなが元気かどうか報告してほしい。いいね?」

「はい、大丈夫です」オリバーは答えた。

「それから、このことは彼女たちには内緒にしておくこと」ハリーは急いでそういった。「でないと母上は頻繁に返事を書かなくちゃならない。それでは迷惑だし煩わしいだろう。だから、君と僕だけの秘密にしておこうじゃないか。いいね、一切を報告すること。頼んだよ」

信用されて重要な役目を務めることが嬉しいオリバーは、秘密裡に、詳細な報告をすると固い約束を交わした。ハリーは、君の面倒は僕がみるから心配はいらないと重ねて保証し、馬車へと向かった。

すでにロスバーン氏は馬車に乗りこみ、ジャイルズ（彼は残ることになっていた）は馬車の扉を開けて待っていた。女中たちも見送りに庭に出ていた。ハリーは例の格子窓をちらりと見やってから馬車に飛び乗った。

「よし出発だ！」彼は叫んだ。「大急ぎだ。全速力で飛ばしてくれ。飛ぶように走ってくれないとただじゃおかないぞ」

「おい！」医者は慌てて前方のガラスを下ろし、駁者に向かって叫んだ。「飛ぶように走ったらただじゃおかんぞ。わかったな？」

がらがらと馬車は走り出し、その音は遠のいた。やがて馬車が駆ける姿は目で確認できるだけになった。馬車は右へ左へと――砂埃のせいでかろうじて確認できるに過ぎなかったが――うねるように進み、障害物の陰に隠れたり、入り組んだ道のせいで見えなくなったかと思うと、また姿を現したりした。馬車の砂埃も見えなくなってから、ようやく見送りの人々は家に戻った。

けれどもまだ一人、見送りつづける人がいた。その人物は、馬車がもう何キロもの彼方で、すっかり姿を消した後も、その方角をじっと見つめていた。さっきハリーが格子窓を見上げたとき、白いカーテンのせいでよく見えなかったが、その背後にはローズが座っていたのである。

「元気だし楽しそうね」しばらくして彼女はいった。「元気がないのかと心配したけど、私の勘違いだったみたい。本当に、心からほっとしたわ」

目元に浮かぶ涙は、喜びのしるしでもあり、嘆きのしるしでもある。しかし、物思わしげに窓辺に腰かけ、じっと風景の一点を見つめるローズの頬を流れる涙は、喜びというより嘆きを示しているように思われた。

第37章　結婚生活にしばしば見られる光と影

バンブル氏は救貧院の居間に腰かけ、憂鬱そうに火のない暖炉をのぞきこんでいた。夏のことで、暖炉を明るくするものといえば、表から差しこむ太陽の青白い反射光くらいだった。冷たい炉の格子がその光を反射してぴかぴか光っている。天井からは紙製のハエ捕りカゴがぶら下がっていて、ときおり彼は物憂げにそのカゴを見上げた。不用心なハエたちが、その派手な網細工の周りをぶんぶん飛びまわっていた。バンブル氏は深いため息をついた。表情はさらに曇った。彼は物思いに沈んでいた。ハエたちが過去の辛い出来事を呼び起こしたのかもしれない。

塞ぎこんでいるバンブル氏を見れば、人は心地よいメランコリーを感じたであろう。だが、バンブル氏は塞ぎこんでいるだけではない。外見そのほかの部分へ目をやると、彼の地位に劇的な変化が生じたことは明らかだった。レース飾りのついたコートや三角帽はどこへ消えたのであろうか？　相変わらず半ズボンをはき、暗色の綿の靴下を身につけてはいるが、半ズボンは以前と同じではない。たっぷりとしたコートも――たっぷりしているという点では同じだが――まるで別物である。いかめしい三角帽の代わりに、ありふれた丸い帽子をかぶっている。バンブル氏はもはや教区吏ではなかった。

出世をすると、給料が増えるばかりでない。役職に応じたコートやチョッキが支給され、衣服にそなわる威厳を人々は手にする。陸軍元帥は軍服を、主教はシルクの前掛けを、弁護士はシルクのガウンを、そして教区吏は三角帽を身につける。主教から前掛けを、教区吏から三角帽やレース飾りをとってしまったら、彼らはどうなるか？　ただの人である。威厳は――そして聖性さえも――人々が思っている以上に、コートやチョッキから醸し出されるものなのだ。

バンブル氏はコーニー夫人と結婚し、救貧院の院長になった。別の人間が教区吏を拝命していた。三角帽、金の飾りのついたコート、そして杖は、その新人が身につけていた。

「明日で二カ月か！」ため息をついてバンブル氏はいった。「はるか昔のことのようだ」

一生分の幸福をわずか八週間のうちに消尽してしまったと、バンブル氏はいいたかったのかもしれない。とはいえ、彼のため息には実にさまざまな意味がこめられていた。

「私は自分を売ったのだ」さっき考えていたことのつづきを考えながら、バンブル氏はいった。「ティースプーン六本、砂糖用のトング二本、ミルク用のポット一つ、年代もののわずかな家具、そしてたった二十ポンドの持参金のためにな。大安売りだ。安いも何も、二束三文もいいところだ！」

「安いですって！」甲高い声がバンブル氏の耳に響いた。「あんたなんかいくらだって高いわよ。私は払い過ぎたと思ってるくらい。それは神様がご存知よ」

バンブル氏がふり向くとそこに妻の顔があった。彼女は夫がぶつぶついっているのを耳にして――内容をはっきり聞いたわけではなかったが――かまをかけて右のようにいったのである。

「おいおい、お前！」情に訴えるような、それでいて厳しい調子でバンブル氏はいった。

「何よ？」夫人はいい返した。

「ちょっとこっちを向きなさい」バンブル氏はそういって妻をにらんだ。

「この目でにらまれて平気なら、こいつに怖いものなどなかろうな」バンブル氏は内心つぶやいた。「この目でにらまれて、震え上がらなかった貧民はいない。もしこいつに通じなければ、私の力は消えたということだ」

　バンブル氏が少し目をかっと見開いただけで、本当に貧乏人――腹を空かせて元気のない貧乏人――が震え上がったのかどうかは意見の分かれるところである。それとも元コーニー夫人はたまたま、にらまれても平気な人間だったのだろうか。本当のところはわからない。ともかくバンブル氏が怖い顔をしてみせても奥方はどこ吹く風だった。それどころか軽蔑の表情を夫に向け、実に滑稽だという様子で笑ってみせた。

　予期せぬこの反応を前に、バンブル氏は自分の目が信じられぬという顔をして、その後、これは驚いたという顔をした。それから、また物思いにふけり、女房の声で我に返るまで意気消沈していた。

「あなた、日がな一日そこでいびきをかいているつもり？」バンブル夫人が訊ねた。

「私がいいと思うまでここに座っているさ」バンブル氏は答えた。「いびきなどかいておらんが、いびきをかこうと、げっぷやくしゃみをしようと私の自由だろう。笑おうが泣こうが大きなお世話だ。それは私の特権というものだ」

「特権ですって？」馬鹿にしきった様子でバンブル夫人がせせら笑った。

「その通りだ」バンブル氏はいった。「命令するのは男の特権だ」

「それじゃあ女の特権は何ですの？」故コーニー氏の未亡人がいった。

「服従だっ」バンブル氏が叫んだ。「お前の死んだ亭主は、お前にそのことを教えるべきだったのだ。そうしていれば、今も生きていたろうさ。まったく気の毒な男だ！」

バンブル夫人は今や決定的な瞬間が到来したことを見てとった。主導権がどちらの側にあるのか、今日こそ決着をつけねばならない。故人を冒瀆する台詞を耳にすると、彼女は椅子に身を投げ、バンブル氏こそ冷血漢のろくでなしだと大声で叫び、わんわん泣きはじめた。

しかし涙ごときで籠絡されるバンブル氏ではなかった。彼の心は防水性だった。水洗い可のビーバーの帽子が雨に濡れて一段と丈夫になるように、彼の神経は人々の涙の雨により、頑丈で堅牢なものになっていた。バンブル氏によれば、涙とは弱さの証拠であり、彼の力を裏書きするものなのだ。だからバンブル氏は涙を見ると嬉しくなり、喜んだ。彼は善良な奥方を大いに満足そうな顔で眺め、好きなだけ泣けとうながした。泣くことは健康にいいと医者たちもいっている。

「泣けば肺が開く。洗顔にもなるし、目の運動にもなる。気も鎮まる」バンブル氏はいった。「好きなだけ泣くがいいさ」

冗談めかしてそのようにいうと、バンブル氏は帽子掛けから帽子を取り、遊び人がするように斜めにかぶった。真っ向勝負でおのれの優越性を証明してやったといわんばかりに、ポケットに手をつっこみ、悠々たる足取りで部屋の扉へと歩み寄った。その様子は落ち着いており、どこかおどけた風だった。

だが、夫人が涙という手段を用いたのは、手足での攻撃より手軽だったからにすぎない。バンブル氏がまもなく思い知るように、これがだめなら手足による攻撃も辞さない覚悟だった。

最初の異変は、空を切るような音につづき、彼の帽子が部屋の隅に飛んだことだった。玄人の夫人は、まず相手の頭をむき出しにさせると片方の手で喉元をしっかり押さえつけた。そして（驚くほどの力で、巧みに）パンチの雨を降らせた。それから趣向を変えて相手の顔をひっかき、髪の毛をかきむしった。こうしてバンブル氏の狼藉に対する処罰を済ませた夫人は、今度は彼を——おあつらえ向きにおいてあった——椅子に押し倒し、もういっぺん男の特権などといえるものならいってみろと凄んだ。

「立て！」バンブル夫人は命令した。「もっとひどい目に遭いたくなければ、さっさとここを出て行け」

バンブル氏は憂い顔で立ち上がり、どんなひどい目に遭わされるのだろうと考えながら、帽子を手に取り扉へ目を向けた。

「出て行くのかしら？」バンブル夫人が訊ねた。

「もちろん、そうするよ」扉のほうへそそくさと進みながらバンブル氏は答えた。「そんなつもりじゃなかったが、私は出て行く。お前は実に乱暴だ。私にはとても――」

そのときバンブル夫人は、ただ今の乱闘でめくれ上がった絨毯を直すため、おもむろに前進した。それを見て、バンブル氏はいいかけた言葉のつづきもいわず、慌てて部屋を飛び出した。相手の試合放棄により、かくして元コーニー夫人の勝利が決定した。

バンブル氏は呆然としていた。満身創痍だった。彼は弱い者いじめが好きで、人を痛めつけて喜ぶ人間だった。つまり（あらためていうまでもなく）臆病者だった。だが、こういったとしても彼の品位をおとしめることにはなるまい。人々から尊敬され、敬われている役人の多くが、彼と同じ欠点を持ち合わせている。わざわざこんな指摘をするのも、彼に対する敬意ゆえであり、役人が彼の適職であることを読者にご理解いただきたいがためである。

だが、彼の屈辱はこれで終わらなかった。救貧院をぐるりと一周して、バンブル氏は生まれてはじめて救貧法はずいぶん酷な法律だと思った。妻から逃げ出し、妻の世話を教区に任せただけで、なぜ罰を受けねばならないのか。むしろ、試練を耐え忍んだ英雄として表彰されていいくらいだ。そのときバンブル氏は、女性の収監者たちが教区の洗濯物を洗う部屋までやって来た。なかからがやがやと会話がもれ聞こえてくる。

「ふん！」バンブル氏は本来の威厳を取り戻していった。「少なくとも、ここの女どもは特権をよくわきまえているだろう。こらこら、何を騒いでいるのだ、このはすっぱどもが」

バンブル氏はこういいながらドアを開け、激した様子で部屋に躍りこんだ。しかし、たちまち彼は面目を失いすくみ上がった。どうしたわけか、視線の先には自分の妻の姿があったからである。

「おや、お前」バンブル氏はいった。「ここにいたとは知らなんだ」

「ここにいたとは知らなんだ、ですって？」バンブル夫人がおうむ返しにいった。

「この部屋に何の用なの？」

「いや何、あんまりがやがやしているので、仕事がお留守になっていやしないかと思ったのでね」バンブル氏は動揺しながら洗い桶のところの老婆二人を見やった。老婆たちは救貧院長の低姿勢を互いにほめそやしていた。

「がやがやしていると思った?」バンブル夫人がいった。「それが、あんたとどんな関係があるの?」

「いや、そりゃあ——」バンブル氏はおとなしくうめいた。

「それがあんたとどんな関係があるのさ?」バンブル夫人がくり返した。

「確かにそうだ。ここではお前が寮母だからな」バンブル氏は認めた。「だが、私はお前がここにいないと思ったのでな」

「いっておきますけどね」夫人はいい返した。「私たちのすることに、どんな口出しも無用よ。関係ないことに首をつっこんでばかりいるけど、あんたが背を向ければみんな笑っているの。四六時中馬鹿にされているんだからね。さあ、あっちへお行き!」

バンブル氏は、愉快そうな老婆二人を見ると、はらわたが煮えくり返る思いだった。老婆たちは楽しくてたまらぬという風にクスクス笑い合っている。バンブル氏は出て行くべきかどうかためらった。しかし堪忍袋の緒が切れたバンブル夫人は、泡だった石鹸水のたらいをつかんだ格好で、バンブル氏にドアを指さし、その太鼓腹にこの水を浴びたくなければ即刻出て行けと命じた。

バンブル氏に何ができただろう? 彼は力なく周囲を見渡してこそこそ逃げ出した。

彼がドアのところまで退いたとき、彼女らの押し殺した笑い声は堰を切ったように部屋中に溢れた。とどめの一撃といってよかった。連中の面前で辱めを受けたのだ。これで地位も面目も失った。教区吏という華々しい身分から、腑抜けのダメ亭主へと転落したのだ。

「たった二カ月で！」ひどくふさぎこんでバンブル氏はいった。「二カ月！　二カ月前まで、私は自分の主人であり、この救貧院ではみんなの主人だった。ところが今は！」

ひどい変わりようだった。バンブル氏は門を開けてくれた少年の耳をひっぱたき（彼は物思いにふけりながら門まで来てしまったのだ）、心ここにあらずの状態で往来へと出て行った。

あてどもなく通りから通りへと歩きまわるうちに、次第に悲しみの発作は鎮まったが、気分が急激に上下したせいで喉の渇きを覚えた。数えきれぬほどの居酒屋の前を通り過ぎ、とうとうバンブル氏は裏道にある一軒の店の前で足をとめた。鎧戸ごしに奥の部屋をちらりとのぞくと、客は一人きりで閑散としている。おりよく雨がざあざあ降り出した。これで心は決まった。バンブル氏は店に入り、バーカウンターで酒を注文し、さっき通りからのぞいた奥の部屋へと進んだ。

先客は背の高い浅黒い男で、大きな外套を着ていた。土地の者ではなさそうだった。やつれた顔、服についた土埃から推して、旅行者らしく見えた。バンブル氏が入ってくると男は横目で彼を見たが、挨拶代わりに会釈してみせるようなことはしなかった。たとえその男が顔見知りだったとしても、バンブル氏は人の倍は威風を気にする人間である。彼は無言でジンの水割りを飲みながら、もったいぶった態度で新聞に目を通した。

こんな場合に差し向かいになるとよくあることだが、バンブル氏はこの見知らぬ人物を盗み見たいという抗いがたい衝動を覚えた。彼が見知らぬ男をちらと見やるたびに、男は決まり悪そうに目をそらした。男のほうでもバンブル氏を盗み見ていたのだ。バンブル氏は、相手の鋭く光る——しかし同時に猜疑心に曇った——目を見るとどぎまぎしてきた。見るも不快なそのような目つきにこれまで出会ったことがなかった。

そんな風にして幾度か相手を盗み見た後で、相手の男が耳ざわりな太く低い声で沈黙を破った。

「さっき窓のところからのぞいていたが」彼はいった。「俺を探していたのかい？」

「そんなつもりじゃなかった。しかし、もしやあんたは——」バンブル氏はそこで言葉を切った。相手の名前を聞き出そうと思ったのである。じれったくなって相手が自

「さっき窓のところからのぞいていたが」彼はいった。「俺を探していたのかい？」

分から名乗るだろうと考えたのだ。

「探してたわけじゃないな」相手は口元に冷笑を浮かべていった。「探してたなら俺の名前を知らんはずはない。あんたは俺の名前を知らない。訊いたりしないでくれよな」

「他意はなかったんだよ」バンブル氏は泰然としていった。

「ああ、何かされたわけじゃない」見知らぬ男がいった。

この短いやりとりの後、会話が途切れた。しばらくして、ふたたび男のほうで沈黙を破った。

「あんたを見かけたことがあるよ」彼はいった。「でもそのときとは服装が違うな。往来ですれ違っただけだが、確かに見たことがある。教区吏じゃなかったかい？」

「いかにも」驚いてバンブル氏はいった。「教区吏だったよ」

「だろうね」相手はうなずいた。「前に見かけたときは、教区吏の格好をしてた。それで、今は何をしているんだい？」

「救貧院の、院長だ」男の馴れ馴れしい態度を改めさせるため、悠然と、もったいぶった口調でバンブル氏は答えた。「救貧院の院長だよ、君」

「がめついのは相変わらずかい？」バンブル氏の目をじっとのぞきこむようにして男

はいった。そういわれて、バンブル氏は驚いて目を上げた。「ざっくばらんにいこうぜ。あんたのことはよく知ってるんだ」

「所帯持ちだってな」男の質問に明らかに当惑した様子のバンブル氏は、手で目を覆い、相手の姿を頭のてっぺんから足のつま先まで観察しながら答えた。「独り者と同様、真面目に働いて金を稼ぎたいと思っているさ。教区の役人なんてさほど実入りのいい仕事じゃない。まっとうな金であれば、どれほどわずかな金だろうと副収入はありがたいものだ」

意に違(たが)わずという風に見知らぬ男は笑い、うなずくと、呼び鈴を鳴らした。

「こいつをもう一杯」バンブル氏の空のグラスを店主に手渡しながら、男はいった。

「濃い、熱いやつを頼む。そのほうが好みだろう?」

「そんなに濃くなくていい」品のある咳払いをして、バンブル氏が答えた。

「だそうだ、わかったな? おやじ」そっけなく相手の男はいった。

店主は笑みを浮かべて立ち去り、すぐに湯気の立った、大きなボウル形のグラスに入った酒を運んできた。それを一口ぐいとやると、たちまちバンブル氏は目に涙を浮かべた。

「聞いてくれ」部屋の扉と窓を閉めてから相手はいった。「実はな、俺はあんたを探しに今日ここへやって来たのさ。そして、悪魔の力によるめぐり合わせというほかないが、俺があんたのことを考えていると、俺の座っているこの部屋へ、あんたがひょっこりやって来たんだ。俺はな、あんたに教えてほしいことがあるのだ。ただで教えろとはいわない。少ないが、手付金としてまずこいつを受け取ってくれ」

相手の男はそういってソブリン[1]金貨二枚をテーブルに出し——うっかり金貨の音が響いたら事だというように——そっとバンブル氏のほうへと押しやった。バンブル氏はしげしげと金貨を眺め、本物かどうかを確認し、にんまりとして金貨をチョッキのポケットに収めた。男はつづけた。

「昔のことだがよく思い出してほしい。そう、この前の冬でちょうど十二年になる」

「だいぶ昔のことだな」バンブル氏はいった。「よろしい。覚えているぞ」

「救貧院でのことだ」

「いいとも」

「夜分のことだ」

「よし」

「場所は、どこだっていいが、薄汚い部屋だ。あわれな身を持ち崩した女たちが、自分たちには縁のない生命と活力、つまり子供を——教区が代わりに育てるために——

この世に産み落として、自分たちは死に、その体は恥とともに墓に葬られる、そんな光景が見られる場所があるだろう」

「産室のことだな？」相手が何で興奮しているのかよくわからぬまま、バンブル氏はいった。

「そうだ」男はいった。「ある小僧がその部屋で生まれたはずだ」

「数え切れぬほどだ」バンブル氏は落胆した様子で頭をふった。

「ほかのガキどもに用はないんだ！」男はいった。「肝心なのはそのうちの一人、従順そうな青白い顔の、葬儀屋に徒弟に出されたガキだ。自分の棺桶でも作って、さっさとそこへ入ればよかったのに、ロンドンへ夜逃げしたとか噂されているガキのことさ」

「なんだ、オリバーのことか！　ツイストの小僧だな！」バンブル氏はいった。「もちろんよく覚えているさ。あんなにこましゃくれた悪ガキはまったく前代未聞――」

「話を聞きたいのはその小僧のことじゃない。もううんざりするほど聞いているから

1　一八一七年から一九一七年までイギリスで鋳造・発行されていた金貨で、一ポンドに相当する。金貨二枚だと二ポンドなので、現在の感覚だと十万から十五万ほどの価値。

な」オリバーの悪行について数え上げようとするバンブル氏をさえぎって、男はいった。「聞きたいのは女のことだ。小僧の母親の面倒を見た婆さんのことが知りたいのだ。どこにいるか知っているか？」

「どこにいるって」ジンのお湯割りで気持ちよくなったバンブル氏がいった。「うまくいえんがね。まあ、どこへ行ったのだろうと、産婆の必要のないところだよ。まず失業しているのは確実だろう」

「どういう意味だい？」厳しい口調で男が訊ねた。

「去年の冬、死んだってことさ」バンブル氏が答えた。

こう告げられると、男はバンブル氏を見たまま固まってしまった。しばらくそのままの格好でバンブル氏を凝視しつづけていたが、やがてその目はうつろになり、魂が抜けたようになった。一心に何事か考えているようにも見えた。ほっとすべきかがっかりすべきか、正直よくわからぬ様子だった。しかしその後、正常な呼吸を取り戻して視線をそらすと、「まあいいさ」といった。男はそういって、帰ろうとするように立ち上がった。

バンブル氏はこういうことに目端が利いた。すぐに、これは金になる、自分の妻が握っている秘密を高く売りつけることができると悟った。バンブル氏はサリー婆さんが死んだ晩のことをよく覚えていた。よく覚えている理由があった。それは、現夫人にプロポーズしたのと同日の出来事だったからである。夫人はあの日の晩に自分が見聞きしたことを夫に話してはいなかった。とはいえ、この男が知りたいのは、救貧院の看護師だったサリー婆さんがオリバー・ツイストの母親の看護をしたときのことだ、とはバンブル氏にも察しがついた。バンブル氏は当時のことを大急ぎで思い出し、思わせぶりな態度で「その老いぼれが死ぬ前にこっそり秘密を打ち明けた女がいる。おそらくは、その女がお前さんの知りたいことを知っているだろうよ」といった。

「その女にどうやったら会える？」警戒を解いて男はいった。バンブル氏の言葉により、いろいろな不安が――どんな不安かははっきりしないけれども――ふたたびどっと押し寄せてきた、という感じであった。

「私しか仲介できる者はおらんよ」バンブル氏はいった。

「いつ会える？」相手の男は急いた様子で訊いた。

「明日だね」バンブル氏が答えた。

「夜の九時だ」男はそういって紙切れを取り出し、何か書きこんだ。心の動揺がそのまま形になったような字で、テムズ河畔のどことも知れぬ住所が書かれていた。「夜の九時に、この住所へその女を連れて来てくれ。いうまでもないが、こっそりとな。

そうすれば報酬ははずむ」

こういうと男は飲んだ酒の代金を払って出口のほうへ向かった。「俺は方向が違うから」と無愛想に彼はいい、明晩の時刻をもう一度念押しして立ち去った。

教区役人は紙に書かれた住所を見て、相手の名前がないことに気づいた。男はまだそれほど遠くへは行ってなかったので、追いかけて訊いておくことにした。

「誰だ！」バンブル氏が追いついて肩をたたくと、はっとしてふり向いて叫んだ。「俺をつけて来たな！」

「ひとつだけいいかい」バンブル氏は住所の書かれた紙切れを指さしていった。「何という名前で訪ねていけばいいかね？」

「モンクス！」男はそう答えると急ぎ足に去っていった。

第38章　バンブル夫妻とモンクスの夜の会談の模様

蒸し暑く雲の多い、どんよりとした夏の宵であった。その日は一日中雲が――濃い水蒸気のかたまりが――たれこめていた。大きな雨粒がぱらぱら降り出していた。ひどい嵐になりそうだった。そんな天気のなかを、バンブル夫妻は町の大通りを抜け、あばら家がまばらに建ち並ぶ一角へと向かっていた。表通りからは二キロ半ほど離れた土地の低い、川のわきの、不快な湿地が彼らの目的地だった。

二人とも着古したみすぼらしい外套に身を包んでいた。雨に濡れないためでもあり、人目を引かないためでもあったと思われる。夫のほうがランタン――火はついていない――を提げ、妻の数歩先を重い足取りで歩いていた。足元が悪く汚いので、自分の踏みしめた場所を妻に歩かせようというふうに。二人は押し黙って歩きつづけた。ときおりバンブル氏はペースを落とし、相方がついて来ているかどうか確かめるように背後をふり返った。そしてすぐ後ろに彼女を確認すると、ふたたび元の速度で歩き出し、相当な早足で目的地へと急いだ。

怪しい雰囲気などという生やさしいものではなかった。この場所はかねて、落ちぶれ果てた悪党のすみかとして有名だった。彼らは肉体労働で暮らしているように見せてはいるが、実際には強盗やそのほかの犯罪で生計を立てていた。粗末な小屋が寄り集まり、レンガをいい加減に積んで急ごしらえに建てた小屋や、虫食い穴だらけの船の廃材で作った小屋もあった。川岸から一メートルほどの場所に、無秩序かつ無造作に、こうした小屋が軒を連ねていた。川岸の泥の上には穴の空いた何艘かのボートが引き揚げられ、そばの壁にしっかりとつながれている。オールや束ねられたロープがそこここに散らばっている。こうした光景は一見、あばら家の住人が川で何らかの仕事をしているような錯覚を与えるが、よくよく見ればそれらの用具はぼろぼろで使い物になりそうもなかった。つまり本来の目的のためでなく、目くらましのために置かれていることは、通りがかりの者にも容易に想像がついたはずだ。

さて、この掘っ建て小屋の群れのちょうど真ん中に大きな建物があった。二階部分が川へせり出しており、以前は工場か何かだったらしい。操業時には周辺の住民に仕事の口を与えていたのであろうが、だいぶ前に潰れ、すっかり荒廃していた。ネズミや虫、湿気の活躍で、建物の土台の柱が腐ってぐらつき、大部分が水没している。水没していない部分も、黒々とした川面にその身を躍らせ、先に逝った仲間たちの後を追い、同じ運命を享受する日を今か今かと待ち受けている。

この荒れ放題の建物の前で善良な夫婦は足をとめた。遠くの空で最初の雷鳴がとどろき、雨がばらばらと激しく降り出した。

「住所はこのあたりだ」手にした紙切れを見ながらバンブル氏がいった。

「やあ来たな！」頭上から声がした。

その声を聞いてバンブル氏は上を向いた。二階部分で、扉から上半身をのぞかせている男の姿があった。

「ちょいとそこで待っててくれ」声がいった。「すぐに行く」

そういうと男は頭を引っこめ、扉が閉まった。

「あの男なの？」バンブル氏の善良なる細君が訊いた。

そうだという風にバンブル氏はうなずいた。

「私の忠告をよく思い出して」寮母はいった。「無駄口は慎むこと。そうしないと、こちらの手の内を読まれてしまうわよ」

顔に後悔をにじませて廃屋を眺めていたバンブル氏が、この件にこれ以上首をつっこむのはやめておいたほうがよくはないか、と妻に進言しようとしたそのとき、モンクスが姿を現した。彼は夫妻のすぐわきの小さな扉を開き、なかへ入るよううながした。

「さあ！」急ぐようにそういって、足を踏み鳴らした。「ぐずぐずしなさんな！」

夫人のほうは最初ためらっていたが、それ以上相手を困らせることなく、大胆な足取りでなかへ入った。バンブル氏も、じっとしているのはみっともないと思ったのか、あるいは恐ろしかったのか、つづけてなかへ入った。とはいえ、明らかにそわそわした様子で、普段の彼のトレードマークたる威光はすっかり失せてしまっていた。

「なぜまた雨のなかでもたもたしてた？」扉にかんぬきを掛けると、モンクスはふり返ってバンブル氏にいった。

「いや、なに、ちょっと涼んでたのさ」不安そうにきょろきょろしながら、バンブル氏は口ごもった。

「涼んでた！」モンクスがくり返した。「雨で地獄の業火が消えたためしはなし、これから先もそうだろうよ。人の苦しみは永遠さ。そう簡単に消せるもんじゃないぜ。な？」

愉快にそのようにいうと、モンクスはさっと寮母のほうに目を移し、彼女を穴のあくほど見つめた。やすやす気圧されるたまではなかったが、さすがの夫人も視線を床へとそらした。

「これがその女か」モンクスが訊いた。

「えへん！　これがその女さ」細君の忠告を思い出して、バンブル氏は答えた。

「女は秘密など守れるものじゃないと、そうお考えのようですわね？」寮母は口をはさみ、モンクスの探るような目をにらみ返した。

「いや、女にだって最後の最後まで守り抜く秘密があるだろうよ」軽蔑的にモンクスはいった。

「どんな秘密です？」調子を変えずに寮母は訊ねた。

「露見すれば、体面を失うような秘密さ」モンクスが答えた。「露見して死罪、あるいは流罪になるような秘密も同様だ。そんな秘密を他人にしゃべる女はいなかろうぜ。俺のいっていることがわかるだろう？」

「わかりません」かすかに顔を赤らめながら寮母は答えた。

「そりゃあ、わからんだろうな！」モンクスはいった。「あんたにはな」

　彼は笑顔とも渋面ともつかぬ表情で二人を眺め、ふたたび手招きして、ついて来るようにいい、だだっ広い――しかし天井の低い――部屋をずんずん歩いていった。やがて上の倉庫の階へ通じる急な階段、いや梯子のところまで来た。モンクスがその梯子に足をかけようとすると、稲妻の閃光が頭上を走り、雷鳴がとどろいた。すると崩れかけた建物は芯からぐらぐら揺れた。

「そらっ！」思わず後ずさりして、彼は叫んだ。「あの音！　ゴロゴロとやかましいぜ。まるで悪魔どもが潜む幾千ものほら穴に響きわたるような音だ。いまいましい音だ！」

彼はしばらく無言でいたが、やがて顔から手を放した。彼の顔は引きつり、蒼白だった。バンブル氏は驚いて何もいえなかった。

「ときどきこういう発作が起こる」ぎょっとした相手の顔を見ながら、モンクスはいった。「雷がだめなんだ。でも、もう大丈夫、発作はこれきりだ」

こういいながら彼は梯子を上り、部屋に上がると急いで窓の鎧戸を下ろした。天井の太い梁からは滑車とロープがぶら下がり、その先にランタンがついている。そのランタンを彼が手元へ引き寄せると、薄暗い光が床に置かれた年代物のテーブルと三脚の椅子を照らした。

「さてと」全員が腰を下ろしてからモンクスはいった。「さっさと要点に入ったほうがよかろうな。この婦人は秘密を知っている。そうだな？」

この質問はバンブル氏に向けられたものだったが、細君が夫に代わってすっかり知っていると答えた。

「この男の話じゃ、婆さんが死んだとき、あんたはその場にいたということだが、その婆さんがした話ってのは——」

「例の少年の母親のことです」皆まで相手にいわせず、寮母は答えた。「間違いありません」

「一番肝心なことは、その婆さんの話の内容だ」モンクスがいった。

「それは二番目に肝心なことです」落ち着いて夫人はいった。「一番は、その話の値打ちです」

「どんな話かまだ聞いてないのに、値打ちなどわかるはずもあるまい」モンクスがいった。

「あなたが誰よりもそれをよくご存知のはず」夫のバンブル氏が重々承知しているように、人一倍度胸のあるバンブル夫人は答えた。

「ふんっ！」モンクスは意味ありげに興味津々の表情でいった。「金を払う価値のある話だろうな？」

「ええ多分」夫人は落ち着き払って答えた。

「その婆さんから受け取ったものがあるだろう」モンクスがいった。「その婆さんが身につけていた――」

「いくら払うかおっしゃってください」バンブル夫人がさえぎっていった。「この話をするのにふさわしいのはあなただと、もう十分にわかりましたから」

夫人が握る秘密は何も教えてもらえず、もともと知っていたこと以上には何も知らないバンブル氏は、目を見開き、前のめりになって、このやりとりを聞いていた。彼は息をのんで妻とモンクスを交互に眺め、後者が「いくら出せば話す？」と訊ねると、これ以上ないほど目を見開いた。

「いくらだせばいいとお考えですか？」相変わらず落ち着いた様子で女は答えた。

「一文の価値もないかもしれないし、二十ポンドの価値があるかもしれない。話を聞いてから決めよう」

「その値段に五ポンド上乗せして、二十五ポンドいただきましょう」女がいった。

「そうすればすっかりお話しします。話はお金を受け取ってからです」

「二十五ポンド！」のけぞってモンクスが叫んだ。

「単刀直入に申したまでです」バンブル夫人はいった。「それほどの大金でもないと思いますが」

「一文の値打ちもないくだらん秘密だったらどうする?」いらいらしてモンクスはいった。「十二年近くも死んだように眠っていた話だぞ」

「こういう話は腐敗せず、上質なワインのように時とともに価値を上げるものです」淡々とした調子を少しも崩すことなく寮母は答えた。「死んだように眠っていたといいますけどね、最後の審判のときまで一万二千年とか千二百万年とか眠るように死んでいて、それから不思議な話を語る人々だっているわけですからね」

「まるで価値のない話だったらどうしてくれる?」決めかねた様子でモンクスが訊ねた。

「取り返したらいいでしょう」寮母が答えた。「私は女で、一人きりで、護衛もいないんだから」

「一人きりじゃないだろう、お前。護衛もいる」恐怖に声を震わせながらバンブル氏はいった。「私がついてる。それに」歯をかちかちいわせてバンブル氏はいった。「モンクスさんは、立派な紳士だ。教区の役人に妙な手出しなど、す、するわけがない。それにな、私は確かに若くもないし、盛りをすぎたように見えるが、モンクスさんはちゃあんと承知のはずさ。その気になれば、私が並外れた力の持ち主で、豪胆な役人だとな。もっとも、その気になるのに少々手間取りはするがな」

そういながらバンブル氏は決然として自分のランタンをつかんでみせた。そこには哀愁が漂っていた。すべての動作がぎこちなく、確かに彼は「その気になるのに」――破壊的な力を呼び出すのに――多少の手間、いや、多少どころかたいへんな手間を要するらしかった。もっとも、貧乏人や、節食のために痩せ衰えた連中に対してなら、話は別だったのであろうが。

「この阿呆」バンブル夫人がいった。「無駄口を利くなとあれほどいったのに」

「小声で話せないのなら、来る前に舌を切ってしまうべきだったな」モンクスは不気味にいった。「なるほど！ この男はあんたの亭主なのか？」

「私の亭主！」寮母はくすくす笑ってこの質問をはぐらかした。

「あんたらが入ってきたときから、そうじゃないかと思ってたぜ」彼女が夫をきっとにらみつけるのを見逃さずにモンクスはいった。「そのほうが好都合だ。二人を相手にするんでも、二人の腹積りが同じなら、話は早い。本気でいっているんだぜ。よし、払ってやろう！」

彼はズボンのポケットに手をつっこみ、帆布の財布を取り出した。そしてテーブル上にソブリン金貨を出し、二十五枚分を数えて選りわけると、その金貨を女のほうへ押しやった。

「さあ」彼はいった。「取れよ。このいまいましい雷鳴がやんだら――今にもここの頭上に落ちそうな勢いだが――あんたの話を聞くとしよう」

このとき雷はすぐそばまでやって来て、頭上に落ちるのではないかと思うほどの雷鳴をとどろかせた。ようやくその雷鳴が収まると、モンクスはテーブルから顔を上げ、女の話を聞こうと身を乗り出した。男二人が小さなテーブルに覆いかぶさるようにして聞き耳を立て、女もひそひそ声が相手に届くように前かがみになったので、三人は互いの顔が触れ合うほどであった。天井から吊るされたランタンの青白い光が、彼らの不安で蒼白な顔色をいっそう際立たせている。周囲が漆黒の闇なので彼らは皆、幽霊のように見えた。

「サリー婆さんと呼ばれていたその女が死んだとき」寮母が話しはじめた。「私は彼女と二人きりでした」

「ほかには誰も！」うつろな小声でモンクスがいった。「横のベッドにほかの患者やなんか、いなかったのか？　話を盗み聞いて、内容を理解したようなやつが？」

「誰もいません」女が答えた。「二人きりでした。婆さんが死んだとき、私は一人ですぐわきに立っていました」

「よろしい」じっと彼女を眺めながらモンクスはいった。「話の先を」

「婆さんはある若い女のことを話しました」寮母はつづけた。「その女は何年か前に子供を一人産んだ、という話でした。同じ部屋の、サリー婆さんが横になっているのと同じベッドで」

「なんだと？」唇を震わせながら、背後をふり返ってモンクスがいった。「まったく！　何という運命だろう！」

「その子供というのが、あなたが昨晩この男に話した男の子です」何気なく夫のほうに頭をふって、寮母はいった。「そしてこの婆さんは、その母親のものを盗んだといいました」

「生きているうちに？」モンクスが訊いた。

「いいえ、死んでから」ぶるっと身を震わせて女は答えた。「まだ冷たくなっていない遺体から盗んだそうです。母親が死ぬ直前に、いつか子供に渡してやってくれと彼女に託したものを」

「売っぱらっちまったのか？」激情に駆られてモンクスが叫んだ。「売ったんだな？　どこで？　いつだ？　相手は？　どれくらい前だ？」

「やっとのことでその事実を告白すると」寮母はいった。「彼女はベッドに倒れ、そのまま死んでしまいました」

「それ以上は何もいわずに？」モンクスが叫んだ。その声は、必死に怒りを抑えようとしている分、なお一層激して聞こえた。「いや、嘘だ！　騙されんぞ、俺は。もっと何かいったはずだ。その秘密をしゃべらなければ、二人とも生きては帰さんぞ」

「本当に、それ以上は何にも」男が声を荒らげても、少しも動じることなく女は答えた（もっともバンブル氏は動じないどころではなかった）。「ただ、死ぬ前、彼女は片手で荒々しく私の上着をつかんでいました。その手は半ば握られていたんですが、死んでその手をふりほどくと、汚い紙切れを握りしめていることがわかりました」

「つまりその紙に――」身を乗り出してモンクスが口をはさんだ。

「いいえ」女は答えた。「それは質札でした」

「何の質札だ？」モンクスが訊ねた。

「これから話しますからご心配なく」女はいった。「私の見るところ、彼女はその装身具がいつか大金に化けるんじゃないかと期待したんだと思います。それで大事にとっておいた。けれど、やがて質に入れてしまった。でも毎年、利子は質屋にちゃんと払って――その分はちゃんと貯めておいたか工面していたんでしょうね――、流れないようにしていた。それなら、万一その物品で大金をせしめられる事態が到来したとき、すぐに質請けできるわけです。でもそんな機会はとうとう来なかった。それで、今お話ししたように、ぼろぼろの質札を握ったまま、あの世に行ってしまったというわけです。質札を見つけたとき、品物が流れるまであと三日の猶予しかありませんでした。私は、いつかこれが大金にばけるかもしれないと思いすぐに質請けしておいたのです」

「その品物は今どこにある？」早口でモンクスが訊ねた。

「ここにありますよ」女はそういうと、さっさと手放したいという風に、テーブルにヤギ革の小さな袋を投げ出した。フランス製の懐中時計が入るぐらいの大きさである。モンクスはそれに飛びつき、震える手で慌てて袋を開いた。出てきたのは純金の小さなロケットで、ロケットを開くと二房の髪と装飾のない純金の結婚指輪が入っていた。

「指輪の内側には『アグネス』と彫られてますよ」女がいった。「苗字の部分は空けてあって、日付が入ってます。申し上げておくと、子供を産む一年も前の日付じゃありません」

「これで全部かい？」小袋の中身を熱心に調べてから、モンクスはいった。

「全部です」女が答えた。

細君の話が終了し、モンクスのほうでも二十五ポンドの金を返せといいださないことに安堵したらしく、バンブル氏はふうと息をついた。そして勇気を出して、二人のやりとりを聞きながら、鼻先に滴っていた汗をぬぐった。

「いろいろと想像はできますが、この話についてはっきりしたことを私は何も知りません」バンブル氏の細君は、ちょっと黙った後で、モンクスにそういった。「知りたいとも思いません。知らないほうが安全ですからね。でも、解決しておきたい問題が二つあります」

「いいとも」モンクスはちょっと驚いた様子でいった。「ただし、俺が答えるかどうかは別問題だぜ」

「はは、問題は合わせて三つだな」冗談のつもりでバンブル氏はいった。

「目当てのものというのはそれだったんですの？」寮母が訊ねた。

「そうだよ」モンクスが答えた。「もうひとつの質問は？」

「それをどうなさるおつもり？　面倒はごめんですよ」

「心配無用」モンクスがいった。「俺だって面倒はごめんだ。いいかな、一歩も動いちゃいけないぜ。動けば一巻の終わりだからな」

そういって彼はおもむろにテーブルをわきへどけ、床張りについた鉄の取っ手をぐいと引っぱり、大きな隠し扉をはね開けた。バンブル氏の足元近くの床が不意に開いたので、彼は思わずぎょっとして数歩後ずさりした。

「見ろよ」穴のほうへランタンを近づけてモンクスはいった。「心配しなくていい。そのつもりなら、座っているときに二人とも、叫び声を上げる間もなく、つき落とすことだってできたんだからな」

こう保証されて寮母は穴の縁まで近づいた。バンブル氏も好奇心から思わず身を乗り出した。下方で、濁った水が大雨のせいでかさを増し、ものすごい勢いで流れている。水は、苔むしてぬめぬめした柱にぶつかり、やかましい轟音をたてている。それ以外の物音はもはや何も聞こえなかった。この下に水車が据えられていたのは昔の話である。濁流は腐った杭や打ち捨てられた機械類にぶつかって泡立ち、いろいろな障害物がその流れをくいとめようとするが、その努力も虚しかった。いったん堰きとめられた流れは、さらなる力を得て、奔流となって流れ去った。

「人間がここへ落ちたら、明日の朝にはどこまで流されるだろうな?」ランタンで暗い穴の先をあちこち照らしながら、モンクスがいった。

「ばらばらになって、下流の二十キロ先まで流されるだろう」自分でいったことに震え上がりながらバンブル氏はいった。

モンクスは先ほど急いで胸のポケットにしまった例の小さな革袋を取り出した。そして、部屋の床に転がっていた——もともと滑車の部品だった——鉛を袋に結びつけ、濁流のなかへとその袋を落とした。袋は身投げでもするように真っ逆さまに落ちていき、水に落ちる音もほとんど聞き取れなかった。袋はあっという間に流れ去った。

三人は顔を見合わせた。三人とも、さっきより呼吸が楽になった様子だった。

「これでよし!」モンクスは隠し扉をどしんと元の位置に戻していった。「聖書には、最後の裁きのとき海はそのなかの死者を外に出す、とある。[1] それが本当なら金や銀はそのままだ。あのがらくたも同じだろうよ。さあ、これで話は済んだ。愉快なこのパーティもお開きにしようぜ」

「それがいい」大いに賛成してバンブル氏がいった。

「今日のことは他言無用だ」モンクスが脅すような顔でいった。「お前のかみさんは心配ないがな」

「いやいや、若いの、心配は要らんよ」バンブル氏は梯子に向かって慇懃(いんぎん)に頭を下げながら答えた。「皆のため、私のために、他言はせんよ、モンクスさん」

「それを聞いて安心したよ、あんた自身のためにな」モンクスがいった。「さあ、ランタンに火を入れて、さっさと引き上げるがよかろう」

1 新約聖書「ヨハネの黙示録」二十章十三節参照。

証拠隠滅

これで会話が終わったのは幸運であった。もう少しつづいていたら、梯子から十五センチも離れていない場所でぺこぺこ頭を下げていたバンブル氏は、下階へと真っ逆さまに転落していたはずである。彼はモンクスがロープから外したランタンの火を借りて、自分のランタンに火をつけると、それを手に持ち、それ以上何も話すことはないという風に黙って梯子を下りた。細君が後につづき、モンクスが最後だった。モンクスは梯子段のところで足をとめ、外の雨音と濁流の流れる音以外、何も聞こえないことを満足げに確認してから梯子を下りた。

三人はそろそろと用心しながら部屋を横切った。モンクスは影を見るたびにびくびくしていた。バンブル氏は床から三十センチの高さにランタンを下ろし、極めて慎重に——彼ほどの地位の紳士にしては驚くほど——おっかなびっくり足を運んでいた。隠し扉がほかにもあるんじゃないかと思い、周到に床を調べていたのだ。最初にくぐった入口まで来ると、モンクスは静かにかんぬきをはずし、戸を開いた。バンブル夫妻はこの奇妙な知人とうなずき合い、それ以上は何もいわずに雨のそぼ降る闇夜へと躍り出た。

二人が姿を消すと、モンクスはこんな場所に一人残されるのは我慢がならないらしく、地階に隠れていた少年を呼んだ。そして明かりを持って先を歩くよう彼に命じて、今しがた出てきた部屋へと戻っていった。

第39章　読者がすでによく知る人物たちをふたたび紹介し、モンクスとユダヤ人の密談についても報告する

前章――例の三人によるちょっとした商談があった日――の翌日の晩である。ウィリアム・サイクスはうたた寝から目覚めると、「今、夜の何時だ？」と眠そうな声でどなった。

こう訊ねたサイクスのいる場所は、チャーチーへ遠征に出かける前に借りていた部屋ではない。もっとも、同じ町の同じ地域の、前のアジトから大して離れていない場所にこの部屋はあった。どう見ても前よりいい部屋とはいいかねた。狭く、造作もなく、汚れていた。天井は傾斜しているし、窓は小さなものがひとつきりで薄暗かった。窓の外に見えるのは狭く不潔な路地だけである。この紳士が最近零落したことを示す手がかりはほかにもあった。家具が全然ないし、生活を快適にするものが一切なかった。着替えの衣類やリネン類のような、ちょっとした家財さえも見当たらない。彼の

窮乏ぶりは目に明らかだった。もしさらなる確証が必要とあらば、サイクスの痩せ細り、衰えた様子を見れば一目瞭然だろう。

部屋着代わりに白の外套にくるまって強盗はベッドに臥していた。病気のせいで死人のように青ざめ、汚れたナイトキャップをかぶっている。一週間も剃っていないひげは、濃く黒々と口から頰までを覆っていた。ベッドわきには犬が座り、心配そうな様子で主人を見ている。表の通りや家の下階で物音がすると、はっとして聞き耳を立て、低くうなった。そして窓際には一人の女が腰かけていた。強盗の普段着である着古したチョッキにせっせと継ぎを当てていた。寝ずの看病と生活苦のため、顔は青ざめ、げっそり痩せている。サイクスの質問に答えた声は、彼女がナンシーであることを告げていたが、その声を聞かなければ彼女が誰だか容易にはわからなかったであろう。

「七時を少しまわったところよ」娘は答えた。「ビル、具合はどうなの?」

「絶不調だ」自分の目や手足を呪いながらサイクスが答えた。「おい、手を貸してくれ。このおんぼろベッドから起こしてくれ」

病気とはいえ、サイクスの気性は相変わらずだった。娘が彼を助け起こし、椅子へ連れて行くと、彼は「もたもたしやがって」とか何とか悪態をつき、彼女をぶった。

「何をめそめそしてる?」サイクスがいった。「くそっ! 泣くのをやめろ。それができねえんだったら出て行け。聞こえたのか?」

「聞こえたわよ」顔を背けて娘はいい、無理に笑おうとした。「いったいどんなつもりよ」

「ほう! いい子ちゃんでいる気になったか」彼女の瞳で震えている涙を見ながら、サイクスが大声でいった。「そのほうがお前の身のためだぜ」

「ビル、今晩は私をいじめるつもりなの?」彼の肩に手をおいて、娘はいった。

「けっ!」サイクスが叫んだ。「だめなのか?」

「もう何日も」女性的な優しさのこもった、愛らしい調子で娘はいった。「来る日も来る日も、私は辛抱強くあなたの看病をしてるわ。まるで、自分の子供の世話でもするようにね。そのおかげであなたは、こうしてよくなっているんじゃない。それを思えば、私にひどく当たるのは見当違いじゃないの? さあ、いじめないといいなさいよ」

「うん、よし」サイクスが応じた。「いじめないよ。くそっ、またそめそしやがるのか!」

「何でもないの」椅子に倒れこんで娘はいった。「放っておいてちょうだい。すぐにならん」

「何が終わるってんだ?」声を荒らげてサイクスが訊き返した。「また悪ふざけでもしようってんじゃなかろうな? 立って仕事をしろ! 女のたわ言を聞くのはがまんならん」

終わるから」

別の機会であれば、このような強い語調で忠告すれば、たいていは望み通りの効果を期待できた。しかしこのとき娘はひどく疲労して弱っていたので、椅子の背にがっくり頭を落とし、そのまま気絶してしまった。そのため、いつもならサイクスは呪いの言葉を交えつつ脅し文句を並べるところだが、その機会さえなかった。ナンシーの普段の癇癪ならば——外野が何もせずとも——一人で暴れてやがて終わる種類のものだったが、このときはいつもと様子が違った。常ならぬ事態に戸惑ったサイクスは、とりあえず毒づいてはみたものの、何の成果も挙がらないので助けを呼んだ。

「一体どうしたんだい?」顔を出したユダヤ人がいった。

「あの娘に手を貸してやってくれ」いらいらしてサイクスが答えた。「おい、俺を見て軽口をたたくな。にやにやするのもやめろ」

驚きの声を上げてフェイギンは娘の介抱に駆け寄った。ジャック・ドーキンズ(別名勝負師ドジャー)も部屋にやって来て、手にした包みを素早く床に置くと、自分の後につづいて部屋にやって来たチャーリーの手から壜をひったくり、あっという間に歯でその蓋を開け——確認のために自ら味見をした後で——壜の中身を患者の喉に注ぎこんだ。

「ふいごでもって風を送ってやれ、チャーリー」ドーキンズがいった。「フェイギン、頬をたたけ。ビルはペチコートを脱がせろ」

総出であれこれ世話を焼いて介抱に努めた結果——とりわけふいご係を拝命し、この仕事がひどく気に入った様子のチャーリーの活躍により——まもなく期待通りの効果が現れた。娘はだんだん意識を取り戻し、ベッドわきの椅子へよろよろと歩き、枕で顔を隠した。ようやくサイクスは思いがけず現れた三人を驚きの顔で迎えた。

「ところで、どんな魂胆でここへ来たんだ?」サイクスがフェイギンに訊ねた。

「どんな魂胆もないさ、ビル」ユダヤ人が答えた。「魂胆があってするようなことじゃない。お前さんが喜ぶものを持ってきたのさ。ドジャー、その包みを開いて、今朝わしらが有り金全部と交換で手に入れたものを見せてやりな」

フェイギンの指示を受け、ドジャーは大きな年代物のテーブルクロスの包みを解き、品物をひとつひとつ取り出してチャーリーに渡した。チャーリーは受け取った品をテーブルに置き、「こりゃ滅多にお目にかかれねえ」とか「大したもんだ」とか賛辞を連ねた。

「上等なウサギのパイだぞ、ビル」チャーリーは肉入りパイを相手に見せていった。「ウサギは美味いぜ。手脚もやわらかいしな。口の中で骨が溶けるほどだ。口からつまみ出す手間もいらない。それから、一ポンド七シリング六ペンスする緑茶を二百グラムだ。濃いの何のって。沸騰した湯に入れればティーポットの蓋がぶっ飛ぶほどだぜ。あとは、精製してない砂糖を七百グラム。アフリカの連中にはこういう上等な砂糖は作れまいよ。一キロもあるパンを二個、極上のバターを五百グラム、グロスター・チーズ一切れ。お終いは、とびきり上等の酒だ！」

このように演説を締めくくると、チャーリーは大きなポケットからしっかりと栓のされたワインの大壜を取り出した。ドジャーも酒壜を携えており、蒸留酒を生のままなみなみとコップに注いだ。病人はたちまちそれを飲みほした。

「ほう！」満足げに両手をこすり合わせてユダヤ人がいった。「もうすっかりよくなったな、ビル。もうすっかりな」

「馬鹿野郎！」サイクスがどなった。「お前が助けに来るまでに、二十回は死にかけたんだぞ。三週間以上もこんな場所に閉じこめておきやがって、冷血漢のごろつきめ」

「お前たち、あの言葉を聞いたか?」ユダヤ人は肩をすくめていった。「あんなすばらしい贈物を持ってきてやったのにな」

「これはこれで有難いがな」テーブルの品々を眺めながら少し機嫌を直してサイクスがいった。「けどな、こんな場所に俺を放置しやがって、どういうつもりなんだ。こっちは食い物もなけりゃ金もねえ、おまけに具合は悪いで四苦八苦してたんだ。なのにずっと音沙汰なしだ。俺はあの犬ころと同じかよ? おい、チャーリー、犬をそっちへ連れていけ!」

「こんな愉快な犬は見たことないぜ」チャーリーはいわれた通りにしてから、いった。「市場に買い物に出かける老婆みたいに、どこに餌があるか匂いでわかるのさ。あいつなら芝居小屋でひと財産稼げるだろうぜ。

「静かにしろ」サイクスがどなった。犬が戻ってきてベッドの下に入りこみ、相変わらず怒ったようにうなりつづけた。「知らん顔のわけを聞かせてもらおうか、老いぼれのコソ泥め」

「仕事で一週間ばかしロンドンを離れていたのさ」ユダヤ人が答えた。

「で、あとの二週間はどうしてたんだ?」サイクスが訊ねた。「巣穴のなかの、病気のネズミみてえに、俺がここで臥していているあいだ、どこでどうしてたんだよ?」

「どうにもならなかったのさ」ユダヤ人は答えた。「ここで長々と説明するわけにはいかないが、どうしようもなかったのだ。名誉にかけて本当だ」

「何にかけて本当だって？」不愉快極まる様子でサイクスがいった。「おい、お前たち、そこのパイを一切れ寄こせ。口直しが必要だ。さもないと息もできねえで死んじまうからな」

「まあまあ、そんなかっかしなさんな」優しくユダヤ人がいった。「お前さんのことを忘れてたわけじゃ決してないよ、ビル」

「そうだろうとも。そりゃあ本当だろうさ」苦笑いしてサイクスはいった。「俺がここで震えながら臥せっているあいだ、お前はまたいろいろと悪巧みをしてたんだろうよ。俺の病気が治ったらあれをやらせよう、これをやらせようってな。金欠だからどんな仕事でもやるだろうと、そんなことを考えてたんだろうさ。ナンシーがいなけりゃ俺はとっくに死んでたろうぜ」

「そら、ビル。そうだろう」ユダヤ人は口をはさみ、相手の言葉を強調した。「ナンシーがいなかったら！　この世話焼き娘をお前さんのとこへ行かせたのは、誰あろうこのわしだぞ」

「それは確かだわ」ナンシーが素早く前に出てきていった。「勘弁してあげなさいよ」

ナンシーの登場でこの問答は終了となった。抜け目のないユダヤ人がこっそり少年たちに目配せすると、彼らはナンシーに酒を勧め出したが、彼女は少ししか飲まなかった。フェイギンはやけに愉快そうにふるまい、サイクスの威嚇するような言葉も冗談のごとくに受け流し、彼をうまくなだめた。そしてどしどし酒を勧め、ようやく相手が機嫌を直して下手な洒落を一言二言飛ばすようになると、それに大笑いしてみせるのだった。

「なら、これ以上はいうまい」サイクスがいった。「だが、どうしても今夜こそ金はいただくぜ」

「まったく持ち合わせがないんだがね」ユダヤ人はいった。

「家にならごっそりあるだろう」サイクスが反論した。「いくらか持ってこいよ」

「ごっそりだって！」両手を上げてユダヤ人は大声を出した。「そんなにあるわけない――」

「お前がいくら貯めこんでるか俺は知らん。お前自身、よくわかってないんだろう。数え上げるのにえらく時間がかかるだろうからな」サイクスはいった。「だが、今夜こそ、是が非でも払ってもらおう」

「よし、わかったよ！」ため息をついてユダヤ人はいった。「ドジャーのやつにさっそく取りに行かせよう」

「それには及ばん」サイクスがいった。「ドジャーは悪知恵が働く。すっぽかすかもしれん。道に迷うかもしれん。サツに尾行されて、行けなかったというかもしれん。あいつを行かせたんじゃ、いろいろな理由をつけて、帰って来ないだろうよ。ナンシーに取りに行かせよう。それなら確実だ。彼女が戻るまで、俺は横になって一眠りさせてもらおう」

すったもんだの交渉の末に、ユダヤ人は相手の要求額五ポンドを三ポンド四シリング六ペンスまで下げさせ、「それだけ持っていかれたらもう十八ペンスしか残らないぞ」と大真面目な顔でくり返し訴えた。サイクスは不服そうだったが、「それ以上ないってんなら仕方がねえ」と折れたので、ナンシーはフェイギンに同行する支度をはじめ、ドジャーとチャーリーは食べ物を戸棚へ片づけた。その後、ユダヤ人は親友に別れを告げて、ナンシーや少年たちとともに家路についた。サイクスはナンシーが戻るまで一眠りするつもりでベッドに横になった。

やがてナンシーたちはユダヤ人のアジトに到着した。ちょうどトビー・クラキットとチトリングがクリベッジの十五回戦をくり広げているところだった。無論、勝負で負けているのは後者で、チトリングは十五回負け、最後の六ペンスを取り上げられるところだった。観客の若い友人たちはやんやとはやし立てた。身分も知性もだいぶ開きのある人間と打ち興じているところを見つかったクラキットは、いくぶん恥ずかしそうな様子であくびをし、サイクスの具合を訊ね、帽子を取り上げて帰ろうとした。

「誰も来なかったか、トビー？」ユダヤ人が訊ねた。

「いいや誰も」襟を立てながらクラキットが答えた。「水っぽいビールみたいに退屈さ。ずっと留守番してやったんだから、お駄賃をはずんでくれよな、フェイギン。陪審員ぐらい手持ち無沙汰だ。持ち前の優しさでこの若造の相手をしてやったが、そうでもしなけりゃ、ニューゲート監獄並みにこんな時間から眠りにつくところだ。こんなに退屈で、まったく冗談じゃないぜ」

トビー・クラキットは似たような悪態をあれこれつきながら、勝ち取った金をかき集め、チョッキのポケットにしまいこんだ。こんな小銭など俺様ほどの身分ではは した金同然だといわんばかりに。それから、優雅かつ洗練された物腰で、ふんぞり返るようにして部屋を出ていった。チトリングはトビーの後ろ姿が見えなくなるまで、繰り返し羨望の眼差しを彼の足とブーツに投げ、「六ペンス硬貨十五枚で相手をしてもらえるなら安いもんだ。これっぱかしの損は損とも呼べない」といった。

「トム、お前って変わっているぜ！」チャーリーは彼の言葉をとても愉快そうに聞いて、いった。

「そんなことないさ」トム・チトリングが答えた。「変わっているかい、フェイギン？」

「いや、お前はとても賢い男だ」相手の肩を軽くたたき、ほかの連中に目配せしながらユダヤ人はいった。

「それに、クラキットさんはたいへんな洒落者だろう。なあ、フェイギン？」トムが訊いた。

「そりゃ間違いないな」ユダヤ人が応じた。

「それに、クラキットさんと知り合いなら、俺だって鼻が高いよ。そうだろ、フェイギン？」

「そりゃそうだ。違いない」ユダヤ人はいった。「みんな嫉妬してるのさ、トム。お前ほど仲良くしてもらえないからな」

「そう！」勝ち誇った様子でトムはいった。「そうなんだよ！　文無しになっちまったが、また仕事に出て稼げばいいだけだ。そうだろ、フェイギン？」

「そりゃそうだ」ユダヤ人が答えた。「そうと決まればさっそく仕事にかかるがいいぞ、トム。すぐに取り返せるさ。ほら、時間を無駄にしちゃいかん。ドジャー！

チャーリー！ 仕事に出かける時間だぞ。もう十時になるってのにぐずぐずしておって」

少年たちはその言葉におとなしくしたがい、ナンシーにうなずいてみせてから帽子を手に部屋を出て行った。ドジャーと陽気な友人は道々チトリングのことであれこれ陰口をたたいたが、公平にいって、チトリングの態度に非常識なところがあったとは思われない。都会の野心ある若者のなかには、上流社会で名を売るために、チトリングとは比較にならぬほど大枚をはたく連中がごまんといる。それに――上流社会の構成員たる――立派な紳士たちのなかにも、洒落者のトビー・クラキットと似たようなやり口で名声を得ている連中がたくさんいるのだ。

「さてと」少年たちが去るとユダヤ人はいった。「ナンシー、わしは金を取ってくるよ。この鍵はな、少年たちが盗んだ品をしまっておく小さな戸棚の鍵さ。鍵はこれだけで、金を金庫に入れたりはしない。それほど持っていやしないからな。ははは。割に合わん商売だよ、なあナンシー。人から感謝されるわけじゃない。でもまあ、少年たちの面倒を見るのは好きだからな、辛抱するよ。こんな生活でもな。おや、しっ！ 静かに」急いでふところに鍵を隠して彼はいった。「誰かな？」

腕を組んでテーブルの前に座っていたナンシーは、訪問者にいかなる興味関心も示さず、相手のことなど気にする様子はなかった。しかし、その人物の話し声が聞こえてくると、電光石火の勢いでボンネット帽とショールを脱ぎ、テーブルの下へと押しこんだ。ユダヤ人はまもなくナンシーのほうをふり返った。彼女は「暑いわ」と気だるい声で苦情を述べた。その声の調子は、一瞬前の敏捷な行動と驚くほど対照的であったが、彼女に背を向けていたフェイギンにはそれがわからなかった。

「ふん！」邪魔が入りいらいらした様子で、ユダヤ人が小さくいった。「約束の客が遅れて来たらしい。階段を下りて来る足音がするな。その客の前で金の話は禁物だぞ、ナンシー。すぐに帰るさ。十分もおらんだろうよ」

客の足音が部屋の外の階段から聞こえてくると、骨ばった人さし指を唇に当てて、燭台を手にユダヤ人はドアへ近づいた。二人は同時にドアの前まで来た。客は足早に部屋へ入ってくると、ナンシーのそばまで来た。しかしすぐには彼女の存在に気づかなかった。

それはモンクスだった。

「知り合いの若者のひとりだ」見知らぬ人間がいることに気づき、思わず後ずさりしたモンクスを見て、ユダヤ人はいった。「じっとしてるんだぞ、ナンシー」

娘はテーブルのそばへと椅子を引き寄せ、無関心そうにモンクスを眺めてから目をそらした。しかしモンクスがユダヤ人のほうを向くと、彼女はふたたび鋭い、探るような、意味深長な眼差しを相手に向けた。ナンシーの表情の変化を誰かが見ていたとしたら、その豹変ぶりに仰天したであろう。

「進展があったかい?」ユダヤ人が訊いた。

「大いにね」

「それは、いい意味でかね?」あまり楽観的だと相手の不興を買うと思ったのだろう。おずおずとユダヤ人は訊き返した。

「まあ、悪くない進展だ」微笑してモンクスは答えた。「今回は手際よく事が運んだ。そこでちょっと相談があるんだが——」

ナンシーはテーブルのそばへ椅子を引き寄せた。自分から部屋を出て行くとはいわなかった。するとモンクスは彼女を指さした。ユダヤ人は、無理にナンシーを追っ払えば、金がどうだと騒ぐかもしれないと案じたのだろう。上の階を指さし、モンクスを連れて出て行った。

「前に連れて行かれた、不気味な穴倉だけは勘弁してくれよな」階段を上がりながらモンクスはいった。その声はナンシーにも聞こえた。ユダヤ人が笑い、何か返事をしていたが、その内容までは聞き取れなかった。床板のぎしぎしいう音から推してユダヤ人は客を二階の部屋に案内したようだった。

家中に反響する、彼らの足音がまだやまないうちに、ナンシーは靴を脱いでガウンをゆったりと頭までかぶった。そして両手をガウンのうちに収め、ドアのところに立ち、息を殺して聞き耳を立てた。足音がやむと滑るように部屋から出て、細心の注意でそっと階段を上った。やがてその姿は二階の暗がりに消えた。

下の部屋は十五分ほど無人だった。ナンシーはさっきと同様、幽霊のような足取りで下の部屋へと戻り、その直後、二人の男たちの階段を下りる音が聞こえてきた。モンクスはすぐに帰り、ユダヤ人は金を取りにふたたび二階へと階段を上った。ユダヤ人が戻ってきたとき、ナンシーは帰り支度でもするようにショールやボンネット帽をいじっているところだった。

「どうしたんだ、ナンシー」びっくりして燭台をおきながらユダヤ人がいった。「顔が真っ青だぞ！」

「真っ青！」娘はそうくり返し、こっそり相手の顔色をうかがうように手で目を覆った。

「ひどい顔色だ」ユダヤ人がいった。「一体何をしてたんだ？」

「別に何にも。ただこの狭い部屋で座っていただけよ。どれくらいか、よくわからないけど」どうでもいいようにナンシーは答えた。「さあ、とっとと帰らせてよ」

ため息をつきながら金を数え、フェイギンは彼女の手にそれを渡した。「おやすみ」以上の言葉は交わさず二人は別れた。

往来へ出るとナンシーは一軒の家の玄関先に腰を下ろした。しばらくのあいだ途方に暮れた様子だった。どっちへ行けばいいかわからない、そんな風だった。それから不意に立ち上がり、サイクスが彼女の帰りを待っている家とは反対の方角へ早足で歩き出した。次第に彼女は速度を上げ、まもなく全速力になった。疲れ果てると立ちどまり呼吸を整えた。突然はっとして我に返ったようになり、物事が思うようにいかず、おのれの無力さを嘆くように、拳を握りしめてわんわん泣いた。

泣いてすっきりしたのだろうか。それとも、どうにもならないと諦めたのかもしれない。彼女は踵を返し、大急ぎで来た道を戻りはじめた。無駄にした時間を取り戻すためでもあったが、心が千々に乱れて自然と早足になるのだった。やがてサイクスが待つ家へ彼女はたどり着いた。

サイクスの前に現れたナンシーの顔に多少の動揺は表れていたにしても、サイクスはそれに気づかなかった。金を持ち帰ったかどうか彼は訊ね、彼女が持ち帰ったと答えると、満足げな声を上げた。そして枕に頭を載せ、彼女の帰宅によって妨げられた眠りへとふたたび戻っていった。

翌日、金を手にしたサイクスは食べたり飲んだりに忙しかった。彼のいらいらが鎮まったのはナンシーにとって幸いだった。彼女のふるまいや態度の粗探しをする時間がサイクスにはなかったし、そうしたいとも思わなかったからである。しかし、彼女が何か思いつめた——ただならぬ決心をして、思い切った大胆な行動に出ようとする人に見られる——そわそわと落ち着かぬ様子なのを、慧眼なあのユダヤ人ならば見逃さず、これが非常事態であることをたちまちに見抜いたであろう。しかしサイクスにそのような洞察力はなかった。周囲にとげとげしく当たる人間にふさわしく、物事を見抜くのは不得手だった。それに今は、すでに述べた通りいつになく上機嫌だったので、ナンシーの態度にいささかの不審も抱かなかった。そもそも彼女のことにそれほど注意していなかったのだ。たとえ彼女の狼狽がもっと目立つものであったとしても、彼は少しも不審に思わなかったであろう。

日が暮れるにつれてナンシーの興奮も高まった。夜になると、彼女はサイクスの横に腰かけ、彼が酔い潰れるのを今か今かと待ち構えていた。その顔色はいつになく蒼白で、目は爛々と輝いていた。さすがのサイクスもこれを見ると仰天した。

熱で弱っていたサイクスはベッドに臥し、刺激を少なくするためにお湯で割ったジンを飲んでいた。そして今、三度目か四度目のおかわりを所望して、ナンシーに空のグラスを突き出しているところだった。彼がナンシーの異常に気がついたのはまさにこのときが最初だった。

「おい、何事だ！」ベッドの上に身を起こし、娘の顔をまじまじと見つめて彼はいった。「死人みてえな顔をしやがって。一体どうしたってんだ？」

「どうしたって」彼女は答えた。「どうもしないわよ。なんでそんなにじろじろ見るの？」

「何のつもりだこいつは？」サイクスはナンシーの腕をつかみ、乱暴に彼女を揺さぶりながら訊ねた。「何なんだ？　どういうつもりだ？　何を企んでいる？」

「いろいろなことよ、ビル」震えながら彼女は答え、両手で両目を押さえた。「でも、あんたには関係ないことよ」

この最後の台詞にはわざとらしい陽気さがあり、彼女の興奮したただならぬ様子にまして、サイクスに強い印象を残したようであった。

「じゃあ俺のほうでいってやろう」サイクスはいった。「熱病にでもかかって、それで具合が悪くなったんじゃなければ、何か妙なこと、物騒なことでも企んでいるんだろう。お前まさか――いやいや、そんな馬鹿な。まさかお前が、そんなことをするはずがねえ！」

いっていたら、

「何をするっていうの？」娘が訊ねた。

「何でもねえ」じっと彼女を見ながらサイクスはいって、独り言のようにつづけた。「これほど信用できる娘はまずほかにいねえ。でなきゃ、三カ月前に喉をかっ切っていただろう。熱病にでもかかったんだ。そうに違いない」

そう自分にいい聞かせて気を取り直したサイクスは、グラスの酒を飲みほし、ぶつくさ悪態をつきながら薬を寄こせといった。ナンシーは素早く立ち上がり、手際よく薬をコップに注いだ。ただし、サイクスには背を向けた格好で。そしてコップを彼の口元まで持っていき、彼が飲み終わるまでそのまま待った。

「さてと」サイクスはいった。「こっちへ来て俺の横に座れ。普段通りの顔でな。それができなきゃ、自分の顔だとわからぬ位、俺がぼこぼこにしちまうからな」

娘はおとなしく従った。サイクスは彼女の手を握り、枕に頭を預け、彼女の顔をじっと見つめた。彼は目を閉じては開き、また閉じては開いた。落ち着かぬ様子でしきりに姿勢を変えた。二、三分うとうとしては、恐怖を顔に浮かべて飛び起き、うつろな目で部屋を見まわすことをくり返した。やがて――また身を起こそうとしたとき――突然強烈な睡魔に襲われ、そのまま眠りこんだ。手の力が抜け、ふり上げた腕もだらりとわきへ垂れた。昏睡状態といってよかった。

「阿片がようやく効いたわ」ベッドの横の椅子から立ち上がりながらナンシーはつぶやいた。「でも、もう間に合わないかもしれない」

薬を盛ったとはいえ、ひょっとしてサイクスが目を覚まし、彼女の肩にものすごい力でつかみかかってくるのではないかという恐怖に怯え、後ろをふり返りながら彼女は素早くボンネット帽とショールを身につけた。それからそっとベッドの上にかがみこみ、サイクスの唇に接吻して、音を立てないように部屋のドアを閉め、家を飛び出した。

大通りへ通じる暗い路地を駆け抜けるとき夜警[1]が九時半を告げた。

「九時半をだいぶ過ぎているかしら?」娘が訊ねた。

「あと十五分で十時の鐘が鳴るよ」ランタンを彼女の顔にかざしながら彼はいった。

「でもあと一時間はたっぷりかかる」ナンシーはそうつぶやいてふたたび駆け出し、路地をひた走った。

1 夜警は、ベルと棒を手にして、時刻を告げながら夜まわりをする仕事。ロンドンの治安悪化にともない、一八二九年に警察制度の大がかりな改革が行われると、夜警の仕事は次第に警官が行うようになった。

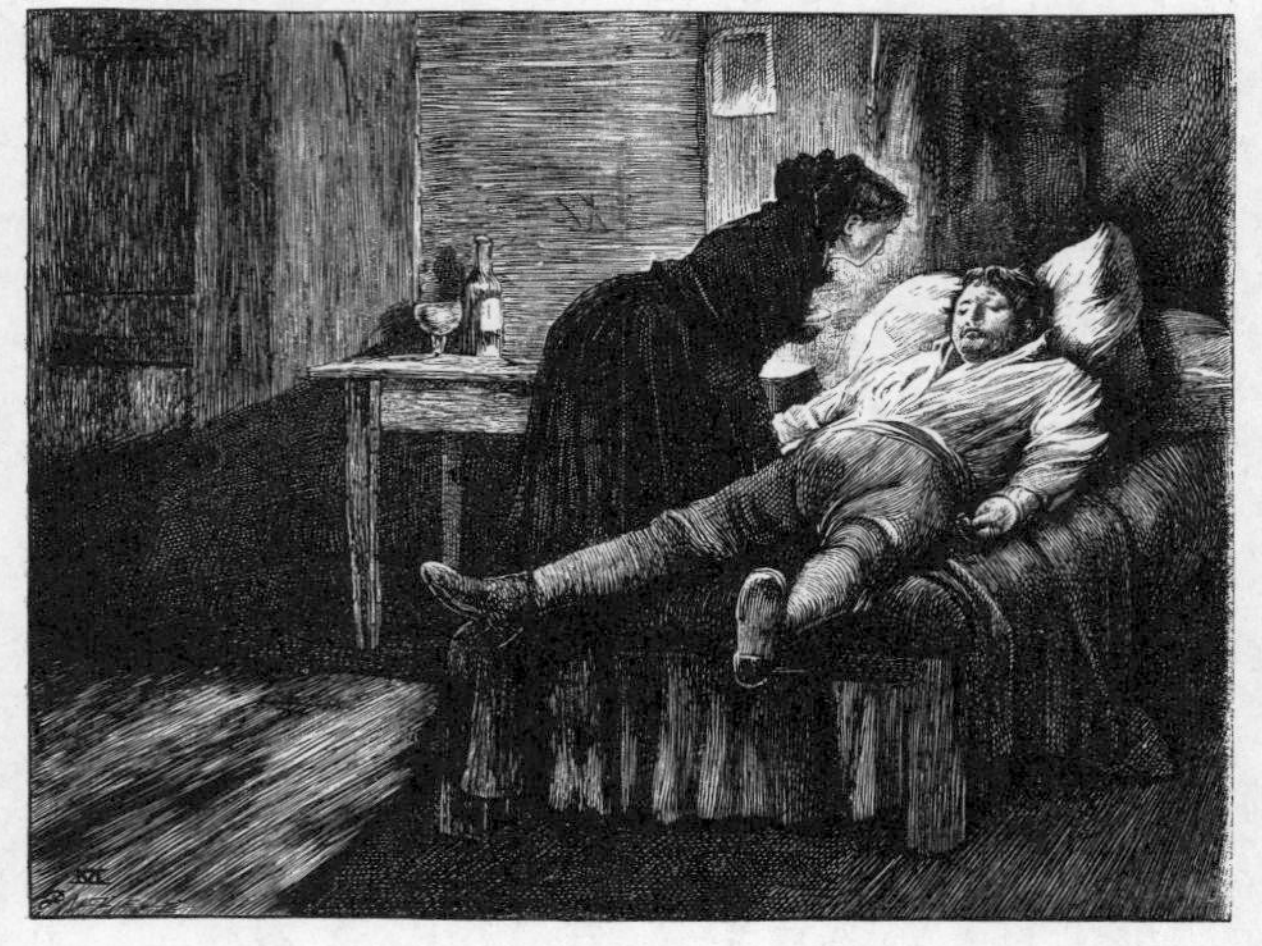

ナンシーはそれからそっとベッドの上にかがみこみ、サイクスの唇に接吻した。

スピタルフィールズからロンドンのウエストエンドへ至る裏路地の店の多くは、すでに店じまいの時刻だった。大時計が十時を告げるとナンシーは慌てた。狭い歩道を、ほかの通行人を肘で押しのけるようにして進み、人混みの通りでは——大勢の人間が横切ろうとタイミングを見計らっているときに——馬の頭の下をぐり抜けて我先に駆け抜けた。

「頭のおかしい女だ！」疾走する彼女を目で追いながら人々はいった。

やがて富裕層が多い地区へ出ると往来を行き来する人の数も減ったが、かえって彼女のなりふり構わず走る姿が人目を引いた。それほど必死にどこへ行こうとしているのか、知りたいという風に、彼女の後を追って小走りになる人々もいた。彼女を追い越し、ふり返り、少しも衰えぬ彼女のスピードに驚嘆する人々も数人いた。やがて彼らは一人また一人と脱落した。ナンシーが目的地のそばまで来たとき彼女は一人きりだった。

そこはハイド・パークに近い、静かで品のある通りに面した家族向きのホテルだった。玄関先にランプが煌々と燃え、その明かりを目指してナンシーが駆け寄ったとき、十一時を告げる鐘が鳴った。彼女は決心がつかぬ様子でぐずぐずしていたのであるが、鐘の音に背中を押され、ホテルのホールへ足を踏み入れた。受付に人の姿はない。どうしていいかわからず、きょろきょろと周囲を見まわし、階段へ歩み寄った。「誰にご用かしら？」

「お嬢さん！」立派な身なりの女が背後のドアから顔を出した。

「こちらにお泊まりのご婦人にちょっと」娘はいった。

「ご婦人！」その女はそういって嘲笑を浮かべた。「どんなご婦人かしら？」

「ミス・メイリーというかたなんですが」ナンシーがいった。

その若い女性はナンシーの身なりに気づくと、上品ぶった、尊大な態度になり、従業員の男を呼んだ。ナンシーはその男に用件をくり返した。

「それで、あなたの名前は？」ウェイターの男が訊いた。

「名前は必要ありません」ナンシーが答えた。

「では、どんなご用件だと伝えれば？」男がいった。

「用件もいう必要はありません」娘が答えた。「ぜひ会いたいと伝えて」

「さあさあ」男は彼女を玄関口へ押しやりながらいった。「話にならない。帰りなさい」

「追い出したいなら、抱え上げて放り出せばいいわ」声を荒らげて娘はいった。「でも、二人がかりでも手を焼くと思うから、覚悟なさい」彼女は周囲を見まわしてつづけた。「かわいそうな娘のために、ちょっとした伝言を取り次いでくれる人はいない？」

　この訴えは、人のよさそうな顔をしたコックの同情を得た。彼はほかの従業員とともに傍観していたのだったが、前に出てきて二人のあいだに割って入った。

「取り次いでやったらどうだ、ジョー？」コックがいった。

「取り次いでどうなる？」ウェイターの男が答えた。「こんな娘にあのお嬢さんが会うとでも？」

　男がナンシーの怪しい素性を揶揄すると、四人の慎しみ深い女中たちは激しく憤った。彼女らは、女の風上にもおけない女だとナンシーを口汚く罵り、情け容赦なく表のどぶに放りこめと主張した。

「したいようにすればいいわ」ナンシーは男たちに向かってそういった。「でも、お願いだから、まずそのお嬢さんに取り次いでちょうだい」

　心優しいコックが「これほど頼んでいるのだから」と口添えをしてくれ、最初に現れたウェイターの男が取次ぎ役を引き受けることになった。

「それで、何といえばいいんだ」階段に足をかけながら男がいった。

「ミス・メイリーに折り入って相談したいことがあるので、二人きりでお話ししたいと」ナンシーはいった。「ちょっとでも話を聞けば、最後まで聞くに値する話か、私をペテン師として追い出すべきなのか、すぐにわかるはずだと、そう伝えて」

「ほう」男がいった。「こりゃまた大げさなことだな！」

「そう伝えてちょうだい」断固として娘はいった。「ここで返事を待っていますから」

男は階段を駆け上がって行った。ナンシーは青い顔をして、貞淑な女中たちがまくしたてる嘲りの言葉に唇を震わせながら、息もつかずに待った。男が戻って来て、二階へどうぞといったとき、女中どもの罵倒はいっそう激しくなった。

「この世では品行方正にしていても意味なんかないわね」女中の一人がいった。

「火にも負けない金（きん）より真鍮のほうが得ってことね」もう一人の女中がいった。

第三の女中はただ「立派なご婦人って、何ほどのものかしら」というだけで満足し、第四の女中が「恥知らず！」と叫ぶと、ほかの三人もつづけて「恥知らず！」と叫び、この四重奏を締めくくった。

ナンシーはこうしたやじを聞き流した。もっと重要な用件で来ていたからである。体を震わせながら男について行き、天井から下がったランプに照らされた小さな控え室へと通された。男は彼女をそこへ通すと、そのまま引き下がった。

第40章　奇妙な会見のつづき

これまでナンシーはロンドンの街頭、不潔な売春窟、盗賊の隠れ家などで人生の大半を過ごしてきたが、それでも女性らしい本能を完全に失ったわけではなかった。今、自分が入って来たドアとは別の、正面にあるドアへと軽やかな足音が近づいてくる。その足音を耳にしたとき、ナンシーはこの小さな控え室でまもなく向かい合う二人の女の身分の違いを思い、愕然とした。彼女はひどく自分を恥じ、縮み上がった。まるで――自分から会いたいと押しかけてきたにもかかわらず――相手と向かい合うことが耐えがたいことのように。

彼女の良心を苦しめていたものの正体、それはプライドであった。上流階級の尊大な連中だけでなく、社会の底辺に生きる卑しい人々にも、共通して見出せる悪徳がプライドである。盗賊やごろつき連中の仲間であり、いかがわしい場所を転々とするはぐれ者で、絞首台を横目に見ながら生きる人間――牢獄や牢獄船の囚人たちと大差ない人間――、それが彼女だった。けれども、そのような地に堕ちた人間である彼女にさえプライドはある。女性的な感情がほんのわずかでも漏れ出ることを彼女は嫌った。女性的な感情とはすなわち弱さである、と彼女は考えていたからだ。しかし、そうした感情だけが彼女に残った唯一の人間らしさでもあった。荒んだ生活のせいで、そのほかのさまざまな人間らしさはとうの昔に――まだ彼女が幼い子供だったころに――失っていた。

目を上げると、そこに現れたのは細身の美しい娘だった。ナンシーは床に目を伏せてから、わざと何気ない風に頭をぐいと持ち上げていった。

「あなた様にお目通り願うのは、本当に手間のかかることなんですね。もし私が怒って帰ってしまったら――そんな人が大勢いたでしょうけど――きっといつの日かあなたは後悔したでしょうよ」

「もし失礼な思いをされたのでしたら、心からお詫び申し上げます」ローズがいった。「どうぞそのことは水に流して、どのようなご用件でいらっしゃったのかお話しください。あなたがお訊ねの人物はこの私です」

相手の思いやりにあふれた返答と優しい声、そして礼儀正しさに――横柄で意地の悪いところはまったくなかった——ナンシーは呆気にとられた。そして突然泣き出した。

「ああ、お嬢様！」必死に顔の前で手を組み合わせながら、彼女はいった。「あなたのような方がもっといらっしゃれば、私のような人間ももっと減ります。きっとそうです！」

「どうぞお座りになって」ローズが強く勧めた。「たいへんお気の毒に思います。もしお金のことでお困りでしたら、喜んで力になりますわ、本当に。ですからどうぞおかけになってください」

「立ったままでいいのです」相変わらず泣きながらナンシーはいった。「私にそれほど親切にして下さる必要もないのです。今から、私がどんな人間かお話しします。もう夜も遅いです。ドアは閉まっていますか？」

「ええ」ローズはそういって、数歩あとずさった。まるで、助けを呼ぶ必要が生じた場合、少しでも早く呼べるほうがいいという風に。「なぜです？」

「それは」娘はいった。「今から私は自分とその他数名の人間の命を、あなたの手に委ねるつもりだからです。あの夜、ペントンヴィルの屋敷からオリバーが出てきたところを捕まえ、フェイギンというユダヤ人の老人の家へ連れ去ったのは、誰あろうこの私なのです」

「あなたが！」ローズ・メイリーがいった。「私は、あなたもお聞き及びの、あの恥ずべき連中の一人なのです」ナンシーはいった。「私は、気がついたときには盗人たちに囲まれて暮らし、ロンドンの下町がその生活の場所でした。それ以上のよい暮らしなど知らず、盗人たちをのぞけば、私に親切な言葉をかけてくれる人間もありませんでした。あなたが私に怯えるのは当然です。近寄りたくない気持ちもよくわかります。私は、あなたが考えるよりずっと若いのですが——でも、そのように見られるのは慣れています。人でいっぱいの道を私が歩いていくと、無一文の女たちだって思わず後ずさりするくらいです」

「本当に恐ろしいことです」ローズはそういった。そして知らず知らず、この風変わりな客から身を引いた。

「幸いにして」娘はいった。「あなたは幼いころ、あなたの面倒を見て世話を焼いてくれる人々がいた。寒さや飢えに苦しむこともなければ、喧嘩や酒に溺れる生活、それ以上にひどい悪徳とも無縁だった。揺りかごにいるうちからそんなものに囲まれて暮らしてきた私とは違って——。揺りかごなんていっても、私の場合、それは路地裏や貧民窟のことですけれど。私の死に場所も、多分そこなんだと思います」

「本当にお気の毒です！」ローズが切れ切れの声でいった。「そのようなお話を聞くと、本当に心が潰れる思いです」

「ご親切にどうもありがとうございます」娘がいった。「私がどんな暮らしをしているかお知りになれば、心から哀れんでいただけると思います。私は今日、人目を盗んでここへ来ました。仲間は、私のとった行動を知れば、きっと私を殺すでしょう。私の用事というのは、私が耳にしたことをあなたにお知らせすることなのです。モンクスという名前の男をご存知ですか？」

「いいえ」ローズがいった。

「男のほうではあなたを知っています」娘が答えた。「そしてあなたがここへ泊まっていることも知っている。私があなたをここへ訪ねたのも、その男がこの場所のことを話していたのを聞いたからです」

「でも、聞き覚えがありません」ローズはいった。

「名前を使い分けているんでしょう」娘が応じた。「そうじゃないかと前々から思っていました。少し前のことですけど、オリバーが強盗の片棒を担がされ、あなたのお屋敷に侵入した晩から間もないころ、私は――その男が怪しいと思っていたので――

その男とフェイギンという男が暗がりで密談しているのを盗み聞きしたのです。そして、そのモンクスという男は――ええと、モンクスというのはさっきあなたにお訊ねした男の名前です――」

「ええ」ローズはいった。「わかっています」

「そのモンクスという男は」娘はつづけた。「どうやら、最初にオリバーが行方不明になった日に、ほかの少年二人といるところを偶然見かけたらしいのです。そして、なぜだかわかりませんけど、自分が探し歩いている少年に間違いないとすぐに確信したようです。彼は、オリバーを取り戻せばいくらの報酬を払う、首尾よく盗人に仕立て上げられれば、それ以上払ってもいいとフェイギンに約束しました。モンクスには何か思惑があるようで、オリバーを盗人にしたいらしいのです」

「どんな思惑でしょう」ローズが訊ねた。

「それを突きとめようと思ったんですが、運悪く壁に映った影をあいつに見られてしまったのです。でも逃げ足には自信があるので、顔を見られる前にうまく逃げましたけれど。それから昨晩まで彼を見かけていません」

「昨晩は何があったのです?」

「今からお話しします。昨晩、モンクスが隠れ家にやって来て、階段を上って行きました。それで私、私だとばれないように布を頭からかぶって、ドアのところで立聞きしたのです。最初に聞こえてきたモンクスの言葉は『あのガキの身元を示す証拠は川の底さ。やつの母親からそれを受け取った婆さんは、とっくにくたばって棺桶のなかだ』でした。成功裡に事が運んだといって二人は笑い、モンクスはオリバーのことを話しながら、思わず興奮していいました。『あのガキの遺産はこれで俺のものさ。だが、俺の一番の望みは、あいつが街中のブタ箱を転々とし、そのあげく重罪人として逮捕され――そのお膳立ては、あんたなら朝飯前だろ――やつの親父が遺言で述べたごたくを台無しにすることさ。さんざんやつを利用した後でな。そうなればさだめし愉快だろうぜ』」

「何てことでしょう！」ローズがいった。

「私のような人間のいうことなど信じられないでしょうが、でも本当のことなのです」娘が答えた。「それからモンクスは、私は慣れっこですけど、きっとあなたには耳慣れない悪態をつきながらいいました。『やつをぶち殺してこの憎しみを晴らしたいぜ。絞首刑にならずに済むなら、すぐにもそうするところだが、そんな都合よくはいくまい。だからな、やつが生きてるあいだは、そばで見張るだけで満足しなけりゃならん。でもまあ、やつの生い立ちをうまく利用すりゃ、やつを痛めつけることくらいはできるだろうよ』そしてこういうのです。『おい、フェイギン。ユダヤ人のお前でも、俺が弟のオリバーに仕掛けるような罠は思いつくまいよ』」

「弟のオリバー！」ローズが叫んだ。

「確かにそういったのです」ナンシーは不安げにきょろきょろしていった。彼女は話のあいだずっとそうしていた。サイクスの影が彼女につきまとって離れなかったのだ。「モンクスはあなたと、もう一人のご婦人のことも話していました。オリバーが――神の仕業か悪魔の仕業か――あなたがたに保護されて、自分にとって厄介なことになったと。でも、彼は笑って、『まあ、好都合な点もある。あの二本足のスパニエル犬の正体を知るためなら、連中はいくらでも、あるだけ金を出すだろうからな』といいました」

「全部、冗談抜きの話なんですね？」ローズは青ざめていった。

「鬼気迫る声でいってましたから」首をふってナンシーは答えた。「憎しみに駆られていて、本気そのものでした。あの男より悪いことをする人はいくらでもいます。でも、モンクスの呪詛とくらべたら、そういう連中の悪態など子供だましですわ。さあ、もうだいぶ遅くなりました。こんな用事で出かけたと知れたらたいへんですから、大急ぎで帰ることにします」

「私はどうすれば？」ローズがいった。「あなたの下さった情報も、あなたがいなければ、役立てることはできません。それに、帰るって、そんな恐ろしい人たちのところへ帰るのですか？　隣りの部屋にいる紳士――呼べばすぐに来てくれます――に今の話をもう一度してもらえれば、三十分もしないうちに安全な場所へご案内します」

「帰りたいのです」娘はいった。「帰らなければならないのです。なぜかといえば――あなたのように無垢な婦人にどうやって説明したらいいのかわかりませんが――さきほど話した悪党連中の一人にとりわけ命知らずの男がいて、私はその男から離れられませんし、今のような生活から足を洗うのも無理なのです」

「あなたは以前にもあの少年のために立ち働いてくれました」ローズがいった。「今日だって、たいへんな危険を冒して、見聞きしたことを知らせに来てくれました。あなたが嘘などついていないことは見ていてわかります。しかも、自らの行いを恥じ、後悔している。きっと人生をやり直すことができると思いますわ」ローズは心からそういって左右の手を組み合わせた。涙が頬を伝った。「女同士、どうか私の願いを聞き入れてください。憐れみと同情をもってあなたにこう頼むのは私がきっと最初でしょう。お願いです、力にならせてください。あなたが人生をやり直せるよう、力になりたいのです」

「お嬢様」ナンシーはひざまずいてうめいた。「あなたは本当に、天使のように優しい方です。そのように親切な言葉をかけてくださったのはあなたが初めてです。これがもし何年も前のことだったら、私は罪と悲哀の生活から足を洗えたかもしれません。でももう遅い。遅すぎるのです！」

「遅くなんてありません」ローズがいった。「悔い改めて償うのに、遅すぎるなどということはありません」

「いいえ、遅いの」ナンシーは悲しみのあまり身悶えしてうめいた。「あの男からは離れられない。見殺しにはできない」

「見殺しって、なぜ？」ローズが訊ねた。

「どうやってもあの人を救うことはできない」娘はいった。「今お話ししたことを私が別の人にも話して、悪党仲間たちが捕まることにでもなったら、あの人はきっと死ぬことになる。誰よりも無鉄砲で、凶暴な男なんです」

「でもどうして」ローズがいった。「そのような人のために、あなたが未来の希望を捨てなければならないのです？　すぐにでも安全な場所へ逃げられるのに。馬鹿げています」

「どうしてだか私にもわかりません」娘は答えた。「でも、それが動かせないことだ、ということだけはわかります。私だけでなく、私と同じように堕落したひどい生活を送っている何百という人たちが、同じ運命にあるのです。私は帰らねばなりません。こうした運命が、私の犯した罪に対する神の怒りの結果なのか、私は知りません。でも、どれだけ苦しもうと虐待されようと、気がつけばあの男のもとに戻っているのです。最後はきっとあの男の手で殺される。そうわかっていても、どうしようもないのです」

「私はどうしたらいいでしょう?」ローズがいった。「あなたをこのまま帰らせるわけにはいかないのですけど」

「帰らせてください。どうぞ私の好きなようにさせてください」娘は立ち上がりながらいった。「あなたは私を無理に引きとめたりできない方です。私はあなたの良心を信じています。無理に約束を取りつける必要もありません」

「でも、せっかくあなたが話してくださったことを、どうやって役立てたらいいでしょう」ローズはいった。「この謎はぜひとも調査しなければなりません。そうでなければ、せっかく秘密を打ち明けていただいても、あなたが望むようにオリバーを救うことはできません」

「あなたには、秘密が守れて、適切なアドバイスがもらえる立派な紳士のお知り合いがいますでしょう」娘がいった。

「では、あなたに会う必要が生じたら、どうやって連絡をとったらいいでしょうか？」ローズが訊ねた。「恐ろしい悪人たちの住む場所を、知りたいとは思いませんけど、決まった時間にあなたが通る場所、立ち寄るような場所がありますか？」

「秘密を守ると約束してもらえますか？　そして私に会うときは、あなた一人か、事情を知るお連れのかたの二人でしか会わないと約束してもらえますか？　見張りをつけたり、私の跡をつけたりもしないと？」娘が訊ねた。

「ええ、約束します」ローズは答えた。

「日曜日の夜は毎週、十一時から十二時まで、ロンドン橋の上にいることにします」躊躇なく娘はいった。「私が生きている限りは」

「あとひとつだけ」ナンシーがそそくさとドアへと向かうとローズは制止していった。「あなたの今の境遇を思い出して、そこから逃れる機会が目の前にあるということを、もう一度よく考えてもらえませんか？　あなたは私にそれを要求する権利があるはずです。進んで密告に来てくださったわけですし、あなたは今ほとんど救いの見込みがない、のっぴきならない状態にあるわけですから。私のいう通りにしてくれればあなたは助かる。なのに、あなたは盗人の巣へ帰るというのですか？　それほど強い力であなたを邪悪さと災いの世界へと引き戻すなんて、一体どんな魅力がそこにあるのでしょう。どうにかあなたを説得できないものかしら。どうにかしてその恐ろしい魔力からあなたを解放する手段はないものかしら」

「あなたのように若く、善良で、美しい女性でも、誰かに心奪われることがあると思います」確たる調子でナンシーはいった。「そんなとき、愛はずいぶんと遠くまであなたを連れ去るものです。あなたのように家もあり、あなたを大事にしてくれる友人や知人が大勢いて、何不自由ない暮らしをしている人でもね。私はといえば、雨露をしのぐものなんて棺桶のふたくらいしかありません。病気になったり死んだりするときも、看護師くらいしか付き添ってくれる人はいないでしょう。そんな私でも、この汚れた心で誰かを想うことがあるのです。誰かを想い、心の隙間を埋めたいのです。そんな惨めな生活でぽっかりと空いた心の穴を埋めたいのです。そんな人間を正気に戻す手立てなどありません。どうか憐れんでください。それくらいしか私には女らしい感情など残っていないのです。誰かを想うことは普通、人に安らぎと満足をもたらすはずです。でも私の場合は――何の因果か――災いと不幸を招く運命だったのです」

「お金は受け取ってもらえますね」一瞬ためらった後に、ローズはいった。「そうすれば不本意なことをせずとも生活できます。少なくとも次に会うときまでは」

「お金は受け取れません」手をふってナンシーが答えた。

「どうか強情を張らないで。私はあなたを助けたい、力になりたいのです」ローズはそういってゆっくりとナンシーに歩み寄った。

「この場で殺していただけたら一番嬉しいのですけど」ナンシーは両手を握りしめていった。「今夜ほど自分という人間に嫌気がさしたことはありませんから。それに今死ねば、これまで私が暮らしてきたあんなひどい場所で死なずに済みますものね。あなたに神様の祝福がありますように。私が味わった不幸と同じだけの幸福があなたに訪れますように。そう心から祈っていますわ！」

不幸な女はそういい、大声で泣きながら姿を消した。ローズ・メイリーはこのただならぬ会見で抜け殻のようになっていた。ナンシーとのやりとりは現実の出来事というより、つかの間の夢のごとくに思われた。ローズは倒れるように椅子に腰を下ろし、何とか気を落ち着けようとした。

第41章 いくつかの新たな事実が明らかにされ、不幸同様、人を驚かす事件は立てつづけに起こるという実例が示される

ローズはきわめて難しい立場におかれていた。彼女はオリバーの出生に関わる謎をどうにかして突きとめたいと思った。しかし同時に、先日言葉を交わした不幸な娘が自分に寄せてくれた信頼を裏切るわけにもいかないと思った。ローズはナンシーの言葉や態度にひどく心動かされていた。オリバーに対するのと負けず劣らずの愛情を、彼女に対して抱いていた。世間から見捨てられた彼女を、何とかして改心させ、救い出したい。そう思っていた。

ローズたちのロンドン滞在はわずか三日間で、その後、ロンドンからだいぶ離れた海岸へ行って数週間を過ごす予定だった。ナンシーとの会見はロンドンでの最初の夜の出来事である。あと四十八時間で何ができるだろう？　あるいは、不審に思われずに出発を遅らせるにはどうすればいいだろうか？

彼女の旅にはロスバーン氏が同行しており、あと二日間は彼と一緒だった。ローズはこの紳士の気の短さをよく心得ていたので、彼にこの秘密を打ち明けるのは土台無理な話だった。ナンシーがオリバーを拉致した人物だと聞けば、たちまち烈火のごとく怒り出すのは目に見えている。ローズがナンシーのことをいくら弁護しようと、立派な大人の加勢がなければ、この医者を説得するのは無理と思われた。メイリー夫人に打ち明けるのも慎重を要すべき理由があった。夫人に話せば、彼女は十中八九ロスバーン氏を頼る。すぐさま彼に相談しようとするにちがいない。弁護士を頼るのも——たとえローズがその手順を知っていたところで——現実的でなかった。やはりロスバーン氏の耳に入ることになるからだ。ハリーに助けを求めたら、とも思ったけれども、あのような別れ方をしたばかりである。もう彼女のことなど忘れ、別の幸せを見つけているかもしれない。ひょっとしたら今頃は、もう一度来てくれと頼める筋合いではない。そんなことを考えているうちに、思わずローズの目に涙が浮かんできた。

どうにも考えがまとまらなかった。さまざまな考えが浮かんでくるのだが、あれこれ思い悩んでもこれという名案はついに見つからず、不安でその晩は一睡もできなかった。翌日になり、考えあぐね、とうとうハリーに相談する以外に手はないという結論に至った。

「ここへ戻ってくるのは彼にとって辛いことにちがいない」彼女は思った。「でも、私にとってもひどく辛いことだわ！　ひょっとしたら、彼は来ないかもしれない。代わりに手紙を寄こすかもしれない。たとえ来たところで、用心して私と顔を合わせないようにするかもしれない。先日帰るときにそうしたように。ああいう風に帰るとは思いもしなかったけど、でも、どちらにとっても、あれが一番よかったのだわ」ローズはペンを置くと、顔を背けた。伝令役の手紙にさえ涙を見られたくないという風に。

彼女はペンを取り上げては、考え直してペンを置く、ということを五十回もくり返した。手紙をどのような文句で書き出そうか考えあぐねていたのである。そこへ、護衛役のジャイルズと外へ散歩に出たオリバーが帰宅し、息急き切って、とても動揺した様子で部屋に飛びこんできた。

「そんなに慌ててどうしたの？」オリバーへ歩み寄ってローズが訊ねた。

「もうどうしていいかわかりません。息苦しくて死んでしまいそうです」少年がいった。「何があったかというとですね、とうとうあの人に会ったのです。これで、僕が以前にお話ししたことがすっかり本当のことだと、あなたにも納得してもらえるはずです！」

「あなたの話を疑ったことは一度もないけれど」ローズは少年をなだめていった。「何があったの？　あの人って誰のこと？」

「あの老紳士に会ったのです」まわらぬ舌でたどたどしくオリバーが答えた。「僕にとても親切にしてくれたあの老紳士に。僕の話によく出てくるブラウンローさんですよ」

「どこで会ったの？」ローズが訊ねた。

「馬車から下りるところを見たんです」歓喜の涙を流してオリバーは答えた。「それから家に入って行きました。話しかけたわけではないんです。とても話しかけられなかった。こっちを見ていませんでしたし、僕はぶるぶる震えてしまって、そばへ寄ることもできませんでした。でも、ジャイルズさんが僕のために、ブラウンローさんがそこに住んでいるのかどうか、人に訊ねてくれました。そしたら、住んでいるという話なんです。ほら――」オリバーはそういって紙切れを開いた。「ほら、これがその住所です。すぐにも飛んで行きたい！　ああ、もう一度あの人に会ってあの人の声が聞けるなんて！」

そのほかにも支離滅裂な歓喜の言葉をオリバーが述べ立てたので、ローズもすっかり気が動転してしまった。紙を見るとストランド地区にあるクレイヴン通りの住所が書かれていた。とっさに、これは千載一遇のチャンスだと思った。「さあ急いで」彼女はいった。「馬車を呼んでもらって。すぐに出かけましょう。一刻の猶予もないわ。叔母には、一時間ばかり外出してくるとだけ伝えておきますからね。急いで支度をしてちょうだい」

急かされるまでもなかった。五分もしないうちに二人はクレイヴン通りへ向けて馬車を走らせていた。到着すると、老紳士には心の準備が必要だろうと思い、まずローズだけが馬車を下りた。彼女は召使に名刺を渡し、ブラウンローさんにお目にかかりたい、緊急の用事であると伝えた。召使はすぐに戻ってきて「お二階へどうぞ」といった。召使について二階へ上がると、暗緑色のジャケットを着た、善良そうな老紳士に出迎えられた。部屋にはもう一人――綿の半ズボンをはき、ゲートルを巻いた――老紳士がおり、すぐそばに腰を下ろしていた。こちらの紳士はさほど善良そうには見えなかった。太い杖の頭を両手でつかみ、その上に自分の顎を載せている。

「おっと」暗緑色の上着を着た紳士は急いで立ち上がった。「これは失礼しました。ゆすりたかりの類いかと思ったもので。失礼をお詫びします。どうぞおかけください」

「ブラウンローさんですね?」もう一人の老紳士から視線を移して、ローズはいった。

「いかにも」相手は答えた。「こちらは友人のグリムウィグです。すまないが君、ちょっと席を外してくれ」

「いいえ」ローズがさえぎった。「今日のところは席を外していただくに及びません。私が聞いている話によれば、そちらの方も、私が今からする話をご存知のはずです」

ブラウンロー氏は首をかしげた。ぎこちないお辞儀をして立ち上がったグリムウィグ氏は、もう一度ぎこちなくお辞儀をして、どすんと椅子に腰を下ろした。

「間違いなくびっくりなさると思いますわ」困惑した様子でローズはいった。「以前あなたは、私の若い友人にとても親切にしてくださったと聞いております。その少年の消息をお知りになりたいだろうと、そう思ったものですから」

「ほお、ぜひ伺いたい！」ブラウンロー氏がいった。

「その少年は、オリバー・ツイストと申します」ローズはいった。

グリムウィグ氏はテーブルの上の大きな本を読んでいるふりをしていたが、オリバーという名前を耳にした途端、本を乱暴に投げ出し、椅子にどすんと身を沈めた。ひどいショックを受けたことは一目瞭然だった。しばらくうつろな目のまま呆然としていた。それから、取り乱したことを恥じる様子で、ひきつけでも起こしたように、大慌てで元の姿勢に戻り、正面を見据えながら長く低い口笛をふいた。その音は最後には、室内に響き渡るというより、彼の腹の奥底に吸いこまれるように消えていった。

ブラウンロー氏の驚きも――彼は友人ほど珍奇な反応を示したわけではないが――これに劣るものではなかった。彼はメイリー嬢のほうへ椅子を寄せていった。

「お嬢さん、私が親切だったかどうかは、あなたのあずかり知らぬことです。だから今は議論しないことにしましょう。私は以前、その少年に対して好ましからざる印象を持ちました。もし私の印象をくつがえせる証拠をお持ちでしたら、どうかお示しいただきたい」

「ごろつきで決まりさ！ でなけりゃこの頭を食うぞ」腹話術師のように顔の筋肉を動かさず、グリムウィグ氏がうなった。

「あの子は誠実で優しい心の持ち主です」ローズは顔を紅潮させていった。「あれほど幼い子供に多大なる試練を課した神は、同時に、類いまれなる愛情と性格をあの子に授けたのです。あの子の六倍の人生を生きている人でも、感心せざるをえないほど立派な心を」

「わしはまだ六十一だ」厳しい表情のままグリムウィグ氏がいった。「オリバーがまだ十二歳にならんとしても、その計算は間違っとる」

「メイリーさん、こいつに構わんでください」ブラウンロー氏がいった。「冗談をいってるだけですから」

「冗談ではないぞ」グリムウィグ氏がうなった。

「無論、冗談に決まっています」見るからにイライラした様子でブラウンロー氏はいった。

「冗談なら、わしは自分の頭を食う」

「冗談なら、そんな頭はひっぱたくに限る」ブラウンロー氏がいった。

「ほう、ぜひともそうしてもらいたいものだ」グリムウィグ氏はそういい、杖でどすんと床をたたいた。

こうしたやりとりの後、二人の紳士はそれぞれ嗅ぎタバコを吸い、慣例通りに握手を交わした。

「さて、メイリーさん」ブラウンロー氏はいった。「あなたのご用件に戻りましょう。その少年に関してどんな情報をあなたはお持ちですかな？　あらかじめ申し上げておきますが、私もオリバーを探し出すために手をつくしました。その後、国外へ旅に出て考えも変わりました。当初はオリバーにかつがれた、あいつは昔の仲間にそそのかされて私のものを奪ったんだと、そう思ったのですが、今では疑わしく思っているのです」

考えをまとめる十分な時間があったローズは、失踪後のオリバーに起きた出来事を手短に説明した。ただし、ナンシーから得た情報だけは黙っていた。後でこっそりブラウンロー氏にだけ打ち明けるつもりだった。彼女は最後に、オリバーがこの数カ月の間、恩人にして友人のブラウンロー氏に会えないことをひたすら悲しんでいたと告げた。

「本当によかった」老紳士はいった。「こんなに、こんなに嬉しいことはない。ところでメイリーさん、彼がどこにいるのか、まだ教えてもらってませんな。文句をつけるようで申し訳ないが、どうして彼を連れてこなかったのです?」

「彼は玄関先の馬車のなかにおります」ローズがいった。

「玄関先に!」老紳士はそう叫ぶと、それ以上は何もいわずに慌てて部屋を飛び出してゆき、階段を駆け下り、馬車へと飛び乗った。

一方、グリムウィグ氏は部屋の扉が閉まるとおもむろに頭を上げた。そして椅子の後ろ脚ひとつで曲乗りを披露し、杖とテーブルでバランスを取りながらクルクルと三回転してみせた。それから立ち上がり、危うげな足取りで——しかしすごいスピードで——部屋のなかを十二回も往復し、その後、ローズの前で不意に立ちどまると何の前触れもなしに彼女にキスした。

「騒がんでいい！」ローズがグリムウィグ氏の予期せぬ行動に驚いて立ち上がると、彼はいった。「怖がる必要はない。わしはあんたのおじいさんくらいの年齢だぞ。君は実にすばらしい娘さんだ。わしはあんたが好きだ。さあ、連中が戻って来た！」

果たして、彼が背中から飛びこむように椅子に座り直したとき、ブラウンロー氏がオリバーを連れて戻って来た。グリムウィグ氏はきわめて丁重にオリバーを迎えた。オリバーに対するローズの一切の世話と気遣いに対する報いが、この喜ばしき瞬間だけだったとしても、ローズにはそれで十分だった。

「ところで、もう一人忘れちゃならん人物がいるぞ」ブラウンロー氏はそういって呼び鈴を鳴らした。「すまんが、ベドウィン夫人をここへ」

老家政婦は大急ぎでやって来ると部屋の前でお辞儀をし、用件を告げられるのを待った。

「ベドウィン夫人、日ごとに目が悪くなるらしいな」ちょっと不機嫌そうな様子でブラウンロー氏はいった。

「その通りでございます」老婦人は答えた。「私くらいの年齢になれば、年を重ねるにしたがって目は悪くなる一方で」

「まあそうだろうな」ブラウンロー氏が答えた。「ともかく眼鏡をかけなさい。そうすれば私がどんな用件で呼んだかわかる」

老婦人はポケットの眼鏡を探しはじめた。しかしオリバーのほうでこらえきれなかった。気がつけば体が動いていた。彼はベドウィン夫人の腕の中に飛びこんだ。

「まあまあ、なんてこと！」老婦人は少年を抱きしめていった。「私の可愛い坊やだわ！」

「おばさん！」オリバーが叫んだ。

「戻って来たのね。戻って来るとわかってましたよ」しっかり彼を抱きしめながら彼女はいった。「元気そうだこと。立派な服を着て紳士のご子息のようじゃない！　こんなに長い間、一体どこへ行っていたの？　でも前とそんなに変わりないわね。ずっと顔色はいいみたい。優しそうな目は、前ほど悲しそうじゃないし。あなたの顔、あなたの穏やかな微笑を、忘れたことはないわ。私がまだ若いころに死んだ自分の子供たちと一緒に、毎日思い出してましたよ」早口にこういって、オリバーがどれほど成長したかを見ようと顔を離し、それからまた抱き寄せ、愛おしげに彼の髪の毛をなでた。老婦人は少年を首元に抱き寄せたまま、泣いたり笑ったり忙しかった。

再会を喜び合う夫人とオリバーを残して、ブラウンロー氏は別室へ行き、そこでローズからナンシーとのやりとりの一部始終を聞いた。ブラウンロー氏はその話を聞いて、大いに驚き、動揺した。ローズは、なぜすぐに知り合いのロスバーン医師に打ち明けなかったのか、その理由についても説明した。老紳士はローズの利発さを褒め、さっそくその医者と会って話し合うことを約束してくれた。すぐに計画を実行に移すため、ブラウンロー氏がその日の夜八時にホテルを訪ね、メイリー夫人にはローズから事情の一切を説明することで話が決まった。話がまとまるとローズとオリバーの二人は辞去した。

ロスバーン医師が激昂するだろうというローズの読みは正しかった。彼はナンシーの話を聞いた途端、罵詈雑言をこれでもかと並べ立て、まずそのナンシーとかいう女をブラザーズとダフに突き出してやると息巻いた。そして二人の名刑事の力を借りるため、さっそく出かけようと帽子をかぶりもした。もしブラウンロー氏が――彼も短気さでは医者に負けてはいなかった――力ずくでロスバーン氏を制止しなかったとしたら、後先考えずにロスバーン氏は言葉通りに行動していたであろう。だが老紳士は言葉巧みに相手を説得し、性急な行動を何とか思いとどまらせることができた。

「それじゃあ一体どうするんです？」せっかちな医者は二人の婦人のところへ引き返していった。「ごろつきどもに一人一人感謝の言葉を述べて、オリバーに親切にしていただいたお礼です、ささやかではありますが百ポンドお受け取りくださいとでもいえばいいんですか？」

「いやいや、そうではない」ブラウンロー氏は苦笑しながら答えた。「だが事は暗黙裡かつ慎重に運ばねばならんでしょうが」

「ほう、暗黙裡かつ慎重にね！」医者は大声でいった。「しかしそんな連中は一人残らず――」

「しかしですよ」ブラウンロー氏が口をはさんだ。「こっそり慎重にやらねば、われわれの目的を果たす事はできんのですよ」

「目的ってどんな？」医者が訊いた。

「簡潔に申せば、オリバーの両親をつきとめ、不当に取り上げられた――あの話が本当ならですが――相続財産を取り戻してやることです」

「なるほど！」ロスバーン氏はハンカチで汗をぬぐった。「そいつをすっかり失念しておりましたよ」

「いいですか」ブラウンロー氏がつづけた。「そのナンシーという哀れな女に危害が加わらないようにして、ほかの悪党どもを警察に引き渡せるとしてもですよ、それでわれわれにどんな利益があるのです？」

「まず間違いなく連中の何人かを絞首刑にできますよ」医者はいった。「そしてほかの連中は、流刑にできます」

「結構ですな」ブラウンロー氏は微笑んだ。「しかし、連中が捕まるのは時間の問題じゃありませんかな。たとえわれわれが連中を出し抜いたところで、肝心な目的は達せられない。それでは、われわれの希望するように、つまりオリバーの利益になるようにはならない」

「どうしてです?」医者が訊ねた。

「なぜなら、例のモンクスとかいう男を負かさぬ限りは、この謎をすっかり解くことはできないからですよ。そのためには周到な準備が要る。やつが仲間と一緒でないときに、捕まえる必要がある。どうしてかというと、警察がやつを逮捕しようにも、逮捕する理由はないからです。やつは――われわれが知る限り、というか事実が示す通り――強盗の一味というわけではない。無罪放免にはならないとしても、ごろつきの一人としてブタ箱入りになるのがせいぜいでしょう。そうなればやつは口を閉ざしてしまう。うんともすんともいわず、だんまりを決めこむでしょうな」

「では」医者は性急にいった。「もう一度確認しますが、その娘との約束は守るべきだと、そうおっしゃるのですな。たいへんな厚意に発する約束だというのはわかります。だが、実際のところ――」

「その点の議論はやめておきましょう。よろしいですな、お嬢さん」ローズが口を開きかけたのを見て、ブラウンロー氏が制した。「約束は守られるべきです。そうしたところで、われわれの目的にいささかの不都合も生じません。だが、どのように行動すべきかを決める前に、まずその娘に会い、確認せねばなりません。つまり、モンクスという男を警察に突き出すのでなく、われわれでとっ捕まえる場合、こいつがその人物だと彼女に指さして教えてもらえるのかどうか。もしそれは嫌だ、あるいは無理だというなら、われわれだけでその人物を見つけられるよう、居場所だとか見た日の特徴とかを聞き出しておかねばならないわけです。さて、今日は火曜日で、日曜の夜までその娘には会えない。というわけで、しばらく何もすることはありません。この件については口外せず、もちろんオリバーにも内緒にしておきましょう」

まるまる五日間も無為に過ごすという提案をロスバーン医師は苦々しい表情で聞いていたが、それ以上によい案が浮かばないのも事実だった。ローズとメイリー夫人はブラウンロー氏の提案を強く支持したので、彼の提案は満場一致で採択されることとなった。

「私は友人であるグリムウィグの助力を乞おうと思っています」ブラウンロー氏がいった。「彼は変人だが頭は切れる。いろいろと私たちを助けてくれると思います。

弁護士の教育を受けたのですが、嫌気がさして、廃業したのです。二十年でたったひとつの訴訟事件しか依頼がなかったからです。それが推薦の根拠になるかどうかは、皆さんに決めていただくしかありませんがね」

「私のほうでも友人を一人引き入れていいというなら、異論はありませんよ」医者がいった。

「皆さんの意見を聞きましょう」ブラウンロー氏が答えた。「どんな人物です?」

「そちらの婦人の息子さんです。そしてこちらのお嬢さんの――幼馴染です」医者はメイリー夫人のほうへ手をふり、それから夫人の姪へ意味深長な視線を送った。

ローズは顔を真っ赤にしたが、この提案にあえて反論はしなかった(おそらく反対してもどうにもならないと思ったのであろう)。かくしてハリー・メイリーとグリムウィグの両氏がチームに加わることになった。

「これは申すまでもありませんが」メイリー夫人がいった。「この調査にわずかでも見込みがある限り、私たちはロンドンにとどまるつもりです。私たち全員の目的をかなえるためならば、私は手間もお金も惜しまないつもりです。解決の希望がある限り、たとえ十二カ月でも喜んでロンドンにとどまります」

「結構ですな!」ブラウンロー氏がいった。「ところで、こうして皆さんのお顔を見ているとﾞ、オリバーが悪人かどうかしっかり確かめもせずに、なぜ私が突然に海外へ旅に出たのか、その理由をお訊ねになりたい様子です。もちろん、しかるべき時が来ればお話ししますが、どうかそれまではお訊ねにならないでいただきたい。深いわけあってこのようにお願いする次第です。というのも、皆さんにぬか喜びをさせたくはないし、これ以上に厄介事や失望の種を増やしたくはないからです。さあ、夕食の準備が整ったようです。隣りの部屋で一人きりで待たされているオリバーも、じりじりしてきたことでしょう。彼を持て余したわれわれが、彼を追い出す相談でもしているのではないか、そう不安になっているころでしょう」

こういって老紳士はメイリー夫人に手を貸し、彼女を食堂へとエスコートした。その後には、ローズを連れたロスバーン氏がつづいた。こうして会議はいったんお開きとなった。

第42章　オリバーの古い友人が才気を活かし、首都ロンドンで名を馳せる

ナンシーがサイクスを眠らせ、独断でローズ・メイリーを訪ねたのと同日の夜のことである。ロンドンへ至る幹線道路を二人の人物が歩いていた。この物語に関係があるので、ちょっと彼らの様子を見てみよう。

男女の二人組である。といっても成人した男女ではない。男のほうは手足が長く骨ばった体格で、膝が内向きに曲がっているせいでぴょこぴょこと特徴的な歩き方をする。見た目から年齢の見当をつけるのがなかなか難しい。少年のころには発達の遅い大人の男に見え、青年になるころには体格のいい少年のように見える、そんな人物である。もう一人は若くたくましい、頑丈そうな女だった。それくらいでなければとても背負えそうにないほどの荷物を背負っていた。対して男の荷物は少ない。肩にかけた杖の先に、ありきたりのハンカチで包んだ、見るからに軽そうな小さな荷物をさげ

ているばかりである。ひょろりと足が長く荷が軽いとなれば、男が悠々と、女の数歩先を歩いていたとしても不思議はない。彼はじれったい様子で、のろのろ歩く女をとがめるようにときどきふり返っては、もっとペースを上げるようにせっつくのだった。

町からやって来た郵便馬車に何度か道を譲ったときをのぞけば、二人は視界に入るものにも注意を払わず、埃っぽい道路をどこまでも歩きつづけた。やがてハイゲートのアーチ道をくぐった。男のほうが足をとめ、イライラした様子で女に声をかけた。

「もっと急げよ。なんてのろまなんだお前は、シャーロット」

「こんなに重い荷物を背負っているのよ」男に追いついて女がいった。疲れ切って呼吸も荒かった。

「重い！　それくらいのことで弱音を吐くものじゃないぜ」男はそういって、もう一方の肩へと小さな荷物をかつぎ直した。「おいおい、また休憩かよ！　まったくイライラさせやがるぜ、お前はよ」

「まだだいぶあるの？」盛り土に寄りかかりながら、汗がしたたる顔を上げて女が訊いた。

「だいぶあるかって！　すぐそこだよ」足の長い男は前方を指さしていった。「そら、見ろ！　あれがロンドンの灯だぞ」

「たっぷり三キロはありそうね」落胆して女がいった。

「三キロだろうと三十キロだろうと同じさ」ノア・クレイポールがいった。そう、この男は彼だったのだ。「さあ、立って歩くがいいぜ。さもなきゃ蹴り飛ばしてやるからな」

ノアの赤鼻が怒りでさらに赤くなった。彼はさっそく約束を実行しそうな気配で近寄って来た。女は何もいわずに立ち上がり、彼と並んでよたよた歩き出した。

「ノア、今夜はどこに泊まるつもりなの？」二、三百メートル歩いたところで彼女が訊ねた。

「さあてね」歩き疲れて機嫌の悪かった彼はそう答えた。

「この近くがいいわね」シャーロットがいった。

「この近くじゃないぜ」クレイポールがいった。「まだ休むにゃ早すぎる。そんなことは考えるな」

「どうしてよ？」

「俺がそうだといったら、そうなんだ。理由なんか訊くな」いばりくさってクレイポールが答えた。

「そんなに怒らなくたっていいじゃない」女がいった。

「そら、見ろ！　あれがロンドンの灯だぞ」

「ロンドンのはずれの最初の宿屋に泊まるなんて、結構な提案だな。もしサワベリーの親父が俺たちを追ってきたら、いの一番にとっ捕まっちまう。そうなれば手枷をはめられて、荷馬車で連れ戻されちまうぞ」相手を馬鹿にした様子でクレイポールがいった。「だからな、びっくりするほど狭い横丁に入りこんで、誰の目も届かない宿に泊まるのがいいのさ。俺の頭脳明晰さに感謝するがいいぜ。わざとあべこべの道を進み、それからまた田舎道を引き返すなんて手間をかけなきゃ、お前は一週間も前に捕まって独房生活だ。そうなったところで間抜け野郎には当然の報いだがな」

「確かに私はあんたほど頭がよくないわよ」シャーロットが答えた。「でも、だからって私にばかりがみがみいわないでちょうだい。私だけ捕まって閉じこめられるなんてありえない。私が捕まればあんただって同じ運命でしょ」

「でも金を盗んだのはお前だ。違うか？」クレイポールがいった。

「ノア、あれは、あんたのためにやったのよ」シャーロットが答えた。

「俺はその金をよこせといったか？」クレイポールが訊いた。

「いいえ。あんたは私を信用して、私に預けてくれたのよね」女はそういって男のあごの下を軽くつつき、男と腕を組んだ。

確かに彼のいう通りだった。しかし、クレイポールは誰であれ手放しに信用するような人間ではなかった。正直なところ、もし二人が捕らえられても、金を持っているのが女のほうならば、彼は潔白だと主張することができる。そうすれば無罪放免となる可能性がぐっと高くなる。そう考えたからこそ彼は女に金を預けたのだった。もちろん、彼はそのような下心の解説はしなかったので、二人は仲睦まじく歩きつづけた。

慎重に事を進めるためにクレイポールは休まず歩きつづけ、やがてイズリントンの宿エンジェルの前まで来た。彼は大勢の通行人や馬車の群れを見て、ロンドンに入ったことを悟った。立ちどまり、混雑した通りは避けることにして、セント・ジョン通りへと足を向けた。まもなく薄暗い、ごみごみした、不潔な路地裏へさまよいこんだ。そこはグレイズ・イン小路とスミスフィールドに挟まれた地域で——ロンドンの中心に位置しながらも見捨てられた——吹きだまりか掃きだめのような場所だった。

ノア・クレイポールはシャーロットを伴って通りをずんずん歩いていった。そして宿屋の軒先をのぞきこみ、どんな雰囲気か検分していた。しかし、どこも彼が身を隠すには開放的にすぎると判断したのか、ふたたび歩きつづけた。やがて、これまで見たなかでもっとも外観が粗末で汚らしい宿の前に来て、彼は足をとめた。道の反対側へ行き、しばらく宿を眺めてから——シャーロットにはありがたいことに——今夜はここに泊まると彼は告げた。

「よし、包みをよこせ」ノアはそういって女の肩の荷をほどき、自分の肩にさげた。「話しかけられたとき以外、余計な口を利くなよ。この宿の名はなんてんだ？　ス、スリー、ええと」

「クリプルズよ」シャーロットがいった。

「スリー・クリプルズか――」ノアがくり返した。「看板も立派だな。よし行くぜ。ぴったりついて来いよ」そういって肩で扉をぎいと押して、女を連れて宿屋へと入っていった。

酒場には若いユダヤ人の姿があるばかりだった。カウンターに両肘をついて汚れた新聞を読んでいたその男は、ノアたちをじろりとにらんだ。ノアもその男をじろりとにらみ返した。

もしノアが慈善学校の制服を着ていたら、その男も目を丸くしたに違いない。だがノアは制服もバッジも身につけてはおらず、乗馬用の革製半ズボンに丈の短い上着という格好だった。人目を引く外見はしていなかった。

「ここがスリー・クリプルズ亭だね？」ノアが訊いた。

「ほんな名前だね」ユダヤ人の男が答えた。

「途中で田舎から来た紳士に会ってね、その人から聞いて来たんだ」ノアはそういってシャーロットを肘でそっとつついた。この嘘は信用を得るための格好の方策なのだと彼女に知らせ、何くわぬ顔をしていろと合図するためであったのだろう。「でもまあ、訊ひてみます」

「空きがあるかどうか――」従業員のバーニーがいった。「でもまあ、訊ひてみますよ」

「そのあいだ、冷肉をつつきながらビールでも飲んでいるから、酒場のほうへ案内してくれ」ノアがいった。

バーニーは承知して二人を店の奥の小部屋へと案内すると、注文された料理を給仕してから、今晩泊まれると、愛想よくふるまっている二人に告げて出ていった。

ところで、この奥の小部屋は酒場のバーカウンターの真裏にあり、床板もいくらか低い造りになっていた。そのためこの宿の関係者なら誰でも、壁の――床から一メートル半ほどの場所につけられ、普段は小さなカーテンで隠されている――窓ガラスごしに、相手に気づかれる心配なく部屋の様子をうかがうことができた(壁のガラスは暗がりにあり、壁と、壁のすぐ前にある垂直の梁のあいだに顔を押しこむ必要があったが)。のぞけるだけでなく、仕切り板に耳を当てればかなりはっきりと話の内容を聞き取ることもできた。店の主人は五分ほど小部屋の客から目を離さずにいた。バーニーが上述のやりとりの後にカウンターに戻ってきたとき、仕事中のフェイギンがぶらりとやってきて、弟子たちの様子を訊ねた。

「しっ！」バーニーがいった。「変な連中が奥の部屋に」

「変な連中！」小声で老人がくり返した。

「みょうな二人組です」バーニーがいった。「田舎から来たってひってますが、どうもあなたと同業らしい」

フェイギンは興味ぶかくこの話を聞いていた。そして踏み台に上がり、例のガラスごしにそっと奥の部屋をのぞきこんだ。冷肉をつつき、陶製のジョッキから黒ビールを飲むクレイポールの姿が見えた。彼は、肉とビールをほんの少し、じっと隣りで座っているシャーロットにも分け与え、自分は思う存分に食べかつ飲んでいた。

「ほう！」ユダヤ人は小声でいって、バーニーのほうをふり返った。「あの男の面が気に入ったよ。あいつは役に立つぞ。娘の扱い方も心得ているらしい。さあ、ネズミみたいにがさがさ音をたてるな。連中の話が聞こえないじゃないか」

ユダヤ人はふたたびガラス窓をのぞきこみ、片耳を仕切り板に当て、耳をすました。ずる賢い、興奮した表情の彼は年老いた小鬼を連想させた。

「俺は紳士になるつもりさ」フェイギンは途中から聞きはじめたので、話の脈絡はわからないが、クレイポールは足を投げ出してそういっていた。「くそ面白くもない棺桶商売はもうやめだ、シャーロット。俺は紳士の生活をはじめるよ。お望みならお前を貴婦人にしてやってもいいぜ」

「そうしてもらえればとても嬉しいわ」シャーロットが答えた。「でも、毎日金庫のお金を盗むわけにはいかないし、いつも無事に逃げられるとは限らないのよ」

「店の金庫なんて糞食らえだ！」クレイポールがいった。「獲物はほかにもたくさんあるぜ」

「どんな獲物よ」女が訊ねた。

「道行く連中のポケットとか、女の手提げ袋とかだよ。家や郵便馬車、銀行を襲ったっていい」黒ビールの酔いがまわったクレイポールがいった。

「あんたにそんなことできるわけないわ」シャーロットはいった。

「できるように、強盗の仲間にうまいこと加わるのさ」ノアが答えた。「そうすれば、その道で食っていけるようになる。心配ないぜ。お前だってその気になれば五十人分の働きができる女だ。お前のようにずる賢く、人を騙すのがうまい女には会ったことがないからな」

「まあ、お世辞が上手だこと！」シャーロットは連れの不細工な顔にキスした。

「そのへんでやめとけ。俺がむしゃくしゃしてるときは、あんまりしつこくしないほうがためだぜ」がばと女から身をふりほどいて、ノアはいった。「俺はな、いつか賊の頭とかになって、獲物を襲ったり、気取られずに尾行したり、なんてことをやってみてえんだ。金になるなら俺にぴったりの商売だと思うがな。そういう強盗のお仲間になれるのなら、お前が盗んだ二十ポンドの手形だって惜しくはないぜ。何しろ、手形を処分する方法に、俺たちは不案内だからな」

そういってクレイポールは思慮深そうな表情で黒ビールのジョッキをのぞきこんだ。彼はビールをよくふりながら横柄な態度でシャーロットにうなずいてみせ、一口飲むと生き返ったような顔をした。もう一杯飲もうかと思案しているところへ、不意に小部屋のドアが開き、見知らぬ人物が彼のそばへ近寄ってきた。

それはフェイギンだった。彼はそばまできて、愛想のよい顔をして、深々とお辞儀をした。そしてすぐ横のテーブルにつき、にやにや笑っているバーニーに向かって飲み物を注文した。

「いい晩ですな。この季節にしてはちょっと寒いが」手をこすり合わせながらフェイギンがいった。「田舎から来た様子ですな」

「どうしてわかるんです?」ノア・クレイポールが訊ねた。

「ロンドンでそんなに埃をかぶるわけはありません」ノアと連れの女の靴、二人の荷物を指さして、ユダヤ人は答えた。

「鋭いな」ノアがいった。「ははは！　聞いたか、シャーロット？」

「正直な話、鋭くなければロンドンではやっていけませんよ」内緒話でもするように声をひそめてユダヤ人が答えた。

ユダヤ人はそういって右手の人さし指で鼻のわきをつついた。ノアもその仕草をまねたが、うまくいかなかった。それほど鼻が大きくなかったからである。フェイギンはノアが自分のまねをするのを見て、自分の意見に賛同したものと解釈したらしい。ふたたび姿を現したバーニーから酒を受け取ると、えらく馴れ馴れしい態度でそれをふるまった。

「実にいい酒だなあ」唇を鳴らしてクレイポールがいった。

「まったく！」フェイギンがいった。「こんな酒をしょっちゅう飲みたければ、店の金庫や婦人の手提げ袋をかっぱらったり、家や郵便馬車や銀行を襲わなくちゃなりませんよ」

クレイポールは聞き覚えのあるこうした単語を聞き、仰天して椅子に倒れこんだ。そして真っ青な顔に恐怖の色を浮かべて、ユダヤ人からシャーロットへ視線を移した。

「いやいや、心配ご無用」椅子をそばへ引き寄せてフェイギンがいった。「はは！

あんたの話を聞きつけたのがわしでよかった。聞いていたのがわしだけで、実にあんたは幸運だ」

「俺は盗ってないよ」ノアは口ごもりながらそういい、一人前の紳士らしく足を投げ出すのをやめて、椅子の下に長い足を押しこんだ。「全部、こいつがやったことだ。おいシャーロット、ぶつはお前が持っているよな」

「誰が盗んで、誰が持っているのかなんて、どうでもいいことですよ」フェイギンはそのように答えたが、鷹のような目で隣りの娘と二つの荷物を一瞥した。「わしは同業者でね。だからあんたに好意を持っているのさ」

「同業者？」ややや落ち着きを取り戻して、クレイポールは訊き返した。

「そう、同業者」フェイギンがいった。「この宿の連中も同様さ。あんたは実にいい勘をしてる。この宿にいればまず安心だ。ここ以上に、ロンドンで安全な場所はないといっていいだろう。もちろん、安全かどうかはわしの腹ひとつだが。わしはあんたとその娘さんが気に入ったんだ。だからわしがそう約束したからには、何の心配もいらないよ」

こう保証されて、ノア・クレイポールは内心ほっとしたが、体のほうはまだ緊張が抜けなかった。彼は落ち着かぬ風にもぞもぞと体を動かしながら、恐れと不信の目でこの新しい知人を見やった。

「それからな」ユダヤ人は娘のほうに親しげにうなずいてみせ、励ましの言葉をかけて安心させてからいった。「わしの友人に、あんたの教育係にぴったりの人物がいる。万事その男に任せておけば間違いないから、自分に向いていると思う業種からはじめて、いろいろ学んでいけばいい」

「これは真剣な話だと考えていいね？」ノアがいった。

「あんたをからかったって何の得にもならないよ」肩をすくめてユダヤ人はいった。

「ちょっと二人きりで話したいこともあるのだがね」

「俺たちが移動するまでもないよ」ノアはたたんだ足をそろそろとのばしながらいった。「今からこいつが荷物を二階へ運ぶから、それで話ができる。さあシャーロット、荷物を持っていけ！」

威厳たっぷりに下されたこの命令に彼女は文句ひとついわず従った。シャーロットがそそくさと荷物を抱えて出ていこうとすると、ノアはドアを開けて彼女を見送った。

「よく調教してあるだろう？」ふたたび椅子に腰を下ろして、猛獣使いのようにノアがいった。

「大したもんだな」ノアの肩をたたきながらフェイギンが応じた。「大した才能だね、あんた」

「そうでもなけりゃ、今頃ここにいないよ」ノアは答えた。「ただ、もたもたしていると、あいつはすぐに戻って来るよ」

「それで、お前さんの返事は？」ユダヤ人がいった。「わしの友人が気に入ったら、お前さんは弟子になるかね？」

「腕の立つ人物かどうかが問題だよ」ノアはそう答えて、小さな目でウインクしてみせた。

「そりゃあ一流どころだ」ユダヤ人がいった。「大勢の手下がいて、この業界じゃ名の知れた一派だよ」

「都会者ばかりかね？」クレイポールが訊いた。

「田舎の人間は一人もおらんね。わしの推薦がなく、その人物が人手不足でなけりゃ、弟子にしてもらうのは難しいと思うよ」ユダヤ人が答えた。

「手付金が必要かい？」ズボンのポケットをたたいてみせて、ノアがいった。

「まあ、なしというわけにはいかんだろうな」そりゃそうだという感じでフェイギンはいった。

「二十ポンドあるぜ。大金だろう！」

「現金化できない手形など何にもならん」フェイギンがいい返した。「番号も日付も控えられているはずだ。もう銀行で受け付けやしないよ。そんなもの渡しても何にもならんぞ。外国まで持っていかなきゃならんし、マーケットで売ってもどうせ大した金にはならんからな」

「いつ会えますかね」自信なくノアが訊いた。

「明日の朝にでも」ユダヤ人が答えた。

「どこで？」

「この宿で」

「へえ！」ノアはいった。「給料はどれほどだろうね？」

「賄い付きの宿で暮らして、紳士なみの生活ができるよ。タバコも酒もただで手に入る。あんたとあの娘さんで、仕事は半々でいいだろう」フェイギンが答えた。

貪欲さにかけては無類のノア・クレイポールだったので、もし彼のほうに少しも弱みがなければ――このような好条件でさえ――彼がすぐに承諾したかどうかは、はなはだ疑問である。だが断った場合、ユダヤ人に警察へ突き出されることを彼は恐れた（実際には、もっと予想外のことが起こっていた）。それで、相手のいう条件で妥協すべきだと考え直し、それではよろしく頼むと返事をした。

「ところで」ノアがいった。「あの女は人一倍働けるから、その分俺は楽な仕事にしてほしいな」

「楽で愉快な仕事かね？」フェイギンがいった。

「そうそう、そんな感じの」ノアが答えた。「あんたは、どんな仕事が俺に向くと思うかね？　あんまりきつくなくて、大して危険でもない仕事なんか、いいんじゃないかと思うんだがね」

「誰かを尾行するような仕事とか？」ユダヤ人がいった。「わしの友人は、その手の仕事が得意なやつを求めているよ」

「そうだろ？　俺のほうは、そういう仕事をしてもいいと思っているんだ」クレイポールはゆったりとした口調でいった。「けど、それだけじゃ金にはならんね」

「そりゃあそうさ」ユダヤ人はそういって考えこんだ、もしくは考えこむふりをした。

「それだけじゃあ、金にはならん」

「じゃあこうしよう」不安げに相手を眺めながらノアが訊ねた。「置き引きなんかどうだろう？　それなら確実に金になるし、家にいるのと大差ないほど危険がない」

「老婦人を狙うのはどうかね？」ユダヤ人が訊いた。「バッグや包みを引ったくるんだ。大金をせしめられるぞ」

いよ。ほかのやつがいいな」

「大声を出したり、引っ掻いたりするだろう?」ノアは首をふった。「俺には向かないよ。ほかのやつがいいな」

「よし!」ユダヤ人はノアの膝に手をおいていった。「ヒヨコ釣りがいい」

「何だい、それは?」クレイポールが訊ねた。

「ヒヨコってのは」ユダヤ人がいった。「母親から用事をいいつけられ、六ペンス硬貨やシリング硬貨を持たされた子供のことだ。釣るってのは、つまりその金を巻き上げるのさ。ガキどもは手に小銭を握ってる。連中を側溝へたたき落として悠々と立ち去ればいい。ガキが勝手に側溝に落ちて、勝手に怪我したような顔でな。はは!」

「はは!」クレイポールはわめいて、おかしくてたまらない様子で足をばたつかせた。「それこそ俺にぴったりの仕事だ!」

「そうだろう」フェイギンが応じた。「カムデン・タウンとかバトル・ブリッジとか、使いのガキがいっぱいいるめぼしい地区がある。[1] 昼間ならいつでも、好きなだけヒヨコが釣れるぞ。ははは!」

こういってフェイギンはクレイポールのわき腹をつついた。二人はいつまでも大声

1 ともにロンドン北部の地区。カムデン・タウンはディケンズが幼少期をすごした場所。

で爆笑していた。

「よし、それなら結構だ」ノアがいった。彼の発作が治まったところでシャーロットが戻ってきた。「それで明日は何時にするかね？」

「十時でどうだい？」ユダヤ人がいった。クレイポールがうなずくと、こう訊ねた。

「わしの友人にお前さんの名前を伝えなきゃならんが」

「ボルターだ」こうした場合のために、かねて用意していた名前を答えた。「モリス・ボルター。こっちはボルター夫人だ」

「お目にかかれて光栄です」薄気味悪いほど深々とお辞儀をしてフェイギンがいった。

「近いうちにもっとお近づきになれれば幸いです」

「おい、こちらの紳士の言葉が聞こえたのか？」クレイポールがどなった。

「ええ、ノア」手を差し出してボルター夫人が答えた。

「ノアってのは、俺の愛称さ」モリス・ボルター、以前はクレイポールと呼ばれていた男はユダヤ人のほうを向いていった。「いいね？」

「ああ、了解さ。わかっているよ」このときばかりは本音で、フェイギンは答えた。

「それじゃあ、おやすみ！」

くり返し丁寧な別れの言葉を述べてからフェイギンは立ち去った。ノア・クレイポールは奥方に向かい、今しがた取り交わした――彼女にも関係のある――協定について、亭主として、ロンドンとその周辺地区におけるヒヨコ釣り担当を拝命した紳士として、威張りくさった不遜な態度で説明をはじめた。

第43章　勝負師ドジャーがドジをふむ

「つまり、友人というのはあんた本人のことだったのかい?」クレイポール――別名ボルター――が訊ねた。彼は昨日交わした約束にしたがい、翌日フェイギンの家を訪れたのだった。「ふんっ、そんなこったろうと思ったぜ!」

「誰だって自分が友達さ」媚びるような笑みを浮かべてフェイギンが答えた。「自分ほどの親友はいやしないよ」

「だが、いつもそうとは限らない」知ったかぶりをしてモリス・ボルターは答えた。「自分こそ敵だって人間もいるぜ」

「そりゃ詭弁さ」ユダヤ人はいった。「自分が敵なら、自分と馴れ合いすぎているってことだ。自分以外の人間と仲良くしたからって、自分が敵になるとは限らん。ふっふっ! そんなことはあるわけないさ」

「そんなやつがいるとしても、褒められたことじゃないな」ボルターが答えた。

「それが至極当然さ」ユダヤ人がいった。「三がマジックナンバーだという魔法使いがいれば、いやいや七だという魔法使いもいる。わしにいわせりゃどっちも間違いだ。本当のマジックナンバーは一に決まっている」

「ははは！」ボルターが笑った。「不滅の一だ」

「わしらのような小さな社会ではな」ユダヤ人はもう少し説明が必要だと考えてつづけた。「全員揃って一なんだ。あんただけで一にはならん。わしも、ほかの連中も、一人だけでは一にはならん」

「そんな馬鹿な！」ボルターが叫んだ。

「いいかな」相手の異論を受け流してユダヤ人はつづけた。「わしらは一蓮托生なんだ。利害も一致している。だから、そうあるべきなのさ。たとえば、お前さんは一人の人間である自分を大事にしようと思うだろう」

「そりゃそうだ」ボルターが応じた。「それは道理だ」

「よろしい！　では、わしも、お前さん自身と同じように、一番大事な人間ということでいいね」

「あんたは一番目でなく二番目だろう」利己的な傾向を多分に持ったボルターがいった。

「二番目にはならんのだよ！」ユダヤ人が反論した。「お前さんが自分自身にとって重要であるように、わしもお前さんにとって同じくらい重要なんだよ」

「でもね」ボルターが異論を唱えた。「確かにあんたはとてもいい人で、俺はあんたのことが好きだが、そこまで一心同体じゃない」

「考えてみてくれ」肩をすくめてユダヤ人はいい、両手をのばした。「いいかね。あんたには才能がある。わしはその才能に惚れたんだ。だがその才能は、あんたの首にネクタイを巻くことでもある。巻きつけるのは驚くほど簡単だが、一度巻いたネクタイをほどくのは容易ではないぞ。わかりやすくいえば、縛り首だ」

ボルターは首が苦しいかのように自分のネッカチーフを手でつかみ、本心かどうかはともかく、なるほどねとうなずいた。

「絞首台は」フェイギンはつづけた。「絞首台は不気味な路標さ。急カーブ注意と書いてある。大通りを行く、多くの向こう見ずな連中が、その路標のところで人生を終えた。だからな、大通りでなく路地裏を行き、そんな場所へは近づかないことだ。これこそ、お前さんが一番忘れちゃいけないことだ」

「もちろん、そうだ」ボルターは答えた。「何だってそんな話をするのかね？」

「わしの話をちゃんと理解してもらいたかっただけさ」ユダヤ人は眉を吊り上げて

いった。「だが、お前さんが路地裏で生きられるかどうかは、わしの腹ひとつだ。そして、わしのささやかな商売が成功するかどうかは、お前さんにかかっている。つまり、お前さんの利害とわしの利害だ。お前さんが自分の利害を気にすればするほど、わしの利害のことも考えねばならん。ここで話の最初に戻るわけだが、それぞれの利害を考えれば、わしらは結局みんなで一なのさ。共倒れが嫌なら、そうせざるをえないのだ」

「なるほどね」考えこんだ様子でボルターがいった。「あんたは実に頭の切れる爺さんだ」

この賛辞は世辞ではなかった。この新米は心からフェイギンの老獪さに感心しているのだった。それを知ってフェイギンはご満悦だった。最初からそのように思わせることが何より肝心なのだった。だめ押しに、これまでの自分の華々しい活躍を虚実おりまぜ、言葉巧みに、詳細に話して聞かせた。この戦術は望み通りの効果を上げた。これにより、ボルターの、フェイギンに対する尊敬の念はいっそう増した様子だった。それにともない、恐怖心もまた湧いてきたらしい。フェイギンにとって極めて好都合な展開だった。

「仲間に対する信頼――これこそ、ひどい不幸に遭いながらも、わしを慰めてくれるものさ」ユダヤ人がいった。「昨日の朝、わしは一番の片腕を失ったんだ」

「死んだってことかね？」ボルターが訊いた。

「いや」フェイギンは答えた。「そこまではいかないがね」

「すると、つまりそいつは――」

「しょっぴかれたんだ」ユダヤ人がつづけた。「そう、しょっぴかれたのさ」

「重罪で？」ボルターが訊ねた。

「いや」ユダヤ人は答えた。「そういうわけじゃない。スリの容疑で捕まり、銀製の嗅ぎタバコ入れを持っていたので、嫌疑がかかったのさ。でもそれは自分のものなんだよ。中毒というくらい嗅ぎタバコをやるやつなんでね。警察は持ち主が現れるだろうと考え、やつを今日まで留置してる。あいつは銀の嗅ぎタバコ入れ五十個分の価値はあるやつなんだ。やつを取り戻せるなら、それだけの金を払っても惜しくはない。お前さんにドジャーを紹介してやりたかったなあ。本当にそう思うよ」

「いや、でも、そのうち会えるんじゃないか？」ボルターはいった。

「どうかね」ユダヤ人はため息をついた。「何も証拠が出なければ、即決の判決ということになり、そうなれば六週間かそこらで釈放になるが、万が一証拠が出るようなことがあればアカ落ちだ。連中はドジャーがやり手だと心得ているから、シュウシンになるだろうな。まず間違いなくシュウシンをくらうだろうよ」

「アカ落ちとかシュウシンとか、どんな意味だい？」ボルターが訊いた。「そんな符丁で話されても困るぜ。俺にもわかるように話してくれよ」

フェイギンが謎めいた言葉をわかりやすい言葉へ翻訳しようとしたとき、ズボンのポケットに手を入れたチャーリーが現れ、会話は中断された。もし説明を最後まで聞くことができれば、シュウシンが終身刑の意味だとボルターは理解したことだろう。チャーリーは笑っているのか悲しんでいるのかよくわからなかった。

「もうだめだ、フェイギン」新入りのボルターを紹介された後で、チャーリー・ベイツはいった。

「そりゃあどういう意味だ？」唇を震わせてユダヤ人が訊いた。

「サツは嗅ぎタバコ入れを盗まれた被害者を洗い出したよ。そのうちの二、三人が、ドジャーが犯人かどうか確認に来るって話だ。これでドジャーは流刑リスト入りだ」チャーリーがいった。「やつが旅に出る前に会っておこうと思うが、ちゃんとした喪服と喪章のリボンが要るだろうな。あのジャック・ドーキンズ――やり手のジャック――勝負師ドジャーが、金の時計とか鎖とか印章ならまだしも、たかだか二ペンス半の嗅ぎタバコ入れを盗んだ罪で流刑になるとはな！　金持ちの老紳士の身ぐるみを剝いで、紳士として流刑になるほうがはるかにましだったぜ。名誉も名声もない、ちんけなコソ泥としてじゃなくな！」

不運な友人に対する感慨をこのように吐露すると、チャーリーは無念さと落胆が入り混じった表情で手近な椅子に腰を下ろした。

「名誉も名声もないとはどういうことだ！」フェイギンは弟子に怒りの表情を向けた。「ドジャーはお前らのなかでも一番の腕利きだったろうが！　あいつと肩を並べられるやつが誰かいたか？　えっ？」

「いないよ」意気消沈したチャーリーは弱々しい声で答えた。「誰もいないよ」

「だったらなぜそんなことをいう？」憤然としてユダヤ人がいった。「泣き言をいってもどうにもならんぞ」

「記録に残らないんだぜ？」無念さのあまり、尊敬すべき友人のフェイギンに公然と楯ついて、チャーリーは不満をぶちまけた。「起訴状にも出てこない。あいつの活躍の半分も、世間に知られやしない。『ニューゲート・カレンダー』[2]にも載らないだろうよ。畜生、こんな話ってあるかい？」

「はは！」右手を伸ばし、ボルターのほうを向いてユダヤ人は笑い出し、ぶるぶると体を震わせた。「連中がどれほど自分の仕事にプライドを持っているか、よくわかるだろう。美しくはないか？」

ボルターはうなずいた。ユダヤ人は悲嘆しているチャーリー・ベイツをちょっとの間、満足げに眺めてから、彼のそばへ寄ってその肩をたたいた。

「心配するな、チャーリー」慰めるようにフェイギンはいった。「あいつは有名になる。そりゃあ間違いのないところだ。あいつの賢さが知れ渡るときがきっと来るよ。自分でそれを証明するだろうし、旧友や恩師の顔に泥をぬることはあるまい。それにあいつはまだ若い！　あの年齢で流刑になるなんて勲章ものさ！」

「確かに栄誉だな！」少し慰められてチャーリーはいった。

「それに不自由はさせん」ユダヤ人がつづけた。「監獄でも、紳士のごとく暮らせるよう取り計らおう。紳士のごとくな！　ビールは毎日飲めるぐらい用意しよう。金だって持たせてやる。使い道はなかろうが、コイン投げでもして遊べばいい」

「使い道がなくても持たせるのかい？」チャーリー・ベイツが訊いた。

「そうだ」ユダヤ人は答えた。「それから、大物の弁護士を雇うぞ。大演説をぶって

2　著名な犯罪者の人生をまとめた読み物。廉価なポケットサイズの本として出まわり、広く読まれた。

やつを弁護してくれる人間をな。ドジャーもその気になれば意見陳述の機会があるだろうよ。わしらはその内容を新聞で読むこともできるだろう。『勝負師ドジャーが爆笑すると法廷も笑いの渦に包まれた』とかな。どうだい、チャーリー？」

「はは！」チャーリーが笑った。「そいつは愉快だ。連中もドジャーには手を焼くだろうぜ」

「だろうな！」ユダヤ人が応じた。「そりゃ間違いない」

「うん、きっと手を焼くぞ」両手をすり合わせてチャーリーはくり返した。

「目に浮かぶよ」弟子へ目をやってユダヤ人はいった。

「俺もさ」チャーリー・ベイツが大声でいった。「ははは！　まったく、まざまざと浮かぶぜ、ジャック・ドーキンズが気さくに悠々と話しかける。真面目くさった顔をしているお偉方に、ジャック・ドーキンズが気さくに悠々と話しかける。まるで、夕食後に判事のせがれが演説をぶつようにな。ははは！」

ユダヤ人はチャーリーの風変わりな性格を巧みに操った。かくしてチャーリーは、最初はドジャーを囚われの犠牲者と見なしていたにもかかわらず、今では一世一代の笑劇の主人公のごとくに思っていた。旧友がその才能を遺憾なく発揮できる機会の到来が、待ち遠しくてたまらないほどであった。

「どうにかして、あいつが今どんな様子か知る必要があるな」フェイギンはいった。

「さて、どうしたものか」

「俺が行こうか？」チャーリーが訊ねた。

「そりゃだめだ」ユダヤ人が答えた。「敵陣に乗りこんでいくなど、正気の沙汰じゃないぞ、チャーリー。失う仲間は一人で十分だ」

「まさかあんたが行くわけじゃないよな？」おどけた様子で横目に見て、チャーリーがいった。

「わしじゃうまくないな」フェイギンは首をふった。

「この新入りを行かせたらどうだい？」チャーリーはノアの腕に手をおいていった。

「面は割れてないぜ」

「なるほど。もし彼が構わなけりゃ――」ユダヤ人がいった。

「構わなけりゃ、だと！　こいつは何様なんだい？」

「いや、もちろん構わんだろ」フェイギンはボルターのほうを向いていった。「構わないよな」

「いわせてもらうが」ドアへと後ずさりし、警戒した様子で首をふっていった。「そりゃだめだ。俺の専門と違うだろ」

「おいおいフェイギン、こいつの専門てのは何だい？」チャーリーは痩せぎすのノアを不愉快そうに眺めて訊ねた。「都合が悪けりゃとんずらし、具合がよければたらふく食うのがこいつの専門かい？」

「おい、気をつけろ」ボルターがいい返した。「年上の人間に偉そうな口を利くじゃないか、小僧。痛い目にあうぜ」

チャーリーはこの大げさな脅し文句に腹を抱えて笑い出した。ようやくフェイギンが割って入り、ボルターを説得にかかった。フェイギンはいうのだった。警察に行っても危険はない。例の盗難の報告はロンドンの警察まで伝わってはいないし、人相書も同様である。だから、彼が逃亡中の身であることなど警察は知る由もない。しっかり変装すれば、警察だろうとどこだろうと、ロンドンの往来を歩くのと同じくらい安全である。犯罪者が自分からすすんで警察になどやって来るわけはないと誰しも考えるだろうから——そういうのだった。

ユダヤ人に対する恐怖心が多分に影響していたが、このように説得されてボルターはしぶしぶながら偵察係を引き受けた。フェイギンが用意した荷馬車の馭者の服、綿ビロードの半ズボン、革のレギンスに急いで着替え、通行券をはさんだフェルト帽をかぶり、荷馬車屋の鞭を手に持った。このような変装で彼は警察へ出かけることになった。田舎者がコベント・ガーデンの市場へ行ったついでに物見遊山で立ち寄ったとしか見えぬ装いだった。フェイギンは、洗練されておらず不格好で痩せぎすのボルターこそ適任、と信じて疑わなかった。

こうして準備が整い、ドジャーの特徴を告げ知らされると、ボルターはチャーリーの案内で曲がりくねった暗い道を抜け、ボウ・ストリートの近くまで出かけた。チャーリーは警察署の正確な位置をボルターに教え、署内に入ってからどうすべきかについてもこまごまとした指示――廊下をまっすぐ進み、中庭に出たら右手の階段を上がり、そこにあるドアを開け、その先の部屋に入ったら帽子を脱ぐ云々――を与えると、「さあ大急ぎで行ってこい。用事が済んだらすぐここへ戻ってこいよ」とボルターに命じた。

ノア・クレイポール、別名モリス・ボルターは、指示通りに動いた。チャーリーの指示は極めて的確だったので――彼は警察署のことを熟知していた――、ボルターは人に道を訊ねる必要もなく、また誰にも邪魔されることもなく、すんなりと判事の部屋までたどり着くことができた。すごい人混みだった。大半は女たちで、彼女らはむさ苦しく不潔な部屋で押し合いへし合いしていた。部屋の奥には手すりで仕切られ、ほかより一段高くなっている壇があり、向かって左手が被告人席、中央が目撃者の証言席、そして右手が判事の机の置かれた判事席になっていた。泣く子も黙る判事席には目隠し用の衝立が据えられ、威風堂々たる判事閣下の風貌は、衆人の想像に委ねられていた(もっともこれは、衆人にそのような想像力があると仮定しての話である)。

被告人席には二人の女がいるばかりだった。彼女らは応援に駆けつけた友人たちにうなずいてみせていた。一方、書記は二人の警官とともにテーブルに寄りかかっている普段着姿の男に、宣誓証書を読んで聞かせていた。被告人席の手すりにもたれた看守の男は、手にした大きな鍵でやる気なく自分の鼻をたたいていた。観衆のおしゃべりが度を越すと、彼は「静かにしろ」とどなった。母親のショールにくるまれた痩せた子供が弱々しい声で泣き出し、法廷の厳粛さが破られたときにも、母親をきっとにらんで「その赤ん坊を連れ出せ」と命令した。しかし、それ以外のときはずっと手にした鍵で鼻をたたいていた。部屋の空気はよどんで嫌な臭いがし、壁は汚れ、天井も黒ずんでいた。暖炉のマントルピースの上には古めかしい、煤で汚れた胸像が置かれ、被告人席の上方には埃をかぶった時計がかけてあった。この時計は、この部屋で、勤勉に仕事にはげんでいる唯一の存在といってよかった。ここにいる人間は一人残らず、堕落や貧困、そうしたものに慣れっこになった生活により、すっかり汚れきっていたからである。その汚れは、不機嫌そうに顔をしかめている家具や調度品に堆積した、脂じみた汚れに劣らず、人を不愉快な気分にするのだった。

ノアは懸命にドジャーらしき人物を探した。ドジャーの母親か姉といってもいいくらいの年齢の女たち、ドジャーに似た彼の父親くらいの男たちは何人かいるが、ドーキンズ氏の風貌に合致する人間はいなかった。それで、もどかしい気分でじりじりしながら待ったが、やがて公判が決定した女たちが威張りくさった態度で退場すると、次の囚人が連れて来られた。その人物を見てノアは安堵した。その人物こそドジャーその人であろうと思ったからである。

確かにそれはドジャーだった。すり足で部屋にやって来た彼は、ぶかぶかの外套の袖をまくり上げ、左手をポケットにつっこみ、右手に帽子を持っていた。そして、何とも形容しがたい酔っ払いのような足取りで看守の前を歩いてくると、被告人席につき、「どうしてこんな目に遭わされるのか理由が知りたい」と大きな声で訊ねた。

「黙ってろ」看守がいった。

「俺はイギリス人だ」ドジャーはいった。「人権ってものがあるだろう」

「人権などすぐにくれてやるよ」看守がいった。「胡椒をふってな」

「ぜひそうしろ。さもなきゃ判事が内務大臣から大目玉を食うぜ」ドジャーはいった。

「さてと、何でこんなとこへ出ばらにゃならん？　紙切れを読んでいるあいだじゅう待たされるなんてごめんだぜ。さっさと済ましてもらいたいね。俺はな、シティでとある紳士と会う約束をしてる。俺はこと仕事に関しては約束を違(たが)えず、遅刻が大嫌いな性分だ。時間通りに俺が現れなきゃ、先方は帰っちまうぞ。そうなりゃ損害賠償だ。俺を拘束した連中を訴えるからな！」

そしてドジャーは、訴訟うんぬんというのは本気だぞといわんばかりに、「判事席の野郎二人の名前」を看守に訊ねた。これを聞いて観客たちは喜んだ。もしチャーリーが聞いていたら腹を抱えて笑ったに違いない。このときの観客の反応もそれに劣らぬほどだった。

「静かにしろ！」看守がどなった。

「これはどんな事件だ？」判事の一人が訊いた。

「スリの一件です、閣下」

「この少年は前にもここへ来たことがあるのか？」

「そりゃあ、何度も来ているはずです」看守がいった。「神出鬼没なやつですから。こいつのことはよく知っております、閣下」

「俺を知ってるって？」それを聞いてドジャーはいった。「上等だ。これは間違いなく名誉毀損に当たるぜ」

「これはどんな事件だ？」判事の一人が訊いた。「スリの一件です、閣下」

ここでまた聴衆は笑い、「静かにせよ」との注意を受けた。

「よし、それで目撃者はどこにいる？」書記がいった。

「そうだ」ドジャーが口を出した。「目撃者はどこだ？　ぜひ会ってみてえな」

この希望はすぐにかなえられ、警官が出てきて次のように証言した。自分は、被告が人混みでとある紳士のポケットに手を入れているのを見た。ただ、被告はポケットからハンカチを取り出したが、そのハンカチがあまりに使い古したものだったので、顔を拭いた後、ふたたび紳士のポケットにそのハンカチを戻した。そこで自分は少年に近づいて彼を捕らえた。身体検査をすると銀の嗅ぎタバコ入れが出てきた。蓋には持ち主の名前が刻まれていた。自分は紳士録で調べ、その紳士を探し当てた。そう警官はいった。そして次に、その紳士が証言台に立ち、嗅ぎタバコ入れが自分のものであり、先日、例の人混みを通過した際に紛失したものであること、その雑踏で、年若い紳士が急ぎ足に立ち去るのを見たこと、その年若い紳士はここにいる被告であることを証言した。

「この目撃者に質問があるかね？」判事が訊ねた。

「こんなやつと話をするほど落ちぶれたくないね」ドジャーはいった。

「何もいうことはないんだな？」

「おい、いうことはないかと閣下がお訊ねだぞ」看守は黙っているドジャーを肘でつついた。

「こいつは失礼した」ドジャーは考えごとをしていた様子で彼を見上げた。「俺に話しかけていたのかい？」

「これほど食えない悪ガキは見たことがありませんよ、閣下」看守が苦笑いしていった。「何かいうことがあるかね？」

「ないね」ドジャーが答えた。「少なくともここじゃないね。裁判じゃないし、俺の弁護士は下院の副議長と朝飯を食ってて不在だしな。だが、場所が場所ならいいたいことはあるぜ。弁護士だって、その他の大勢の地位も名誉もある友人一同だってついてるんだ。判事どもは死ぬほど後悔することになるぜ。仕事とはいえ朝から俺様に楯つくなんざ、怖いもの知らずもいいところだ。召使の手を借りて、帽子掛けで首を吊っとけばよかったと、そう思うときがきっと来るからな。俺は必ず――」

「黙れ！　こいつは裁判確定だ！」書記がさえぎっていった。「連れて行け」

「来い」看守がいった。

「ああ、行くよ」ドジャーはそういって手のひらで帽子をはたいた。そして判事席へ向かっていった。「ふん。今さらびくついた顔をしたって遅いぜ。こうなりゃ容赦はしねえからな。この落とし前は必ずつけてやるぞ。気の毒だがな！　もう土下座して詫びを入れたって、出ていってやらんからな。さあ、俺を監禁しな！　連れて行けよ！」

このように叫ぶとドジャーは襟首をつかまれて連行された。そして中庭に出るまで、議会で問題にしてやるとわめきつづけ、自信たっぷりの不敵な笑みを看守に向けた。

小さな独房にドジャーが進んで入るのを見届けてから、ノアは大急ぎでチャーリーと別れた場所まで引き返した。しばらく待っているとチャーリーが姿を現した。ノアが怪しい人間に尾行されていないか、物陰から注意深く観察していたのだ。

二人は、ドジャーが生まれと育ちに恥じぬ立派なふるまいにより、すばらしい名声を築きつつあるという吉報を手に、フェイギンのもとへと急いだ。

第44章　ローズ・メイリーとの約束の日が到来するが、ナンシーは外出かなわず

ナンシーは偽装や演技に長けていた。が、自分のとった行動に対する動揺をすっかり押し隠すことはできなかった。ずる賢いユダヤ人も残忍なサイクスも、誰よりも彼女を信用していた。そして極秘の悪だくみでさえ、彼女には包み隠さず話した。彼女なら信頼できる、何の心配もないと、そう信じきっていたからである。彼らの悪だくみはいずれも卑劣極まりない、発案者同様に向こう見ずなもので、ユダヤ人に対するナンシーの憎しみにはひとかたならぬものがあった。フェイギンこそ、彼女を犯罪と不幸の奈落へ引きずりこんだ張本人だったからである。けれども、そのような彼に対してさえ、自分の密告でいよいよ彼が鉄格子のなかに入り、年貢の納めどきを迎えるのかと思うと――完全に自業自得なのではあるが――憐れみを感じるときもあった。

もちろんこうした感情は単なる気の迷いにすぎない。彼女はまっすぐ目標に狙いを

定め、どんなことがあっても怖気づくまいと決心していた。しかしそれでも、長年の仲間や同僚をすっかり心から追い払うことは難しかったのである。臆病風に吹かれた大きな原因は、多分にサイクスに対する恐怖心にあった。だが、彼女はローズに秘密を守るよう念を押したし、サイクスに迷惑がかかるいかなる手がかりも残さなかったはずである。彼女が浸りきっている悪徳や悲惨さから逃れる機会さえ彼女は断ったが、それもサイクスのためだった。これ以上何ができただろう！　もう決めたことではないか。

一人で思い悩むたびに、いつも最後はこのような結論に達するのだが、気がつけばまたふり出しに戻って考えこんでいる自分がいた。二、三日もすると彼女は血色が悪くなり、やつれてきた。心ここにあらずで会話に参加しないこともしばしばだった。以前であれば、誰にもまして大声でまくしたてたものであったが。そうかと思うと、おかしくもないのに笑い出したり、意味もなく騒いだりするようになった。そしてふたたび急に無言になり、頬杖をついて塞ぎこむこともあった。けれども――こうした兆候以上に――無理をして平静を装おうとする態度に、彼女の不安がありありとうかがえた。仲間たちと話していても、まるで別の事柄に気を奪われていることは明白だった。

日曜の夜だった。そばの教会の鐘が時を告げると、サイクスとユダヤ人は会話を中断して聞き耳を立てた。低い椅子に座っていたナンシーも、顔を上げて耳をすました。十一時だった。

「真夜中まであと一時間か」サイクスは鎧戸を開けて外を眺めてから、席に戻った。「どんよりとして暗い夜だ。商売にはもってこいの晩だが――」

「うん」ユダヤ人が応じた。「仕事の予定がないのは、何とも残念なことだね、ビル」

「たまにはまともなことをいうじゃねえか」ぶっきらぼうにサイクスがいった。「残念だよ。ひと仕事してえ気分なんだが」

ユダヤ人はため息をつき、力なく首をふった。

「また仕事が軌道に乗るのを待って、この埋め合わせをする以外にないな。ほかに方法はねえや」サイクスがいった。

「そうこなくっちゃ」ユダヤ人は大胆に相手の肩をたたいていった。「そういってくれると嬉しいよ」

「嬉しいだと！」サイクスがうめいた。「ふん、そうかい」

「ははは！」この程度の承認でもほっとした様子でユダヤ人は笑った。「今夜は絶好調だな、ビル。実に調子がいいじゃないか」

「お前のしなびた爪で肩をつかまれちゃ、ちっとも調子なんかよくねえや。その手をどけてくれ」サイクスはそういってユダヤ人の手を払いのけた。

「何が気に入らんのだ？　サツに捕まるときを思い出すのかい？」腹を立てまいとしてユダヤ人はいった。

「サツじゃなくて悪魔だよ」サイクスが応じた。「お前のような顔のやつは二人といまい。お前の親父は別だがな。お前の親父は今ごろ、白髪混じりの赤ひげを地獄の業火で焼かれてるところだろうよ。もちろん、お前には父親などいなくて、悪魔からじかに生まれたんだと聞かされても、少しも意外じゃないがな」

この世辞にフェイギンは返事をせず、サイクスの袖を引っぱるとナンシーを指さした。彼女は隙をついてボンネットをかぶり、部屋を出ていこうとしていた。

「おい！」サイクスがどなった。「ナンシーよ。こんな夜更けにどこへ行こうってんだ？」

「ちょいとそこまでね」

「そんな返事があるか」サイクスがいった。「どこへ行く？」

「だからそこまでよ」

「どこかと訊いてるんだ」サイクスはやり返した。「耳が聞こえないのか？」

「どこって、あてはないわよ」娘は答えた。

「じゃあよく聞け」彼女が出かけることに反対というより、ただの意地からサイクスはいった。「出かけないで、ここに座ってな」

「気分がよくないの。さっきもそういったでしょ」ナンシーは抗弁した。「外の空気にあたりたいのよ」

「窓から顔を出せばいいじゃねえか」サイクスは応じた。

「窓からじゃ十分に空気が吸えないわ。表に出てあたりたいの」

「なら、諦めるんだな」サイクスは決然としていうと、立ち上がってドアに鍵をかけ、その鍵を抜き取った。それからナンシーの帽子を奪い、古びた戸棚の上にその帽子を投げた。「これでいい」盗賊はいった。「そこでおとなしくしていろ」

「帽子なんかなくたって構わないわ」青ざめた顔で娘はいった。「どういうつもりなの？　なんでこんな意地悪をするのよ？」

「なんでだって！」サイクスはフェイギンのほうを向いていった。「こいつはどうかしちまったらしいぜ。俺に向かってあんな口を利くとはな」

「私を始末に終えなくしているのはあんたよ」ナンシーは爆発しそうな自分の感情を抑えつけるかのように、両手を胸に押し当てていい返した。「ほんのちょっとでいいのよ。どうか行かせてちょうだい」

「だめだ！」サイクスがいった。

「フェイギン、あんたからも頼んでちょうだい。そのほうがいいの。彼のためにもそのほうがいいの。聞こえてるんでしょ？」ナンシーは地団駄を踏んで泣きついた。

「聞こえてるかだと！」サイクスは相手の言葉をくり返し、椅子に座ったまま くるりとナンシーのほうに向き直った。「あと三十秒もしゃべりつづけてみろ。犬が喉笛に嚙みつくぜ。そうなりゃ叫ぼうとしたって叫ぶこともできねえからな。まったく何のまねだ、こいつは」

「行かせてちょうだい」必死に娘は頼んだ。そしてドアの前の床に座りこんだ。「ビル、お願いだから行かせて。あなたは自分のしていることがわかってないわ。本当に、一時間でいいのよ」

「こいつは正真正銘――」サイクスは荒っぽく彼女の腕をつかんでいった。「頭のネジが飛んだらしいぜ。さあ立て」

「行かせてくれるまで立たないわ。行かせてくれるまで、絶対に！」娘は叫んだ。サイクスはしばし彼女を見下ろし、隙をうかがっていた。そしていきなり相手の両手をつかむと、抵抗する彼女を押さえつけ、隣りの小部屋へと引きずって行った。サイクスは長椅子に腰を下ろし、ナンシーを力ずくで椅子に座らせた。彼女は抵抗と哀願を交互にくり返した。やがて鐘が十二時を打つと、彼女はぐったりと力尽き、もう争おうとはしなかった。山ほど罵詈雑言を浴びせてから「今晩はいくら頑張ったって外出はだめだ」とサイクスは警告した。そして、あとは放っておけばいいだろうと判断し、部屋を後にしてユダヤ人のところへ戻った。

「まいるぜ！」顔の汗をぬぐってサイクスはいった。「何て面倒なやつだ、あいつはよ！」

「全くだね、ビル」考えこんだ様子のユダヤ人がいった。「同感だよ」

「なんでまた急に出かけたくなったんだろうな？」サイクスが訊いた。「俺よりお前のほうがあいつをよく知っているだろうが。どう思うね？」

「ただの強情だよ。女の強情だと思うね」ユダヤ人は肩をすくめて答えた。

「うん。そんなとこだろう」サイクスがうなった。「しっかり調教したつもりだったが、相変わらずだ」

「いや、前よりひどい」考えこんでユダヤ人はいった。「あんなのは見たことがない。どうでもいいことで騒ぎ立てて」

「全くだ」サイクスがいった。「どうも血の気が多すぎるようだ。ひとりでに治りはしないだろうな」

「まあ、難しいだろう」ユダヤ人が答えた。

「今度あんなまねをしやがったらただじゃおかねえ。医者に頼むまでもねえよ。俺が血を流させてやる」サイクスがいった。

ユダヤ人はこの療法に賛成してうなずいた。

「俺が怪我で寝ているあいだ――冷血漢のお前は寄りつきもしなかったが――あいつは昼も夜も俺の世話で忙しかった」サイクスはいった。「それに金欠でひどく惨めだった。そのせいであいつは不安とイライラを募らせた。あんまり長いあいだ部屋から出られなかったから、あんな風に爆発したんじゃねえかと思うよ。どうだい?」

「きっとそうだよ」ユダヤ人は小声で応じた。「しっ!」

フェイギンがそういったときナンシーが姿を現し、さっきと同じ場所に腰を下ろした。目を真っ赤に腫らしていた。体を前後に揺すり、頭をふり、しばらくするとげらげら笑い出した。

「新手の手口だな!」サイクスはそういい、驚愕の表情をフェイギンに向けた。

ユダヤ人はうなずいたが、もうさして彼女に気をとめなかった。二、三分もするとナンシーは冷静になり、いつもの彼女に戻った。「もう大丈夫だろう」サイクスにそう耳打ちすると、フェイギンは帽子を手に取り、「おやすみ」といった。そして部屋のドアの前まで来ると、立ちどまってふり返り、「階段が暗いね。明かりがないかね？」と訊ねた。

「ロウソクで照らしてやれ」パイプにタバコをつめながらサイクスがいった。「首の骨でも折って死んじまえば、こいつの絞首刑を楽しみにしてるやつらががっかりするからな。おい、ロウソクだ」

ナンシーはロウソクを手に老紳士を階段の下まで見送った。一階までたどり着くと、フェイギンは唇に指を当てた格好でナンシーに顔を近づけ、小声で訊ねた。

「さっきのは何のまねだ、ナンシー」

「何のまね？」娘は小声で訊き返した。

「あんなに大騒ぎした理由さ」フェイギンはいった。「もしやつが――」彼は骨ばった人さし指を二階に向けていった。「お前をあんまり手荒く扱うようなら――あいつは実際、野獣だよ、ナンシー。手のつけられん野獣だ――その場合はな――」

「何ですって？」フェイギンが言葉を切ると、フェイギンの口に触れそうなほど耳を近づけて、ナンシーはいった。二人の目が合った。

「いや、今はまだいい」ユダヤ人はいった。「時が来たら話そう。いいか、ナンシー、わしはお前の友達だ。親友といっていい。人目を引かぬ、手軽な方法をわしは知っている。もしお前が犬のように扱われるようなことがあって——実際は犬よりひどいな。やつは犬に優しくすることもあるからな——やつに仕返ししたいと思ったら、わしに相談に来るといい。わしは本気でいってるんだよ。あいつは知り合って間もないコソ泥だ。だが、お前はわしの長年の親友だ」

「確かに古いつき合いだわ」感情のこもらぬ声でナンシーは答えた。「おやすみ」

フェイギンが握手のために手を出したが、ナンシーは後ずさりした。彼女は、握手する代わりにもう一度しっかりとした声で「おやすみ」といい、去り際にフェイギンにうなずいてみせて、了解の旨を伝えた。そして隠れ家のドアを閉めた。

帰る道すがらフェイギンはあれこれ考えこんでいた。そして確信を持ったことがあった。それは単なる思いつきではなかった。以前からそうではないかと疑い、だんだんと確信へ変わってきた考えだった。サイクスの虐待に耐えかね、ナンシーは新たな情人を見つけたのではないか、と彼は思った。彼女の態度にはこれまでと違ったところがある。一人で外出することが増えたし、仲間たちの利害に関して以前ほど関心を示さなくなっている。おまけに今度のような出来事だ。深夜の決まった時間に、何が何でも出かけようとして騒いだ。あらゆる要素が彼の仮説を裏づけているではないか。これはもう確実だな、とフェイギンは思った。ナンシーの新しい情人は仲間の誰かではない。その男と助手のナンシー、こいつは大した戦力になるぞ。ぐずぐずせずに味方に引き入れねばならん。フェイギンはそのように判断した。

やるべきことはもうひとつあった。こちらはもっと陰険な計画だった。サイクスは秘密を知りすぎている。この悪党から受けた侮辱の数々に、フェイギンが憤りを覚えていないわけではなく、ただそれを隠していたにすぎなかった。さて、ナンシーが心変わりをすれば、サイクスは逆上し、彼女はただではすまない。彼女の新たな恋人にまで被害が及ぶことは確実だ。手足を折られるくらいですめばいいが、殺される危険さえある。そしてナンシーは、そのことを十分に承知している。「すぐうんというだろう」フェイギンは思った。「やつの毒殺に、彼女はすぐに賛成するはずだ。毒殺は女の十八番だ。眼前の目的をかなえるためなら、それ以上のことだってやるのが女だ。そうしてあの憎々しい、危険分子のサイクスを処分できる。それだけじゃない。代わりの人間が手に入る。ナンシーは殺人者になり、そのネタをつかんでいる限り、わしは彼女も意のままに操ることができるって寸法だ」

サイクスの隠れ家で一人きりでいるときに、フェイギンはこのようなことを考えていた。そして、そのことを念頭においた上で、頃合いを見計らい、別れ際にそれとなくナンシーに暗示を与えておいたのだ。彼女は驚いた風には見えなかった。こちらの意図がわからぬという風でもなかった。確かに彼女はフェイギンの意を汲んだ。別れ際のあの目つきが如実にその事実を示していた。

けれども、サイクスの命を奪うことに彼女が尻ごみする可能性はある。だが、サイクスの毒殺は最優先事項といってよい。家路につきながらユダヤ人は考えた。「どうすれば彼女にうんといわせることができるだろうか？　どんな手段に訴えたらよいか？」

フェイギンの頭脳は目まぐるしく回転した。そうだ。白状させる以外にも手はある。見張りをつけて、その新しい恋人を探り当てればよいのだ。そして、自分の計画に力を貸せないというなら、サイクスにすべてをばらすぞと脅せばいい。それなら彼女を味方につけることができるのではないか？

「これだ」大きな声でフェイギンはいった。「これならまさか断るまい。よしよし、ばっちりだ。完璧な計画だ。手筈は整った。あとは実行あるのみ。もう成功したも同然だ」

フェイギンは怖いもの知らずの悪党であるサイクスのアジトの方角をふり返ると、不気味な表情で威嚇するように手をふり上げてから、ふたたび歩き出した。彼は、骨ばった手でほころびた服のひだをつかみ——まるで憎々しい敵を握り潰そうとするかのように——これでもかと絞り上げた。

第45章　ノア・クレイポールがフェイギンからスパイ役を命じられる

　フェイギンは翌朝早く起き出し、新入りがやって来るのを今や遅しと待ち構えていた。だが、いつになっても現れず、ようやくやって来たと思うと朝食をがつがつ食べはじめた。

「ボルター」椅子を引き寄せ、向かいに腰を下ろしてユダヤ人がいった。「おい、モリス・ボルター」

「うん、聞こえてるよ」ノアが答えた。「何だよ、一体。用事をいいつけるのは食べてからにしてくれねえかな。勘弁してほしいね、ゆっくり飯を食う時間もないなんてのは」

「食べながらでも話はできるだろう?」相手の意地汚さがいまいましくて仕方がない様子でフェイギンはいった。

「うん、じゃ話してくれ。話しながらのほうが食事が進むからな」ノアはそういってパンをやたらと大きく切り分けた。「シャーロットはどこだい？」

「出かけてるよ」フェイギンがいった。「今朝、わしのとこの若い女と一緒に出かけてもらった。二人きりで話をしたかったんでね」

「そうかい！」ノアはいった。「出かけるまでにバタートーストを作るよう、いっといてくれるとよかったんだがな。うん、じゃ話してくれ。俺のほうは構わないから」

確かに構う気配はなかった。彼は自分の仕事だけで手一杯という風にでんと座りこんでいた。

「昨日は大活躍だったね」ユダヤ人はいった。「大したもんだ！　初日で、六シリング九ペンス半とはな。ヒヨコ釣りはお前さんの天職かもしれんな」

「一パイントの酒壜が三本、それからミルク缶もあったのを忘れないでくれよ」ボルターがいった。

「忘れてなどおらんよ」ユダヤ人はいった。「酒壜だけでも上出来なのに、ミルク缶ときては実に恐れ入った」

「まあ、初心者にしちゃ上出来だよな」満足げにボルターはいった。「酒壜はな、とある家の玄関先の手すりにあったのを失敬したのさ。ミルク缶は、宿屋の前に出ていたのを、雨で濡れて錆びたり、風邪を引いたりしちゃ事だと思ったんでね。連れて帰ったのさ、ははは！」

ユダヤ人は実におかしそうに笑うふりをした。ボルターはしばらく笑い、それから大口を開けて食事にかぶりついた。こうしてバターパンの塊を平らげると、つづいて二つ目の塊に取りかかった。

「ひとつ頼みがあるんだがね、ボルター」フェイギンがテーブルに身を乗り出していった。「わしのために一働きしてくれないか。とても慎重にやらねばならん仕事なんだが」

「すまないが」ボルターがいった。「危険なやつはこりごりだ。警察へのお使いもも う勘弁してほしいね。俺向きの仕事じゃないよ。はっきりいうがね」

「危険は少しもない仕事なんだよ。まったく危険はないんだ」ユダヤ人はいった。

「ただ女の跡をつけるだけさ」

「年寄りかね？」ボルターは訊ねた。

「いや、若い女だ」フェイギンが応じた。

「それなら任してくれ」ボルターはいった。「学生のころは、コソコソ嗅ぎまわるのが得意だったよ。どんな理由で跡をつけるんだい？　面倒な目に遭うんだったら――」

「面倒なことは何もないんだよ」ユダヤ人がさえぎっていった。「どこへ行き、誰と会ったかを突きとめるんだ。できれば会話の内容もな。そして、どんな通りのどんな家を訪問したか、できるだけ詳しく報告してほしい」

「それで報酬は？」カップを置き、雇い主の顔をじっと見つめて、ノアは訊いた。

「うまくやり遂げたら、そうだな、一ポンド出そう。どうだ、一ポンドだ」フェイギンは相手のやる気を引き出そうとしてそういった。「これほどの報酬をわしが出したことはないぞ。それほどに重要な仕事なのさ」

「その女は何者なんだい？」ノアは訊ねた。

「仲間の一人さ」

「ほう！」鼻先を上げてノアはいった。「そいつが怪しいと？」

「新しい友人が増えた様子だからね。そいつのことを知っておく必要があるのさ」ユダヤ人は答えた。

「なるほどな」ノアがいった。「立派な人物ならお知り合いになりたいと、そういうわけかい。ははは！　よし、引き受けた」

「そういってくれると思ったよ」思い通りになったことを喜んでフェイギンはいった。

「いや、なに、当然さ」ノアは答えた。「彼女はどこにいるんだい？　どこで待っていればいいんだ？　どこへ行けば？」

「万事後で知らせるよ。然るべきときが来たら、あの女だと、指さして教えるから心配いらん」フェイギンはいった。「出かける準備だけしておいてくれ。お膳立てはわしがするからな」

スパイ役を仰せつかったノアは、荷馬車屋の格好をし、ブーツを履いて待っていたが、その日の晩は何事もなく、翌日の晩、さらにその翌日の晩も、フェイギンから出動命令が下されることはなかった。そうして六日——退屈な長い六晩——が過ぎた。毎晩のようにフェイギンは失望した顔で現れ、そっけなく「出番はまだだ」と告げるのだった。だが七日目、フェイギンは歓喜を隠し切れない様子で、いつもより早い時刻に戻って来た。日曜日のことである。

「今夜出かけるぞ」フェイギンはいった。「仲間に会いに出かける。間違いない。彼女は今日は一人きりで、恐れている男は日の出のころまで戻らんからな。さあ行くぞ。急げ！」

ノアは無言のまま立ち上がった。ユダヤ人はすこぶる興奮しており、ノアにもその緊張が伝わったのだった。二人はこそこそとアジトを後にし、迷宮のような路地を足早に過ぎて、やがて一軒の宿屋の前にたどり着いた。それは、ノアがロンドンに到着した夜に泊まった宿屋だった。

時刻は十一時をまわっており、宿屋の扉は閉まっていた。ユダヤ人が低い口笛を吹くと扉がそっと開いた。二人はこっそりなかに入り、ふたたび扉が閉まった。

彼らを迎え入れたのは若いユダヤ人だった。フェイギンとその若い男はほとんど言葉を交わさず、身ぶり手ぶりでやりとりをすると、ノアに向かって一枚の窓ガラスを指さし、そこから隣室の人物を観察するよう指示した。

「例の女だね？」声を潜めてノアは訊ねた。

ユダヤ人は、そうだという風にうなずいた。

「いまいち顔がよく見えないな」ノアが小声でいった。「下を向いているからな。ロウソクの明かりを背にしているし」

「待ってろ」フェイギンはそういうと、バーニーに合図した。バーニーは隣室へ行き、ロウソクの芯を切りに来たという体で、ロウソクをしかるべき位置へ移動させ、ナンシーに話しかけて顔を上げさせた。

「うん、よく見える」密偵役のノアがいった。

「しっかり覚えたか？」ユダヤ人が訊ねた。

「千人の群衆のなかでも見つけられるよ」

　部屋の扉が開いてナンシーが出てきた。ノアは急いで窓のところから降りた。フェイギンはノアとともに、カーテンで仕切られた隠れ場所に身を潜め、息を殺した。腕をのばせば届きそうなところをナンシーが歩き去り、さきほど二人が入って来た扉から出ていった。

「ささ」若いユダヤ人が扉を押さえながらいった。「行け」

ノアはフェイギンに目で合図し、宿屋を飛び出した。

「いだりだ」若いユダヤ人がいった。「いだりへ行け。とほりの反対側を行け」

ノアはいわれた通りにした。歩き去ろうとしているナンシーの姿が街灯の明かりで見えた。彼女はもうずっと先を歩いている。ほどよい距離まで近づくと道の反対側を歩いた。そのほうが彼女の動きがよく見えた。ナンシーは不安そうに二度、三度と周囲をふり返った。立ちどまり、すぐ後ろを歩く二人連れを先に行かせることもあった。だが、歩くうちに勇気が湧いてきたらしく、足取りも確かになっていった。密偵は彼女から目を離さず、つかず離れず尾行をつづけた。

第46章　約束が果たされる

教会の鐘が十一時四十五分を告げたとき、ロンドン橋の上に二人の人物が現れた。一人は女で、目当ての人物を探しているらしく、きょろきょろと落ち着かぬ様子だった。もう一人は男で、できるだけ人目につかぬように、暗がりをこそこそと歩き、少し離れて彼女について行く。男は、女が立ちどまると自分も足をとめ、女が歩き出すとふたたび忍び足でその後を追うのだった。尾行に熱中するあまり、女に追いついてしまうというヘマは決してやらなかった。二人はミドルセックス側からサリー河岸の方角へと橋を渡った。渡り切ったところで、誰か目当ての人物があるらしい様子の女は、明らかに失望した様子を見せ、来た道を戻りはじめた。女はくるりと向きを変えたのだが、彼女を見張っていた男に少しも動じる様子はなかった。彼は、橋脚の上の奥まった場所に入ると欄干にもたれかかるようにして身を隠し、女が向かいの歩道を行き過ぎるのを待った。そして、さきほど同様の距離まで女が離れると、ふたたびこそこそ歩道へ現れ、尾行を再開するのだった。そして橋のちょうど真ん中あたりまで来て女が足をとめると、男も足をとめた。

漆黒の夜だった。天候もかんばしくなく、こんな時刻にこんな場所を歩いている人間はほとんどいなかった。いても、急ぎ足に通り過ぎて行った。女と、女を尾行する男に目をとめた人間はいなかったであろう。おそらく気づきもしなかったと思う。二人の格好は、冷たいアーチや戸のない小屋のようなねぐらを探し、たまたまこの橋を通りかかったロンドンの貧民の目を引くようなものではなかった。二人は無言のまま突っ立っていたが、通行人から話しかけられることもなければ、自分たちのほうから話しかけることもなかった。

テムズ河には霧がかかっていた。そこここの波止場に係留された小船で火が焚かれていたが、その赤い炎はくすんで見え、土手の陰気な建物も黒々とかすんでいた。両岸には、煤煙で黒く染められた倉庫が、密集した家々の屋根や破風の上にぬっと陰鬱に建ち並び、いかめしい顔で川面を――倉庫の鈍重な姿さえ映さぬ黒々とした川面を――にらんでいる。歴史あるロンドン橋を長きにわたって見守ってきた番人ともいうべき、古びたセント・セイヴィア教会の塔やセント・マグヌス教会の尖塔が、闇の

さきほど同様の距離まで女が離れると、ふたたびこそこそ歩道へ現れ、尾行を再開するのだった。

なかにぼうっと浮き上がって見える一方で、橋の下の小船の群れや――視界の先に乱立しているはずの――教会の尖塔はすっかり霧に隠れていた。

女は橋の上を数回往復した。尾行者はその様子を物陰からじっと観察していた。そのとき、セント・ポール大聖堂の重々しい鐘が一日の終わりを告げた。大都市ロンドンに真夜中が訪れたのである。宮殿ばかりでなく、夜間営業の地下の安酒場、監獄、精神科病院にも真夜中が訪れた。赤子が生まれようとしている部屋、人が息を引き取ろうとしている部屋、病人のいる部屋にも病人がいない部屋にも、真夜中が訪れた。死人のこわばった顔の上にも、子供の安らかな寝顔の上にも、わけへだてなく真夜中が訪れた。

鐘が鳴って二分もたたぬうちに、橋のたもとで一台の馬車が停まり、白髪の紳士にともなわれて若い婦人が現れた。馬車は走り去り、婦人は橋へまっすぐに近づいてくる。彼女が橋の歩道にたどり着くより先に、さきほどの女がはっとして相手の姿を認め、駆け寄った。

老紳士と婦人は、期待はずれに終わるにちがいないと半ば信じこんでいるらしく、気のない様子できょろきょろしていたが、まもなく一人の女が現れたので驚いて足をとめた。あっという声を二人はすぐに押し殺した。ちょうど田舎者の服装の男が近づいてきて、彼らにぶつかりそうになったからである。

「あちらへ行きましょう」ナンシーが急いでいった。「ここで話をするのは不安ですから。往来じゃなく、向こうの階段下へ行きましょう」

彼女はそういって階段下を指さした。田舎者の男はふり返り、「道の真ん中で何をやってやがる」と文句をいい、通り過ぎた。ナンシーが指さした階段というのは、サリー河岸の側の——つまりセント・セイヴィア教会がある側の——船の荷揚げ用の階段だった。田舎者の格好をした例の男はこっそり階段に近寄り、ちらと様子をうかがってから階段を下りた。

階段は橋の一部で、全部で三つの階段で構成されていた。二つ目の階段を下りきると左側につづいていた石壁が終わり、その先には装飾がほどこされた、テムズ河に面 する橋脚がある。さらに先へ下りると階段の幅は広くなり、壁によって死角になる部分に入りこめば、上にいる人間から見つかる心配はなかった。たとえ一段でも上に相手がいる限り、その場所は死角となるのだった。この場所まで来ると、田舎者の男はせわしなくあたりを見まわした。これ以上の隠れ場所はなさそうだし、潮も引いている。スペースも十分にある。彼はわきへ入り、橋脚を背にして彼らがやって来るのを待った。連中がここまで階段を下りてくる心配はない。会話の内容まで聞き取れなくとも、こっそり尾行することは可能だ。

物寂しい場所である。時はのろのろとしか進まなかった。しかも、女の密会相手は、彼の予想と大きく異なっていた。彼は、この会談にどんな理由が隠れているのか、どうしてもそれを探り出したいと思った。一度ならず、これはしくじったかなと絶望的な気持ちになり、連中はここまで階段を下りて来なかったか、密談のために別の場所へ行ってしまったのではないかと考えた。しびれを切らし、諦めて橋の上に戻ろうとしたそのときである。彼の耳に足音が聞こえてきた。まもなく、すぐそばで話し声も聞こえた。

彼は壁にぴったりと寄り添い、息を殺して聞き耳を立てた。

「このあたりでいいだろう」例の紳士とおぼしき声が聞こえた。「若いご婦人をこんな場所へ連れてくるのは、どうも不本意だ。まともな人間なら、怪しんで、こんな場所までついて来はしない。ついて来たのは、あんたの顔を立ててのことだ」

「私の顔を立てて！」尾行されていた女が叫んだ。「それはご親切にどうも。私の顔を立ててだなんて。大した顔ではありませんから、どうぞお気になさらず」

「それはそうと」穏やかな口調になって紳士がいった。「どんな理由でこんな場所へ来たのかね？　人通りも明かりもある橋の上ではなく、わざわざこんな穴倉のような暗がりで話をするのはなぜだね？」

「さっきいった通りです」ナンシーが答えた。「橋の上で話をするのは不安だったんです。どうしてかわかりませんが」そういって娘は身震いした。「今晩は、何か恐ろしくて仕方がないんです。じっとしていられないほどに」

「何が怖いのかね？」そう訊ねた紳士は、彼女を憐れんでいるように見えた。

「何が怖いのか、よくわかりません」娘が答えた。「わかりたいのですけど。今日は、恐ろしい死の場面や血まみれの経帷子、まるで火あぶりになったみたいな焼けるような恐怖が、私に取り憑いているんです。時間をつぶすためにさっきまで本を読んでたんですけど、本の頁にまでそんな光景が現れる始末で」

「幻さ」紳士はそういって相手を慰めた。

「幻じゃないわ」しゃがれた声で娘は答えた。「どの頁を開いても、『棺桶』の黒く大きな文字が目に飛びこんでくるし、さっきも往来で運ばれてゆく棺桶とすれ違ったもの」

「珍しいことじゃない」紳士はいった。「私だってしょっちゅう棺桶とすれ違う」

「それは本物の棺桶で」娘が応じた。「私のいっているのは別物なんです」

彼女の態度には常軌を逸したところがあり、物陰に身を隠した男もこれを聞くと思わずぶるっと体を震わせた。体じゅうの血が凍りつくような気がした。それから若い婦人が優しい声で「どうか落ち着いて。そんな恐ろしい妄想に身を任せてはいけないわ」といった。尾行者は、その声を聞いたときほど深い安堵を味わったことはなかった。

「彼女に優しくしてくださいな」若い婦人は連れにいった。「かわいそうに！　優しくしなければいけませんよ。こんなに動揺してるんですから」

「信心深く高慢な人たちは、今夜のような私を見ればきっと頭を上げて、地獄の業火だとか天罰だとか、そんなお説教をするんでしょうね」娘がいった。「ああ、お嬢様。神の忠実なしもべと称する人々は、なぜあなたのように、哀れな人間に優しく親切でないのでしょうか？　あなたのように若く、美しく、何もかもお持ちなら、多少は尊大になるものです。でもあなたは少しも偉ぶらない」

「おお！」紳士がいった。「トルコ人は、東を向いて祈りを捧げる前に、しっかり顔を洗うそうですよ。対して、善良なキリスト教徒は、世俗の塵にまみれて笑顔を忘れ、揃いも揃って天の暗黒部のほうを向いているんですからな。イスラム教徒とパリサイ人[1]、どっちか選べといわれたらイスラム教徒と答えますよ、私は」

彼はこのように連れの婦人に話したが、ナンシーが落ち着きを取り戻すための時間稼ぎの意味もあったようだ。紳士はまもなくナンシーにこう話しかけた。

「先週の日曜の夜は姿を見せなかったね」彼はいった。

「来られなかったんです」ナンシーは答えた。「外に出してもらえなくて」

「誰がそんなことを?」

「以前お嬢さんに話した例の男が」

「今度の件で、あんたが誰かと密通していると、疑われていないだろうね?」老紳士が訊ねた。

「大丈夫よ」首をふって娘は答えた。「でもその男は、理由も訊かずに私を行かせてくれるほど甘くはないの。前回のときだって、阿片を飲ませて眠らせなければ、お嬢さんに会いに行くのも難しかったわ」

「君が帰るまでその男は目を覚まさなかった?」紳士が訊ねた。

「ええ。その男も、ほかの連中も、私を疑ってはいないわ」

「結構」紳士はいった。「いいかね、よく聞いてくれ」

「ええ、どうぞ」紳士が間をおいたので、娘はいった。

1　宗教上の形式にこだわる独善家をさす。

「君が二週間前にこちらの婦人に話したことだが、私とその他数名の友人がその話をそっくり聞いた。正直いって、最初は君を信用していいかどうか大いに悩んだ。だが今は全面的に信用している」

「ええ、信用してください」真剣な顔で娘はいった。

「もう一度いうが、君を全面的に信用している。信用している証拠にこちらの手の内を明かそう。われわれはモンクスという男を脅し、やつが握っている秘密を聞き出そうと考えている。だが、万が一、やつを捕まえられなかった場合、あるいは、捕まえたが上首尾に口を割らせることができなかった場合は、ユダヤ人を引き渡してほしい」

「フェイギンを」思わずのけぞって娘がいった。

「そう、代わりにそのユダヤ人を引き渡してくれ」紳士がいった。

「それは無理よ！　それだけは無理だわ！」娘は大声を出した。「確かにろくでもないやつよ。私にいわせれば、悪魔以下だわ。でもそれだけは無理よ」

「だめかね？」紳士はいった。しかし、そのような答えが返ってくることは予想済みだったらしい。

「どうしても無理よ！」娘が応じた。

「そのわけは？」

「理由のひとつは」娘は断固とした口調でいった。「お嬢様も知っているわ。その点、私の味方をしてくれるはずよ。そういう約束だもの。もうひとつの理由は、フェイギンはろくでもない人生を送ってきたけど、それは私も同じで、みんな同じ穴のむじなってわけ。連中は、その気になれば私を見捨てることだってできたのに、そうはしなかった。だから、いくら悪党とはいえ、私も裏切るわけにはいかないのよ」

「じゃあ」急いで紳士はいった。最初から真の狙いはここにあったらしい。「モンクスを引き渡してくれ。あとはこっちでうまくやるから」

「モンクスが仲間たちを裏切ったら？」

「じゃあ約束しよう。もしこっちの知りたいことを聞き出せたら、その他のことには目をつぶる。オリバーの生い立ちには、公けにすることがためらわれる部分もあるにちがいない。だから、真実さえ聞き出せれば、あんたの仲間たちは見過ごしていい」

「もし聞き出せなかった場合は？」娘が訊ねた。

「その場合も」紳士がつづけた。「君の許可なしにユダヤ人を警察に引き渡したりはしない。ちゃんと君に理由を説明し、君の同意を得るまでは、そうしないと約束する」

「お嬢様にも約束してもらえますか？」娘が訊ねた。

「ええ」ローズがいった。「神にかけて誓いますわ」

「どこから情報を得たのか、モンクスに勘づかれないよう気をつけて下さい」ちょっと言葉を切ってから、娘はいった。

「もちろんだ」紳士はいった。「勘づかれないよう細心の注意を払う」

「私は小さなころから嘘つきだったし、周りも嘘つきだらけだった」ひと呼吸おいてから娘はいった。「でもあなたのいうことは信じるわ」

危害が及ばないようにするという約束を二人から取りつけた後、ナンシーは小声で例の——彼女がノアに跡をつけられた——宿屋の名前と住所を二人に伝えた。聞き耳を立てているノアにもほとんど聞き取れぬほど小さな声だった。ときどき彼女は言葉を切り、間を置いた。どうやら紳士がその情報を書き取っている様子だった。宿屋の住所、宿屋をこっそり見張れる場所、モンクスが現れる夜の時刻をすっかり伝えると、彼女はしばらく考えこんだ。モンクスの特徴や外見を思い出そうとしているのだった。

「背が高く」娘はいった。「がっちりしているけど、太ってはいないわ。人目を忍ぶような歩き方で、ときどき肩越しに左右をふり返る癖があるの。でも一番の特徴はすごく目が引っこんでいることよ。この特徴だけで、すぐそれとわかると思うわ。顔は浅黒くて、髪と目の色も同じような黒い色よ。年齢は、せいぜい二十六とか二十八とかだと思うけど、皺だらけで、やつれていて、唇なんか血色が悪くて、歯の噛みあとがついていたりするの。ひどい発作を起こす持病があって、そうなると自分の手を噛んだりするから、傷だらけなの。あら、何を驚いているの？」娘は言葉を切った。

紳士は、そんなつもりはなかったと慌てて答え、話をつづけてくれとうながした。

「宿屋の連中から聞いた話も入っているのよ。私自身は二度しかその男に会ったことはないし、どちらのときも彼は大きな外套を着てたの。私が知っている情報は、これで全部よ。ああ、忘れてたわ――」彼女はつけ加えた。「首をひねったとき、かなり上のほうだけど――ネッカチーフの下あたりの喉のところに――」

「火傷のような大きな傷跡があるんだろう？」紳士がいった。

「あら！」娘はいった。「あいつを知っているの？」

ナンシーは驚いて大きな声を出した。それからちょっとのあいだ沈黙がつづいた。尾行者に彼らの息づかいが聞こえるほどだった。

「どうもそうらしい」紳士はそういって静寂を破った。「あんたの話を聞くと、そんな気がする。まあいずれわかるさ。他人の空似ということもあるから、なんともいえんが」

紳士はさして気にせぬ風にこのようにいい、聞き耳を立てている密偵のそばへ一、二歩近づいた。そのとき老紳士は「絶対にやつだ！」とつぶやいた。その声は密偵にもはっきり聞き取れた。

「さて」二人のほうへ近づいて――声の響きでそれがわかった――紳士はいった。「これほど協力いただいてあなたには心から感謝していますぞ。ぜひともお礼をさせていただきたい。何がよろしいかな？」

「お礼など結構です」ナンシーは答えた。

「いやいや、そんなことはいわないで」紳士は慈しみ深い声でいった。どれほど強情で頑なな人間でさえ、心動かされずにはいられぬ声だった。「どうかよく考えて、返事をしてください」

「本当に結構です」泣きながら娘はいった。「あなたに助けていただけるようなことは何もないのです。希望などとうの昔に消えてしまいました」

「あんたは希望から顔を背けているのだ」紳士がいった。「荒んだ生活を送り、若いエネルギーを誤用し、神が与え給うた一度限りの人生を浪費した。だが、未来は変えられる。心の平和を与えることは、私にはできない。それはあんたが自分で探し求めるものだ。私にできることは、あんたにイギリスか――もしイギリスにとどまりたくないというのなら——国外のどこかに静かな安全な場所を用意することだ。それなら私たちの力でできるし、ぜひともそうしたいのだ。あんたがうんといえば、夜が明ける前、テムズ河が曙光で輝く前に、悪人どもの手が届かぬ場所まで連れて行くことができる。まるで忽然と姿を消してしまったように、何の手がかりも残さずにね。いいかね、私は君を悪党仲間のところへ帰したくないのだ。もう二度とそんな連中と顔を合わせ、言葉を交わし、同じ空気を吸ってほしくないのだ。連中とはきっぱり手を切りなさい。今ならまだ遅くはない！」

「今度こそうんといってくれるでしょう」若い婦人がいった。「迷いはあるでしょうけど」

「いや、無理そうですな」紳士がいった。

「すみませんが、お断りします」ちょっと逡巡してから娘が答えた。「私は今の生活に鎖でつながれているんです。そんな生活にうんざりして、嫌気がさしてはいます。でもやっぱり縁を切ることはできないのです。足を洗うには、あまりに深入りしすぎたのです。いや、どうでしょう。もう少し前に同じことをいわれていたら、たちまち笑い飛ばしたでしょうけど、今はどうしてか——」彼女は急いで顔を背けた。「またあの寒気がするわ。家に帰らなければ」

「家に帰る！」若い婦人は「家」という言葉を強調して、おうむ返しにいった。

「ええ、家に帰るんです」娘が答えた。「私がこれまでの人生をかけて獲得した家にね。さあ、お別れです。人に見つかるとまずいの。もう行ってちょうだい。私のためを思うなら、どうか放っておいて、わが道を行かせてちょうだい」

「仕方がない」ため息をついて紳士がいった。「これ以上引きとめて彼女の身に危険が及んでは事だ。もうすでに、のんびりしすぎているのかもしれないですからな」

「ええ、ええ」娘はいった。「そうなんです」

「かわいそうに、どんな人生の終わりを迎えることになるのでしょう？」若い婦人がいった。

「まあ！」娘がいった。「すぐ前をご覧ください、お嬢様。その暗い水面を。心配したり、悲しんでくれたりする人もなく、川に飛びこんで人生を終える人なんて少しも珍しくありませんわ。何年先か何カ月先かわかりませんが、私はそんな風に人生を終えるんですわ、きっと」

「お願いだからそんなことをいわないで」すすり泣きながら婦人はいった。

「私が飛びこむ音があなたのお耳に届くはずはありませんわ。そんな恐ろしいこと、神様がお許しになるはずがありませんもの！」娘はいった。「じゃあ、おやすみなさい」

紳士は踵を返した。

「この財布を」若い婦人がいった。「どうかこれを受け取ってください。困ったときに少しは足しになるでしょうから」

「結構です」娘はいった。「お金のためにしたんじゃありません。お気持ちだけで結構です。そう、それじゃあ、記念になるものをください。身につけているもので何か——いいえ、指輪はだめ——手袋とかハンカチとか、私が持っていてもおかしくないようなものを。ああ、それで結構です。本当にありがとうございます。おやすみなさい、おやすみなさい！」

ナンシーは激しく動揺していたし、誰かに見つかって自分に危害が及ぶことを恐れたらしい。老紳士は彼女に求められるがまま、その場を後にした。足音が遠のき、話し声がやんだ。

まもなく若い婦人と連れの紳士の姿がロンドン橋の上に現れた。二人は階段を上り切ったところで立ち止まった。

「あら！」耳をすまして婦人がいった。「あの人の声がするわ！　確かに彼女の声よ」

「空耳ですよ」ブラウンロー氏は、悲しげな顔でふり向いていった。「あの娘はさっきの場所から動いてはいない。われわれが見えなくなるまで、動かんでしょうな」

ローズ・メイリーは立ち去りかねていた。老紳士はその腕をしっかりとつかみ、彼女を連れ去った。二人が姿を消すとナンシーは石畳の階段に倒れこんだ。そして悲しみのあまりむせび泣いた。

しばらくすると立ち上がり、力ない、おぼつかぬ足取りで階段を上った。尾行者は驚きのあまり数分間その場に立ちつくしていたが、周囲を見渡して誰もいないことを確認すると、隠れ場所からのそのそと這い出し、先ほどと同じようにそっと暗がりを引き返していった。

橋の上に出ると、彼は今一度きょろきょろと周囲をうかがった。そして誰もいないことを確かめると、ノア・クレイポールは全速力でユダヤ人のアジトへと駆け出した。

第47章　悲劇的な結末

日の出の二時間ほど前だった。季節は秋で、まだまだ真夜中といっていい時刻である。往来は人気がなく、静まり返り、音そのものが眠っているように静かだった。馬鹿騒ぎをする連中も家路につき、夢を見ている時刻である。そんな静寂が支配する時刻に、ユダヤ人は目覚めたまま、自分の古巣で座っていた。その顔は青ざめ、引きつっていた。目は赤く腫れ、血走っている。人間というより——さっきまで墓にいて、悪霊に悩まされていた——不気味な幽霊に見えた。

今、彼は年季の入ったぼろぼろの布団にくるまり、火の消えた暖炉の前にかがみこんでいた。その顔は、そばのテーブル上の、燃えつきつつあるロウソクに向けられている。右手を唇に持ってきて、考えこんだ様子で長くのびた黒い爪を嚙もうとすると き、歯の抜けた歯ぐきのあいだに数本の——犬かネズミの歯を思わせる——牙がのぞいた。

寝台では、ノア・クレイポールが大の字になって、高いびきをかいて寝ていた。老人はときどきノアをちらと眺めては、またロウソクへと視線を戻した。灯芯が燃えつきそうなロウソクはぐにゃりと曲がり、溶けた蠟はテーブルにこぼれて小山を作っている。フェイギンが何事かに心を奪われているのは明らかだった。

胸中はさまざまな想念でいっぱいだった。自分の緻密な計画が頓挫したことの悔しさ、見知らぬ連中とつるんでいるナンシーへの憎しみと不信――なるほど、彼女はフェイギンを売りはしなかったが、それは彼女の誠実さゆえとは思えなかった――、サイクスへの仕返しがかなわなかったことに対する失望、警察に捕まり絞首刑になることへの恐怖、こういったもろもろの想いから生じてくる激しい憤怒。さまざまな情念がフェイギンの脳内を――渦を巻いて――ひっきりなしに駆けめぐった。そして同時に、卑劣な、まがまがしい計画が次々に彼の心に浮かんできた。

彼は身じろぎもせずに座っていた。時間の経過など少しも気にかけない様子だった。まもなく、地獄耳のフェイギンは表の足音を聞きつけた。

「やっとご到着か」乾いた、興奮した口元を手でぬぐって、ユダヤ人はつぶやいた。

「ようやく来たな」

そのとき呼び鈴が静かに鳴り響いた。彼は階段を上って玄関口まで行き、外套であごまで隠れた男と一緒に、もといた部屋へと戻った。男は小わきに包みを抱えていた。彼は椅子に座ると外套を脱ぎ捨てた。姿を現したのはがっちりした体格のサイクスであった。

「そらよ!」テーブルに包みを置いて彼はいった。「しっかり調べて、いい値をつけてくれ。苦労して手に入れたんだ。おかげで予定より三時間も来るのが遅れちまったぜ」

フェイギンは包みを取り上げると、その品物を戸棚にしまい、何もいわずに椅子に座り直した。そのあいだ、彼は一瞬たりともサイクスから目を離さなかった。二人は向かい合って座っていたが、サイクスを凝視するフェイギンの唇はぶるぶると激しく震えており、さまざまな感情に起因する動揺のせいで普段にない表情をしていた。それに気づき、サイクスは思わず椅子を引き、びくっとした様子でフェイギンを見つめ返した。

「なんだ一体?」サイクスがどなった。「なんでそんな風に俺を見る?」

ユダヤ人は右手を上げ、震える人さし指をふってみせた。だが動揺のあまり、なかなか口も利けない有様だった。

「くそったれ！」サイクスは不安そうに胸に手をのばした。「頭がどうかしたな？　こいつは面倒なことになったぞ」

「いや、そうじゃない」フェイギンはようやく口を開いていった。「お前さんに文句があるんじゃないよ、ビル。お前さんには何の文句もない」

「ほう、そうかい」ぎろりと相手をにらんでサイクスはいい、これ見よがしにピストルを取り出し、出し入れしやすいポケットへと移した。「そいつは幸運なことだ。俺とお前、どっちが幸運かは、大した問題じゃない」

「ビル、お前さんに話があるんだ」椅子を引き寄せてユダヤ人はいった。「それを聞けば、わし以上に取り乱すよ、きっと」

「なに？」信じられんという顔でサイクスは答えた。「ならさっさと話せ！　ぐずぐずしてるとナンシーのやつ、俺がとっ捕まったと思うだろうぜ」

「とっ捕まる！」フェイギンが大声でいった。「お前さんがとっ捕まることくらい、あの娘はとっくに知ってるよ」

サイクスは呆気にとられてユダヤ人の顔をのぞきこんだ。しかし相手の顔を見つめても一向に謎は解けず、馬鹿でかい手でフェイギンの襟首をつかむと、激しく揺さぶった。

「さっさと話せ！」彼はいった。「さもないと息ができなくなるぜ。ちゃんと口を開いてはっきり話せ。このくそ老いぼれ爺め！」

「そこに寝ている小僧がもし――」フェイギンは口を開いた。

サイクスは寝ているノアのほうをふり返った。今はじめてその存在に気づいた様子だった。「ふん！」サイクスは椅子に座り直した。

「もし仮に――」ユダヤ人はつづけた。「その小僧が密告し、われわれ全員を売ったとしたら、どう思う？　あつらえ向きの人間を見つけ、彼らとこっそりと会い、われわれの人相や特徴、行きつけの場所なんかをそいつらに告げたとしたら？　おまけに、われわれが目下計画している企みをおしゃかにするようなまねをしたら、どうするね？　捕まったり、罠にかけられたり、取り調べを受けて、やむなくそうするわけじゃない。牧師の説教を聞かされた挙句とか、飲まず食わずの目に遭わされてとか、そんなんじゃない。ただそうしたいからという理由で、夜中にこそこそ出かけ、われわれの敵と会い、情報を筒抜けにしているとしたら、どうするね？　聞いているのかい？」憤怒で目をぎらぎらさせてユダヤ人がいった。「もし仮に、そこの小僧がそんなことをしたら、お前さん、どうするね？」

「どうするって！」罵声とともにサイクスは叫んだ。「俺が来るまで生きてやがったら、ブーツのかかとの鉄の部分で頭を踏みつけ、粉微塵に潰してやるぜ」

「もしそんなことをしたのがわしだったら？」ユダヤ人はわめくようにいった。「わしはいろんなことを知っている。大勢の仲間を道連れにできる！」

「さあな」相手の言葉に顔を青くし、歯を食いしばるようにしてサイクスはいった。「監獄のなかだろうと、鉄の足枷をつけられる覚悟でやるぜ。一緒に裁判を受けることにでもなりゃあ、法廷でお前に飛びかかり、大勢の人間の前でお前の脳みそをぶちまけてやる。それぐらい素手でもできるんだ」太い腕を突き出してサイクスはつぶやいた。「荷馬車にでも轢かれたように、お前の頭をぐちゃぐちゃに潰してやるよ」

「そうかね」

「ああ、絶対だ」サイクスはいった。「試してみな」

「それが、チャーリーやドジャー、あるいはベットでもかね？」

「誰だろうと容赦しねえ」いらいらしてサイクスはいった。「誰だろうと同じ目に遭わしてやるぜ」

フェイギンはまたサイクスをじっと見つめた。そして、静かにしてろと合図してから寝台のわきにかがみこみ、寝ている少年を揺さぶり起こした。椅子に座ったサイクスは身を乗り出し、フェイギンのこの長い前置きからどんな話が展開するのか訝しそうに、両手を膝に置いてその様子を見守った。

「ボルター、ボルター！　まったく気の毒にな！」フェイギンは悪魔のような訳知り顔でサイクスをふり向くと、ゆっくりとした口調で、思わせぶりにこういった。「疲れているんだ。あの女をずっと見張っていて、疲れたんだな。こいつはあの女の見張りについていたんだ、ビル」

「どういうことだ？」身を引いてサイクスは訊ねた。

ユダヤ人は返事をせず、寝ている少年の上にまたかがみこむと、無理に彼を起こしてベッドの上に座らせた。何度か偽名のボルターという名を呼ばれた後で、ようやくノアは目をこすりながらあくびをし、眠そうな顔で周りを見まわした。

「もう一度話してくれ。この人のためにもう一度あの話をしてくれ」ユダヤ人はそういってサイクスを指さした。

「なんの話だって？」不機嫌そうに体を震わせて、ノアが訊ねた。

「あの話だ、ナンシーの」そういってユダヤ人はサイクスの手首をつかんだ――話をすっかり聞く前に立ち去られては困るといわんばかりに。「お前は、彼女を尾行したな？」

「ああ」

「ロンドン橋へ行ったんだな?」

「そう」

「そこで、彼女は二人の人間に接触した?」

「そうだよ」

「それは、ナンシーと面識がある紳士と淑女の二人組で、連中は仲間たち全員を売るようにいった。まずモンクスだ。ナンシーはいわれた通りに、モンクスの人相を告げた。わしらの溜まり場、行きつけの場所も教え、そこの格好の見張り場所も教えた。わしらがいつごろ現れるかも教えた。必要な情報は何もかも教えた。別に脅されたわけじゃない。しぶしぶ口を割ったわけでもない。すすんではきはきと答えた。そうだな?」怒りから興奮してユダヤ人はいった。

「そうだ」ノアは頭をかきながら答えた。「まったくその通りだよ」

「それで、先週の日曜日のことで、彼女は何といったんだっけ?」ユダヤ人がうながした。

「先週の日曜ね!」ノアはそういって考えこんだ。「さっきその話はしなかったっけ?」

「もう一度話してくれ!」サイクスの手首をつかむ手に力を入れて、フェイギンはいった。彼は口から泡を飛ばしながらもう片方の手を高くふり上げた。「連中は彼女に訊いたんだ」ノアはだんだんと覚醒し、サイクスが誰かおぼろげに理解した様子だった。「約束したのに、先週の日曜、なぜ来なかったのかとね。行きたくても行けなかったと彼女は答えた」

「どういう理由で?」勝ち誇ったようにユダヤ人が横槍を入れた。「この人に聞かせてやれ」

「以前も話したビルって男が、出かけさせてくれなかった、と彼女はいったよ」ノアが答えた。

「ほかには?」ユダヤ人がうながした。「ほかにも、その男のことで何かいってたろう? それをこの人に話すんだ」

「行き先をいわないとろくに外出もできないってさ」ノアはいった。「だから、最初にその婦人に会いに出かけたときは――はは、この先が傑作でさ、思わず笑っちまったけど――その男に阿片を飲ませて出かけたんだと」

「ちくしょう!」ユダヤ人の手をふりほどいてサイクスはいった。「放しやがれ!」

フェイギンを押しのけると、疾風怒濤のごとく彼は部屋から飛び出して階段を駆け上がった。

「ビル、ビル！」その後を急いで追ってユダヤ人は叫んだ。「あとひとつ！　ひとつだけいわせてくれ」

サイクスは聞く耳を持たなかった。玄関口の扉が開かず、彼は悪態をつきながらその扉をたたいた。ユダヤ人が息せき切って追いついた。

「扉を開けろ」サイクスはいった。「つべこべぬかすと怪我するぜ。さあ、開けろ」

「本当に一言だけだよ」錠前に手をかけてユダヤ人はいった。「大丈夫だとは思うが――」

「なんだ」相手がいった。

「まさか、あんまり荒っぽいことはしないだろうね、ビル」ユダヤ人は泣きそうな声でいった。

日が昇り出して明るくなっていた。もう二人は互いの顔を確認できた。二人は相手の目をのぞきこみ、それぞれの目のなかに燃える火を認めた。

「つまりな」下手に取り繕っても埒があかないと観念した様子でフェイギンはいった。「事を荒立てると、こっちの身も危ないってことさ。そこをしっかり考えなけりゃならんよ、ビル。人目を引くようなことはだめだ」

サイクスは返事をせず、ユダヤ人が錠前を外すと扉を引き開け、静かな通りを駆け出していった。

一度も立ちどまることなく、逡巡することもなかった。まったくわき目もふらず――右も左も見ず、空を仰いだり、地面に視線を落とすこともなく――ぶっそうな決意を固めて、眼前を見据えて走りつづけた。ぎりぎりと歯を食いしばるあまり、顎は皮膚を突き破りそうなほどだった。一言も発せず、力を緩めることなく、がむしゃらに疾駆し、とうとう自宅の戸口の前までたどり着いた。鍵を使って静かに扉を開き、そっと階段を上がると自室に入った。部屋の扉に鍵を二重にかけ、重いテーブルを立てかけてから、寝台のカーテンを開いた。

下着姿のナンシーがそこにいた。サイクスの物音で目を覚まし、驚いた表情で起き上がった。

「ベッドから出な」男がいった。

「あんただったの、ビル」娘は男が帰ってきて嬉しい様子でいった。

ロウソクが燃えていた。男は燭台からロウソクを引き抜き、暖炉へと投げこんだ。娘は早朝の薄明かりに気づき、カーテンを引き開けようと立ち上がった。

「開けるな」サイクスは彼女を手で制していった。「この明るさで十分だ。これからすることにはな」

「ビル」不審に思い、声を低めて娘はいった。「どうしてそんな目で私を見るのよ」

強盗はちょっとのあいだ椅子に腰かけたまま彼女をじっと見つめていた。鼻孔をひくつかせ、息荒く胸を上下させた。そしていきなり、彼女の頭と首をつかんで部屋の中央へ引きずっていき、ちらと扉のほうを見やってから、大きな手で彼女の口を押さえつけた。

「ビル、ビル！」死に物狂いで抵抗しながらナンシーはあえいだ。「私、大声を出したりはしないわ——お願いだから話をさせて——一体、私が何をしたっていうの？」

「お前が一番よく知っているはずだ、この女狐が！」努めてゆっくり呼吸をしながら強盗はいった。「今晩、お前には見張りがついていた。お前のしゃべったことはすべて聞かれていたんだ」

「じゃあ、後生だから私の命を助けてちょうだい。私があなたの命を助けたように」男にしがみついて娘はいった。「ビル、愛しいビル、あなたに私を殺すなんてできっこないわ。それに、今晩だけでも、あなたのために、私がどれほどの犠牲を払ったか考えてみてちょうだい。そう、考えてみなければいけないわ。そして馬鹿な罪を犯すのはやめて。絶対にこの手を放さないわ。私をふり払うのは無理よ。ビル、ビル、神様のために、あなた自身のために、そして私のために、私の血を流すような馬鹿なことはやめて！　私の罪深い魂にかけて誓うけど、私は一度もあなたを裏切ったことはないのよ！」

男は彼女の手をふりほどこうと激しく身をよじった。が、女のほうでも必死に男にしがみつき、容易にふりほどくことはできなかった。

「ビル」娘は男の胸元に顔を近づけて訴えた。「今晩会った紳士とご婦人がね、どこか遠い外国で、ひっそり静かに暮らせるように取り計らってくれるというの。もう一度あの人たちのところへ行かせて。そうしたら、ぜひあなたにも情けをかけて、同じようにしてくれと、ひざまずいて頼んでみるわ。そうしてこんな恐ろしい場所とは別れを告げて、遠い場所で人生をやり直すのよ。お祈りのとき以外はこれまでの暮らしを忘れて、もうお互いに会わないようにするの。悔い改めるのに遅いということはない。二人はそういったわ。今は私もそう思うのよ。話し合いましょう。ちょっとでいいから」

片手が自由になったサイクスは拳銃をつかんだ。激昂しつつも、発砲すればたちまち事が露見すると思い直し、代わりに、触れ合うほど近くにある彼女の顔を、ありったけの力をこめて拳銃で打ちつけた。

彼女はよろめいて床に倒れた。ぱっくりと開いた額の傷口から血が流れ出し、目を開けることもできなかった。が、必死に立ち上がり、胸元から白いハンカチ——ローズ・メイリーからもらった白いハンカチ——を取り出し、組み合わせた両手にそれをはさみ、最後の力をふりしぼって天高く掲げた。そして造物主に慈悲を乞う祈りを唱えた。

目をそむけずにはいられない、おぞましい姿だった。殺人者はよろめくように壁際へ近づくと、ずしりとした棍棒を手に取った。そして片手で自分の目を覆いながら、彼女の上にその凶器をふり下ろした。

第48章　サイクスの逃亡

サイクスの凶行はロンドンの夜の薄暗がりで行われた悪事の最たるものであった。悪臭漂う朝の大気のなかで企てられた禍事のうち、もっとも陰惨で非情なものであった。

太陽が昇りはじめ、ごみごみした町をまぶしく清澄な光で照らし出した。明るく輝く太陽はただの光ではなかった。それは新しい生命、希望、生き生きとしたエネルギーを人々にもたらした。壮麗なステンドグラスにも、厚紙で補修がしてある窓にも――大聖堂の丸屋根にも、朽ち果てた壁の割れ目にも――分け隔てなくその光は差しこんだ。もちろん、殺された女が横たわる部屋にもその光は差しこんだ。殺人者は光を締め出そうとした。しかし、光はいたるところから侵入した。まだ薄暗いうちでさえ凄惨な光景であったのだ。だから、皓々と輝く日の光の下では、推して知るべしである。

殺人者は固まっていた。身動きするのが怖かったのである。女がうめき声をもらし、手をぴくぴく動かすうちは、憎しみに恐怖が加わり、彼は女をくり返し棍棒で打ちつけた。その後、布切れをかけて女の体を隠してみた。だが、布切れの下で女の目がこっちを見ているような気がして、そのほうがかえって恐ろしかった。覆いなどないほうがずっとましな気がした。天井には血だまりに反射した日の光が揺らめいている。その光の戯れを眺めるように目を見開いている彼女を見ているほうが、ずっとましな気がした。ふたたび布切れをはいだ。そこに現れたのは死体だった。ただの肉であり、血だった。不気味な肉塊、おびただしい血の海！

彼は暖炉に火を熾すと凶器の棍棒をつっこんだ。棍棒の先についた毛髪がぱっと赤く燃え、たちまち小さな燃えかすとなってゆらゆら煙突を上っていった。屈強な男も、その光景に思わず身震いした。凶器が黒焦げになると、彼はその木片をほかの燃えさしにくべ、すっかり燃えつきて灰になるのを見守った。それから体を拭き、服の汚れを落とそうとした。しかしどうしても落ちない血の染みもあった。彼はその箇所を破り取って燃やした。見れば、同じような血しぶきは部屋中に飛び散っていた。犬の足まで血に染まっていた。

こうしている間も——一瞬たりとも——彼は死体に背を向けることはなかった。後始末が済むと彼はドアのほうへ後ずさりした。犬も連れていった。血まみれの犬の足は土で汚して、犯行の証拠が残らぬようにするつもりだった。彼は静かにドアを閉め、錠を下ろし、鍵を抜き取って歩み去った。

彼は通りを渡ってから、ふり返って自室の窓を見上げた。犯行が外からわからないかどうか確認するためだった。窓にはカーテンがかかっていた。生きていればナンシーはそのカーテンを開け、朝日を目にしたであろう。しかし彼女がふたたび朝日を見ることはないのだ。彼女はその部屋の床に倒れている。彼はそのことを知っていた。日の光は彼女が倒れている場所を照らし出していた。

サイクスはちらと自室を一瞥しただけだった。部屋を無事に抜け出したことで安堵した彼は、口笛を吹いて犬を呼び、急ぎ足にその場を立ち去った。

彼はイズリントンを抜け、ホイッティントンの石碑[1]があるハイゲートの坂道を上り――これといった理由も、どこへ向かうという当てもないまま――ハイゲート・ヒルへと足を向けた。だが坂道を下りはじめたかと思うと、すぐに右へ曲がり、原っぱ

1　十四から十五世紀に三度ロンドン市長を務めたリチャード・ホイッティントンを記念する石碑。

彼はドアのほうへ後ずさりした。犬も連れていった。

を抜ける小径をたどり、ケンウッド公園を横目に見ながらハムステッド・ヒースへ出た。ヘルス渓谷そばの窪地を横切り、向かい側の土手までたどり着くと、ハムステッドとヒルゲートの村を結ぶ通りを渡り、ヒースの野を抜けてノース・エンドの原っぱまで来た。そこまで来ると、生垣の下に身を横たえてサイクスはひと眠りした。

少しして起き上がると、彼はまた歩き出した。田舎へ向かうのではなく、街道伝いにロンドンへと戻り出した。しかし、途中でまた引き返し、さきほど通過した土地からほど近い場所を越え、しばらく野原をうろつきまわり、水路わきに腰を下ろして休み、ふたたび慌ただしく立ち上がった。そんなことをくり返しながら彼はふらふらとさまよい歩いた。

近くに、あまり人目につかずに、食べ物や飲み物を入手できる場所がないか? そうだ、ヘイドンがいい。あそこならさほど遠くない。立ち寄る人も多くはない。格好の場所だ。彼はヘイドンへ足を向けた。走ることもあれば——どんな気まぐれからか——カタツムリのようにのろのろ歩いたり、立ちどまり、手にしたステッキで漫然と生垣の木を折ったりした。そうしてようやくヘイドンに着いたが、彼が出会った人間は皆——戸口でたむろする子供さえ——不審者でも見るようにこちらを眺めている気がした。もう何時間も食べ物を口にしていなかったが、食べ物や飲み物を買い求める勇気が出ず、ふたたび彼は引き返し、あてどもなくヒースの野をさまよった。何キロも彷徨した末に彼はまた同じところへ戻って来た。朝が過ぎ、昼が過ぎ、日暮れが近づいたが、彼は依然として同じ場所のまわりをぐるぐる歩きまわっていた。ついに彼はそのコースを外れ、ハットフィールドの方角へ歩き出した。

もう夜の九時をまわっていた。疲れ切った男と慣れぬ運動で足を引きずった犬は、静かな村の教会そばの坂道を下っているところだった。重い足を引きずりながら、ぼんやりとした明かりのともる小さな宿屋を目指して歩いた。酒場に入ると暖炉に火が燃え、その前で田舎の労働者たちが酒を飲んでいた。彼らは見慣れぬ男のために場所を空けてくれたが、サイクスは部屋の隅に腰を下ろし、一人静かに食事をとった。そしてときどき、思い出したように犬に食べ物を投げ与えていた。

酒場に集った連中は、近所の土地や百姓仲間のことをしゃべっていたが、やがてネタがつきて、日曜に埋葬された老人の年齢のことに話題が移っていった。若い連中はその老人がたいへんな年寄りだったといったが、年配者たちはそんなことはないとそれを否定した。一人の白髪の老人などは、自分より若かった、養生していればあと十年、いや十五年は生きられただろうに、といった。

彼らの会話におやと思うことや警戒すべき点はなかった。サイクスは勘定を払ってからも、誰からも気にとめられることなく隅の席に座りつづけ、うつらうつらしていた。と、そこへ、新たな客が騒々しく登場し、サイクスは目を覚ました。

それは行商人とも山師ともつかぬ風変わりな人物だった。彼は田舎から田舎へと渡り歩き、背負った品々――砥石や革砥、カミソリ、洗顔用石けん、馬具を磨くための練粉、犬や馬に飲ませる薬、安物の香水や化粧品などなど――を売って生計を立てていた。彼がやって来ると、田舎者たちはくつろいだ気分でお決まりの冗談を飛ばし出し、彼が食事を終え、得意の弁舌でもうひと商売していこうと商売道具の箱を開くまでそれはつづいた。

「ハリー、そいつはなんだい? 美味そうに見えるがね」田舎者の一人がにやにや笑いながら隅に置かれた固形石けんを指さして訊ねた。

「こいつはね」そのうちのひとつを取り出して彼はいった。「こいつはあっと驚く大発明の石けんだよ。こいつで洗えばどんな汚れだって落ちる優れものだ。サビの汚れ、泥の汚れ、カビの汚れ、どんな染みだろうとたちまちおさらば。布の種類だって問わないよ。絹だろうとサテンだろうと麻だろうと綿だろうと、何でもござれ。ちりめん、ラシャ、毛氈、メリノ、モスリン、ボンバジーン[2]、羊毛製品だって大丈夫。ワインの染み、果物の染み、ビールの染み、水の染み、ペンキの染み、タールの染み。どんな染みだってこの石けんで洗えばたちまち落ちる。もしご婦人の名誉に染みがついたら、この石けんをひとつ飲みこめばたちまち解決だ。なぜって毒だからね。もし効き目を見たいという御仁がいれば、この小さなかけらを試してみてよ。効き目抜群、ピストルの弾くらい確実だ。びっくりするほど味はひどいが、それだけ効果があるって証拠だよ。ひとつ一ペニー。これだけ万能で、ひとつ一ペニーだよ！」

買うという客が二人いたが、明らかに迷っている客は大勢いた。売り手はこの様子を見ていっそう雄弁につづけた。

「こいつは大人気の、売り切れ必至の商品だよ」彼はいった。「工場じゃ、十四個の水車、六個の蒸気機関、一個の電気装置がフル稼働で、それでも生産が追いつかないほどだ。過労死する工員もいて、未亡人には子供一人につき年額二十ポンドの年金が出る。双子なら何と五十ポンドだ。さあさあ、そんな石けん一個が一ペニー！　半ペニー硬貨二枚でもいいよ。ファージング銅貨四枚だって大歓迎。さあ一個一ペニー！ワインの染み、果物の染み、ビールの染み。水の染みに、ペンキの染み、タールの染み、泥の染み、血の染み、何でもござれだ！　おや、こちらの紳士の帽子に染みがある。ひとつこの染みを抜いて、エールを一杯おごってもらうとしましょう」

「こらっ！」サイクスは飛び上がって叫んだ。「そいつを返せ」

「すぐにきれいにしてお返ししますよ」客たちにウインクして男はいった。「旦那が取り返しに来るまでに、染みを消してみせますぜ。さあ、よく見ていてよ、こちらの紳士の帽子の黒い染み。一シリング硬貨より大きくはないが、半クラウン硬貨より大きいこの染み。ワインの染みか、果物の染みか、ビールの染みか、水の染みか。それともペンキの染みか、タールの染みか、泥の染みか、はてさて血の染みか――」

男はそれ以上つづけられなかった。サイクスが罵声とともにテーブルをひっくり返し、帽子を奪い返し、酒場から駆け出していったからである。

終日彼につきまとって離れない、及び腰でむしゃくしゃした気持ちのまま、殺人者は町へと引き返した。誰も追っては来ない。ただの不機嫌な酔っ払いとしか思われなかったはずだと考えた。やがて一台の馬車が停まる通りに出た。馬車のランプの明かりを避けて通り過ぎようとしたときだった。彼はそれがロンドンからの郵便馬車だと気づいた。なるほど、馬車が停車しているのは小さな郵便局の前である。馬車が何のために停まっているか見当がついたので、彼は通りを渡って耳をすました。

配達夫が戸口に立ち、郵便袋の運ばれてくるのを待っていた。そこへ猟場番の格好

2　シルクとウーステッドのあや織りの生地。

をした男が顔を出し、配達夫は歩道に置いてあったカゴを手渡した。

「これがあんたのとこの分だ」配達夫はいった。「とっとと頼むぜ、まったく。おといの晩もさんざっぱら待たせやがって、いい加減にしてほしいな」

「ロンドンの何か面白いニュースがあるかい、ベン？」猟場番は立派な馬をよく見ようと鎧戸を開けていった。

「特にこれという話は聞いてないね」手袋をはめながら配達夫が答えた。「穀物の値段が少し上がったくらいだな。ああ、スピタルフィールズのあたりで殺人があったとも聞いたな。単なる噂話かもしれんが」

「いや、それは本当のことだ」馬車に乗っていた紳士が窓から顔を出していった。「陰惨な殺人だ」

「へえ、本当ですかい？」配達夫が帽子に手をやって応じた。「殺されたのは男ですか？　それとも女？」

「女だ」紳士はいった。「どうやら――」

「急げよ、ベン」馭者がいらいらしていった。

「郵便袋だよ」配達夫がいった。「みんな寝ちまったのか？」

「今行くよ」郵便局長が出てきていった。

「今行くか」配達夫がうなった。「俺に気のありそうな金持ち女もそういっているよ。いつになるかわかったもんじゃないが。はい、どうも。さあ出発だ」

馬車は警笛を威勢よく鳴らして出発した。

サイクスは相変わらず通りの向かい側に立っていた。今の話を聞いても動揺することなく、今度はどっちへ行ったものだろうと案じている風にしか見えなかった。やがて彼は踵を返してハットフィールドからセント・オルバンズへつづく通りに足を向けた。

サイクスは意を決したように歩きつづけた。が、町を過ぎ、暗い、ひっそりとした通りに出ると、何ともいえぬ恐怖が忍び寄ってきて、思わず身震いした。眼前のあらゆるものが恐ろしい、不気味な姿に見えた。形あるものであれ影であれ、とまっているものであれ動いているものであれ、同様だった。だが、一番彼を脅かしたのは、今朝がた殺めた女がすぐ後ろを追いかけてくるという妄想だった。彼は、暗闇に彼女の影を見た。想像力が、その輪郭の細部まで浮き彫りにした。影は重々しい足取りで執拗に追いかけてきた。彼女の服が落ち葉に触れて、ガサガサいう音まで聞こえた。風の音は、彼女の断末魔の叫び声にしか聞こえなかった。サイクスが足をとめると影も足をとめた。彼が走り出せば影も同じようについてきた。しかし、走ってついてくるのではなく——それならよほどよかったのだが——機械仕掛けの死体のごとく、あるいは、吹くともなく吹いているけだるい風のごとく、ゆっくりと彼を追いかけてくるのだった。

ときどき彼は死ぬ覚悟で意を決してふり返り、亡霊と対決しようとした。すると、亡霊もくるりと向きを変え、すばやく背後にまわりこむ。思わず髪が逆立ち、血が凍る気がした。今朝、彼女は目の前にいたのだ。しかし今は背後にいる。いつまでも背後にとり憑いているのだった。土手に寄りかかれば亡霊は頭上に、寒空を背にして現れた。道路にうつぶせに寝転んでも亡霊は頭のそばに、無言のまま直立不動で立っている。血で墓碑銘を記した墓標のように。

殺人を犯しても裁きを逃れる連中がいる。神も仏もあったものではない。そのようにいう人々がいる。しかしそれは間違いだ。恐怖に満ちた、長い長い一分間の苦しみは、殺された側が味わった苦しみの数百倍に相当した。

原っぱに小屋を見つけ、彼はそこを一夜のねぐらとした。小屋の入口の前には背の高いポプラの木が三本並び、そのせいで小屋のなかは真っ暗だった。風が梢を吹き抜けるたびに陰気なうめくような音が聞こえた。もう歩けない。日が昇るのを待とう。彼は思った。小屋に入り、壁のそばに横になった。しかし、それは新たな苦悶のはじまりだった。

さっき以上にくっきりとした恐ろしい姿の亡霊が目の前に現れた。大きく見開かれた、生気のない、ガラスのような目が暗闇からこっちを見ている。まっすぐ見返すしかなかった。まぶたを閉じ、見られていると想像するほうが怖かった。亡霊の目は、輝いてはいるが、まわりを照らす光ではなかった。ふたつしかない目玉が、いたるところから彼を見ていた。まぶたを閉じれば、見慣れた家具に囲まれた自分の部屋の光景が現れた。普段なら思い出そうとしても思い出せないほど細かな部分まで、くっきりと鮮明に見えた。そして部屋には死体が転がっていた。死体の目は、彼が去り際に見た、あの目である。サイクスはがばと跳ね起きると表の野原へと駆け出した。亡霊が背後からついてくる。彼はふたたび小屋に戻り、もう一度まるくなって寝た。彼が小屋に戻るより先に、例の目玉はそこに戻っていた。

じっとしていると、これまで味わったことのない恐怖に手足が震え、体中の毛穴という毛穴から冷や汗が吹き出した。すると不意に、遠くからの物音が夜風に乗って運ばれてきた。狼狽と驚愕の入り混じった人々の叫び声である。どんな声であれ――不穏な事態を告げる声であろうと――このような寂しい場所で耳にする人の声は嬉しかった。危険が近づいている予感に、彼は気力と体力を取り戻して立ち上がると、戸外へと飛び出した。

空一面が燃えているようだった。燃え盛る火の粉が中空をあっちへこっちへ飛び跳ね、数キロ四方を赤く染め、もくもくとした煙の雲がこちらにも流れてくる。わめく人々が数を増し、叫喚がどんどん大きくなる。サイレンに混じって「火事だ！」というどなり声が聞こえた。それから建物が崩れ落ちる音、火が――飢えた野獣さながら――新たな獲物に飛びかかり、空高く炎を上げてめらめらと燃え上がる音が聞こえた。その光景を見ているうちに騒ぎはどんどん大きくなる。明るい光のなかで右往左往している大勢の男女の姿があった。それは彼に新たな力を吹きこんだ。彼はまっしぐらに現場へと駆け出した。イバラやシダをかき分け、木戸や柵を越え――彼の前をうなりながら疾走する犬さながら――狂ったようにひた走った。

やがて火事場へ着いた。どたばたと駆けまわる寝間着姿の人々がいる。小屋からおびえた馬を、囲いや家畜小屋から牛を連れ出そうとする人々がいれば、火の粉の雨が降り、真っ赤に燃えた梁が倒れてくるなかを、荷を抱えて火事場から飛び出してくる人々がいる。一時間ほど前までドアや窓があった壁は吹き抜けとなり、燃え盛る炎がその奥に見えた。やがて壁は崩れ、炎に呑みこまれてゆく。融けた鉛や鉄が雨のごとく、白く輝きながら地面に降り落ちる。女子供は悲鳴を上げ、男たちはどなるように励まし合っている。エンジンポンプがやかましく散水し、その水が焼けた木材に当たってじゅうじゅうと音をたてている。たいへんな狂騒といってよかった。彼自身、声がかれるまで叫び、自分の置かれている立場も忘れ、人混みの中心へと飛びこんでいった。

その夜、彼はあっちへこっちへと飛びまわった。ポンプで水をまき、煙や炎のなかを駆け抜けた。喧騒の中心には常にせわしなく立ち働く彼の姿があった。梯子を上ったり下りたりした。建物の屋根や、自分の重みでぐらぐらと揺れる床に上り、レンガや石が降るなかを走り抜けた。火勢の激しい場所にはいつも彼がいた。だが何という幸運、彼はかすり傷ひとつ負わなかった。疲労も感じず無我夢中で働いた。やがて夜が明けた。たなびく煙と黒く焼け落ちた廃墟が後に残った。

だが、狂騒が終息すると恐ろしい罪の意識が――十倍の勢力で――ふたたびサイクスを襲った。彼はびくびくして周囲を見まわした。話しこんでいる男たちの群れがいくつかあった。自分のことを話しているのでは、と不安になった。主人が手招きすると犬はいわれた通りにした。二人はこっそりとその場を立ち去った。エンジンポンプのそばを通りすぎたとき、その近くに腰を下ろしていた男たちが、何か食って行けよと彼に声をかけた。サイクスはパンと肉をもらい、ビールを飲んだ。そのとき、ロンドンから来たという消防士たちが殺人事件の話をしているのを耳にした。「犯人はバーミンガムへ逃げたって話だ」そのうちの一人がいっていた。「刑事たちが追っているから、じきに捕まるだろうよ。明日の夜には国中に手配書がまわるらしいぜ」

サイクスは足早に立ち去った。そしてどこまでも歩きつづけ、やがて倒れるように道端に腰を下ろし、長い――けれども断続的で落ち着かぬ――眠りについた。それから、どうすべきか決めかねたまま、ともかく歩き出した。また孤独な夜を過ごすことは恐ろしかったが、努めて考えないようにした。

不意に、向こう見ずにも、ロンドンへ戻ろうと思った。

「ともかくロンドンなら話し相手がいる」彼は思った。「格好の隠れ家もある。これだけ田舎で目撃されてるんだ。サツだって、よもや俺がロンドンに舞い戻っているとは思うまい。一週間ばかしいて、フェイギンに金を出させて、フランスに逃亡するのはどうだろう？　よし、いちかばちかだ」

こう決心すると彼は速やかに行動した。もっとも人気のないルートで引き返すと、大都市に入る少し手前で身を隠し、夕暮れどきになってからまわり道をしてロンドンへ入った。そして目指す地域へとまっすぐに足を向けた。

問題は犬だ。もし人相書きが配られているとすれば、「犬を連れている可能性あり」

とあるはずだ。犬を連れていると往来ですぐに自分とばれるかもしれない。水に沈めて殺そうと彼は思った。そして池を探しながら歩きつづけた。途中、大きな石を拾い、歩きながらハンカチに結びつけた。

彼がこのように準備を整えるあいだ、犬は主人の顔を見上げていた。何の準備が整えられているか、本能が知らせたのかもしれない。あるいは、主人のこっちを見る目が普段になく険しかったせいかもしれない。犬はいつもと違って主人のやや後方をのそのそ歩き、主人が速度を落とすと恐怖にすくみ上がった。主人はある池のそばでとまり、ふり返り、犬を呼んだ。犬はぴたりと足をとめた。

「聞こえたろ? こっちへ来るんだ」サイクスがどなった。

犬は反射的にそばへ駆け寄ったが、主人がかがみこんで首にハンカチを巻きつけようとするのを見て、低くうなり、飛びのいた。

「戻れ!」地面を蹴ってサイクスはいった。

犬は尻尾をふったが動こうとはしなかった。サイクスはハンカチをゆるやかに結んで輪を作ると、もう一度犬に呼びかけた。

犬は少し進むとすぐに尻込みし、動きをとめた。そしてまわれ右をすると全速力で逃げ出した。

サイクスはくり返し口笛を鳴らし、座りこんで犬の帰りを待った。しかしいつまでたっても犬は戻らない。仕方がなく、サイクスは犬をおいて出発した。

第49章　ついにモンクスとブラウンロー氏が顔を合わせる――二人のやりとりと、その最中に舞いこんだニュースについて

夕暮れが迫るころ、ブラウンロー氏は自宅前で馬車から下りると馬車の扉を静かにノックした。がっしりした体格の男が出てきてステップに立った。駅者台に座っていた男も馬車から出て、反対側のステップに立った。ブラウンロー氏が合図すると、二人は第三の男を馬車から下ろし、この人物をあいだにはさんですみやかに家のなかへ連行した。この人物こそモンクスだった。

彼らは無言のまま、足並みを揃えて階段を上った。先頭はブラウンロー氏で、彼は一同を奥の自室へと案内した。見るからに不本意そうについてきたモンクスは、部屋の前で足をとめた。指示を仰ごうとするように、二人の男は老紳士を見た。

「下手なまねをすればどうなるか、よく知っているはずだ」ブラウンロー氏がいった。「もし指示にしたがわず、勝手なことをしたら、表へ連れ出して警察を呼び、私の名

で重罪人として引き渡しなさい」

「俺が何をしたっていうんだ？」モンクスが訊ねた。

「よくもぬけぬけとそんなことがいえたもんだ」相手の顔を正面から見据えて、ブラウンロー氏が応じた。「なら、ここから逃げ出してみるかね？　手を放してやりなさい。逃げたらいい。どこへなりと好きに行けばいい。だがその場合、私たちも好きに追わせてもらう。いいかね、いっておくが――神かけて誓っていうが――君が表へ飛び出せば、詐欺と窃盗の罪ですぐに逮捕させる。これは脅しじゃないぞ。それでもやるというなら、死罪を覚悟しておくんだな」

「俺をとっつかまえてこんなところへ連れてくる権限を、誰から得たんだ？　こんな連中を使って――」モンクスは傍らの男たちを交互に見やって訊ねた。

「私の権限でそうしているんだ」ブラウンロー氏が答えた。「この人たちの行為の法的責任は私にある。自由を奪われたことに異議申し立てがあるなら――もっとも君は、ここまでの道中、そうする権限もチャンスもあったわけだが、おとなしくしているほうが得策と判断したらしい――法の保護を求めたらいい。そうしたら私も法に訴えるとしよう。だが、後になって慈悲を求めても遅いからな。権限が私から離れて、ほかの人々の手に移ってしまっては、もはや救いの手も差しのべようがない。そうなったとき、私のせいでこんな深淵に身を落としたなどとはどうかいわんでくれ」

モンクスは明らかに動揺し、おびえた様子で、どうすべきかためらっていた。

「急いで決めてくれ」落ち着いた、断固とした態度でブラウンロー氏がいった。「もし君が公的な裁きを望み、相応の刑罰を受けるというなら――どんな刑になるか想像するだけで身の毛がよだつが――、もう一度いう、好きにするがいい。だがそうせずに、私に許しを請うというなら、そして君のせいで多大なる損害をこうむった人々の慈悲にすがるというなら、しのごのいわずにそこの椅子にかけるんだ。丸二日のあいだ、君を待っていた椅子にな」

モンクスは聞き取れぬ言葉でぶつくさいいながら、まだ決めかねていた。

「さっさと決めるんだ」ブラウンロー氏がいった。「私がそういえば、救いの道は永遠に閉ざされる」

それでも彼は迷っていた。

「交渉をするつもりはない」ブラウンロー氏はいった。「友人たちの大事な権利を預かる身の私に、そのような権利はないからな」

「本当に、譲歩はできないと?」口ごもりながらモンクスは訊いた。

「できない」

モンクスは老紳士を不安げに見つめた。そして、相手の顔に一歩も譲らぬ決意を読み取ると、部屋に入り、肩をすくめて椅子に腰を下ろした。

「外から戸に鍵をかけてください」連れの二人にブラウンロー氏がいった。「そして、ベルを鳴らしたら来てください」

二人はしたがい、揃って部屋を出ていった。

「こんな歓待を受けるとはね」帽子と外套を脱いでモンクスはいった。「俺の親父の親友だったあんたから」

「親友だったからこそだ」ブラウンロー氏が応じた。「君の父親と、その血を分けた美しい婦人──彼女が早逝し、私は孤独な人生を送るはめになったわけだ──を思い出すたびに、若かった幸福なあのころの希望や期待が浮かんでくる。君の父親は、そのころはまだ少年だったが、私とともにあの日の朝、たった一人の姉の最期を看取った。もし死ななければ、その日、彼女は私の妻になるはずだったが、どうやらそれは神の御心ではなかったらしい。そしてその日以来──幾多の試練と過ちを経て──君の父親が亡くなるまで、私の渇いた心が彼から離れることはなかった。私の心は昔の思い出に慰められている。君を見ると、あのころの彼を思い出す。今、君を丁重に遇しようと思うのも、こういったもろもろの想いのためだ。エドワード・リーフォード、この名前を名乗るに値しない君を、私はとても恥ずかしく思うよ」

「そんな名前は聞いたことがないね」不安に満ちた心で、静かに相手の興奮を受けとめて彼はいった。「その名前が俺とどんな関係がある?」

「もちろんないさ」ブラウンロー氏はいった。「君には関係ない。しかし、リーフォードは彼女の苗字だったのだ。どれほど時間が経とうと、どれほど私が老人になろうと、見知らぬ人がその名を口にするのを聞いただけで、あのころの幸福感とときめきが甦る。君が名前を変えたのは本当にありがたい。実にありがたいことだ」

「つまり万事異状なしというわけだ」モンクス(偽名のまま呼ぶことにする)は長い沈黙の後でいった。いいながら、むっつりした不機嫌そうな様子で前後に体を動かした。ブラウンロー氏は片手で顔を隠しながらじっと座っていた。「それで、俺にどんな用事があるんだい?」

「君には弟がいる」威勢よくブラウンロー氏がいった。「さきほど表で、君の背後で弟の名をささやいたとき、君はびくっと驚いて、おとなしく私たちについてきたのを忘れてはおるまい」

「俺に弟はいない」モンクスは答えた。「俺が一人っ子なのはあんたも承知のはずだ。なんだって弟の話などする? 俺に訊くまでもないだろうが」

「君の知らん話もあるだろうから、まあ聞きなさい」ブラウンロー氏がいった。「だんだんと興味も湧いてくるはずだ。あれは実におぞましい結婚だった。君の父親は、まだ少年だったころに、一族のプライドと浅ましく卑しい野心の犠牲になったのだ。そして君は、その結婚によって生まれた、唯一の、望まれぬ子供というわけだ」

「ずいぶんないわれようだが、まあいいさ」嘲笑を浮かべてモンクスが口をはさんだ。「確かにその通りだ。それ以上つづける必要はないぜ」

「いや、まだあるんだ」老紳士は先をつづけた。「無理強いされた結婚ゆえ、当事者たちは惨めさを味わい、鈍い、終わることのない苦悶にさいなまれることになった。不幸なこの夫婦は、彼らに敵意を抱く世の中を、力なく、疲れた様子で、重い鎖を引きずりながら生きていくしかなかった。夫婦関係は、最初はただ冷淡なだけだったが、まもなく面と向かって相手を嘲るようになった。無関心から反感、反感から嫌悪、嫌悪から呪詛とだんだんひどくなり、とうとう二人は互いを結びつけている鎖を断ち切り、遠く離れて暮らすことにした。もっとも、それぞれが身にまとう災いの鎖から完全に解放されたわけではなかった。その鎖の鋲(びょう)をはずせるのは死以外になかった。彼らはできるだけ陽気な顔をして新しい社会に溶けこみ、自らの鎖を隠した。君のお母さんはこれをうまくやってのけた。彼女はすぐ、そんなものの存在を忘れた。だがお父さんは違った。鎖の存在を何年も忘れることができず、鎖は彼の心のなかで錆びつき、腐食していった」

「確かに二人は別れた」モンクスがいった。「それがどうしたっていうんだ」

「二人が別居してしばらくすると」ブラウンロー氏がつづけた。「君の母親は大陸で浮ついた生活に溺れ、自分より十歳も若い夫のことをすっかり忘れてしまった。一方、君の父親は、どうするという当てもなく、イギリスでぶらぶらしていた。そして新しい友人に出会った。その経緯については君も知っているだろう」

「さあね」まともに返事などするかと決意した風に、相手から目をそらし、床を踏み鳴らしてモンクスはいった。「知らないね」

「君の口調、君の反応を見れば、そうじゃないことは明白だ。今でもさぞかし苦々しく思っていることだろう」ブラウンロー氏が応じた。「これは十五年ほど前の話だ。君は十一歳になるかならないかで、君の父親はまだ三十一歳だった。くどいようだが、親の命令で結婚したとき、彼はまだとても若かった。さて、ここから先、君の両親の思い出に関して、不愉快な部分にさしかかる。私が話してもいいが、君の口から真相を語ってもらえないかね?」

「語るべき真相などないね」モンクスが答えた。「話したければ、あんたが話せばいい」

「君の父親の新しい友人というのは」ブラウンロー氏がいった。「退役した海軍士官だ。その人の奥さんは半年ほど前に亡くなっていたが、二人の子供がいた。もっといたのだが、生き残ったのは二人だった。どちらも女の子で、姉のほうは十九歳の美しい娘、妹のほうはまだ二歳か三歳だった」

「それが俺と何の関係が？」モンクスが訊ねた。

相手の言葉など聞こえない様子で、ブラウンロー氏はつづけた。「君の父親が土地から土地へさすらい、とある田舎で家を借りたときのことだ。その海軍士官の一家がすぐ近所に住んでいた。彼らは顔見知りになり、仲良くなり、すぐに友情を結んだ。君の父親は稀に見る魅力的な人物で、身も心も彼の姉に実によく似ていた。海軍士官は彼を知れば知るほど、彼のことを愛するようになった。これだけならよかった。が、娘のほうでも同じく彼を愛した」

老紳士はそこで言葉を切った。モンクスは床をじっと見つめたまま唇を嚙んでいた。それを見て、ブラウンロー氏はすぐに話をつづけた。

「その一年後、君のお父さんはその娘と結婚の約束をした。真剣な約束だ。純真な処女の彼女にとって、君のお父さんはただ一人の、熱烈な愛情の対象になった」

「どうも長くなりそうな話だな」椅子に座ったままそわそわと体を動かしてモンクスはいった。

「これは真実の物語だ。災いと試練と悲しみのな」ブラウンロー氏がいった。「愉快で幸せな物語ならすぐに終わるが、この種の話はたいてい長くなるものだ。さて、しばらくすると、君の父親の金持ちの親戚が亡くなった。この人物の利益と地位のために、彼は犠牲になったのだ。まあ、よくあることで、そんなに珍しい話じゃないがね。そして自分に責任がある、君の父親の不幸に対する補償として、この人物はある解決策を用意していた。金だ。だが、その金を受け取るためにはローマへ行かねばならなかった。その親戚は療養のためにローマへ行き、そこで急死したので、後始末をつけなければならないことが山ほどあったからだ。君のお父さんはローマへ赴いた。しかしそこで不治の病を得た。その知らせがパリに届き、君の母親も君を連れてローマへとやって来た。彼女が着いた翌日に君のお父さんは死んだ。遺言はなかった。遺言がなかったので、彼の財産はそっくり君の母親と君のものになった」

話がここまでくると、モンクスは息をとめ――目だけはあらぬ方を向いていたが――熱心な表情で聞き入っていた。ブラウンロー氏が言葉を切ると、モンクスは安堵した様子で椅子に座りなおし、汗ばんだ顔と手をぬぐった。

「君のお父さんは、ローマへ行く前に、ロンドンに立ち寄った」相手の顔を見つめながら、ゆっくりとブラウンロー氏はいった。「私に会いに来たのだ」

「そんな話は聞いたことがない」モンクスが口をはさんだ。その口調には、不信の念以上に、苛立ちととまどいが感じられた。

「彼は私に会いに来て、いろいろなものを預けていったが、そのなかに一枚の絵があった。彼が描いた絵だ。婚約をした、気の毒な娘さんの肖像だ。家に置きっぱなしにもできず、急用の旅行に持って行くわけにもいかず、困っていたのだな。彼は不安と自責の念からすっかり憔悴していたよ。とりとめもなく、興奮した様子で、自ら招いた破滅と恥辱について話すと、次のように打ち明けた。何としてでも財産をすっかり現金に換え、今度のことで得た金の一部を君と君の母親に渡し、この国を出る。そして二度とこの国には戻らない。そう彼はいった。一人で行くつもりでないことは十分に想像がついた。だが、昔からの親友である私にも――今は亡きあの女性への愛情によって固く結ばれたこの私にも――それ以上具体的なことは何も打ち明けなかった。後で手紙を書いて知らせるというばかりだった。そして、永遠の別れの前にもう一度会おうといった。だが、それが彼に会った最後だった。手紙も来ず、再会のチャンスはついに訪れなかった」

「すべてが終わった後」一息ついてからブラウンロー氏はつづけた。「私は彼の――世間的に非難されようと擁護されようと、死んだ彼にとっては同じことだから、一般的な言葉を使うことにするが――不倫の現場へと足を運んだ。もし私の不安が的中しているなら、道ならぬ恋をした娘さんに手を差しのべる必要がある、彼女に同情を寄せ、彼女を守らねばならないと思ったのだ。だが、彼女たちは一週間ほど前にその土地を去っていた。わずかばかりの借金があったが、それを返済し、夜のうちにひっそりと出ていったのだ。なぜ出ていったのか、どこへ行ったのか、知る人は誰もいなかった」

モンクスは安堵したようにふうと息をつき、勝ち誇ったような笑みを浮かべてあたりを見まわした。

「そしてどんな運の巡り合わせか」モンクスのそばへ椅子を引いてブラウンロー氏はいった。「痩せてみすぼらしい身なりをした孤児である君の弟が、私の前に現れた。そして私は彼を罪深い生活から救い出した」

「なんだって?」モンクスがいった。

「私が保護したのだ」ブラウンロー氏はいった。「すぐに話は面白くなるといっただろう。君の悪党仲間は、私の名前を君に告げなかったらしいな。まあ名前を聞いたところで、君には誰のことかわからなかったろうが。そう、私は君の弟を保護した。彼は私の家で病気が治るまで寝ていた。そのとき、君のお父さんが預けていった例の肖像画の、あの娘さんと、この少年が驚くほど似ていることに気づいた。ひどく驚いたよ。薄汚れたみすぼらしい身なりのときでさえ、その顔つきに、鮮やかな夢で見る映像のように、旧友の面影を思い出したくらいだ。しかし、私が彼の生い立ちを聞く前に、彼は連れ去られた。これは君に知らせるまでもないが」

「なぜだい？」モンクスが急いで訊ねた。

「先刻承知だろうからね」

「俺が！」

「しらばっくれても無駄だ」ブラウンロー氏は応じた。「私はいろいろ知っているんだ。すぐ披露してやろう」

「いや、あんたは、俺がやったという証拠など、も、持っているはずがない」口ごもりながらモンクスがいった。「そんな脅しが通用すると思ったら、大間違いだぞ！」

「慌てるな」探るような眼差しを相手に向けて老紳士は応じた。「少年が姿を消し、私は必死に彼を捜索したが、徒労に終わった。君のお母さんは亡くなっていたので、この謎を解ける人物がいるとしたら君だけだと思った。風の噂で、君は西インドの自分の地所にいると聞いた。わざわざ説明するまでもないが、君はイギリスでいろいろ面倒を起こし、難を逃れるため、母親の死後は西インドへ雲隠れしていたわけだ。私は西インドへ行った。が、君は数カ月前にその地を去っていた。ロンドンにいるという話だったが、ロンドンのどこかまでは誰にもわからなかった。私は帰国した。君の財産管理人に訊いても、やはり居場所はわからない。『相変わらず神出鬼没で、ふらりと現れてはまたふっと姿を消してしまうんですよ。何日かつづけて顔を見せることもあれば、数カ月行方知れずというのも珍しくないんでね。手に負えない悪ガキだったころからの、古馴染みの悪党連中とつき合い、怪しげな界隈をうろついているんじゃありませんか』そんな風にいわれた。私がうるさく訊ねるので連中も閉口していたよ。昼も夜も町から町へとさまよった。それでも――つい二時間前まで――何の手がかりも得られなかった。君をちらとでも見かけたことはなかった」

「でも、とうとう見つけたわけだ」厚かましくも立ち上がり、モンクスはいった。「それでどうする？　ぺてんだ強盗だと大げさなことをいうが、死んだ男が描いた下手な絵に、その小僧が似ているだけの話じゃないか。弟だと！　その哀れなカップルに子供があったかどうかすら怪しいもんだ。あんたの推測でしかないだろう」

「以前はな」そういってブラウンロー氏も立ち上がった。「だが、この二週間のうちにすっかり判明したのだ。君には弟がいる。君はそれを知っているし、弟が誰かも承知だ。本当のところ、遺言状はあった。あったが、君の母親がそれを破り捨てたのだ。そして死ぬ間際に、君にその秘密を告げ、財産をそっくり君に残した。遺言状には、君のお父さんと例の娘さんとのあいだに出来たとおぼしき子供についても言及があった。そして、その子供は生まれ、ひょんなことから君はその子に出くわした。彼が自分の父親に似ていたので君は怪しんだ。そこで、君はその子供の生まれた場所へ足を運び、その子の出自と両親に関する——長らく隠匿されていた——証拠をつかんだ。そして、それを握りつぶした。共犯者である例のユダヤ人に、君はこんな風にいっていたな。『あのガキの身元を示す証拠は川の底さ。やつの母親からそれを受け取った婆さんは、とっくにくたばって棺桶のなかだ』と。下劣で臆病者の嘘つきめ。夜更けの薄暗い部屋で、盗人や殺人者と奸計をめぐらす悪党め。お前の悪巧みのせいで、お前の何百万倍も立派な娘が殺されたんだぞ。まだ揺りかごにいるような時分から、お前は父親の悩みの種だった。お前は邪悪な情熱や犯罪、放蕩に身をゆだねた。その結果、お前は忌まわしい病を患った。お前の心のどす黒さが、その顔にありありと現れているよ。エドワード・リーフォード、まだ異論があるかね？」

「もう、もう結構だ！」次々に明らかとなる罪状に観念して、小心者のモンクスがいった。

「お前とあの悪党の会話はすっかり知れているぞ!」老紳士は大声を出した。「壁に映った影が、お前らの密談を聞いていて、私に教えてくれたのだ。子供がひどい目に遭うのを見て、影は悪の性質を失ったのだろう。美徳が芽生え、勇気を出して私にそれを伝えてくれたのだ。この件では殺人まで起きた。直接に関わっていなくても、お前はその道義的な責任を逃れられんぞ」

「そんな馬鹿な」モンクスが口をはさんだ。「殺人なんて、俺は、俺は何も知らん。事件の顛末を訊きに行こうとしてたとき、あんたに捕まったんだ。どうしてあんなことになったのか俺はまるで知らん。ありふれた喧嘩が引き起こした事件だと思っていた」

「私が今話したことは、お前の悪事の一部分でしかない」ブラウンロー氏はいった。

「すっかり話すかね?」

「わかったよ」

「宣誓して、証人の前で供述するかね?」

「いいだろう」

「よし、ここで静かに待ってろ。すぐに書類を用意するからな。その後、正式な証言を取るためにしかるべき場所へ一緒に行くのだ」

「どうしてもというなら、その通りにするよ」モンクスが答えた。

「それだけじゃない」ブラウンロー氏はいった。「あの罪のない、純真な少年に償いもしてもらう。不幸な、道ならぬ恋の末に生まれた子供とはいえ、あの子には何の罪もない。遺言状に書かれていたことを君も忘れてはおるまい。書かれていた通りのことを弟にしてやりなさい。そうしたら放免してやる。この世で君と弟は二度と顔を合わせる必要はない」

このようにいわれたモンクスは、恐怖と憎悪に駆られながら、陰鬱で邪悪な顔つきをして——何とかいい逃れる方便はないかと考えこみながら——部屋を行ったり来たりしていた。そのとき突然にドアが開き、一人の紳士が非常に興奮した様子で入ってきた。ロスバーン氏だった。

「いよいよ逮捕だ」彼はいった。「今夜あいつが逮捕されるぞ！」

「殺人犯がかね？」ブラウンロー氏が訊いた。

「そうだ」ロスバーン氏は答えた。「以前のアジトの近くをうろつくやつの犬が目撃された。近くに潜伏しているか、あるいは夜になればやって来るに違いない。周囲一帯に密偵も出された。捜査の指揮を執っている刑事たちと話したんだが、まず逃げられんだろうという話だ。警察は百ポンドの賞金もかけた」

「じゃあ私がさらに五十ポンド上乗せしよう」ブラウンロー氏がいった。「現場に行けたら、自分でそう宣言するとしよう。メイリー氏はどこかね？」

「ハリーのことか？　あんたのご友人を馬車でここまで連れてくると、この話を聞いた場所へすっ飛んで行ったよ」医者が答えた。「それから馬に乗って出かけた。警察が目星をつけた郊外の場所で、第一陣の捜索隊に加わるといっていた」

「例のユダヤ人は？」ブラウンロー氏がいった。「やつはどうなるね？」

「最後に聞いた話では、やつはまだ捕まっていない。だが、まもなくだ。あるいは今頃は捕まっているかもしれん。警察はやつの居場所をおさえているからその点は大丈夫」

「さあ、覚悟が決まったかね？」低い声でモンクスに、ブラウンロー氏は訊ねた。

「ああ」彼は答えた。「俺のことは、密告しないな？」

「約束する。私が戻るまでこの部屋にいろ。身の安全のためにはそれしかない」

ブラウンロー氏とロスバーン氏が出て行き、ふたたび部屋に鍵がかけられた。

「やつに何をいったのかね？」小声で医者は訊いた。

「いってやろうと思っていたことはすべていったよ。それ以外にもいくつかね。以前に聞いた情報に加えて、あの不幸な娘のことも、友人が現場で聞きこみをして得た情報も、すべて話した。逃げ道がないように、悪事を残らず白日の下にさらしてやった。手紙を書いて、明後日、夜の七時に会おうと伝えてくれ。われわれも二、三時間前には着いている予定だが、休息も必要だ。特にあのお嬢さんには相当こたえるはずだ。もっとも、私はあの殺された不幸な娘のために復讐してやりたくて、うずうずしているよ。さあ、どっちへ行くかね？」

「まっすぐ警察へ行くのがいいでしょう。まだ間に合いますよ」ロスバーン氏はいった。「私はここに残るとしましょう」

二人の紳士は忙しなく別れた。自分ではどうにもならない興奮が彼らを動かしていた。

第50章　追跡と逃亡

ロザハイズの教会がほど近いテムズ河のほとりである。河の両岸に並ぶ建物はひどく汚れ、河に浮かぶ船も、石炭船から立ち上る塵や、押し合いへし合いしている屋根の低い家々から出る煙で、真っ黒く汚れていた。この場所にロンドンでもっとも影の薄い、多くの住民にとっては名前さえ耳にすることのない、もっとも不潔でもっとも特異な地区がある。

ここにたどり着くには、落ちぶれ果て、どん底の生活をしている水辺の住民が群れをなして暮らしている――そして彼らにふさわしい商売をしている――横丁を抜けて行かねばならない。横丁は迷路のように入り組み、狭く、ぬかるんでいた。商店には価値があるとも思えないような品々が山と積まれ、ありふれた粗末な洋服が商店の至るところに――入口から手すり、窓に至るまで――つり下げられていた。最下層の失業者、沖仲仕、石炭陸揚げ人夫、娼婦、ぼろを着た子供、テムズ河のごみや塵芥で溢れた横丁をやっとのことで進んで行くと、細道が左右に分かれ、行く手にうんざりする光景が広がり不快な臭いが鼻をつく。商品を山と載せた荷馬車が、横丁の角という角から現れ、がらがらとやかましい音を響かせる。奥まった、人の姿もまばらな往来へ出ると、歩道の側へ傾き、崩れかかった家々、同様に——人が前を通っただけで——崩れそうなぼろぼろの壁、半ば倒壊し、持ちこたえている部分もまもなく崩れそうな煙突、経年と汚れのために腐食が進んだ、錆びた鉄格子のはまった窓が目に入る。どっちを見てもその荒廃ぶりは誰の目にも明らかだった。

こうした場所に、サザーク区のドックヘッドの鼻先に、泥まみれの水路に囲まれてジェイコブ島はあった。満潮時、水路の水深は二メートルから二メートル半、幅は五、六メートルになった。昔はミル・ポンドと呼ばれていたが、最近ではフォリー・ディッチと呼ばれていた。テムズ河につながっており、旧名の由来となっているリード・ミルズの水門を開けば、いつでも水を貯めることができた。水がたっぷりあるとき、ミルレーンあたりにかかる木橋に立って眺めれば、周辺の住民たちが裏口や裏窓からバケツや桶、ありとあらゆる容器を紐で下ろし、水を汲もうとする姿を見ることができよう。さらに住居に目を移せば、眼前の光景にあっと驚愕せずにはいられないはずである。半ダースほどの家の裏手に、共同の、妙ちくりんな、穴だらけでそこから下をのぞけば水路のへどろが見えるような木製の足場が見える。割れたり継ぎが当ててある、洗濯物を干すための——洗濯物が干されていることはない——物干し竿が突き出た窓。驚くほど狭く汚れ、人間が住めるとは思えない、ひどく空気がよどんだ部屋。ぬかるみの上に突き出し、そのまま崩れ落ちそうな——いくつかは実際に崩れ落ちている——木製の寝室。土で汚れた壁。腐ってぼろぼろになっている基礎部分。見るに堪えない貧しさが、至るところに顔を見せていた。あらゆるものが不潔と腐敗と無用さを物語っていた。フォリー・ディッチの両岸に広がるのは、こうした光景だった。

ジェイコブ島の倉庫群はどれも屋根が落ち、無人だった。壁も崩れ、窓はなく、ドアも抜け落ちていた。煙突は煤で真っ黒く染まっているが、その煙突が煙を吐くことはなかった。三、四十年前——産業が停滞し、土地の所有権をめぐって大法官府裁判所で争われる事態となる前——までは賑わいを見せていたが、今ではすっかり荒廃していた。[1]家の所有者はおらず、ドアも窓もないので、入ろうと思えば誰でも入りこむことができた。そんな訳で、ここに住みつき、ここで死んでいく者たちもいた。彼らは人目を忍ぶ必要がある連中か、あまりの困窮ぶりにとうとうジェイコブ島へ流れ着いた連中か、そのどちらかだった。

そんな家々のなかに、あちこち朽ち果ててはいるがドアと窓はしっかりついている――前述のような――家の裏手が水路に面した家があった。ほかの住居とくっついていない、独立した大きな家で、その家の最上階の部屋に三人の男が集まっていた。彼らはときどき困惑と期待の入り混じった表情で顔を見合わせていた。一人はトビー・クラキットで、もう一人はチトリング、三人目の男は五十歳の泥棒であった。喧嘩か何かで殴られたためであろうか。三人目の男は鼻がつぶれ、ひどい傷跡が顔についていた。流刑地帰りで、名前はカッグズといった。

「例の二つのアジトがサツにばれたからって、ここへは来ないでほしかったな。どっか別のところへ隠れりゃよかったんだよ」

「間抜けめ。なぜここへ来た?」カッグズがいった。

「もう少し歓迎してもらえると思ったんだがな」悲しそうにチトリングが応じた。

「いいか小僧」トビーはいった。「俺ぐらい用心して暮らし、こそこそ嗅ぎまわられることもない居心地のいい家を持つ身になるとだな、サツに追われるお前みたいな小僧がふいに訪ねてくると、そりゃあ慌てたって当然さ(カードの相手をしてくれる、立派で愉快な御仁であってもだ)」

「それにな、この用心深い旦那のところに、ちょうど逗留中の友人があるんだ。予定よりずっと早く外国から帰ったこの友人は、遠慮深いたちで、帰国早々判事と顔を合わせたくはないという訳なんだ」カッグズがつけ加えた。

少し沈黙があり、やがてトビー・クラキットがチトリングに向かって「フェイギンはいつ捕まったんだ？」といった。いつもの悪ふざけを、これ以上つづけてもどうにもならないと悟った様子だった。

「昼飯どきだ。午後二時ごろだった。チャーリーと俺は洗濯屋の煙突にもぐりこんで難を逃れた。ボルターのやつは空の水槽に頭から飛びこんで隠れたが、長い足がしまえず、捕まっちまったよ」

「ベットは？」

「彼女こそ災難だった。身元の確認のため、死体の検分に行かされたんだ」チトリングがいった。彼の顔はどんどん曇っていった。「死体を見たとたんに半狂乱さ。ぎゃあぎゃあわめき立てて、壁板に頭をぶつけはじめた。それで、拘束衣を着せられ、病

1　十八世紀には造船業を中心に産業が栄えた地域であるが、その後、工場の移転にともなって荒廃が進んだ。

院へ連れて行かれた。今も病院にいる」

「ベイツの野郎は？」カッグズが訊いた。

「逃げまわっているよ。暗くなるまで来ないだろうが、でもそのうちここへ来るだろう」チトリングが答えた。「ほかに行く当てがないんだ。クリプルズ亭の連中は一人残らず捕まった。今は――この目で見て来たんだが――お巡りでいっぱいさ」

「万事休すだな」唇を噛みながらトビーがいった。「縛り首は一人じゃすまんだろうぜ」

「検死陪審が済めば法廷審問が開かれる」カッグズがいった。「ボルターのやつが口を割れば――やつの口ぶりから推して間違いなく割るだろうが――フェイギンは殺人の共犯ということになるだろう。そうなれば金曜に裁判で、今日から六日後には縛り首だ」

「近所の連中が大騒ぎだったよ」チトリングはいった。「警官が必死に止めなきゃ、きっとフェイギンは連れ去られていたね。一度は地面に倒されたが、警官が周りを囲み、何とか人混みをかきわけて進んだ。泥だらけになり、血を流したフェイギンの狼狽ぶりは、そりゃあたいへんなものだったよ。親友みたいに警官にしがみついてたな。まざまざと目に浮かぶよ。群衆に押され、まっすぐ立つのもやっとという有様で、警官たちがフェイギンを引きずるように連行していった。群衆は、野獣のように跳び上がり、歯をむき出してうなりながらフェイギンに襲いかかる。おかげでフェイギンは髪も髭も血だらけだ。角を曲がるたびに女たちが駆け寄り、『お前の心臓をえぐり出してやる!』とどなるんだ」

戦慄しながらこの光景を目撃したチトリングは、思わず両手で両耳をふさいだ。そして目をつぶったまま立ち上がると、うつろな様子で慌ただしく部屋のなかを行ったり来たりした。

このようなチトリングを尻目に、二人の男は床を見つめながら無言で座っていた。そのとき、階段に軽やかな足音が響き、サイクスの犬が部屋に駆けこんできた。男たちは驚いて窓辺に走り寄り、それから階段を下りて表へ出た。犬は開いていた窓から入って来たらしい。犬は男たちの後を追うことなくじっとしている。飼い主の姿はなかった。

「こいつはどういうわけだ?」部屋に戻ってからトビーがいった。「あいつがここへ来るわきゃないよな。それだけは絶対にごめんだぜ」

「ここへ来るつもりなら犬と一緒に来てるだろ」カッグズは屈みこみ、床の上でぜいぜいいっている犬の様子をうかがった。「おい、ワン公に水だ。ぶっ倒れる寸前だ」

「えらい飲みっぷりだね」しばらく無言のまま犬を眺めていたチトリングがいった。

「泥だらけだ。足を引きずっているし、片目が開いてない。こりゃあ、そうとうな距離を走って来たな」

「どこから来たのかな」トビーがいった。「ほかのアジトに行き、知らん連中ばかりなんで、ここへ来たのかな。ここへは何度も来てるからな、こいつは。それにしても、その前はどこにいたのかな。やつと一緒でなく、なんでまた一匹でやって来たんだろう」

「やつが（誰も殺人犯を名前で呼ばなかった）自殺するとは思えないしな。どう思う？」チトリングが訊いた。

トビーはかぶりをふった。

「もし自殺したんなら」カッグズがいった。「ワン公が俺たちをそこまで案内するだろうぜ。だからありえない。やつは海外へ逃げたんだろ。犬をおいてな。犬が一緒じゃ人目につく。だから、うまくまいたんだろう」

これが一番もっともらしい説明に思われたので、それで決まりだということになった。椅子の下にもぐりこみ、犬が背中をまるめて眠ってしまうと、もう誰も気にとめなかった。

日が暮れた。家の鎧戸は閉められ、火のついたロウソクがテーブルに置かれた。修羅場の二日間だったので三人とも動揺していた。今後どうなるかわからず、捕まる危険もあったので、なおさらそわそわと落ち着かなかった。男たちは寄り集まって椅子に腰かけ、物音がするたびにびくっとした。誰もあまり口を利かず——たとえ口を開いても小声で話し——隣りの部屋に殺された女の死体が転がっているかのように、身のすくむ思いで黙りこくっていた。

しばらくそのように座っていると、不意に階下のドアをせわしなくたたく音がした。

「ベイツの小僧かな」怖気をふり払うように、カッグズが怒った様子で首をひねった。

またドアをノックする音が聞こえた。ちがう。あれはチャーリーではない。チャーリーはあんな風にたたかない。

クラキットは窓辺に近づき、全身を震わせながら首を引っこめた。来たのが誰か訊く必要はなかった。彼の青ざめた顔に答えが書いてあった。犬もたちまち目を覚まし、ドアへ駆け寄って鼻を鳴らしはじめた。

「入れてやるしかないだろう」ロウソクを手にとってクラキットがいった。

「何か打つ手はないか?」しゃがれ声でもう一人がいった。

「ない。どうしたって入ってくるさ」

くり返された。

「おい、真っ暗にするな」カッグズはそういってマントルピースの上のロウソクをつかみ、震える手で火をつけた。もたついたので、火がつくまでにノックはさらに二度くり返された。

クラキットは玄関へ下りると、ハンカチで顔の下半分を覆った男をつれて戻って来た。帽子を脱ぐと、頭にもハンカチが巻かれていた。男はそのハンカチを取った。顔は白く、眼窩は落ちくぼみ、頬はこけていた。ひげは三日もあたっていないので伸び放題で、痩せ衰え、ぜいぜいと苦しそうに呼吸していた。現れたのは幽霊のようなサイクスだった。

彼は部屋の中央にあった椅子に手をかけた。腰かけようとしたが震えがとまらない。彼は、背後が気になる様子で、椅子を壁際に引きずっていき、壁にぴったりつけてから腰を下ろした。

誰も一言も発さなかった。サイクスは黙ったまま一人一人の顔を眺めた。こっそりと視線を上げ、うっかりサイクスと目を合わせようものなら、三人ともすぐに目をそらした。サイクスがうつろな声で沈黙を破ると一同はびくっとした。耳慣れない声だったからだ。

「その犬はどうやってここへ?」サイクスは訊いた。

「勝手に来た。三時間ほど前だ」

「今日の夕刊にフェイギン逮捕とあったが、本当なのか?」

「本当だ」

また沈黙が流れた。

「くそったれ」額に手をおいてサイクスはいった。「俺にかける言葉は何もねえのか?」

三人ともそわそわ体を動かしたが何もいわなかった。

「ここはお前の家だ」サイクスはクラキットのほうを向いていった。「俺を密告するか、それともほとぼりが冷めるまでかくまうか。どっちにする?」

「安全だと思うなら、いたらいいさ」ちょっとためらった後に、相手がいった。

サイクスは背後の壁をゆっくりと眺め渡した。いや、眺めたというより、そっちへ顔を向けようとした。そして「あ、あれは——死体は、埋めたのか?」といった。

一同は首をふった。

「なぜ埋めない?」もう一度背後をちらとふり返ってから彼はいった。「どうしてあんな不快なものをいつまでも埋めずにおく?——おい、誰かが戸をたたいているぜ」

クラキットは部屋を出て行きながら、心配いらんという風に手をふった。彼はすぐにチャーリー・ベイツを連れて戻ってきた。サイクスはドアに向かい合って座っていたので、部屋に入るとチャーリーはすぐにこの人物を認めた。

「トビー」サイクスがじろりと彼をにらんだので、チャーリーは後ずさりしながらいった。「どうして下で教えてくれなかったんだ?」

男たち三人はおびえ、取りつく島がなかった。さすがのサイクスも態度を改め、チャーリーのような小僧にまで愛想をふりまこうとした。サイクスはうなずいてみせて、握手でも求めるように歩み寄った。

「別の部屋に案内してくれ」さらに後ずさりしてチャーリーはいった。

「どうした、チャーリー!」少年に近づきながらサイクスはいった。「俺のことがわからねえのか?」

「それ以上近寄るな」下がりながら、彼は目に恐怖の色を浮かべて殺人者を眺めた。

「このけだものめ!」

サイクスは足をとめた。二人はにらみ合ったが、サイクスのほうがだんだんと視線を床に落とした。

「三人ともしっかり聞いてくれ」握りしめた拳を震わせながらチャーリーは叫んだ。話すにつれて彼はますます興奮した。「よく聞いてくれ。俺はこんなやつ怖くない。

もしサツがここへ来ることがあれば、俺はこいつを突き出してやる。必ずそうするぜ。これは約束できる。そんなことをしたら殺すというなら、殺せばいい。だが俺がここにいる限り、こいつを突き出してやる。そんでもって、生きたまま熱湯に放りこまればいいんだ。この殺人鬼め！　助けてくれ！　おいそこの三人、男なら俺を助けてくれるよな。殺人鬼だ！　助けてくれ！　こいつを捕まえろ！」

このように叫ぶと、手足を激しくばたつかせながら、チャーリーは屈強なサイクスにあらん限りの力で体当たりした。不意をつかれたためであろうか。サイクスは激しく床に転がった。

三人の男たちはあっけにとられた様子でこの光景を見ていた。二人のあいだに割って入ろうとする者はいなかった。チャーリーとサイクスは床の上に転がり、チャーリーは相手に殴られるのも構わず、殺人犯の胸元につかみかかりながら必死に「助けてくれ！」と叫びつづけた。

だが力の差は明らかであり、すぐに勝負はついた。サイクスはチャーリーを組み伏せるとその上に馬乗りになった。そのとき、クラキットが警戒の色を浮かべてサイクスを制止し、窓のほうを指さした。眼下に明滅する光が見えた。必死に叫ぶような声が聞こえた。どたばたと走る足音も聞こえた。相当な人数と思われた。近くの木橋を渡る足音も聞こえ、馬に乗った人間もいるらしく、でこぼこの舗道にひづめの音が響いた。光が近づいてきて明るくなった。足音もいっそうやかましくなった。まもなく、どんどんと戸をたたく音が聞こえ、大勢の怒声が飛び交い——どんな豪胆な者でも思わず震え上がっただろう——誰かがしゃがれ声でどなるのも聞こえた。

「助けてくれえ！」チャーリーが金切り声で叫んだ。「やつはここだ！　ドアを壊せ！」

「警察だ！」表の声がどなった。しゃがれ声がまた聞こえ、だんだん大きくなった。

「ドアを破れ！」チャーリーがいった。「こいつらが開けるわけはない。明かりのついている部屋へ行け。ドアを打ち破れ！」

チャーリーがそのように叫ぶと、玄関のドアと一階の鎧戸を破るべく、どんどんと激しくたたく音が聞こえた。それから大勢の喚声が上がった。その声を聞いてはじめて、表にいるのがとんでもない人数であることが知れた。

「このやかましいクソガキを閉じこめる、手頃な部屋はどこだ？」サイクスが荒々しくどなった。彼は空の袋でも持つように、軽々とチャーリーを引きずって部屋のなかを右往左往した。「そこでいい。急げ！」サイクスは少年を放りこむとかんぬきを下ろし、鍵をかけた。「一階の扉は大丈夫だろうな？」

「二重に鍵をかけて、鎖も巻いてある」クラキットが答えた。彼は――ほかの二人同様――まだあっけにとられたままで、ぽかんと突っ立っていた。

「打ちつけた板は大丈夫だろうな？」

「鉄板で補強してある」

「窓は？」

「窓も大丈夫だ」

「静かにしろい！」追いつめられた犯人は窓から身を乗り出し、群衆をにらんで叫んだ。「やれるものならやってみろ！　捕まえてみやがれ！」

これを受けて激昂した群衆が怒声を上げたが、これほど恐ろしい声を聞いたことのある人はまずあるまい。何人かが、そばにいる人々に「建物に火をつけろ」と叫んでいた。警官に向かって「やつを撃ち殺せ」とどなる人々もいた。誰よりも怒りを露わにしたのは馬に乗った男である。彼は馬から下り、水をかき分けるように群衆のあいだを突き進み、窓の下まで行くと誰よりも大きな声で「梯子を持って来た者に二十ギニーだ」と叫んだ。

そばにいた者がその台詞をくり返し、次々に、数百の人間によって復唱された。「梯子だ！」だけでなく「ハンマーを持ってこい！」という声も聞こえた。道具を探すように、松明があっちへこっちへ動きまわり、また戻ってきては何事か叫んでいる。虚しく罵詈雑言を浴びせる者もいれば、狂ったように前へ出ようとして人々の進行をはばむ者もいた。大胆な連中のなかには、壁の割れ目や雨樋をつたって建物をよじ登ろうとする者までいた。人間の群れが闇にうごめいていた。それは突風に波打つ麦畑を思わせた。彼らはときおり声を合わせて怒号を響かせた。

「今は満ち潮だ」殺人犯はよろめきながら部屋に戻り、窓をしめた。「俺が来たときには潮が満ちていた。ロープを寄こせ。長いやつだ。囲まれているのは表だけだ。裏の水路へ下りて、そこからずらかる。さあ、ロープだ。ぐずぐずしやがると死体が三つ増えるぜ。そうなりゃ皆で心中だ」

慌てた三人はロープのしまってある場所を指さした。殺人犯は急いで一番長くて丈夫そうなロープを取り出し、屋上へ上がった。

建物の裏手の窓はすべて――ずいぶん昔に――レンガで塞いであった。唯一の例外はチャーリーが監禁された部屋の小さな換気孔で、もちろん子供さえ通れぬほど小さな孔であるが、この隙間から彼は外の群衆に「裏手から逃げるぞ」と叫びつづけていた。殺人犯が屋上へ出る扉をくぐり、屋根の上に姿を見せると、チャーリーは表にいる人々にそのことを知らせた。群衆はすぐに押し合いへし合いしながら数珠つなぎになって、建物の裏手にまわりこんだ。

屋根に現れたサイクスは一枚の板を持っていた。彼はこの板で、屋上へ出る扉をなかから開けられないようしっかり塞ぎ、屋根瓦の上を這うように進みながら胸壁ごしに下をのぞいた。

すでに潮は退き、水路の泥土が露わになっている。

群衆はしばしのあいだ息をのみ、どうするつもりだろうとサイクスの動きを見守っていたが、彼の意図を悟り、彼の当てがはずれたことを知ると、勝ち誇ったようにひときわ大きな声でサイクスを罵りはじめた。その大音声の悪罵とくらべれば、さきほどの絶叫などささやき声に等しかった。くり返し蛮声が上がった。遠く離れていて、言葉をちゃんと聞き取れない人々も、同調して雄叫びを上げた。それが呼び水となって次々に喚声が湧き起こった。ロンドンの全市民がサイクスを呪っているかのようであった。

群衆は建物の正面から続々と押し寄せた。憤怒を顔に浮かべた彼らは、我れ先にと建物の裏手に突進する。赤々と燃える松明を手にした人々が大勢おり、光は復讐に燃える人々の顔を照らし出した。水路をはさんだ向かいの建物にも群衆が詰めかけ、窓は全開にされるか取り払われるかし、すべての窓から顔がのぞいていた。建物の屋根

屋根瓦の上を這うように進みながら胸壁ごしに下をのぞいた。

はどこも黒山の人だかりだった。水路にかけられた小さな橋は――目に見える場所に三つあったが――大勢の人間の重みで傾いている。それでも押し寄せる人の波はいっこうに衰えない。彼らは喚声を上げる場所を確保し、あわよくば犯人の姿を一目見ようと殺到した。

「やつも年貢の納め時だな」近くの橋にいた男がいった。「ざまあみろ！」

人々は帽子を脱ぎ、胸をなで下ろした。もう一度喚声が上がった。

「五十ポンド出すぞ」同じ方向から老紳士が叫んだ。「やつを生け捕りにした者に五十ポンド出そう。私はここで待っている。捕まえた者は私から賞金を受け取ってくれ」

ふたたび喚声が上がった。建物のドアが押し開けられ、梯子を持ってこいといった男が部屋に突入した、という情報が口伝えに広がった。この知らせを受けて人の流れは変わった。窓のところへ詰めかけた人々は、橋の上の人々が踵を返すのを見ると往来へ飛び出し、もといた場所へ殺到する人の群れに合流した。押すな押すなの大騒ぎだった。玄関の近くに陣取り、警官が犯人を連行するところを見物しようと、群衆は息せき切って建物の正面へ駆け戻った。芋の子を洗うような混雑ぶりに息もできず、転べば後ろからつづく人々に踏みつけられる。阿鼻叫喚はすさまじかった。路地は完全に人で埋まっていた。玄関前に見物席を確保しようと急ぐ人々がいる一方で、この群衆から抜け出そうと空しく奮闘する人々がいた。犯人逮捕はまもなくだと誰もが熱狂していたが、このとき人々の注意は——一瞬ではあるが——犯人からそれた。殺気立った群衆の迫力に圧倒され、もうだめだと観念して座りこんでいたサイクスではあったが、この突然の変化を嗅ぎつけ、一か八かの賭けに出ることにした。彼は立ち上がった。窒息する危険もあるが、思い切って水路に飛びこみ、暗闇と喧騒に乗じて逃げてみようと思った。

彼は力を奮い起こした。家の中から物音がし、追手が建物に侵入したことがわかった。彼は煙突に足をかけ、ロープの端をその煙突にぐるぐると巻きつけた。そして息つく暇もなく、ロープのもう一方の端を手と口を使ってしっかり結わえ、輪を作った。これで地面のすぐそばまで下りられる。自分の背丈くらいしかない高さまで下りられるはずだ。彼は手にナイフを持った。下りられるところまで下りて、それからロープを切るためだ。

ロープの輪を両わきに通すため、サイクスがその輪に自分の頭を入れたときだった。さきほどの老紳士——彼は人の波に押し流されまいと橋の手すりに必死にしがみついていた——がサイクスの動向に気づき、「ロープで下りる気だ」と懸命に周囲の人々に訴えた。そのときである。サイクスは背後をふり返り、万歳でもするように両手を上げ、あまりの恐ろしさから叫んだ。

「またあの目だ！」彼はこの世のものとは思えぬ金切り声を上げた。

そして、雷にでも打たれたようによろめき、バランスをくずして胸壁から転げ落ちた。ロープの輪は彼の首にかかっていた。体の重みで、輪は弓の弦のごとく首にしっかりと巻きついた。矢が飛ぶような一瞬のできごとだった。彼の体は十メートルほど落下し、急にぐいと止まった。サイクスは手足を激しくばたつかせた。硬直した手で抜き身のナイフをつかんだまま、彼は縊死した。

年代物の煙突はぐらついたが、立派にこの衝撃に耐えた。殺人犯の死体が壁の前で揺れていた。視界をさえぎる死体をわきへのけて、「早く俺をここから出してくれ」とチャーリーが表の人々に訴えた。

このとき、物陰に潜んでいたサイクスの犬が現れ、胸壁の上をあっちへこっちへと駆け、不気味な声でほえた。彼は勇気を出し、思い切って死体の肩めがけて跳んだ。しかし狙いははずれた。犬は真っ逆さまに水路へ落ちた。そして石で頭を割り、脳みそが飛び散った。

第51章　いくつかの謎が解明され、持参金や相続財産とは無縁の結婚が申しこまれる

前章で語られた出来事のほんの二日後の、午後三時である。オリバーは長距離馬車の座席に収まり、生まれ故郷へと急いでいた。メイリー夫人、ローズ、ベドウィン夫人、そしてあの善良な医者のロスバーン氏が一緒だった。ブラウンロー氏は名のわからぬ一人の人物をともない、別の馬車でついて来ていた。

道中あまり会話は弾まなかった。動揺と不安から、オリバーは落ち着いてものを考えることができず、話をすることもままならなかった。オリバーのそわそわした気持ちは旅の仲間たちにも感染し、彼らもオリバーに劣らずそわそわしていた。すでにブラウンロー氏はモンクスの自供内容を——きわめて慎重に——オリバーと二人の婦人に伝えていた。だからこの旅が、順調に開始された仕事の最後の仕上げを目的としていることは、彼らも承知していた。とはいえ、事件の全容は依然として謎めいており、

非常にやきもきした状態のままの辛抱を余儀なくされた。

ロスバーン氏の力を借りて、ブラウンロー氏は先日起こった悲惨な事件がオリバーたちの耳に入らないよう細心の注意を払った。「彼らの耳に入るのは時間の問題だが、今はまずい。今は一番タイミングが悪い」ブラウンロー氏はそういうのだった。一同は口をつぐんだまま旅をつづけた。誰もがこの旅の目的について思い巡らしていた。だが、心に浮かんだことを口にしようとする者はいなかった。

そんなわけで、見たことのない道を通って生まれ故郷へと向かう途中、オリバーも黙りこくっていた。しかしかつて——助けてくれる友もなく、雨露をしのぐ家さえなかったあのころ——無一文の浮浪児として徒歩で横断した地域にさしかかると、古い記憶が次々によみがえり、感情が怒濤のように彼の胸に押し寄せてきた。

「ああ、あの場所！」興奮してローズの手をつかむと、窓の外を指さしてオリバーは叫んだ。「あの木戸！　あそこを越えたんだ。あの生垣。誰かが追ってきて、連れ戻されるんじゃないかと思って、あそこに隠れたなあ。それに、畑のなかのあの小径。あそこをずっと行くと、僕が幼かったときに預けられていた施設があるんだ。ああ、ディック、なつかしい友人ディック、もう一度彼に会いたいなあ！」

「すぐに会えますよ」オリバーの手を優しく両手で握りしめて、ローズがいった。

「あなたが幸せになり、お金持ちにもなったと教えてあげなさい。そして、こうして再会し、彼を幸せにするのが一番の幸せだと、その子に伝えたらいいわ」

「ええ、ええ」オリバーはいった。「そしてディックを引き取り、服を与え、勉強もさせてあげたいなあ。それから、静かな田舎に連れていって、そこで健康を取り戻してもらうんです」

「そうね」ローズはうなずいた。オリバーが歓喜の涙を流しながら微笑んでいるので、それ以上何もいえなかった。

「ディックにも親切にしてくださいますよね。みんなに優しいあなたですから」オリバーがいった。「彼の身の上話を聞いたら、きっと涙せずにはいられませんよ。でもそんなこと、もういいんです。まもなく終わるんですから。たちまちディックも見違えるようになって、あなたにもすぐ笑顔が戻ると思います。僕のとき、そうだったみたいに。僕が逃げ出すとき、ディックは『神の恵みがありますように』といってくれました」オリバーは感極まった様子でそういった。「今度は僕がそれをいう番です。あのことで僕がどれだけ感謝しているか、それを彼に伝えたい」

町が近づき、馬車はやがて狭苦しい通りに入った。オリバーをおとなしく着席させておくことは難しかった。サワベリー氏の葬儀屋は昔のままだったが、記憶のなかの葬儀屋より小さく、慎ましい外観だった。どちらを向いても見慣れた店舗や住宅ばかりだった。どの建物に目をとめても何かしらの思い出がよみがえってくる。居酒屋の軒先に停まっているのはガムフィールドの荷馬車だ。その先には救貧院が見える。かつての恐ろしい監獄の窓は、陰気な表情で往来を見つめ、入口のところには以前と同じ痩せた門番が立っている。その姿を見るとオリバーは思わずびくっとした。そして、自分の間抜けさを笑い、涙を流し、また笑った。家々の戸口や窓からのぞいている顔は、どれもよく知っている顔ばかりである。一晩しか留守にしていないように、町の様子にこれといった変化はなかった。最近のオリバーの生活は幸福な夢のごとくに思われた。

けれども夢ではなく、正真正銘の愉快な現実だった。馬車はまっすぐに立派なホテルの玄関へ乗りつけた(その昔、オリバーはこのホテルを畏怖の念とともに見上げ、なんて立派な宮殿だろうと思ったものである。しかし、今あらためて見ると、そこまで立派でもなければ大きくもなかった)。待ちかねていたグリムウィグ氏がオリバーたちを出迎えた。彼は、馬車から出てきた若い婦人と年配の婦人に彼らの祖父のごとくキスしてみせた。グリムウィグ氏はにこにこして親切だった。頭を食うぞという名台詞はただの一度も飛び出さなかった。ベテランの郵便配達夫とロンドンまでの最短経路について押し問答になり——グリムウィグ氏はこの地方を旅するのははじめてで、おまけに馬車の中ではぐっすり眠りこけていたくせに——「絶対にわしが正しい」と主張して譲らなかったときも、やはり例の台詞は飛び出さなかった。ホテルでは夕食の準備がなされ、寝室もすでに用意されていた。魔法のようにすべてが整っていた。

だが、到着後の慌ただしい三十分が過ぎるころには、道中の車内を支配していた重苦しい沈黙がふたたび訪れた。夕食になっても、ブラウンロー氏は部屋に閉じこもったまま姿を見せず、残る二人の紳士も不安そうな面持ちで部屋を出たり入ったりした。部屋にじっとしていたわずかな時間も、何やら二人だけで話をしていた。そうこうしているうちにメイリー夫人が呼び出された。一時間ほどして戻った彼女は目を泣き腫らしていた。こうした諸々の事態を前にして、ローズとオリバーは不安で落ち着かなかった。何も新しい情報は告げ知らされなかったからである。二人は怪しみながら黙って座っていた。二人で会話をするときも、自分たちの声が響くのを恐れるように小声で話した。

とうとう九時になった。今晩、新たな秘密が明かされることはなさそうだと諦めかけたときである。ロスバーンとグリムウィグの両氏がやって来て、その背後からブラウンロー氏と一人の男が姿を現した。この男を見て、オリバーは思わずあっと声を上げそうになった。彼らは男をオリバーの兄として紹介した。それは、かつて市の立つ町で会った男であり、田舎の別荘の自室でうとうとしていたとき、窓辺でフェイギンと並び立っていた例の男だった。モンクスは憎々しげに、呆然としているオリバーをにらんだ。そうせずにはいられなかったのだ。そしてドアの近くの椅子に腰を下ろした。ブラウンロー氏は書類を手にしてテーブルに歩み寄ると、ローズとオリバーの近くに座った。

「たいへん心苦しいことだが」ブラウンロー氏はいった。「ここに、ロンドンで証人たちの前で作成された供述書がある。あらためてこいつをそっくり読み上げねばならない。いたずらに君をおとしめるのは私の本意ではない。しかし、席をはずしてもらう前に、君の口から話してもらわねばならない。理由は説明するまでもなかろう」

「わかった」件の人物はわきを向いていった。「さっさと済ませよう。もう飽き飽きしてるんだ。とにかく、早く解放してくれ」

「この少年は」ブラウンロー氏はオリバーをそばへ呼び、彼の頭に手を置いていった。「君の異母兄弟だ。君の父親の婚外子だ。君の父親というのは、私の親友だったエドウィン・リーフォードで、母親はこの子を産んで死んだ気の毒なアグネス・フレミングという若い女性だ」

「そうだ」モンクスは震えるオリバーをじろりとにらんだ。耳をすませば聞こえるくらい、オリバーの鼓動は激しかった。「あいつらの不倫でできた子だ」

ブラウンロー氏は咎めるようにいった。「とうの昔に死んだ人間を責めてもはじまらない。俗世のつまらぬ非難の言葉など、彼らの耳には届かない。恥をかくのはむしろ君だ。だからそんな陰口はやめておけ。この子はこの町で生まれた。そうだな？」

「この町の救貧院でだ。そこに書いてある通りだよ」無愛想にそう答え、苛立たしげに書類を指さした。

「今一度確認せねばならん」周りを見まわしてブラウンロー氏はいった。

「それじゃあもう一度話そう」モンクスがいった。「その子供の父親は、ローマにいるとき病気になった。そこへ、長く別居していた妻、つまり俺の母親が俺を連れてパリから駆けつけた。遺産相続のためだ。母は父に対して大した愛情を持っておらず、父のほうでも母を愛していなかった。俺たちが来たことを父は知らなかった。俺たちが駆けつけたとき、すでに意識はなかったからだ。翌日になっても意識は戻らず、そのまま死んだ。父の書物机に二通の手紙があった。父が病気になった日の晩に書かれたもので、どちらもあんたに託されていた」彼はブラウンロー氏に向かっていった。「あんた宛ての簡単なメモ書きもついていた。手紙を収めた封筒には自分が死ぬまで送付せぬことと書かれていた。一通はそのアグネスという娘に宛てたもので、もう一通は遺言書だった」

「手紙というのは、どんな手紙だ？」ブラウンロー氏が訊ねた。

「手紙かい？　後悔の念を告白し、彼女に神の加護を祈る言葉が綴られた手紙さ。そこには、のっぴきならない事情があって今すぐ結婚できない。いつか話すが、今はだめだということが書かれていたよ。相手の娘はそれを信じて辛抱強く待った。相手を信じすぎて、やがて取り返しがつかなくなった。気がつけば出産まであと二、三カ月になっていた。父は手紙のなかで、自分が生きていれば、その娘が後ろ指をさされることがないようあれこれ手はつくすと書いていた。だが死んだ場合、自分との思い出を呪わないでほしい、この罪の報いが残された彼女や赤ん坊に降りかかるなどとも思わないでほしい、なぜならすべての責任はこの自分にあるのだから、と書いていた。それから、父が贈ったという小さなロケットと指輪についても触れていた。娘の名が彫られた指輪――いつか正式に結婚したときに、父の苗字を入れられるようにその部分を空けてあるという指輪――を、これまで通りどうか肌身離さずに大切にしてくれと頼み、あとは同じ文句を何度もくり返して書きつけていたな。頭が変になっていたんじゃないか？　多分、そうなんだと思うね」

「それで遺言状は――」ブラウンロー氏がいった。オリバーはさめざめと泣いていた。

モンクスは沈黙した。

「遺言状も」ブラウンロー氏が代わりに言葉をついだ。「さきほどの手紙と趣旨は同じだ。彼は妻のせいでいかに自分が惨めな目に遭ったかを述べ、生まれた一人息子は父を憎むように育てられ、反抗的で意地悪く、若いのにひどく性悪であることが綴られていた。そして君と君の母親に、それぞれ八百ポンドの年金を遺すとあった。さらに、残った遺産は等分し、半分をアグネス・フレミングに、もう半分を子供に――その子が無事に生まれ、成人を迎えたときに――与えると記されていた。しかしこの最後の部分には条件がつけられていた。子供が女の子なら問題ないが、男の子が生まれ、その子が成人する前に馬鹿げた卑劣なことをして世間に迷惑をかけ、名を汚すようなことがあれば、遺産を与えるわけにはいかないというのだ。こうした条項をつけ加えるのも子供の母親への信頼ゆえだ、と彼は書いていた。子供が母親の優しく気高い性格を受け継ぐだろうと自分は確信している。死を前にして、その確信はいよいよ強まるばかりだ。そう書いていた。だが、万が一、自分の期待がくつがえされるようなことがあれば、その分はそっくり君に譲るとあった。二人の子供が似たり寄ったりだった場合に限り、君の優先権を認めるとな。父親になつくどころか、幼いときから父親を目の敵にしてきたのだから、当然といえば当然だ」

「俺の母親は遺書を燃やした」モンクスは声を荒らげていった。「彼女は、女ならして当然のことをしたまでだ。手紙も投函しなかった。だが、母は手紙やそのほかの証拠品を大事にとっておいた。娘の家族がこの件をなかったことにしようとしたときに備えてね。そして母は、激しい憎悪をむき出しにして——俺は母のそういうところを愛しているが——娘の父親に真実をぶちまけた。面目を失い、立つ瀬がなくなったその父親は、子供たちをつれてウェールズの片田舎へと逃避した。友人にも見つからぬように名前まで変えた。それからまもなく、ベッドで死んでいるところを発見された。その数週間前に娘が失踪し、父親は近くの町や村を探しまわった。やがて彼は一人帰宅した。そして、娘は自分たちの恥辱を隠すため、自ら命を絶ったに違いないと考えた。彼の年老いた心臓が悲しみから動きをとめたのは、その晩のことだった」

しばしの沈黙があり、やがてブラウンロー氏が話のつづきを語りはじめた。

「それから数年後」彼はいった。「この男、エドワード・リーフォードの母親が私を訪ねて来た。彼女がいうには、息子は宝石や金を持って十八歳で家を出て行き、ギャンブルに明け暮れて散財し、贋金造りに手を出した。その後ロンドンへ逃げ、二年ほど最下級のごろつき連中とつるんで過ごしたという。だが、そのとき母親は重い不治の病にかかっていて、死ぬ前に息子が家に戻ることを切望していた。人づてに訪ね歩き、徹底的な捜索が行われた。しばらくのあいだ進展はなかったが、とうとう最後には発見された。そして母親と一緒にフランスへ帰った」

「母は長患いの末に自宅で死んだよ」モンクスがいった。「そして死ぬ間際に、こうした諸々の秘密を、この件にかかわったすべての人間への消えることのない怨念とともに俺に遺したんだ。だがその必要はなかった。俺はとっくにそいつを引き継いでいたんだからな。母は、相手の娘が子供を巻き添えにして自殺したとは信じていなかった。男の子が生まれ、その子は生きていると確信していた。俺は母に誓った。もしもそいつが俺の前に現れるようなことがあれば、どこまでも追いかけ、目にもの見せてやる。蛇のような執念深さでつきまとい、積年の恨みをぶつけ、そいつを絞首台まで追いつめてやる。そうしてあの侮辱的な遺言書の馬鹿馬鹿しい文句に唾を吐いてやる。そう誓ったんだ。母の勘は正しかった。やがてガキは俺の前に姿を現した。計画は順調に滑り出した。あのおしゃべりな売女さえいなければ、万事うまく運んだだろうよ！」

悪党はしっかり腕を組むと、計画が頓挫した悔しさから自分に対してぶつぶつと悪態をついた。ブラウンロー氏は慄然としている聴衆のほうを向き、例のユダヤ人はこの男と前々からグルで、多額の報酬と引き換えにオリバーを陥れる協力をしていたこと――ただし、オリバーを奪い返された場合は報酬が割安になること――、その後オリバーの失踪で口論になり、二人は田舎の別荘を訪れ、そこにいるのがオリバー本人だと確認したことを一同に説明した。

「ロケットと指輪はどうしたね?」モンクスのほうを向いてブラウンロー氏が訊いた。

「前に話した男女から買い取った。そいつらは看護師から盗み、その看護師は死んだ娘から盗んだという話だった」視線を上げずにモンクスは答えた。「ロケットと指輪をどうしたかは、もう話したはずだ」

ブラウンロー氏はグリムウィグ氏に向かってうなずいてみせた。グリムウィグ氏は急いで出て行き、すぐに戻ってくるとバンブル夫人を部屋に押しこみ、嫌がる彼女の夫も無理に部屋へと引き入れた。

「こいつはたまげたな!」ひどくびっくりした風を装ってバンブル氏が大声を出した。「あのおチビさんのオリバーなのかい? おお、オリバー。私がお前のことでどれだけ心配したか――」

「黙ってなさい、このとんま」バンブル夫人がささやいた。

「だって、お前、当然だろう?」救貧院長がい返した。「教区であの子を育てたのはこの私だよ。その子が、ここに、すばらしく友好的な紳士淑女に囲まれて座っているなんて、感激至極だ。私はオリバーを心から愛していた。まるで、ええと、うん、祖父が孫を愛するようにね」この場にふさわしい譬えを必死に探してバンブル氏は口ごもった。「オリバー君、白いチョッキの立派な紳士を覚えているだろう？　あの人は先週天国へ行ったよ。ぴかぴかの把手がついた、オークの木で作った立派な棺桶に入ってね」

「さあさあ」グリムウィグ氏がぴしゃりといった。「おしゃべりはそのへんにしておきたまえ」

「善処しましょう」バンブル氏はいった。「ああ、どうもこんにちは。ご機嫌いかがですかな？」

この挨拶は、たった今この立派な身分の夫妻のそばへ近寄ってきたブラウンロー氏に向けられたものだった。ブラウンロー氏はモンクスを指さして訊ねた。

「この人物を知っていますか？」

「いいえ」そっけなくバンブル夫人が答えた。

「あなたもご存じない？」今度は夫のほうに訊ねた。

「まったく存じませんな」バンブル氏がいった。

「なら、この男に何かを売ったこともないですな？」

「ありませんね」バンブル夫人が答えた。

「純金製のロケットと指輪をお持ちではなかった？」ブラウンロー氏がいった。

「何のことでしょう？」寮母は答えた。「そんな馬鹿げた質問に答えるために、私たちは呼び出されたんですの？」

　ブラウンロー氏はまたグリムウィグ氏にうなずいてみせた。グリムウィグ氏は予期していたように足を引きずりながら出て行った。だが今度つれて来たのは太った男とその妻ではなく、中風（ちゅうふう）病みの二人の老女だった。彼女たちは震え、ふらつきながら入って来た。

「サリー婆さんが死んだ晩、あんたは部屋のドアを閉めた」手前の老女が震える手を上げていった。「だけど、音は筒抜けだったし、ドアと壁の隙間からなかなかの様子だって見えたんだ」

「そう、そう」もう一人の老女はきょろきょろしながら歯のない下あごを揺らした。

「その通りだよ」

「サリー婆さんが必死にあんたに伝えようとしたこと、私らちゃんと聞いてたんだ。あんたが婆さんの手から紙切れを受け取るところも見たし、翌日になって質屋に出かけるのも見た」一人目の老女がいった。

「そうさ」もう一人がいった。「質屋に預けてあったのはロケットと純金の指輪だ。その品物をあんたが受け取るのもこの目で見た。私らすぐそばにいたんだよ。すぐそばにね」

「知ってるのはそれだけじゃない」一人目の老女がつづけた。「サリー婆さんはね、ずいぶん昔に、その死んだ若い娘が死に際に何といってたか、話してくれたことがあるのさ。その娘は、具合が悪くなり、とうてい助からないと考えて、それなら子供の父親の墓のそばで死のうと、そこへ向かう途中だったってね」

「質屋の主人に会ってみるかね？」ドアのほうへ向かいながら、グリムウィグ氏が訊ねた。

「結構です」バンブル夫人は答えた。「その男が――」彼女はモンクスを指さした。「肝っ玉が小さくてすっかり白状したんだとしたら――きっとそうなんでしょうけど――、そしてこの二人を見つけ出すほど救貧院の連中を徹底的に調べたんだとしたら、もう何も申し上げることはありません。私は確かにそれらの品物を売りました。その品物は、もう二度と取り戻せない場所にあります。けれど、だったらどうだというんです？」

「ごもっとも」ブラウンロー氏はいった。「ただ、われわれとしては、あなたがたが責任ある役職に二度と就くことがないよう取り計るつもりです。では、下がっていただいて結構」

「あの」グリムウィグ氏が二人の老女と出て行くと、ひどく悲しげな顔で周囲を見まわしながらバンブル氏はいった。「このようなつまらん不慮の出来事で、教区の役職を失いたくはないのですがね」

「いや、きっとそうなるな」ブラウンロー氏は答えた。「今のうちから覚悟しておくことだ。それに、それだけで済んで幸運だと思うがいい」

「すべてバンブル夫人がやったことです」バンブル氏はふり返り、妻が部屋を出ていったことを確認してからそう訴えた。

「そんなのは弁解にならん」ブラウンロー氏が答えた。「男が品物を処分する場にあんたは居合わせた。それに、法律の目から見れば、あんたのほうが罪は重い。法は、あんたの奥方はあんたの指示で動いたと、そう判断するだろうからな」

「法がそのように判断するなら」バンブル氏は両手で荒々しく帽子を丸めた。「法は馬鹿だ。クソ野郎だ。法は、夫婦というものをまるで知らん。法の目が実地の経験によって見開かれんことを切に願うね。実地の経験でな」

この最後の言葉をやけに強調すると、バンブル氏は帽子をしっかりとかぶり、ポケットに両手を入れ、奥方を追って階段を下りた。

「お嬢さん」ブラウンロー氏はローズのほうを向いていった。「手をお貸しなさい。震えることはありません。あと少し、話すべきことが残っているが、そんなに心配しなくていいのです」

「もしそのお話が私に関係あることでしたら――といってもどう関係するのかわかりませんが――」ローズはいった。「もしそうなら、お話をうかがうのは別の機会にしていただけませんか？　今はそれを聞く体力も気力も残っていないのです」

「いや」老紳士は自分の腕に彼女の腕を取り、答えた。「あなたは思いのほか芯の強い人だ。君はこのお嬢さんを知っているね？」

「ああ」モンクスが答えた。

「私は少しも存じませんわ」ローズが弱々しい声でいった。

「俺は何度も会っているがね」モンクスはいった。

「不幸なアグネスの父親には、娘が二人あった」ブラウンロー氏がいった。「もう一人のほうの娘は、どうなったね？」

「父親が見知らぬ名を名乗り、見知らぬ土地で死んだとき、友人や親類縁者を見つけ

「君はこのお嬢さんを知っているね？」

出すいかなる手がかりもなかった。手紙も帳面も書類もなかった。それで、もう一人の娘は貧しい百姓家に里子に出され、その家の娘として育てられた」

「つづけて」ブラウンロー氏はメイリー夫人にそばへ来るよう合図していった。「先をつづけたまえ」

「あんたは、友人一家の行方をつきとめることができなかった」モンクスがいった。「友情をもってしても不可能なことを、憎悪が可能にすることが多々あるものさ。俺の母親は執念深く一年ほど捜索をつづけ、ついに彼らの居所をつきとめた。そしてその子供も見つけ出した」

「その子供を引き取ったんだな？」

「いいや。百姓一家は貧しく、気前よくその子供の世話を引き受けたことを後悔していた。少なくとも主人のほうは。母は子供をその一家に預けたままにして、彼らにわずかな金を与えた。すぐになくなることはわかっていたので、また送ると約束した。しかし母にそのつもりはなかった。母は、その子供を不幸にするには百姓一家が貧しいだけでは十分でないと考えた。そこで、子供の姉の醜聞を大げさに、都合よく誇張して彼らに話した。『悪い血を継いでいる上に里子なんだから、いずれろくでもないことをするに違いない。よくよくお気をつけなさいよ』とね。子供が引き取られた経緯をあれこれ考え合わせてみると、どうも本当らしいと彼らは思った。子供は惨めな暮らしを余儀なくされた。俺たちはそれを知り、満足した。が、やがて一人の未亡人——そのころはチェスターに住んでいた——がたまたまこの子供を見かけ、ひどく哀れんで、子供を自分の家に引き取ってしまった。何という誤算。俺たちは運に見放されたと思ったね。さんざん苦労してお膳立てしたのに、子供はその家で幸福に暮らしているなんて。それから、二、三年前のことだ。その子供の居所が不明になり、二、三カ月前までずっと不明だった」

「今はどこにいるのかわかっているのかね？」

「もちろん。あんたの腕にもたれているよ」

「私の姪に変わりありません」気を失いかけているローズを腕に抱きながら、メイリー夫人はいった。「私の大事な娘です。世界中の財宝と引き換えでも、この娘は誰にも渡しません。私の可愛い娘、私の大事な家族です！」

「これまでの人生であなたはたった一人の親友でした」夫人にすがりついてローズはいった。「誰よりも親切で、一番の友人でした。私の胸ははり裂けそうです。こうした話には、とても、とても耐えられません」

「あなたはこれまで、もっと辛いことにも耐えてきましたよ。そして、知り合ったすべての人を、誰よりも幸せにしてきましたよ」ローズを優しく抱きしめてメイリー夫人はいった。「さあさあ、あなたに抱きつきたくて、じりじりしてる人を忘れてはいけないわ。こっちをご覧なさい！」

「おばさん、という呼び方は変だ」ローズの首に抱きついてオリバーはいった。「おばさんとは呼びません。お姉さんがいい、僕のお姉さん。最初に会ったときから不思議な感じがしてたんです！　ローズ、ローズ姉さん！」

二人の孤児はしっかりと抱き合った。涙がこぼれ、言葉にならない言葉が交わされた。何と感動的な場面であろうか。その瞬間、父と母と姉を得て、たちまち失ったのだ。その盃のなかには喜びと悲しみが混じり合っていた。とはいえ、悲痛な涙ではなかった。甘美でなつかしい思い出のなかでは悲しみも和らいだ。それは厳粛な歓喜へと姿を変え、あらゆるとげとげしさを失った。

オリバーとローズはしばらく二人きりでいた。やがてドアがそっとノックされた。誰かが外で待っていた。扉を開けたオリバーがそっと出て行き、代わりにハリー・メイリーが入ってきた。

「すっかり聞いたよ」愛する娘の隣りに腰を下ろして彼はいった。「愛しのローズ、すっかり聞いたんだ」

そしてしばらく沈黙した後につづけた。「僕は今日、たまたまここへ来たわけじゃない。話を聞いたのも今夜じゃなくて昨日、昨日聞いたのだ。僕は例の約束を君に思い出してもらうために来たのだ」

「待って」ローズはいった。「本当にすっかり聞いたの?」

「全部ね。最後に話したあの話題を、一年以内ならもう一度蒸し返してもいいと、そういう約束だったね」

「ええ」

「君の決心を無理に変えろとはいわない」若者はつづけた。「君の変わりない返事を聞くだけでも満足なのだ。あのとき僕は、将来の地位も財産も君の足元に投げ出すといった。その上で君が決心を変えないならば、それ以上、言葉の上でも行動の上でも君に無理強いしないと誓った」

「以前と同じ理由で、私の決心に変わりはありません」ローズは毅然としていった。

「私は、あなたの親切なお母様により、貧困と苦難の生活から救い出されました。だから、ひとかたならぬ恩義があります。今夜ほどそれをひしひしと感じたことはありません。その恩に報いることはたいへんですが、誇らしいことです。心苦しく感じることもありますが、私の心はそれに耐えねばなりません」

「でも今夜いろいろと明らかになって――」ハリーが口をはさんだ。

「今夜いろいろと明らかになりましたが」ローズは穏やかに答えた。「あなたとの関係についていえば、私の立場に変わりはありません」

「僕には手厳しいんですね、ローズ」彼女を愛する人間は抗議した。

「ああ、ハリー、ハリー」若い婦人は泣き出した。「本当に手厳しくできれば、こんな苦しみを味わわずに済むんですけど」

「何だってわざわざ自分を苦しめるんだい？」彼女の手を取ってハリーはいった。

「ねえ、ローズ、今夜の話を聞いたんだろう？」

「ええ、私が聞いたことは」ローズは叫んだ。「私の父がひどい恥辱を味わい、この世を捨てたということです！　それでたくさんです、もういいじゃありませんか」

「いや、まだ話は済んでいないよ」立ち上がろうとするローズを引き止めて、ハリーはいった。「僕の希望、将来への見通し、人生観のすべてが一変してしまったのだ。変わらないのは君への愛情だけだ。僕が騒々しい世間で名を上げることはもはやない。生き馬の目を抜く世間とは無縁に生きるつもりだ。正直者が赤っ恥をかかされ、赤面せずにはいられない世間とは別れを告げてね。僕は君に家庭を――心温まる家庭を捧げたい。僕から君に贈ることのできるのはそれだけだ」

「それはつまり、どういうこと?」ローズは口ごもった。

「こういうことだ。最後に君と別れたとき僕は、君とのあいだにあるという障害を、残らず取り除こうと決意した。僕の住む世界と君のそれが違うなら、僕は君の世界の住人になろうと思った。立派な家柄の誇りなんてものは捨ててしまおう。そうすれば君が卑屈な思いに駆られることもない。僕はそれを実行した。そのために僕から離れていった人々は、君からも離れていったわけで、その点、君はまったく正しかった。かつて僕に優しく微笑んでいた権力者や庇護者、わが物顔の親類たちは、手のひらを返したように僕を白眼視しているが、イギリスの美しき田舎は僕らを歓迎してくれるよ。野が僕らに微笑み、木々は両手をふって迎えてくれる。とある田舎の村の教会、それが僕に任された教会なんだ。[1]すぐそばには田舎家がある。君と一緒なら、僕はその屋敷を——僕が放棄したどんな未来よりも、その千倍も——誇りに思うだろうよ。僕が選んだのはそのような地位と身分だ。それを僕は君に捧げる!」

1　つまり、ハリーは英国国教会の牧師として生きる道を選択したということである。

＊＊＊

グリムウィグ氏は目をさますと顔の上のハンカチを取りのぞき、「恋人たちのせいでえらく夕飯が遅くなりましたな」といった。

実際、夕食は非常識なほど先延ばしになっていた。メイリー夫人も、ハリーもローズも、弁明の余地がなかった。

「今晩は本当にこの頭を食おうかと思ったくらいですよ」グリムウィグ氏はいった。「今日はとうとう晩餐にありつけないのだと、諦めかけていたんですからな。では僭越ながら、未来の花嫁にご挨拶させていただきましょう」

グリムウィグ氏はそういうと早速、顔を真っ赤にしているローズに祝福のキスをした。それでは私もということになり、ロスバーン医師とブラウンロー氏がつづいた。だが実際、彼女に祝福のキスをした最初の人物はハリー・メイリーだという噂もある。薄暗くなった隣室で彼女にキスしていたと。だが確かな筋によるとこれはまったくのデマだという。何となれば、ハリーはまだ若く、おまけに牧師なのだから。

「まあオリバー」メイリー夫人がいった。「どこへ行っていたの？　どうしてそんなに悲しそうな顔をしているの？　そんなにぽろぽろ涙をこぼして――。何があったの？」

この世は残酷なものである。心からの願い――人間の気高さを証するような願いもしばしば潰える。

哀れなディック、彼はすでに死んでいたのである！

第52章　フェイギン最後の夜

法廷は床から天井までおびただしい人の顔で埋まり、わずかな隙間からも好奇に満ちた目がのぞいていた。被告人席の手すりのすぐそばに陣取る人々から、傍聴席の奥の隅の人々まで、誰もが一人の人物を凝視していた。その人物とはあのユダヤ人である。前後左右どちらを見ても――上を見ても下を見ても――ぎらぎらした目が彼を見つめていた。フェイギンは、まるで自分が目玉のごとき星々がきらめく星空のもと、大地に一人立っている気がした。

彼はまぶしい光を全身に浴びながら法廷に立っていた。片手を眼前にある木製の板に置き、もう片方の手を耳にそえ、陪審員たちに専門的な法律の事柄を解説している裁判官の言葉を、一言も聞き漏らすまいと顔を前に突き出していた。ほんの少しでも自分に有利な点はないかと、ときどき彼は陪審員たちのほうを鋭く見やった。が、ことごとく不利な点ばかり述べ立てられてしまい、今度は「どうにかしてくれ」と無言の訴えをこめて弁護人のほうを見やった。見るからに不安そうな様子をしてはいるが、手足は少しも動かない。審理のあいだ彼はほとんど身動ぎせずにじっとしていた。裁判官が言葉を切った。フェイギンは相変わらず、緊張した様子で固まっている。裁判官をじっと見つめ、話がまだつづいているかのように聞き耳を立てている。

法廷が少しざわつき、そのためにフェイギンはわれに返った。見れば陪審員たちが集い、評決を審議するところだった。フェイギンの視線は傍聴席へとさまよった。彼の顔を見ようと身を乗り出す人、慌てて眼鏡をかけようとする人、嫌悪の表情で隣人に何事かささやいている人などさまざまだった。フェイギンに目もくれず、さっさと済ませろと陪審員を眺めている連中も数人いた。彼にわずかでも同情を示している顔はなかった。大勢いた女たちでさえその顔に少しの憐憫も浮かべてはいなかった。誰もが彼に有罪判決が下るのを待ち焦がれていた。

こうした聴衆の様子を彼は戦々恐々として眺めた。そのとき、ふたたび死のような静寂が法廷を包んだ。ふり返ると、陪審員たちが裁判官のほうへ歩み寄るところだった。いよいよだ！

しかし、陪審員たちは退廷の許可を求めただけだった。

フェイギンは部屋から出て行く陪審員たちの顔を穴のあくほど見つめた。評決の行方を推し量ろうとするかのように。だがそれも空しかった。看守がフェイギンの肩に手を置いた。フェイギンはうながされるまま被告人席に戻り、椅子に腰を下ろした。看守が椅子を指さして教えなければ、フェイギンは椅子の存在にも気づかなかったであろう。

彼はふたたび傍聴席を見やった。食事をしている人もいれば、ハンカチであおいでいる人もいた。人の熱気で法廷はひどく暑かったのだ。小さな帳面にフェイギンの似顔絵を描いている若者もいた。どれくらい似ているかしら。フェイギンは思った。そして、折れた鉛筆の芯を、ナイフを取り出して削っている画家の様子を、見るともなしに見ていた。

うつろな表情のままフェイギンは裁判官のほうを向いた。そして、裁判官の着ている服のデザインや値段をあれこれ考え、あの服はどうやって着るのだろうかと頭を悩ませた。判事席にはもう一人、太った年配の紳士がいた。この人物は三十分ほど前に席を立ったが、今ちょうど戻ってきたところだった。フェイギンは、あの男は食事に行ったのだろうか、もしそうなら何を、どこで食べてきたのだろうかと思った。彼はそのようにどうでもいいことをつらつらと考えつづけた。別のものが彼の気を引けば、いつの間にかそちらに関心は移り、またどうでもいいことを考えつづけるのだった。

しかし、こうしているあいだも、重苦しく絶望的な予感——足元に墓穴が口を開けているという想念——から彼が自由になることはなかった。漠然とした抽象的なイメージにすぎなかったが、それは彼の心に取り憑いて離れなかった。にもかかわらず、彼はそれを正視できなかった。まもなく死ぬのだと考えると恐ろしさに体が震え、焼けつくような熱さを感じた。が、同時に、目の前の釘を数え、そのうちの一本の頭がなぜ欠けたのか、その釘は修繕されるのか、それとも放っておかれるのか、などと考えていた。それから絞首台の恐ろしい映像が浮かんできた。しかしすぐにそれを頭から追いはらい、暑さをしのぐために法廷の床に水をまく男をじっと見つめた。だが、気がつけばまた絞首台のことを考えていた。

やがて「静粛に」と声がかかった。一同、息を殺して扉のほうを見た。陪審員たちが法廷に戻り、フェイギンのすぐわきを通り抜けた。彼らの顔からは何も読み取れなかった。まるで石のような表情だった。廷内は水を打ったように静まり返った。衣ずれも、息をする音さえも聞こえなかった。有罪がいい渡された。

すさまじい喚声が次々に起こり、法廷を包みこんだ。遠くでも猛々しい雷鳴のように人々の叫び声がうねり、広がり、とどろいた。これは外の群衆の喚声であった。彼らは口々に、フェイギンは月曜日に絞首刑だと叫んでいた。

　騒ぎが収まると、死刑判決に異議申し立てがあるかとフェイギンは問われた。彼は相手をじっと見つめ、熱心にその言葉を聞いているように見えた。しかし、フェイギンが反応したのは質問が二度くり返された後で、彼はただ「自分は老人だ――老人――老人だ」とつぶやくと、あとは聞き取れぬほど小声になり、そのまま黙りこんでしまった。

　裁判官は黒い帽子をかぶった。[1]フェイギンは変わらぬ表情と格好でぼんやり座っている。法廷の厳粛な雰囲気を前に、傍聴席にいた一人の女が思わずあっと声を上げた。フェイギンは――まるで横槍を入れられて腹を立てたように――さっと顔を上げ、聞き逃してなるものかと身を乗り出した。厳粛かつものものしい雰囲気のなかで判決がい渡された。耳にするのも恐ろしい判決だった。だが、フェイギンは眉ひとつ動かさず、大理石のように固まっていた。憔悴した顔を前に突き出し、ぽかんと口を開けて前方をにらんでいた。看守が彼の腕に手をかけて退廷をうながした。フェイギンは呆けたように周囲を見まわし、いわれた通りにした。

　看守に導かれ、法廷の下階にある、床材が石の部屋を通り抜けた。そこには裁判を待つ囚人が数人いた。外庭に面した鉄格子のところでは、訪ねて来た友人たちと話をしていた囚人もいた。だが、フェイギンに声をかける者はいなかった。彼がそばを通ると——鉄格子のところに集まった連中によく見えるようにと——囚人たちはわきへのき、口汚くフェイギンを嘲り、罵声をあびせた。するとフェイギンは拳を突き出し、彼らにつばを吐きかけようとした。が、看守がそれを制止し、先へ先へとうながした。ランプの淡い光に照らされた薄暗い通路を抜け、彼は牢獄へと連行された。

自殺のための道具を所持していないか身体検査が行われ、それが済むと死刑囚のための独房へと収監された。看守が去り、フェイギンは一人で残された。

彼は入口の向かいにある石のベンチ——これが椅子と寝台を兼ねていた——に腰を下ろした。そして血走った目を足元に向け、気を落ち着けようとした。裁判官が何をいったか彼は知らなかった。聞こえなかったのだ。だが、実際には聞こえていて、今それらの言葉が断片的に思い出された。ばらばらの言葉がやがてつながり、意味をなす文章になった。まもなく、裁判官の言葉がそのままよみがえった。締めくくりの台詞は、「絞首による極刑に処す」だった。絞首による極刑に処す。

だいぶ暗くなった。彼は絞首台で死んだ知人を残らず思い出した。そのうちの何人

1 死刑宣告の前に裁判官は黒い帽子をかぶるのが慣例だった。

彼は入口の向かいにある石のベンチに腰を下ろした。

かは彼が殺したも同然だった。数え切れないほど次々に死者たちが現れては消えた。刑の執行の瞬間を見届けたこともあった。そうして死んだ連中をジョークの種にしたこともあった。死ぬ間際にぶつぶつと祈りの言葉を唱えていたからだ。足場がはずされるときのガコンというあの音。どれほどたくましく頑丈な連中でも、たちまち吊るされたボロ布同然になるのだ！

連中の何人かは自分と同じこの独房で、この石の台に腰かけたのかもしれない、とフェイギンは思った。もう真っ暗だった。なぜ明かりを持ってこないのだろう？この牢獄が作られてもうだいぶ経つ。この世の最後の数時間を、多くの囚人がここで過ごしたのだ。死体が並ぶ地下墓地にいるのと何ら変わりはなかった。目隠しをされ、ロープを首にまかれ、両腕を縛り上げられるところを想像した。あのぞっとする目隠しをされてもなお、よく知る連中の顔が浮かんでくる。「明かりだ！　明かりをくれ！」

重い扉や壁をがむしゃらにたたき、手の皮がすっかりむけたころ、二人の男が姿を現した。一人はロウソクを手にしていた。彼はそのロウソクを独房の壁に備えつけられた鉄の燭台にさした。もう一人はここで寝るための布団を引きずっていた。これ以上フェイギンを一人きりで放っておけそうもなかったからである。

夜になった。暗く静かな憂鬱な夜だった。普通、夜明かしをする人々の耳に教会の鐘は心地よく響く。鐘は生命と新しい一日の象徴だから。しかしユダヤ人にとっては絶望にほかならなかった。鉄の鐘がゴーンと鳴るたびに、重苦しく空虚な音が響き渡った。それは死の象徴だった。やがて、楽しげな朝の物音や喧騒が聞こえてきても、少しも慰めにはならなかった。それは弔いの鐘の音に等しく、嘲りをこめて迫りくる死を告げていた。

昼になり、一日が過ぎ去った。それは一日と呼べるようなものではなかった。昼は風のように過ぎ去り、ふたたび夜になった。とても長く、とても短い夜だった。静寂の恐怖に悩まされたという点では長かったが、あっという間に過ぎ去ったという感じもした。フェイギンはどなり散らし、悪態をついたかと思うと、髪の毛をかきむしって泣きわめいた。ユダヤ教の聖職者が慰問にやって来た。しかしフェイギンは呪詛の言葉とともに彼らを追い返した。それでも彼らは諦めず、慈悲深くもう一度訪ねてきた。が、やはりフェイギンは彼らをたたき出した。

土曜の夜になった。生きられるのはあと一晩だけだ。こんなことを考えているうちに夜が明けた。日曜になった。

この世での最後の夜になってはじめて、もうだめだ、一巻の終わりだというひりつくような絶望感が彼の荒んだ魂を襲った。何らかの恩赦があるはずだという期待があったわけではない。ただ今までは、まもなく死ぬのだという漠たる予感しか覚えなかったのだ。フェイギンは付き添いの看守――彼らは交代で彼を見張った――にほとんど話しかけなかった。彼らのほうでもあえてフェイギンに話しかけようとはしなかった。彼は目覚めたまま腰かけ、夢を見ていた。そして激しい恐怖と怒りからおもむろにがばと立ち上がった。彼はぜいぜいと息をはずませ、耐えがたい熱さを皮膚に感じながら、独房の中を駆けまわった。そのような光景を見慣れているはずの看守たちも、恐ろしさに思わずたじろいだ。フェイギンは良心の呵責に苛まれ、懊悩し、手がつけられないほどになった。看守は、あまりの恐怖から一人では心細くなり、二人がかりで見張ることにした。

フェイギンは石の寝台にしゃがみこんで過去をふり返った。逮捕された日、彼は群衆からの投石で負傷したのだった。そのため頭には麻の包帯が巻かれていた。血の気の引いた顔に赤毛が垂れ、ひげは引きちぎられるか、よじれて結ばれたようになり、目はぎらぎらと輝いていた。内側からの焼けつくような熱で、風呂に入っていない体はからからに干上がり、ひび割れていた。八時になり、九時になり、十時になった。これが自分を脅かすためのトリックではなく、偽りのない現実の時の歩みだとすれば、針がもう一まわりしたとき自分はどこにいるのだろう。もう十一時！　十時を告げる鐘の音の余韻が消える前に、もう次の鐘か。朝の八時には葬送だ。自分の死を悲しむのは自分ただ一人に違いない。そして十一時になったとき――。

無数の悲劇と筆舌につくしがたい苦悩を、ニューゲート監獄の不気味な壁は世間から隠してきた。壁があるために人々の目に触れないというだけではない。もうずいぶんと長いあいだ、人々はそのような不幸の存在を顧みることすらなかった。だが、その長い歴史のなかでも、このように恐ろしい光景は前例がなかった。監獄の前を通りかかり、足をとめ、明日縛り首になるフェイギンが今宵をどう過ごしているだろうと考えた人もいるにはいた。しかし、もし彼らがフェイギンの様子をその目で見たとしたら、心安らかに眠ることはできなかったであろう。

宵の口から深夜にかけて、二、三組のグループがニューゲート監獄の守衛所を訪れた。彼らは心配そうに、まさか執行延期ということはないだろうね、と守衛に訊ねた。「ない」という返事だった。彼らはこの喜ばしき知らせを往来にたむろする人々へ伝えた。すると彼らは互いにフェイギンが出てくる扉を指さし、絞首台が据えられる場所を確認した。そしてあまり気乗りしない様子でのろのろと踵を返した。が、すぐに立ちどまってふり返り、刑が執行される場面を思い描いた。そんな彼らも一人また一人と立ち去り、姿を消した。深夜の二時を過ぎるころには往来の人気も絶え、闇に包まれた。

見れば監獄の前の広場はきれいに片づけられ、つめかける見物客の侵入を防ぐために、黒く塗られた頑丈な柵がすでに街路に設置されていた。とそこへ、ブラウンロー氏とオリバーが監獄の小門前に現れ、州長官の署名が入ったフェイギンへの面会許可証を提示した。二人はすぐに守衛所へと通された。

「そちらのお若い方も一緒で？」案内係の男がいった。「子供に見せるような場所ではないと思いますが」

「まったく同感ですな」ブラウンロー氏が応じた。「だが、ユダヤ人に対する私の用件には、この子が密接に関係しているのです。それにこの子は悪行の限りをつくしていたやつを間近に見ている。多少の苦しみや恐怖をともなうにしても、今ここでやつに会っておいたほうがいいと思うのです」

オリバーの耳に入らぬよう、この会話は少し離れた場所で交わされた。案内係は帽子に手をやり、好奇の目をオリバーに向けて前方の門を開いた。二人は案内係について進み、暗い通路を右へ左へと曲がりながら牢獄へ向かった。

途中、案内係は薄暗い通路で足をとめていった。そこでは二人の男が無言で働いていた。「囚人はここを抜けて行くのです。こっちに来ていただくと、囚人が刑場に出るための扉が見えます」

案内係は二人を石造りのキッチンへ連れていった。そこには囚人用の食事を作る銅の鍋が据えられていた。そこから彼は一枚のドアを指さした。ドアの上部の格子戸は開いており、その隙間から男たちの声、ハンマーの音、板が地面に倒れる音が聞こえてきた。絞首台が組まれているのだ。

さらに堅牢な門をいくつも抜けた。それぞれの門は内側から牢番が開けた。その後、中庭を横切り、狭い階段を上った。左側に頑丈そうなドアがいくつも並ぶ通路へさしかかると、案内係がそこで待つようにと合図した。彼は手にした鍵束で独房のひとつをノックした。すると見張り役の男二人が小声で応じ、通路へ出てきた。二人はこの小休憩を歓迎するように大きくのびをし、案内係と一緒に独房へ入るよう客人に手招きした。オリバーたちはいわれた通りにした。

死刑が確定した被告は寝台に腰かけ、左右にゆらゆらと体を揺すっていた。その顔は人間の顔というより捕獲された獣のそれだった。フェイギンが回想にふけっているのは間違いなかった。その証拠に、オリバーたちが現れても幻影でも見るように動じず、ぶつぶつと独り言をつづけていた。

「いいぞ、チャーリー。大したもんだ」フェイギンはつぶやいた。「オリバーも上出来だ。ははは！　オリバー、ずいぶん立派になったなあ。見違えた――。おい、その子をベッドへ連れて行け！」

案内係の看守はオリバーの空いているほうの手を取り、「怖がらなくていい」と耳打ちすると、それ以上は何もいわずにフェイギンをじっと見つめた。

「その子をベッドへ連れて行け！」ユダヤ人はどなった。「聞こえないのか？　すべてはな、すべてはその子がはじまりだったんだ。その子を泥棒にすれば大金が転がりこむんだ。おい、ビル、ボルターの喉だ。娘などどうだっていい。ボルターの喉をぐさりと刺せ。やつの首をちょん切ってやれ！」

「フェイギン」看守がいった。

「そりゃわしの名だ！」ユダヤ人はわめき、たちまち公判のときと同じ格好に戻り、聞き耳を立てた。「裁判長どの、わしは老人です。たいへんな老人です！」

「おい」看守はフェイギンを落ち着かせようと、彼の胸に手を置いた。「お前に面会したいという人が来ている。聞きたいことがあるそうだぞ。おい、フェイギン、お前それでも男か？」

「すぐに男でなくなるんだ」ユダヤ人はそういって顔を上げた。その顔には怒りと恐怖だけが浮かんでいた。「あいつらを全員ぶっ殺せ！　あいつらにわしの命を奪うどんな権利がある？」

そういいながらオリバーとブラウンロー氏の姿を認めると、石の寝台の奥まで後ずさりして「何の用だ」とフェイギンは訊ねた。

「おとなしくしてろ」看守はフェイギンを押さえつけていった。「さあ、ご用件をどうぞ。さっさと済ませたほうがいい。のんびりしてるともっとひどくなる」

「お前は書類を持っているな」ブラウンロー氏が進み出ていった。「お前が持っていたほうが安全だというので、モンクスという男から預けられた書類だ」

「全部でたらめだ」ユダヤ人は答えた。「そんなもの持っていない」

「後生だ」ブラウンロー氏はおごそかにいった。「死ぬ間際までそんなことをいわないでくれ。どこにあるか教えてくれ。お前も知っての通り、サイクスは死んだし、モンクスは自供した。隠しても誰の利益にもならん。さあ、書類はどこにある？」

「オリバーよ」ユダヤ人は手招きしていった。「そばへ来い。お前にこっそり教える」

「大丈夫です」オリバーは小声でいい、ブラウンロー氏の手を放した。

オリバーをそばへ引き寄せてユダヤ人はいった。「あの書類はな、アジトの最上階の、通りに面した部屋の、煙突の上のほうにある穴に、帆布の袋に入れてしまってある。もう少しお前と話せるかな。お前と話がしたいな」

「ええ、ええ」オリバーはいった。「僕にお祈りさせてください。僕と一緒にひざまずいて、まずお祈りをしましょう。それから朝までお話ししましょう」

「外へ行こう、外へ」そういってオリバーの背中を押し、ユダヤ人はうつろな目をしてドアのほうへ歩み寄った。「わしはもう寝ているというんだ。お前のいうことなら連中も信じる。そうしてわしをここから連れ出してくれ。さあさあ、行こう！」

「神よ、この哀れな人をお救いください！」オリバーはどっと涙を流していった。

「そうだ、それでいい」ユダヤ人はいった。「それで万事うまくいく。まずこの扉だ。絞首台のわきを通るとき、わしがぶるぶる震えたとしても、気にするな。どんどん歩いて行くんだ。さあ、行けっ！」

「ほかにお訊ねになりたいことはありませんか？」看守が訊いた。

「もう大丈夫です」ブラウンロー氏が答えた。「何とかして、この男をわれに返らせる方法はないものですかな――」

「どうにもなりませんよ」首をふって看守は答えた。「このままお帰りになられたほうがいいでしょう」

独房のドアが開いて見張り役の二人が入ってきた。

「どんどん行け、どんどん」ユダヤ人がいった。「忍び足でな。だがもたもたしちゃいかん。急いで行くんだ」

見張り役の二人がフェイギンを捕まえ、オリバーをその手から引き離した。彼らはフェイギンを取り押さえた。フェイギンはちょっとのあいだ必死に抵抗し、ぎゃあぎゃあわめいた。その叫び声は監獄の厚い壁を越えて響き渡った。オリバーたちが中庭へ出ても、彼の声はまだ聞こえていた。

二人はすぐに帰らず監獄でぐずぐずしていた。恐怖のあまりオリバーはぐったりと死んだようになって、一時間近く、歩くのもままならない状態だったからである。

帰路につくころにはしらじらと夜が明けはじめていた。すでに大勢の見物客が集まっていた。周囲の窓という窓から人々が顔を出し、暇つぶしにタバコを吸ったりカードで遊んだりしていた。群衆は押し合い、喧嘩をしたり、冗談を飛ばしたりしている。何もかもが生き生きと活気づいていた。人々が取り囲んでいる忌まわしい黒い器具——黒く塗られた台座、十字に組んだ板、そしてロープ——だけが例外だった。それは忌まわしい死の装置だった。

第53章　終わりに

この物語に登場した人々の運命についてはほとんど語り終えた。あと少しだけ簡潔な補足を加えて物語を締めくくろう。

それから三カ月も経たないうちにローズ・フレミングとハリー・メイリーの二人は結婚した。ハリーが新米牧師として着任した村の教会で結婚式を挙げ、そのまま幸福な新婚生活がはじまった。

メイリー夫人は息子夫婦と一緒に暮らし、立派な老人の特権ともいえる最高の幸福を享受しつつ静かな余生を送った。それはつまり、自分が限りない愛と慈しみを注いで世話をした人の、幸福な姿を眺めて暮らすという無上の幸福である。

その後の入念な調査の結果、モンクスの手に渡った財産の残り（モンクスや彼の母親が管理しているあいだに殖えたことは一度もなかった）をオリバーと折半した場合、それぞれが手にする額はたった三千ポンド程度であることが判明した。彼らの父親の遺言にしたがえばオリバーが全額を手にする権利を有していた。しかしブラウンロー氏は、「兄貴のほうにも過去の罪を悔い改め、更生するチャンスを与えたほうがよかろう」といい、等分を提案した。オリバーは喜んでこの案に賛成した。

モンクスは相変わらずモンクスと名乗り、折半された財産を手に、はるばるアメリカ大陸くんだりまで出かけていった。そしてすぐに財産を使い果たし、ふたたび悪の道に舞い戻った。彼はぺてんや詐欺を働いたかどで長期の禁固刑に服し、そのあいだに持病が悪化して獄死した。フェイギン一味の主要な連中も、同じく祖国から遠く離れた場所で死んだ。

ブラウンロー氏はオリバーを養子として迎えた。そしてオリバーとベドウィン夫人を連れてハリーたちが暮らす牧師館の近所へ引っ越した。これは、オリバーが心から希求した最後の願いであった。こうして彼らは互いに身を寄せ合い、仲良く暮らした。何事もはかないこの世において絵に描いたような幸福な光景であった。

一方、ロスバーン医師はハリーたちの結婚後すぐにチャーチーへ戻った。しかし、そこに昔馴染みの友人はもういない。彼でも孤独を感じることがあるとすれば、きっと不満を感じたはずである。どのようにふるまうべきか知っていたら、たいへんな不平家になっていたに違いない。もっとも最初の二、三カ月のあいだは「どうも土地の空気が肌に合わなくなってきたようだ」などとこぼすだけであった。が、まもなくチャーチーがすっかり様変わりしたことを実感した。そこで彼は助手に商売を譲り、ハリーが牧師を務める村の近くに独身者に適した家を見つけ、移り住んだ。すると具合はみるみるうちに回復した。ここで彼は庭仕事や畑仕事、釣りや日曜大工等々に精を出した。持ち前の短気さでもってこれらの趣味に没頭し、今ではこれらの分野の大名人として近隣でその名を馳せている。

ロスバーン医師はこの土地へ移り住む以前からグリムウィグ氏との親交を深めたいと常々思っていた。風変わりな紳士のほうでも同じ気持ちで、友人の引っ越し後は頻繁に彼を訪ね、熱心に畑仕事や釣り、日曜大工を楽しんだ。その流儀はかなり独特のものであったが、いつも決まって自分こそ正統だと例の決め台詞とともに主張するのだった。また日曜日には、牧師のハリーの目の前で彼の説教に難癖をつけた。そして後でこっそりロスバーン氏に、あの説教は実際上出来だと褒め、「でもそうはいわんほうが彼のためさ」といった。一方、ブラウンロー氏はかつてグリムウィグ氏がオリバーに関して述べた予言のことで、彼をからかって楽しんだ。時計をあいだに置き、オリバーの帰宅を待ったあの夕べの出来事である。すると、グリムウィグ氏は「結局わしの意見は正しかったぞ」と反論した。なぜなら「オリバーが戻って来なかったのは本当だ」からである。そして自ら笑い出し、満足そうな表情をするのだった。

ノア・クレイポールはユダヤ人を裏切り、警察に協力したため特赦を受けた。彼は自分の商売が思ったほど安全ではないと考え、しばらくのあいだ何をして生計を立てようか考えあぐねていた。あまり骨の折れる商売はごめんだった。悩んだ末に彼は「たれこみ屋」をはじめたのだが、これはまああの稼ぎになった。こんな商売である。立派な装いのシャーロットを連れて、教会の礼拝の時間帯に――つまり週に一度――散歩をする。親切そうな居酒屋の前でシャーロットが気絶する。ノアは彼女をわれに返らせるため、三ペンス分の酒を居酒屋に売ってもらう。そして翌日、警察にこのことを通報し、罰金の半額を褒美として受け取るのだ[1]。シャーロットでなくノアが気絶することもあったが、筋書きは同じだった。

バンブル夫妻は職を罷免され、次第に零落して不幸のどん底へと落とされた。そしてとうとう救貧院に入れられた。以前、自分たちがわが物顔でふるまっていたその救貧院に、今度は収監者として入ったのである。風の噂ではバンブル氏はこういっているそうである。曰く、これほど落ちぶれては、妻と別々に暮らせることを感謝する元気も出ないと。

ジャイルズとブリトルズは以前と変わらぬ仕事をしている。ジャイルズの頭は禿げ、ブリトルズも白髪になったが、相変わらずメイリー夫人に仕えている。二人は牧師館に住み、牧師夫妻やメイリー夫人だけでなく、オリバーやブラウンロー氏、ロスバーン氏の世話も等しく焼いている。そのため、近隣の村人たちは誰がこれら使用人の主人なのか、今日に至るまでよくわかっていない。

チャーリー・ベイツは、サイクスの犯罪を見て自分の稼業にすっかり嫌気がさし、よくよく考えて結局足を洗うことに決めた。決心すると、彼は過去の自分に背を向け、新天地でやり直すことにした。一生懸命に働き、しばらくは悪戦苦闘したが、順応しやすい性格であり動機がしっかりしていたので、最後には成功した。農家や運送屋の下働きからはじめ、今ではノーサンプトンシャー[2]で一番陽気な若き牧畜業者になっている。

さて、このように書いてきて、筆者の仕事もまもなく終わりに近づいたのであるが、あと少しだけこの一連の冒険の補足をしておきたい。

---

1 当時、日曜日の礼拝の時間中における酒類の販売は法律で禁じられていた。

2 イングランド中部の州で農牧業が盛んな地域。

つまり、これまで長々とその人生を記録してきた数人の後日談を紹介し、最後に彼らの幸せを分かち合いたいと思うのである。ローズ・メイリーは女盛りを迎え、優雅かつ気品ある若夫人へと成長した。彼女の存在は、彼女を知るすべての人々の心を明るく照らし、元気づけたばかりでない。それは田舎の静かな生活そのものをやわらかい朗らかな光で包みこんだ。冬の暖炉前や、さわやかな夏における愉快な団欒の場面。蒸し暑い昼の野を行くローズ。夜、月明かりの中を散歩し、ささやくような優しい声で歌うローズ。家の外では慈善活動に努め、家庭においては笑顔を絶やさず、いそいそと家事をこなす彼女の姿も見える。ローズと彼女の死んだ姉の息子であるオリバーは仲睦まじく暮らし、不幸にもこの世を去った友人たちの昔話をして日々を過ごしている。ローズの足元に駆け寄ってくる元気いっぱいの子供たちの顔が見える。彼らのおしゃべりが耳元に聞こえる。よく響く笑い声も聞こえる。優しい青い目に光る同情の涙も忘れがたい。こうしたさまざまな光景、人々の表情と微笑、彼らの想いや発言の数々があらためて筆者の心に浮かんでくる。

ブラウンロー氏は来る日も来る日も、養子に迎えたオリバーの心をいろいろな知識で満たした。そしてオリバーが成長し、期待に違(たが)わぬ優れた素質が顔をのぞかせると、オリバーに対する彼の愛情はますます深まっていった。オリバーに亡き友人の面影を新たに認めることもあった。そんなときは懐かしさが胸にこみ上げてきて、物悲しいと同時にあたたかな気持ちになった。試練をくぐり抜けた二人の孤児は、人々を思いやること、愛し合うこと、人々を守り保護してくれる神への深い感謝の大切さを心に刻み、忘れることはなかった。もっともこうしたことはすべて蛇足であろう。彼らが真の幸福をつかんだことはすでに述べた。堅固な愛情、人間らしい優しい心、そして神――慈悲を尊び、生きとし生けるものすべてを愛する神――への感謝の念がなければ、真の幸福など得られるものではないからである。

古びた村の教会の祭壇に一枚の大理石の板がかかっている。その板にはただ「アグネス」とだけ彫られている。墓であるが棺はない。筆者は、この板に新たな名前が刻まれるのが遠い未来であることを切に願ってやまない。だが、もし死者の霊が地上を訪れ、彼らが生前に知っていた人々の愛――この世とあの世をつなぐ愛――によって聖別された場所を訪れることがあるとするなら、アグネスの御魂がこの聖なる一隅にときどき姿を現したとしても不思議はない、と考える。なるほどここは教会であり、彼女は弱く、過ちを犯した人間ではある。それでもやはり、アグネスの魂はこの場所へやって来るだろうと筆者は信じて疑わない。

第三版に寄せられた著者による序文（一八四一年）

著者の友人のなかには「いいかね、確かにあいつは悪党だが、人間の本性がそもそも悪なのさ」といった連中がいる。すると当代の若い評論家ばかりでなく、事務員も徒弟も猫も杓子も、この発言を馬鹿げているといって罵った。

フィールディング[1]

この物語の大半はもともとある雑誌に発表されたものである。三年前に連載が終わり、現在のような書籍として出版した際、私にははっきりとしたある予感があった。それは、この物語を不謹慎として弾劾する謹厳実直な人々もいるかもしれない、という予感である。出版後、私の不安は的中した。

それゆえ私はこの場を借り、なぜこの物語を書いたのか、その釈明を二、三させてもらえればと思う。私に共感し、作品の意図をすぐに汲みとっていただいた読者への感謝の意味でも、そうすることは私の義務であると考える。予想通りの釈明を作者がしたからといって、不愉快に思う読者の方はよもやあるまい。

この物語の不謹慎かつショッキングな要素の一つは、作中人物のなかにロンドンの最下層の犯罪者が混じっていること、であるらしい。なるほど、サイクスは強盗、フェイギンは盗っ人の元締め、少年たちはすり、ナンシーは娼婦である。

だが、この上なく不道徳な悪の所業から、この上なく素晴らしい善の教えを導き出すのがどうしてだめなのか、作者は寡聞にして知らない。作者はこれまでずっと、そのような手法こそ、巨匠と呼ばれる人々によって確立され、聡明な人々によって日頃から実践され、知恵ある人々の理性や経験によって太鼓判を押された手法だと信じてきたし、今も信じている。だから、この小説を書きつつ、社会のクズといわれるような人間たちが、彼らの乱暴な口の利き方はさておいて、道徳的教訓――立派な教訓でなくとも、教訓のかけらのようなもの――を引き出す格好の素材になるだろうことを

1　ヘンリー・フィールディング（一七〇七～一七五四）の代表作『トム・ジョーンズ』第七巻一章より。後述されるように、フィールディングには『大盗ジョナサン・ワイルド伝』のように犯罪者を描いた著作もある。

私は信じて疑わなかった。セント・ジェイムズ地区でもてはやされるお上品な話題に少しもひけを取らぬような、真実を照らし出す格好の素材は、貧しきセント・ジャイルズ地区にも人知れず打ち捨てられているものなのだ。

そこで、私はまず幼いオリバーに、あらゆる逆境をくぐり抜け、最終的に勝利する善の原理を体現させようと考えた。そして、オリバーを巧みに悪の道へ誘い、彼に試練を味わわせるのにどんな人物が必要かを考え、この物語に登場するような連中が思い浮かんできたわけである。しばらくこの案をじっくりと検討してみたが、このまま書き進めてよいと判断する十分な理由がいくつもあった。強盗について本ではいろいろと読んだことがあった。人好きのする（多くは愛想のよい）連中で、完璧な身なりをし、ポケットを金で膨らませ、立派な馬に乗り、鉄面皮で、数多くの武勇伝を持ち、歌がうまく、酒に強く、カードやサイコロを扱わせたら右に出る者のない、実に頼りになる連中として彼らは描かれている。だが私は、悲惨な現実に生きる本物の強盗を目にしたことは（ホガース[2]の絵で見たのをのぞけば）ただの一度もなかったのである。あるがままの犯罪者たち、彼らの醜さ、卑しさ、ひどい困窮ぶりを手加減なく描き出すこと、人生の最底辺を不安そうにうろつき回り、最後は黒い化け物じみた絞首台で死んでいく彼らの姿を仔細に活写することは、社会にとって有益な、誰かがやらねばならぬ価値あることと私には思われた。かくして私はベストを尽くすことになった。

悪人たちが活躍する本をひもとけば、例外なく、彼らは魅力たっぷりの人物として描かれている。『ベガーズ・オペラ』[3]においてさえも、彼らは人も羨む生活を送っている。有無をいわせぬ魅力を備え、美しく――作中唯一の――汚れなき娘に愛される主人公マクヒースは――ヴォルテールが言及するような、二千余の兵士を率いて先頭に立ち、死を覚悟して敵と戦う権利を買う赤い軍服のお歴々に劣らず――[4]愚鈍な観客があこがれ、自分もああなりたいと望むそうした人物である。ジョンソン博士は、マクヒースが最後に死刑を猶予されるからといって、彼のような泥棒になりたいと思う観客がいるだろうか、と問うている。[5]しかしこの問いはポイントを外しているように思われる。私ならこう問う。死刑を宣告され、ピーチャムやロキットのような悪漢に

2　ウィリアム・ホガースは十八世紀のイギリスの画家。

3　劇作家ジョン・ゲイが台本を書き、作曲家ジョン・クリストファー・ペープシュが音楽をつけたイギリスのオペラ（一七二八年初演）。後述される強盗マクヒースを主人公に、ロンドンの下層社会を描いた。

4　ヴォルテール『この世は成り行き任せ――バブークの見たもの』（一七四八）第五章より。

5　サミュエル・ジョンソン『イギリス詩人伝』参照。

ひどい目に遭わされるからといって、泥棒になりたいと思わない観客がいるであろうかと。刺激のある生活を送り、男前で、何をやっても上手くいき、数々の長所に恵まれた主人公を思い浮かべるとき、彼に憧れるような人々が、彼のどういう部分を見て、あんな人間になってはいけないと思うであろうか。観客はそこに愉快な人生、絞首台へ向かって敷かれた栄えある花道以外の何ものも見ないであろう。

実際、ゲイによる機知に富んだこの社会風刺には普遍的な狙いがある。道徳的教訓などに頓着せず、より高尚な、別の意図のもとに書かれた作品なのだ。同様のことはエドワード・リットン卿[6]の傑作『ポール・クリフォード』についてもいえる。この作品がどのような点においても本物の犯罪者を描いてはおらず、描こうともしていないことは明らかだ。

私の小説に描かれた、等身大の泥棒はどんな人物であろうか？　不良の若者たち、能天気な少年少女たちにとって魅力があるだろうか？　月光に照らされたヒースの野を疾駆する馬は出てこないし、快適この上ない洞窟での酒盛りの場面もなければ、きらびやかなドレスも登場しない。美しい刺繍も、レース飾りも、騎兵隊がはく立派なブーツも出てこなければ、緋色の上着やフリルも出てこない。大昔から「花道」につきものとされている喧嘩や自由もない。描かれているのは、寒くじめじめした吹きさらしの深夜のロンドンの街路、不潔でカビ臭い――悪徳が至るところに巣くい、足の踏み場もない――ボロ部屋、飢えと病の巣窟、今にもちぎれそうなボロ布などである。こうしたものにどんな魅力があるだろう？　いや、そこに教訓がないだろうか？　とるに足らぬ道徳的戒め以上のささやきが聞こえてこないだろうか？

けれども世の中には、上品で繊細な神経の持ち主で、こうしたぞっとする光景を直視できないという人々がいる。といっても彼らが反射的に犯罪から目を背けるというわけでもないので、こちら側で――彼らの趣向に合わせて――犯罪者連中を優美なオブラートに包む必要がある。その意味で、緑のベルベット服に身を包んだマッサローニ[7]のような人物は魅力的だが、コーデュロイを着たサイクスのような輩は見るにたえない。同じように、短いペチコート[8]をはき、意匠を凝らしたドレス姿のマッサローニ夫人なら劇中の静止演技や立派な石版画にもふさわしく見栄えがいいが、綿の服に安

6　エドワード・ブルワー＝リットンはイギリスの政治家で小説家。『ポンペイ最後の日』（一八三四）で有名。

7　イギリスの劇作家ジェームズ・プランシェ『山賊』（一八二九）に登場する「イタリア人のロビン・フッド」たるアレッサンドロ・マッサローニを指す。

物のショールを巻いたナンシーのような女はお呼びでない。お上品な人々は薄汚い靴下から目を背ける。一方、犯罪ですら、リボンやささやかな晴れ着で着飾れば、嫁いだ女と同じで名前が変わり、ロマンスへと姿を変える。実に驚くべきことである。だが、むき出しの、素のままの現実を提示することこそ、この物語の眼目のひとつである。それはこの高貴なる登場人物たちの服装に関しても同様である。だから私は——読者に忖度して——ドジャーの外套に開いた穴の数、ナンシーのぼさぼさ頭の毛巻き紙の数を減らそうとは思わない。こういった輩を直視できぬというお上品な人々を、私は信用しないことにしている。彼らの考え方を変えてやろうという気もない。彼らがどう思おうと私の知ったことではないし、彼らの賛同を得たいとも思っていなければ、彼らを楽しませるために書いているという自負もない。このことは是非はっきりと述べておきたい。私の知る限り——英語で書いた作家の中で——このように口やかましい人々の好みに媚びる輩に、自尊心のある者は一人もおらず、後世の読者の尊敬を勝ち得た者も皆無である。

私にとって手本となる先駆者を探そうとすれば、英文学の高貴なる面々に目を向ければよい。たとえば、フィールディング、デフォー、ゴールドスミス、スモレット、リチャードソン、マッケンジーといった人々である。彼らは——とりわけフィールディングとデフォーは——賢明なる目的のために我が国のクズとか塵芥とか呼ばれるべき連中を物語に登場させている。モラリストで当代のご意見番だったホガース——その偉大なる作品に描かれた十八世紀という時代と、その時代に生きた人々が魅力を失うことは決してないであろう——もまた、少しの妥協もなく、ほとんど前例がない、そしておそらくは今後も類例がないであろう洞察力で、犯罪者を描いている。さてこれらの巨匠は、同国人のあいだでどのような評価を得ているであろうか？　ホガースやその他の作家たちが活躍した当時をふり返ってみよう。すると、当時においても現在と同様の非難が彼らを一人残らず襲ったことがわかる。非難したのは、小うるさい、死後は誰からも思い出されることもないケチな連中である。

かつてセルバンテス[10]は、スペイン社会に対して騎士道がいかに時代遅れで荒唐無稽

8　芝居の幕間あるいは終盤で演技者が一瞬動作を止めること。

9　ダニエル・デフォー『モル・フランダーズ』（一七二二）、オリバー・ゴールドスミス『ウェイクフィールドの牧師』（一七六六）、トバイアス・スモレット『ペリグリン・ピックル』（一七五一）および『ファゾム伯爵ファーディナンド』（一七五三）、サミュエル・リチャードソン『クラリッサ』（一七四八）、ヘンリー・マッケンジー『世界の人』（一七七三）を指す。

かを示し、騎士道を笑い飛ばした。同様に、私なりに現実を——自分のささやかな領分において——美しくない、むしろ吐き気を催すようなあるがままの姿で提示し、うわべをよく見せている偽りの光輝を取りのぞくことを試みたのが本作である。世情に鑑み、かつ、おのれの流儀に即して、堕落した下層社会を描出する際にも、私はもっとも卑しい人物にさえ読者が不快を覚えるであろう台詞を喋らせはしなかった。あまりにひどい罵詈雑言や行動を描かずとも、邪悪で堕落した人物だと読者に確実に伝わるような工夫をした。特にナンシーを描くにあたっては、この方針を遵守するよう心がけたつもりである。作者の意図通りに描けているかどうかについては、慎んで読者の判断を仰ぎたいと思う。

読者からしばしば寄せられる苦情に、ナンシーがサイクスのごとき残虐な押込み強盗に惚れるのは不自然だ、というものがある。サイクスも残虐さが強調されすぎている、などともいわれる。ナンシーのような女が持ち合わせているのは不自然だとされる善良な部分を、サイクスはいささかも持ち合わせていない様子なので、そんな人物に彼女が惚れるはずがないというわけである。後者の苦情に対してはこう答える以外にない。つまり、残念ながらこの世には冷淡で無情な輩がおり、やがて救いようがないほど堕落する連中がいるものだと。そばで観察していても、いつまでたっても——

ちょっとした表情や仕草にも──善良さが微塵も感じられないサイクスのような人間は確かにいる。そういった連中の胸の内では、人間らしい優しさが死に絶えてしまったのか、それとも共感する心が錆びついて所在不明になっているのか、私にはわからない。だが、そうした連中がいるということだけは確かである。

ナンシーの行動や性格が自然かそうでないか、信憑性があるかないか、道徳的に正しいか正しくないか、議論してみたところで始まらない。なぜならそれは純然たる現実だからだ。人生の物悲しい闇を知る人なら誰でも、ナンシーの存在が現実であることを承知している。だいぶ前──この小説を書くずっと前──に、身近なところでしばしば目にしたり読んだりしたものに触発され、私はいかがわしく猥雑な裏路地で暮らす娘の動向を数年にわたり追跡調査したことがある。彼女の動向はナンシーのそれと同一であった。ナンシーが登場してから頭を血に染めてサイクスの胸に倒れこむまで、作者による誇張は微塵もない。徹頭徹尾、神が証人たる真実である。神が堕落した不幸な人々の胸に託した真実であり、遠くにまだ消えずに残っている希望であり、

10　ミゲル・デ・セルバンテスは『ドン・キホーテ』（前編一六〇五、後編一六一五）で知られるスペインの作家。

干上がった井戸の底に残る一滴の清涼な水にほかならない。彼女は、私たち人間の最良の部分と最悪の部分を合わせ持っている。大部分は非常に醜い相貌を呈しているが、部分的に非常に美しい面も持ち合わせている。なるほど、それは矛盾であり、異常であり、ありうべからざることかもしれない。にもかかわらず、真実なのである。上記のような疑義が提出されたことを私は嬉しく思う。何となれば、おかげでこうした真相を明らかにする絶好の機会を得たからである。

デヴォンシャー・テラスにて

一八四一年四月

解説

唐戸信嘉

チャールズ・ディケンズといえば、イギリス文学史上もっとも有名な著者のひとりであり、ヴィクトリア朝時代を代表する小説家である。デビュー当初から多くの読者を獲得し、最初の長編小説『ピクウィック・ペイパーズ』（一八三六）は中産階級から労働者階級まで、幅広い層の人々に支持されて驚くほどの売上を記録した。アメリカに講演旅行に出かければ、行く先々でこの有名人をひと目見ようと大群衆に囲まれた。近代における文学への貢献は国際的な視野で見ても圧倒的で、彼を愛読した作家にはトルストイやドストエフスキー、プルーストやエドガー・アラン・ポーが含まれる。『オリバー・ツイスト』や『ニコラス・ニクルビー』など、社会問題を描いてその改善のきっかけを作った作品も少なくない。ディケンズは文字通り、歴史を動かした作家だった。

ディケンズは一八一二年に生まれ、一八七〇年に五十八歳で生涯を閉じた。『ピクウィック・ペイパーズ』から未完に終わった『エドウィン・ドルードの謎』（一八七〇）まで計十五の長編小説を残している。細かな伝記的事実は年譜にゆずるが、本作『オリバー・ツイスト』にも深くかかわる出来事としてここではとりあえず次の二点を指摘しておく。ひとつは、海軍経理局に勤める事務員であった父親のジョン・ディケンズが一八二四年、借金を返せずに逮捕されたこと。当時のイギリスにおいて債務不履行は監獄行きを意味し、ジョンはロンドンにあった監獄のひとつ、マーシャルシー債務者監獄に収監された。父親が犯罪者になったことだけでも大変なショックであったが、自身わずか十二歳で家族から離れて靴墨工場で働かざるをえなくなったことはそれ以上の悲劇であった。このときの経験はディケンズの大きなトラウマとなると同時に、彼の文学に重要なモチーフを提供することになる。つまり、監獄と犯罪、そして幼年時代の孤独と苦労である。

もうひとつ重要な伝記的事実は、十七歳のときに速記をマスターし、記者として働きはじめ、さまざまな社会問題に関心を持つようになったことである。『オリバー・ツイスト』の重要な社会的背景をなす新救貧法がすったもんだの末に議会を通過した一八三四年、ディケンズは議会記者としてこの論争を目の当たりにしたはずで、救貧法改正ばかりでなく、法律制度そのものや役所の機能に関しても大いなる改革が必要であると考えていた。考えるだけでなく行動でもそれを示し、娼婦に身を落として犯罪社会に片足をつっこんでしまった女性の社会復帰を援助する施設「ホーム」を後に運営したりもした。G・K・チェスタトンが伝記『チャールズ・ディケンズ』(小池滋・金山亮太訳、春秋社、一九九二)で述べたように、「社会制度にたいする古き急進主義者的調子」は特筆すべき彼の特徴である。社会は変わらねばならぬと彼は訴え、その進歩を愚直なまでに信じた。そして実際、彼の小説は現実を動かす力を発揮した。

執筆の背景

本作は彼の長編第二作で、単行本の出版は一八三八年、ディケンズ二十六歳のときである。すでに述べたように、物語の冒頭に登場する救貧院は、この物語の重要な舞台背景のひとつであり、自活できぬ貧者を保護するのがその主要な役割だった。救貧制度は十七世紀から連綿とつづく伝統的なイギリスの社会制度であり、収監者は院を運営する教区の負担で衣食住を保障された。ところが、問題の一八三四年の新救貧法は従来の方針の大胆な見直しを図った。つまり、これまでのやりかたは貧者に甘すぎ、税金の無駄遣いになっている、という判断が下された。この時代から救貧院のイメージはよりネガティブなものへと変化し、保護施設というより監獄に近いものとして位置づけられるようになる。だから当然、救貧院に入るということは自尊心のある市民にとって恥辱以外のなにものでもなかった。『オリバー・ツイスト』は、新しい救貧院制度をめぐって白熱した議論がつづいている一八三七年——新救貧法施行の三年後——に連載をスタートしている。ディケンズはタイムリーな社会問題をこの物語の重要な背景として用いているのである。

本作に登場する救貧院は、ロンドンから北におよそ百十キロ離れた町にあるという設定になっている。もちろん架空の町であり、架空の救貧院である。とはいえ、リアリティ溢れる救貧院の描写に、批評家たちはかねてよりモデルの救貧院はどこかと空想をめぐらせてきた。近年ではイギリスの歴史家ルース・リチャードソンが、ディケンズが幼いころに住んでいたロンドンの住居の目と鼻の先に救貧院があった事実を指摘し、モデルのひとつではないかと想像している。救貧院とは現代の私たちには聞きなれぬ施設であるが、当時は——小説の冒頭にもあるように——「大きな町だろうと小さな町だろうとまずたいていは目にする公共施設のひとつ」であり、身近な存在であった。

『オリバー・ツイスト』はディケンズ自身が編集長を務めた雑誌『ベントリーズ・ミセラニー』に一八三七年二月から一八三九年四月にわたって掲載されたが、当初は長編小説にする予定ではなく、同時期に同雑誌に載った、後に『マドフォグ・ペイパーズ』としてまとめられる作品群のひとつとして構想された。それがわかるのは、現在の版では救貧院のある町は名を与えられていないが、雑誌連載時のオリジナル版では「マドフォグ」と明記されているからである。9章以降で舞台はロンドンへ移るが、これは作者にとっても予想外の展開だったと思われる。おそらく、書き進めるうちに当初のプランを大きく裏切って物語が展開し、一個の長編小説へと成長したというのが真相であろう。そのため、小説内における記述の矛盾や、展開されずに終わった伏線がいくつかあり、この作品の大きな欠点としてしばしば指摘されてきた。しかし、もともとのプランを大きく逸脱し、場当たり的に書き進められた割には破綻が少なく、十分な一貫性を保っていることのほうに私は驚きを禁じえない。特に、これが長編第二作で、二十代半ばの駆け出しの小説家の作であることを想起するとき、驚嘆すべき出来ばえと感じるのは私だけではないだろう。

犯罪・監獄・警察

前作『ピクウィック・ペイパーズ』はこれといったテーマのないコメディーであったが、その軽妙洒脱な調子が大いにウケてベストセラーとなった。その『ピクウィック』とくらべると『オリバー・ツイスト』はだいぶ毛色の異なる作品である。前作が大ヒットを記録しただけに、次作でいきなりスタイルを変えたことは作者の大胆な冒険心を物語る。『オリバー・ツイスト』は救貧制度の改革の是非を問う社会派の作品であると同時に、ロンドンの裏社会を描いた犯罪小説でもある。執筆の動機をディケンズは第三版に寄せた序文で「不道徳な悪の所業から、この上なく素晴らしい善の教えを導き出す」ことにあったと説明しており、作者の関心が「善の原理を体現」するオリバーより「悪人たち」に向けられていることは明白だ。ただし――ディケンズ自身が序文で強調しているように――当時人気があったタイプの犯罪小説、つまり、悪人をヒロイックに描き、犯罪をロマンチックに描く作品とは一線を画し、リアルな犯罪者たちを描こうとしたところにディケンズの野心があった。

生涯を通じてディケンズは犯罪に対して並外れた関心を持ち、殺人事件の裁判を傍聴したり、警察の人間から事件の話を聞くことを好んだ。彼は犯罪を貧困の副産物と考えていたので、犯罪そのものを憎んでも犯罪者に対しては同情的なところがある。本作でもナンシーばかりでなく、フェイギンやサイクスにさえ同情的なまなざしが投げかけられる瞬間がある。なぜ犯罪者が生まれるかを考えず、彼らをただ否定するだけの「お上品な人々」を彼は序文で批判する。犯罪の原因を貧困に求めるディケンズにとって、犯罪とは社会の不正義に起因するものだった。犯罪の責任は社会全体にある。なにびともその責任を逃れられない。陰惨な現実から目をそらしてはならないというのがディケンズの根本姿勢であった。

そのためであろう。監獄に対する興味も並外れており、国内ばかりでなく海外でもしばしば監獄の視察をしている。本作に登場するニューゲート監獄――当時のイギリスでもっとも悪名高かった監獄――をディケンズは一八三六年に訪れており、フェイギンが処刑を待つ死刑囚独房もこのときに見学している。監獄のリアリティ溢れる描写はこのような実地取材の賜物であるといってよい。作品中に監獄前で行われる処刑の場面は描かれていないが、ディケンズはニューゲート名物だった公開処刑もその目で見ている。群衆が好奇の目で見守るなか、囚人は目隠しをされ、ロープを首に巻かれ、足場が落ちて吊るされる。そして死体はそのまま一時間ほど見世物として放置された。ディケンズがこうしたやり方を野蛮と非難し、公開処刑のみならず死刑そのものに反対していたことは有名な話である。やがてディケンズのような考えを持つ人々が増え、公開処刑は一八六八年に廃止されることになる。また、従来は窃盗でも極刑が科されることは珍しくなかったが、一八三二年の法改正では窃盗に科される刑罰から死刑が削除されている。ミシェル・フーコーが『監獄の誕生』で指摘したように、十八世紀から十九世紀初頭はヨーロッパの刑罰システムの改革期にあたり（イギリスは一番の後進国であった）、犯罪者の「人間性」の発見がこの時期に行われたのである。ディケンズもこうした改革を後押しする人々の一人であり、『オリバー・ツイスト』の悪人の描き方――たとえば死刑前夜のフェイギンの懊悩をリアルに描いた点など――を見てもそうした姿勢は如実にうかがえよう。

犯罪に対する考え方が変化しつつあったこの時代には、本格的な警察機構が登場している。近代警察の登場が文学に与えた影響は計り知れない。なぜなら、犯罪者とその追跡者という構図を定着させ、探偵小説というジャンルを生み出したからである。本作に登場するボウ・ストリート中央警察はロンドン警視庁（スコットランド・ヤード）の前身で、イギリスにおける近代警察の元祖――ちなみにこの組織をつくったのは序文でも言及される作家で治安判事でもあったヘンリー・フィールディング――であるが、ここから派遣される二人の刑事ブラザーズとダフが披露するコンキー・チックウィードの小話には探偵小説の原型がある。通常、探偵小説の嚆矢はエドガー・アラン・ポーの「モルグ街の殺人」（一八四一）とされるが、ポー自身がディケンズの愛読者であったことを思い浮かべるなら、ここに探偵小説の萌芽を見てもあながち見当ちがいとはいえない。ディケンズ後期作品のミステリー的要素はしばしば批評家の指摘するところであるが、それは『オリバー・ツイスト』のような初期作品にも十分認められる特徴である。オリバーの出自の謎と最終場面でのどんでん返しは、まさしく探偵小説的構造を備えている。探偵小説の作法に慣れ親しんだ私たちは、こうした部分をありきたりの技法として読んでしまうかもしれない。しかし、本作が書かれた時期には斬新なものであった。ディケンズは時代に先んじて謎解きという新しい物語構造に目をつけ、いち早く作品に織りこんでいるのである。

都市と探偵的興味

『オリバー・ツイスト』を考える上でもうひとつ重要な要素がある。それは――ここまで述べてきた犯罪や探偵小説というテーマとも密接な結びつきを持つ――都市という舞台装置である。ロンドンへ向かう途上でオリバーはいっている。「ロンドン！あの偉大なる大都市ロンドン！　そこへ行けば誰も――あのバンブル氏でも――もはや自分を見つけることなどできまい！」この時代、ロンドンは二百万以上の人口を抱える世界でもっとも稠密な都市であった。『オリバー・ツイスト』が刊行された頃にロンドンを訪れたフリードリヒ・エンゲルスは『イギリスにおける労働者階級の状態――19世紀のロンドンとマンチェスター』(一條和生・杉山忠平訳、岩波文庫)において、押し合いへし合いしている人々の群れに驚嘆し、「だれも他人には目もくれようとしない」と述べ、「個人の孤立化」をそこに見ている。この孤立化は、健全な目には人間と人間の断絶を意味し、都市のネガティブな側面となる。しかし人目を忍ぶ連中には匿名性という利点をもたらし、犯罪者の温床を作り出す。都市と犯罪は切っても切れぬ関係にあるのだ。フェイギンもドジャーもサイクスもナンシーも、一般人に混じって何食わぬ顔をして生活している。どこの誰とも知れぬ人間が、奇異な目で見られることなく暮らせるのが都市という空間なのだ。

そうした世界で大事なものは外見である。外見がすべてであり、それぞれの人間の内実は（本人をのぞけば）二次的な重要性しか持たない。なぜならそれは他人には見えないからだ。『オリバー・ツイスト』の世界がこうした近代空間であることは、第1章で象徴的に予告されている。語り手は、「服というものは、着る人間の印象をがらりと変えてしまうものである」といい、赤ん坊のオリバーについてこんなことをいう。

毛布しか身につけていなければ、貴族の子供とも物乞いの子供とも見分けがつかなかった。彼を知らぬどれほどお高くとまった人物でも、彼がどの階級に属するかを当てるのは困難だったにちがいない。しかし今や、彼は黄ばんだキャラコの古着にくるまれ、どんな身分の人間かはっきり烙印を押されていた。

オリバーの正体こそ本作の秘める最大の謎であるが、登場人物のほとんどが表層の情報にまどわされて彼の内実をつかみそこなう。ブラウンロー氏でさえ、オリバーが詐欺師かどうかしばらくは判断がつかずに困り果てる。表面の向こう側が見えぬ不透明な世界、これこそ『オリバー・ツイスト』の隠れた主題であり、その探偵小説的構造の条件であり、ロンドンという都市が暗喩するものなのだ。

ところで、作者であるディケンズは都市の雑踏を愛した根っからの都会人だった。後年、『ドンビー父子』の執筆時、スイスに滞在していた彼は友人にあてた手紙のなかで、ロンドンのごみごみした往来を散歩できないので仕事にならないと泣き言をいっている。批評家ヴァルター・ベンヤミンは「フラヌール（遊歩者）」を論じた有名な論考「ボードレールにおける第二帝政期のパリ」で、ディケンズのこうした彷徨癖に触れている。彼が引用しているチェスタトンによる伝記をわたしたちも参照してみよう（翻訳はふたたび春秋社の小池滋・金山亮太訳である）。

街路に住む一市民へと彼が静かにその姿を変えたのはこの少年時代の暗黒の日々を通してであったが、その時彼は工場であくせく働いていたのである。あくせく働くのが終わった時は、それがいつであろうと彼にはぶらぶら歩きのほかに暇つぶしがなく、彼はロンドンのうちの半分をぶらぶらと歩き回ったのだった。彼は夢見がちな子供であり、おもに彼自身のわびしい将来の見通しについて考えていた。しかし彼は自分が通り過ぎた街路や広場の大半を見、かつ記憶していた。

『オリバー・ツイスト』には丹念にロンドンのさまざまな通りが描きこまれている。たとえば、オリバーがドジャーに連れられ、初めてロンドンに足を踏み入れ、フェイギンのアジトまでゆく場面。具体的な通り名が書かれているので、私たちは地図上にその足跡をたどることができる。そうした生きたロンドンのリアリティは作者の幼い頃からの遊歩によって培われたものだ。だが、ロンドンの遊歩がもたらした恩恵はそればかりではない。都会生活は不透明で、人と人の温かな交流を許さない殺伐とした空間であるが、それゆえに物語を生み出し、覗き見や謎解きの楽しみ、つまりは探偵的興味という新しい娯楽が存在する空間でもある。ディケンズの遊歩の習慣は彼が新しいタイプの小説を書くことを可能にした。つまり、作家ディケンズを生み出したのはロンドンという都市なのだと、思い切っていうこともできそうである。

版の異同その他について

この翻訳の底本には一八四六年刊行の単行本に主として依拠したオックスフォード大学出版のワールズ・クラシックス版（一九九九）を用いたが、『オリバー・ツイスト』は雑誌連載時のオリジナル版と、のちにディケンズが修正をほどこした単行本の版で若干の異同があるので、その点に関して最後に触れておきたい。

単語や句読点のレベルでの細かな変更は無数にあるが、そうした変更点のほとんどは専門の学者をのぞけば瑣末な修正に見えると思うので、ここでは三カ所の変更点（削除された部分）だけ指摘しておきたい。一点目は、冒頭の救貧院がある町の名前「マドフォグ」という固有名詞である。すでに述べた通り、最初はこの架空の固有名詞が救貧院のある町に与えられていたが、それが削除された。二つ目は、15章の冒頭部分に、三つのパラグラフから成る、前章のつづきともいうべきブラウンロー氏の慈善精神について論じる記述があったが、単行本版ではカットされた点である。最後に、17章の冒頭で、オリバーの故郷へと視点を移すにあたり、語り手の弁解が述べられているが、本来はこの弁解が終わって救貧院から出てくるバンブル氏の記述に入る前に、もう一パラグラフ分余計に弁解の言葉があり、これが削除されている。

ちなみに、『オリバー・ツイスト』はディケンズが亡くなる数年前の一八六七年にも新たな改訂版が出ている（これが著者自身による最後の改訂である）。このときの修正点は、フェイギンの「ユダヤ人」というレッテルにかかわる部分である。本作が出版された時期、イギリスにはユダヤ人差別的な風潮が強くあり、ディケンズによるフェイギンの造形には多分にユダヤ人に対する偏見が入りこんでいる。本人に差別を助長するような意図はなく、無自覚的になされたものであるが、後にユダヤ人の知人から苦情を受けて、一八六七年の版ではフェイギンを「ユダヤ人」と呼称している部分が大幅に削られることとなった。52章のタイトルはもともと「ユダヤ人最後の夜」であったが、これが現在のような「フェイギン最後の夜」へ変更されたのはこのときである。

さて、すでに述べたように、『オリバー・ツイスト』は短編として構想され、執筆の過程で長編作品へとプラン修正された作品である。しかも雑誌連載であるので、前に戻って大きく修正することは不可能であった。そのため、作品内で矛盾点や一貫性を欠いた部分が生じている。よく知られた欠点はたとえば、冒頭部分でこの本はオリバーの「伝記」だと語り手はいうが、オリバーが子供のまま物語は終わり、伝記の体をなしていない点。オリバーは母親にそっくりだと記述されているが、後で父親にもそっくりだと記述される点。ブラウンロー氏の性格が、登場したときと、後に名探偵さながら事件を解決するときとで、大きくずれがある点などなど。たしかにこれらは一読して、注意深い読者であれば必ずおやっと首をかしげる箇所ではある。それでも『オリバー・ツイスト』が――いろいろと欠点が目立つといわれながらも――きわめて人気の高い作品であることに議論の余地はない。くり返し映画化され、ミュージカル化され、時代を超えて世界中の人々に愛されている。このことは、この物語が欠点を補ってあまりある魅力を備えている事実を如実に示している。荒削りだが前へ前へと読者をひっぱる強力な物語の力を宿した作品、それが『オリバー・ツイスト』である。

チャールズ・ディケンズ年譜

一八一二年
二月七日、海軍経理局の事務員ジョン・ディケンズとその妻エリザベスの長男としてランドポートに生まれる。

一八一七年　五歳
父親の転勤でケント州のチャタムへ引っ越す。読書に熱中し、ダニエル・デフォー、ヘンリー・フィールディング、オリバー・ゴールドスミスなどの作品に親しむ。

一八二一年　九歳
チャタムの学校で学ぶ。

一八二二年　一〇歳
父親がふたたび転勤となり、ロンドンへ戻る。カムデン・タウンのテラスハウスに一家で住む。

一八二四年　一二歳
二月、父親が借金不払いで逮捕され、マーシャルシー債務者監獄に収監される。チャールズは家計を助けるため靴墨工場へ働きに出され、下宿生活をはじめる。五月、父親が釈放される。

一八二五年　一三歳
父親が海軍経理局を退職。チャールズ

は工場を辞め、中断されていた学業を再開するべくウェリントン・ハウス・アカデミーに入学。

一八二七年　一五歳
二月、経済的な理由により学校を中退。弁護士事務所の下級事務員として働く。

一八二九年　一七歳
速記を習得し、民法博士会館（ドクターズ・コモンズ）の裁判所の速記者として働きはじめる。

一八三〇年　一八歳
二歳年上のマライア・ビードネルと出会い、恋に落ちる（三年ほど恋愛関係にあり、結婚を望むがのちに失恋）。

一八三一年　一九歳
叔父ジョン・バローの口利きで『ミラー・オブ・パーラメント』の記者となり、議会に通う（翌年からは新聞『トゥルー・サン』の記者も兼任）。

一八三三年　二一歳
短編「ポプラ小路での夕食」が雑誌『マンスリー・マガジン』に掲載される（匿名で、原稿料もなかったが、活字になった最初の作品）。

一八三四年　二二歳
議会で救貧法改正が盛んに議論され、新救貧法が成立する。新聞『モーニング・クロニクル』の記者になる。また、ボズというペンネームで同紙に短い作品を発表する。

一八三五年　二三歳
『マンスリー・マガジン』や、『モーニ

ング・クロニクル』の姉妹紙『イブニング・クロニクル』などに作品を発表。『イブニング・クロニクル』の編集長ジョージ・ホガースの家で、彼の娘キャサリン・ホガース（当時一九歳）と出会い、恋に落ち、婚約。

一八三六年　二四歳

二月、これまでの小品をまとめた初の単行本『ボズのスケッチ集』が出版される。四月、キャサリンと結婚。最初の長編小説『ピクウィック・ペイパーズ』を月刊分冊で発表する（翌年に完結し、単行本化）。最初の売れ行きはかんばしくなかったが、まもなく人気が出て数万部を売り、ベストセラーとなる。

一八三七年　二五歳

一月、長男が生まれる（一八五二年に生まれたエドワードまで、キャサリンは合計一〇人の子供を産んだ）。月刊誌『ベントリーズ・ミセラニー』（自身が編集長を務める）に『オリバー・ツイスト』を連載する（一八三九年に完結。三巻本の単行本出版は一八三八年一一月）。六月、ヴィクトリア女王が即位。年の暮れ、生涯の親友であり自身の伝記作者となるジョン・フォースターと出会う。

一八三八年　二六歳

長編小説『ニコラス・ニクルビー』を月刊分冊で刊行開始（翌年完結、単行本化）。

一八三九年　二七歳
年末、ロンドン北部リージェンツ・パークのデヴォンシャー・テラスへ転居。

一八四〇年　二八歳
『骨董屋』の雑誌連載を開始（翌年完結、単行本化）。

一八四一年　二九歳
『バーナビー・ラッジ』の連載を開始し、年末に単行本が出版される。

一八四二年　三〇歳
一月から六月まで半年間、妻とアメリカを旅行。アメリカの文学者たち、ヘンリー・ワーズワース・ロングフェロー、ワシントン・アーヴィング、エドガー・アラン・ポーらと交流。帰国後の一〇月、『アメリカ覚え書』を出版。年末、長編小説『マーティン・チャズルウィット』の連載を開始（一八四四年に単行本化）。

一八四三年　三一歳
一二月、中編小説『クリスマス・キャロル』を出版。

一八四四年　三二歳
七月、一家で大陸旅行に出発。翌年の七月にロンドンの自宅へ戻るまで、フランスとイタリアに滞在。

一八四五年　三三歳
九月、アマチュア劇をロンドンの劇場で催す（自身が舞台監督を務め、俳優としても出演）。以後一〇年以上にわたり、ベン・ジョンソンやシェイクスピアの古典劇から現代劇までさまざまな芝居を上演し、売上を慈善事業に寄付した。一二月、『炉辺の蟋蟀』を出版。

一八四六年　三四歳

五月、前年のイタリア旅行の印象をまとめた『イタリア紀行』を出版。一家でスイスへ出発し、六月、ローザンヌに落ち着く。九月、長編小説『ドンビー父子』を月刊分冊で刊行開始（単行本は一八四八年に出版）。一一月、ローザンヌからパリへ向かう。テオフィル・ゴーチエやヴィクトル・ユゴーらと交流。

一八四七年　三五歳

二月、パリからロンドンへ戻る。ロンドン西部のシェパーズ・ブッシュに、慈善事業家であるアンジェラ・バーデット゠クーツとともに娼婦の社会復帰を助ける施設「ホーム」を開設し、運営に携わる。

一八四九年　三七歳

『デイヴィッド・コパフィールド』を月刊分冊で刊行開始（翌年一一月に完結し、単行本化）。

一八五〇年　三八歳

週刊誌『ハウスホールド・ワーズ』を創刊し、自ら編集長を務める（一八五九年までつづき、エリザベス・ギャスケルやウィルキー・コリンズらが寄稿）。

一八五一年　三九歳

三月、父ジョン・ディケンズが死去（享年六五）。一一月、デヴォンシャー・テラスからタヴィストック・スクエアの家へ転居。この年の五月から一〇月までロンドンにて第一回万国博覧会が開かれる。

一八五二年　四〇歳
『荒涼館』を月刊分冊で刊行開始（翌年完結し、単行本化）。

一八五四年　四二歳
『ハード・タイムズ』を月刊分冊で刊行し、八月に単行本化。

一八五五年　四三歳
『リトル・ドリット』を月刊分冊で刊行開始（一八五七年に完結し、単行本化）。

一八五七年　四五歳
後に愛人となる女優エレン・ターナン（当時一八歳）と知り合う。

一八五八年　四六歳
五月、妻キャサリンと別居。

一八五九年　四七歳
週刊誌『オール・ザ・イヤー・ラウンド』を発行し、『二都物語』を連載（一一月、単行本化）。

一八六〇年　四八歳
『オール・ザ・イヤー・ラウンド』に『大いなる遺産』を連載開始（翌年八月に完結。三巻本の出版は七月）。同時期にコリンズ『白衣の女』も同誌に連載された。この年ロンドンの住居を引き払い、一八五六年に夏の別荘用として購入したケント州の家ギャッズ・ヒルへ居を移す。

一八六四年　五二歳

『我らが共通の友』を月刊分冊で刊行開始（翌年九月に完結、一〇月に二巻本で出版）。

一八六五年　五三歳

六月、愛人のエレンと乗っていたロンドン行きの列車がケント州のステープルハーストで脱線事故を起こす。命に別状はなかったが、声が出なくなるなど精神的障害を負った。

一八六七年　五五歳

一二月、自作の公開朗読のためアメリカ各地に長期滞在（翌年四月に帰国）。

一八七〇年　五八歳

四月、『エドウィン・ドルードの謎』を月刊分冊で刊行開始（作者死去のため未完に終わる）。六月九日、自宅のギャッズ・ヒルにて脳卒中で死去。ウェストミンスター寺院に葬られる。

訳者あとがき

先日オンラインのニュースを見ていたら、『オリバー・ツイスト』がふたたび映画化されるという記事を見つけた。オリバーはラファティ・ロウ（ジュード・ロウの息子）、フェイギンはマイケル・ケイン、サイクスとドジャーはそれぞれレナ・ヘディと歌手のリタ・オラという女性キャストが演じ、現代のロンドンへ舞台を移して描かれるという。公開予定は二〇二一年で、タイトルは『ツイスト』。『ツイスト』というと、二〇〇三年にカナダで製作されたジェイコブ・ティアニー監督の映画を思い出すが、こちらもディケンズの『オリバー・ツイスト』の現代版であった。二〇〇五年にもロマン・ポランスキー監督による『オリバー・ツイスト』が公開されているので、定期的にくり返し映像化されているという印象があり、この物語の根強い人気を感じる。

作品の魅力についてはすでに解説で詳しく述べたので、ここでは翻訳にあたって用いた底本、資料、そして挿絵に関する情報を記しておきたい。底本としたテキストは、キャスリーン・ティロットソン編のオックスフォード・ワールズ・クラシックス版（一九九九）であり、ディケンズによる序文も同様である。先行訳としては、中村能三訳、小池滋訳、加賀山卓朗訳を参照させていただいた。また、『オリバー・ツイスト』には実在の固有名詞が多く登場するので、位置関係がわかったほうが物語の味わいは深まるだろうと思い、Kenneth W. Baxendale による *Illustrated Map of Charles Dickens' London 1812-1870* (Alteridem, 1986) などの資料を参考にして簡単な地図を作成した。活用いただければ嬉しい限りである。

そして挿絵であるが、通常『オリバー・ツイスト』の挿絵というと雑誌連載時に掲載されたジョージ・クルックシャンクのものが圧倒的に有名で、日本語訳でも挿絵がある場合、彼のものを載せている場合がほとんどである。クルックシャンクは作品連載時の挿絵画家というだけでなく、ヴィクトリア朝を代表する人気イラストレーターであり、おまけに（本人いわく）『オリバー・ツイスト』という物語の考案者である。考案者というのはおそらく言い過ぎであろうが、この作品にとってクルックシャンクの存在が単なる挿絵画家にとどまらないのは事実である。どういうことかというと、当時ディケンズは二十代の新人作家であり、一方クルックシャンクは二十歳も年上の売れっ子イラストレーターであった。パワーバランスは歴然としている。クルックシャンクは登場人物の造形や物語の展開にあれこれ口出しをし、なかにはディケンズが採用したアイデアも多少は含まれていたらしい。そのため、クルックシャンクは『オリバー・ツイスト』に自分が多大な貢献をし、共同制作者といってもよい立場だと信じた。彼のいうことは鵜呑みにはできないが、誇張を差し引いても、この物語に何らかの影響を与えたことは本当であろうし、連載時からこの作品が広く支持された要因のひとつに、クルックシャンク自身の人気もあったことは否定できない。そんなわけで、『オリバー・ツイスト』とクルックシャンクはなかなかに深い結びつき、因縁で結ばれているのである。

しかし、本書にはあえてクルックシャンクではなく、ジェイムズ・マホニー（ディケンズと同年輩の、クルックシャンクほどではないにせよ、当時人気のあった実力派のアイルランド人画家）による挿絵を載せた。理由は二つある。クルックシャンクの絵の魅力を否定するつもりはまったくないのだが、『オリバー・ツイスト』という物語のシリアスさを考えると、彼の漫画的でユーモラスなイラストはこの作品の挿絵としてあまりしっくりこないような気がするのが一点。ディケンズ自身がクルックシャンクの干渉をわずらわしく思い、以後二度と彼と組まなかったので、別の画家による挿絵でもよかったと作者自身考えていたのではないか、と想像される点がもうひとつの理由である。クルックシャンクと比べると、マホニーの絵のほうが写実的であり、犯罪を主題にしたこの作品のシリアスな雰囲気に合っているような気が個人的にはしている。別の画家による挿絵を合わせることで、また違った作品の味わいを引き出すことは、古典新訳というこの文庫のコンセプトにも添うものと考える。

翻訳の文体で注意したことも――ディケンズ自身がこの物語はリアルな犯罪小説として執筆したと序文で述べているので――作品のシリアスなリアリズムを壊さないように、という点であった。原文自体がスピード感のある簡潔な叙述を心がけているので、それを再現するように努めた。悪人たちの台詞に散見されるスラングや悪態は、日本語らしい表現に引きつけ過ぎないようにも注意した。あまりに日本語的な表現にすると、時代劇や講談、落語を想起させる言葉遣いになってしまい、なんとなくシリアスさが削がれるような気がしたためである。そうなってしまうのは訳者の拙い日本語力のせいなのだが、あまりくせのない言葉のほうが作品世界の雰囲気を壊さずにす

む と判断した次第である。

前回のとき同様、編集部の方々、中町俊伸さん、小都一郎さん、宮本雅也さん、そして校閲を担当して下さったスタッフの方々には並々ならぬお世話になった。鉛筆書きの入った原稿が戻ってくるたびに、自分で自分の文章をいかに制御できていないか痛感することしきりであった。また、いつも最初の読者として原稿に目を通し、率直な意見を聞かせてくれた妻にも感謝の言葉を述べたい。多くの人々の助力に支えられて何とか完成までこぎつけることができた。心から感謝している。

オリバー・ツイスト

著者　ディケンズ

訳者　唐戸信嘉（からと のぶよし）

2020年3月20日　初版第1刷発行

発行者　田邉浩司
印刷　萩原印刷
製本　ナショナル製本

発行所　株式会社光文社
〒112-8011東京都文京区音羽1-16-6
電話　03（5395）8162（編集部）
03（5395）8116（書籍販売部）
03（5395）8125（業務部）
www.kobunsha.com

落丁本・乱丁本は業務部へご連絡くだされば、お取り替えいたします。
ISBN978-4-334-75421-1 Printed in Japan

いま、息をしている言葉で、もういちど古典を

長い年月をかけて世界中で読み継がれてきたのが古典です。奥の深い味わいある作品ばかりがそろっており、この「古典の森」に分け入ることは人生のもっとも大きな喜びであることに異論のある人はいないはずです。しかしながら、こんなに豊饒で魅力に満ちた古典を、なぜわたしたちはこれほどまで疎んじてきたのでしょうか。

ひとつには古臭い教養主義からの逃走だったのかもしれません。真面目に文学や思想を論じることは、ある種の権威化であるという思いから、その呪縛から逃れるために、教養そのものを否定しすぎてしまったのではないでしょうか。

いま、時代は大きな転換期を迎えています。まれに見るスピードで歴史が動いていくのを多くの人々が実感していると思います。

こんな時わたしたちを支え、導いてくれるものが古典なのです。「いま、息をしている言葉で」――光文社の古典新訳文庫は、さまよえる現代人の心の奥底まで届くような言葉で、古典を現代に蘇らせることを意図して創刊されました。気取らず、自由に、心の赴くままに、気軽に手に取って楽しめる古典作品を、新訳という光のもとに読者に届けていくこと。それがこの文庫の使命だとわたしたちは考えています。

このシリーズについてのご意見、ご感想、ご要望をハガキ、手紙、メール等で翻訳編集部までお寄せください。今後の企画の参考にさせていただきます。
メール　info@kotensinyaku.jp

光文社古典新訳文庫　好評既刊

ジェイン・エア（上・下）
C・ブロンテ
小尾　芙佐　訳

両親を亡くしたジェイン・エア。寄宿学校で八年間を過ごした後、自立を決意。家庭教師として出向いた館でロチェスターと出会うのだった。運命の扉が開かれる—。（解説・小林章夫）

嵐が丘（上・下）
E・ブロンテ
小野寺　健　訳

荒野に建つ屋敷「嵐が丘」の主人に拾われた少年ヒースクリフ。屋敷の娘キャサリンと愛し合いながらも、身分の違いから結ばれず、ヒースクリフは復讐の念にとりつかれていく。

ミドルマーチ1
ジョージ・エリオット
廣野由美子　訳

若くて美しいドロシアが、五十がらみの陰気な牧師と婚約したことに周囲は驚くが……。個人の心情をつぶさに描き、壮大な社会絵巻として完成させた「偉大な英国小説」第1位！

ミドルマーチ2
ジョージ・エリオット
廣野由美子　訳

金策に失敗したフレッドはガース一家を窮地に立たせてしまい……。老フェザストーンの遺言をめぐる騒動、カソーボン夫妻の結婚生活の危機など、多層的な人間関係が発展していく。

種の起源（上・下）
ダーウィン
渡辺　政隆　訳

『種の起源』は専門家向けの学術書ではなく、一般読者向けに発表された本である。生物学のルーツであるこの歴史的な書を、画期的に分かりやすい新訳で贈る。

光文社古典新訳文庫　好評既刊

ヘンリー・ライクロフトの私記
ギッシング
池　央耿　訳

どん底の境遇のなかで謹厳実直に物を書き続けて三十余年。不意に財産を手にしたライクロフトは、都会を離れて閑居する。自らの来し方を振り返る日々——味わい深い随想の世界を新訳で。

チャタレー夫人の恋人
D・H・ロレンス
木村　政則　訳

上流階級の夫人のコニーは戦争で下半身不随となった夫の世話をしながら、森番メラーズと逢瀬を重ねる……。地位や立場を超えた愛に希望を求める男女を描いた至高の恋愛小説。

モーリス
フォースター
加賀山卓朗　訳

同性愛が犯罪だった頃の英国で、社会規範と自らの性との間に生きる青年たちの、苦悩と選択を描く。著者の死後に発表されて話題となった禁断の恋愛小説。(解説・松本朗)

すばらしい新世界
オルダス・ハクスリー
黒原　敏行　訳

西暦2540年。人間の工場生産と条件付け教育、フリーセックスの奨励、快楽薬の配給で、人類は不満と無縁の安定社会を築いていたが、未開社会から来たジョンは、世界に疑問を抱く。

あなたと原爆　オーウェル評論集
ジョージ・オーウェル
秋元　孝文　訳

原爆投下からふた月後、その後の核をめぐる米ソの対立を予見し「冷戦」と名付けた表題作、「象を撃つ」「絞首刑」など16篇を収録。『1984年』に繋がる先見性に富む評論集。

★続刊

すべては消えゆく　マンディアルグ最後の傑作集　マンディアルグ／中条省平・訳

五月下旬の午後遅く、パリの町の美しさを堪能しつつメトロに乗り込んだユゴー・アルノルドは、隣の席に座った女が無遠慮に化粧するさまに魅了される。女優だという彼女は彼をエロスの極みに誘うが……。隣り合わせの性と死を描く三篇収録。

みずうみ／人形使いのポーレ　シュトルム／松永美穂・訳

将来結婚するものと考えていた幼なじみとのはかない恋とその後日を回想する代表作（「みずうみ」）ほか、「三色すみれ」「人形使いのポーレ」を収録。若き日の甘く切ない経験を繊細な心理描写で綴ったシュトルムの傑作短編集。

存在と時間7　ハイデガー／中山元・訳

この第7巻では、〈死に臨む存在〉としての死への先駆性と良心の根源的な働きである決意性を時間性によって結びつけることで、現存在の本来的なあり方を明らかにする。将来、既往、現在、時熟という独自の時間概念での考察が展開される。